असम की जनजातियाँ

लोकपक्ष एवं कहानियाँ

असम की जनजातियाँ

लोकपक्ष एवं कहानियाँ

सम्पादन

रीतामणि वैश्य

वाणी प्रकाशन

प्रकाशन के उत्कृष्टतम 60 वर्ष

सजिल्द प्रथम संस्करण : 2023

vaniprakashan.com

वाणी प्रकाशन

4695, 21-ए, दरियागंज, नयी दिल्ली-110 002

फोन : +91 11 23273167, 23275710

शाखाएँ

अशोक राजपथ, पटना-800 004, बिहार

कॉफ़ी हाउस कैम्पस, महात्मा गांधी मार्ग, इलाहाबाद-211 001, उत्तर प्रदेश

महात्मा गांधी अन्तरराष्ट्रीय हिन्दी विश्वविद्यालय, वर्धा-442 001, महाराष्ट्र

36/ए, शेक्सपियर सरणी, रानी बिरला गर्ल्स कॉलेज के पास, कोलकाता-700 017, प. बंगाल

sales@vaniprakashan.in
vaniprakashan@gmail.com

Asam ki Janjatiyan : Lokpaksh evam Kahaniyan
Edited by Ritamani Vaishya

ISBN : 978-93-5775-389-0
Stories / Social Science

मूल्य : ₹ 750

आर. टेक ऑफ़सेट प्रिंटर्स, दिल्ली-110 032 में मुद्रित

वाणी प्रकाशन का लोगो मक़बूल फ़िदा हुसेन की कूची से

भूमिका

पूर्वोत्तर भारत जनजातियों का अजायबघर है। पूर्वोत्तर का प्रधान राज्य असम में भी अनेक जनजातियों की अवस्थिति है। आवासस्थल के आधार पर असम की जनजातियों को दो भागों में विभाजित किया गया है—पहाड़ी और समभूमि की जनजातियाँ। असम के भौगोलिक परिसर के अन्दर रहने वाली जनजातियों का आवासस्थल ब्रह्मपुत्र और बराक नदियों की घाटियाँ और इन घाटियों के बीच का पहाड़ी इलाका है। ऐसी तेइस जनजातियों को सरकार द्वारा स्वीकृति दी गयी है। वे हैं—बड़ो, राभा, मिचिङ, देउरी, सोणोवाल कछारी, डिमाचा, कार्बि (मिकिर), तिवा (लालङ), बर्मन, होजाइ, मेच, गारो, हाजङ, चाकमा, मार (ह्मार), लाखर, मान, मिजो (चिङफौ), पावि (पाउल), चिनटेङ, नागा, कुकि और खाचि। इनमें से पहाड़ी जनजातियाँ हैं—डिमाचा, कार्बि, गारो, हाजङ, चाकमा, मार, लाखेर, मान, मिजो, पावि, चिनटेङ, नागा, कुकि और खाचि। समभूमि की जनजातियाँ हैं—बड़ो, राभा, मिचिङ, देउरी, सोनोवाल कछारी, तिवा, बर्मन, होजाइ और मेच।

जनजातियों में कुछ एक तरह की प्रवृत्तियाँ मिलती हैं। जनजातीय लोग एक ही जगह के आदिवासी होते हैं, उनकी भाषा एक ही होती है। वे अपेक्षाकृत दुर्गम, सरहदी इलाके में बसना पसन्द करते हैं। जनजातीय लोग अपने लिए ख़ुद सामग्री प्रस्तुत करते हैं। वे राजनैतिक रूप से संगठित होते हैं। वे लोग अपनी संस्कृति की रक्षा को लेकर तत्पर दिखाई पड़ते हैं। उनमें प्रथा के अनुसार कानून का शक्तिशाली प्रभाव लक्षित होता है। जनजातीय समाज में जातिभेद प्रथा की व्यवस्था नहीं है।

जनजातियों में इन समताओं के होते हुए भी कई विषमताएँ भी हैं। इन जनजातियों पर अध्ययन बहुत कम हुआ है। खासकर हिन्दी भाषा में असम की जनजातियों के अध्ययन का काम बहुत ही कम हुआ है।

इस सन्दर्भ में इस बात का उल्लेख करना आवश्यक है कि बीच–बीच में दो–एक आलेख या ग्रन्थों का प्रकाशन होता रहा है। पर सामग्रीक रूप से जनजातियों पर अध्ययन कम ही हुआ है। हमारे इस ग्रन्थ में असम की कुल ग्यारह जनजातियों–बड़ो, मिचिङ, राभा, तिवा, हाजङ, कार्बि, गारो, टाइ फाके, डिमाचा और कुकि को निकटता से देखने का प्रयास किया गया है। इस क्रम में हिन्दी के प्राध्यापकों एवं शोधार्थियों ने अथक परिश्रम किया है। केवल किताब पर निर्भर न रहकर उन्होंने क्षेत्र अध्ययन का काम भी किया है, विविध जनजातियों के लोगों से मिले और उनसे प्रतक्ष्य रूप से भी तथ्यों का संग्रह किया है। यह एक प्रयास है असम की जनजातियों के जीवन के विविध पक्षों को संक्षेप में ही सही, पर समग्रता से उकेरने का। एक ही ग्रन्थ में सभी जनजातियों को सम्मिलित करना सम्भव न था। इसीलिए संख्या और स्वीकृति के हिसाब से ग्यारह जनजातियों को यहाँ लिया गया है।

असम विविध जनजातियों की मिलनभूमि है। सामाजिक रूप से ये जनजातियाँ प्रदेश के अन्य लोगों से पिछड़ी हुई हैं। यही कारण है कि इन जनजातियों का साहित्य भी पिछड़ा हुआ है। यूँ कहे कि असम की जनजातियों के साहित्य का यह अंकुरित काल है। भले ही आज से लगभग कई दशक पहले इनके साहित्य सृजन की प्रक्रिया का शुभारम्भ हो चुका था, पर फिर भी देश के दूसरे प्रतिष्ठित साहित्य की अपेक्षा इनके साहित्य का विकास नहीं हो पा रहा है। इस क्षेत्र में बड़ो साहित्य सबसे आगे है। इन जनजातियों का मौखिक साहित्य तो मिल जाता है, पर आवश्यक संरक्षण के अभाव से यह भी समय के साथ–साथ विलुप्त होने जा रहा है। लिपि का अभाव जनजातीय साहित्य की सबसे बड़ी चुनौती है।

जो भी हो, इन सब कमियों के बावजूद जनजातीय भाषाओं में साहित्य का निर्माण होता रहा है। इन भाषाओं के ज्ञान के अभाव के कारण यह साहित्य अपनी–अपनी भाषाओं की परिधि में सिमटकर रह गया है। गौहाटी विश्वविद्यालय के प्राध्यापक उपेन राभा हाकाचाम के अथक प्रयास से बड़ो,राभा, कार्बि, मिचिङ, देउरी, तिवा, डिमाचा और हाजङ–इन आठ भाषाओं की कई कहानियों का एक असमीया अनुवाद संकलन हमारे सामने आता है। असम प्रकाशन परिषद से प्रकाशित 'एहोरा जनजातीय चुटि गल्प' शीर्षक संकलन से चुनी हुई कहानियों से सोलह कहानियों का

अनुवाद इस ग्रन्थ में शामिल किया गया है। अनुवाद की अनुमति देने के कारण हम असम प्रकाशन परिषद के प्रति आभार व्यक्त करते हैं। मूल भाषाओं से अनुवादकों ने असमीया भाषा में कहानियों का अनुवाद किया था। अतः वे अनुवादक भी धन्यवाद के पात्र हैं।

इन कहानियों में असम की जनजातियों के जीवन का एक परिचय मिल जायेगा। अवश्य ही समय के साथ–साथ जनजातियों की जीवन–शैली में भी पर्याप्त बदलाव आया है, पर किसी भी समुदाय के लिए अपनी जड़ से पृथक होना संभव नहीं है। अतः पाठकों को इन समुदायों का सम्यक आभास मिल जायेगा, इसमें कोई सन्देह नहीं है।

आशा है सहृदय पाठक संकलन को आदर के साथ ग्रहण करेंगे।

रीतामणि वैश्य दिनांक : 09.09.2022

गौहाटी विश्वविद्यालय

अनुक्रम

खण्ड 'क' : असम की जनजातियों का लोकपक्ष

खण्ड 'ख' : असम की जनजातीय कहानियाँ

खण्ड 'क'

असम की जनजातियों का लोकपक्ष

बड़ो जनजाति के समाज, संस्कृति और साहित्य : एक अन्तर्यात्रा

डॉ. रीतामणि वैश्य

बड़ो असम की एक प्रमुख जनजाति है। बड़ो जनजाति भारतीय महाकाव्य के युग में किराट नाम से ख्यात मंगोलीय प्रजाति की तिब्बत असमबर्मी शाखा के अन्तर्गत आती है। इस जनजाति के लोगों को क्षेत्र भेद से अलग–अलग नामों से जाना जाता है। पश्चिम बंगाल और नेपाल में ये *मेच* नाम से जाने जाते हैं। असम के उत्तर काछार पहाड़ जिले में इन्हें *डिमाचा कछारी* नाम से जाना जाता है। त्रिपुरा के अधिकांश जनजातीय लोग बड़ो सम्प्रदाय से संभूत हैं। समय और स्थान भेद से इनके कुछ आचार–विचार में भेद पाये जाते हैं।

विष्णु राभा की रचनाओं के हवाले से रत्नेश्वर बसुमतारी कहते हैं कि नृतत्वविदों के अनुसार बड़ो की आदि भूमि तिब्बत थी, इसीलिए वे बोड थे। इस बोड शब्द से बड़ो शब्द बना है। *बोड* बोडो–बॉडो–बड़ो–बरो। कुछ पण्डितों का मानना है कि बड़ो–बोट–भोट हुआ है। इसीलिए समभूमि के कछारी बड़ो और पहाड़ी कछारी भोट–दोनों तिब्बतियों के वंशज हैं (राभा 2016:192)।

इतिहास

बड़ो जनजाति का इतिहास बहुत प्राचीन है। बड़ो के असम आने का इतिहास हजारों साल पुराना है। पण्डितों का मानना है कि वे लोग चीन देश से प्रव्रजित उत्तर मंगोलीय वंशोद्भव लोग हैं। यांगजे के दक्षिण के क्षेत्र में उनका निवास होता था। क्रमिक रूप से इस जनजाति का एक–एक दल अविभाजित असम में प्रवेश कर स्थानीय जनजातियों के

साथ घुलमिल गये थे। इनके अधिकांश लोग दलबद्ध होकर तिब्बत की पहाड़ी रास्तों का पार कर भारत में घुसे थे। पहले आनेवाले जत्थे के लोग हिमालय की तराई में बसने वाले स्थानीय लोगों से घुलमिल गये और पश्चिम के सिन्धु, पूर्व की तिस्ता और संलग्न क्षेत्रों में फैल गये (चौधुरी 2013:85)। लगभग ई.पू. तीसरी सदी में चीन के हुन वंश के शासनकाल में बड़ो लोगों का प्रव्रजन शुरू हुआ था। चीन के नये शासकों द्वारा इन लोगों के प्रति किये गये बर्ताव से तंग आकार वे चीन का त्याग कर दूसरे देश आ गये थे। अनेक पण्डितों के अनुसार बड़ो शब्द के साथ तिब्बतियों के *टोबड* यानी *तिबेत* शब्द का पर्याप्त मेल है। बाद लोग स्वयं को *बड़* के रूप में परिचित करवाते हैं (चौधुरी 2013:86)।

बड़ो के जत्थे तिब्बत की पहाड़ियों से वर्तमान उत्तर बंगाल और असम की समभूमि तक उतर आते हैं और इस क्षेत्र का घना जंगल साफ़ कर बस जाते हैं। फिर इस क्षेत्र से वे विविध अंचलों तक फैल जाते हैं। डॉ. सुनीति कुमार चटर्जी के *आसाम एंड इंडिया* के अनुसार मंगोलीय बड़ो समग्र उत्तर बिहार, उत्तर बंगाल, पूर्व बंगाल, ब्रह्मपुत्र घाटी, काछार जिले के पहाड़ी क्षेत्रों में बसने लगे। बड़ो आष्ट्रिक और द्रविड़ गोष्ठी के लोगों को पराजित कर उन्हें अपनी गोष्ठी में शामिल कर लेते हैं। इस शामिलकरण की प्रक्रिया के चलते मंगोलीय प्रव्रजनकारियों, जो बाद में बड़ो–कछारी के रूप में जाने गये, प्रागज्योतिष राज्य की प्रतिष्ठा कर स्थायी रूप से बसने लगे (चौधुरी 2013:86)।

तिब्बत और उत्तर पूर्व चीन बड़ो लोगों का मूल स्थान है। परवर्ती समय में ये लोग असम में बसने लगे। ये *मंगोलीय नृगोष्ठीय* तिब्बतबर्मी भाषी लोग हैं। असम के हर क्षेत्र में तिब्बतबर्मी भाषी के लोग पाये जाते हैं। बड़ो, कुकी, नागा आदि इस भाषा श्रेणी के अन्तर्गत आते हैं। बड़ो भाषा की कछारी, तिवा, डिमाचा, गारो, राभा, चुटिया आदि कई इकाइयाँ हैं। जनसंख्या और विस्तृति की–दृष्टि से बड़ो असम के तिब्बतबर्मी लोगों में से प्रधान जनजाति है।

अवस्थिति

असम की समभूमि में बसनेवाली जनजातियों में जनसंख्या की–दृष्टि से बड़ो लोग ही गरिष्ठ हैं। असम की जनजातियों में से 45% लोग बड़ो हैं।

बड़ो जनगोष्ठी के लोग पूर्वोत्तर भारत के विविध स्थानों में पाये जाते हैं। असम के कई जिलों में बड़ो जनजाति के लोग फैले हुए हैं। मूलतः कोकराझार, गोवालपारा, कामरूप, दरङ, नगाँव, उत्तर लक्षीमपुर, शोणितपुर, नलबारी आदि जिलों में उनकी अवस्थिति है। साथ ही भारत के त्रिपुरा, पश्चिम बंगाल और बिहार में भी इनकी उपस्थिति पायी जाती है। नेपाल, भूटान आदि देशों के कुछ इलाकों में भी इस जनजाति की अवस्थिति मिलती है।

जनसंख्या

सन 1991 की जनगणना के अनुसार ब्रह्मपुत्र घाटी के बड़ो भाषियों की संख्या कुछ इस प्रकार है–

क्र. सं.	जिला	कुल बड़ों भाषी लोग	कुल जनसंख्या के विपरीत बड़ो भाषी लोगों की संख्या
1	धुबुरी	22,963	1.72
2	कोकराझार	3,16,835	39.57
3	बङाइगाँव	1,33,507	16.53
4	गोवालपारा	31,823	4.76
5	बरपेटा	1,04,493	7.54
6	नलबारी	1,40,211	13.80
7	कामरूप	77,722	3.89
8	दरङ	1,38,221	10.64
9	शोणितपुर	1,00,125	7.06
10	लक्षीमपुर	6,667	0.89
11	धेमाजी	32,482	6.78
12	मरिगाँव	अति कम संख्यक	अति कम संख्यक
13	नगाँव	10,764	0.57
14	गोलाघाट	12,936	1.56
15	जोरहाट	अति कम संख्यक	अति कम संख्यक
16	शिवसगार	अति कम संख्यक	अति कम संख्यक
17	डिब्रुगड़	2,076	अति कम संख्यक
18	तिनिचुकीया	2,000	0.21
	कुल	11,33,225	7.71

(देवी 2004:10)

भाषा एवं लिपि

बड़ो की अपनी भाषा है, जिसे बड़ो नाम से जाना जाता है। बड़ो की अपनी कोई लिपि नहीं है। भाषा आधिकारिक रूप में देवनागरी लिपि में लिखी जाती है। सन् 2004 में भारतीय संविधान की आठवीं अनुसूची में बड़ो भाषा को सन्निविष्ट किया गया है। सन् 1989 में बड़ो को असम की सहयोगी सरकारी भाषा की स्वीकृति मिलती है। बड़ो भाषा में देवनागरी लिपि का प्रयोग किया जाता है। सन् 1952 में बड़ो साहित्य सभा की प्रतिष्ठा होती है। वर्तमान असम के शिक्षानुष्ठानों में बड़ो भाषा में पाठदान करने की व्यवस्था है। सन् 1963 में प्राथमिक विद्यालयों में, सन् 1972 में उच्च माध्यमिक विद्यालयों में, सन् 1976 में महाविद्यालय में और सन् 1996 में विश्वविद्यालयों में बड़ो शिक्षा का माध्यम बनती है।

उन्नीसवीं सदी के मध्य काल तक बड़ो का साहित्य मौखिक रूप में उपलब्ध था। सन् 1923 में रूपनाथ ब्रह्म और मदाराम ब्रह्म के अथक प्रयास से *खंथाइ मेथाइ* के प्रकाशन से बड़ो साहित्य के इतिहास का शुभारम्भ होता है। इससे पहले ईसाई मिशनरियों ने रोमान लिपि में कुछ पुस्तिकाओं का प्रकाशन किया था। परवर्ती काल में बड़ो साहित्य सभा ने बड़ो भाषा, साहित्य की उन्नति के लिए पर्याप्त काम किया है। बड़ो साहित्य सभा की पत्रिका का नाम *बड़ो* है। सन् 1955 से इस पत्रिका का प्रकाशन होता आया है।

समाज–व्यवस्था

बड़ो लोग सामाजिक रूप में बसना पसन्द करते हैं। एक अच्छा जीवन काटने के लिए वे समाज का निर्माण करते हैं। वे बीच में चौपाल रखकर घर बनाते हैं। मूलघर, कोठार और गोशाला का होना उनके परिवार के लिए अति आवश्यक हैं। यद्यपि बड़ो लोगों के परिवार की पद्धति पितृस्थानीय है, फिर भी कहीं–कहीं मातृतान्त्रिक व्यवस्था भी देखी जाती है। विवाह के बाद दुल्हन को दूल्हे के घर में ले जाया जाता है। परिवार की सम्पत्ति के ख़रीदने या बेचने का काम भी पुरुष के नाम से ही होता है। सरकारी कामों में भी पुरुष महिला को प्रतिनिधित्व करते हैं। परिवार के भीतर नर और पुरुष के श्रम का विभाजन किया जाता है। साधारण तौर

पर खेत के कठिन कर्म पुरुष करते हैं और घरेलू काम स्त्रियाँ करती हैं। खेत की रोपनी और कटाई के समय महिलाएँ पुरुषों का हाथ बँटाती हैं।

बड़ो लोग अपने दैनिक व्यवहार के लिए काठ और बाँस से समग्रियाँ तैयार करते हैं। वे आग को सत्यवादी, पवित्र और जीवंतता का ज्ञान करते हैं। इसीलिए शादी–ब्याह, पूजा, मृतक का श्राद्ध आदि कर्म अग्नि को साक्षी मानकर किये जाते हैं।

असम की दूसरी जनजातियों की तरह बड़ो जनजाति में भी गोत्र की व्यवस्था है। लोकविश्वास है कि स्वयं भगवान ने ही अपने कर्मों को ठीक तरह से करने के लिए काम की प्रकृति के अनुकूल गोत्रों का नामकरण किया है। बाद में मौन छिङ छिङ (=बड़ो लोगों का आदि पुरुष, जिन्हें भगवान ने दूत के रूप में धरती में भेजा था) बूढ़े ने बड़ो समाज से बारह लोगों का चयन कर उन्हें अलग–अलग कामों में नियुक्ति दी। बाद में ये ही बारह गोत्र के रूप में जाने जाते हैं। ये गोत्र हैं–

स्वर्गीयारी : विचार के बाद दोषी का दंडविधान निश्चित करते हैं।

रामचियारी : स्वर्गीयारी के आदेश के अनुपालन का आदेश देते हैं।

महिलारी : दोषी से दंड का धन संग्रह कर आवश्यकता के अनुरूप लोगों में बाँटते हैं।

बसुमतारी : दोषी को उद्धार के लिए स्थान निर्णय करते हैं।

खाखलारी : दोषी को सजा देने के लिए कुश की रस्सी बनाते हैं।

हाचुवारी : बाड़ा बनाने के लिए बाँस की व्यवस्था करते हैं।

बागलारी : बाड़ा बनाने के लिए केले के सूखे पत्ते की व्यवस्था करते हैं।

मौछाहारी : वन के बाघ को भगाने की ज़िम्मेदारी लेते हैं।

दैमारी : उद्धार कार्य के लिए आवश्यक पानी की व्यवस्था करते हैं।

नार्जारी : पटसन के सूखे पत्ते की व्यवस्था कर दोषी को खाने देते हैं।

गयारी : भोज–भात खाने के बाद ताम्बुल की व्यवस्था करते हैं।

चैनारी : भोज–भात खानेवाले दोषी के जूठे पत्तल सफाई करते हैं।

(राजबंशी 2014:441)

लोकाचार एवं लोक विश्वास

दूसरी जनजातियों की तरह बड़ो समाज में भी अनेक लोकाचार एवं लोकविश्वास प्रचलित हैं। बड़ो समाज में गर्भ धारण करने के बाद महिला

को कई रीति–नीतियों का पालन करना पड़ता है। गर्भ के बच्चे को तकलीफ न पहुँचे, इसके लिए उसे कठिन काम करने नहीं दिया जाता। अपनी इच्छा के अनुसार उसके खाने–पीने की व्यवस्था की जाती है। भूत–प्रेत, डायन, बुरी नजर आदि से बचे रहने के लिए एक छोटी सी छुरी उसके साथ रखने दिया जाता है। जन्म के तुरन्त बाद ही सन्तान की नाभि काटी जाती है और उसे गुनगुने पानी से नहाया जाता है। फिर एक डला में कपड़ा बिछाकर उसे रखा जाता है और उस पर शान्तिजल छिड़का जाता है। फिर इस मन्त्र के पाठ से उसे अपने समाज में अपनाया जाता है–

नै गथ नौङसा गौदौ मामौन? बाङगाल मौन? मेफालना
गङारमौन? दे फिछा, नौ दिनै
बड़ोनि नखराओ उजिफैयाब
दिनैनिफ्राइ नौ बड़ो फिछा जादौ (राजबंशी 2014:439)

अर्थात्–हे शिशु तुम पहले मुस्लिम, नेपाली, भूटानी– जो भी थे, तुमने आज बड़ो के घर में जन्म लिया। आज से तुम बड़ो की सन्तान हुए।

इस पूरी प्रक्रिया में प्रसूति के साथ रहनेवाली औरतों को भोज–भात खिलाया जाता है। लोकविश्वास है कि यह भोज भात न खिलाने से बच्चे की माँ को नरक यातना भोगना पड़ता है। सन्तान के प्रसव के बाद प्रसूति को बाहर निकालकर गरम पानी से नहला–धुलाकर परिष्कार किया जाता है। सन्तान के जन्म के समय प्रसूति के पति को प्रसूति के कमरे में घुसने नहीं दिया जाता है।

बीमारी से बचने के लिए बड़ो लोग संक्रांति के दिन कड़वा–कसैला खाते हैं। कुबेर देवता के लगने से, बच्चों के पेट में दर्द होने से हाथ में एक अण्डा रखने दिया जाता है। इससे पेट का दर्द खत्म होने का विश्वास है। बच्चे के जन्म के बाद दूध बढ़ाने के लिए माँ को पपीते से बनी मुर्गे की तरकारी खिलाई जाती है। *कलमौ* साग खाने से भी दूध के बढ़ने का विश्वास है। मुर्गे का मांस या सूखी मछली में काली मिर्ची, अदरक, लहसुन, प्याज, धनिया आदि से *जाला* (=मिर्ची की सब्जी) बनाकर लिखाया जाता है। महामारी, हैजा आदि से बचने के लिए शराब पी जाती है। इसीलिए बच्चे के जन्म के साथ ही जीभ में थोड़ी–सी शराब डाल देना एक नियम है।

बड़ो समाज में विवाह सम्बन्धी कुछ लोक विश्वास भी मिलते हैं। उनमें तिथि, दिवस, महीना आदि से सम्बन्धित रीति–रिवाज़ से विवाह कराने की लोक रीति है। खासकर सोमवार, गुरुवार को प्राधान्य दिया जाता है। फाल्गुन, वैशाख आदि महीनों को विवाह के लिए उपयुक्त माना जाता है। दुल्हन के भविष्य को लेकर सावधानवाणी, उपदेशवाणी आदि भी समाज की ओर से दी जाती हैं।

बड़ो लोग मनुष्य के कर्मफल पर भरोसा करते हैं। उनका विश्वास है कि आत्मा अपने कर्मों के अनुसार विविध रूपों में पुनर्जन्म लेती है। मृत्यु के 11 से 13 दिनों के अन्दर श्राद्ध आदि का कर्म निष्पादन करके समाज को भोज भात खिलाया जाता है।

त्योहार

बड़ो लोग परम्परागत रूप से चले आये लोक विश्वास के आधार पर त्योहार मनाते हैं। असम की यह प्रमुख जनजाति साल के विविध समय पर आनन्द से मनाने वाले त्योहारों से उनकी सामाजिक, सांस्कृतिक स्थिति को सबल बनाने के साथ–साथ समग्र असमीया जातीय संस्कृति के मैदान को भी रंगीन करती है। ये त्योहार उनके सामाजिक, धार्मिक, कृषि आदि विविध विषयों से सम्बद्ध हैं। ये त्योहार तीन प्रकार के होते हैं–

सामाजिक त्योहार : विवाह बड़ो का सामाजिक त्योहार है। बड़ो भाषा में विवाह को *हाबा* कहा जाता है। *हा* का अर्थ है– परिवार और *बा* का अर्थ बहन करना होता है।

विवाह पद्धति : बड़ो समाज में तीन पद्धति से विवाह कराया जाता है–*हाथासुनि प्रथा, ब्रह्म* प्रथा और *बाथौ प्रथा*। *हाथासुनि* बड़ो की प्राचीन विवाह प्रथा है। इस प्रथा में लड़की को लड़के के घर लाकर उसे दुल्हन के रूप में सजा–धजाकर भात–तरकारी बनाने के लिए दिया जाता है। इसके बाद थोड़ा भात और तरकारी केले के पत्ते पर रखकर दूल्हा–दुल्हन समाज को घुटनों के बल प्रणाम करते हैं। कविराज मन्त्र पढ़कर विवाह कार्य सम्पन्न करते हैं। वर्तमान काल में बड़ो समाज में *ब्रह्म* प्रथा को अधिक समादर प्राप्त है। *ब्रह्म धर्म* में वैदिक प्रथा के साथ सम्बन्ध रख होम–यज्ञ करते हुए मन्त्रपाठ के द्वारा विवाह करवाया जाता है। ईसाई धर्म में दीक्षित बड़ो ईसाई धर्म के रीति–रिवाज़ के अनुसार गीर्जा में विवाह कार्य

सम्पन्न करते हैं। ईसाई और ब्रह्म धर्म में दीक्षित होने से पहले बड़ो समाज *बाथौ धर्म* की रीति से विवाह कार्य सम्पन्न करते थे। अब *बाथौ प्रथा* से संशोधित विवाह प्रथा के द्वारा विवाह कराया जाता है। बड़ो समाज में तीन संशोधित विवाह प्रथाएँ पायी जाती हैं। ऐसी एक विवाह प्रथा के अनुसार दूल्हे के घर में दुल्हन को लाकर शादी कराई जाती है। ऐसे विवाह में मन्त्रपाठ नहीं होता। दूसरी प्रथा में दुल्हन के घर में होम–यज्ञ को साक्षी मानकर मन्त्रपाठ से विवाह करवाया जाता है। तीसरी प्रथा में विवाह का कार्य दुल्हन और दूल्हे–दोनों के घरों में किया जाता है। पुरोहित का मन्त्र ही सब कुछ है, होम–यज्ञ की व्यवस्था नहीं है।

विवाह के प्रकार

बड़ो समाज में विवाह के छह प्रकारों का प्रचलन है। वे हैं–

हाबा गौलाव : *हाबा गौलाव* में दूल्हा और दुल्हन–दोनों पक्षों की सम्मति से विवाह करवाया जाता है। इस विवाह में दूल्हे के घर से दुल्हन के घर तक पाँच भार भेजे जाते हैं। ये भार शराब, मांस, तांबुल–पान, लक्ष्मी और चरवाहे के होते हैं। लड़की को पालन–पोषण करने के बदले में दूल्हे के घर से दुल्हन वाले स्त्री धन लेते हैं। कभी यह धन माँ–बाप और कभी गाँव वालों के द्वारा निर्धारित राशि के रूप में लिया जाता है।

खारसन हैनाय : *खारसन हैनाय* का अर्थ है घर में घुसकर किया जाने वाला विवाह। इस विवाह में लड़का और लड़के के मन का मेल होता है। लड़की की सहमति से लड़का उसे अपने घर ले आता है,अपने साथ रखता है और फिर माँ–बाप को वह सूचित करता है। लड़के का परिवार लड़की वालों के घर जाता है और सामाजिक विवाह की बात करता है। अगर वे नहीं मानते, तो अपनी तरफ से विवाह करवाया जाता है।

गौरजिया लाखिनाय : *गौरजिया लाखिनाय* यानि घर जमाई रखने की प्रथा बड़ो समाज में पहले से ही प्रचलित है। यह एक स्वीकृत विवाह पद्धति है। किसी लड़की को यदि माँ–बाप बेहद प्यार करते हैं और उनकी और सन्तान नहीं रहती, तो लड़की के विवाह के बाद दामाद को अपने साथ रखते हैं। यहाँ लड़के के माँ–बाप की अनुमति लेनी पड़ती है। इस विवाह में लड़की के माँ–बाप को लड़की या दामाद के नाम कुछ स्थावर सम्पत्ति देनी पड़ती है। यदि लड़की एकलौती सन्तान होती है, तो उत्तराधिकार से वह सभी सम्पत्ति की मालकिन होती है।

दङ्खा हाबनाय : कोई औरत यदि असमय विधवा होती है और अगर स्वामी के घर के अलावा उसका दूसरा आसरा नहीं रहता, तो वह किसी से भी विवाह कर अपने साथ रख सकती है। इस पद्धति के विवाह को *दङ्खा हाबनाय* कहा जाता है और ऐसे विवाह में दूल्हा अपने माँ–बाप की जायदाद की माँग नहीं कर सकता।

बौनानै हाबा खालामनाय : बड़ो समाज में जबर्दस्ती खींच कर किये जाने वाले विवाह का भी प्रचलन है। ऐसे विवाह को *बौनानै हाबा खालामनाय* कहा जाता है। एक तरफा प्रेम की परिणति स्वरूप लड़का लड़की से जबर्दस्ती विवाह करता है। विवाह के बाद दूल्हे के पक्ष से गाँव के दो–चार प्रमुख लोगों के साथ जाकर दुल्हन के माँ–बाप के सामने बेटे की ग़लती के लिए माफ़ी माँगते हैं। अगर उन्हें अपनी लड़की का विवाह उस लड़के से करवाने की इच्छा नहीं रहती, तो *आठमङ्ला* (=विवाह के आठवें दिन कन्या पक्ष द्वारा वर पक्ष को खाना खिलाकर कन्या को विदा करने का रिवाज़) के दिन बेटी को अपने पास रख लेते हैं।

दौनखारलाङ्नाय : *दौनखारलाङ्नाय* भागकर किया जाने वाला विवाह है। अगर लड़का और लड़की विवाह के लिए राजी हो और घरवाले मना करे, तो वे भगाकर विवाह करते हैं। यह गन्धर्ब विवाह है। जब तक दोनों पक्षों के माँ–बाप विवाह में सम्मति न दे, वे घर नहीं जा सकते।

धार्मिक त्योहार

बड़ो लोग कई त्योहारों के जरिये अपने इष्ट देवताओं की पूजा करते हैं। ये हैं–

***खेराय हौनाय* (खेराय पूजा)** या *बाथौ हौनाय* (*बाथौ* पूजा) : *बाथौ* बड़ो का प्रधान *धर्म* है। *बाथौ* उनके भगवान हैं। *खेराय* या *बाथौ* पूजा बड़ो जनजाति का प्रमुख सांस्कृतिक अनुष्ठान है। यह बड़ो की श्रेष्ठ पूजा है। खेराय एक वसन्तकालीन त्योहार है, जिसे एक जनश्रुति के आधार पर मनाए जाने की परम्परा है। यह प्रजनन और उर्वरता का प्रतीक है।

खेराइ शब्द की व्युत्पत्ति के बारे में डॉ० कामेश्वर ब्रह्म अपने गवेषणा पत्र में लिखते हैं–

'Bathau Borai, chief of the Gods of the Bodos is also known as Kharia Borai of Khuria Borai, which means the latent old man.

The Bodos believe Kharia Borai to be the latent entity endowed with all qualities. So, some believe that as the Kherai Puja performed in this name, the words Kherai Borai might have got combined and got transformed into Kherai. (Kharia Borai> Khubrai> Khurai> Kherai).'

(नार्जारी 2013:250)

इस सन्दर्भ में वे आगे कहते हैं–

'There is another explanation about the origin of the term Kherai. Sacrifices of animals and birds is essential for the Kherai Puja. The sound 'Khe' is produced when a goat or a pig is sacrificed before Bathau;s by cutting the neck of the sacrificial animal with a dao at a stroke. Some worshippers of Bathau believe that the word Kherai originates from the sound 'Khe' and with it is added the word 'Rai' which means puja or the chanting formula before the chief God Bathau (Khaia Borai). So, it is also believed that the word Kharai is derived from a combination like Khe+rai>Kherai.' (नार्जारी 2013:250–251)

इस पूजा के लिए घर के उत्तर–पूर्वी क्षेत्र में *सिजुआ* (=सफ़ेद गोंदयुक्त और काँटेदार एक पेड़) का पेड़ लगाकर उसे बाँस की फट्टी से घेर कर बाड़ा लगाया जाता है। बाँस के 18 जोड़ी खम्भे गाढ़कर पाँच ढेर फट्टियों से *सिजुआ* पेड़ की नींव बनाई जाती है। ये पाँचों ढेर पाँच तत्त्व माने ज़ाते हैं। *सिजुआ* पेड़ को बड़ो लोग सुरक्षा के प्रतीक के रूप में माना जाता है। विश्वास है कि लोकरक्षा के लिए महादेव ने सिजु पेड़ की सृष्टि की थी। बड़ो समाज में *सिजुआ* को शान्ति–संप्रीति और सुरक्षा के प्रतीक के रूप में माना जाता है। बाथौ पूजा में *सिजुआ* के साथ तुलसी का भी व्यवहार होता है। इस मन्त्र से बाथौ देवता का स्मरण किया जाता है–

'नै आफ्ला बीराय बयौ
खुलुमहरदोङ जोङ नोंखौ
दहाय आफ्ला।।' (राजबंशी 2014:446)

अर्थात्–हे मेरे बूढ़े *बाथौ*! हम तुम्हारी प्रार्थना कर रहे हैं। तुम हमारी रक्षा करना।

तीन पद्धतियों से यह पूजा सम्पन्न की जाती है। पहली पद्धति में पुरानी रीति से वाद्य के ताल के साथ नृत्य–गीत के साथ बलि चढ़ायी जाती है। दूसरी में खाम (=ढोल)–जथा (=ताल)–सिफुङ (=बड़ो बांसुरी) बजाकर नृत्य करते हुए फूल–प्रसाद से पूजा की जाती है। तीसरी पद्धति

में *देउरी* (=पुजारी) की सहायता से पूजा की जाती है। यहाँ नृत्य और पूजा के बीच कोई सम्बन्ध नहीं रहता। *खेराय* पूजा रात भर चलती है और देर रात समाप्त होती है। पूजा में नृत्य द्वारा अठारह देवताओं के कार्य दिखाये जाते हैं। पूजा के समय हाथ में ढाल–तरवाल लेकर महिलाएँ *देउधनि* नृत्य करती रहती है। इसे *खेराय* नृत्य कहा जाता है। पुराने समय में *खेराय* पूजा का प्रचलन था और उसके साथ जुड़े ढाल–तरवाल के नृत्य को *खेराय* कहा जाता था। *खेराय* नृत्य का प्रचलन अब भी है। पर अब पूजा को *खेराय* के स्थान पर *बाथौ* कहा जाता है। *खेराय* पूजा के मूल देवता थे *बाथौ*। इसी *बाथौ* देवता को लेकर की जाने वाली *खेराई* पूजा बाद में *बाथौ* पूजा का रूप ग्रहण करती है। पहले यह पूजा खुले मैदान में की जाती है। पर अब *बाथौ* मन्दिर का भी निर्माण किया गया है।

खेराय हौनाय (खेराय पूजा) या बाथौ हौनाय (बाथौ पूजा)

गारजा हौनाय : एक गाँव या कस्बे के लोग साथ मिलकर परम्परागत प्रथा के अनुसार अपदेवता को *गारजा* देकर नदी में बहा देते हैं। *गारजा* के लिए कोई निर्दिष्ट दिन या तारीख नहीं है। साल में कितनी बार पूजा करनी होती है, उसका भी कोई निर्दिष्ट नियम नहीं है। *गारजा* पूजा का सम्बन्ध कृषि के साथ है। लोगों के खेत–खलिहान की समृद्धि के और विपत्तियों से बचने के लिए यह पूजा की जाती है। पूजा में अपने गाँवों

की परम्परा के अनुसार सुअर, बकरी, कबूतर, मुर्गी आदि के शावक की बलि चढ़ायी जाती है।

नेवौन हौनाय : नेवौन पूजा परिवार पर केन्द्रित है, जिसे *खेराय* पूजा का छोटा संस्करण कहा जा सकता है। साधारणतः माघ या वैशाख महीने में यह पूजा की जाती है। एक पट्ठा, कबूतर और मुर्गी के शावक और मुर्गी के अण्डे बलि में चढ़ाये जाते हैं। पूजा के बाद गाँव वालों को बुलाकर शराब पीकर आनन्द किया जाता है। पूजा का विशेष आहार है चावल के चूर्ण की तरकारी में डाला हुआ मुर्गी का मांस।

बागराजानौ हौनाय : ये भण्डारे के देवता हैं। *बागराजानौ* पूजा परिवार केन्द्रिक है। माघ या वैशाख की पहली तारीख को यह पूजा की जाती है। परिवार का मुखिया एक लाल रंग के मुर्गे की बलि से पूजा का काम सम्पन्न करते हैं।

खानिबुरैनौ हौनाय : ये बाड़ी के देवता हैं। क्षेत्र भेद से इसे *विषहरि* या मनसा के नाम से भी जाना जाता है। बड़ो लोगों में यह विश्वास है कि बाड़ी में एक देवता रहते हैं। उस देवता को सन्तुष्ट करने के लिए जेठ या आषाढ महीने में यह पूजा की जाती है। बलि के रूप में बत्तख या कबूतर की एक जोड़ी भेंट की जाती है। बलि का मांस पूजा के बाद शराब के साथ खाया जाता है।

सालामनि हौनाय : यह भी एक परिवार केन्द्रिक पूजा है। दूसरी परिवार केन्द्रित पूजाओं की तरह परिवार का मुखिया परिवार के मंगल की कामना से पूजा करते हैं। बलि से खासकर मुर्गी के शावक का प्रसाद चढ़ाया जाता है।

फुछलिहाबा : जेठ या आषाढ़ महीने के कृष्णपक्ष के दिन *फुछलिहाबा* मनाया जाता है। बड़ो किंवदंती के अनुसार दुनिया की मानव सभ्यता में पहली बार मौन–छिन–छिन बूढ़े के पोता–पोती राओना–राओनी ने पुरुष और प्रकृति के बीच विवाह कराया था। उसकी निशानी के रूप में बड़ो समाज में यह त्योहार मनाया जाता है।

कृषि पर आधारित त्योहार

बड़ो समाज में कृषि पर आधारित कई त्योहार पाये जाते हैं–

बैशागु : बड़ो जनजाति का वसन्तकालीन त्योहार है। यह यौवन का त्योहार होता है। इस त्योहार के दौरान नृत्य के ताल के साथ *बैछागु*

मेथाइ (=वैशाख का गीत) गाया जाता है। यह आनन्द का त्योहार है। *बैशागु* के दो पर्व होते हैं –बैल और मनुष्य। चैत महीने की संक्रांति के दिन बैल बिहु मनाया जाता है। गाय–बैल को कद्दू–बैंगन की माला पहनाकर नदी या तालाब में ले जाकर नहलाया जाता है। उस दिन उन्हें नये पगहे दिये जाते हैं। गाय–बैल को नहाते समय उन्हें कद्दू, लौकी, बेंगन आदि खिलाकर *दीघलती* (=एक प्रकार का औषधि पौधा) और माखियती (=एक प्रकार का औषधि पौधा) से उन्हें झाड़ते हुए गाया जाता है–

'दीघलथि लाओथि मौछौनि मुलि
दुदालि जागौन गाइ खुलिलि
दीघलथि लाओथि ख्रि ख्रि गन्थि
जौङनि मौछौआ जागौन बलद जाथि
जानाय नङा गाइदे थेमफ्रा
मारखा जागौन फालौनि बेहेरा।' (मजुमदार 2002:37)

अर्थात्–*दीघलती*, औषधि पौधा है। गाय का दूध बढ़ेगा। दीघलती लाठी की गाँठ घनी होती है। हमारा बछड़ा बैल की जात का होगा। कोई गाय–बैल ठिगना न पायेगा, सब बैल मजबूत होंगे।

गाय–बैल के नहलाने के बाद कद्दू, लौकी, बेंगन, हल्दी के टुकड़े गाय–बैल पर फेंककर गाया जाता है–

'लाउ जा फानाथांत जा
बौछौर एर हानजा हानजा।
बमानि खिथेर बिफानि खिथेर
नौंगछौर जागौन हालुवा गेदेर।
बिमा गाइदे बादि दाजा
बिका बलद बादि जॉ।' (मजुमदार 2002:37)

अर्थात्–कद्दू–लौकी खा, बेंगन खा, साल–साल बढ़ता जा। माँ की तरह नाता मत होना। बाप की तरह लम्बे क़द का होना।

नये साल के पहले दिन की सुबह बाँसुरी बजाकर नये साल का स्वागत किया जाता है। मनुष्य बिहु के दिन आँगन में *बाथौ* के स्थान में पूजा की जाती है। इस दिन मृतक को पूजा दी जाती है। फिर खुङखा (=एक प्रकार का कड़वा साग) के साथ मुर्गी का मांस खाया जाता है। साथ ही शराब पीकर नये साल का स्वागत किया जाता है। फिर छोटे बड़ों को गमछा का उपहार देकर प्रणाम करते हैं और बड़े आशीर्वाद देते हैं।

दूसरे दिन से गाँव के युवक–युवती वंशी, ताल, *थरखा* (=बांस से बना हाथ से बजनेवाला एक लोकवाद्य), *गगणा* (=बांस से बना मुहँ से बजने वाला एक छोटा–सा लोकवाद्य) से बिहु गाते और नाचते हैं। ये गीत मूलतः प्रणय के होते हैं। एक उदाहरण देखिएः

'बैशागु ओइ बैशागु
बैशागु बैशागु
बौथौर जौगामा थाङलायबाय
बाथौर गौदाना फैलायबाय
बैशागु ओइ बैशागु
बाथौर गौदाननि बार मौननानै
दैमाँ–दैछा बिफाङ लाइफाङ दाओमा चाओछा
रङखाङबाय हनै
फैदौ दिनै फैदी बयबौ
बौराइ–बुरै छेङरा–छिखला
गथॉ–गथाई रङजादिनि।' (रत्नेश्वर बसुमतारी 2016:215)

अर्थात्–रंङाली बिहु, ओ रंङाली बिहु, पुराना साल चला गया, नया साल आया। नये साल में नद–नदी, पेड़–पौधे, पशु–पक्षी सब आनन्द में झूम उठते हैं। आओ, हम सब बूढ़ा–बूढ़ी, जवान–बूढ़े, लड़का–लड़की एक साथ बिहु का मजा लेते हैं।

बैशागु के गीतों में प्रेम और यौवन की मनोरम छवि मिलती है। बड़ो युवक–युवतियाँ बैशागु में अपने हृदय को उकेर देते हैं। युवक युवतियों को नाचने के लिए आग्रह करते हुए भी गाना गाया है। इन गीतों में जीजा के साली को किये गये सम्बोधन का रोचक चित्रण मिलता है–

'ऐ बिबौनायगदाय आगौइ
मौनकरि बिकरि
फौइ मौछानि छोनफौर
बयबौ छारि छारि।
आय बिबौनाङ गदाय
नाङछौर मौछायाब्ला हाबाब
जेबौ मौनाबौला
दाओरायबौ गाओला मौनबौ गदाय
नौंगछिनि दाओ खौनौ ग्रेओ हौञ्जाछह
गाओनी छाइ आङ... (भट्टाचार्य 2017:14)

भावार्थ–ओ प्यारी साली, आओ हम सब एक साथ पंक्तियों में नाचें। अगर तुमलोग हमारे साथ नहीं नाचती हो, हमें कुछ भी नहीं देती हो, तो हम मोर पर गोली नहीं चलायेंगे। तब तो हम तुम लोगों की मुर्गियों पर ही गोली चलायेंगे।

बड़ो युवतियों का एक गीत देखिये–

'गौसौ थायौ बौला खुशि जायौ बौला
गौरजिया थाफै आदा गौरजिया थाफै
नौङ सौयौ बौला गौरजिया थाथै
आयि आफायाबौ नगेर रौङला
आङहाबऔ खाफालाओ मौननौ गैला
आङबौ आगर रबङा आदा नौङबौ लेखारौङा
खौला फारानि आमौखा आदा.... (भट्टाचार्य 17:13)

अर्थात्–हे प्रिये, अगर तुम मुझे प्यार करती हो, हमारे घर में घर जवाई बन के रहो। मेरे माँ–बाप भी मेरी शादी की व्यवस्था कर नहीं पाये। मेरे भाग में भी वर नहीं मिला। कपड़े पर मोर का चित्र बुनना भी मुझे नहीं आता। लिखना–पढ़ना तुम्हें भी नहीं आता। हे दक्षिण की ओर के बलमा, अगर तुम नहीं आते हो, मैं ही तुम्हारे घर आ जाऊँगी।

मागु : बड़ो का *मागु* असमीया का माघ बिहु है। माघ बिहु के कुछ दिन पहले गाँव के युवा बाँस–फूंस से *भेला कुर* (=अस्थायी घर या झोपड़ी) बनाते हैं। बिहु के पहले दिन सारी रात वे *भेला कुर* में *खाम, सिफुङ* आदि बजाकर नृत्य–गीत करते हैं। अगली सुबह नहा–धोकर *भेला कुर* जलाया जाता है।

गाचाहौनाय : यह असमीया का *काति* बिहु है। फसल की मंगल कामना से इस बिहु में शाम को कोठार, गोशाला आदि में दीये जलाए जाते हैं।

हालजुरिनानाय : यह हल जोड़ने का त्योहार है। शालि फसल के लिए बड़ो लोग शनिवार या मंगलबार में से एक दिन तय कर हल जोड़ते हैं। हल जोड़ने से पहले मंगल कामना से हल जोड़ने की जगह को प्रणाम करते हैं। इस अनुष्ठान में प्रसाद चढ़ाने की भी व्यवस्था होती है।

नाङौल जाङखा : यह हल धोने का त्योहार है। बड़े आनन्द के साथ यह त्योहार मनाया जाता है। शालि खेत के सफल निष्पादन की ख़ुशी में यह त्योहार मनाने का नियम है।

गसा हौजेननाय : शालि खेत के समय पहला पौधा रोपने को ही *गसा हौजेननाय* कहा जाता है। परिवार की प्रमुख महिला खेत में थोड़ा सा प्रसाद लक्ष्मी के नाम चढ़ाकर धान रोपने का काम शुरू करती है।

बाखि गायखननाय : यह खेत के किसी कोने में थोड़ी–सी ज़मीन कोठार के रूप में रखकर धान रोपने का त्योहार है। परिवार की प्रमुख महिला यह काम करती है। इसके लिए सोमवार और बृहस्पतिवार का दिन स्थिर किया जाता है। बड़ो लोकविश्वास है कि इस त्योहार के मनाने से कोठार का धान अटूट रहता है।

माय नाहिनाय : खेत में उगते धान को देखने जाने का है यह त्योहार। परिवार की प्रमुख महिला नहा–धोकर थोड़ा सरसों का तेल और एक लाठी लेकर खेत जाती है। वह धान के किसी जड़ में प्रणाम कर बालि में तेल डालती है। इसके बाद चारों ओर से खेत का धान देखती है और घर चलती है।

मायनाव लायनाय : यह लक्ष्मी के स्वागत का त्योहार है। जिस दिन धान की कटाई समाप्त होती है, उसी दिन यह त्योहार मनाया जाता है। यह एक पारिवारिक त्योहार है। खेत से फसल का अन्तिम भाग लेने के लिए गाँव वाले एक साथ खेत पहुँचते हैं। वे उस दिन श्रमदान देकर फसल को काटते हैं और हँसिये के ताल के साथ गाते–नाचते हुए खेत से आते हैं। परिवार की प्रमुख महिला धान की टोकरी सर पर उठाती हुई आगे–आगे आती है और बाकी लोग उसका साथ देती है। खेत से घर आते समय वे इस तरह गाना गाते हैं–

सिरिद सिरिद बरायबाय

मोसानाव हिनजाव बरायबाय। (मारीगाँव के त्रांजिङ स्वर्गीयारी से संग्रहीत)

अर्थात्–हे लक्ष्मी, आपको हम स्वागत करते हैं।

फिर वे रसोईघर में स्थित स्थापना (= पूजा के लिए निर्धारित स्थान) पर धान रखते हैं। गृहस्थ गाँव वालों को उस दिन खाना खिलाते हैं।

बाखिदाङनाय : कोठार में धान के प्रवेश करने के दिन मनाया जाने वाला त्योहार है *बाखिदाङनाय*। सोमवार या बृहस्पतिवार को परिवार की गृहिणी शान्तिजल छींटकाकर मुर्गी का एक अण्डा लेकर कोठार में प्रवेश करती है। कोठार की उत्तर–पूर्वी दिशा में अण्डे को समर्पित कर लक्ष्मी को प्रणाम कर धान निकाला जाता है।

मैगङ खानाय : यह साग बीनने का त्योहार है। गाँव की लड़कियाँ एक साथ किसी दिन जंगली साग बीनती हैं। हंसी–मजाक में यह त्योहार मनाया जाता है।

लोकनृत्य

बड़ो संस्कृति में कई लोकनृत्य मिलते हैं। इनमें से प्रमुख हैं–

बागरुम्बा

बड़ो जनजाति स्वकीय संस्कृति से समृद्ध है। बड़ो लोकनृत्य से उनकी संस्कृति की गरिमा का परिचय मिलता है। *बागरुम्बा* बड़ो का एक विशिष्ट लोकनृत्य है। यह वसन्तकालीन लोकनृत्य है। युवतियाँ एक साथ यह नृत्य करती हैं। ये परम्परागत वेशभूषा का परिधान कर दोनों हाथों को फैलाकर *दखना* (=बड़ो महिला का वस्त्र) लेकर तितली की तरह धुन के साथ नाचती हैं। यह नृत्य गम्भीर और मनोरम है। प्रकृति का सहज–सरल वर्णन *बागरुम्बा* गीत की विशिष्टता है।

बागरुम्बा नृत्य

बरदैचिखला

बरदैचिखला बड़ो जनजाति का एक अनुपम लोकनृत्य है। बड़ो भाषा में बर का अर्थ है हवा, दै का अर्थ पानी है और चिखला का अर्थ है लड़की।

वैशाख के महीने में बेटी माँ के घर आती है। माँ के घर पहुँचने के लिए लड़की की जो मानसिक और शारीरिक अवस्था होती है, उसकी तुलना बरदैचिखला से की जाती है। वैशाख महीने की तेज हवा पानी की तरह लड़की उड़ती सी माँ के घर आती है। बिहु का मौसम तूफान और बरसात का होता है। इस तूफान और बरसात का महत्त्व बड़ो कृषिजीवी समाज में असीम है। प्रकृति को उर्वर बनाने के लिए बरसात अपरिहार्य है। प्रकृति की इस विशेषता को बरदैचिखला नृत्य से दिखाया जाता है। बरदैचिखला नृत्य केवल लड़कियाँ ही करती हैं। इसकी गति तेज होती है। इसमें माँ के घर पहुँचने की जल्दी का भाव नृत्य के ताल में देखा जाता है।

दौदिनि खेराइ

यह बड़ो लोगों का अन्य एक लोकोत्सव है। बड़ो जनजाति प्रजनन और उर्वरता के प्रतीक के रूप में *खेराइ* तौहार मनाते हैं। यह कृषि के साथ संलग्न एक ऋतुधर्मी नृत्य है। *खेराइ* पूजा में बड़ो लोग परम्परागत रूप से *बाथौ* देवता की पूजा करते हैं और उसके बाद शराब पीकर नाचते हैं। कुछ विद्वानों का यह मत है कि *खेराइ* का अर्थ है– खार+आइ। खार का अर्थ है भागना या गति करना और आयी का अर्थ देवी है। आयी माता को सन्तुष्ट करने के लिए भागते या गति करते हुए जो नृत्य किया जाता है, वह *खेराइ* नृत्य है। विद्वानों का एक–दूसरे वर्ग का मानना है कि *ख* का अर्थ है घुटनों पर बैठना, *रा* का अर्थ सम्बोधित करना और *इ* का अर्थ ईश्वर के लिए नृत्य करना है। अर्थात घुटनों के बल बैठकर ईश्वर को सम्बोधित करते हुए नृत्य करना *खेराइ* नृत्य है। *खेराइ* बड़ो जाति का एक जातीय उत्सव है।

देओधनि या देउधनि खेराई पूजा का अपरिहार्य अंग है। पूजा के विविध पर्याय में *देउधनि* नृत्य करती है। नृत्य के साथ सम्बन्ध रखकर *खाम, सिफुङ* और *जथा* आदि वाद्य के साथ देउधनी नृत्य करती है।

लोकवाद्य

बड़ो समाज में कई लोकवाद्यों का व्यवहार पाया जाता है। इनमें से ढोल, ताल, *टका, सिफुङ, सेरेजा* आदि प्रमुख हैं। बड़ो ढ़ोल को *खाम* कहा जाता है और ताल *जथा* के नाम से जाना जाता है।

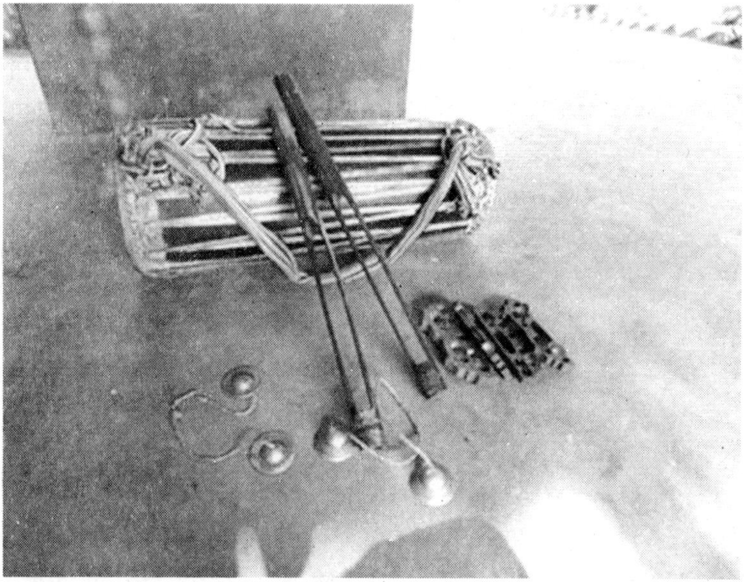

परम्परागत वाद्य–यन्त्र

बाँस से बनी *टका* को *थका* कहते हैं। *सिफुङ* उनकी बासुरी है। सिफुङ बाँस से बनायी जाती है और इसमें पाँच छेद होते हैं। *सेरेजा* एक ऐसा वाद्य है, जिसमें एक सूत से धनुष से सुर निकाला जाता है। यह वाद्य भायोलिन की तरह होता है।

लोकगीत

बड़ो समाज में अनेक लोकगीत पाये जाते हैं। जीवन के विविध प्रसंगों में ये लोग ख़ुशी का जाहीर करते हैं। इनके लोकगीतों में अपने साधारण जीवन की सहज अभिव्यक्ति मिलती है।

बैशागु उत्सव में बड़ो लोग अपने हृदय की सारी भावनाएँ उकेर देते हैं। प्रस्तुत गीत में प्रेमी युगल की मनःस्थिति का प्रभावी चित्रण हुआ है–

'फान्फिउवाली दाओ गाबदीङ
न खाङ नायदाओ मौदाइ
रुखु रुखु मानौ गौबदौङ।
मा दिखार नौङ हा झौब्रौभै दिखार नौङहा

फान्फिउवाली दाओरा गाबदौङ
गाङ खोङ बुब्रोब
नखाङ नायदाओ नायदाओ मानौ
गाबदौङ आयो मानौ गाबदौङ।
तखा हाबौ लाबौ बाना लौम बौलाबौ
मानौ गाङ गाया नौङनि जीउवा
फान्फिउवाली दाओ गाबदीङ।' (शर्मा 2013:15)

अर्थात्–पपीहा गगन की ओर देख रो रहा है। पपीहे! तू रो क्यों रहा है? तुझे क्या दुख है? यह दुख खत्म नहीं होगा क्या? गगन की ओर देख पंख पसारकर पक्षी रोता है। क्या बरसात से बाढ़ आने पर भी उसकी प्यास बुझे जायेगी?

बड़ो समाज में विवाह के समय *जोरण* (=जोड़ना) देने की व्यवस्था है। इस अनुष्ठान के लिए दुल्हेवाले दुल्हन के लिए कुछ सामग्रियाँ लेकर दुल्हन वालों के घर एक भार ले जाते हैं। मूलतः यह पर्व महिलाएँ सम्पन्न करती हैं। दुल्हे वालों की औरतें सामाजिकों में ताम्बूल बाँटती हैं। अगर इस काम में देर हुई तो दुलहन वालों की औरतें वरपक्ष की औरतों को चिढ़ाती हैं–

'यौइ बौइराथि लोलिया
खाउनौ बाबाङछिन गय खाउनायखौ जालिया' (राजवंशी 2014:474)

अर्थात्–ओ *बैराथी* (=महिला)! तुमलोग आलसी हो। आलस्य भाव से कटा हुआ ताम्बूल हम नहीं खायेंगी।

विवाह के अवसर पर रोती दुल्हन को महिलाएँ इस तरह दिलासा देती हैं–

'मानो गबदन आयोई मानो गबदन
दगबकोई आयोई दगबकोई
मेफल हौयनो होरकहोई,
राइजो जनोको बोओ होरदन आयोई होरदान।' (देवी 2004:99)

अर्थात्–प्यारी, तू क्यों रो रही है? मत रोना। तू दूसरी जाति में ब्याही नहीं जा रही है। एक सुखी पारिवारिक जीवन काटने के लिए योग्य बड़ो लड़के के साथ तेरी शादी हो रही है।

बोड़ो लोग सहज, सरल और साधु प्रकृति के होते हैं। स्वभाव से वे वीर होते हैं। उनके चरित्र की यह यह विशेषता उनके लोकगीतों में देखी जाती है। किसी भी विपत्ति में वे अडिग रहते हैं और साहस के साथ वे उनका मुकाबला करते हैं। इस लोकगीत में उनके वीर स्वभाव का परिचय मिलता है–

'जोहोलाओ जालिया गोथोफोर जोन,
जोहोलाओ जालिया गोथोफोर जोन
जोनले रुखौफोर गिया गिया।
दाहाल थुंगृयनो जोननी गेलेग्रा मुआ मुआ
जोहोलाओ... गिया गिया
कोबरा कुगोन गाओगोन फोइबा जोननी राइजोओ
दङोन कुगोन गाओगोन जोनलय राओखौबो गिया गिया'

(देवी 2004:68)

अर्थात्–हम वीरों के सुपुत्र हैं। हमें डरना नहीं आता, हमें डरना नहीं आता। ढाल और तलवार हमारे खेलने की चीजें हैं, खिलौने हैं। क्या कोई दुश्मन हम पर आक्रमण कर सकता है? ऐसा चाहने पर उसे टुकड़े–टुकड़े कर मार डाला जायेगा। हमें कोई डर नहीं है और हम रुकने वाले भी नहीं हैं।

बड़ो भाषा में जीजा और साली से सम्बन्धित रोचक लोकगीत उपलब्ध है–

'ओई गुमै गुमै!
फर्ब्बजोबायाओ बङफङद ओआननाय
फैछा मौनबौला
आछान खेरा लौ दाङसे
लाबौ लाबौ गुमै
फाव नाङगौन हाय। (बड़ो 2000:201–202)

अर्थात्–ओ जीजा, ओ जीजा पर्वत में पेड़ काटने जाकर रुपये मिलने से कंगन, कर्णफूल और माला लाना। नहीं तो तुझे पाप लगेगा।

वेशभूषा

बड़ो संस्कृति का एक उल्लेखनीय पक्ष उनके परम्परागत वेशभूषा एवं अलंकार है। बड़ो औरतें परम्परागत कपड़े बुनने में निपुण होती हैं। परिवार के सदस्यों की जरूरत के कपड़े ये बुन सकती हैं। यद्यपि अब बड़ो लोग कारखाने के कपड़ों में भी बड़ी रुचि रखने लगे हैं, फिर भी परम्परागत कपड़ों के प्रति उनका लगाव कम नहीं हुआ है। प्रबल होती जनजातीय चेतना के परिणामस्वरूप उनके समाज के दूसरे उपदानों के साथ–साथ अपने कपड़ों के प्रति भी लगाव बढ़ा है। ये उनकी पहचान हैं। बड़ो औरतें *दखना* और *फालि* (=चूर्णी की तरह पहनने वाला कपड़ा विशेष) पहनती हैं। इन कपड़ों में फूल बुने जाते हैं। बड़ो औरतें पेड़, पौधे, बेल, जीव–जानवर आदि के चित्र कपड़ों में खच सकती हैं। ये उनके कलाकार मन का परिचायक है।

महिलाओं की वेशभूषा

पुरुषों की वेशभूषा

बड़ो पुरुष घर में बुने गमछा और कपड़े का चोला पहनते हैं। असमीया गमछा की तरह बड़ो समाज में *आरनाइ* का व्यवहार मिलता है। *आरनाइ* बिहु के समय एक–दूसरे को भेंट किया जाता है। साथ ही इसे प्रेमपात्र या श्रद्धापात्र को भेंट किया जाता है। यह एक प्रकार का रक्षा कवच है। औरतें पर्दा, बिस्तर की चादर, अरी चादर आदि भी बुनती हैं।

बड़ो युवतियाँ और औरतें सोना और चाँदी का अलंकार पहनती हैं। इन अलंकारों में *मौमानि* (=कान में पहना जाता है), *गौनानि* (=गले का माला) *आसान* (=कंगन), *गांठंनि सोना* (=नाक का अलंकार), *आथिनिं नि* (=नूपुर) आदि प्रमुख हैं।

खानपान

बड़ो जनजाति के लोग परम्परागत रूप से दैनिक जीवन में विज्ञानसम्मत खान–पान ग्रहण करते हैं। मूलतः वे मांसाहारी हैं। कहा जाता है कि बड़ो और दूसरी मंगोलीय जनजातियों के प्रभाव से असम में मांस–मछली का प्रचलन हुआ। मौसम के अनुकूल वे खाना खाते हैं। भात, *जौ* या शराब, मछली, मांस, कीड़ा और साग–सब्जी उनके जीवन का प्रमुख आहार है। मांस में से वे बत्तख, मुर्गी, सुअर, बकरी आदि खाते हैं। सुअर का मांस उनका प्रिय आहार है। शादी–ब्याह, दूसरे घरेलू और सामाजिक क्रिया–कर्म में सुअर का मांस अपरिहार्य है। आम तौर पर बड़ो जनजाति के लोग भात खाना ही पसन्द करते हैं। शादी–ब्याह, दूसरे क्रिया–कर्म, मृतक का श्राद्ध आदि में मूढ़ी, लाल चाय और शराब का प्रचलन अनिवार्य है। बरा (=एक विशेष प्रकार का चावल, जो गोंद युक्त होती है और जो पारम्परिक शराब बनाने के काम में आता है) चावल का जलपान,पानी डालकर रखा बासी भात के साथ मिर्ची का भरता खेत में खाने के विशेष आहार होते हैं। वे मछली, मांस आदि सूखाकर रखते हैं। बछड़े के मुँह से दूध छिनना उनके लिए मना है–इस विश्वास से वे दूध नहीं पीते थे, पर दही का व्यवहार करते थे।

बड़ो जनजाति कीड़ों को स्वादिष्ट तरीके से पकाकर खाते हैं। ये झींगुर, रेशम का कीड़ा, घोंघा, ततैया, धान खेत का फतंगा आदि खाना पसंद करते हैं। इन कीड़ों में पर्याप्त मात्रा में प्रोटीन पाया जाता है।

मछली बड़ो का प्रिय आहार है। कवई, गरई, छेनिपुठी, टेंगरा, मंगुर, सिंगी रहू, ब्वारी, भाकुर और दूसरी स्थानीय मछलियाँ वे खाते हैं। मुर्गे का मांस भी विविध रीतियों से पकाते हैं। चावल से बनी शराब वे कई सामाजिक और वैयक्तिक क्रिया–कर्म में व्यवहार करते हैं।

परम्परागत खान–पान

साहित्य

बड़ो भाषा में आधुनिक साहित्य का भी निर्माण हुआ है। साहित्य की विविध विधाओं में बड़ो साहित्यकारों ने कलम चलाई हैं। फलस्वरूप बड़ो भाषा में साहित्य का भण्डार बढ़ने लगा है। इस भाषा में उपलब्ध साहित्य को हम इन बिन्दुओं से देख सकते हैं–

कविता

समकालीन बड़ो कविता में जनजातीय विमर्श मिलता है। बड़ो जनजाति पर हुए शोषण–दमन–उत्पीड़न, राष्ट्रीयता, सामाजिकता,आदर्शवाद आदि बड़ो कविता की प्रवृत्तियाँ हैं। बड़ो कविता को समृद्ध करने में चरण नार्जारी ने महत्त्वपूर्ण भूमिका अदा की। उन्होंने अपनी प्रसिद्ध कविता *अनारु थू सिगाङ* में शोषितों के अधिकारों को वाणी दी है। मनोरंजन लाहारी की प्रारम्भिक कविताएँ रूमानी भावुकता से युक्त हैं। परवर्ती समय में आपकी कविताएँ यथार्थ की ओर रुझान लेती हैं। कमल कुमार ब्रह्म की कविताएँ पुरानी कविताओं की शैली में लिखी गई हैं। बिहुराम बड़ो की कविताएँ बड़ो सम्प्रदाय की मौखिक परम्परा से प्रभावित हैं। इन कविताओं में असम और बंगाल के वैष्णव कवियों का स्वर मिलता है। *गिबी बिथाइ*

उनका काव्यग्रन्थ है। प्रसेनजीत ब्रह्म ने *अङ थ्वीय* (2000) में अपनी काव्य प्रतिभा से सबको अभिभूत किया। इनकी कविता में लोकोक्ति और गेयता का प्रवाह मिलता है। वीणेश्वर ब्रह्म की कविताएँ राष्ट्रीयता और सामाजिक विषयों से सम्बद्ध हैं। *आईनी आरोज* और *बरदैसिखला* उनके कविता–संकलन हैं। अनिल बड़ो के तीन काव्य–ग्रन्थ मिलते हैं– *सिफुङग्नि देङख्व, सेन म्वखङरी और अङनई गमियाओ द्विजलाङ*। आपकी कविताओं में आदर्शवाद, दलित लोगों की मुक्ति का स्वर, प्रेम आदि मिलते हैं। *अङनई अंजालिया म्वसफकरी* (2001) विजय नार्जरी का कविता–संकलन है। *अङनई अंजालिया म्वसफकरी* इस संकलन की एक लम्बी प्रेमपरक कविता है। अनिल कुमार ब्रह्म का *खन्थाइ खोबामनि दाहार* और बैजयन्ती नार्जारी का *मोदमनाय गैयि बिबार* काव्य–ग्रन्थ हैं। जनजातीय संघर्ष, दमन, दंगा, भ्रष्टाचार आदि विषयों से सम्बद्ध है रत्नेश्वर बसुमतारी का *आनि गोसोनि हादान* (2015) शीर्षक काव्यग्रन्थ। उनकी *रावबो मेगन बेखेवना नाया* (=कोई नहीं देखता) शीर्षक कविता में प्रतिबिंवित सामाजिक यथार्थ का चित्रण देखिये–

> 'दानिया सिफियाव माबामोनसे
> सोना होआबोला
> रावबो मेगन बेखेवनानाया
> रावबो खुगा सिया
> रावबो आखाइ सोमावा' (बसुमतारी 2015:58)

अर्थात्–अब जेब में कुछ न डालने से कोई नहीं देखता कोई नहीं बोलता, कोई भी मदद का हाथ आगे नहीं बढ़ाता।

अंथाय देरव्रुबनायनि सलॉ (2017) कुम्फु खूंगुर ब्रह्म का काव्य ग्रन्थ है। नये कवि नवीन प्रयोग और नवीन विषयों के साथ उभरे हैं। हेमंत शर्मा, हरिहर दास नवीन प्रतिभाशाली बड़ो कवि हैं। सुनीति नार्जारी ने कविताओं में क्षण की अनुभूति को अभिव्यक्ति दी है।

कहानी

बड़ो कहानियों में भी विषय वैविध्य मिलता है। यथार्थ, बड़ो समाज की कमजोरियाँ, द्वेष, अन्धविश्वास, बड़ो समाज का जातीय उत्थान आदि इन कहानियों में मिलते हैं। डायन जैसी समस्या पर लिखना बड़ो कहानी

की महत्त्वपूर्ण उपलब्धि है। हरिभूषण ब्रह्म एक प्रखर प्रतिभासम्पन्न बड़ो कहानीकार हैं। *श्रीमती दुरलाइ* (1980) उनका कहानी–संकलन है। उनकी कहानियों में हल्का व्यंग्य और विडम्बना हैं। उनकी कहानियाँ युगांतकारी हैं। यथार्थ चित्रण के साथ नारी की कमजोरियाँ, समकालीन बड़ो समाज का द्वेष, बड़ो की सामाजिक प्रगति में बाधक तत्वों का चित्रण किया है। कतीन्द्र स्वर्गीयारी, नन्देश्वर दैमारी, नवीन मल्ल बड़ो की कहानियाँ बड़ो समाज की सामाजिक यथार्थ पर आधारित हैं। *राजा लामा* और *होङला पण्डित* कतीन्द्र स्वर्गीयारी की रचनाएँ हैं। *बॉक्सिङ* नन्देश्वर दैमारी का कहानी–संकलन है। गोबिन्द बसुमतारी, जुमाइडला बसुमतारी, लाओदुम, जरफग्ला, वीरेन्द्र कुमार बसुमतारी, भूपेंद्र नारायण बसुमतारी, ग्वग्वन ब्रह्म कचारी, गोपीनाथ बरगयारी, तेरेन बड़ो, तोरेन बड़ो, गहीन बसुमतारी, रीता बड़ो, सुनीति नार्जारी, धनसिरी स्वर्गीयारी, विंरुब ब्रह्म, उत्तरा बसुमतारी ने भी पाठकों के लिए कहानियाँ लिखीं। नीलकमल ब्रह्म ने बड़ो समाज के जातीय उत्थान पर कहानियाँ लिखीं। नीलकमल ब्रह्म और मंगल सिंह हाजोवरी ने पर्यावरण विमर्श पर कहानियाँ लिखीं। जनिल कुमार ब्रह्म समकालीन बड़ो साहित्यकारों में प्रमुख हैं। वे सामाजिक विषमता और अन्याय का विरोध करते हैं। उनकी कहानियों में विनोद और व्यंग भी मिलते हैं। *दम फाओनी फिथा* (2006) उनका कहानी–संकलन है। *गोसानि आन्दोआव* (2017) कुम्फु खूंगुर ब्रह्म का कहानी–संकलन है।

बड़ो कहानीकार अन्य भाषा की कहानी की जानकारी रखते हैं और उनका अध्ययन करते हैं। उनकी कहानियों में अच्छी शैली मिलती है। वे कलात्मक अभिव्यक्ति और सामाजिक ज़िम्मेदारी को ध्यान में रखते हैं। बड़ो कहानी साहित्य अभी विकास की प्रक्रिया में निरन्तर गतिमान है।

नाटक

बड़ो की नाट्य–विधा का विकास अपेक्षाकृत रूप से कम हो रहा है। फिर भी समकालीन बड़ो साहित्यिक यथार्थवादी, सामाजिक, ऐतिहासिक आदि अनेक प्रकार के नाटक लिखने का प्रयास कर रहे हैं। बड़ो की सामाजिक समस्या पर आधारित नाटक हैं–कमल कुमार ब्रह्म के *हार बइडी ख्वामसी* (=रात की तरह अन्धकार) और *मीमाङनी सीमाङ* (=मीनाङ का सपना)। सुरथ नार्जारी ने अपने मिथकीय नाटक में आधुनिक नाटक के तकनीक का प्रयोग किया है। उन्होंने ऐतिहासिक नाटक भी लिखें।

मंगल सिंह हाजोवारी का *स्वांद्रान* (=नायक समुधन) ऐतिहासिक नाटक है। जतीन्द्र नाथ बड़ो का *सिगुण राजा* (=गीदड़ राजा) एक जासूसी नाटक है। ग्रामीण परिवेश को लेकर मधुराम बड़ो ने *ग्वाडन जवई* (=नई पीढ़ी) शीर्षक सामाजिक नाट लिखा। जनक झंकार नार्जारी, नीलकमल ब्रह्म आदि नाटककार एकांकी लिखने लगे हैं।

उपन्यास

साहित्य की अन्य विधाओं की अपेक्षा बड़ो उपन्यास का शुभारम्भ देर से हुआ। बड़ो उपन्यासकार ग्राम्य जीवन, सामाजिक समस्या आदि पर उपन्यास लिखने लगे हैं। आंचलिक उपन्यास बड़ो उपन्यास साहित्य की अन्य एक उपलब्धि है। मनोरंजन लाहारी में *हाइनामूली* (1985) में अन्धविश्वास और जादू–टोने के प्रभाव से ग्रस्त ग्रामीण समाज का चित्रण किया है। धरणीधर वारी का *म्विहुर* (=शिकार,1980) एक आंचलिक उपन्यास है। नवीन मल्ल बड़ो का *ब्वाराई पागलादियानी ग्वाडन दारा* (2007) तथ्यपरक उपन्यास है। कतीन्द्र स्वर्गीयारी के *जरौली* (1999) और *खोमसिनिफ्राय सोरंथि* उपन्यास सामाजिक हैं। *फुंबिलि* तीरेन बड़ो का सामाजिक उपन्यास है। मणिराम मुसाहारी का *सासे लाओखरनी सोलो* (1997) में बड़ो सम्प्रदाय के संघर्ष की कथा है। विद्या सागर नार्जारी के उपन्यास ऐतिहासिक हैं। *खासपुरनी हड्मा* और *गबलनी शाओ* आदि आपके ऐतिहासिक उपन्यास हैं।

निबन्ध और समीक्षा

साहित्य, संस्कृति, लोकाचार आदि पर वर्तमान समय में बड़ो निबन्ध और समीक्षा लिखे जा रहे हैं। विद्यालयों, महाविद्यालयों और विश्वविद्यालयों में अन्तर्भुक्ति के बाद बड़ो भाषा के निबन्ध एवं समीक्षा का प्रकाशन होने लगे हैं। सहित्यिक समीक्षा का प्रथम सफल प्रयास मनोरंजन लाहारी ने किया। उनका ग्रन्थ *थुन्लई अर्व गोहेना* (=साहित्य और अलंकार) का प्रकाशन 1979 में हुआ था। साहित्यिक समीक्षा की इस परम्परा को आगे बढ़ाया है वीरेन्द्र कुमार ब्रह्म ने। 1986 में उनका *थुन्लई अर्व संशरी* (=साहित्य और चिंतन) का प्रकाशन हुआ। मंगल सिंह हाजोवारी, भूपेन नार्जारी, अनिल बड़ो, स्वर्णप्रभा चौनारी ने भी साहित्यिक समीक्षा पर ग्रन्थ लिखे हैं। परमानन्द मुसाहारी, वीरेंद्रगिरी बसुमतारी ने बड़ो संस्कृति के

ऐतिहासिक पक्ष पर निबन्ध लिखें। लक्ष्येश्वर ब्रह्म, रामदास बसुमतारी की रचनाएँ समाज, धर्म एवं दर्शन पर आधारित हैं। सुकुमार बसुमतारी के निबन्ध लोकाचार पर केन्द्रित हैं। बड़ो की साहित्यिक समीक्षा असमीया और बांग्ला साहित्य से प्रभावित है। इनमें से भारतीय और पाश्चात्य काव्यशास्त्रीय परम्परा से प्रभावित कृतियाँ भी मिलती हैं।

अन्य विधाओं का साहित्य

जीवनी साहित्य के क्षेत्र में कमलेश्वर ब्रह्म का *श्रीमत गुरुदेव कालीचरन ब्रह्म*, अरूप ग्र्व का *आबङलाओरी बुद्ध*, विद्या सागर नार्जारी का *उपेन्द्रनाथ ब्रह्मनी जीउ खौरङ* (2007) आदि उल्लेखनीय ग्रन्थ हैं।

मोहिनी मोहन ब्रह्म का *चीन दाओबइनई* पहला यात्रा–वृत्तान्त है। *माउंट अबुनी फ्राई चित्रकूट सिम* (1998) यात्रा–वृत्तान्त के लेखक हैं नवीन मल्ल बड़ो।

महाश्वेता देवी का कहानी–संकलन 'रुदाली' का बड़ो अनुवाद इन्द. मालती नार्जरी ने *रुदाली* के रूप में किया। मामणि रायसम गोस्वामी का उपयास *आधालेखा दस्तावेज़* का अनुवाद अंजलि दैमारि ने किया।

असम विविध जनजातियों से भरा हुआ एक प्रदेश है। संख्या की–दृष्टि से इन जनजातियों में से बड़ो जनजाति सबसे बड़ी है। बड़ो लोग असम के कोने–कोने में फैले हुए हैं। इन लोगों की एक समृद्ध सांस्कृतिक परम्परा है। मौखिक साहित्य की–दृष्टि से असम की इस जनजाति की स्थिति अति सबल है। धीरे–धीरे इनके आधुनिक साहित्य के निर्माण की गति भी तेज हो रही है। बड़ो जनजाति बृहत्तर असमीया जाति का प्रमुख अंग है। असम की सांस्कृतिक विविधता में इनका महत्त्वपूर्ण योगदान रहा है।

सन्दर्भ ग्रन्थ-सूची

असमीया ग्रन्थः

- कायस्थ, पुतुली, संपा. असमर बिभिन्न जनगोष्ठीर बिबाह पद्धति, प्रथम गुवाहाटीः भवानी प्रिंट एंड पब्लिकेशन्स, 2007
- चक्रवर्ती, मुकुल और चहरीया, कनक चन्द्र, संपा, असमर संस्कृति–समीक्षा, प्रथम, गुवाहाटीः चन्द्र प्रकाश, 2010

- दास, अंसुमान, संपा. असमर जनगोष्ठीय लोकखाद्य प्रथम गुवाहाटीः आंक–बांक, 2012
- दास, निर्माली संस्कृतिर रेङनि. गुवाहाटीः चन्द्र प्रकाश, 2011
- बरगोहाञि, यतीन्द्र कुमार असमर उत्सव आरु पूजा, प्रथम–योरहाटः मनोज कुमार लाडिया, 2004
- बरुवा, शान्तनु कौशिक, सम्पा. संक्षिप्त असमीया विश्वकोष 1. तृतीय गुवाहाटीः ज्योति प्रकाशन, 2009
- बरुवा, शान्तनु कौशिक, सम्पा. संक्षिप्त असमीया विश्वकोष 2. तृतीय गुवाहाटीः ज्योति प्रकाशन, 2009
- भट्टाचार्य, कैलेश, केतेकी फुलर घर गुवाहाटीः पाँच जन्य प्रिंटिंग एंड पब्लिशिंग, 2017
- मजुमदार, सूर्य कुमार बड़ो संस्कृतित–दृष्टिपात प्रथम गुवाहाटीः जे. आई. पि. प्रिंट एसोसिएट्स, 2002
- राजबंशी, परमानन्द, सम्पा. असमर संस्कृति–कोष, द्वितीय, गुवाहाटीः ज्योति प्रकाशन, 2014
- हाकाचाम, उपेन राभा, असमीया आरु असमर तिब्बत–बर्मीय भाषा, चौथा, गुवाहाटीः भवानी प्रिंट एंड पब्लिकेशन्स, असम, 2011
- हाकाचाम, उपेन राभा, एहोरा जनजातीय चुटि गल्प, प्रथम, गुवाहाटीः असम प्रकाशन परिषद, असम, 2012
- हाकाचाम, उपेन राभा, संपा. असमर जनजातीय संस्कृति, प्रथम गुवाहाटीः वाणी मन्दिर, 2005

अंग्रेजी ग्रन्थ

- Boro, Anil Kumar. *A History of Bodo Literature.* First, Delhi: Sahitya Academy, 2010
- Devi, Premalata. *Social and Regional Institutions of Bodo,*revised. Guwahati: Geophil Publishing House, 2004

बडो

- बसुमतारी रत्नेश्वर, आनि गोसोनि हादान, कोकरासारः अनसुमाइ लाइब्रेरी, 2015

आलेख

असमीया

- काकति, पल्लवी. "बड़ो जनगोष्ठीर उत्सव–पार्वणः एटि आलोचना". संपा. दास, अंशुमान प्रथम. गुवाहाटीः आँक–बाँक, 2013
- चौधुरी, मेदिनी. "बड़ो जनगोष्ठीर ऐतिहासिक पटभूमि". सम्पा. पद्म पाटर. तृतीय. गुवाहाटीः भवानी ऑफसेट प्राइवेट लिमिटेड, 2013
- दास, निर्माली. "बड़ो लोकखाद्यः एटि अध्ययन". संपा. अंशुमान दास.प्रथम. गुवाहाटीः आंक–बांक, 2012
- नार्जारी, भूपेन. "बड़ो सकलर लोकधर्म आरु पूजा". सम्पा. पद्म पाटर. तृतीय. गुवाहाटीः भवानी ऑफसेट प्राइवेट लिमिटेड, 2013
- नार्जारी, भूपेन." बड़ो समाजत बिबाह पद्धति". संपा. पुतुली. प्रथम. गुवाहाटीः भवानी प्रिंट एंड पब्लिकेशन्स, 2007
- बड़ो, अनिल. "बड़ो सकलर संस्कृति". संपा. मुकुल चक्रवर्ती और कनक चन्द्र सहरीया. प्रथम. गुवाहाटीः चन्द्र प्रकाश, 2010
- बसुमतारी, रत्नेश्वर. "बड़ो जनजातिः समीक्षात्मक अध्ययन". संपा. मलिना देवी राभा. द्वितीय. जोरहाटः असम साहित्य सभा, 2010
- भट्टाचार्य, प्रमोद चन्द्र." असमर जनगोष्ठी समूहर परिचय". संपा. चक्रवर्ती, मुकुल और चहरीया, कनक चन्द्र. प्रथम. गुवाहाटी चन्द्र प्रकाश, 2010

कार्बि जनजाति : एक सर्वांगीण अध्ययन

पूजा बरुवा

असम राज्य अनेक जाति तथा जनजातियों की मिलनभूमि है। बहुत पहले से ही कई जनजातियों ने अपनी संस्कृति, साहित्य, सभ्यता आदि से असम समृद्ध है। उन जनजातियों में से प्रमुख है कार्बि। कार्बि जनजाति के लोग असम के पहाड़ों एवं जंगलों में सदियों से रहते आये हैं। स्वभाव से यह जनजाति अत्यन्त सहज–सरल होती है और ये शहरी जीवन से दूर पारम्परिक तरीके से अपना जीवन व्यतीत करते आये हैं।

कार्बि मूलतः मंगोलीय या चीनी–तिब्बतीय प्रजाति की जनजाति है। कार्बि शब्द उनकी जनजाति और भाषा दोनों के लिए प्रयुक्त होता है। इस शब्द की व्युत्पत्ति के सन्दर्भ में अनेक मत हैं। कुछ लोगों के अनुसार कार्बि संस्कृति से ही इस शब्द की उत्पत्ति हुई है। कार्बि लोक–विश्वास के अनुसार *इलिके थेकार केबि आछ* वाक्य के *थेकार* शब्द से थे और *केबि* शब्द से के का लोप होकर कार्बि शब्द बना है, जिसका अर्थ है–हम ईश्वर के नाम पर अर्पित सन्तान हैं।

सामसिङ हांचे के अनुसार कुछ लोगों का मानना है कि काबेरी नदी के तट से बहुत पहले जो जनजाति उत्तर भारत आयी थी, उसे दूसरी जनजातियाँ काबिरीवासी कहते थे। वे खुद को *छुमफि* अर्थात् *आरलङ* कहते थे और बाद में उन्होंने इस *आरलङ* शब्द के साथ *काबिरी* शब्द को जोड़ लिया। इस काबिरी शब्द के अपभ्रंश रूप से ही कार्बि शब्द की उत्पत्ति हुई है।

अन्य एक वर्ग के अनुसार कार्बि में आग को में और पानी को *लाङ* कहते हैं। प्राचीन काल में किसी एक आदिम पुरुष ने अपने घर के अन्दर

आग जलायी थी। आग जलाने को कार्बि में मे *आकार* कहा जाता है। उस व्यक्ति ने आग जलाकर उसे बिना बुझाये छोड़ दिया। कार्बि में छोड़ देने को बिकहते हैं। आदिम पुरुष के मे *आकार बि* करने के कारण ही बाद में उनके वंश ने कार्बि नाम लिया।

इस सन्दर्भ में साहित्यकार रङबङ तेराङ ने 'समन्वय प्रवाह' निबन्ध संकलन के कारबि सकल नाम के पाठ में लिखा है–

'कार्बि शब्दटिर बुत्पत्ति सम्बन्धे बहुजनर सुकिया धारणा थाकिब पारे। एने बितर्क बोरलै नगै, आदिम कारबि पुरुषर मनत उदय होवा जुइर धारणारेइ शब्दटिर बुत्पत्तिर स्थल बुलिब पारि। कियनो, कारबि जनगोष्टीर माज़त जुइर प्रति थका श्रद्धाभाव आजिओ गभीर भावे अंकुरित है आछे। तेओलोकर बरघरत 'कूट' नामर मूल कोठार जुइ शालर जुइ अनिर्बापित करि रखाटोवेइ सनातन कारबि धर्मर आदर्श। 'मे आकार केबि' बाक्यांशर पराइ चमुकै 'कारबि' शब्दटो गठित हैछे। एइ शब्दटोर बहल अर्थ हॉल– 'अग्निपूजक'।' (बरुवा 1998:5)

अर्थात्– कार्बि शब्द की व्युत्पत्ति के सम्बन्ध में लोगों की अलग धारणा हो सकती है। इन वितर्कों की ओर ध्यान न देकर आदिम कार्बि पुरुष के मन में उदय होने वाली आग क़ी धारणा से ही इस शब्द की व्युत्पत्ति हुई है, यह कहा जा सकता है। क्योंकि कार्बियों में आग के प्रति श्रद्धाभाव आज भी गम्भीर रूप से अंकुरित है। उनके कूट नाम के मुख्य कमरे में रखी आग बिना बुझाये रखना ही सनातन कार्बि धर्म का आदर्श है। मे आकार केबि वाक्यांश से ही संक्षिप्त होकर कारबि शब्द बना है। इसका व्यापक अर्थ है 'अग्निपूजक'।

कार्बियों को पहले मिकिर कहा जाता था। मिकिर शब्द की व्युत्पत्ति के सन्दर्भ में कहा जाता है कि मि शब्द कुकि–चीन भाषा का है, जिसका अर्थ है इन्सान। कुछ लोगों के अनुसार मि शब्द के साथ किर शब्द के मेल से मिकिर शब्द बना है। किर शब्द का अर्थ है डरपोक। अर्थात् मिकिर का अर्थ हुआ डरपोक इन्सान। दरअसल में शान्तिप्रिय होने के कारण ही ये लोग थोड़े भगोड़े या डरपोक स्वभाव के होते थे।

द मीकिर्स (THE MIKIRS) नामक ग्रन्थ में Sir CharlesLyall ने कार्बियों का परिचय देते हुए कहा हैं–

The MIKIRS are one of the most numerous and homogeneous of the many Tibeto & Burman races inhabiting the province ofAssam- (बरुवा 1998:1)
अर्थात्–मिकिर असम प्रान्त में रहनेवाले कई तिब्बत–बर्मी जातियों में से एक है और सजातीय है।

इतिहास

कार्बियों का इतिहास काफी पुराना है। वे कब और कैसे असम आये इस विषय में कुछ भी निश्चित रूप से नहीं कहा जा सकता। अनेक वर्गों ने इसके सन्दर्भ में अलग–अलग मत प्रकट किये हैं। कार्बि साहित्यकार सामसिङ हांचे ने 'कार्बि्ब–लामथे' नामक पुस्तक में कार्बियों के इतिहास के सन्दर्भ में इस प्रकार लिखा है–

'कारबि सकलर आदि बासस्थान कत आछिल ताक ठावरकै कोवा टान। बुरंजीविद सकलर मते कारबि सकल तिब्बत–बर्मार एटा ठाल। टेओलोकर मते आदिते उत्तर भारतर हिमालयंर नामनित कारबि सकलर आदि बासस्थान। यि कि नहओक, कारबि सकल भारतलै अहा आन आन अनार्यरेइ एटा ठंङुलि। महाकाब्य रामायण आरु महाभारततो अनार्यसकलर बर्णना आछे। एइ दुखन महाकाब्यर भितरत रामायणखन कारबि जातिर सते अन्तरंग मिल आछे। कारबि सकलर किम्बदंती मते रामायणत बर्णित किष्किन्धा राज्यखन कारबि राज्यरेइ आछिल।' (बरुवा 1998:3)

अर्थात्–कार्बि लोग पहले कहा रहते थे, उसे निश्चित रूप से कह पाना मुश्किल है। इतिहासकारों के अनुसार कार्बि लोग तिब्बत–वर्मा की ही एक शाखा है। उन लोगों के अनुसार कार्बि पहले उत्तर भारत के हिमालय की तराई में रहते थे। जो भी हो कार्बि भारत में आये अन्य अनार्यों का ही एक अंश है। रामायण और महाभारत महाकाव्य में भी अनार्यों का वर्णन है। इन दोनों महाकाव्य में से रामायण का कार्बि जाति के साथ अन्तरंग मेल है। कार्बियों की किंबदंती के अनुसार रामायण में वर्णित किष्किन्धा राज्य कार्बियों का ही था।

कार्बि लोक–कथा के अनुसार बहुत पहले कार्बि लोग कलङ, कपिलि नदी के तटों और पूरे काजिरङा अंचल में रहते थे। डिमाचा कछारी राजाओं के शासनकाल के दौरान उन्हें पहाड़ियों में भगा दिया गया था। उनमें से कुछ जयन्तीया पहाड़ चले आये। बाद में उनका एक वर्ग जयन्तीया पहाड़

छोड़कर बरापानी नदी पार करके उत्तर–पूर्व की ओर चला गया और रोङखाङ पर्वत के सोचेग नामक स्थान में रहने लगा।

कार्बि लोक असम की विविध जिलाओं में फैले हुए हैं, पर कार्बि आङलङ में सर्वाधिक कार्बि लोग हैं और यही जिला कार्बि राज्य का मूल भू–खण्ड था। यह भारत के संविधान की छठी अनुसूची के प्रावधानों के अनुसार प्रशासित एक जिला है। इसके लिए कार्बियों ने सरकार के खिलाफ संगठित रूप से जंग लड़ी थी। सन् 1952 से पहले यह नगाँव जिले के साथ संयुक्त था। इसका एक हिस्सा शिवसागर और जयन्तीया जिले के साथ भी संयुक्त था। वर्तमान समय में इसी जगह में कार्बियों की मुख्य अवस्थिति है।

जनसंख्या और भौगोलिक अवस्थिति

उनकी जनसंख्या अधिक नहीं है। विकिपीडिया में प्राप्त तथ्य के अनुसार असम में सन् 2001 की जनगणना के अनुसार कार्बियों की जनसंख्या 4,19,534 हैं। कार्बि असम के कार्बि आङलङ जिले की प्रमुख स्वदेशी जनजातीय समुदाय है। कार्बि आङलङ में ही कार्बियों की जनसंख्या सर्वाधिक है, पर इसके अलावा कार्बि लोग आस–पास के राज्य जैसे अरुणाचल प्रदेश, मेघालय तथा नागालैंड में भी फैले हुए हैं। असम के डिमा हाचाओ, कामरूप, मरिगाँव, नगाँव, गोलाघाट, करीमगंज, लक्षीमपुर आदि जिलों में, अरुणाचल प्रदेश के पापुम पारे जिले के बालिजान सर्कल, जयन्ती हिल्स में, मेघालय के पूर्वी खासी पहाड़ में और नागालैंड के डिमापुर में कार्बि लोगों की अवस्थिति है।

आजीविका

कार्बि लोगों की मुख्य जीविका कृषि कर्म है। वे पहाड़ों में जूम खेति करके अपना जीवन व्यतीत करते हैं। उच्च स्तरीय कृषि प्रणाली का प्रयोग करने से पहले वे पारम्परिक तरीके से खेती करते थे।

भाषा और लिपि

कार्बियों की भाषा कार्बि है। इसे मिकिर या आरलेङ भी कहा जाता है। यह तिब्बत–बर्मी भाषा परिवार के अन्तर्गत आती है। विकिपीडिया में प्राप्त

तथ्य के अनुसार सन् 2011 की जनगणना के मुताबिक असम तथा उसके आस–पास के राज्य में कार्बि भाषा बोलनेवालों की संख्या 5,28,506 हैं।

कार्बियों की अपनी लिपि नहीं होती है। वे रोमन लिपि में और कभी कभी असमीया में लिखते हैं। वे ज़्यादातर असमीया वर्णों का ही प्रयोग करते हैं। कार्बि भाषा में प्रकाशित *पिरथे किमि* नामक अखबार और *हाई, क्लङकर आथेकार केतिआकिताम* आदि पुस्तकों में भी असमीया वर्णों का प्रयोग देखने को मिलता है। वे अपने साहित्य, संस्कृति तथा परम्परा को मौखिक रूप से ही आगे बढ़ाते आये हैं। कार्बि में पहली रचना अमरीकी मिशनरियों ने 20वीं सदी के आरम्भ में प्रकाशित की थी। उन लोगों ने कार्बि में एक अखबार, शब्दकोश और कई धार्मिक ग्रन्थ भी प्रकाशित किये थे।

कार्बियों की भाषा सरल होती है। उनकी भाषा में कहीं–कहीं लोकोक्तियों के प्रयोग मिल जाते हैं, जिन्हें कार्बि में *सरलामथे* कहा जाता है। इनमें कार्बियों का सामाजिक जीवन, उनकी रीति–नीति आदि की झलक मिलती है। उनके कुछ उदाहरण देखिये–

कार्बि– कान थेक थैते तिकुब सिकाहिन पुसि पुप। (बरुवा 1990:82)
हिंदी– नाच न जाने आँगन टेढ़ा।
कार्बि– अरनाम अतुन सरिपु
असोन सोसेता अथै
सोऐता आमेन थनरी। (बरुवा 1990:82)
हिंदी– आम खाओ गुटलियाँ मत गिनो

गोत्र

कार्बि लोगों के मूलतः पाँच गोत्र होते हैं। उन गोत्रों के अनेक उपगोत्र भी हैं। कार्बियों के गोत्र और उपगोत्र निम्न प्रकार के हैं–

लिजाङ (इङति) : इङति हांसेक, इङति काथेर बुरा, काथेर रिसो, इङलेङ, तारो, इङति किल्लिङ आदि।

हाजङ (तेराङ) : तेराङ, तेराङ एङनार, तेराङ इङजाइ, तेराङ दिल्ली, तेराङ रोङचेचो, बे के–इक, बे के एट, बे चिङठोङ, बेदुम, बेलिनदोक, बेमिजि, क्रो, क्रो निलिप, क्रो निहाङ, क्रो खामु।

टेरण (क्रोंजङ) : मिल्लिक, कोङकट, लङने, सिराङ, डेङजा, अइ, टोराप, सर–इक, मिजि।

तुङजङ (तिमुङ) : तिमुङ, तिमुङ रङपि, तिमुङ किल्लिङ, तिमुङ फुरा, फाङचो, फाङचोजुइटी, फाङचोलंगटेरोई, फाङचो इङार, फाङचोवोजारू, पाटर, किल्लिङ मिजि, किल्लिङ नोकबारे, सेनार, सेनार मुचिकि, सेनार मेजि, टोकबिडेरा, रोङफार सेनोट, रोङफार फुरा, नोकबारे, नोंगडू, नोङलदा, डेरा, सेनार पाटर, सेनोट, चालूटसेनोट, मू चोफि और टोकबिकिल्लिङ।

इङहि (एजाङ) : इङहि, रोङपि, रोङपि रोङहङ, रोङपि आमरि, रोङपि चिङठोङ, रोङपि लिंदोक, रोङपि मेजि, रोङपिरोङचहन, रोंघि, के–अप, रेङोइ, रेङलुम, रेनते, लेकथे, बोङारुङ, क्रामसा, हांचे लिंदोक, हांचे चिङटोङ, हांचे दुरोङ, हांचेनोङफिली, हांचे नोङलोदा, हांचेकॉल, रोङहङ, रोङहङ लिंदोक, तिस्सो रोङलिङ, तिस्सो मोथो, तिस्सो रोङचेचो और तिस्सो।

कार्बि लोग मिलना–जुलना पसंद करते है। उनके गोत्रों में झगड़े नहीं होते है। गाँव के सरपंच को *छार्थे* कहा जाता है। उनकी मदद के लिए *चिनथङ, फेराके* आदि होते हैं। *पजेङछार्प* युवाओं का प्रतिनिधि है और यह भी सरपंच की मदद करता है। इन सबका चयन *रङकेचेङ* नाम की समिति करती है और इस समिति के विरुद्ध समाज का कोई भी व्यक्ति नहीं जा सकता।

कार्बि समाज में एक ही गोत्र के युवक–युवती में शादी नहीं होती। क्योंकि उनका सम्बन्ध भाई–बहन जैसा होता है। इनका समाज पितृ–प्रधान होता है। पर फिर भी उनमें शादी के बाद दुल्हन का दूल्हे की उपाधि ग्रहण करने की परम्परा नहीं है। इन लोगों में मामा की बेटी से शादी करने की परम्परा है, पर मामा के बेटे से नहीं। कार्बि समाज में मामा का बेटा रिस्ते में लड़की का भी मामा लगता है। उसी तरह बुआ की बेटी मामा के लड़के के साथ शादी नहीं कर सकती, क्योंकि वह उनको जीजाजी बुलाती है। कार्बि समाज में विधवा भाभी से देवर की शादी अवैध नहीं मानी जाती। साथ ही किसी अन्य जाति के लड़के के साथ कार्बि लड़की के विवाह को भी अवैध नहीं माना जाता। कार्बि समाज में कोई भी पुरुष बिना किसी दोष के अपनी स्त्री का त्याग नहीं

कर सकता। इनके समाज में पर्दा प्रथा, दहेज–प्रथा, बाल–विवाह आदि जैसी कु–प्रथाएँ नहीं हैं।

रहन–सहन और वेशभूषा

कार्बियों का रहन सहन एक़दम साधारण है। ये लोग अधिकतर पहाड़ों और जंगलों में रहना पसन्द करते हैं। ये पूरी तरह से प्रकृति से जुड़े हुए होते हैं। वे जिन घरों में रहते हैं, वे न ही बहुत बड़े होते हैं और न ही बहुत छोटे। जो ग़रीब होते हैं, उनके घर बाँस और छप्पर से बने हुए होते हैं और जिनकी आर्थिक अवस्था अच्छी है, उनके घर कुछ उच्चस्तरीय होते हैं। उन घरों को *चाङघर* (मचाननुमा घर) कहा जाता है। ये घर लकड़ी, छप्पर और बाँस से बने होते हैं। ये घर ज़मीन से कुछ फीट ऊँचे होते हैं। उनके घरों में दो बरामदे होते हैं, एक घर के आगे और एक पीछे। *चाङघर* के दो हिस्से होते हैं। अतिथि कक्ष को काम और परिवार के सदस्यों के कक्ष को कूट कहा जाता है।

कार्बियों का चाङघर

कार्बियों की वेशभूषा बहुत ही सुन्दर और रंगीन होती है। वे आज भी आधुनिक वस्त्र न पहनकर अपने पारम्परिक वस्त्र ही पहनते हैं। वे करघे पर कपड़े बुनते हैं। पुरुष और महिला के लिए अलग–अलग कपड़े हैं।

कार्बि पुरुष एक प्रकार का जाकेट पहनते हैं, जिसे *चोय* कहते हैं। वृद्ध और मध्य वयस्क पुरुष *चोय–नाङपो, चोय इङ* और *चोय मिरि* नामक जाकेट पहनते हैं और युवकों द्वारा पहनी जाकेट को *कोचोय*–हङथर कहा जाता है।

उनकी बुनी हुई काली क़मीज़ को *तोयनौमोई* और लाल क़मीज़ को *चोय–आङ* कहा जाता है। कार्बि पुरुष कमर पर *रिकोङनाम* का एक कपड़ा लपेटते हैं। वे सर पर एक सफ़ेद पगड़ी पहनते हैं, जिसे *पोहो* कहा जाता है। वे कमर पर धोती पहनते हैं, जिसे *रिकोङ* कहा जाता हैं। वे अपने कन्धों पर एक लाल गमचा रखते हैं, जिसे *पेय–कामशा* कहते हैं। वे बाहर जाते वक्त अपने साथ हमेशा एक झोला रखते हैं, जिसे *जामबिलि* कहते हैं। इसके भी अनेक प्रकार हैं और उनमें से *जारोङ जांबिली* का प्रयोग शुभ अवसरों पर किया जाता है।

परम्परागत वेशभूषा में एक कार्बि पुरुष

कार्बि पुरुष अपने कानों में एक विशेष प्रकार का आभूषण पहनते हैं, जिसे *नारिक* कहते हैं। *लेक–पैकोम, लेक्रूआ, लेक–एंजि* आदि पुरुषों द्वारा गले में पहने जाने वाला आभूषण हैं। वे हाथों में चाँदी का कंगन पहनते हैं, जिसे *प्रिंसोरोई* कहते हैं।

पुरुषों की तरह कार्बि महिलाएँ भी ऊन और सूत से बनी सुन्दर–सुन्दर वस्त्र पहनती हैं। वे कमर पर मेखला की तरह एक काले रंग का कपड़ा पहनती हैं, जिसे *पिनि* कहते हैं। पिनि अलग–अलग प्रकार के होते हैं। जैसे–*पिनि जाङरे, पिनि संटोक, आहि छेरोप, पिनि मेकसेरेक* आदि।

शरीर के ऊपर के हिस्से में वे लोग *पेकोक* पहनती हैं, जो चादर की तरह होती है। इसे दायी ओर पहनी जाती है। इसकी भी अलग–अलग शैली होती हैं। जैसे–*पे सेलेङ, पे लुरु, पे सारपी, पे दुफिरसों* आदि। समान्यतः *पे सारपी* वृद्ध महिलाएँ पहनती हैं। *पे सेलेङ* मध्य वयस्क महिलाएँ पहनती हैं और *पे दुफिरसों* जवान लड़कियाँ पहनती हैं।

कार्बि महिलाएँ कमर पर *वांकोक* नाम का एक कमरबन्ध पहनती हैं। इसके दोनों सिर रंगीन होते हैं। *आमेकपि, आमेक्सो,सुवे आर्वो* आदि इसके उदाहरण हैं। वे अपने स्तनों पर *पे–जिचो* नामक एक काला कपड़ा लपेटती हैं। वर्तमान समय में महिलाएँ *जिचो* के बजाय क़मीज़ पहनती हैं।

बच्चों को शरीर के आगे या पीछे की ओर बाँधकर ले जाने के लिए कार्बि महिलाएँ *पिबा* नामक कपड़े का प्रयोग करते हैं।

सर्दियों के दौरान कार्बि महिलाएँ खोङजारि नामक एक रंगीन और धारीदार एंडी का दुपट्टा पहनती हैं और *चामांकान* में *दोखेरसो* नामक एक विशेष एंडी दुपट्टा पहनती हैं।

कार्बि महिलाएँ बाहर जाते वक्त अपने साथ *छुइनाम* का एक छोटा सा थैला लेकर जाती हैं।

सुन्दर वस्त्र के साथ–साथ कार्बि औरतें सुन्दर अलंकार भी पहनती हैं। वे कानों पर *नोथेङपी* नामक अलंकार पहनती हैं। *नोथेङपी'* समान्यतः बुजुर्ग महिलाओं द्वारा पहना जाता है। कार्बि महिलाएँ गले में चाँदी के चिक्कों और लाल रंग के मोतियों से बना हुआ हाड़ पहनती हैं और हाथों में *रय–शेंकी, रय पेङखारा और रय–इङरी* नामक चूड़ी पहनती हैं। वे अपने हाथों में *आरणान* नाम की अंगूठी भी पहनती हैं। वे बीच की उंगली में तीन अंगूठियाँ पहनती हैं। उन तीन अंगूठियों में से बीच वाली अंगूठी को *पइचार* कहते हैं। उनके सभी अलंकार चाँदी के होते हैं। उनमें सोने का अलंकार पहनना मना है।

कार्बि महिलाओं में माथे से लेकर ठुड्डी तक एक काली रेखा अंकित करने का नियम है। बारह वर्ष की उम्र से ये रेखा अंकित की जाती है। इसे *दुक* कहते हैं। बहुत पहले अन्य जाति के शत्रुओं से अपने सतीत्व की रक्षा करने के लिए महिलाएँ *दुक* अंकित कर खुद को बदसूरत बनाती थीं। वर्तमान समय में इसका प्रयोग बहुत ही कम होता है।

परम्परागत वेशभूषा में कार्बि महिलाएँ

त्योहार

कार्बि लोग साल में कई त्योहार मनाते हैं। उनमें से *हाचा केकान, चोजुन, रोढकेर, पेङ कार्कलि, बोतोर केकुर, चामांकान* आदि प्रमुख हैं। ये त्योहार साल के किसी निश्चित समय में मनाये जाते हैं। उनके अधिकतर त्योहार कृषि से सम्बन्धित हैं और प्रत्येक त्योहार का एक विशेष महत्त्व होता है। उनके तौहार को तीन भागों में बाँटा जा सकता है–

सामाजिक त्योहार

विवाह कार्बि लोगों का सामाजिक तौहार है। कार्बि में विवाह कार्य को *पिछॉ पाङरि* कहा जाता है। कार्बि समाज में महिलाओं को विशेष सम्मान दिया जाता है। इसका प्रमाण उनके विवाह–रीति में मिलता है। कार्बि समाज में अगर किसी लड़की को अपने घर की बहू बनाना हो तो लड़के वालों को लड़की वालों के घर तीन बार सौगात लेकर जाना पड़ता है। पहली बार लड़के की माँ दो–तीन विवाहित औरतों के साथ शराब की बोतल लेकर लड़की वालों के घर मेहमान बनकर जाती है और लड़की की माँ से बातचीत के दौरान उनकी लड़की को अपनी बहू बनाने की इच्छा व्यक्त करती है। इस खण्ड को *नेङपि–नेङछ–काचिङकि* अर्थात् इसमें समधने एक–दूसरे से बातचीत करती हैं। इस बातचीत में सम्मति का इशारा पाने के बाद सटीक उत्तर पाने के लिए आवश्यकीय सौगात हरबङ लेकर मामा के घरवाले जाकर फिर से बातचीत करते हैं। इस

खण्ड को *केपातिनि* (निश्चय निर्धारण) कहा जाता है। तीसरी बार फिर *हरबङ* (लौकी में प्रस्तुत बाराव) लेकर लड़की के मामा के घर जाकर शादी की तारीख पक्की की जाती है। इस खण्ड को *आज–आरणि केफा* अर्थात् दिन निर्धारण पर्व कहा जाता है।

इस प्रकार तीनों खण्डों का काम खत्म होने के बाद अन्त में एक शुभ दिन (साधारणतः सूखे मौसम में) तय करके लड़के वाले अपने परिवार, रिस्तेदार, सगे–सम्बन्धी और दोस्तों को लेकर लड़की वालों के घर बारात लेकर जाते हैं। लड़की वालों के घर जाकर नियम के अनुसार लड़की के मामा को *हरबङ* और शराब अर्पण करने के साथ ही विवाह की प्रक्रिया शुरू होती है। सभी लोगों के सामने लड़के वाले और लड़की वालों के बीच प्रश्नोत्तरी के माध्यम से बातचीत होती है। इस पर्व के बाद लड़की के मामा उन्हें दिये गये *हरबङ* को हाथ में लेकर अपने इष्ट देवता के साथ–साथ अन्य देवताओं का भी आशीर्वाद माँगते हुए कुछ श्लोकों का उच्चारण करते हैं।

कार्बि शादी में विवाह–गीतों का महत्त्वपूर्ण स्थान होता है। कार्बि विवाह में गाये जाने वाले गीतों को *आदाम आसार* कहा जाता है। लड़के वाले और लड़की वालों के बीच विवाह–गीत के माध्यम से एक–दूसरे के उद्देश्य और मतों का आदान–प्रदान होता है। ये गीत उभय पक्षों के गायकों द्वारा गाये जाना का नियम है, पर इस विषय में निपुण कोई व्यक्ति दोनों पक्षों में से किसी एक पक्ष की ओर से गा सकता है। विवाह की रात को मामा के घर में दोनों पक्षों द्वारा गाये जाने वाले गीत का एक उदाहरण देखिये–

'थेलु (मामा)
जु छाङलिन पेन क्लिरमे–
आन छार आङहाङ फुहे
बङछुक पाङफार चे
खिमा रिमरॉ चे
देङ किन्दु तकचे (ले)
थेलु आहुम मे
पत लॉ हुमरि नांगले?
पालात आफङमे (तङ)

लॉ हुमरि छाङले (मा)
आहुत ले उनये (तंग)
लॉ हुमरि मा हे?
ने नाङ थेलु कामे
बइ फाराण कावे
लांगलि कारछे छे
बि–हाइ ने कावे
ताङ चिङजिन मेमे (लॉ)
छाङलिन पेन क्लिरमे।' (दास 1998:26)

अर्थात्–मामा कहते हैं कि हे! पूजनीय बहन और जीजाजी। आप लोगों के इस वृद्ध अवस्था में हमारे इस गरीबखाने में आप लोगों के आगमन का क्या उद्देश्य है? आपके मामा की हालत अत्यन्त खराब है। हमारे ऐसे दया आने वाली अवस्था में हम कैसे आपका आदर–सत्कार कर सकते हैं? फिर–

'छाङलिन (जीजाजी):
जु थेलु लरि
पालात आफङ बि
ने ला आहुत फालि।
थेलु आहुम छि
कालॉ नाङ हुमरि।
ने नांग छाङलिन पेन क्लिरणि
नन छार आङहाङ कुरि
बइ आखेन बेनछि
नाछेंग छि जादि।
नाङलि क्लिर लरि
जर्लाङ बचेछि
नन छिङक्रेङ मुंतालि
थेमलेङ आराणि
दामचार आलामछि
लङकि आकेङरि (ता)
लॉ हुमरि दामछि
एछार ए–लङकि (बाङ)
एजेंग एजाति (पेन)

छामि थारे रि
तुमछो आरविन छि
थेलु आहुमरि
कालॉ नाङहुमरि
लॉ थेलु लरि।' (दास 1998:27)

अर्थात्–जीजाजी कहते हैं कि हे श्रद्धेय मामाजी, हम कहीं जाने के लिए आज आपके घर में थोड़ी देर विश्राम करने नहीं आये हैं। बल्कि मामा के घर आने के उद्देश्य से ही हम यहाँ आये हैं। हम बूढ़े हो रहे हैं, हमारी काम करने की क्षमता कम होती आ रही है और हमारी आँखों की रोशनी कम होने लगी है। इसीलिए आपलोगों से सहायता की आशा करते हुए हमारे सरपंच, दोस्त–बन्धु और अन्य सगे–संबंधियों के साथ इस धूपदारमौसम में आपके घर आये हैं।

शादी की रात को सभी नियमों का पालन कर अगले दिन निर्धारित समय में लड़के वाले दुल्हन को साथ लेकर अपने घर लौटते हैं। दूल्हे के घर में भी गीतों के माध्यम से दोनों समधियों के बीच बातें चलती हैं। उसका एक उदाहरण देखिये–

छाङलिन

'जु थेलु मान्दुङ
ने नांग छाङलिनमान्दुङ (पेन)
नांगलि क्लिर मान्दुङ
आरुण बचेदून (के)
जु लामथे लाम–मुङ।
वफृ पेन वॉथुङ (छन)
नाथन रिनरान फुन
कावेदेत बिथुङ।
दाम–छार पिङदुन (ता)
चोजाक नेलितुम (लॉ)
थेलु मान्दुङ।' (दास 1998:28)

अर्थात्–आपकी बहन और जीजाजी का सांसरिक जीवन एकदम दुखजनक है। कपोत और गौरैया के घोंसलों की तरह हमारा घर–बार भी अस्थायी है। हमारी आर्थिक स्थिति भी ठीक नहीं है। फलस्वरूप शादी करवाके हम काफी लज्जित हुए हैं।

दूल्हे के घर में सभी सामाजिक काम खत्म कर लड़की वाले दुल्हन को अपने ससुराल में छोड़कर अपने घर लौटते हैं। लौटेते वक्त दुल्हन के मामा उसे सांसारिक धर्म निष्ठा से पालन करने का परामर्श गीत के जरिये इस प्रकार देते हैं–

थेलु

ऑ क्लिरछॉ क्लिरनी,
ला नाङ हार्चि–तकलि
आर्चानाम मे छि (पेन)
जो–दाप मातौ जि
मातले रे–लि (ते)
नाङ हुम–मे थिरजि।
नाङ रिंदि मेछि
फांदार पालकरि
चेक वथुङ जुइनि।
मॉ छिङक्रेङ मुंतालि
नाङ हुम–मे हुमरि
ने लॉ–हुमरि वाङजि।
नाङ जर्लाङ विर्ति
हिंग आहर मेछि
रिदेंग नावनरि
नन क्लिर–छॉ क्लिरणी। (दास 1998:29)

अर्थात्–ओ मेरी प्यारी बेटी, रोज तुम्हारी सासु माँ तुम्हारे भले के लिए शायद तुम्हे डाँटेंगी–समझायेंगी–उपदेश देंगी, लेकिन तुम क्रोध न करके उन उपदेशों का पालन करने की कोशिश करना, इससे तुम्हारा वैवाहिक जीवन खुशियों से भर जायेगा। हम फिर आयेंगे, तब तुम अपने हाथों से शराब और भात खिलाकर हमारी खातिरदारी करना।

कार्बि शादी में शुरू से लेकर अन्त तक शराब की आवश्यकता पड़ती है। शादी में *हरबङ* सबसे बड़ा सम्मान है, जिसके बिना शादी सम्पन्न नहीं हो सकती।

धर्म से सम्बन्धित त्योहार

बोतोर केकुर में कृषिजीवी गाँव वाले ईश्वर से भारी बरसात के लिए

प्रार्थना करते हैं। बरसात होने पर ही खेत में फसल बोया जा सकता है। इसीलिए कार्बियों में लोक–विश्वास है कि यह त्योहार मनाने से ईश्वर प्रसन्न होंगे और बर्षा होगी।

रङकेर का त्योहार गाँव वालों की सुविधा के अनुसार 5 जनवरी या 5 फरवरी में ईश्वर को धन्यवाद देने के उद्देश्य से मनाया जाता है। साथ ही इस त्योहार में गाँव वाले ईश्वर से यह आश्वासन माँगते हैं कि वे उन्हें हर खतरे से बचाये और पूरे गाँव का मंगल करें। इस पूजा के कई प्रकार हैं। जैसे *पिर्दार रङकेर, आजोरङकेर, देङजा रङकेर* आदि। पिर्दार रङकेर गाँव से दूर आयोजित किया जाता है और इसमें महिलाएँ शामिल नहीं हो सकतीं। *आजोरङकेर* पूजा का मांस घर नहीं ले जाया जा सकता है। देङजा रङकेर पूजा में केवल आको तेराङ गोत्र के लोग ही शामिल हो सकते हैं।

कार्बि लोग इन त्योहारों के अलावा एक और अद्वितीय त्योहार मनाते हैं, जिसे *चामांकान* या *थी–कढ़ी* कहा जाता है। यह वास्तव में एक समारोह है, जिसे मृतकों की आत्मा की शान्ति और सदगति के लिए आयोजित किया जाता है। *चॉमाँगकान* में युवक–युवतियाँ एक–दूसरे के साथ *निमछोकेकाङ* नृत्य करते हैं। इस उत्सव के प्रसंग में अध्यापक रङबङ तेराङ ने इस प्रकार कहा है–

'कारबिसकलर चामांकान जातिटोर कृष्टि, सभ्यता, जीवन आरु जगत सम्बन्धीय ध्यान–धारणार एक मूर्त प्रकाश।' (बरुवा 1998:7)

अर्थात्–कार्बियों का चामांकान उस जाति की कृष्टि, सभ्यता, जीवन और जगत सम्बन्धी ध्यान–धारणाओं का मूर्त प्रकटीकरण है।

चामाङ का अर्थ है *खाचीया* और कान का अर्थ है नृत्य। अर्थात् चामांकान का अर्थ है खाचीया नृत्य। इस उत्सव में खाचीया जयन्तीया रीति–नीति से मृतकों की आत्मा की सद्गति की कामना की जाती है। यह उत्सव चार दिन का होता है। पहले दिन को *रू–केहुम* कहा जाता है। इस दिन युवक–युवती नृत्य करते हुए मृतकों की अस्थियाँ घर के अन्दर लाते हैं। दूसरे और तीसरे दिन को क्रमशः *कानछ* और *कानपि* कहते हैं, इनका अर्थ हैं– छोटा नृत्य और बड़ा नृत्य। चौथे और अन्तिम दिन को *बानजार केकु* कहते हैं। इस दिन घर के अन्दर लाये गये अस्थियों का दहन किया जाता है। इसी से चामांकान का उत्सव समाप्त होता है।

चजुन पूजा कार्बियों का एक बहुत बड़ा उत्सव है। यह पूजा कृषि के साथ जुड़ी हुई है। छिनिङ अर्थात् 'स्वर्ग' और लङले अर्थात् मिट्टी, इन दोनों के सम्बन्ध ने ही *चजुन पूजा* की शुरुआत की। इस पूजा के मुख्य देवता *छिनिङरेछो* अर्थात् 'स्वर्गराज इन्द्र' हैं। इस पूजा में बकड़ी, मुर्गी, सूअर आदि की बलि दी जाती है, पर सूअर के मामले में इसमें अलग नियम है। इसमें सिर्फ पहले ही बलि के लिए अर्पित किये गये सूअर की ही बलि देना का नियम है। यह पूजा गाँव से दूर किसी मैदान में आयोजित किया जाता है और पुरुष तथा महिलाओं के लिए इसमें अलग–अलग विश्रामकक्ष बनाने का नियम है। इस पूजा की सामग्री केवल परिवार वाले और पुजारी ही स्पर्श कर सकते हैं।

कृषि पर आधारित त्योहार

हाचा केकान कार्बियों का एक प्रमुख त्योहार है। यह साल के अन्त में तब मनाया जाता है, जब कृषिजीवी कार्बि मेहनत से उत्पादित फसल को समेटते हैं। पहाड़ के जूम खेत के नीचे *जिमटिम* (=आँगन) में जमा किये गये धानों को एक शुभ दिन देखकर गाँव वाले साथ मिलकर घर लाते हैं। धानों को कपड़े की लम्बी पोटली में डालकर युवक–युवती और विवाहित स्त्री–पुरुष पीठ में लादकर अपने कोठार में भरते हैं। इस प्रक्रिया के समाप्ति के दिन सभी लोग रात को मिलकर ख़ुशी से भोज खाते हैं, नाचते गाते हैं। यह कार्बियों की सामाजिक नीति का एक अभिन्न अंश है।

हाचा केकान त्यौहार

लोक–नृत्य

कार्बि समाज में नृत्य और गीतों की महत्त्वपूर्ण भूमिका होती है। उनके संगीत और नृत्य प्रकृति से सम्बन्धित हैं। कार्बियों के कई लोक नृत्य हैं। उनमें से अधिकतर उत्सवों के साथ जुड़े हुए हैं। *निमछो केकाङ और हाचा–केकान* इनके मुख्य लोक–नृत्य हैं। फसल कटाई के समय कार्बि लोग *हाचा–केकान* नृत्य करते हैं। यह नृत्य अत्यन्त ही आकर्षक है। गायक के गीत के साथ स्वर मिलाकर कार्बि युवक नाचते हैं।

चामांकान कार्बियों का ऐसा उत्सव है, जो मृतकों की आत्मा की शान्ति हेतु मनाया जाता है। इस उत्सव में जो नृत्य प्रदर्शित किया जाता है, वही *निमछो केकाङ* नृत्य है। किसी विवाहित पुरुष का किसी युवती के साथ यह नृत्य करना अवैध है। पर अविवाहित युवक–युवती साथ में यह नृत्य कर सकते हैं। यह नृत्य करते समय युवक माथे पर वाजाः अर्थात् भीमराज पक्षी के पंख लगाते हैं और युवतियाँ *जिरईक* पहनती हैं।

निमछो केकांग नृत्य

लोक–वाद्यः

कार्बियों में लोक–नृत्य और लोक–गीत में व्यवहृत वाद्य की संख्या एक़दम सीमित है। उनका प्रमुख वाद्य एक बड़े आकार का ढोल है, जिसे चेंङ कहा जाता है। इसे सामान्यतः कोई निपुण ढोलवाला ही बजाता है। उस ढोलवाले को *दुइहुदी* कहते हैं। वे नृत्य–गीत में छोटे आकार के ढोलों

का भी प्रयोग करते हैं। इनको *चेङ्ब्रूक* कहा जाता है। वे लोग दो प्रकार की बांसुरियों का प्रयोग करते हैं। काठ से बनी पिपही को *मूरी* और बांस से बनी बांसुरी को *पाङ्चेकहा* जाता है। वे युद्ध में व्यवहृत तलवार एवं ढाल लेकर भी नृत्य करते हैं।

कार्बियों के वाद्य–यन्त्र

लोक–गीत

नृत्य की तरह कार्बियों में अनेक लोक–गीत भी प्रचलित हैं। विभिन्न उत्सव एवं समारोहों में ये लोक–गीत गाये जाते हैं। उनके पारम्परिक लोक–गीत और धार्मिक गीत सामान्यतः उन विशेषज्ञों द्वारा ही गाया जाता है, जो उनके अर्थ भी समझते हैं और जिनकी आवाज़ भी अच्छी हो। विवाह के गीत, लोरी गीत, प्रेम–गीत, हाम्फु देवता के गीत, शराब प्रस्तुत करते समय गाये गये गीत, लक्ष्मी देवी के गीत, वर्षा देवी के गीत, रामायण के गीत, प्रार्थना गीत, अतीत के गीत आदि अनेक लोक–गीत कार्बियों में प्रचलित हैं। इन लोक–गीतों में पूरा कार्बि समाज प्रतिफलित हुआ है। इनको छोड़कर कार्बि जनजाति का विश्लेषण कर पाना असम्भव

है। कार्बि विवाह के गीतों को आदाम आसारया थेलु आलुन कहा जाता है। इन गीतों में कार्बि गीति साहित्य तथा संस्कृति की झांकी देखने को मिलती है। इसमें कार्बि समाज के रीति–रिवाज़, दूल्हा–दुल्हन की समस्याएँ, कन्यादान की विरह–वेदना, दुल्हन को दिये गये उपदेश आदि का यथार्थ चित्रण मिलता है। विदाई के समय रोती हुई बेटी को समझाते हुए कोई पिता कह रहे हैं कि–

ओ छेर लिजाङ क्लिरछो
लानांग हार्चि राङनो
आसार नाम लङछो (पेन)
मातौ ले रेफो (ते)
लंगहु मे थिरपो।
हु हु आछेरेण
हायंग पारङफ (ता)
पुहेल चेरण। (बरुवा 1998:44)

अर्थात्–ओ मेरी प्यारी बिटिया, मत रो, मत रो। तेरे सास–ससुर तुझे अच्छी तरह से समझा–बुझाकर रखेंगे। उनका आदेश हमेशा अपने सर–आँखों पर रखना। तेरा वैवाहिक जीवन सुखी होगा। तू रो मत। दूसरी दुल्हनें भी इसी तरह से विदा हो जाती हैं। यही हमारे समाज का नियम है।

कार्बियों में रामायण की कहानी को लेकर भी अनेक गीत प्रचलित हैं। इन्हें छाबिन आलुन कहा जाता है। रामायण के घटनाओं को उन्होंने अपनी संस्कृति में ढाल लिया है और इसीलिए इन गीतों में कार्बि समाज और संस्कृति की भी झलक मिलती है। रामायण में घटित अनेक घटनाओं का वर्णन कार्बि गीतों में इस प्रकार मिलता है–

निचॉचाबिन मिरलरि
कांगतांग राम पेनखन बेनि
इंगच्छिन आ लिठाइ थेपि
जनक रिचॉ ऑ चॉ पि
आमेन सीता कुङरिपि
मारनाङ कारकक् आर्नि
आरवि रुंगक़क् नाङ केबि

रिचो जुदेत आलाम दि।
लो आन आ लिठाइ थेपि
ला ले रुंग उन् ताङ तेति
ने चोपि सीता कुङरि
लाचि सीता पिन नाङजि। (भट्टाचार्य 2008:104)

अर्थात्–राम और लक्ष्मण दोनों बाहुबली हैं। सीता जनक की पुत्री हैं। जनक के पास एक लोहे का धनुष था। एक दिन आँगन में झाड़ू लगाते समय सीता उस धनुष को अपने दोनों हाथों से इधर से उधर करती है। उसे देखकर राजा जनक कहते हैं कि इस बड़े से धनुष को जो भी तोड़ सकेगा, उसी के साथ सीता का विवाह होगा।

कार्बियों में बहुत पहले से कई लोरियाँ मौखिक रूप से चलती आ रही हैं। इन गीतों को *अचोकेबेइ आलुन* कहा जाता है। इन गीतों में बचपन की मासूमियत, भोलापन,हँसना–रोना और माँ की ममता आदि की सुन्दर अभिव्यक्ति हुई है। बच्चे जिन जानवरों से डरते हैं, उनकी एक काल्पनिक चित्र प्रस्तुत कर माँ बच्चे को सुलाने की कोशिश करती है। इस डर में भी माँ का प्यार छुपा हुआ होता है। कार्बि लोरी में *केङलङपॉनाम* के एक कृतिम जीव का उल्लेख मिलता है। इसी का भय दिखाकर औरते बच्चों को सुलाती हैं। इसका एक उदाहरण देखिये–

'ओ चिक्लोपी पेन चिक्लछ
नांगचो नांगपेन पिताङलॉ
पेपन आलिङ पेपन नाङ।
बेहेम आटिकूपो टिकूप
छक नाङतक पाङदुक पाङदुक
तेपलॉ मा हारछुन आदुक ?
तेप तेलांग फेए आङपङ
केंगलंगपॉ' वाङफ्लुत
मेथान चेकर दुत
हतन बेलङ पारकूप फ्लुप
ऑछोमार बेफ्लुङ।' (बरुवा 1998:39)

अर्थात्–ओ चाँद और तारा, तुम्हारे लड़के को ले गया। धान का कुटना,

लहसुन पीसना खत्म हुआ कि नहीं? केङलङपॉ आया है और कुत्ते भी झगड़ रहे हैं। डोलची, टोकरी उल्टा कर रख दो। सभी बच्चे भाग गये हैं।

कार्बियो के प्रेम–गीत का भण्डार काफी विशाल है। कार्बि युवक–युवती अपने मन के भावों को गीतों के जरिये ही प्रकट करते हैं। ये गीत लिखित न होकर मौखिक होते हैं। इन गीतों में प्रेमी–प्रेमिकाओं का निश्छल प्रेम, मिलन की उत्सुकता, विरह की व्याकुलता आदि का सजीव चित्रण मिलता है। मिलन की अनिश्चयता से व्याकुल हुए किसी प्रेमी की व्यथा का एक सुन्दर उदाहरण देखिये–

'रानाम नाङलॉ लॉ इलि
नेले नाङरेणमो कालि
क्रय क्रेलपङ पेन हार्टि
जक जेलॉ छेङ केऑ नाङजि।' (बरुवा 1998:41)

अर्थात्–ओ मेरी जान, तुम्हें अपना बनाने की चाहत में मेरा रोम–रोम तड़प रहा है। पर तुम्हारा बाप मुझे अलग जाति का कहकर हमें एक नहीं होने दे रहा है।

असमीया की तरह कार्बियों में भी वसन्त के आगमन के साथ बिहु गीत गाये जाते हैं। वसन्त के आते ही युवक–युवतियों के मन में प्रेम का संचार होता है और वे एक–दूसरे से मिलने के लिए व्याकुल हो उठते हैं। उनकी व्याकुलता, मिलन की आस आदि का यथार्थ चित्रण निम्नलिखित गीत में देखने को मिलता है–

'माँगवेपी नाङले
फारकङ पेन फारचे
काङथु चिबाते य
लाचि ने छेङवे
इङजारजि मनये
छेङचिबेर उनये।' (बरुवा 1998:41)

अर्थात्–प्रेमातुर युवा युवती से कहता है कि वसन्त आ गया है। कोमल, मदार भी खिल चुके हैं। तुम्हें पाने के लिए मेरा मन व्याकुल हो उठा है। मेरा मन पंख लगाकर उड़ने लगा है और मैं उसे नहीं रोक पा रहा हूँ।

हाचाकेकान कार्बियों का एक बहुत बड़ा उत्सव है। इसमें सब लोग मिलकर नाचते–गाते हैं। ये गीत अत्यन्त आकर्षक होते हैं। निपुण गायकों

द्वारा इन गीतों को गाया जाता है। आधी रात तक नृत्य करके थके हुए युवक गाते हुए गृहस्थ से कहते हैं–

'हिच्छंग वच्छक तेलिराङ,
केकान आहान चलनाङ,
हाचाकान पाङ थाङ कार ताङ,
क्लिमचॉ जान नन कान आहान ताङ।'

(भट्टाचार्य 2008:103)

अर्थात्–आधी रात हो चुकी है। सप्तर्षिमण्डल सिर के ऊपर आ पहुँचा है। पूरी रात हँसते–गाते ही नहीं व्यतीत कर सकते। इसीलिए सबको खिला–पिलाकर विदा कीजिये।

कार्बि लोग देवी लक्ष्मी की पूजा करते हैं। लक्ष्मी पूजा को *चकेरय* कहा जाता है। विजया दशमी के साथ जो पूर्णिमा तिथि होती है, उसी दिन कार्बि लोग इस पूजा का आयोजन करते हैं। *चकेरय* में गाये जाने वाले गीतों को लक्षी केप्लांग कहा जाता है। इसका एक उदाहरण देखिये–

'कुकि चीन दाइपॉ
टेरण रङ छोपॉ
चार्नाम चेपिनत।
रेवङ काठि वेछो
कॉल लॉ छिद।
कुलेंग आबि दो
चूपी पाम रुङ फ्रॉ।
दंडिवार छार्पो
लॉ माथुम दाम फ्रॉ।
टिम पेन इम आर्ल,
नांगद तावे ओ
जॉ– आरनि चक्लो
रुण रुण छि लॉपो।' (बरुवा 1998:47)

अर्थात्–टेरण रंङछोप नाम के एक व्यक्ति ने सबसे पहले देवी लक्ष्मी का गुण–गान का प्रचार किया था। एक दिन जब वे जंगल में घूम रहे थे, तब एक झरने के किनारे उन्होंने पके धान देखे और धान के महत्त्व को समझ

गये। दंडिवार छार्पो नाम के एक व्यक्ति ने एक शुभ दिन देखकर अपने साथ कई लोगों को लेकर देवी लक्ष्मी का अपने घर में स्वागत किया।

कार्बियों में भोजन ग्रहण करने से पहले प्रार्थना करने का नियम है। वे अपनी थाली से थोड़ा सा खाना हाथ में लेकर अपने तथा परिवार वालों के मंगल कामना करते हुए ईश्वर के नाम पर अर्पण करते हैं। इन प्रार्थनाओं को आरणाम किपुकहा जाता है।

कार्बियों में अच्छे कामों में आशीर्वाद और बुरे कामों में अभिशाप देने वाले आवृत्तिमूलक गीत भी मिल जाते हैं। इस गीतों को हरण जाटाङ कहा जाता है। जिसको शपथ लेनी होती है, वह अपने सर पर मुट्ठीभर मिट्टी लेकर इस प्रकार कहता है–

लङले आछन ने पामान नाङ। (बरुवा 1998:49)

अर्थात्–मेरी भी दशा इस मिट्टी की जैसी ही हो।

किसी व्यक्ति के मरने पर उसकी आत्मा को स्वर्ग पहुँचाने के लिए कार्बि लोग प्रस्थान गीत गाते हैं। इन गीतों को काचारहे आलुन कहा जाता है।

हाम्फु कार्बियों के प्रमुख देवता हैं। वे उन्हें सृष्टिकर्ता मानते हुए उनका नाम स्मरण करते हैं। कार्बि लोग उनका गुणगान करते हुए निम्नलिखित गीत गाते हैं–

'इन सुमसि सुमजा
लि सुम कारबि आजङ
सु उरति किङ रङतङ
बङ पुठे मे कङतङ
लपेन लङ मुकरङ
सेहि सुसुङशी अफन
इ सरगनी अबङ
से करन आलोङ
मो सुङ कारबि आजङ
पुठे मन नेफांक मेनमेन
नेतेरङ के राइकोंगी पाङपाङ।' (बरुवा 1990:52)

अर्थात्–भाइयों सुनो, भगवान *हाम्फु मुकरम,* ने इस पृथ्वी का सृजन किया। पेड़ बनाये और पेड़ बड़े हुए, उसमें चिड़ियाँ ख़ुशी से रहने लगे।

उसके बाद उन्होंने दुनिया में इनसान बनाये और यह घोषित किया कि पीढ़ियों के जरिये वे मानव जीवन में शान्ति लायेंगे। वे समाज से सभी बुराइयों को मिटा देंगे। इसीलिए हमें *हाम्फु मुकरम* का नाम स्मरण करना चाहिए।

कार्बियों में गीत और मन्त्र में ज़्यादा फर्क नहीं रहता। वे मन्त्रो को भी गीत के रूप में ही गाते हैं। वर्षा देवी के स्तुति गीत इसका प्रमुख उदाहरण है। बारिश के न होने पर कार्बि लोग इसप्रकार वर्षा देवी के स्तुति गीत गाते हैं–

'क्रुकचुर मा क्रुकचुर
क्रुकचुर नांग केकुर
वांग बतर नांग चिङथुर।' (बरुवा 1998:49)

अर्थात्–हे क्रुक चुर पक्षी, तुम अपने अमृत स्वर से वर्षा देवी को पृथ्वी पर उतार लाओ।

कार्बियों में *माचिरा कोहिर* भी सामान्य गीत न होकर पवित्र मन्त्र जैसा है, जिन्हें केवल बाप–दादाओं के श्राद्ध में गाया जाता हैं। कार्बि लोग श्राद्ध को *चामांकान* कहते हैं और इसी पर्व में ये गीत गाये जाते हैं। *माचिरा कोहिर* में उनका सृष्टि वृतांत होता है। निम्नलिखित मन्त्र गाकर कार्बि लोग *चामांकान* की शुरूआत करते हैं–

'इलि कार्बिताङते
नियमके कि दौकक
निहात के कि दौकक
किप्लाङ च्छिङथुम नाङकक
केफि च्छिङथुम नाङकक
किप्लाङ लापुहेल
केफि लापुहेल।' (भट्टाचार्य 2008–101)

अर्थात्–कार्बियों का जो नियम और सृष्टि वृतांत है, सब कुछ व्यक्त किया जाये।

कार्बि लोग अपने प्राचीन काल के राजाओं का गुणगान करते हुए गीत गाते हैं। इन गीतों में राजाओं का साहस, पराक्रम, यश, ख्याति, सहृदयता आदि का वर्णन होता है। कार्बि में राजा को *पिंपमार* और वे जिस स्थान में रहते हैं, उसको *च्छचेङ* कहा जाता है। कार्बियों में राजा *रेङ बङ हमे* का

विशेष स्थान है। उन्होंने युद्ध का त्याग कर जयन्तीया राजा के साथ मित्रता करके शान्ति की स्थापना की थी और इसीलिए कार्बि लोग उनकी कहानी का स्मरण करते हुए गीत गाते आये हैं। इसका एक उदाहरण देखिये–

'केथे आर्नि रेङ बङ हम,
केथे आर्नि मे अङ
केथे जान्ता पेन वाङ बन,
च्छचेङ पात आरङ थिरक्लङ
रङ कुङ चुपक आप लक बङ
आचीम आजात एटाङ फ्रङ।' (भट्टाचार्य 2008:107)

अर्थात्–ख्यातिमंत राजा *च्छचेंगर*, महामानी *रेंग बंग हम* का नगर सु–सज्जित है। जिधर भी आँखें जाती हैं, वही मनोरम–दृश्य देखने को मिलता है। वे जयन्ती या राजा के मित्र हैं। उनमें कोई भी भय या संशय नहीं हैं और उनका शौर्य देखकर विदेशी तक भी हैरान रह जाते हैं।

चामांकान उत्सव में भी मृतक की आत्मा की शान्ति के लिए उदासी गीत गाये जाते हैं। ये गीत केवल पेशेवर व्यक्ति ही गा सकता है, जिसे *उचेपी* कहा जाता है और उसके द्वारा गाये गाये गीत को *सरहे* कहा जाता है।

लोक–विश्वास

कार्बियों में जीवन के विविध क्षेत्रों को लेकर अनेक लोक–विश्वास प्रचलित हैं। देवता और भूत–प्रेत के सन्दर्भ में उनका मानना हैं–

'तेप्लाङ इ छि मूर्ति एदन, थेङपि एरङ आरनाम एनुत।' (बरुवा 1998:11)

अर्थात्–टीले–टीले पर देवता हैं, पेड़–पेड़ में भूत–प्रेत हैं।

देवता और भूत प्रेतों की संतुष्टि के लिए ही *हेमफु–मुक्राङ, रित अलङपेङ, आरणाम फार पूजा* आदि की सृष्टि हुई।

कृषि कर्म को लेकर भी उनमें लोक–विश्वास है और इसी के चलते *चजुन पूजा* करने की परम्परा शुरू हुई। उन्होंने कृषि के आधार पर अपने महीनों का नामकरण किया है। वे वैशाख के महीने को *अरु*, जेठ को *वचिक*, आषाढ़ को जाखङ, सावन को *पाइ पाइ*, भादो को *च्छिटि*, आश्विन को *फ्रे*, कार्तिक को *फाइकुनि*, अगहन को *माटियङ*, पूस को *आरकय*,

माघ को *च्छङलाट*, फाल्गुन को *थाङ थाङ* और *चैत* को थेरे *मामते* या जाडमि मेरे कहते हैं।

कार्बियों में गौ पूजा की परम्परा नहीं है। क्योंकि पहाड़ों में खेति करने के लिए उन्हें गाय की आवश्यकता नहीं थी। उनकी संस्कृति में मुर्गे और भीमराज पक्षी का विशेष स्थान है। भीमराज पक्षी को कार्बि लोग *वॉजाः* कहते हैं और यही उनका जातीय प्रतीक बन गया है।

कार्बि लोग पुनर्जन्म में विश्वास रखते हैं। इसीलिए जब कोई बच्चा पैदा होता है, तब वे अपने वंश से ही किसी का पुनर्जन्म हुआ है यह विश्वास करते हैं और इसीलिए वे उस नवजात शिशु का नाम अपने वंश के ही किसी मृत व्यक्ति के नाम पर रखते हैं।

सामाजिक रीति–नीति के शुरुआत के सम्बन्ध में कार्बियों में लोक–विश्वास है कि सबसे पहले लाङमि नामक एक व्यक्ति के द्वारा ही समाज में रीति–नीति का प्रचलन हुआ था। घर कैसे बनाये, पूजा कैसे करे, खेति कैसे करे, विवाह कार्य कैसे सम्पन्न करे आदि सभी सामाजिक और दैनंदिन जीवन सम्बन्धी विषयों का ज्ञान इन्होंने ही दिया था। कार्बि लोग इन्हें *हेम आहेम्फु* कहते हैं। *हेम* का अर्थ है घर और *आहेमफु* का अर्थ है मालिक। हेम आहेमफु शब्द से ही हेमफु शब्द बना है।

कार्बि लोगों में पूजा सम्बन्धी अनेक धार्मिक लोक–विश्वास है। वे *लोग रिछो आरणाम* नामक एक पूजा करते हैं। यह पूजा कार्बियों के प्रथम युवक–युवती का संगठन *जिरकेदाम* के सदस्यों का एक साथ आत्महत्या करने की घटना की स्मृति से की जाती है।

चामांकान उत्सव के शुरुआत को लेकर भी कार्बियों में एक लोक–विश्वास प्रचलित है। बहुत पहले थङ टेरण नाम से कार्बियों का एक वीर हुआ करता था। उसे कार्बि लोग थङ नकबे अर्थात् वीर थङ के रूप में स्मरण करते हैं। उनके अनुसार थङ टेरण जयन्तीया राजा बृछुकैंदा तिमुङ का प्रधान सेनापति था। उसकी वीरता से जलकर जयन्तीया सेना ने उसकी निर्ममता से हत्या कर दी थी। इससे क्रोधित होकर राजा ने सैनिकों को पंक्ति में खड़ा करके बाँधा और थङ नकबे के दाह संस्कार के समय, उसके नाम पर अर्पित करते हुए उनके सर काँट दिये। और तभी से कार्बियों में चामांकान की शुरुआत हुई।

खान–पान

कार्बि लोगों का खान–पान अनेक विविधताओं से भरा हुआ होता है। वे मूलतः भात खाते हैं। वे लोग परम्परागत रूप से खाने में तेल और मसालों का प्रयोग नहीं करते। पारम्परिक कार्बि व्यंजन में तेल के स्थान पर तिल के चूरन का प्रयोग किया जाता है और मसालों के बजाय *लोपोङ* की पट्टियाँ, *जिर्लाङ* नाम का लहसुन, *तिहासोनाम* की पहाड़ी हल्दी आदि का प्रयोग किया जाता है। कार्बि खाद्य प्रणाली में प्रायः खट्टे और कड़वे व्यंजनों को शामिल किया जाता है। मांस और सूखी मछ्ली कार्बियों को बहुत प्रिय हैं। मछली पकाके खाने के बजाये वे उसे *तुमान* बनाने के लिए सूखाते हैं। इसी तरह वे *चाइ* नाम के जंगली मिथुन का मांस सुखाकर रख देते हैं और बाद में सब्जियों के साथ क्षार बनाके खाते हैं। सूअर का मांस भी कार्बियों को बहुत पसन्द है। वे सूअर को *फाकोक* कहते हैं। वे इसे सूखाकर या उबालकर प्रस्तुत करते हैं। कार्बियों का एक परम्परागत लोकप्रिय व्यंजन है–चावल के चूरन के साथ पकाया गया मुर्गी का मांस, जिसे धार्मिक समारोहों में तैयार किया जाता है। ईश्वर को भेंट किये गये मुर्गी के मांस से यह व्यंजन बनाया जाता है।

कार्बियों के पारम्परिक व्यंजनों को पकाने की मूलतः छः विधियाँ हैं। वे इस प्रकार के हैं–*कालाङदाङ या कि–उप, काङमइ, किफि, काङथु, किमुङ* और *कार्नु पाक्रेङ।*

कालाङदाङ या कि–उप : इस विधि में तेल का प्रयोग न करके मांस–मछ्ली और सब्जियों को अदरक, लहसुन, मिर्ची, नमक, तिल का चूरन या हल्दी के मिश्रण के साथ एक पात्र में थोड़ा पानी देकर उबाला जाता है।

काङमइ : इस विधि में क्षार का प्रयोग करके खाना बनाया जाता है। कार्बि लोग यक, पपीता, बैंगन, कद्दू आदि को क्षार के साथ पकाते हैं। इन व्यंजनों को पकाते वक्त स्वाद के लिए उनमें छोटी सूखी मछ्ली और तिल का चूरन भी डाला जाता है। इस विधि से सूअर का मांस भी पकाया जाता है।

किफि : इस विधि में मांस या मछली को गरम अंगारों पर पकाया जाता है। कार्बि लोग नदियों की बड़ी मछली और सूअर के मांस को इस विधि से पकाकर खाते हैं।

काङ्थु : इस विधि में मांस–मछली और साग आदि के साथ अदरक, लहसुन, मिर्ची, नमक, हल्दी के मिश्रण को केले के पत्तों में लपेटकर अंगारों में भाँप से पकाया जाता है। खासकर छोटी मछलियों को इस तरह पकाया जाता है।

किमुङ : इस विधि में मांस–मछली या सब्जियों को अदरक, लहसुन, मिर्ची, नमक, हल्दी आदि के मिश्रण के साथ एक बांस की नली में पकाया जाता है। मांस या मछली के साथ अदरक, लहसुन, मिर्ची, नमक आदि के मिश्रण को केले के पत्तों में लपेटकर एक कच्ची मुलायम बांस की नली में डालकर आग में पकाया जाता है। मांस–मछली के अलावा कार्बि लोग चावल, दाल आदि भी केले के पत्तों में लपेटकर बांस की नली में पकाकर खाते हैं।

कार्नु पाक्रेङ : इस विधि में तेल का प्रयोग न करके कड़ाई में सूखा भातलकर व्यंजन प्रस्तुत किया जाता हैं। खासकर इस विधि से साग पकाया जाता है। कई प्रकार के साग को नमक और भुने हुए लहसुन लौंग के साथ सूखा तला जाता है। यह खाने को एक अलग ही स्वाद देता है।

कार्बियों में चावल से बनी शराब काफी लोकप्रिय है। वे चावल के साथ–साथ फलों से भी शराब प्रस्तुत करते हैं। घर आये मेहमानों की मेहमान नवाजी भी वे शराब से ही करते हैं।

कार्बियों के पारम्परिक व्यंजन

साहित्य

कार्बियों के लोक–साहित्य मूलतः लोक–गीत ही हैं। इनमें उनके जीवन और संस्कृति की प्रतिच्छवि देखने को मिलती है। उनका साहित्यिक और सांस्कृतिक पक्ष काफी समृद्ध है। कार्बि भाषा में लिखित साहित्य की संख्या अत्यन्त कम है, अधिकतर साहित्य मौखिक रूप में पीढ़ी से पीढ़ी तक चलती आ रही है। कार्बियों का लोक–साहित्य अनेक लोक–गीत, लोक–कथा, वीर–गाथा, कहानियाँ समृद्ध हैं। कार्बियों में रामायण की कथा गद्य और पद्य दोनों रूपों में पाया जाता हैं। गद्य रूप को राम–लखन आतम अर्थात् राम–लक्ष्मण की कहानी और पद्य को *छाबिन आलुन* कहा जाता है।

छाबिन आलुन का कार्बि लोक–साहित्य में महत्त्वपूर्ण स्थान है। कार्बियों में बहुत पहले से रामायण की कहानी गीत के रूप में प्रचलित होती आयी है। इन गीतों को ही *छाबिन आलुन* कहा जाता है। आलुन का अर्थ है गीत, अतः छाबिन आलुन का अर्थ है छाबिन के गीत। छाबिन आलुन को कार्बि रामायण भी कहा जाता है। इसकी कहानी काफी हद तक वाल्मीकि के रामायण से मिलती है, पर इसके कई स्थानों पर कार्बि संस्कृति की झलक मिलती है। इसमें सीता को मोर पक्षी के अण्डे से उत्पन्न दिखाया गया है, जबकि वाल्मीकि रामायण में सीता जनक को हल चलाते समय मैदान में मिलते हुए दिखाया गया है। साथ ही इसमें सीता को हिरण बनकर मोहने के लिए मारिश न आकर स्वयं रावण भेष बदलकर आता है।

कार्बियों में विश्वास है कि *राङछिना* ने *मिरजेङ* भाइयों का रूप लेकर *चेदु* और *लङबि* को संगीत की शिक्षा दी थी। इन दोनों ने लुंचेप के रूप में सबसे पहले *छाबिन आलुन* गीत गाया था। इन गीतों में जो पात्र हैं, उनके नाम पूर्णतः वाल्मीकि रामायण के जैसे नहीं हैं। कार्बियों ने उनमें से कुछ पात्रों के नाम अपनी भाषा में दिये हैं। जैसे दशरथ को दहरम, सीता को छिनता कुङरी, जनक को वामनप, हनुमान को उलिमन, लक्ष्मण को लखन, लव को लोचो, कुश को केहो कहा गया है। पात्रों के साथ–साथ इसमें स्थानों के नाम भी उन लोगों ने अपनी ओर से दी हैं। जैसे दंडकारण्य को लाङलाङकु और गन्धमादन पर्वत को मालङछलिङ कहा गया है।

अबतक संग्रहीत छाबिन आलुन में 560 दो पंक्तियों वाले पद मिलते हैं। लुंचेप इन पदों को गीतों के रूप में लोगों के सामने प्रस्तुत करते हैं। इसके अन्त में इस प्रकार कहा गया है–

इतुम काररि आलङरि।
छाबिन आलुन रेङउनजि
दोकक् छाबिन आछाखि।
दोकक् लॉतुन आतिरि।। (बरुवा 1998:54)

अर्थात्--छाबिन आलुन गीत प्रस्तुत करने के अन्त में *लुंचेप मुर्गा* और शराब लेकर *रूकाछेन* के आँगन में एक दिन देखकर सुबह ही पुथे देवता को पूजा अर्पित करते हैं। मुर्गा, चावल का चूरन, तुलसी, अगरबत्ती आदि से की गयी इस पूजा से देवता को सन्तुष्ट होता देखकर गाँव वाले खुश हुए और मद्यपान करके सबने समारोह का अन्त किया। कार्बि राज्य में छाबिन आलुन का हमेशा विशेष स्थान रहेगा।

छाबिन आलुन का आधार भले ही वाल्मीकि रामायण हो, पर इसके कई स्थानों पर मौलिकता पायी जाती है। *छाबिन आलुन* की मौलिकता के सन्दर्भ में असमीया विद्वान शशी शर्मा ने इस प्रकार कहा हैं–

छाबिन आलुनर माजेदि कारबि लोकरीति तथा लोक संस्कृति इमान सूक्ष्म भावे प्रकाश पाइछे ये कोनोवे यदि छाबिन आलुनर प्रभावतहे मूल रामायण रचना हैछिल बुलि दाबी करे, तेनेहले ताकओफोराइ पेलोवा सहज कथा नहय। (बरुवा 1998:55)

अर्थात्–*छाबिन आलुन* के माध्यम से कार्बि लोक–रीति और लोक–संस्कृति इतनी सूक्ष्म तरह से प्रकट हुई है कि अगर कोई छाबिन आलुन के प्रभाव से ही मूल रामायण की रहना हुई थी, यह दावा करे तो उसे इनकार करना मुश्किल है।

कार्बियों में *छाबिन आलुन* की तरह *हाइमु आलुन* गीति काव्य भी काफी महत्त्वपूर्ण है। इसमें कार्बि युवती *हाइमु* और कार्बि युवक *लङ टेरण* की प्रेम–कथा का मार्मिक वर्णन है। *हाइमु* अत्यन्त सुन्दर थी। उसकी सुन्दरता से मुग्ध होकर राज दरबारी बरलिदि ने उससे जबरदस्ती शादी की, पर फिर भी उसे नहीं पा सका। *हाइमु* ने अपनी इज्जत बचाने के लिए मौत को गले लगा लिया। मृत्यु के बाद *हाइमु* को कार्बि समाज में देवी के रूप में स्मरण किया जाता है। उसकी सुन्दरता का वर्णन निम्नलिखित गीत में अत्यन्त प्रभावी ढंग से किया गया है–

'चिनाम के चिनाम
राजे मे चिनाम
देङ हङ कुप तत जान (के)
देङ हङ कुप तुर दांग।' (बरुवा 1998:38)

अर्थात्–हाइमु सच में रूपवती है। जब वह घर के सामने बैठती है, तब पूरे आँगन में रोशनी छा जाती है।

रूकाछेन आलुन पौराणिक कथा गीत है। इसका अर्थ है काछेन दादाजी के गीत। इन गीतों में कार्बियों की उत्पत्ति, रीति–नीति, समाज, संस्कृति आदि की झलक मिलती है। कार्बियों के सांस्कृतिक प्रतीक *जामबिलि आथन* के निर्माण प्रक्रिया के बारे में *रूकाछेन आलुन* में इस प्रकार कहा गया है–

'कटारी मेछि पेन
नाङछय पाङ जाङहि
आङ देङ देङ आहि।
पारदन वरालि
छयताङलॉ आनछि।' (बरुवा 1998:39)

अर्थात्–कटार से बारीकी से पेड़ में फूल बनाये। वरालियों (एक प्रकार की चिड़िया) को डाल में बिठाकर जामबिलि आथन सजाया गया।

कार्बियों में अनेक पौराणिक लोक–कथाएँ प्रचलित हैं। इन कथाओं में भी उनके कृषिकर्म, प्राकृतिक परिवेश, जड़ और जीव का सम्बन्ध आदि देखने को मिलता है।

इन मौखिक साहित्य के अलावा कार्बियों में कुछ लिखित साहित्य भी मिलते हैं। बाइबेल का अनुवाद इसका प्रमुख उदाहरण है। आधुनिक कार्बि साहित्य अनेक कविता, उपन्यास, नाटक, कहानी, निबन्ध आदियों से समृद्ध है। कार्बि साहित्यकारों में लङकम टेरण, सङसिङ हांचे, छामछिङ हांचे, रङ बङ तेरङ, अरुण टेरण, विद्या सिङ रङपी, ऑन तेरण आदि के नाम विशेष रूप से उल्लेखनीय हैं। ये आधुनिक कार्बि साहित्य के उन्नायक माने जाते हैं। *लामजिर काङदाकविद्या* सिङ रङपी का निबन्ध संकलन है। *हेमफु आलाममेत* एक छोटा नाटक है, जिसके लेखक लुंचे तिमुङ हैं। इन लेखकों के अलावा लङवीर तेराङ, राजेंद्र तिमुङ, धरम सिंह तेरण, तेजाल मिलिक आदि ने भी कार्बि साहित्य के विकास में अपना

योगदान दिया था। कार्बियों की साहित्य सभा को *कार्बि लम्मेत आमे* कहा जाता है। सन् 1966 से यह संस्था अनेक कार्बि रचनाएँ प्रकाशित करती आयी हैं।

उपर्युक्त विवेचन के आधार पर निष्कर्षतः यह कहा जा सकता है कि कार्बि असम की प्रमुख स्वजातीय जनजाति है। इस जनजाति का सांस्कृतिक पक्ष काफि विशाल एवं समृद्ध है। इनमें लिखित साहित्य अधिक नहीं हैं, पर मौखिक साहित्य जैसे लोक गीत, लोक साहित्य में ये अद्वितीय हैं। पहले के समय में कार्बियों की जो संस्कृति थी, परम्परा थी, उसमें समय के साथ–साथ कुछ बदलाव आ गये हैं। पर आधुनिकता में पड़कर वे अपनी संस्कृति को नहीं भूले हैं। आज भी वे गर्व से अपनी परम्परा का निर्वाह कर रहे हैं।

ग्रन्थ सूची

असमीया

- दास, लोङकाम टेरण और करेन. (संकलक). कारबि कृष्टिर उत्स. प्रथम. गोवालपारा : रत्नपीठ प्रकाशन, 1998
- बरुवा, सुरेन्द्र. कारबि लोक समाज–साहित्य संस्कृतित एभूमुकि. प्रथम. गुवाहाटी : बह्नीमान प्रिंटर्स, 1998
- भट्टाचार्य, प्रमोद चन्द्र, संपा. असमर जनजाति. तृतीय. धेमाजिःकिरण प्रकाशन, 2008
- राजबंशी, परमानन्द, सम्पा. असमर संस्कृति–कोष, द्वितीय. गुवाहाटीः ज्योति प्रकाशन, 2014
- राभा, मलिना देवी, मुख्य संपा. असमर जनजाति आरु संस्कृति. द्वितीय. जोरहाट : असम साहित्य सभा, 2016

अंग्रेजी

- Baruah,Anil Kumar. The Karbis of the Hills. First. Guwahati : Abhiyatri Mudran, Aru Prakashan, 1990

आलेखः

वैश्य, रीतामणि. समकालीन साहित्यिक प्रवृत्तियाँ : पूर्वोत्तरी भाषाओं के सन्दर्भ में. साहित्य अकादेमी के उत्तर–पूर्वी लेखक समारोह, दरभंगा (2017) में प्रस्तुत।

मिचिङ समाज एवं संस्कृति : एक झलक

डॉ. जशोधरा बोरा
अनन्या दास

भारत के उत्तर–पूर्वांचल में स्थित असम प्रदेश अनेक जाति–जनजाति, भाषा–भाषी की आवास–भूमि है। यहाँ के सौ–सौ साल पुराने संस्कृति से असमीया जाति और संस्कृति का जन्म हुआ है। इसलिए असमीया जाति के जीवन प्रवाह में विभिन्न प्रकार के जनगोष्ठीय सांस्कृतिक उपादान देखा जा सकता है। असमीया जाति के उत्थान में सहयोग देने वाले जनजातियों में अन्यतम है–मिचिङ जनजाति।

व्युत्पत्ति

मिचिङ शब्द मि और याचिङ से बना है। मि शब्द का अर्थ है 'आदमी' औ*रयाचिङ* का अर्थ है गोरा अथवा 'अच्छा' अर्थात मिचिङ शब्द का अर्थ हुआ 'अच्छा आदमी'। मिचिङ लोग चन्द्र और सूर्य को अपने माता–पिता मानते हैं और अपने को चन्द्र–सूर्य के वंशधर के रूप परिचय देते हैं। आहोम लोगों की तरह मिचिङ लोग भी ख़ुद को स्वर्ग से सोने की चिढ़ियों से आये हुए मानते हैं (बरुवा–2–2009:326)।

इतिहास

मिचिङ असम की एक अन्यतम जनजाति है। असम के सपात इलाके के नदी किनारे शदिया से लेकर तेजपुर तक इन मिचिङ जनजातियों के लोगों के आवास स्थल हैं। असम की दो नदियों–सोवणशिरि नदी और ब्रह्मपुत्र नद के किनारे अधिकांश लोगों की आवासभूमि होने के अलावा भी अन्य अनेक नदियों के किनारे मिचिङ लोग अवस्थित हैं।

ऐसा कहा जाता है कि तिब्बत–बर्मी गोष्ठी के अन्तर्गत मिचिङ लोग उत्तर–पूर्व पहाड़ से सपात इलाकों में रहने के लिए आये थे। असम में चुकिया साम्राज्य के अन्त और आहोम साम्राज्य के आरम्भ काल में यह लोग सपात इलाके में रहने लगे। इन लोगों के शारीरिक गठन मंगोलीय की तरह हैं, न ज़्यादा क़द न कम। वर्ण प्रायः गोरा है।

अवस्थिति एवं जनसंख्या

नृतात्विकों के अनुसार मिचिङ लोग मंगोलियन जाति के हैं। भाषा तात्विक–दृष्टिकोण के अनुसार देखने से इन लोगों की भाषा चीनी–तिब्बती भाषा परिवार के तिब्बत–वर्मी शाखा के उत्तर असम उपशाखा के अन्तर्गत आती है। वर्तमान वे लोग असम के ब्रह्मपुत्र की उत्तर दिशा के धेमाजि, लखिमपुर, शोणितपुर और दक्षिण दिशा के तिनिचुकीया, डिब्रुगढ़, शिवसागर, जोरहाट और गोलाघाट जिलों में रहते हैं। इसके उपरान्त अरुणाचल प्रदेश के लोहित, चियाङ और दिवाङ उपत्यका में भी मिचिङ लोगों को देखा जा सकता है।

लोकगणना के अनुसार मिचिङ लोग असम के द्वितीय संख्यागरिष्ठ जनजाति है। सन् 1991 की लोकगणना के अनुसार मिचिङ लोगों की कुल जनसंख्या 4,65,086 थीं (दास2013:53)।

समाज व्यवस्था

अन्य जनजातियों की तरह मिचिङ लोग भी कई प्रकार के गोत्र अथवा वर्ग में विभक्त हैं। मुख्यतः इन लोगों को आठ वर्गों में विभक्त किया गया है और वे हैं–छायाङ व छायेङीय, अयान व आयेङीय, मयि व मयेङीय, देलो, तायो ताये, पागर, दांबुक, चामुगुरिया आदि। इन लोगों के रहने की जगह से भी कई सारे वर्गों का नाम हुआ है। ब्रह्मपुत्र की दक्षिण दिशा में रहनेवाले लोगों को देलो बोलते हैं। इसी प्रकार मयिङ् नाम की जगह पर काम करने वाले लोगों से मयिङ् व *मयेङीया* की उत्पत्ति हुई है। प्रत्येक वर्ग में अलग–अलग गोत्र हैं, फिर भी एक गोत्र के लोग अलग–अलग वर्गों में रह सकते हैं। मिचिङ समाज में बहुत सारे गोत्र हैं और उसी प्रकार एक ही गोत्र में *पायेमिचिङ, पेगु, दले* आदि अनेक जातियाँ हैं। एक ही गोत्र के लोग एक–दूसरे को भाई–बहन मानते हैं, इसलिए एक ही गोत्र के लोगों के बीच कभी भी शादी नहीं कर सकते हैं।

नदी किनारे रहने वाले मिचिङ लोग *चाङघर* बना कर रहते हैं। एक ही मचान में कई सारे परिवार रहते हैं। इन लोगों में पुरुष महिला दोनों ही समान रूप से परिश्रमी होते हैं।

त्योहार

असम की अन्य जनजातियों की तरह मिचिङ जनजाति के बीच भी कृषि पर आधारित उत्सव के साथ–साथ अन्य कई उत्सव परम्परागत रूप से मनाये जाते हैं। मिचिङ जनजाति के कुछ उत्सव तथा अनुष्ठान निम्नलिखित हैं–

- कृषि पर आधारित त्योहार
- सामाजिक त्योहार और
- धार्मिक त्योहार
- कृषि पर आधारित त्योहार:

मिचिङ समाज में कृषि पर आधारित कई त्योहार मिल जाते हैं–

- आलि–आये–लृगाङ
- न–खोवा और हल धोने का अनुष्ठान
- लक्ष्मी आमन्त्रण का अनुष्ठान
- परू राग
- बिउ (बिहु)

कृषि पर आधारित त्योहार

आलि–आये–लृगाङ

आलि–आये–लृगाङ मिचिङ समाज के प्रधान कृषि से सम्बन्धित लोक उत्सव है। मिचिङ लोग यह उत्सव फाल्गुन महीने के प्रथम बुधवार में पालन करते हैं: क्योंकि वे लोग बुधवार को पवित्र दिन मानते हैं। *आलि–आये–लृगाङ* पालन करने के पीछे भूमि उर्वरता वृद्धि और इस जगत को फसल से हरियाली करने का प्रयास करते हैं। इसलिए यह उत्सव फाल्गुन महीने में पालन किया जाता है। फाल्गुन में पृथ्वी को युवती के रूप में माना जाता है और वे बुधवार को पवित्र वार मानते हैं अथवा लक्ष्मी वार के रूप में मानते हैं। *आलि–आये–लृगाङ* नाम में यथार्थ रूप से इस उत्सव का तात्पर्य छिपा है–*आलि* का मतलब है– 'आलू के

जैसा पौधा, मिट्टी में ही होने वाला आलु व मूली'। *'आये'* का मतलब है पेड़ में होने वाले फल व बीज और लृगाङ का मतलब है– फसल लगाने की शुरुआत करने का कार्य। अतः इस उत्सव को नये बीज लगाने की कार्यक्रम के रूप में मनाया जाता है।

न–खोवा और हल धोने का अनुष्ठान

मिचिङ लोग *न–खोवा* साधारण रूप से नये चावल खाने के लिए मनाते हैं। नये धान काटने के बाद उस धान से वह लोग *आपङ* बना कर *न–खोवा* उत्सव मनाते हैं, लेकिन ख़ुद उस धान को ग्रहण करने से पहले ये लोग अपने पूर्वजों को एक भाग चढ़ाते हैं। इसके उपरान्त नये धान काटने के दिन से नये चावल खाने के दिन तक ये लोग घर में किसी भी प्रकार की जीव–हत्या नहीं करते हैं। इस उत्सव में गाँव के अन्य लोगों को भी बुलाया जाता है।

फसल काटने के साथ नये चावल खाने के नियम की तरह ही, खेत की समापन–प्रक्रिया के साथ संगति रखकर हल धोने का उत्सव भी मिचिङ लोग मनाते हैं। इस उत्सव में कृषि कार्य से जुड़े लोग घर के प्रत्येक जन के लिए एक–एक मुर्गा मारने की प्रथा का पालन करते हैं। इसके उपरान्त गाँव के जितने भी लोग कृषि कार्य से जुड़े हुए होते हैं, उन सभी को उस दिन घर बुलाकर एक दावत का आयोजन किया जाता है। अन्य उत्सव की तरह इस उत्सव में भी *आपङ* का होना अनिवार्य होता है।

लक्ष्मी आमन्त्रण का अनुष्ठान

असम की अन्य जनजाति की तरह मिचिङ लोगों के बीच भी फसल काटने के समय में लक्ष्मी को आमन्त्रण करने का अनुष्ठान मनाया जाता है। फसल काटने के समय से लेकर एक अच्छा दिन देखकर, उस दिन भक्ति–भाव से नये कपड़े पहनकर खेत से मुट्ठी भर धान *गामोचा* (=गमछा) में ले आते हैं। जिस दिन धान काटकर लाया जाता है, उस दिन धान रखनेवाली जगह पर दीया जलाया जाता है। उस दिन धान की एक मुट्ठी को घर के गोदाम के एक कोने पर लटकाया जाता है, जिसको लक्ष्मी के प्रतीक के रूप में माना जाता है। साथ ही उस दिन घर से किसी को कुछ भी नहीं दिया जाता है, जैसे कि पैसा, धान–चावल आदि। ऐसी चीज़ें देने से घर की लक्ष्मी निकल जाती हैं, यह उन लोगों का लोक विश्वास है।

प:राग

मिचिङ लोगों की अन्य एक कृषि पर आधारित लोक उत्सव है–*प:राग।* *प:राग* उत्सव अगहण और फाल्गुन महीने में मनाया जाता है। इस उत्सव को एक महँगे उत्सव के रूप में माना गया है। इसलिए गाँव वालों की सुविधा के अनुसार यह पूजा तीन–चार साल के अन्तराल में मनाया जाता है। खेत खत्म होने के बाद इस उत्सव को मनाया जाता है, इसलिए इस को *नरछिगा* बिहु कहा जाता है।

इस *प:राग* उत्सव को सही तौर से सम्पन्न करने के लिए एक–एक राजा–रानी सबकी सम्मति से बनाया जाता है। राजा को मिगम बरा और रानी को *मिगम बरानी* कहा जाता है। *बरा* लड़कों को और *बरानी* लड़कियों का निरीक्षण करते हैं। इन लोगों के आदेशानुसार काम करना उन लड़के–लड़कियों का कर्त्तव्य होता है।

यह उत्सव बुधवार से शुक्रवार तक मनाया जाता है, लेकिन अलग–अलग जगहों में पाँच दिनों के लिए भी मनाया जाता है। इस उत्सव के लिए मुरङ घर का होना अनिवार्य होता है। प:राग के प्रथम दिन को इसाङ कहा जाता है। इस उत्सव के अन्तिम दिन में सम्मान सहित, आनन्द के साथ लड़का–लड़की बिहु नृत्य–गीत करते हैं।

बिउ (बिहु)

पहाड़ से सपात इलाके तक मिचिङ लोगों के आगमन के बाद यहाँ की विभिन्न जनजातियों के लोगों के साथ रहने के बाद तथा संस्कृति के विनिमय के फलस्वरूप उन लोगों के स्वकीय सांस्कृतिक परम्परा के साथ सपात इलाके के बहुत सारे सांस्कृतिक उपादान संयोजित हुए हैं। इन सबमें से असम का बिहु अन्यतम है।

बिहु को मिचिङ लोग *बिउ* कहते हैं। *बिउ* मिचिङ लोगों का अपना उत्सव नहीं है। फिर भी मिचिङ समाज में *बिउ* का एक अलग रूप देखने को मिलता है। इस उत्सव में गाने वाले गीत, पद, नृत्य आदि मिचिङ समाज ने अपने से ही निर्माण कर लिये हैं। ढोल का शब्द भी उनका अपना ही है और बिहु में गाने वाले गीत आदि असमीया भाषा में होने के बाद भी मिचिङ शब्द के संयोजन और उच्चारण ने इनको मिचिङ समाज में ढाल लिया है।

गरु बिहु के दिन गाय को नहलाने का नियम असमीया की तरह मिचिङ समाज में भी प्रचलित है। उस दिन गाय को नहलाने के बाद बेंगन, लौकी आदि से बनायी हुई माला पहनायी जाती है और उसे निकाल कर गाय पर फेंक कर *लाओ खा, बेङेजा खा* अर्थात लौकी और बेंगन खाने के लिए कहा जाता है और फिर शाम को नयी रस्सी से गाय को बाँधा जाता है तथा साथ ही पिठा भी खिलाया जाता है।

शाम को गाँव के लड़के तथा लड़कियाँ मिलकर गाँव के मुखिया के घर जाकर *हुँचरि* गाते हैं। असमीया समाज की तरह *बिहुवान* देने की प्रथा मिचिङ समाज में नहीं है। मिचिङ समाज में नृत्य गीत के जरिये ही लड़का–लड़की अपने प्रेम को एक–दूसरे के प्रति जाहिर करते हैं।

एक समय में ऐनिःतम तमको अश्लील गीत के रूप में माना जाता था। उस समय *बिउ* में जुला–मेला गीत का प्रचलन था। लड़के–लड़कियाँ का *बिउ* में एक साथ नाचना मिचिङ समाज की एक परम्परा है। बिहु इन लोगों का अपना उत्सव नहीं होने के बावजूद भी इन लोगों की सांस्कृतिक परम्परा से *बिउ* समृद्ध है।

माघ बिहु

रङाली बिहु की तरह माघ बिहु ने भी मिचिङ समाज में अपना एक अनन्य स्थान लाभ किया है। इसको मिचिङ लोग *मःग* कहते हैं। ये लोग *उरुका* की रात को *मेजि* जलाते हैं। मिचिङ लोग नदी किनारे *मेजि* बनाते हैं। ये लोग दो *मेजि* बनाते हैं एक को स्त्री और एक को पुरुष के रूप में मानते हैं। *मेजि* बनाने के काम को *माःग पाःनाम* कहते हैं। *मेजि* को जलाने के बाद ये लोग नदी में नहाकर काठ आलू *मेजि* के आग में देते हैं, साथ ही चन्द्र–सूर्य, अग्नि, मेघ–बारिश तथा पूर्वजों को स्मरण करके अपने परिवार की मंगल कामना करते हैं।

असमीया समाज में तीन बिहु मनाये जाते हैं, लेकिन मिचिङ समाज में सिर्फ इन दो बिहुओं को ही मनाया जाता है। काति बिहु को यह लोग ज़्यादा नहीं मानते हैं।

कृषि पर आधारित लोक उत्सवों में मिचिङ लोग *आलि–आये–लृगाङ* तथा *पःराग* उत्सवों को प्रधान रूप से मानते हैं।

सामाजिक त्योहार

मिचिङ लोग विवाह को एक सामाजिक अनुष्ठान के रूप में मनाते हैं। इन लोगों की शादियों में अन्य लोगों की तरह पूजा तथा हवन आदि नहीं किया जाता है। एक ब्राह्मण को घर में बुलाकर देव–देवियों से आशीर्वाद लेकर दूल्हा–दुल्हन को एक साथ आशीर्वाद देकर विवाह कार्य सम्पन्न करते हैं। शंकरी धर्म में दीक्षित होने वाले लोग असमीया शंकरी समाज की तरह ही विधि–पाठ करके विवाह सम्पन्न करते हैं।

विवाह को लेकर मिचिङ समाज में रीति–रिवाज सु–निश्चित एवं कठोर हैं। एक गोत्र के लोग आपस में विवाह नहीं कर सकते हैं। मिचिङ पुरुष एक से अधिक शादी कर सकते हैं, लेकिन महिलाएँ एक से अधिक शादी नहीं कर सकती। इन लोगों में विधवा–विवाह का भी प्रचलन है। विवाहित स्त्री के पति की मृत्यु के बाद उसके भाई के साथ शादी कर सकती है और साथ ही मिचिङ समाज में बाल्य–विवाह और दहेज–प्रथा नहीं देखी जाती है। मिचिङ समाज में प्रधान रूप से चार प्रकार की विवाह–प्रथाएँ प्रचलित हैं, वे हैं–

- *दाःर मिदाङ* (सच्चा विवाह)
- *दुगला लाःनाम* (गंधर्व विवाह)
- *कुमसु दःचुला लानाम* (आशीर्वादीय विवाह)
- *चला लाःनाम* (भगा के ले आने के बाद का विवाह)

दाःर मिदाङ

मिचिङ भाषा में मिदाङ शब्द का अर्थ है–विवाह। *दाःर मिदाङ* का अर्थ है–सच्चा विवाह। कई स्तर में सम्पन्न करने वाले इस शादी में गाँव के समग्र लोगों का सक्रिय रूप से रहना अनिवार्य है। इसके प्रथम स्तर में लड़के के पिता घटक के हाथों लड़की के घर में विवाह का प्रस्ताव भेजते हैं। फिर उसी घटक के हाथों लड़की के घर से एक उत्तर भेजा जाता है।

दुगला लाः नाम

लड़का–लड़की जब भागकर शादी करते हैं, तब उस शादी को मिचिङ समाज में *दुगला लाःनाम* कहते हैं। साधारण रूप में लड़का–लड़की को भगाकर अपने रिश्तेदार के घर ले जाते हैं। फिर घर के लोगों की अनुमति से लड़की को अपने घर ले जाते हैं।

कुमसु दःचुला लानाम

कुमसु दःचुला लानाम का अर्थ है– आशर्वादीय विवाह। लड़का और लड़की दोनों के परिवार की सम्मति होने के बाद भी आर्थिक स्थिति अच्छी न होने के कारण लड़का शादी के दिन अपने कुछ रिश्तेदार, दोस्त आदि को साथ लेकर लड़की के घर जाता है और अपने से बरों का आशीर्वाद लेकर दोंनों सांसारिक जीवन में प्रवेश करते हैं।

चला लाःनाम

इस स्तर में लड़की की शादी करने के लिए मन नहीं होने के बावजूद लड़का–लड़की को बलपूर्वक शादी करने के लिए मना लेता है। प्राचीन काल में यह विवाह मिचिङ समाज में प्रचलित था, लेकिन वर्तमान समय में यह प्रथा सम्पूर्ण रूप से खत्म हो गयी है।

धार्मिक त्योहार

मिचिङ लोगों में कई धार्मिक त्योहार भी मिल जाते हैं–

- मरनेवालों के लिए श्राद्ध
- *उरम*
- *तालौङ उइ*
- *डाङरीया (देव) कर्म*
- *डबुर पूजा*
- *मिबु दागनाम*

मरने वालों के लिए श्राद्ध

मिचिङ लोगों के बीच शव–दाह करने का नियम नहीं होता है। मृत्यु होने के बाद ही शव को मरे हुए स्थान से ले जाकर शव को नहला कर नये कपड़े पहनाकर शव को अच्छे से बाँधकर घर के पीछे के बायें कोणे से बाहर निकाल लाते हैं। कुछ शवों को सामने के द्वार से भी ले आते हैं। उससे पहले मृत शरीर की लम्बाई का हिसाब लेकर ज़मीन खोदते हैं। ज़मीन खोदने के भी कई सारे नियम परिलक्षित होते हैं। ज़मीन खोदने से पहले यह लोग उस ज़मीन के लिए उचित मूल्य देकर ज़मीन ख़रीद लेते है और फिर काफिन में शव को रखकर गद्दे में रख देते हैं। इसके बाद मृत व्यक्ति के साथ और अनेक संस्कार पालन किया जाता है।

मरने वाले के घरवाले पाँच दिनों के बाद ही अपने–अपने काम कर सकते हैं। नया चाँद जब तक नहीं निकलता है, तब तक यह लोग कद्दू, खट्टी चीज़ें और काले रंग की मछली नहीं खा सकते हैं। मृत्यु के पाँच दिन के बाद माँगलिक कार्यों को करने के पश्चात ददगाङ (श्राद्ध) करने का सिद्धान्त लेते हैं। इस ददगाङ अनुष्ठान में विवाह से भी ज़्यादा खर्च होता है। इस अनुष्ठान में आपोंङ, मांस, मछली आदि अत्यन्त जरूरी होते हैं।

उरम

ददगाङ के बाद मृत व्यक्ति के लिए *उरम* पालन किया जाता है। मिचिङ लोग प्रपितामह के लिए यह *उरम* पालन करते हैं। कोई जीव जन्तु भी अगर अस्वाभाविक हरकत करने लगता है, तो मरने वाले की आत्मा को शान्ति न मिलने को इसका कारण मानते हैं। इसलिए वे मृतकों की याद में घर में सुअर पालते हैं और सटीक समय में यह अनुष्ठान सम्पन्न करते हैं। इस अनुष्ठान में सबको नहीं बुलाया जाता है, इसमें सिर्फ अपने परिवार के लोगों को ही बुलाया जाता है।

तालौङ उइ

तालौङ का मतलब है ऊपर अर्थात आकाश और *उइ* का मतलब है–कर्म। आकाश की बिजली, तूफान आदि से छुटकारा पाने के लिए मिचिङ लोग *तालौंङ* उइ मनाते हैं। साधारण रूप में घर के गोदाम में यह अनुष्ठान मनाया जाता है। इसके अलावा खेत के पेड़–पौधों आदि में बिजली गिरने से यह अनुष्ठान मनाया जाता है।

डाङरीया (देव) कर्म

अपने घर को एक *डाङरीया* (=श्रेष्ठ पुरुष) के देख रेख में रखा जाता है, ऐसा मिचिङ लोगों का मानना है। घर के किसी भी तरह के मांगलिक कर्म से पहले यह लोग घर के *कालिका डाङरीया* की पूजा करते हैं। उन लोगों के अनुसार उनके घर के आस–पास के नदी, झील आदि में भी एक *डाङरीया* होते हैं और उनके लिए *बूढ़ा डांङरीया* की पूजा की जाती है। असमीया के अन्य हिन्दू समाज की तरह मिचिङ गाँव में भी नामघर होता है, लेकिन वे लोग असमीया लोगों की तरह नामघर में नाम–कीर्तन नहीं करते हैं। इनके नामघर में भी भगवान की प्रतिमा नहीं रहती है,

वहाँ सिर्फ नामघर के *डाङरीया* रहते हैं। गाँव के मांगलिक अनुष्ठान से पहले, विशेष रूप से बिहु–संक्रांति आदि में एक दीया के साथ एक बूँद *आपंङ* से नामघर के *डाङरीया* को पूजा जाता है। इसके उपरान्त जल के दोष के लिए *जलाशय डाङरीया*, शरीर के दर्द आदि के लिए केचा (कच्चा) *डाङरीया* और खेती बारी के संवृद्धि के लिए *खेती की डाङरीया* को पूजा जाता है। इसके उपरान्त *अकलशरीया* (अकेला) और सातभाई अथवा *जाकरुवा डाङरीया* (=चामोन देवता) मिचिङ लोगों की अन्यतम डाङरीया सेवा है।

डबुर पूजा

डबुर पूजा मिचिङ समाज में प्राचीन काल से चलती आ रही है। *डबुर पूजा* प्रधान रूप से तीन प्रकार की होती है–

- *डालुङ डबुर*
- *बुरती डबुर*
- *आरिग डबुर*

डालुङ डबुर

गाँव के सभी लोग एक साथ *डालुङ डबुर* मनाते हैं। यह पूजा जैठ और कार्तिक महीने की 15 तारीख को मनाया जाता है। डबुर पूजा के रीति–रिवाज पालन अभी भी मिचिङ समाज में कट्टर रूप से किया जाता है।

बुरती डबुर

यह *डबुर* साधारण रूप में दो व्यक्ति अथवा दो गाँव के बीच हुए खून खराबा आदि जैसी घटना के बाद मनायी जाती है। ऐसी घटना को मिचिङ समाज में *पिइयाङ* कहा जाता है। यह *पिइयाङ* कार्य अगर हत्या तक पहुँच जाता है तब यह डबुर और भी गहरा हो जाता है।

आरिग डबुर

खेती–बारी नष्ट होने की आशंका में, और उसके प्रतिकार तथा खेती के प्राचुर्य के लिए *आरिग डबुर* मनाया जाता हैं। साधारणतः सब मिचिङ लोग यह उत्सव नहीं मनाते हैं।

मिबु दागनाम

मिचिङ समाज में *मिबु* अथवा *मिरि* का स्थान अत्यन्त महत्त्वपूर्ण है। *मिबु* के हाथों माँगलिक कार्य आदि किया जाता है। मिचिङ लोगों के

अतिरिक्त आदि समाज में भी *मिबु* की परम्परा दिखाई देती है। यकचा (=खानदानी तलवार) *मिबु* की प्रधान सम्पत्ति है। *यकचा* के बिना कोई भी *मिबु* अपना काम नहीं कर सकता है। यह अनुष्ठान पालन करने के लिए गाँव के युवक–युवती की जरूरत नहीं होती है। जो बच्चा अनाथ होता है, उसको *मिबु* के साथ *दागनाम* करने नहीं दिया जाता है।

लोकाचार और लोकविश्वास

लोकविश्वास लोक संस्कृति का ही एक उपादान होता है। प्रत्येक जाति जनजाति में अपना लोकाचार और लोकविश्वास होता है। अन्य संप्रदाय की तरह मिचिङ समाज में भी कुछ लोक–विश्वास प्रचलित हैं। स्वाभाविक रूप से शान्त प्रकृति के इस संप्रदाय के बीच उच्च नीच का भेदाभेद नहीं होता है। सब लोग एक साथ बैठकर खाना–पीना करते हैं। *गेना* अथवा *टाब* मंगोलीय संस्कृति की एक अन्यतम विशेषता है। मिचिङ लोगों के बीच में भिन्न भिन्न विषयों में *गेना* पालन किया जाता है। खेती, घर लेने का उत्सव, नयी ज़मीन देखने जाना, गर्भ–धारण, विवाह, जन्म, मृत्यु, यात्रा आदि सभी में कुछ विश्वास आरोपित किये गये हैं। इन सबके प्रतिकार करने के उपाय भी हैं। इन लोगों के लोकविश्वास में स्वप्न तत्व का स्थान विशेष रूप से है। *मिबु* अथवा *मिरि* के द्वारा मंगल–अमंगल देखकर ये लोग प्रतिकार करते हैं।

तन्त्र–मन्त्र का व्यवहार मिचिङ समाज में नहीं किया जाता है। वर्तमान जिन तन्त्र–मन्त्र का व्यवहार हो रहा है, वे सब अन्य समाज से आये हैं, ऐसा कहा जा सकता है।

लोक गीत

मिचिङ लोग लोकगीत के क्षेत्र में बहुत समृद्धिशाली होते हैं। मिचिङ लोक गीत बड़े ही दिलचस्प और सार्थक होते हैं। यद्यपि ये लोकगीत कहीं भी लिखे हुए नहीं मिलेंगे, फिर भी ये कई पीढ़ियों से जीवित हैं। पूर्वोत्तर भारत की बाकी सभी जनजातियों की तरह, मिचिङ लोग भी गीतों में पारंगत है। इन लोकगीतों को भाषातात्विक पण्डित नाहेन्द्र पादुन ने आठ भागों में विभक्त किया हैं–

- आः बाङ निःतम अथवा स्तुतिमूलकगीत
- काः आन निःतम अथवा कहण गीत
- बृः रृग निःतम अथवा ऋतु उत्सवमूलक गीत
- युप निःतम अथवा कयोपकथनमूलक गीत
- मिदाङ निःतम्म अथवा शादी के गीत
- प्रभात निःतम अथवा खेलकूद के गीत
- बृनिः कनिः नाम निःतम अथवा लोरी
- ऐनिःतम अथवा प्रेम–प्रणयमूलक गीत

आःबाङ निःतम अथवा स्तुतिमूलक गीत

मिचिङ ब्राह्मणस्वरूप *मिबु* अथवा *मिरि* लोग भिन्न–भिन्न समय में देव देवी के लिये *आःबाङ निःतम* प्रस्तुत करते हैं। यह गीत स्तुति तथा कहानीमूलक होता है। इन गीतों में जीव की उत्पत्ति के साथ इनके विकास का वर्णन भी होता है।

काःबान निःतम अथवा करुण गीत

काःबान निःतम गीत समूह असमीया बारहमाही गीतों के जैसा ही होता है। करुण रसात्मक इन गीतों में प्रेमिक प्रेमिका की विरह वेदना का वर्णन के होती है।

बृःरृग निःतम अथवा ऋतु उत्सवमूलक गीत

बृःरृग निःतम विशेष ऋतु में होने वाले उत्सवों में गाया जाता है। *आलि–आये–लृगाङ* और *पःराग* आदि उत्सवों में इस प्रकार के गीत गाये जाते हैं।

लुप निःतम अथवा कथपोकथनमूलक गीत

लुप निःतम प्रधानतः प्रेमविषयक गीत होते हैं, जो युवक–युवतियों के कथोपकथन की तरह होते हैं। इस गीत को प्रश्न उत्तर के साथ गाया जाता है।

मिदाङ निःतम अथवा शादी के गीत

मिदाङ निःतम गीतों को असमीया बिया नाम के साथ तुलना किया जाता है। इस गीत में सुख दुख के आवेग एवं अनुभूति होते हैं।

ममान निःतम अथवा खेल–कूद के गीत

मिचिङ लोगों के खेल–कूद से जुड़े हुए गीतों को *ममान निःतम* कहा जाता है। *कांतिकूलि, दा–दाम* आदि *ममान निःतम* के अन्तर्गत आते हैं। असमीया के नापा खेल के गीत, ग्वाल गीत आदि के साथ इन गीतों का मेल देखा जाता है।

बृनिः कनिःनाम निःतम अथवा लोरी

बच्चे के लिए गाये जाने वाले गीतों को *कनिःनाम निःतम* कहा जाता है।

ऐनिःतम अथवा प्रेम–प्रणयमूलक गीत

गाँव में रहने वाले मिचिङ लोगों के बीच जो प्रेममूलक गीत गाया जाता है, उसे *ऐनिःतम* कहा जाता है। इसे *बनगीत* भी कहा जाता है। इन गीतों में प्रेमिक प्रेमिका के आशा निराशा, सुख–दुख आदि का वर्णन होता है। यह गीत गाते समय ढोल, पेपाँ आदि भी बजाये जाते हैं।

मिचिङ लोगों की अपनी भाषा में रचना किये गये अनेक मौखिक गीत हैं। सब *बनगीत* दो पंक्ति के होते हैं। जैसे–

'बाःबा दर तुम तेइ नाःना दर तुम तेइ,
दर तुम माःमृल बनबगौम गृयेपे।' (भृगुमनि 1989:45)

अर्थात्–आइ, बाबा आप को जितना भी पैसा चाहिए मैं दे दूँगा, अगर यह नहीं हुआ, तो मैं वनवास के लिए चला जाऊँगा।

लड़का लड़की के मिलन से पूर्व गाने वाले यह *बनगीत* प्रायः प्रणयमूलक होते हैं। बनगीतों के उपरान्त लोरी गीत भी मिचिङ समाज में प्रचलित है।

'मोर मइना सरु, राखे बरे गरु,
एसारि हेरुआइ कांदे हे।' (भृगुमनि 1989:45)

अर्थात्– मेरा बच्चा छोटा है, पर बड़ा बैल पालता है। बेंत खो गया तो रो रहा है।

फिर–

'अययाउवा काप पःय
पौक काउवौ दौःमाःदा।' (भृगुमनि 1989:45)

अर्थात्–बेटा मत रोना। जोर से रोने से चिड़िया उड़ जायेगी।

मिचिङ समाज में प्रचलित प्रायः सभी कहानियाँ आदिम लोगों के विश्वास के आधार पर प्रतिष्ठित हैं।

लोकवाद्य

मिचिङ लोगों के परम्परागत लोकवाद्यों को चार भागों में विभक्त किया गया हैं– *आनद्ध, घन, तत* और सुषिर। उन लोगों के परम्परागत गीत और नृत्य में ये वाद्य यन्त्र बजाये जाते हैं।

आनद्ध वाद्य यन्त्र ढोल अथवा खोल आदि की तरह होता है। मिट्टी के बर्तन अथवा बांस आदि से यह निर्माण किया जाता है। ढोल, ढाक, खोल, मृदंग, दबा, डबरू आदि इस श्रेणी के वाद्य यन्त्र हैं। मिचिङों के बीच प्रचलित दुमदुम, देंतग आदि इस प्रकार के वाद्य यन्त्र के अन्तर्गत आते हैं।

घन वाद्य को धातु अथवा बाँस आदि से बनाया जाता है। ताल, घंटा आदि इस प्रकार के वाद्ययन्त्र हैं। *टका, करताल* आदि बांस से बनाये जाते हैं। प्रायः सभी जनजातियों में इस प्रकार के वाद्य यन्त्र प्रचलित हैं। *ककतरे, रामताल* आदि *घन* वाद्य *यन्त्र* हैं। उसी तरह *लुःपि, लौनङ, मारबाङ, बारबाङ, देओघण्टा, यकचा* आदि धातु से निर्मित वाद्य यन्त्र हैं। मिचिङ वाद्ययन्त्रों के कुछ आधारा नीचे दिया गया हैं–

मिबु यकचा

मिचिङ लोग *देओधाइ* को *मिबु* और *देओधाइ* के तलवार को *यकचा* कहते हैं। प्राचीन समय से ही इनके बीच *देओधाइ* नृत्य का प्रचलन है। *यकचा* से *चरङ चरङ* ध्वनि उत्पन्न होती है, जिसके ताल के साथ नृत्य किया जाता है।

दुमपाग

चरवाहा एक बांस से बना हुआ वाद्य यन्त्र बजाते हैं, उसे *दुमपाग* कहा जाता है। यह आज के युग में भी मिचिङ समाज में मिलता है। यह *दुमपाग* यन्त्र पहले समय में पहाड़ी इलाके में बजाकर *गुमराग नृत्य* करते थे। इन लोगों के धर्म के साथ इस नृत्य का गहरा सम्बन्ध है।

लौनाङ

काँसा से बने हुए वाद्ययन्त्रों को मिचिङ भाषा में *लोनाङ* कहा जाता है। *लौनाङ* तीन प्रकार के होते हैं–*माबाङ, लौनाङ* और *बालि*। तीनों की

गठन प्रणाली में कुछ भेद दिखाई देते हैं। *लौनाङ* के घर में रहने से इन लोगों के गोत्र के बारे में भी पता चलता है। *लौनाङ* बहुत पुराना वाद्य है।

एजुग तापुङ

साँप के साथ घूमनेवाले अघरी लोग जो तुरही बजाते हैं, *एजुग तापुङ* उसी तरह का एक तुरही है। यह वाद्य वर्तमान समय में लुप्त हो चुका है। विवाह कार्य में दूल्हे का स्वागत तथा विभिन्न सम्मानीय व्यक्ति को आमन्त्रण के हेतु यह वाद्य बजाया जाता था।

गुङगाङ

मिचिङ भाषा में 'गगना' को *गुङगाङ* कहा जाता है। यह बांस से बनाया जाता है। असम के मंगोलीय जनजाति के भीतर के प्राय सभी जाति–उपजाति के बीच यह वाद्य बजाया जाता है। प्राचीन काल से ही मिचिङों के बीच का प्रचलन है। एक समय में मिचिङ लड़कियों के लिए यह वाद्य बहुत प्यारा था। *गुङगाङ* के द्वारा प्रेमी–प्रेमिका के बीच प्रेमालाप होता था। इससे *ऐनिःतम* और बिहु भी गाये जाते हैं।

दुमदुम

पहाड़ से सपात इलाके तक आते आते *दुमपाग* को छोड़कर ढोल को अपना लिया जाता है और उसी से ही *गुमराग* नृत्य करने लगते हैं। यह वाद्य ही इन लोगों के आनन्द का एकमात्र सहारा बनने लगा।

लुःपि

ढोल के साथ काँसा से बने हुए ताल का सम्बन्ध अत्यन्त गहरा है। इस ताल की आवाज़ से मिचिङ बिहु एक अन्य स्तर पर चला जाता है। ताल को मिचिङ समाज में *लुःपि* कहा जाता है। ढोल के साथ ताल का होना मिचिङ नृत्य का अपरिहार्य वाद्य होता है।

पेम्पा (तुरही)

सपात में रहने वाली जाति उपजातियों के बीच सिंग के जैसे तुरही एक वाद्य के रूप में प्रचलित है। मिचिङ लोग के बिहु में यह अत्यन्त प्रयोजनीय वाद्य होता है। ढोल के बाद ही इस पेम्पा का स्थान आता है।

ककतेर टका

टका बिहु में व्यवहार किया जाता है। *टका* का व्यवहार असम की सभी जनजाति के बीच दिखाई देता है। *ऐनिःतम* के गाने के समय इसका व्यवहार भी होता है। वर्तमान समय में इसका व्यवहार कम हो गया है।

पुलि (बासुरी)

इस वाद्य का प्रचलन भी मिचिङ समाज में प्राचीन काल से हो रहा है। सपात इलाके में आने के बाद इसका प्रचलन ज़्यादा हुआ है। बिहु में भी इसका व्यवहार किया जाता है, लेकिन यह बिहु के लिए प्रयोजनीय नहीं होता है।

लोक नृत्य

मिचिङ समाज में नृत्य कैसे उत्पन्न हुआ यह कहना कठिन है। यह लोकगाथा अथवा किंबदंती में नहीं मिलती है। *मिबु* अथवा *मिरि* ब्राह्मणों के द्वारा गाये हुए प्राचीन गीतों में नृत्य का कोई उल्लेख नहीं मिलता है। सम्भवतः आदिम अन्य जनजाति के बीच प्रचलित नृत्य की तरह इनके नृत्य बना था। परवर्ती समय में उत्सव, शव सत्कार आदि के आधार पर *मिचिङ* समाज में भी विविध प्रकार के नृत्य का प्रचलन हुआ है। नृत्य प्रकृत भाव, अनुभव–अनुभूति अथवा कोई कहानी वर्णन करने के समय शरीर के अंग अथवा छन्दायित रूप में हिलने की प्रक्रिया को समझा जाता है। नृत्य के साथ प्रतीकी रूप में संयुक्त होने से और उसके साथ कहानी का वर्णन होने से यह नाट्य–नृत्य में रूपांतरित हो गया है।

मिचिङ भाषा में नृत्य अथवा नाच को समझाने के लिए *पाकचङ* अथवा *माकचङ* यह दो शब्द व्यवहार किये जाते हैं। दोनों शब्द ही कई गीत अथवा वाद्य यन्त्र के साथ नाचने वाले छन्दोमय भंगी को समझाते हैं। गीत अथवा कहानी के छंद में वे भिन्न–भिन्न प्रकार की मुद्राओं में नृत्य करते हैं। इन दोनों को सम्य और छंदायित करने के लिए पैर के घुटने, हाथ की कुहनि, हाथ की कलाई, तलवे का संकोचन, संप्रसारण अथवा चक्राकार रूप में घूमकर प्रकट करते हैं। आँख और गले का संचालन मिचिङ नृत्य में कम हैं। साधारणतः मिचिङ भाषा में बिहु शब्द को समझाने के लिए छःमान शब्द का व्यवहार किया जाता है। छः का अर्थ है–

नृत्य करना और मान का अर्थ है– आनन्द करना अथवा खुश होना। अर्थात *छःमान* का अर्थ है– आनन्द के साथ बिहु नाचना। *छःमान* नृत्य के साथ गीत और वाद्य भी जुड़े हुए होते हैं। *पाकचङ* अथवा *माकचङ* से केवल नाचने के अंगी–भंगी को ही जाना जाता है। उस हिसाब से *पाकचङ* से छःमान का अर्थ अधिक विस्तृत है। विषयवस्तु और परिवेशन की रीति के अनुसार मिचिङ नृत्य को तीन भागों में विभक्त किया गया है–

- धर्ममूलक
- कृषि उत्सवमूलक
- विश्राममूलक

धर्ममूलक

धर्मीय लोक विश्वास, पूजा आदि में जो नृत्य किये जाते हैं, उन्हें धर्ममूलक श्रेणी में रखा जा सकता है। मिबु और मिरि ब्राह्मणों के नेतृत्व में नाचने वाले नृत्य को धर्मीय नृत्य कहा जाता है। वे *मिबु* और *मिरि* के नृत्य में साधारणतः *मिबु गालुग* अथवा *मिबु* नामक पोशाक पहनते हैं। घुटनों तक धोती, गले में *दगनौ* नामक एक तिब्बतीय लाल और पीले रंग की माला पहनते हैं। वे सिर पर *दुम लृङ* अर्थात लाल, पीला, सरसों के फूल के जैसे रंगों का एक लम्बा गमछा पहनते हैं। यह गमछा *मिबु या मिरि* को उपहार के रूप में पहनाया जाता है।

धर्ममूलक नृत्य केवल एक निश्चित समय में नाचा जाता है। कहीं भी कभी भी इसे नहीं नाचा जाता है। ऐसे में रङाली बिहु में नाचे जाने वाले *हुँचरि* नृत्य भी धर्ममूलक नृत्य की श्रेणी में आता है, क्योंकि यह नृत्य भी सिर्फ बिहु के समय ही नाचा जाता है। असमीया *हुँचरि* में एक लड़कों का दल होता है, जो चक्राकार में घूमकर नाचते हैं, लेकिन मिचिङ समाज के *हुँचरि* में विशेष प्रकार के पैरों की भंगिमा होती है। *हुँचरि* के लिए ढोल और ताल प्रधान रूप में व्यवहृत होते हैं।

कृषि उत्सवमूलक

फसल के उत्पादन और वृद्धि के लिए आनुष्ठानिक काम करने के बाद जो नृत्य किया जाता है, उसे कृषिमूलक उत्सव कहा जाता है। *आलि–आये –लृगाङ, मरुपुन, आरृग, दबुर* के लिए कोई निश्चित समय नहीं है।

धान से बीज निकलते ही यह पूजा की जाती है। नृत्य के लिए भी इस उत्सव में कोई विशेष शैली नहीं मिलती है।

कृषिमूलक नृत्य में प्रधानतः *आलि–आये–लृगाङ* नृत्य का उल्लेख किया जाता है। गाँव के मुखिया के घर यह नृत्य किया जाता है। साथ में *मिबु* अथवा *मिरि लृगाङ* में गाने वाले गीत गाते हैं। *लृगाङ* नृत्य हुँचरि की तरह ही होते हैं। मिबु के साथ नाचने वाले लड़के भी गीत गाते हैं।

विश्राममूलक

अवसर विनोदन के लिए कभी–कभी बिहु अथवा *चःमान* नृत्य किया जाता है, उसे ही विश्राम मूलक नृत्य कहा जाता है। मिचिङ समाज में होने वाले बिहु के अलावा कभी–कभी लड़का–लड़की अलग–अलग गाँव में घूमने के समय में बिहु अथवा *चःमान* करते हैं। ऐसे *चःमान* में किसी तरह की पूजा–पाठ अथवा नीति–नियम का पालन नहीं किया जाता है। एक प्रकार से यह लड़के–लड़कियों के लिए आनन्दमूलक अनुष्ठान होते हैं। इस *चःमान* में नाचने वाले नृत्य तीन प्रकार के होते हैं– ऐनिःतम, कृष्टिमुलक और *भाओना*।

ऐनिःतम मिचिङ जनजाति के जनप्रिय गीत है। ऐनिःतम के साथ ढोल भी बजाया जाता है। ढोल की धुन के साथ साथ भिन्न–भिन्न शैली में यह लोग नाचने लगते हैं। ऐनिःतम के साथ नाचने वाले नृत्य में दो अथवा चार लड़कियाँ होती हैं।

कृषिमूलक नृत्य में एक गायक गीत शुरू करता है। उसी समय ढोल बजाना भी शुरू किया जाता है। लड़कियाँ एक ही जगह में खड़ी होकर एक हाथ सिर पर और दूसरी हाथ कमर में रखकर नाचना शुरू करती हैं। ढोल की धुन के अनुसार नृत्य की शैली भी बदलती रहती है। कृषि नृत्य में चार, छ, अथवा आठ लड़कियाँ का प्रयोजन होता है।

भाओना को मिचिङ समाज *वाओना* कहा जाता है। *भाओना* एक प्रकार का नाटक होता है। *भाओना* नृत्य में लड़का लड़की दोनों नाच सकते हैं। यह असमीया समाज के *भाओना* से ही प्रभावित है। *भाओना* नृत्य में भी भिन्न–भिन्न प्रकार की मुद्रायें होती हैं। इसके उपरान्त असमीया बिहु के साथ नाचने वाले नृत्य भी यहाँ दिखाई देता है।

मिचिङ नृत्य की एक उल्लेखनीय बात यह है कि लड़कियाँ नाचने के समय किसी भी तरह की गीत नहीं गाती है। लड़कियाँ सिर्फ नाचती हैं और लड़के नाचने के साथ–साथ गाना भी गाते हैं।

वेशभूषा

वयन शिल्प में पारंगत मिचिङ महिलाएँ अपने नियमानुसार मलमल के सूत से बनाने वाले विभिन्न प्रकार के कपड़े पहनती हैं। साधारणतः मिचिङ पुरुष *गनर उगन* (=धोती की तरह घुटनों के नीचे तक आने वाले कपड़े), *गापा, दुमौर* (सिर पर पहनने वाले पगड़ी के कपड़े) और *तबग गालुक* (=शरीर में पहनने की क़मीज़) आदि पहनते हैं। *मिबु गालुक* एक ऐसा पोशाक है जो सिर्फ मिचिङ ब्राह्मण ही पहनते हैं। *गादु गालुक* एक मूल्यवान क़मीज़ है, जो *मिरिजम* के द्वारा बनाया जाता है। मिचिङ महिलाएँ कमर में केबबूङ अथवा *मबुङ्येगे गाचर, बिरि गा चो* (रिहा मेखेला चादर) पहनती हैं। रंगों वाले मेखेला गेर साधारणतः प्रसूति महिलाएँ पहनती हैं। स्त्री–पुरुष दोनों ही *तापून गाचर* (=एड़ि चादर) पहनते हैं, जो कि बहुत मोटी होती है। मिचिङ युवती–*आलिः आ ये लृगाङ* के समय शरीर में *रिःबि–गचौङ* का पहनना अनिवार्य होता है। यह इन लोगों की जातीय पोशाक है।

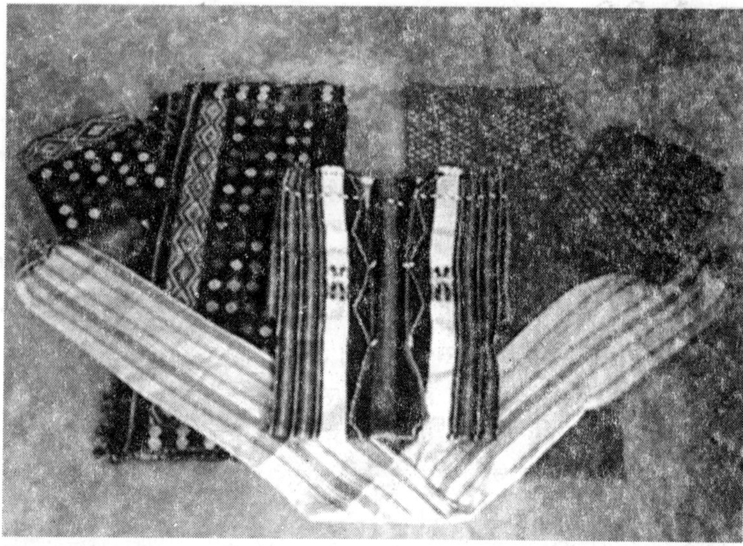

खानपान

मिचिङ लोग मांसाहारी होते हैं। इन लोगों का सुअर, मांस, मछली आदि के साथ–साथ वन्य जीव जन्तु भी अत्यन्त प्रिय होते हैं लेकिन बकरी आदि इनके प्रिय नहीं हैं। इसके उपरान्त अन्य मंगोलीय जनजाति की जैसे मछली और हिरण के मांस और बांस के कोपले आदि मिचिङों के प्रिय होते हैं। *आपङ* अथवा शराब भी अन्य जनजाति की तरह मिचिङों के लिए अत्यन्त प्रयोजनीय पेय हैं। पूजा–कर्म, अतिथि सत्कार करते समय भी *आपङ* का व्यवहार होता है। मिचिङ गाँवों में सुबह शाम चाय की जगह *आपङ* पीते हैं।

भात मिचिङ लोगों का प्रधान आहार होता है। भात के साथ साग तथा सब्जी आदि भी होते हैं। फिर भी *ताजिक–ताक पाङ नत, के दार मि* आदि नाम की कुछ अन्य साग सब्जी पाई जाती हैं, जो इन लोगों का प्रिय खाद्य है।

विवाह, उत्सव आदि में ताम्बोल–पान का होना जरूरी होता है। प्राचीन काल में ताम्बोंल पान के स्थान पर कुछ–कुछ पेड़ों के छिलके का प्रयोग किया जाता था। ताम्बोल पान का व्यवहार अष्ट्रिकों से ही लाया गया है– ऐसा कुछ विद्वानों का कहना है।

भाषा और लिपि

मिचिङ लोगों की लिपि नहीं हैं, लेकिन इन लोगों की अपनी एक मौखिक भाषा है, जिससे ये लोग अपने गीत आदि की रचना करते हैं। एक वर्ग से दूसरे वर्ग की भाषा में सामान्य असमानता होने पर भी दोनों वर्ग इसी भाषा में बात करते हैं। अन्य संप्रदाय के साथ ये लोग असमीया भाषा में ही वार्तालाप करते हैं।

साहित्य

साहित्य से ही समाज का विकास होता है। आत्मा और शरीर की तरह ही समाज और साहित्य का सम्बन्ध होता है। समाज से ही एक साहित्यकार का जन्म होता है। साहित्यकार समाज से ही प्रेरित होकर साहित्य सृजन करता है। लेखक अथवा कवि समाज की परिस्थितियों से प्रभावित होते हैं, और ये उनसे प्रभावित होते हैं।

मिचिङ एक समृद्धिशाली जनजाति है। विश्व के इतिहास में भाषा, लोक साहित्य, संस्कृति में अमीर शान्तिप्रिय जनजातियों में मिचिङ जनजाति का नाम उल्लेखनीय है। साहित्य के क्षेत्र में भी मिचिङ जनजाति का अवदान उल्लेखनीय है।

लिखित साहित्य में मिचिङ जनजाति का अवदान प्राचीन काल से है। मिचिङ भाषा का आधुनिक युग सन् 1968 से आरम्भ होता है। मिचिङ साहित्य सभा का गठन सन् 1952 में हुआ था। मिचिङ साहित्य सभा को उनकी भाषा में *मिचिङ आगम केबाङ* कहते हैं। इसके गठन के साथ ही मिचिङ भाषा का विकास होने लगा। मिचिङ भाषा में कई सारी कहानियाँ, कविताएँ और नाटक मिलते हैं। मिचिङ साहित्य में समाज के कई सारे विषयों को अन्तर्भुक्त किया गया है।

काव्य

समकालीन मिचिङ काव्यधारा में भव दले का ङक *मौः तम* (1991), दीनकांत दले का *मिमाग* (1994), खगेन पेगु का *तौलाम* (2003), बिदेश्वर दले का *आचीन आप्पुन* (2004), सुरेन दले का *कमबङ* (2005), कमल बरि का *मौः तम दकचिरि* (2015), जीतेन पायेङ का *च आःनौक बिदुङाइ* (2016) आदि रचनाएँ मिलती हैं।

कहानी

काव्य के साथ साथ कुछ प्रमुख मिचिङ कहानी संग्रह हैं–लक्ष्मीकांत पेगु का *मिननौ ताबृग* (1996), मुक्तिनाथ पेगु का *खेरकटा बिल्लाम* (2009), दीपक कुमार दले का *चौमपौइ इकारून तुर्नामाचौ* (2009), भव दले का *मः रौ* (2016) आदि।

उपन्यास

सुरेन दले का *जबून चृःलुङ आराःदक यूमौ ललाद* (1996), हिरण्य टाइड का *अवनरि रुःयिःदक नक आयाः दौ* (2005), नाबर मौमाब का *ताः त नापचेर* (2009) आदि प्रमुख हैं।

नाटक

भव दले का *दमय लूः चुय* (2001), किरण बरि का *चिलचिन कौमनी बराःल* (2016) आदि उल्लेखनीय नाटक हैं।

मिचिङ जनजाति के इतिहास, भूगोल, खान–पान, रहन–सहन, साहित्य, त्योहार आदि के अध्ययन से यह पता चलता है कि मिचिङ जनजाति अपने आप में एक सम्पन्न जनजाति है, लेकिन अब जरूरी है कि इस जनजाति के इतिहास को जीवित रखना जो कि साहित्य के द्वारा रखा जा सकता है। इसलिए इस जनजाति को केन्द्र में रखकर अधिक शोध कार्य होने चाहिए, जिससे कि भविष्य पीढ़ी इसका लाभ उठा सकती है।

सहायक ग्रन्थ-सूची

असमीया

- दास, अंशुमान, सम्पा. असमर जनगोष्ठीय उत्सव पार्वण, पानबाजार : आँक–बाँक प्रकाशन 2013
- दास, नारायण और राजबंशी परमानंद, सम्पा. असमर संस्कृति कोष, पानबाजार : ज्योति प्रकाशन, 2014
- बरुवा, शान्तनु कौशिक, संक्षिप्त असमीया विश्वकोष, द्वितीय खण्ड, पानबाजार : ज्योति प्रकाशन 2009

- भृगुमनि, सम्पा.मिचिङ संस्कृतिर आलेख्य, गुवाहाटी : लयार्स बुक स्टल 1989

आलेख

वैश्य, रीतामणि. समकालीन साहित्यिक प्रवृत्तियाँ : पूर्वोत्तरी भाषाओं के सन्दर्भ में. साहित्य अकादेमी के उत्तर–पूर्वी लेखक समारोह, दरभंगा (2017) में प्रस्तुत।

गारो जनजाति : एक विश्लेषणात्मक अध्ययन

शरिफुज. जामान

असम विभिन्न धर्म, वर्ण, सम्प्रदाय तथा भाषा–भाषी के लोगों की मिलनभूमि है। यहाँ के निवासियों को मूलतः दो भागों में बाँटा जा सकता है–अजनजाति और जनजाति। सन् 1999 की जनगनणा के अनुसार असम की कूल आबादी 2,24,14,322 में से 19,539,911 अजनजातीय और 28,74,41 जनजातीय लोग हैं। यानी असम की कूल आबादी में से 12.82 प्रतिशत जनजातीय लोग हैं (मजुमदार 2004, 28)। निवासस्थल के आधार पर असम की जनजातियों को दो भागों में बाँटा जा सकता है–पहाड़ी जनजातियाँ और समभूमि की जनजातियाँ। असम की ज़्यादातर जनजातियाँ पहाड़ी जनजातीयाँ है। इसका मुख्य कारण है जनजातीय लोगों के पहाड़ों के प्रति लगाव। पहाड़ी जनजातियों में से डिमाचा, कार्बि, गारो, हाजङ, कुकी, मार आदि और समभूमियों की जनजातियों में से बड़ो, मिचिङ, देउरी राभा, तिवा आदि प्रमुख है। गारो एक ऐसी पहाड़ी जनजाति है, जो मूलतः पहाड़ी है पर पहाड़ों के साथ–साथ समभूमि में भी निवास करती है।

'गारो' शब्द की व्युत्पत्ति

गारो शब्द की व्युत्पत्ति को लेकर लोगों में काफी मतभेद हैं। गारो लोग अपने सम्प्रदाय के लिए गारो शब्द का प्रयोग नहीं करते बल्कि *आचिक* शब्द का प्रयोग करते हैं। गारो नाम अन्य सम्प्रदाय के लोगों के द्वारा दिया गया नाम है। *आचिक* शब्द का अर्थ है पहाड़ और इसका बहुवचन रूप *आचिकाराङजो* गौण रूप से गारो सम्प्रदाय को दर्शाता है। गारो लोग मांदे शब्द का प्रयोग करते हैं जिसका अर्थ होता है आदमी। इसलिए गारो लोग स्वयं को *आचिक मान्दे* (=पहाड़ी आदमी) मानते हैं। *आचिकमान्दे* की

तरह गारोभूमि के लिए *आचिक आचङ* और गारो भाषा के लिए *आचिक कूचिक* शब्द का प्रयोग करते हैं।

विद्वानों के दूसरे वर्ग के अनुसार पहाड़ में निवास करने वाले गारो का एक अन्यतम प्रभावशाली नेता था गारा। कालक्रम में इसी गारा से ही इस जनजाति का नाम गारो हुआ। इन मतों के आधार पर 'गारो' नामकरण, इसकी व्युत्पति को लेकर निश्चित निष्कर्ष तक पहुँचा नहीं जा सकता। यह भी सम्भवना बनती है कि गारो पहाड़ में निवास करने के कारण इस सम्प्रदाय को गारो कहा गया है।

इतिहास

गारो जनजातीय लोग कहाँ से आकर गारो पहाड़ में बस गये, इसका कोई ऐतिहासिक प्रमाण उपलब्ध नहीं होता। गारो लोगों की शारीरिक बनावट तिब्बत–बर्मी लोगों से मिलती–जुलती है। इससे सहज ही अनुमान लगाया जा सकता है कि उनके पूर्वज तिब्बत देश के थे। गारो की पौराणिक आख्यानों के अनुसार गारो लोगों का प्रवर्जन तिब्बत देश से हुआ है, पर इसका कोई ठोस ऐतिहासिक प्रमाण नहीं मिलता। नृविज्ञान के अनुसार मंगोल जाति के तिब्बत–बर्मी सम्प्रदाय की जनजातियाँ उत्तर–पूर्व और पूर्व दिशा से असम में प्रवेश कर ब्रह्मपुत्र घाटी के प्रवाह की ओर (downstream) चल पड़ीं। एक जनश्रुति के अनुसार गारो लोग गारो पहाड़ में रहने से पहले ब्रहमपुत्र घाटी में रहा करते थे।

भौगलिक अवस्थिति

गारो उत्तरपूर्व भारत की एक प्रमुख जनजाति है। गारो जनजाति का मुख्य निवास स्थल मेघालय है। मेघालय में कुल सात जिले हैं–पूर्व खाचि पहाड़, पश्चिम खाची पहाड़, जयन्तीया पहाड़, रिभोय, उत्तर गारो पहाड़, पूर्व गारो पहाड़ और पश्चिम गारो पहाड़। इन सात जिलों में से उत्तर गारो पहाड़,पूर्व गारो पहाड़ और पश्चिम गारो पहाड़ में गारो जनजाति के लोगों की अधिकता है। ये तीनों क्षेत्र असम के दक्षिण पश्चिम प्रान्त में अवस्थित हैं। इसके अलावा असम के कामरूप, गोवालपारा, कार्बि आङलङ, शिवसागर और दरङ आदि जिलों में भी गारो लोग रहते हैं। बांग्लादेश के सिलेट, शेरपुर, नेत्रकोना, सुनामगंज, ढाका और गाजीपुर जिले में भी गारो जनजाति के लोग रहते हैं।

पहाड़ों के प्रति अपार ममता होते हुए भी इस जनजाति के कुछ लोगों को क्यों समभूमि में उतरना पड़ा, इसकी एक करुण कहानी है। सन् 1896 गारो पहाड़ में हैजा ने महामारी का रूप धारण किया था। काफी संख्या में लोगों की मृत्यु हुई थी। तब मजबूरन लोगों को अपनी जगह छोड़नी पड़ी थी। निरापद भूमि की तलाश करते हुए वे समभूमि में उतर आये और शिवसागर जिले में स्थायी रूप से बस गये।

शारीरिक बनावट

गारो लोग मंगोल जाति के लोग हैं। मंगोल जाति के होने के कारण गारो पुरुष और महिलाएँ बड़े मजबूत कद–काठी के होते हैं। शारीरिक रूप से वे न तो ज़्यादा ऊँचे होते हैं न ही ज़्यादा नाते। पहाड़ी गारो की तुलना में समभूमि के गारो थोड़े ऊँचे होते हैं। उन लोगों की आँखे छोटी–छोटी और नाक चपाट होती है। दाढ़ी–मूँछ बहुत कम,कपोल चौड़ा और गोल होती है।

आजीविका

गारो जनजाति की मुख्य आजीविका का आधार है झूम की खेती। झूम खेती एक आदिम कृषि पद्धति है, जिसमें पहले वृक्ष तथा वनस्पतियों को काटकर उन्हें जला दिया जाता है और साफ़ की गई भूमि में हल, फावड़ा से जुताई करके बीज बो दिए जाते हैं। फसल पूर्णतः प्रकृति पर निर्भर होती है। इस खेती में उत्पाद बहुत कम होता है। दो तीन वर्षों तक मिट्टी में उर्वरता बरकरार रहती है और तब तक इस भूमि पर खेती की जाती है। इसके पश्चात् इस भूमि को छोड़ दिया जाता है फिर नई जंगली भूमि साफ़ कर कृषि के लिए उपयोगी बनाई जाती है। उस पर भी कुछ ही वर्षों तक खेती की जाती है। इस प्रकार यह एक स्थानान्तरणशील कृषि है, जिसमें थोड़े–थोड़े समय के अन्तराल में खेत बदलते रहना पड़ता है। भारत की पूर्वोत्तर पहाड़ियों में आदिम जातियों द्वारा की जाने वाली इस प्रकार की कृषि को झूम कृषि कहते हैं। यह कृषि पद्धति सिर्फ गारो लोगों की नहीं, बल्कि सभी पहाड़ी जनजातीय लोगों की कृषि पद्धति है। झूम खेती की भूमि को गारो लोग अपनी भाषा में *आखिङ* बोलते हैं। यह *आखिङ* कोई व्यक्तिगत सम्पत्ति नहीं है। गाँव के सभी लोगों को इस कृषिकार्य में भाग लेना पड़ता है और फसल में सबका समान अधिकार होता है।

हालाँकि *आखिङ* एक नोकमा के आधीन रहता है। इसलिए उनको *आखिङनोकमा* कहा जाता है।

मछली शिकार गारो जनजाति की गौण आजीविका है। गारो पहाड़ी की भूमियों में ढेर–सारी नदियाँ हैं, जहाँ वे मछलियों का शिकार करते हैं। आश्विन और कार्तिक महीनों में इन पहाड़ी नदियों में पर्याप्त मात्रा में मछलियाँ मिलती हैं। गारो लोग उन मछलियों को सूखाकर सालभर के लिए रखते हैं।

गृह निर्माण

गारो मूलतः पहाड़ी जनजाति है। ज़्यादातर पहाड़ी जनजाति के लोग चाङघर (मचान घर) में रहते हैं। गारो लोग भी रहने के लिए चाङघर बनाते हैं। गारो लोग अपने घर को *नोकाचिक* कहते हैं। घर लकड़ी, बाँस, फूस आदि का होता है। चाङघर के सतह पर साबुत बाँस बिछाया जाता है और नीचे मजबूत खम्भे लगाये जाते हैं। घर साधारणतः दो छप्परवाला होता है और छप्पर फूस से बनाया जाता है। दोनों छप्परों को सही जगह मजबूती से रखने के लिए घर के बीच में एक शतीर लगाया जाता है, जिसे गारो लोग *बोलग्रो* कहते हैं। अभिजात सम्पन्न परिवार को छोड़कर बाकी साधारण परिवार एक ही घर में रहते हैं। शायद इसलिए गारो *नोकाचिक* बहुत लम्बा–चौड़ा होता है। घर के बीच कोई दीवार नहीं होती है।

समाज जीवन

मनुष्य समाजिक प्राणी है। समाज में पुरुष और नारी की स्थिति अथवा स्थान के आधार पर समाज को दो भागों में देखा जा सकता हैं– पितृसत्तात्मक और मातृसत्तात्मक। पितृसत्तात्मक समाज व्यवस्था में पुरुषों की केन्द्रीय भूमिका होती है और समाज का राजनैतिक, नैतिक प्राधिकार एवं सम्पत्ति का अधिकार पुरुषों के पास होता है, जबकि मातृसत्तात्मक समाज व्यवस्था में महिलाओं की केन्द्रीय भूमिका होती है और राजनैतिक, नैतिक प्राधिकार एवं सम्पत्ति का अधिकार महिलाओं के पास होता है।

असम के खाची और गारो ऐसी दो जनजातियाँ हैं जहाँ मातृसत्तात्मक समाज व्यवस्था चलती है। संसार की अन्य जनजातियों की तरह इन दोनों जनजातियों में मातृमूलक परिवार की सभी विशेषताएँ हैं। वंशावली नारी से चलती है और सम्पत्ति की स्वामिनी भी नारी होती है। सम्पत्ति का अधिकार माँ से लड़की को मिलता है। गारो जनजाति के पाँच गोत्र हैं और हर एक गोत्र के उप–गोत्र हैं। गोत्र को गारो भाषा में *चात्ची* या *कात्ची* और उप–गोत्र को *माछंग* कहते हैं। *चाङमा, माराक, मोमिन, चिरा* और *आरेङ* इन पाँच गोत्रों में से *चाङमा, माराक* और *मोमिन* प्रमुख हैं। *आबेङ, आरेङ, चिरच,माजि, रङमा, दिउ* और *ह्रदमा* आदि गारो जनजाति के प्रमुख उप–गोत्र हैं। मातृप्रधान समाज व्यवस्था होने के कारण बच्चों का गोत्र परिचय अपनी माँ की तरफ से होता है और आजीवन वे उसी गोत्र का हिस्सा बने रहते हैं। गोत्र का मुख्य काम होता है विवाह का नियन्त्रण करना। विवाह नियन्त्रण के अलावा बाकी काम *माहारी* में ही सीमित रहता है। आस–पास निवास करने वाले एक गोत्र से ताल्लुक रखने वाले एक वंश परम्परा लोगों को *माहारी* कहते हैं। हर एक परिवार की चल और अचल सम्पत्ति का अधिकार परिवार की प्रधान महिला के पास होता है।

विवाह

विवाह एक सामाजिक प्रथा है, जिसमें पुरुष और नारी को साथ रहने की सामाजिक स्वीकृति मिलती है। गारो भाषा में शादी को दोचीया कहा जाता है। गारो समाज के विवाह व्यवस्था में गोत्र मजबूत भूमिका अदा करता है; की देख–रेख करते हैं। सगोत्र विवाह पूर्ण रूप से वर्जित है। अर्थात एक ही गोत्र के अधीन पुरुष या महिला के बीच विवाह नहीं हो सकता।

गारो समाज में कई प्रकार के विवाह हैं, जो इस प्रकार हैं–

- नोखाम विवाह
- आगाते विवाह
- सास–दामाद का विवाह
- चाप्पा विवाह
- अनँचोङा विवाह
- चेका विवाह
- बहुविवाह

नोखाम विवाह

नोखाम का मतलब है वारिस। गारो समाज व्यवस्था में घर के किसी एक लड़की को वारिस बनाया जाता है। अगर परिवार में लड़की एकाधिक हो तो साधारणत सबसे छोटी लड़की को वारिस का दर्जा मिलता है। इस वारिस का विवाह *नोखाम* विवाह के रूप में जाना जाता है। *नोखाम* विवाह में लड़का लड़की के घर में स्थायी रूप में रहता है। *नोखाम* के लिए दूल्हा बचपन में ही चुना जाता है।

आगाते विवाह

नोखाम के अलावा परिवार में जो कन्याएँ होती हैं, उसे *आगाते* कहा जाता है। *आगाते* विवाह में दामाद ससुराल में एक दो साल तक रहने के बाद दूसरी जगह अपना घर बसाता है। उसका ससुराल में स्थायी रूप से रहना जरूरी नहीं है।

सास–दामाद का विवाह

जब ससुर की मृत्यु होती है, तब दामाद को अपनी सास को विवाह करना पड़ता है। सास घर की स्वामिनी है और उनके पति घर का स्वामी है। सास को विवाह करने के पश्चात दामाद को परिवार के स्वामी का पद मिल जाता है। अगर दामाद सास को विवाह करने से इनकार करता, तो वह घर का स्वामी नहीं बन पाता। विवाह के बाद सास को पहली पत्नी का दर्जा मिलता है और उसकी बेटी को उप–पत्नी का दर्जा मिलता है।

चाप्पा विवाह

इस विवाह में लड़की बचपन में ही चुनी जाती है। दामाद ठीक हो जाने के बाद अगर ससुर की मृत्यु हो जाती है, तो गारो समाज के नियम के अनुसार दामाद को सास–बेटी दोनों को शादी करनी होती है। इसके अलवा ससुर की दूसरी छोटी बच्ची होती है, तो उसको भी शादी करनी

होती है। ऐसी शादी को गारो भाषा में *चाप्पा* कहा जाता है। जबतक बच्ची प्रौढ़ नहीं होती तब तक उससे शारीरिक सम्बन्ध करना मना है।

अनँचोङा विवाह

ससुर की मृत्यु के बाद दामाद अगर सास को शादी करने से इनकार करता है, तो उसे परिवार के स्वामी के रूप में स्वीकारा नहीं जाता है। ऐसी स्थिति में सास अपने पति के माहारी से एक–दूसरे पुरुष को अपने पति के रूप में स्वीकार करती है। ऐसे विवाह को *अनँचोङा* विवाह कहा जाता है।

चेका विवाह

सगोत्र का विवाह गारो जनजाति में वर्जित है। कभी–कभी देखा जाता जब युवक–युवती प्यार में होते हैं तब उसके लिए गोत्र मायने नहीं रखते हैं। ऐसे मामलों में घरवालों की सम्मति मिलना नामुकिन जैसा है। तभी लड़का–लड़की भाग जाते हैं और कही अपना संसार बसाता है। ऐसे विवाह को *चेका विवाह* कहा जाता है। हालाँकि ऐसा विवाह गारो समाज में वर्जित है।

बहुविवाह

गारो समाज के पुरुष एक से अधिक पत्नी से शादी कर सकता है। बाद के विवाह के लिए पहली पत्नी की सहमति जरूरी है। बाद में विवाह की गयी महिलाओं को उपपत्नी का दर्जा मिलता है। पहली पत्नी के गोत्र से ही उपपत्नी का चुनाव कर सकता है। दूसरे गोत्र से उपपत्नी अपना नहीं सकता। पहली पत्नी को *जिक–मोङमा* और उपपत्नी को *जिकगिते* कहते हैं।

इन मुख्य विवाहों के *अलावाचाँचेङ, चाँदिला, टूँनापा* आदि विवाह का भी प्रचलन है।

विवाह–विच्छेद

गारो समाज में विवाह–विच्छेद बहुत कम होता है। प्रथम पत्नी के समर्थन के बिना दूसरी पत्नी का विवाह, स्वगोत्रीय विवाह जैसे कुछ कारणों की वजह से विवाह–विच्छेद देखने को मिलता है। इस समाज व्यवस्था में

स्वामी अथवा स्त्री के चाहने पर भी एक–दूसरे को त्याग नहीं कर सकते हैं। दोनों पक्षों के *माहारी* के सदस्यों की सम्मति जरूरी है।

कानून व्यवस्था

अन्य जनजातीय समाज की तरह गारो जनजाति का भी कोई लिखित कानून नहीं है। परम्परागत नीति–नियमों से ही गारो समाज चलता है। गारो लोग परम्परागत नियमों का उल्लंघन नहीं करते हैं। हर एक गाँव में एक मुखिया रहता है उसे *नोकमा* कहा जाता है। गाँव को चलाने में *नोकमा* और *माहारी* का महत्त्वपूर्ण योगदान रहता है। *नोकमा* के पास कोई राजनीतिक या सामाजिक क्षमता नहीं होती,वह परम्परागत नियमों को तोड़ने वालों को सजा भी नहीं दे सकता है। फिर भी उसे उपेक्षा नहीं की जा सकती। वह समाज का आदरणीय व्यक्ति होता है। वह गाँव वालों को परामर्श दे सकता है। किसी को सजा देना हो अथवा गाँव में शान्ति बनाये रखने की ज़िम्मेदारी *माहारी* पालन करता है। अगर कोई सामाजिक नियमों को तोड़ता है, तो उसे *माहारी* के सबसे बुजुर्ग पुरुष सजा देते हैं।

लोकविश्वास

गारो जनजाति के परम्परागत धर्म में एक अलौकिक शक्ति को जगत निर्माता और रक्षाकर्ता के रूप में स्वीकार किया गया है। इस अलौकिक शक्ति को गारो भाषा में *मित्ते* कहा जाता है। गुणों के आधार पर मित्ते अथवा देव–देविओं के दो भेद हैं–एक जो मनुष्य का मंगल साधन करता है दूसरा वह जो मनुष्य का अमंगल साधन करता है। इन *मित्ते* को लेकर गारो समाज में अलग–अलग धर्म विश्वास प्रचलित है। इस समाज में बलि का प्रथा भी प्रचलित है। देवता अथवा *मित्ते* को ख़ुश करने के लिए लोग जानवर की बलि चढ़ाते है।

अंग्रेज राज के समय से गारो पहाड़ में ईसाई धर्म का प्रचार शुरू हुआ। इसके कारण आज तक गारो जनजाति के लगभग नब्बे प्रतिशत लोगों ने ईसाई धर्म को अपनाया है। परम्परागत धर्म मानने वालों की संख्या सिर्फ दस प्रतिशत रह गया है। परम्परागत धर्म मानने वाले को *चिङ्चारिक* कहा जाता है।

गारो जनजाति के लोग पुनर्जनम पर विश्वास रखते हैं। उन लोगों के अनुसार आत्मा अमर है, आत्मा की मृत्यु नहीं होती, शरीर की मृत्यु होती है। आत्मा फिर एक नये शरीर धारण करती है। इस जनम में पाप कर्म करने से परवर्ती जनम में जानवर रूप में जनम मिलता है और अच्छे कर्म करने से इन्सान के रूप में जनम मिलता है। वे इहलोक और परलोक पर विश्वास रखते हैं। इहलोक का पाप–पुण्य का विचार परलोक में होता है।

मृत सत्कार

गारो समाज के ईसाई धर्म को मानने वाले लाश को दफनाते हैं। इसके अलावा मृत्यु हैजा, कोढ़ जैसी महामारी से हुई तो उस लाश को ज़मीन में दफनाया जाता है। *चाङचारिक* अर्थात् गारो परम्परागत धर्म को मानने वाले लोग लाश को जलाते हैं। *चाङचारिक* मृत व्यक्ति के निधन के समय उनके रिस्तेदार अगर दूर कही रहते हैं, तो तीन दिन तक आने का इन्तजार किया जाता है। मृतकों के खबर लेने के लिए आने वाले लोग चावल, शराब, मुर्गा, बैल आदि लेकर आते हैं। वे लाश को घर के अन्दर रखते हैं और रात के समय लाश के बगल में आग जलाकर रखने का नियम है। लाश को दहन से पहले अच्छी तरह नहलाया जाता है। आर्थिक रूप से मजबूत लोग लाश को देशी शराब से और कमज़ोर लोग पानी से स्नान करवाते हैं। मृत्य व्यक्ति के करीबी लोग लाश को नहलाते हैं। लाश के जल जाने के बाद उसी जगह पर बाँस का एक छोटा सा घर बनाया जाता है। उस घर को गारो भाषा में देलंग कहा जाता है। देलङ में मृत व्यक्ति के लिए उनके द्वारा व्यवहृत सामग्री, खाना, धान, शराब, पूजा की समग्रियाँ आदि रखी जाती हैं। फसल काटने के बाद देलंग को जला दिया जाता है।

त्योहार

गारो जनजाति के त्योहार कृषि कार्य से सम्बन्धित हैं। साल भर में गारो लोग विभिन्न प्रकार के त्योहार मनाते हैं। ज़्यादातर त्योहार फसल काटने के बाद ही होता है। ये त्योहार हैं–

- ओवानगाला
- आगालमाका
- आचोङटाटा

ओवानगाला

गारो जनजाति का जातीय उत्सव है। यह उत्सव कृषि से सम्बन्धित है। आश्विन–कार्तिक महीने में जुम फसल काटने के बाद लोग वापस जब घर आते हैं तभी एक छोटा–सा त्योहार मनाते हैं जिसे *आहाया* कहा जाता है। *आहाया* खत्म होने से लेकर दो हफ़्ते के भीतर *ओवानगाला* उत्सव शुरू होता है। इस त्योहार के लिए कोई निश्चित वार या तारिख़ नहीं होती है। इस उत्सव के अवसर पर सभी गारो लोग नये कपड़े पहनते हैं, रास्ते–घर साफ़ सफाई करते हैं, घर–घर में देशी चू (शराब) बनाते हैं। एक–दूसरे के घर जाते हैं।

रङचूगाला

कृषि कार्य से सम्बन्धित और एक उत्सव है *रङचूगाला*। धान पकने के समय यह उत्सव मनाया जाता है। इस अवसर पर घर–घर में चू बनता है। यह त्योहार मनाने से पहले नया अनाज खाना मना होता है।

आगालमाका

आगालमाका उत्सव भी कृषि से सम्बन्धित है। झूम खेती के सर्वांगीन मंगल के लिए यह बीज बोने से पहले साल की शुरुआत में बड़े ही धूमधाम से मनाया जाता है। उत्सव की शुरूआत में एक साबुत बाँस गाढ़ दिया और उसके नीचे केले के पत्ते पर धान, भात, सूखी मछली, मांस आदि के साथ–साथ देवी को ख़ुश करने के लिए चू रखा जाता है। गाँव के युवक–युवतियाँ चू पान करके रातभर नाचते रहते हैं।

आचोङटाटा

गारो जनजाति के लोग भूत–प्रेत, देव–देवी, या अलौकिक शक्ति पर विश्वास रखते हैं। बीमारी से बचने, तूफान, भूचाल आदि प्राकृतिक आपदाओं से राहत पाने के लिए और झूम खेती की श्रीवृद्धि के लिए *आचोङटाटा* नामक भक्तिमूलक उत्सव मनाते हैं।

ऊपर उल्लेखित त्योहारों की तरह *दोचीया* विवाह से सम्बन्धित उत्सव है, *आमूवा* और *माँगोना* आदि कृषि से सम्बन्धित त्योहार भी हैं।

खान–पान

गारो लोगों का प्रधान खाद्य चावल (=भात) है। दिन में तीन वक्त वे चावल खाते हैं। वे सुबह के खाने को *मिफ्रौङ* दोपहर के खाने को *मिछाल* और रात के खाने को *मियाथाम* कहते हैं। घर की औरतें खाना पकाती हैं। इस जनजाति के लोग खाना पकाने के लिए मिट्टी के बर्तन का इस्तेमाल करते हैं। चावल की कमी होने पर वे चावल के साथ बाँस की कोपलें, आलू आदि मिलाकर पकाती हैं। वे चावल और सब्जी को केले अथवा दूसरे पेड़ के पत्तों से पोटली बनाती हैं। खाना खाते वक्त वे पोटली खोलकर केले के पत्ते में रख खाना खाते हैं। इसके अलवा गारो समाज में बाँस के *चोंगा* में चावल पकाकर खाने की परम्परा भी है। *चोंगा* में बना हुआ चावल बेहद खुश्बूदार और स्वादिष्ट होता है।

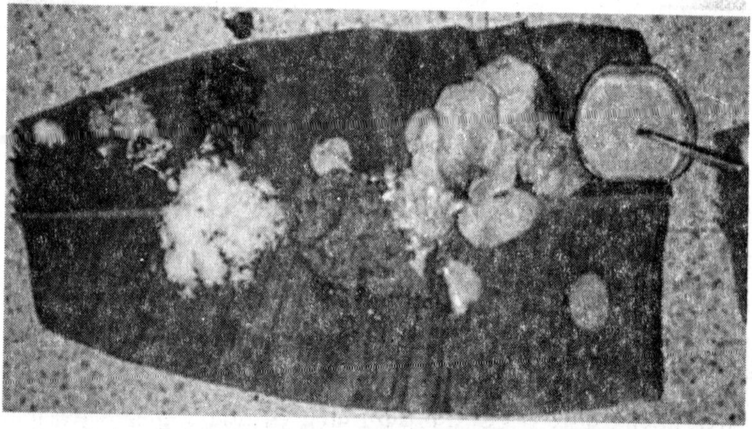

सूखी मछली गारो जनजाति का प्रिय आहार है। वे सूखी मछली को *नाखाम* बोलते हैं। *नाखाम* से वे *चोंगा नाखाम* भी बनाते हैं जिसका बनाने की प्रक्रिया काफी जटिल है। *चोंगा नाखाम* बनाने के लिए पहले सूखी मछली का ढेंकी में चूरण बना लिया जाता है। फिर चूरण को बाँस के चोंगे में डाला जाता है और चोंगा के अन्दर हवा घुस न पाये, इसीलिए केले के पत्ते से मुँह बन्द करके गीली मिट्टी से लेपन करके रखा जाता है। जब कुछ महीनों के बाद सड़कर तीखी गन्ध निकलती है तब इसे खाने लायक समझा जाता है।

बाँस की कोपलें इस जनजाति की अन्य एक खाद्य है। वे मांस अथवा मछली में बाँस की कोपलें डालकर व्यंजन बनाते हैं, जो बहुत ही स्वादिष्ट होता है। बाँस की कोपलें को वे भर्ता बनाकर भी खाते हैं।

मद्यपान जनजाति संस्कृति का एक महत्त्वपूर्ण अंग है। गारो समाज में भी पुरुष हो या महिला सभी लोग खुलेआम मद्यपान करते हैं। गारो जनजाति के सामाजिक और धार्मिक क्रिया कर्मों में शराब की महत्त्वपूर्ण भूमिका रहती है।

वेशभूषा

गारो महिलाएँ कमर से एड़ी तक ढकने वाला रंग–विरंगी फूलों से भरा हुआ एक प्रकार का कपड़ा पहनती हैं, जिसे, *दाकमांदा* कहा जाता है। शरीर के ऊपरी हिस्से को ढकने के लिए वे क़मीज़ पहनती हैं और असमीया महिलाओं की तरह चादर लेती हैं। वे अपने करघों में ही *दाकमान्दा* बुनती हैं। *दाकमान्दा* के अलावा गारो महिलाएँ त्योहारों के अवसर पर नृत्य करने के लिए *माराङ जाचकू* नामक एक परम्परागत वस्त्र पहनती हैं। यह वस्त्र खाचि महिलाओं की परम्परागत वस्त्रों की तरह पहना जाता है। गारो जनजाति के पुरुष कमर में *गान्दामाखाल* (=धोती की तरह का वस्त्र) पहनते हैं, शरीर में कुर्ता पहनते हैं और अभिजात वर्ग के लोग माथे

पर साफ़ा बाँधते हैं। घर में काम करती समय महिलाएँ *दाकमांदा* के साथ शरीर का ऊपरी हिस्सा ढकने के लिए बनियान पहनती हैं। ठीक उसी तरह पुरुष भी हाफपैंट के साथ बनियान पहनते हैं।

गारो जनजाति के पुरुष व महिलाएँ जेवर में दिलचस्पी रखते हैं। वे हाथों में *जाकचान* (चुड़िया), *नादोमवि* या *ओटोङा, नाटापची, नादिराङ* (झुमका), *रिपोक* (कण्ठहार) आदि पहनते हैं। नृत्य करते समय महिलाएँ कमर में *चेङखि* और पुरुष *गानदो* पहनते हैं। यह अंलकार देखने में कमर बन्द की तरह है, जिसकी चौड़ाई करीब चार–पाँच उँगुलियाँ जितनी होती हैं।

भाषा

गारो भाषा तिब्बत–बर्मी परिवार की भाषा है। सन् 1981 की जनगणना के अनुसार पूरे भारतवर्ष में गारो भाषा बोलने वालों की संख्या लगभग पाँच लाख (4,93,940) हैं। गारो भाषा की उपभाषा की संख्याओं को लेकर विद्वानों में काफी मतभेद है। गारो जनजाति का मुख्य निवासस्थल गारो पहाड़ में कूल ग्यारह उपभाषाएँ मिलती हैं, जो इस प्रकार हैं–आवे या आखावे, चिचाक, दूवान, मात्चि, आबेङया, आमबेङ, मात्जित्चि, माटाबेङ, चिबक, गारा–गानचिंग, आटंग, रुगा और मेगाम।

गारो भाषा की अपनी लिपि नहीं है। रोमान लिपि के सहारे गारो भाषा लिखी जाती है।

साहित्य

भाषा के माध्यम से अपने अन्तरंग अनुभूति को अभिव्यक्ति कराने वाली ललित कला लो साहित्य कहा जाता है। साहित्य के दो प्रमुख भेद हैं– लोक साहित्य और लिखित साहित्य। गारो जनजाति के साहित्य को लोक साहित्य और लिखित साहित्य–इन दो प्रमुख भागों में बाँटकर देखा जा सकता है।

लोकसाहित्य

'लोक' एक संस्कृत शब्द है जिसका अर्थ है जनगण और लोक साहित्य का मतलब है जनगण का साहित्य। दुनिया में सबसे पुराणा लोक साहित्य आदिवासी भाषाओं में मिलता है। गारो लोक साहित्य गारो जनजाति की सांस्कृतिक परम्परा की विशिष्ट उपलब्धि है। गारो लोकगीत के अन्तर्गत लोकगीत, दंतकथा, लोकोक्तियाँ आदि शामिल हैं।

• लोकगीत

लोक में प्रचलित, लोक द्वारा रचित, लोक के लिए रचे गये गीतों को लोकगीत कहा जाता है। गारो जनजाति के लोकगीत मुख्यतः अनुष्ठानपरक, कर्मविषयक और आख्यानपरक हैं।

• अनुष्ठानपरक लोकगीत

एजिया, दोरोवा, आमबेङनि, दोचिया, चेरिजिङ आदि अनुष्ठानपरक लोकगीत साधारणत त्योहारों के अवसर पर गाये जाते हैं। इनमें से *एजिया* लोकगीत गारो जनजाति के परम्परागत त्योहार *ओवानगाला* में गाया जाता है। इस गीत के माध्यम गारो युवक–युवतियाँ एक–दूसरे का पता पूछते हैं। जैसे–

दो छौक फागिराचामा माई बल्लोनिछा नाम्माबा
चालाङ आजोराछामा बालि छङोनिछा डङरा
छेरु आँफालानछो बौलवा–आमा डङरा
नोकमा ओवानगालाछा छकबा–आमा नाम्माबा?

(मजुमदार 2004, 109)

अर्थात्– उड़ते हुए तोते, तुम कौन से पेड़ से आये हो? क्या तुम वही वीर हो जिसके आगे निकलना मुश्किल है? तुम किस प्रान्त से हो किस ग्राम से हो? खुले मैदान के आजाद पंछी होने के कारण या तुम *नोकमा ओवानगलार* की वजह से हाज़िर हो तुम?

• आख्यानपरक लोकगीत

रोवा एक भक्तिरहित अनुष्ठानपरक लोकगीत है, यह गीत *ओवानगाला* उत्सव में नृत्य के साथ गाया जाता है। *आमबेङनि* भी भक्तिरहित अनुष्ठानपरक लोकगीत है, जो *ओवानगाला* उत्सव की समाप्ति में गाया जाता है। *दोचिया* एक सुरीला गीत है जो विवाह के अवसर पर गाया जाता है। उसी प्रकार *चेरिजिङ* प्रणयपरक गीत है, जो त्योहार के अवसर पर लड़के–लड़कियाँ आनन्दित होकर गाते हैं।

काथा आगाना और एक प्रकार का आख्यानपरक गारो लोकगीत है। *काथा आगाना* की कथावस्तु पौराणिक, काल्पनिक और जनश्रुति पर आधारित हैं। हालाँकि ज़्यादातर काथा *आगाना* की कथावस्तु काल्पनिक है। काथा आगाना का एक उदाहरण–

'राङचिलगा आइतारी
चालगिरानि आङादे
दोहाबिलगानि वियाचा
चालनिमा नाभाराम।' (मजुमदार 2004,129)

अर्थात्–स्वर्ग के समान हमारा देश है, सूर्य देवता भी है यही पर, ऊँचाई है सबसे ज़्यादा, जहाँ पहले गिरता है धूप।

• कर्म विषयक लोकगीत

गारो जनजाति के कर्म विषयक गीतों में *ग्रीका, कथा–जिकचे, विचा–मेमोआनि, नोकदोनगोवा रिङानि* आदि प्रमुख हैं।

एक उदाहरण देखिए–

'मान ग्रापा मान ग्रापा
विजा चिकगानि
नाङ आपपा सदागल
मङमा राबागानि।' (मजुमदार 2004,121)

अर्थात–रो मत रो मत मधुमक्खी काटेगी तुझे। तेरे सौदागर पिताजी हाथी ख़रीदकर देंगे।
जब बच्चा रोता है तब उसे सुलाने के लिए माँ इस तरह के गीत गाती है।

गारो महीनों के नाम

मेबाक (वैशाख), जाग्रो (ज्येष्ठ), सगाल (आषाढ़), जागाप (श्रवण), जामेदक (भाद्र), मेपाङ (अश्विन), आओनि (कार्तिक), बेरक (अगहन), पूस (किलजक), माघ (आउट) फाल्गुन (ओयाचेंग) और चौत्र (पालमाक)।
गारो समाज में प्राकृतिक परिवर्तनों को ध्यान में रखते हुए साल को बारह महीने और छः ऋतुओं में भाग किया गया हैं। ये हैं–

गारो ऋतुओं के नाम

दिंगकारी (ग्रीष्म), ओयाचिकारी (वर्षा), राकाकारी (शरद), पालिनकारी (हेमंत), चिनकारी (शिशिर) और बालरोरोकारी (वसन्त)।

इन बारह महीनें और छः ऋतुओं को आधार बनाकर बारह मासा गीत की तरह एक प्रकार का आख्यानपरक गीत मिलता है। इन गीतों में प्रेमातुर नायिका अपने प्रवासी पति के विरह में प्राकृतिक परिवर्तन के साथ–साथ किस तरह दुःखी हो उठती है उसका चित्रण मिलता है–

'माटमिचो बलकलो नापजक
नाटिक नाबाद ओयारिना काटजक
फ्रिङअ चिनचिक बाजक
बाराना चानचि बाजक।' (मजुमदार 2004,136)

अर्थात्– गड्ढे के अन्दर घूस गया चूहा–मूसा। मछली गहरी पानी में चली गई,सर्दी आ गयी। शिशिर में कपड़ा–चिथड़ा मौजुद कर।

दंतकथा

गारो लोक साहित्य में भूत–प्रेत, राजा–रानी, राजकुमार–राजकुमारी, जलकुँवर–जलपरी, शिकार, जीव–जानवर आदि विभिन्न विषयों पर काफी मात्रा में दंतकथाएँ पायी जाती हैं। परवर्ती समय में इनमें से कुछ दंतकथाएँ लिखित रूप में प्रकाशित हुईं और कुछ दंतकथाएँ अभी भी अलिखित हैं।

लोकोक्तियाँ

लोकोक्ति को गारो भाषा में *आगानमेयाफा* कहा जाता है। गारो लोग व्यवहारिक जीवन में में इसका प्रयोग करते हैं। उन लोगों के बीच *आगानमेयाफा* काफी जनप्रिय है।

उदाहरण– 'निचो माटचा मिककाङ
रि.पाको दो. बोक मिराङ।
भावार्थ पेट के अन्दर दाँत
पानी के अन्दर जाल।' (मजुमदार 2004,153)

अर्थात कुछ लोग बाहर से प्यार दिखाते हैं लेकिन अन्दर ही अन्दर हानि पहुँचाने की कोशिश में लगे रहते हैं।

लिखित साहित्य

गारो के लिखित साहित्य का इतिहास बहुत पुराना नहीं है। आज गारो जनजाति के लेखक ने नाटक, उपन्यास, कहानी कविता आदि की रचना के माध्यम से गारो साहित्य को आगे ले जाने की कोशिश में लगे हुए हैं।

नाटक

सन् 1969 में केनिथ जि. मोमिन ने गारो भाषा में पहला मौलिक नाटक नोकदाङ की रचना की, जिसकी कथावस्तु का आधार गारो समाज है। उसी साल आर्जिचन जि. मोमिन ने गारो भाषा का दूसरा नाटक लिखा जिसका नाम है *कामनि बाइट*। सन् 1970 में कार्णेच आर. माराक ने मेकबेथ का अनुवाद करके गारो साहित्य में अनुदित नाटक लिखने की परम्परा शुरू कर दी। परवर्ती समय में अनेक नाट्यकार हुए, जिन्होंने गारो नाट्य साहित्य को आगे बढ़ाया।

उपन्यास

खालसिन एरो सोनात्चि प्रथम गारो का मौलिक उपन्यास है। इसकी रचना सन् 1972 में हुई। इस उपन्यास के उपन्यासकार को लेकर लोगों में मतभेद है। गारो भाषा में पर्याप्तमात्रा में अनूदित उपन्यास मिलते हैं। गारो उपन्यासकारों में चिमिचन आर. चाङमाइ, उपेन्द्र चन्द्र मोमिन,रेडिन मोमिन आदि का नाम उल्लेखनीय हैं।

कहानी

गारो कहानी का शुभारम्भ अनूदित कहानी के माध्यम से हुआ। सन् 1962 में विलसन के, माराक ने रवीन्द्रनाथ ठाकुर जी की कहानियों का अनुवाद किया था। कहानीकार दिङमिन नेङमिनजाई की *छिमोन्गगोमिनी गोलपोरान्ग* (1972) पहली मौलिक कहानी संग्रह है। इन कहानीकारो के अलवा नरयोन संगमा, विलसन के. माराक का नाम लिया जा सकता है।

कविता

अन्य साहित्यिक विद्याओं की तुलना में गारो कविता का अधिक विकास हुआ। गारो कवियों में इभिलियान माराक, देवान सिंह रङमूथ, कार्णेच आर माराक, अरबिन्द सङमा, डायरेकसन माराक, हरेन्द्र माराक टुनीराम माराक, कोचान जि. माराक आदि प्रमुख है। गारो कवियों के साथ–साथ गारो कवयित्रियों का योगदान सराहनीय है। गारो कवयित्रियों में जोनमणि चिरा का नाम बड़े आदर के साथ लिया जाता है। है। उनकी कविता–*दो क्रु* (कबुतर), *देइसी बासाको* (जब), *मिकचङानि* (लक्ष्य) आदि प्रमुख है।

इभिलियान माराक की गिनती गारो रोमान्टिक कवियों में होती है। उनकी कविताओं में से *आङ चामे* (मेरे प्रियतम), *का साकुगेन* (मैं अभी भी तुमसे प्यार करता हूँ), *गोलोप बिबल* (गुलाब का फूल), *नाङ ना* (तेरे लिए) उल्लेखनीय है।

देवान सिंह रङमुथु और एक प्रभावशाली गारो कवि हैं। उन्होंने मौलिक और अनुदित दोनों प्रकार की कविताओं की रचना की है। *आफाको गिचिक रा* नामक उनके कविता संग्रह में कुल बीस कविताएँ है जिनमें से आधासंख्यक अनूदित कविताएँ हैं।

टुनीराम माराक ने अपनी कविता दो कुआ, द्रोंगो हागार, फोइवि मोमिन की कविता रंगताला छोलोन मिगरामा, कु राङ जैसी कविता की रचना करके गारो साहित्य के भण्डार को और मजबूती दी है।

गारो जनजाति उत्तर–पूर्व भारत की एक सम्पन्न जनजाति है। भले ही आज जनजातीय लोगों में इसाई समुदाय के कारण पश्चिमी जीवन–शैली का प्रभाव मिलता है, फिर भी गारो लोगों में आज भी लगभग सारी जनजातीय विशेषताएँ समाहित हैं। लोक साहित्य की–दृष्टि से गारो

एक परिपुष्ट जनजाति है। विविधताओं से पूर्ण असम की रंगीन संस्कृति को गारो संस्कृति ने आज और रंगीन बनाया है।

ग्रन्थ–सूची

असमीया

- चेतिया, चन्द्र कमल. *असमर जनगोष्ठीय लोकसंस्कृति.* नगाँवः जागरण साहित्य प्रकाशन, 2015. असमीया.
- बरुवा, शान्तनु कौशिक. *संक्षिप्त असमीया बिश्वकोष.* गुवाहाटीः ज्योति प्रकाशन, 2009. असमीया.
- भट्टाचार्य, प्रमोदचन्द्र, सम्पा. *असमर जनजाति.* धेमाजीः असम साहित्य सभा, 2008. असमीया.
- मजुमदार, विमल. *जनजाति आरु गारो जनजाति.* गुवाहाटीः बीना लाइब्रेरी, 2004. असमीया.
- राजबंशी, परमानन्द, सम्पा. *असमर संस्कृति–कोष.* गुवाहाटीः ज्योति प्रकाशन, 2014. असमीया.

टाइ फाके जनजाति की लोकसंस्कृति : एक सामान्य अवलोकन

उदिप्त तालुकदार

सम्पूर्ण विश्व की समस्त संस्कृतियों में भारतीय संस्कृति अपनी विविधता के कारण एक सम्पन्न संस्कृति मानी जाती है। यह सांस्कृतिक विविधता की सरिता अत्यन्त प्राचीन काल से ही प्रवाहमान होती आ रही है। भारतीय संस्कृति की इस वृहद सरिता में जितनी भी उपधाराएँ प्रवाहमान हैं, उनमें उत्तर–पूर्वी राज्यों की सांस्कृतिक धारा यहाँ सबसे सशक्त मानी जा सकती है। इस क्षेत्र में तरह–तरह की जातियों–जनजातिओं की सामाजिक, सांस्कृतिक विविधता अहम भूमिका निभा रही है। 200 से अधिक जनजातियाँ ही इस प्रान्त को सांस्कृतिक तौर पर भिन्नता प्रदान करती हैं। इनमें गारो, डिमाचा, बड़ो, सोनोवाल, देउरी, मिजो, मिरि या मिचिङ, राभा, लालुङ या तिवा आदि कुछ ऐसी जनजातियाँ हैं, जो खास तौर पर हमारा ध्यान आकर्षित करती हैं, लेकिन इनके अलावा भी बहुत–सी ऐसी छोटी–छोटी जनजातियाँ हैं, जिनकी सांस्कृतिक महत्त्वा को नकारा नहीं जा सकता। ऐसी ही एक जनजाति है टाइ फाके। आगे इस जनजाति की सांस्कृतिक पहलुओं पर प्रकाश डालने की कोशिश की जायेगी।

इतिहास और भौगोलिक अवस्थिति

मानव जाति के इतिहास में प्रत्येक जाति या जनजाति की अपनी परम्परा विराजमान है। कुछ जनजातिओं की परम्परा इतनी सशक्त होती है कि वह आसानी से लोगों को अपनी ओर खिंचती है, लेकिन टाइ फाके जैसी जनजाति कुछ न कुछ कारणों से ही विश्ववासियों के सामने अख्यात रह गयी है। सांस्कृतिक–दृष्टि से आवश्यकता इस बात की है कि ऐसी

जनजातियों की लोकसंस्कृति पर अधिक से अधिक अध्ययन हो और इस तरह से उन्हें प्रकाश में लाया जाये। अगर टाइ फाके जनजाति की बात करें तो इसकी लोकसंस्कृति पर अवलोकन करने से पहले ऐतिहासिक पृष्ठभूमि को जान लेना आवश्यक होगा।

असम की पहाड़ी बौद्धधर्मी जनजाति टाइ फाके टाइ आहोम की तरह ही वृहद् टाइ जाति की एक शाखा है। टाइ आहोम के आदि राजा जुकाफा और टाइ फाके के आदि राजा चौखानफा का आदिम परिवार एक ही है। टाइ फाके की हस्तलिखित राजवंशावली लिक खौखुन के अनुसार माओलुङ के राजा चौखानफा के आदेश से राजकुमार चाओटाइफौउक ने हुकङघाटी में आकर मौंवङ राज्य की स्थापना की। चिंदुइन नदी के किनारे स्थित इस राज्य की राजधानी का नाम काङ्ताओ था। यह राज्य नामकंग नदी के मुहाने पर स्थित होने तथा मौंकांग और फाके राजकुमार द्वारा प्रतिष्ठित होने के कारण मौंफाक नाम से भी जाना जाता था। लगभग 560 सालों तक टाइ फाके जनजाति के लोगों ने मौंफाक या मौंकाङ पर शासन किया। सन् 1751 में ब्रह्मदेश के राजा द्वारा टाइ राज्य को अधीन कर लेने पर लगभग 24 सालों तक स्वतन्त्र टाइ फाके जनजाति के लोगों को आतंक में दिन गुजारने पड़े, लेकिन सन् 1775 के आस–पास ये लोग हुकंग घाटी से पाटकाइ पर्वत को पार कर आहोम राज्य में घुस गये। पांछाओ के पहाड़ी रास्ते से होकर ये लोग वर्तमान समय के अरुणाचल के नंताओ नामक जगह तक पहुँचे थे। वह जगह भी उन लोगों को नहीं जँची। साथ ही उस समय के शदिया गोंसाई के साथ टाइ–खामति का मनमुताव हुआ। इस सन्दर्भ में खामतिओं के सान्निध्य में आने–वाले नंताओवासी टाइ फाके लोग आहोम राजा के सुझाव से सन् 1797–98 में नंताओ से स्थानांतरित होकर जोरहाट के दिचौ नदी के किनारे रहने लगे। उसके लगभग 18 साल बाद अर्थात् सन् 1816 के करीब आहोम राज्य पर मान (=बर्मी) का आक्रमण हुआ। उस दौरान मानों को टाइ फाके लोगों की वेशभूषा, भाषा–संस्कृति जानी पहचानी लगी और उन्हें जन्मभूमि लौट चलने का सुझाव दिया। उनके सुझाव से सहमत होकर मान सेना के साथ टाइ फाके लोग लौट कर नामचेक (वर्तमान नामचिक) नदी तक पहुँच गये थे, लेकिन भारी बरसात और बाढ़ के कारण टाइ फाके लोगों ने कुछ दिनों तक नदी के किनारे

रुकने का निश्चय किया। बाद में कई तरह के राजनैतिक और सामाजिक दबावों के चलते वे लोग जा नहीं सकें और नामपङ, मानचे पथार, टिराप, पांचुन, पावाइ, पांजौक आदि कई जगहों में बिखर गये। बाद में सन् 1826 में इयांदाबु संधि के फलस्वरूप असम अंग्रेजों का अधीन हो गया। इसका प्रभाव टाइ फाके जनजाति के लोगों पर भी पड़ा और वे लोग मार्घेरिटा के नज़दीक बुढ़ीदिहिङ नदी तट पर इङथङ बनाकर रहने लगे। इङथङ का मतलब टाइ भाषा में हजारों घरों के साथ बनाया हुआ गाँव है। सन् 1830 में दिहिंग नदी के किनारे आकर उन लोगों ने वर्तमान समय के बरफाक नामक गाँव की स्थापना की। यह भी उल्लेखनीय है कि इङथङ और बरफाक गाँव को स्थापन करने के दौरान ही टाइ फाके जनजाति के लोग दो हिस्सों में बँटकर बुढ़ीदिहिङ नदी के किनारे कई जगहों पर रहने लगे। इस तरह टाइ फाके लोग तिनिचुकीया और डिब्रुगड़ जिले के कई छोटे–छोटे गाँवों में फैल गये। वर्तमान समय में इन दोनों जिलों के कुछ टाइ फाके गाँवों के नाम इस प्रकार हैं–

तिनिचुकीया जिला–बरफाक, नङलाइ, फा नेङ, मुङ लाङ, मान मो, लङ फाके, निङ गाम

डिब्रुगड़ जिला– नाम फाके, टिपाम फाके।

जनसंख्या

वर्तमान समय में असम के डिब्रुगढ़, तिनिचुकीया जिले के साथ अरुणाचल प्रदेश के लोहित और चांलाङ नामक जिले में टाइ फाके जनजाति के लोगों का निवासस्थल है। विकिपीडिया के अनुसार वर्तमान समय में इस जनजाति के लोगों की संख्या लभगभ 2000 के आस–पास हैं।

टाइ फाके का समाज जीवन

आधुनिक प्रयुक्तिओं से परिचित होने पर भी टाइ फाके लोगों का जनजीवन परम्परागत रूप में ही चला आ रहा है। आज भी उनके जनजीवन में परम्परागत तौर पर चले आ रहे लोकगीत, लोकविश्वास, खान–पान, वेशभूषा आदि का व्यापक प्रचलन है। टाइ फाके जनजाति का समाज जीवन आज भी काफी सरल है। टाइ फाके लोगों का समाज पितृ प्रधान है। टाइ फाके समाज में एकल परिवार का प्रचलन है। परिवारों में

सदस्यों की संख्या पाँच से छः जन होती हैं। जैसे ही लड़का शादी कर लेता है वैसे ही वह अपना घर बसाने के लिए दूसरे घर में स्थानांतरित हो जाता है।

उनके समाज–जीवन में प्रशासनिक ढाँचे की बात करें तो इसमें लोकतान्त्रिक व्यवस्था की छवि ही सामने आती है। यद्यपि समाज के पास कोई औपचारिक परिषद नहीं है, फिर भी चो मांया ग्राम प्रमुख की अध्यक्षता में गाँव के बुजुर्गों की बैठक उच्चतम कानूनी और न्यायिक शक्तियों का प्रयोग करती है। ग्राम प्रमुख की अध्यक्षता में हुए बैठक में ही गाँव के लोगों के बीच हुए विवादों को सुलझाया जाता है। टाइ फाके लोग अपने हिसाब से उनके समाज में ग्राम बैठकों में सही ग़लत पर विचार करते हैं, नियमों के उल्लंघनों पर सजा निर्धारित करते हैं।

टाइ फाके समाज में अगर शिक्षा–व्यवस्था की बात करें तो बीसवीं सदी के प्रारम्भ में ही उनके गाँवों में शिक्षा प्रसार हेतु प्राथमिक विद्यालयों की स्थापना हो गई थीं। मगर आशानुरूप शिक्षा का प्रसार–प्रचार अब तक नहीं हो पाया। इसीलिए उच्च शिक्षा के मामले में भी टाइ फाके लोग काफी पिछड़े हुए हैं। इसके अलावा यातायात की अव्यवस्था, आर्थिक पिछड़ापन, लोगों में सजगता की कमी, सरकार की उपेक्षा नीति आदि विविध कारणों से टाइ फाके लोगों की जीवन–शैली आज की जीवन–शैली की तुलना में काफी पिछड़ी हुई है।

आजीविका

टाइ फाके लोगों की आजीविका का प्रमुख आधार कृषि है। लगभग नब्बे प्रतिशत लोग कृषिजीवि होने के कारण टाइ फाके लोगों के सामन्य जनजीवन में मौसम का बड़ा प्रभाव रहता है। इसके उपरान्त कृषि क्षेत्र से जुड़ी हुई मौलिक समस्याओं का सामना तो उन्हें स्वाभाविक ही करना पड़ता है। लोग आज भी परम्परागत तरीकों को अपनाकर कृषि कर्म में जुटे हुए हैं। इसके अलावा टाइ फाके लोगों में करीब दस प्रतिशत लोग सरकारी क्षेत्र में हैं मगर कोई भी उच्च पद पर आसीन नहीं हैं।

धर्मीय जनजीवन और त्योहार

टाइ फाके जनजाति के लोग साधारणतः बौद्धधर्मी होते हैं। उन लोगों के हरेक गाँव में एक बौद्ध बिहार होता है। ये लोग बौद्धधर्म के सभी

रीति–रिवाज़ों का अनुसरण करते हैं। ऋतुओं के अनुसार टाइ फाके समाज में कई तरह के लोक त्योहार मनाये जाते हैं। इनमें *पइ छाङकेन, पइ अक्वा, पइ मौ हेइङ, पइ पतेचा, माइ को चुम फाइ, पइ पेत मौ चि हेइङ, पइ नौन हौक, चा ले, मे पि पइ कांतो सांघा* आदि प्रमुख हैं। पइ छांकेन त्योहार के जरिये टाइ फाके लोग नये वर्ष का स्वागत करते हैं। टाइ भाषा में पइ का मतलब होता है उत्सव। असमीया वैशाख महीने के संक्रांति में मनाये जाने के कारण इस त्योहार को पइ छांकेन या छांकेन कहा जाता है। इस त्योहार के दौरान गाँव की महिलाओं द्वारा फ्रा यानी बौद्ध की मूर्ति की प्रतिष्ठा की जाती है एवं स्नान कराया जाता है। अगले दिन सुबह गाँव की महिलाओं द्वारा ही बौद्धबिहार के भांते को अन्न दान किया जाता है। इस कार्य को वे लोग खाओचम करना बोलते हैं।

बुद्ध पूर्णिमा के साथ सम्बन्ध रखकर टाइ फाके लोगों द्वारा *पय नौन हौक* त्योहार मनाया जाता है। *पय खाऔवा* त्योहार के साथ पवित्र वर्षावास का आरम्भ किया जाता है। वर्षाव्रत रखने वाले लोग इस उत्सव के पहले दिन से तीन महीने तक परम्परागत तरीके से कई तरह के व्रत रखते हैं। इस त्योहार के पन्द्रह दिन बाद वे लोग *मे–पि* त्योहार मनाते हैं। *पय अकवा* त्योहार के साथ तीन महीने वाली इस वर्षाव्रत की समाप्ति की जाती है। फाके लोगों के *पय मौ हेइङ* त्योहार में भगवान को एक हजार कमल के फूल चढ़ाये जाते हैं। *पय अकवा* मनाने के एक महीने के अन्दर ही फाके लोग *पय कांतो सांघा* का आयोजन करते हैं। टाइ फाके समाज में बौद्ध भिक्षु की मृत्यु होने पर *पय लेङ* अनुष्ठान किया जाता है।

घर की सुख–शान्ति की कामना करते हुए टाइ फाके लोग माँगाला और आनट्रे त्योहार मनाते हैं। माघ महीने की पूर्णिमा तिथि को टाइ फाके लोग *पय माइ को चुम फाइ* त्योहार मनाते हैं। बाँस और फुस के साथ मेजि (=आग जलाने के लिए नदी या पोखर के तट पर बनाया जाने वाला फूस या काठ का ढेर) बनाकर परम्परागत तरीके से मनाये जाने वाले त्योहार को *पय माइको चुम फाइ* कहा जाता है। परम्परागत खान–पान इस त्योहार का अन्यतम आकर्षण है। टाइ फाके लोगों के हर त्योहार पर बौद्ध धर्म का प्रभाव स्पष्ट लक्षित होता है।

नामफाके गाँव में स्थित बौद्धबिहार के भीतरी भाग का चित्र

विवाह

प्रत्येक समाज–व्यवस्था में विवाह की एक अहम भूमिका होती है। समाज–व्यवस्था के अनुसार हर समाज में विवाह से संबंधित विधि–विधान में भी भिन्नता परिलक्षित होती है। यद्यपि टाइ फाके बौद्धधर्मी होते हैं, पर उनकी विवाह पद्धति में असमीया समाज का भी प्रतिफलन है। प्रमुखतः टाइ फाके लोग अपने समुदाय के बीच ही शादी करते हैं, लेकिन इसका मतलब यह नहीं है कि वे लोग दूसरे समुदाय के लोगों से शादी नहीं कर सकते, लेकिन जातीयता की रक्षा हेतु ज़्यादातर शादियाँ अपने समुदाय के लोगों के बीच ही करवाई जाती है। विधवा–विवाह टाइ फाके समाज की एक अहम विशेषता है।

टाइ फाके समाज में विवाह की प्रक्रिया के प्रथम चरण के रूप में दुल्हा दुल्हन को अंगुठी पहनाता है। प्राचीन काल से उन लोगों के बीच तांका यानी स्त्री–धन का प्रचलन है। शादी के दिन गाँव के बुजुर्ग नवविवाहित जोड़े को वैवाहिक जीवन से संबंधित उपदेश देते हैं। टाइ फाके समाज में अगर भाग कर शादी की जाये तो शादी सम्पन्न होने के बाद गाँव वालों की सम्मति से दंड के रूप में दुल्हेवालों की तरफ से दुल्हनवालों को पैसे देने पड़ते हैं।

मृत्यु से जुड़े विधान

टाइ फाके समाज में किसी की मृत्यु होने पर मरने के एक दिन बाद उसका अन्तिम संस्कार किया जाता है। अन्तिम संस्कार से पहले लाश को नहा–धुलाकर नये कपड़े पहनाया जाता है। अन्तिम संस्कार करने के सात दिन बाद मृतक का श्राद्ध कार्य सम्पन्न किया जाता है। इस दौरान फाके समाज में कपड़ों के दान की प्रथा का भी प्रचलन है। अन्तिम संस्कार से जुड़े नियमों के निर्वाह में घरवालों द्वारा अगर कोई भूल–चुक हो जाये, तो टाइ समाज में *छम* अनुष्ठान के द्वारा सुधारने का विधान है।

लोकविश्वास

टाइ फाके जनजाति के लोगों के बीच कई तरह के लोकविश्वासों का प्रचलन हैं। वे कई तरह की बुरी शक्तियों के वजूद को भी स्वीकार करते हैं। टाइ फाके लोगों का मानना है कि भाद्र महीने के अमावस की रात को धरती पर *मे फि* यानी देवी का आगमन होता है। देवी का स्वागत करने के लिए कई तरह के भूत–प्रेत यहाँ–वहाँ घूमते फिरते हैं। इसलिए उस दिन दरवाजे, खिड़की आदि पर बेर के पेड़ के काँटे रख दिये जाते हैं। विश्वास है कि इससे घर में ये बुरी शक्तियाँ प्रवेश नहीं कर सकती। जब वान काम चलने के समय कुदाल चलाना या शाग–सब्जी बटोरना टाइ फाके लोग अपसकुन मानते हैं। टाइ फाके लोगों का यह भी मानना है कि अगर किसी के घर में जंगली जानवर घुस जाये तो उस घर के लोगों की अनहोनी होती है। बाजार से खाने चीज़ें लाने पर पहले आग में सेंक कर ही बच्चों को खिलाया जाता है।

लोकनृत्य

टाइ फाके समाज में विविध त्योहारों के साथ सम्बद्ध रखकर कई तरह के लोकनृत्यों का प्रचलन हैं। उनमें से कुछ परम्परागत लोकनृत्य इस प्रकार हैं–

का–कङ

फाके लोगों द्वारा पयया उत्सव के साथ सम्बद्ध रख कर किया जाने वाला लोकनृत्य है *का–कङ*। *का* शब्द का अर्थ है नृत्य और *कङ* शब्द का अर्थ है ढोल। अर्थात् यह ढोल के साथ किया जाने वाला लोकनृत्य हैं।

इस लोकनृत्य में टाइ फाके लोगों के परम्परागत बरढोल या *कङलौङ* का इस्तेमाल होता और इसलिए इस नृत्य को *का–कङ* कहा जाता है।

इस नृत्य को करने के दौरान नृत्य करने वाले वृत्ताकार गोला बना लेते हैं। लोगों की संख्या या फिर पुरुष–महिला को ध्यान में रखकर एक बड़े से गोले के अन्दर एकाधिक गोले बनाये जाते हैं। ढोल और *बरकाँह* (=काँसे की बड़ी थाली) बजाने वाले लोग इस वृत्त के बाहर रहते हैं।

का–पान

टाइ भाषा में *का–पान* का अर्थ होता है तश्तरी लेकर करने वाला नृत्य। खासकर घरेलू कार्यक्रमों के साथ सम्बद्ध रखकर इस नृत्य को किया जाता है। अनुष्ठान खत्म होने पर घर का मुख्य व्यक्ति हाथ में बाँस से निर्मित परम्परागत तश्तरी को फूलों से सजाकर निमन्त्रित अतिथियों के सहयोग से अनजाने में हुए भूल–चुक की माफी माँगते हुए नृत्य के जरिये भगवान बुद्ध के सामने प्रार्थना करते हैं।

का–पान नृत्य का चित्र

नृत्य करने की शैली की समानता कंग लोकनृत्य के साथ दिखाई पड़ती है। घर का मुख्य व्यक्ति फूल से सजी हुई बटा को लेकर

नृत्यस्थली के बीचों–बीच खड़ा होता है। बाकी नृत्य करने वाले उनको घेरकर उनका अनुकरण करते हैं। इस नृत्य के दौरान कंग का इस्तेमाल किया जाता है। नृत्य करने वाले नाचते हुए एक घेरा बनाते हैं और परम्परागत वेशभूषा धारण कर पेश किये जाने वाले इस नृत्य में ढोल बजाने वाले लोग इस घेरे के बाहर रहते हैं।

का–चङ

रूका–चङ शब्द का अर्थ होता है छाता लेकर करने वाला नृत्य। टाइ फाके लोगों द्वारा बाँस, विविध रंगीन कागज, धागा और गोंद के इस्तेमाल से बनाई गई यह एक परम्परागत छाता है। इस छाता की निर्माण–शैली तथा सौंदर्य काफी प्रशंसनीय है। इस परम्परागत छाता को लेकर टाइ फाके युवतियाँ पंक्तियों में नाचती हैं। हर्षोल्लास के साथ–साथ इस नृत्य में धार्मिक प्रभाव भी उल्लेखनीय है। इस लोकनृत्य के दौरान जिस छाता का इस्तेमाल किया जाता है, वह चीनी नमूने की छाताओं से मिलती–जुलती है।

का–चङ नृत्य का चित्र

लोकगीत

गीतिसाहित्य के मामले में टाइ फाके लोग काफी समृद्ध हैं। उनके बीच कई तरह के लोकगीतों का प्रचलन है। उस तरह के गीतों में खाम ऐगीत अन्यतम है। बौद्धधर्मी टाइ फाके लोग डान उत्सव में खाम ऐ गीतों के ताल में ताल मिलाकर नाचते हैं। उनके लोकगीतों में प्राकृतिक सौंदर्य की झलकियाँ मिलती हैं। टाइ फाके लोगों के लोकगीतों में धार्मिक–दृष्टिकोण की भी प्रधानता रहती है। एक उदाहरण देखिये–

ऐ न अ बा छांग फा य कुंग छिप पाइ मौव हम ढौव कुम कम खिङ वौन ता छि ऐ।

या हाओ फित ख थ चाप काप काइ छाइ नौङ याओ छाइ नौङ अ वा खाम खेइ छि न।

मोव नाइ फा को चाप लाइ न नाम हित प्य छु मा चाम।

आओ टौङ ङा पा टु लि या छिङ मा ला टौव फु–माओ छाओ नाङ ङाम यप का।

केइन पिन चोम चोम पय होंग पय हाङ लु ताङ पुङ तान वाङ योङ नौन माङ हौव ट्ङ।

पौव नाइ याङ मा हित मुन आओ प्य हाओ

प लाइ न कुन मौन काम मुङ येम नु म्यङ छि फाओ ताङ मुन ना।

ङिन चोम छाओ माओ इओ पाओ चिङ ला टौव माओ लौव ऐ।

(चेतिया 2015:65)

अर्थात् सम्मान के साथ दोनों हाथों को फूलों के गुच्छे की तरह लेकर प्रणाम कर रहे हैं। शुरु से एक एक करके गीत पेश करेंगे। भूल–चूक माफ़ कीजियेगा। आइये युवक–युवतिओं के साथ सब लोग मिलकर आनन्द के साथ नृत्य करते हैं। पवित्र दान के त्योहार में चारों ओर चाँद की चाँदनी विराजमान है।

दान उत्सव के सुन्दर वातावरण के साथ–साथ युवक–युवतिओं द्वारा पेश लोकनृत्य एवं लोकगीत सबका ध्यान आकर्षित करती है–

'औ ताप चुइओ नाओ चाओ थि हाङ ना फुङ हौव हान चे यत निक पान नाम ताक नाइ चाम चाओ येइन। या पाइ ङिन कौव चु चाओ का मा आ वि चा कौम टान या हाओ फेइङ मा चिङ काओ नाइ। प आन लु चाम कु छौ ताक पाइ अन चु चान काओ नी हाओ चाम।

माओ नाइ अन याक काप चाओ लाइ छाम के टाम मौन चङ चा लत पुन माओ वाङ ला ला नाम। चाओ कौम चिक टे एइ का फुम मौङ काम चे यत ऐ पान औव।' (चेतिया 2015:66)

अर्थात् दान उत्सव के इस पवित्र क्षण में हम लोग विश्वास, श्रद्धा और प्यार की दोड़ी से बन्धकर आनन्द उठा रहे हैं और आप लोगों को भी आनन्दित कर रहे हैं। कंग, जाम और चेंग के शब्दों के साथ ताल से ताल मिलाकर गीत गाकर उत्सवस्थल में हमलोग नृत्य कर रहे हैं। आपलोग इस पवित्र क्षण में दिल खोलकर हम लोगों को भी सन्तुष्ट कीजिये। इस तरह खुले दिल से दान कर आप लोगो अपने लिए भी पुण्य का भाग कमाइये। इस दान पुण्य से आप लोग संसार के दुःखों से मुक्ति पा सकेंगे।

वेशभूषा

टाइ फाके लोग अपनी वेशभूषा को लेकर काफी सजग रहते हैं। टाइ फाके समाज में आम ज़िन्दगी में भी हर पीढ़ी के लोग उनकी परम्परागत वेशभूषाओं का परिधान करते हैं। क्योंकि टाइ फाके लोग इसके माध्यम से प्राचीन परम्परा को बरकरार रखना चाहते हैं।

टाइ फाके महिलाएँ बुनाई–कटाई में माहिर होती हैं। उनके घरों में कम से कम एक करघा रहता है। टाइ फाके महिलाएँ घरेलू इस्तेमाल को ध्यान में रखकर परम्परागत बुनावट और रंगों से युक्त विशिष्ट विशेषताओं से सम्पन्न कपड़े बुनती हैं।

फाके समाज की महिलाएँ आड़ी तिरछी रेखाएँ खींची हुई रंगीन मेखेला पहनती हैं। इस मेखेला को वे लोग *चिन* कहते हैं। इस *चिन* में किसी भी तरह के फूलों की बुनावट नहीं होती है, लेकिन विविध रंगों के धागों के सुन्दर प्रयोग ने इस चिन को और भी अधिक आकर्षक बना डाला है। चिन की बुनावट की शैली भी ध्यान देने लायक है। टाइ फाके समाज की विवाहित महिलाएँ कमर में *नाङवात* (=**रिहा**, महिलाओं का वस्त्र विशेष) लपेटती हैं। महिलाएँ *च्यु* (क़मीज़) पहनकर **शरीर** में चादर लपेटती हैं। कमर पर लगाने वाली पेटी को वे लोग **चाइचिन कहते** हैं। युवतियाँ कमर पर *च्यु* और शरीर में *चिन* पहनती हैं। वे लोग शरीर पर *फाकोइक* यानी एक सफ़ेद चादर लेती हैं। वे लोग शादी शुदा औरतों की तरह नाङवात नहीं पहनती हैं।

टाइ फाके समाज में पुरुष च्यू पहनते हैं। वे लोग कमर पर फानुङ (लुंगी) पहनते हैं। महिलाओं के चिन की तरह ही फाके समाज में पुरुषों के पहनने वाले फानुङ की बुनावट भी काफी महत्त्वपूर्ण है। पुरुषों के शरीर में लपटने वाली सफ़ेद चादर को *फाफोइक* कहा जाता है। वे लोग गर्दन पर *प–कङ–ख* (रंगीन गमछा) लेते हैं। फाके समाज में बुजुर्ग सिर पर पगरी बाँधते हैं। वे लोग कन्धे में एक थुङ (रंगीन थैला) लटकाते हैं।

टाइ फाके लोगों की वेशभूषा

फाके समाज में उम्र के अनुसार पहनने वाले कपड़ों के रंगों में काफी भिन्नता नजर आती हैं। समाज में युवक–युवतियाँ और नई बहुएँ उज्ज्वल रंग के कपड़े पहनते हैं। उम्रदराज लोग गहरी हरी, नीली, काली, बेंगनी आदि रंगों के धागों से बुनी हुई कपड़े पहनते हैं। उनकी उम्र बढ़ने के साथ–साथ कपड़ों के रंग भी गहरे जाते हैं।

टाइ फाके लोग हाथों पर *वेनटान,* उंगुलियों पर *लांचोप* (=अंगुठी), कंपङ (=इनसान के चेहरे अंकित अंगुठी) आदि पहनते हैं। कानों पर वे लोग मूल रूप से *केनहु* और *चेंफाइ* पहनते हैं।

खान–पान

टाइ फाके लोगों के खाद्याभ्यास की एक अलग ही विशेषता है। टाइ फाके समाज में आज भी परम्परागत तरीके से खाना बनाया जाता है। टाइ फाके लोग *लोमपात, पखैहोम, मान धनीया* आदि ख़ुद एकट्ठा कर घर में ही जरूरत के सभी मसाले तैयार कर लेते हैं। टाइ फाके समाज में

भाप में बनाये हुए चावल को *कौपात* (=एक प्रकार के पौधे का पत्ता) में लपेट कर *खाओ ह* (पोटली चावल) तैयार किया जाता है। सिर्फ बौद्धधर्मी टाइ मूल के लोगों द्वारा उगाये गये कोमल धान के चावल से ही *खाओ ह* तैयार किया जाता है। टाइ फाके समाज में एक विशेष प्रकार के बाँस का प्रचलन है। उस बाँस के चोंगे में बनाये हुए चावल भी बेहद लजीज होता है। परम्परागत तरीके से बनाये हुए इस खाने को टाइ भाषा में *खाओलाम* कहा जाता है। टाइ फाके समाज में *खाओ कुन, पेङ हौ खान, खाओ पुक, टंतेप* आदि कई तरह के *पिठा* (=चावल के चूर्ण से बने खाने) का प्रचलन है। उन लोगों के धर्मीय कार्यक्रमों में परम्परागत तरीके से बनाये हुए खाओतेक का व्यापक इस्तेमाल होता है। फाके समाज में मांस और मछली को चार–पाँच दिनों तक नमक में भीगो कर पा छौम (=खट्टा मछली) और *न छौम* (=खट्टा मांस) बनाया जाता है। *पा छौमटाइ* लोगों के विवाह और बच्चों के नामकरण अनुष्ठान का एक अहम हिस्सा है। टाइ फाके लोगों के रोजमर्रा के खानों में शाग–सब्जी की प्रधानता रहती है।

टाइ फाके लोगों का पारम्परिक खाना

भाषा

किसी भी देश, जाति अथवा समुदाय के लिए उनकी भाषा जीवन रेखा स्वरूप है। उनकी भाषा ही उस जाति की जीवंतता का प्रतीक है। टाई फाके लोगों की भाषा भी इससे अपवाद नहीं है। उनकी भाषा भी अपनी

स्वकीय परम्परा को बरकरार रखने में सक्षम हुई है। टाइ फाके लोगों की मातृभाषा टाइ भाषा है, लेकिन असमीया लोगों के साथ ये लोग असमीया भाषा का इस्तेमाल करते हैं। इस भाषा की अपनी लिपि भी है। टाइ फाके लोगों की भाषा एकाक्षरी होती है। शब्दों में एकाक्षरीय गुण को बरकरार रखने के लिए प्रत्यय भी जोड़े जाते हैं। टाइ फाके भाषा में दस स्वर स्वनिम, पन्द्रह व्यंजन स्वनिम, दो अर्धस्वर, कुछ संयुक्त स्वर और तीन व्यंजन समूह होते हैं। अगर टाइ भाषा की बात करें तो इसमें अन्य भाषा की तरह केवल शब्दों से अर्थ बोध नहीं होता है। उच्चारण की सामान्य भिन्नता के कारण एक ही शब्द के कई अर्थ निकलते हैं। उच्चारण सम्बन्धी विशेषताओं को जान लेने के पश्चात् ही टाइ फाके भाषा का शिक्षण सहजसाध्य बन पड़ता है। टाइ फाके की भाषा में वर्णविन्यास का उतना ज़्यादा महत्त्व नहीं होता है जितना उच्चारण का। जैसे–

टाइ भाषा	हिंदी में अर्थ
नाम	जल
नाम	काला
नाम	असंख्य
नाम	डुब मरना।
नाम	काँटा
नाम	झंडा

उच्चारण के सामान्य भिन्नता के कारण अलग–अलग अर्थविन्यास निकलने के कारण इस भाषा को सही तरीके से कहने और लिखने में अभ्यास की सबसे महत्त्वपूर्ण भूमिका रहती है।

साहित्य

प्राचीन काल से ही टाइ फाके जनजाति में लेखन की एक समृद्ध परम्परा रही है, जो आज भी उन लोगों के बीच काफी लोकप्रिय है। उनके मठों एवं घरों में इतिहास, धर्म, वास्तुकला, ज्योतिष, दंतकथा, जातक कथा, जड़ी बूटी आदि से जुड़ी सैकड़ों पाण्डुलिपियाँ अवैज्ञानिक रूप से संरक्षित हैं। उन लोगों के समाज में टाइ फाके लोगों की राजवंशावली और जातीय इतिहास के साथ–साथ रामायण का टाइ संस्करण *लामामाँग*, महाभारत का टाइ संस्करण धम्मा पुत्रम आदि की तरह मूल्यवान ग्रन्थ भी

संरक्षित हैं। भाषा–शिक्षण का क्षेत्र समृद्ध होने के कारण ही उन लोगों के सामाजिक विधि–विधान लिखित रूप में संरक्षित है।

टाइ फाके जनजाति दुनिया की उन जनजातियों में शामिल है, जो अपनी परम्परा को लेकर काफी सजग है। यह जनजाति समाज–जीवन में आधुनिकता को अपनाकर भी अपनी परम्परा और लोकसंस्कृति को बरकरार रखने में सक्षम हुई है। उपर्युक्त विवेचन से यह स्पष्ट हो जाता है कि टाइ फाके लोगों की वेशभूषा, लोकसाहित्य, खान–पान तथा रीति–रिवाज़ से जुड़ी परम्परा काफी सशक्त है।

ग्रन्थ–सूची

असमीया

- चेतिया, चन्द्र कमल. *असमर जनगोष्ठीय लोकसंस्कृति*. नगाँवः जागरण साहित्य प्रकाशन, 2015.
- राजबंशी, परमानंद. संपा. *असमर संस्कृति–कोष* गुवाहाटीः ज्योति प्रकाशन, 2014.

राभा जनजाति : समीक्षात्मक अध्ययन

डॉ. मालविका शर्मा
डॉ. प्रीति वैश्य

असम प्रान्त भारतवर्ष के उत्तर–पूर्व में अवस्थित है। असम एक विचित्र प्रान्त है। इसमें विभिन्न जाति–जनजाति के लोग निवास करते हैं। इन विभिन्न जाति–जनजातियों में राभा भारतवर्ष के संविधान स्वीकृत अन्यतम जनजाति है।

इतिहास

राभा जनजाति का इतिहास प्राचीन है। यह राभा जनजाति कौन है? कहाँ से आयी है? असम के किन–किन जातियों के साथ इनका सम्बन्ध है आदि विषयों पर विद्वानों में मतभेद पायी जाती है। ले. कर्णेल वाडेल के अनुसार राभा कछारी जाति की ही एक शाखा है (भट्टाचार्य 1991:163)। डॉ. ग्रियर्सन के अनुसार राभा, कछारी का हिन्दू नाम है (भट्टाचार्य 1991:163)। एलेन के अनुसार राभा बोडो जनजाति का अंश है (भट्टाचार्य 1991:164)। हडसन के अनुसार राभा बोडो परिवार का है (हराचन 1880:105)। मेजर प्लेफेयार ने अपने गारो शीर्षक ग्रन्थ में राभा और गारो के बीच भाषिक और सांस्कृतिक सादृश्य के बारे विस्तृत रूप से विचार किया है। उनके अनुसार रंदानी (=राभा का एक अंश) और आटङ (=गारो जनजाति का अंश) के बीच भाषिक सादृश्य है (भट्टाचार्य 1991:164)। किन्तु डॉ. भुवन मोहन दास ने अपने राभा शीर्षक निबन्ध में लिखा है कि राभा एक स्वतन्त्र जनजाति है, क्योंकि राभा, गारो, कछारी, बड़ो जनजाति के ही विभिन्न अंश हैं। उसी दृष्टि से उनमें पारस्परिक सम्बन्ध हो सकता है। पर अपना ऐतिह्य, संस्कृति, विशेषता, विश्वास, आख्यान–उपाख्यान से परिपुष्ट राभा

स्वतन्त्र जनजाति है (भट्टाचार्य 1991:165)। राभा जनजाति असम की कुल जनसंख्या 3,12,05,579 में अन्तर्भुक्त जनजाति है। यह मंगोलीयन समूह के अन्तर्गत आने वाली प्रत्येक जनजाति बड़ो, मिचिङ, कार्बि, तिवा, देउरी आदि जनजातियों के अन्तर्गत उल्लेखनीय जनजाति है। भाषा–उपभाषाओं की–दृष्टि से राभा जनजाति तिब्बत–बर्मी भाषा समूह की असम वार्मीज शाखा के अन्तर्गत आती है। अन्य जनजातियों की तरह राभा जनजाति का भी असमीया भाषा, साहित्य, संस्कृति तथा समाज के विकास में महत्त्वपूर्ण योगदान रहा है।

भौगोलिक अवस्थिति

असम, मेघालय, बंगाल, बांग्लादेश, त्रिपुरा, बिहार तथा नेपाल में राभा जनजाति के लोग निवास करते हैं। असम में विशेषतः कामरूप, गोवालपारा, दरङ जिले तथा गारो पाहाड़ में राभा जनजाति के लोग निवास करते हैं। पश्चिम बंगाल में राभा लोग प्रायः जलपाईगुड़ी तथा कोचबिहार में निवास करते हैं।

जनसंख्या

राभा जनजाति की जनसंख्या का सरकारी आँकड़ा अभी तक उपलब्ध नहीं है। जन गणना के प्रतिवेदन के अनुसार असम में निवास करने वाली राभा जनजाति की जनसंख्या क्रमशः (1981 से अब तक) इस प्रकार से है–

सन् 1881 – 1. ग्वालपारा–14,293
2. कामरूप–22,723
3. दरङ–15,090
4. गारो पहार–3,758
5. अन्य–608
कुल–56,899।

सन् 1891 – 1. ग्वालपारा–29,269
2. कामरूप–17,526
3. दरंङ–16,594
4. गारो पहार–5,381
5. अन्य–1,004
कुल–69,774।

सन् 1911 – 1. गोवालपारा–32,415

2. कामरूप–25,025

3. दरङ–13,072

4. गारो पहार–8,075

5. अन्य–485

कुल–79,072।

सन् 1961 – 1. गोवालपारा–49,217

2. कामरूप–43,758

3. दरङ–10,673

4. लक्षीमपुर–2,686

5. नगाँव–885

6. काछार–612

7. शिवसागर–198

कुल–1,08,029।

सन् 1961 के प्रतिवेदन में वर्तमान मेघालय में निवास करने वाली राभा जनजाति को समाविष्ट नहीं किया गया है। इसीलिए राभा जनजाति के लोगों ने उक्त जनगणना पर सन्देह व्यक्त किया है। उन लोगों के अनुसार राभा जनजाति की जनसंख्या दो लाख से ज़्यादा है (राभा 2008:28)

आजीविका

असम एक कृषिप्रधान राज्य है। असम में रहने वाले राभा लोगों की आजीविका कृषि है। वे लोग आहु, शालि, उरद, सरसों आदि की खेती करते हैं। साथ ही राभा महिलाएँ वृक्ष की जड़, जामुन वृक्ष की चमड़ी, पत्ते आदि से रंग प्रस्तुत करती हैं और एरी, कपास, सूत आदि से निर्मित रंग–बिरंगें कपड़े बाजार में बेचती हैं। वे धान, विविध फल, साग–सब्जी आदि बाजार में बेचकर रुपये–पैसे कमाते हैं। वे खेत के सामान, मछ्ली पकड़ने के सामान, घरेलू कामों में व्यवहृत टोकड़ी, छलनी, डाला, सन्दूक, मेज–कुर्सी आदि बाँस, बेंत और काठ से बनाकर इस्तेमाल करते हैं।

भाषा एवं लिपि

राभा एक स्वतन्त्र भाषा है। यह किसी भाषा की उपभाषा नहीं है। यह राभा भाषा राभा नाम से भारतीय संविधान के षष्ठ अनुसूची के अन्तर्गत स्वीकृत है। वर्तमान यह भाषा सिर्फ राभा जनजाति के प्रमुख भेद रङदानिक और मायतरि में संरक्षित है (हाकाचाम 2011:23)।

राभा भाषा का प्राचीन निदर्शन सन् 1900 में Rev-AF-Stephen द्वारा अनूदित The Prodigal Son शीर्षक नीति कथा है, जिसे परवर्ती काल में ग्रियर्सन ने सन् 1903 में उनकी कृति Linguistic Survey of India में अन्तर्भुक्त करके दूसरी समगोष्ठीय भाषा के साथ राभा–भाषा का तुलनात्मक विश्लेषण करके राभा भाषा को स्वीकृति प्रदान किया (हाकाचाम 1991:47)।

तिब्बत–बर्मीय भाषाओं की तरह राभा भाषा की अपनी लिपि नहीं है। इसीलिए कोई शिलालिपि अथवा ताम्रलिपि में राभा का निदर्शन परिलक्षित नहीं होता है। राभा भाषा में पूर्ण ग्रन्थ सन् 1909 में प्रकाशित हुआ। ब्रिटिश एंड फरेन बाइविल सोसाइटी द्वारा प्रकाशित *मार्कनि निमा साइकाइ* नामक बाइविल का अनुवाद ही राभा भाषा का प्रथम ग्रन्थ है।

उप–विभाजन

वैदिक परम्परा की तरह कर्म के अनुसार राभा जनजाति के भी दल अथवा खेल (वर्ण) हैं। प्रारम्भ में राभा लोग दल के अन्तर्भुक्त नहीं थे। इन लोगों के इष्टदेवता *खोकचि* अथवा *वायखो* पूजा से राभा जनजाति का दल अथवा खेल बना। यह एक सामूहिक पूजा है। प्रारम्भ में आवियाबारी नामक जगह में *खोकचि* पूजा का थान (=वेदी) की स्थापना की जाती है। इस पूजा का पालन करने के लिए कर्म के आधार पर विभिन्न डाक अथवा खेल की सृष्टि हुई। ये हैं–

- रङदानिया (रङदानि)
- मायतरीया (मायतारि)
- दाहरी/दाहरि
- चुंगा (छंगा)
- पाति
- बिटलिया
- कोच

रङदानिया (रङदानि)

खोकचि पूजा में देवताओं का स्थापन करने के लिए लोगों के बैठने के लिए पत्थरों की आवश्यकता हुई। रङ का अर्थ पत्थर और *दान* का अर्थ है लेके आना। ये पत्थर दूर पहाड़ से लाने के किये लोगों का एक वर्ग बनाया गया था। उन लोगों को *रङदानिया* कहा गया।

मायतरीया (मायतारि)

जिन लोगों को पाक शालाओं का दायित्व दिया गया था, उन लोगों को मायतरीया कहा गया था। माय का अर्थ भात और तारि का अर्थ सभी को बाँटने वाले।

दाहरी/दाहरि

गाँव की कुछ दूरी पर स्थित सुनसान जगह पर खोकचि पूजा की गयी थी। वहाँ खान–पान की भी व्यवस्था की गयी थी। भोजन–गृह के आस–पास चिड़िया आये थे। उन चिड़ियों को भगाने के लिए व्यक्तियों को तैनात किया जाता था। ये लोग दाहारी (बांस की लम्बी लकड़ी से) से चिड़ियाँ भगाते थे। यह दाहारी शब्द बाद में अपभ्रंश होकर दाहरी अथवा दाहरि बना।

चुङा (छङा)

शराब और पानी पीने के लिए चुङा (=बांस का बना पानी पीने का पात्र विशेष) आवश्यक होता है। इसीलिए पहाड़ से बांस काटने के लिए जिनको नियोजित किया गया उन्हें चुङा कहा गया।

पाति

विभिन्न पूजायें, भोजन आदि में आवश्यक केले की पत्तियाँ संग्रह करने के लिए जिन लोगों को नियोजित किया गया, उन्हें *पाति* वर्ग कहा गया।

बिटलिया

विभिन्न सामाजिक उत्सव, पर्व, त्योहार, शादी–ब्याह आदि में जो लोग मनोरंजन करके हँसाने का काम करते हैं, उन्हें *बिटलिया* कहा गया।

कोच

एक ही भाषिक परिवार अथवा एक ही मातृ–तांत्रिक होते हुए भी *कोच* जाति के लोग *खोकचि* पूजा नहीं करते, बल्कि *रोंताक* पूजा करते हैं।

वेशभूषा

रचनात्मकता मनुष्य का स्वाभाविक गुण है। इसी रचनात्मक प्रवृत्ति के बल पर मनुष्य आज तक अनेक कलाओं को जन्म देने में समर्थ रहा। प्रत्येक कला की अपनी मौलिक विशेषताएँ होती हैं, जिससे वह दूसरी कला से पृथक है। असम वयन शिल्प में अत्यन्त धनी है। 'छाँते शुकुवा मुठिते लुकुवा' (छाया में ही सूख जाता है, हाथ में ही छुप जाता है) जैसी बात असमीया नारी वयन–शिल्प में कितनी निपुण हैं, उसी को दर्शाता है।

असम की विविध जाति–जनजातियों का वयन–शिल्प असमीया संस्कृति का वाहक है। राभा, बड़ो, मिचिंग, कार्बि, देउरी, कछारी आदि जनजातीय लोगों के करघे से बुने जाने वाले सुन्दर कपड़े विश्व–दरबार में अपना अलग ही महत्त्व रखता है। *रिफान* या *पातानी* नामक मेखला राभाओं का मुख्य वस्त्र है। कढ़ाई–बुनाई की कला में राभा स्त्रियाँ अत्यन्त निपुण हैं। राभा समाज में घरेलु वेशभूषा अपने हाथों से बुनाई–कटाई करके पहनना स्त्रियाँ अपने जन्मगत और जातिगत कर्त्तव्य समझती हैं। राभा युवतियाँ, नवविवाहित स्त्रियाँ आदि तीन तरफा वेशभूषा से अपने आप को सजाती है। यद्यपि *रंदानि, मायतारि, कोंच, पाति, दाहुरि, टोटला* और *बिटलिया* अलग–अलग फैद के राभा लोग अलग–अलग वेशभूषा पहनते हैं, फिर भी रंग और फूलों के निदर्शन में एक जैसा ही रंगबिरंगीपन देखा जाता है। ये वस्त्र राभा–स्त्रियाँ तरह–तरह के फूल, वृक्ष, लता, विविध प्रकार के फल, जीव–जानवर, मछ्ली आदि के विविध निदर्शन प्रस्तुत करते हुए कपासी, एरी आदि सूत से निर्मित करती हैं। राभा स्त्रियाँ द्वारा निर्मित वेशभूषाओं में प्रमुख रूप से उल्लेखनीय वस्त्र हैं–

रिफान या पातानी

यह एक मेखला जैसा वस्त्र है। यह लाल, हरा, बैंगनी आदि विविध रंगों में बुनी जाती है। बनावट और व्यवहार की–दृष्टि से *रिफान छक्काय* या *छकवा, राभा रिफान, रिफान छाब्रा, लेमफटा* आदि विविध प्रकार के होते हैं। *छकवा रिफान* और राभा *रिफान* तीन–चार हाथ का होता है, जबकि *लेमफटा*

रिफान लम्बाई में चार से साढ़े चार और चौड़ाई में ढाई से तीन हाथ तक हो सकता है। *लेमफटा रिफानों* में *जोरपारु, घाटपारु, गाछि पारु, मजा पारु* आदि का प्रचलन महिलाओं में विशेष रूप से देखा जाता है। राभा लोग विवाह में दुल्हनों को लाल रंग का *रिफान* देते हैं। यह वस्त्र दो तरीके से पहना जाता है। छाती से घुटनों तक पहने जाने वाले वस्त्र को *लेमा रिफान* कहा जाता है, जबकि कमर से पैर तक पहनने वाले वस्त्र को *रिफान दुखुरि* या *धुतरी* कहा जाता है। विविध उत्सवों में बुजुर्ग स्त्रियाँ छाती से लेकर पैर तक *रिफान* या *पातानी* पहनती हैं। युवतियाँ, नव विवाहित स्त्रियाँ आदि कमर से लेकर घुटनों के नीचे तक चार हाथ लम्बा और तीन हाथ *चौड़ारिफान* बुनकर पहनती है।

काम्बुङ

राभा स्त्रियाँ और युवतियाँ छाती में लपेटकर पहनती हैं, जो लम्बाई में दो तीन हाथ का और चौड़ाई में डेढ़ हाथ का होता है। ये लोग प्रायः ढाई हाथ लम्बे और एक हाथ चौड़ा *काम्बुङ* पहनते हैं। *काम्बुङ* विविध प्रकार के होते हैं। जैसे *काम्बुङ मिछि* या *काम्बुङ मुछुफ*। पापाय काम्बुङ खास रूप से सफ़ेद और काला–सफ़ेद रंगों के सूत से बुना जाता है, लेकिन महत्त्वपूर्ण बात यह है कि इस आकार के दूसरे रंग से बुने वस्त्र को काम्बुङ नहीं कहा जाता।

खचने या खंदबा या खप्रङ

सर में जूड़ा ढकने के लिए इस वस्त्र का प्रयोग होता है, जो तीन हाथ लम्बा और एक हाथ चौड़ा होता है। यह दिखने में *जारा बाफक* के जैसा है। विवाह, *बायखो* पूजा, मृतक कर्म *फारकांति* और हांछाङ पूजा में औरतें इस वस्त्र को पहनती हैं।

बुकबिल

यह बिना बाहों वाले क़मीज़ के जैसा है, जिसे विवाहित राभा औरतें पहनती हैं। युवतियाँ लाल, नीले, हरे, काले आदि गाढ़े रंगों के *बुकबिल* पहनती हैं, जबकि बुजुर्ग महिलाएँ सफ़ेद या कम रंग के *बुकबिल* पहनती हैं।

आंचा

यह राभा महिलाओं द्वारा पहनी जाने वाली चादर के जैसा वस्त्र है,

लेकिन बुजुर्ग स्त्रियाँ इसे प्रायः नहीं पहनती। *आंचा* प्रायः लम्बाई में ढाई हाथ से तीन हाथ तक और चौड़ाई में एक हाथ का होता है।

खछने या खोपङ

इसे कहीं–कहीं *फाक–चेक* नाम से भी जाना जाता है। यह तीन–चार हाथ लम्बा और एक हाथ चौड़ा फूल–अंकित वस्त्र है, जिसे राभा पुरुष मस्तक पर लपेटकर पहनते हैं।

पाछरा

राभा पुरुष द्वारा व्यवहृत इस वस्त्र की लम्बाई पाँच हाथ और चौड़ाई तीन हाथ है। जाड़े के दिनों में ठण्ड से बचने के लिए इसे ओढ़ा जाता है। एरी सूत से इसे बनाया जाता है।

पाजाल

चाहे लड़के हो या बुजुर्ग हो, सभी राभा पुरुष इस वस्त्र का प्रयोग अपने गले को लपेटने के लिए करते हैं। इसकी लम्बाई साढ़े चार या पाँच हाथ की और चौड़ाई एक या दो हाथ की होती है। यह वस्त्र सामाजिक उत्सव, सामूहिक सभा आदि में नहीं पहना जाता, लेकिन *लाहा* (=रंगविशेष) रंग से बुने *पाजाल* का विशेष महत्त्व होता है, क्योंकि विवाह, धार्मिक उत्सव आदि में इस रंग से बुने *पाजाल* का ही प्रयोग होता है। रांदानी राभा पुरुष गाढ़े लाल या काला रंग का *पाजाल* पहनना पसन्द करते हैं।

दतारि

राभा स्त्री और पुरुष दोनों ही *दतारि* पहनते हैं। कमर में पहनने वाला यह वस्त्र तीन या चार हाथ लम्बे और दो हाथ चौड़े होते हैं। पुरुष जो *दतारि* कमर में पहनता है, वह प्रायः सफ़ेद रंग के धागे से बुना जाता है।

छेंकामेन

राभा पुरुष इसे कमर में पहनते हैं। बुजुर्ग औरतें भी इसका प्रयोग करती हैं। रंग–बिरंगा सूत से बुने इस वस्त्र को कहीं–कहीं *फालि* भी कहा जाता है।

जलङा

यह हाथ से बनाये जाने वाले कपास का झोला है। राभा लोगों में इसका प्रयोग विशेष रूप से देखा जाता है।

सुन्दर वेशभूषा के साथ ही सुन्दर अलंकार नारी की सुन्दरता में चार चाँद लगा देता है। राभा औरतें विविध प्रकार के अलंकार पहनते हैं। कान में पहनने वाले अलंकारों में *नामब्रि, बोला नामब्रि, बालि* आदि प्रमुख हैं। वे गले में चन्द्रहार, *जिंजिरी, सिकि* या *छुकिया, हांचा* आदि पहनते हैं। *सिकि* अलंकार को चाँदी के सिक्कों से माला जैसा गूंठा जाता है। राभा औरतें हाथों में *मल कंगन* नामक कंगन पहनती हैं और इसके साथ हाथ बाजु पहनती हैं। इसके अलावा वे *छान, बाउति, मायार चिंग* जैसे कंगन और *काटा बाजु* नामक बाहुबन्ध पहनती हैं। *रुबुक* हाथी के दाँत या प्लास्टिक से बनी माला है, जिसे औरतें

कमरबन्ध के रूप में पहनती हैं। राभा औरतें पैरों में गैर कंगन पहनती हैं। वे जुड़े में खुछ माक्रंग नामक अलंकार पहनती हैं। यह लोहे की सलाई है, जो लम्बाई में लगभग नौ–दस इंच की होती है। वे अपनी उँगलियों में *चाछिताम* नाम की अंगूठी पहनती हैं।

त्योहार

लोक–संस्कृति के साथ लोक–उत्सव का घनिष्ठ सम्बन्ध है। किसी एक जाति की लोक–उत्सव से उस जाति विशेष की लोक–संस्कृति की झलक मिलती है। राभा समाज में विविध प्रकार के त्योहार मनाये जाते हैं, जो इस प्रकार के हैं–

खोकचि या बायखो

खोकचि या *बायखो कृषि* की अधिष्ठात्री देवी मानी जाति हैं। इस उत्सव *को हुइमारु, मूलपूजा, किल्लादिबिकाय, लेओवाबुकाय* और *छाथार* नामक पाँच प्रमुख कृषिजीवी राभा लोग नृत्य गीत के माध्यम से बड़े ही उत्साह

से मनाते हैं। इसे साल में एक बार आयोजित किया जाता है। सात दिन सात रात तक यह पूजा पहले वैशाख और जेठ महीने में आयोजित की जाती थी। आज–कल यह पूजा श्रावण और भादौ महीने में आयोजित की जाता है।

हाछि (माराङ)

पाप या अधर्म के देवता हैं। जब गाँव में कोई बीमारी, मार–काट, अकाल मृत्यु आदि होते हैं तो उससे बचने के लिए *हाछि* देवता की पूजा की जाती है। यह उत्सव हर साल चैत्र महीने के किसी एक शनिवार या मंगलवार को शाम के समय गाँव वाले मिलकर मनाते हैं। यह उत्सव मनाने का उद्देश्य होता है कि पिछले वर्षों के सभी बुरे कर्म, अपवाद आदि खत्म हो जाये और आने वाले दिनों में नियमित रूप से बरसात और अनुकूल मौसम के अनुसार गाँव वालों की उन्नति हो। इसके लिए लोग *देउरी* और *पालि* का निर्वाचन करते हैं। वे लोग इस पूजा में बलि देते हैं। इस पूजा में औरतें और नाबालिक लड़के–लड़कियाँ भाग नहीं ले सकते तथा घर का मुखिया इस पूजा में हिस्सा लेता हैं।

छोङबाइ

तांगी या हाचाङ या लाङामारा यह एक समूहिक पूजा है, जिसे सभी राभा लोग मनाते हैं। इस पूजा में *मामा छिबु दारामाँग* यानी महादेव और *काचाइखाती* यानी भगवती की पूजा की जाती है। यह पूजा वैशाख या जेठ महीने में की जाती है। कई लोग *लांगा* पूजा के दिन ही यह पूजा आयोजित करते हैं। नदी के किनारे यह पूजा की जाती है। पूजा के अन्त में गाँववासी एक स्थायी थान में एक स्थायी आसन में बैठकर दूसरे स्थानीय देव–देवियों को विविध बलि से प्रसन्न किया जाता है और शराब भात आदि खाकर बड़े उत्साह से इसे मनाया जाता है।

ग्रीमबुदा

यह एक कृषि से सम्बन्धित शरदकालीन उत्सव है, जिसे *मायातरी* राभा लोग पूस के संक्रांति के दिन मनाते हैं। *रंगदानी* और *पाति* राभा इसे *दामाँग* या *हाचुबुदा* कहते हैं। *ग्रीमबुदा* में लक्ष्मी की पूजा के साथ साथ दूसरे देव–देवियों की भी पूजा की जाती हैं।

फाराकांति

यह *माइतेरीय रंगदानी* का एक मृतक उत्सव है। वे लोग तीन प्रकार से श्राद्ध का आयोजन करते हैं। इसमें जो सूत्रधार बनता है, वह रो रोकर मृतक की आत्मा की सदगति के लिए ईश्वर से प्रार्थना करता है। इस उत्सव में युवक–युवतियाँ विविध भंगिमा में नृत्य भी करते हैं।

इनके अलावा भी राभा समाज में विविध लोक–उत्सवों का प्रचलन हैं, जिनमें से *टुतुरीया* पूजा (शिव–शक्ति की पूजा), *उम्रा* पूजा (दुख बीमारी आदि से बचने के लिए की गयी पूजा), *गिर्काय* उत्सव (वैशाख महीने में मनाया जाने वाला उत्सव), *जागार* (काली या होली), *हानाघोड़ा* (वैशाख महीने व में मनाया जाने वाला उत्सव), *बिछुवा* (वैशाख बिहु), *रोंताक* (लक्ष्मी पूजा) आदि विशेष रूप से उल्लेखनीय हैं। गाँव वाले विविध बीमारी, अमंगल, भूत–प्रेत जानवरों से बचने के लिए, खेत की रखवाली करने के लिए विविध देव–देवियों की पूजा अर्चना करते हैं।

लोक–नृत्य

लोक–नृत्य लोक–संस्कृति का वाहक है। राभाओं की लोक–संस्कृति अत्यन्त समृद्ध है। उनकी संस्कृति में अनेक लोक–नृत्य हैं। ये लोक–नृत्य विविध पूजा, उत्सव, विवाह आदि में किये जाते हैं। राभा लोग हिंदुओं के विविध देव–देवियों की पूजा करते हैं। इनके अलावा उन लोगों के कुछ अपने देव–देवियाँ हैं, जिनकी वे लोग पूजा करते हैं। कृषि से सम्बन्धित उत्सव *खकचि* या *खोकची* पूजा में खेतों की अधिष्ठात्री देवी *खकचि* को सन्तुष्ट करने के लिए देवी के सामने बड़े सूअर की बलि चढ़ायी जाती है। यह पूजा कई दिनों तक चलती हैं। पूजा में लोग शराब पीकर आनन्द में मस्त होते हैं। रात के समय बिना सोये नाच–गाना करते रहते हैं। दाहरि राभाओं में यह पूजा बहुल रूप में समादृत है जहाँ पूजा का प्रतिनिधित्व करने वाले देउरी को आग के ऊपर पैदल चलकर अपने शुद्धिकरण (शुचिता) का प्रमाण देना पड़ता है। इस पूजा में *कारा, ब्रांछि, खाम, तततेंग* वाद्य–यन्त्र के ताल पर *गांराजा* (जो मोर पंख के गुच्छे लेकर नाचते हुए सबके आगे चलता है) हाथ में *गांरा, माक्ते* (बलि देने वाले व्यक्ति) हाथ में खड़ग और बेंत की लाठी तथा पूजा में भाग लेने वाले बाकी पालि देउरी दोनों हाथों में दो बाण लेकर नाचते हैं। नाच के ताल पर देउरी ग्रामीण

देव–देवियों के नाम पर बेदी में उबाले हुए चुङा पीठा और शराब अर्पण करते हैं और मन्त्र उच्चरित करते हुए पूजा करते हैं। यह नाच अत्यन्त ही लचीली है जो आगे–पीछे करके मोर–मोरनी के नाच के अनुकरण पर नाचा जाता है। पूजा के अगले दिन देउरी के घर में ही नाच–गाना होता है। इनके अलावा राभा जनजातिओं में बायखो पूजा से सम्बन्धित *किल्ला दिबिकाय* (कृतिम किले तोड़ने का प्रतीकी नृत्य), *लेओवा बिकाय* (लता खींच कर किया जाने वाला नृत्य) आदि नृत्य विशेष महत्त्व रखते हैं। सात दिन सात रातों तक चलनेवाले इस अनुष्ठान की आखरी रात देउरी के घर में सूत्रधार हँसी–मजाकपूर्ण (कौतुक धर्मी) नाच नाचते हैं। इसमें *देओधनी* भी अहम भूमिका निभाती है। वह मूकाभिनय के द्वारा लोकवाद्य के ताल पर नाचता है। राभा लोग मृतक कर्म *तरांकाजिया फारकांति* में नाच–गाना करते हैं। मृत–कर्म के दिन आँगन के बीच कृत्रिम रूप से एक शमशान बनाया जाता है। बाजा बजाने वाले के साथ रखवाली करने वाले और पुरुष काठ के विविध औज़ार लेते हुए तथा औरतें ढाल–तलवार लेकर नृत्य–गीत करते हैं। सात दिन सात रातों तक मनाए जाने वाले मृतक कर्म में अलग–अलग प्रकार के प्रतीकधर्मी नाच नाचा जाता है।

राभाओं का सबसे प्रमुख लोक नृत्य है–*देओधनी*। इस नृत्य को *जागार* पूजा में प्रस्तुत किया जाता है। *जागारा* पूजा सम्पन्न करने के लिए एक *देओधनी* की आवश्यकता होती है। *देओधनी* प्रायः गोवालपारा अंचल के लोकप्रिय धुलिया दल के *चानाई–ढ़ोल–तारचा–कासार* विविध बोलों के ताल पर अलग–अलग मुद्रा से नृत्य करते हैं। कभी–कभी वे देवी–देवताओं को प्रसन्न करने के लिए *नागारा* नाम, पद्मपुराण के *ओजापालि* के साथ भी ताल मिलकर नृत्य करते हैं और कभी–कभी राभा लोक–नृत्य दल के नचनियों के साथ भी ताल में नाचते हैं। *जागारा* पूजा में पूरा दिन विविध नृत्य करके बलि का रक्तपान कर शाम से पहले वे देओधनी नृत्य समाप्त करते हैं। नृत्य के अन्त में वे नाच घर के पूर्वी दिशा में गड़े हुए बाँस को जोड़ से पकड़कर सर को घूमाते रहते हैं और झट से हाथ छोड़ देते हैं। ऐसा करने से बेहोस होकर ज़मीन पर गिर जाते हैं और तब उनके पीछे खड़े रहने वाले देउरी *देओधा* या *देओधनी* को तब तक पकड़कर रखते हैं, जब तक उन्हें होश नहीं आ जाता। होश आने के बाद *देओधा* या *देओधनी* सबको प्रणाम कर घर लौटते हैं। उल्लेखनीय है कि सभी थानों में सभी *देओधा* या *देओधनी* नहीं नाच सकते, उनके लिए

निश्चित होते हैं। जैसे– *जागारा* पूजा में नियोजित *देओधा* या *देओधनी* सिर्फ विशेष थान में ही नाच सकते हैं। उसी प्रकार श्मशान काली पूजा के देओधा या देओधनी मुँह में जलता हुआ दिया लेकर नाचते हैं।

देओधनी नृत्य के अलग अलग प्रकार होते हैं। जैसे *नागारा* नाम के दल के साथ आरती करते समय किया गया नृत्य, राभा लोकनृत्य दल के साथ *खोकछि* नृत्य, *हाचङ* पूजा में किया गया नृत्य आदि।

राभाओं में एक और प्रतीकी नृत्य का प्रचलन है, जिसे *हानाघोड़ा* अनुष्ठान में प्रस्तुत किया जाता है।

देंङ चंङ चंङ या भालू नचाने वाले गीत प्रस्तुत करते समय भी राभा लोग नृत्य करते हैं। इस नृत्य में एक व्यक्ति भालू का नकाब और केले के पत्ते से बनी एक ढीली क़मीज़ पहनकर कुछ साथियों के साथ रात को दूसरों के घर–घर जाकर लोगों की मंगल कामना करते हुए नाचता फिरता है।

मारे पूजा में भी देओधनी विविध नाच दिखाते हैं।

लोक–वाद्य

लोक–संस्कृति में लोक–वाद्य एक महत्त्वपूर्ण उपादान है। वाद्य के बिना नृत्य–गीत करना असम्भव है। राभा लोग वाद्य–यन्त्र के मामले में काफी समृद्ध है। विविध उत्सवों, विवाहों, पूजाओं में एवं शिकार तथा युद्ध जाने से पहले राभा लोग विविध वाद्य बजाते हैं। उनके वाद्य–यन्त्रों में बाँस से बने *काढ़ानल, झपकारा* या *छिंगा, बादुङदुप्पा* या *बादुङदुंगा, ब्राङछि*

नामक बाँसुरी, *बुबुरेङा, काण टुकुरी* नामक छोटे आकार के ताल आदि शामिल हैं।

धर्म और लोक–विश्वास

सृष्टि सम्बन्धी विचार

राभा जनजाति के विश्वास के अनुसार सृष्टि के प्रारम्भ में पृथ्वी में सिर्फ पानी था। सृष्टि से पहले 18 ऋषि या देवता थे। इन देवताओं में *क्रिमिचुङ* सबसे ज्येष्ठ और *नमल* सबसे कनिष्ठ देवता थे। सृष्टिकर्ता के इच्छानुसार कनिष्ठ देवता *नुमिल* ने पहले *केकेरा* (=केकड़ा) की सृष्टि की। *केकड़ा* ने नीचे कीचड़ लाकर एक सुन्दर सी पृथ्वी की सृष्टि की। उसके बाद कछुए की सृष्टि हुई। और कछुए की पीठ पर पृथ्वी की स्थापना हुई।

जन्मान्तरवाद

राभा जनजाति के लोग जन्मांतरवाद, कर्मफल तथा जीवात्मा–परमात्मा के अस्तित्व पर भी विश्वास करते हैं। उन लोगों के अनुसार यम देवता मानव–जीवन के पाप–पूण्य का विचार करते हैं। उनके अनुसार मृत्यु का अधिकारी *यामगदा* (=यम) हैं और *यमराजा* मनुष्य शरीर से प्राण (=जीव) निकाल कर ले जाता है। इसे मृत्यु कहा जाता है।

आध्यात्मवाद

राभा जनजाति के लोग आध्यात्मवाद पर विश्वास करते हैं। उनके अनुसार मानव शरीर पंचभूत अर्थात् क्षिति, अप, अग्नि, मरूत और व्योम से गठित है। इसीलिए हिंसा, घृणा आदि से दूर रहना चाहिए। उनके अनुसार मृत्यु का अर्थ मायामय संसार के तिक्त विषय वासना से मुक्ति प्राप्त करना है।

आशावाद

राभा जनजाति के लोग आशावादी हैं। मनुष्य के रूप में पुनर्जन्म लेने की आशा में वे जीवित अवस्था में सतमर्म पर बल देते हैं। इसीलिए मृत व्यक्ति के श्राद्ध के समय मृत–आत्मा की सदगति के लिए परिवार तथा समाज के सभी वर्ग के लोग रो–रो कर नृत्य–गीत करते हैं। इस नृत्य–गीत के जरिये कीट–पतंग तथा अन्य प्राणी को राभा जाति के उच्च वर्ण में जन्म लेने के लिए प्रेरित करते हैं।

सर्वप्राणवाद

राभा जनजाति के लोग सर्वप्राणवाद को स्वीकार करते हैं। उनके अनुसार संसार के सभी प्राकृतिक पदार्थों में प्राण हैं। वे साकारवादी हैं। वे बलि–विधान और पूजा–अर्चना में विश्वास करते हैं।

देव–देवी और पूजा–पाठ

देव–देवियों के प्रति उनलोगों का अपार विश्वास हैं। राभा जनजाति के कतिपय देव–देवियों पर विश्वास रखते हैं और वे श्रद्धार्पक उनकी पूजा करते हैं।

खोकचि और बायखो

खोकची अथवा बायखो राभा जनजाति की प्रमुख अधिष्ठात्री देवी हैं। खोकची और बायखो को कृषि–कार्य की अधिष्ठात्री देवी मानते हुए बलि देकर पूजा–अर्चना की जाती है।

हाछङ

हाछङ देवता *मायतारि* राभाओं के *खोकचि* अथवा *बायखो* देवी का नवीन संस्करण माना जाता है। विभिन्न देवताओं की समष्टि को *हाछङ* देवता कहा जाता है। इन देवताओं की स्थापना करने के नियम हैं। *दारमाङ* देवता को बीच में स्थापन किया जाता है। दाईं ओर *कनचो, फेदर, लाङाचारा, लांगाचा* और *बुढ़ावादि* तथा बाई ओर *चारि, कायनाङ, त्रयनाङ, तुरा पाजाम्बा* और *खुछरिक* को स्थापित किया जाता है (राभा 2008:102)। इस पूजा में नृत्य–गीत के साथ–साथ शराब का प्रचलन भी होता है।

रोंताक या रून्तुक

रोंताक पूजा का अर्थ है घर की देवी की आराधना करना। हर घर में यह पूजा की जाती है। इस पूजा को ही राभा जाति की आदिम पूजा माना जाता है।

छोङ्वाय ताङ्गंङि

छोङ्वाय ताङगङि पूजा सामूहिक पूजा है। यह पूजा साल में एक बार की जाती है। राभा जनजाति में विश्वास है कि इस पूजा से पहले गृह–दोष

नाश किया जाता है। गृह–पूजा के बाद यह पूजा आयोजित की जाती है। गृह–पूजा के प्रथम दिन से इस पूजा तक गाँव में नृत्य–गीत आदि सभी मनोरंजनपूर्ण कार्यक्रम बन्द कर दिए जाते हैं। इस पूजा में महिलाओं का योगदान नहीं होता।

लाङा पूजा

पाति राभा और *रङदानि राभा* के बीच *लाङा* देवता की पूजा की जाती है। *लाङा* देवता की महादेव के रूप में पूजा की जाती है। यह पूजा गाँव के बाहर जंगल अथवा नदी के किनारे की जाती है। हर देव–देवी के प्रतीक के रूप में एक शिलाखण्ड का प्रयोग किया जाता है। यह पूजा वैशाख अथवा जेठ के महीने में होती है।

काँचा खाइति पूजा

राभा जनजाति के लोग देवी माँ को *काँचा खाइति* के रूप में पूजा करते हैं। यह पूजा भी वैशाख या जेठ महीने में की जाती है। कई लोग लाङा पूजा के दिन ही यह पूजा आयोजित करते हैं। नदी के किनारे यह पूजा की जाती है। यह सामूहिक पूजा है।

माराइ पूजा (मनसा पूजा)

गोवालपारा और कामरूप जिले के ब्रह्मपुत्र के दक्षिण दिशा में निवास करने वाली राभा जनजाति ने सबसे पहले इस पूजा का प्रचलन किया था। देउधनी का प्रचलन भी सबसे प्रथम राभा जनजाति में ही था।

दारमाङ बाय

दारमाङ बाय को स्वास्थ्य और धन सम्पत्ति का देवता माना जाता है। हर घर में बीमारियों को दूर करने के लिए यह पूजा की जाती है। राभा लोगों का विश्वास है कि यह देवता *दारमाङ* पहाड़ में रहता है।

बेरा–हाचुबाय

इसे गाय, भैंस आदि जानवरों की रक्षा करने वाले देवता के रूप में माना जाता है। इस देवता की पूजा में एक बकरी और एक लाल रंग के मुर्गे की बलि चढ़ायी जाती है।

लाङाचारा बाय

यह पूजा *हाछङ* पूजा के साथ–साथ की जाती है। गाँव के बाहर यह पूजा की जाती है।

हाय मायरङ बाय

राभा जनजाति में यह विश्वास है कि यह पूजा करने से घर की विपत्तियों का नाश हो जाता है।

खेलाराम बाय

यह हिन्दू देवता है। घर, पेड़–पौधे, फल–फूल नष्ट न होने के लिए यह पूजा की जाती है।

माराङ बाय

इसका अर्थ बड़ा व्यापक है। गाँव के अमंगल का विनाश करने के लिए यह पूजा की जाती है।

नबान्तर देवताएँ

साधारणतः *पाति* राभा नबान्तर के समय इन देवताओं की पूजा करते हैं– *सुवचनी, धर्म, लाङा, बुढ़ादेउ, पीरवासू।*

यह पूजा घर के आँगन में आयोजित की जाती है।

खान–पान

राभा लोगों का खान–पान अनेक विविधताओं से भरा है। वे घर की खेती में उत्पन्न विविध प्रकार के फल जैसे केला, कठहल, आम, साग–सब्जी जैसे कद्दू, मेजेंगा, बेटगाज, शेफालि के फूल, *तितभेकुरी,* केले का फूल, बांस गाज, करेला, लौकी, बैंगन आदि घर में ही उगाकर खाते हैं। वे लोग खाने में क्षार का विशेष रूप से प्रयोग करते हैं। खट्टे व्यंजनों को वे प्रायः चावल के चूरन से पानी में उबालकर खाते हैं। इसे *मि खिछारकाय* कहा जाता है। कभी–कभी चावल के चूरन से बनाये गये व्यंजनों में तेल में तला हुआ मांस दिया जाता है, जिसे *बायदामि मि* कहा जाता है और इसका प्रयोग पूजा विशेष में नैवद्य के रूप में किया जाता है।

मांस राभाओं के पसन्दीदा खानों में से है। वे सूअर, बकरी, मुर्गी, बत्तख आदि का मांस खाते हैं। इनके अलावा वे विविध प्रकार के कीड़े–मकोड़े जैसे– *एरी पलु, गुइ साँप, आमरली* चींटी, घोंघा आदि खाते हैं। वे व्यंजनों को *मि रुमकाय, माय रूमकाय, रोकाय, पंगना रोकाय, ज्याओकाय, खंदाति ज्याओकाय, रायछकि बिकाय, बाककि फाकाय, बारचेकेनि छोकाय, फुंगजि गिदापे तुमुनकाय, रायछकि छोदागिपकाय, छ्रांगान छोकाय* आदि विविध प्रकरणों से प्रस्तुत करते हैं। *माय रुमकाय* का अर्थ है भात पकाने की विधि। इसके अन्तर्गत *माय माचि या माय खुका* यानी माड़ भात, *माय पेल पेल* यानी कोमल भात, *माखाम रुमकाय* यानी पकाया हुआ बड़ा भात आदि आते है।

रोकाय का अर्थ है उबालना। इस विधि में विविध प्रकार के आलू, कहल की गुटली आदि को पकाकर खाया जाता है। *जाओकाय* विधि में व्यंजन को तलकर प्रस्तुत किया जाता है। तिल, मकै, उरद आदि को इस विधि से पकाया जाता है। *बिकाय* विधि में विविध प्रकार के छोटी मछलियों को केले के पत्ते या पारिजात फूल के पत्तों में लपेटकर नमक आदि छिड़ककर पकाया जाता है। इस विधि से पीठा भी प्रस्तुत किया जाता है। *फाकाय* विधि में बाँस की नाली में भात के अलावा बलि के लिए दिए जाने वाले नैवेद्य भी प्रस्तुत किये जाते हैं, लेकिन उल्लेखनीय बात यह है कि यह नैवेद्य *केयल* डेओशाल में ही प्रस्तुत किया जा सकता है। इसके अलावा पीठा, मछ्ली आदि भी इस विधि से पकाया जाता है। राभाओं में मांस, मछ्ली, साग–सब्जी आदि को सुखाकर व्यंजन पकाकर खाने की भी विधि है।

राभाओं के खान–पान में शराब का विशेष स्थान है। मेहमान की खातिरदारी वे शराब, तांबूल–पान आदि से करते हैं। वे लोग तेल मसलों का प्रयोग बहुत कम ही करते हैं। बड़ा चावल से बनाई गयी शराब देव–देवियों की पूजा में अत्यावश्यकीय माना जाता है। मरे हुए लोगों के लिए बड़ा चावल का भात, उबले हुए अण्डे आदि अर्पण किये जाते हैं, लेकिन दाल से बना व्यंजन तर्पण के रूप में नहीं दिया जाता।

छोकाय का अर्थ है सेंकना। इस विधि में मांस, मछली आदि को पहले उबाला जाता है और फिर उसे जलते हुए अंगारों में सेंककर नमक मिर्ची के साथ खाया जाता है।

साहित्य

मौखिक साहित्य

लोक संस्कृति के तत्वों में मौखिक साहित्य अन्यतम तत्व है। राभा जनजाति का मौखिक साहित्य अन्य साहित्य की अपेक्षा अधिक महत्त्वपूर्ण है। वस्तुतः ग्रामीण लोगों द्वारा मौखिक रूप से गाये जाने वाले गीत आदि ही राभा समाज की बुनियाद है। लोकगीत अथवा मौखिक साहित्य के माध्यम से राभा जनजाति का समाज–जीवन स्पष्ट रूप से प्रतिफलित होता है। अधिकांश विद्वानों ने मौखिक साहित्य को चार भागों में विभक्त किया है–

1. लोकगीत
2. कहावत
3. पहेलियाँ
4. लोक कहानी

लोकगीत

असम की विभिन्न जाति–जनजाति के लोकगीतों में राभा लोकगीतों का स्थान अन्यतम है। राभा लोकगीतों को विद्वानों ने तीन भागों में विभक्त किया है। जैसे :

1. अनुष्ठानमूलक गीत
2. आख्यानमूलक और
3. कर्मविषयक लोकगीत।

ये लोकगीत समूह प्राण–प्राचुर्य से भरपूर एक सांस्कृतिक धारा है, जिसकी परिवर्तित, परिशोधित और आधुनिक रूप आज भी अलिखित है। राभा समाज में प्रचलित इन गीतों के विषय कृषि–देवता, *हाछङ पूजा, बायखु पूजा, छाथार गीत, खुकचि पूजा, हुयमारू गीत, तुकुरीया* देउ पूजा, *मारै पूजा* आदि हैं। इन गीतों का प्रचलन राभा समाज में विशेषतः धार्मिक, सामाजिक तथा व्यक्तिगत जीवन के विभिन्न अनुष्ठानों में होता है। इन गीतों की विशेषता है कि अधिकांश गीत नृत्य के साथ–साथ गाये जाते है। इन गीतों में सहज–सरल ग्रामीण जीवन, आर्थिक, सामाजिक, धार्मिक तथा सांस्कृतिक जीवन का चित्रण देखा जाता है।

अनुष्ठानमूलक गीत

राभा जनजाति की *खोकचि पूजा* में आयतारि राभा जनजाति इस प्रकार के गीत गाते हैं। यथा–

'फइ फइ हाछि छानि कुरि छाउराताङउ
कुरि छानि चिङबा तोबालाति,
कुरि खेरे छाना लागिया
चिङबा तोखा गांदा–छे पुइ खेरेछे
छाइ रेङा लागिया।' (राभा 2008:140)

अर्थात् आओ आओ बच्चो। आओ हम भी चिड़िया की तरह हँसी–मजाक करके काम कराते जाएँ। कौवे की तरह खेल–कूदकर जीवन बिताएँ।

मृत व्यक्ति के श्राद्ध के समय राभा जनजाति में फारगष्ठि के गीत गाये जाते हैं–

'फेनछा नाङ नेमकाय राभानि नुकि जनम राखु।
पानमाङ–छान जनम तारिखु, फारि बार छप छानी।
तो हाङछिङ जनम ताराखु, कायताङ भतकाय छानो
माछु मिछि जनम ताराखु, कायताङ हाल बायनी।
चोङ काङकु जनम ताराखु, तो बिजान छानो।'

अर्थात् पुनः तुम धनी परिवार में जन्म लाभ करना। पेड़–पौधे, घास–फूस होकर जन्म मत लेना। जंगल के आग में विनाश हो जाओगे, मुर्गा भी नहीं बनना। आदमी मार देगा, गाय–भैंस होकर भी जनम मत लेना।

आख्यानमूलक गीत

राभा जनजाति के बीच विभिन्न आख्यानमूलक गीत हैं। इनमें से *बानराजा* और *ददान राजा* के गीत, *मारुक्षेत्री–गुरुक्षेत्री* के गीत, *बहुरङी खापोराङी गीत, तुकुरादेव* पूजा के गीत, *काढ़ाबांही* के गीत इत्यादि। उदाहरण के रूप में *दाहरि राभा के बन्दना–चंदना* के गीत उल्लेखनीय है–

'अ बन्दना उ–अ चंदना उ
अ नारङ कि जोरा बाये
बिछिना निलि निछमुलि उ
राखाते प्रोङे रेङ जो।' (राभा 2008:155)

अर्थात–हे वन्दना! हे चंदना! तुम लोग दोनों कुत्ते को साथ लेकर अपने–अपने पत्नीव्दय (निलि–निछमुनि) को आश्रय हीना करके कहाँ जा रहे हो?

विभिन्न कर्मविषयक गीत

जीवन के विभिन्न कर्मों के साथ सम्बन्धित गीतों में ना *बेकाय* (मछली पकड़ना), *माराङ–माठाङ* (शिकार करना), *बाङ, बाङ* तथा *लाखर गीत, नुखारेङ्काय चाय, गछ कटा गीत* (=पेड़ काटना), नाव खेलर गीत (नाव–खेल का गीत) आदि उल्लेखनीय हैं। मछली पकड़ने के गीत की कुछ पंक्तियाँ निम्नलिखित हैं–

रिबा रिबा अ रिबा ना बोना रिबा
ना बोना जपङ जुपुङ्ग जुपुङ्ग
मानदाय नेमेन चिथेवा।
नाचुङकाय रूमे राड़ों
अरङानछे छाना नेमो
न छाब्रा तारुम रे
अरङाबे छा सोछारे
सुकदुरङ फुड़ेना बनो रिबा।
रिबा रिबा अ रिबा ना बनो रिबा। (दास 2005:136)

अर्थात् सभी लोग आ जाओ, मछली पकड़ने के लिए आ जाओ। चारों तरफ मछलियाँ हैं। बड़ी–बड़ी मछलियाँ पकड़ना। क्योंकि बड़ी मछली में ही स्वाद होता है।

कहावत

कहावतें राभा लोकसाहित्य की एक महत्त्वपूर्ण विधा है। विभिन्न समय रुचि–अभिरुचि तथा अनुभवों से पुष्ट इन कहावतों का असमीया लोक साहित्य में महत्त्वपूर्ण योगदान है। इन कहावतों के माध्यम से राभा जनजीवन की सामाजिक नीति, आर्थिक नीति, राजनीति, कृषि, शिल्प, वाणिज्यिक, पारिवारिक तथा सामाजिक आचार व्यवहार इत्यादि के प्रति मूल्यवान उपदेश अभिव्यक्त होते हैं। यथा–

1. *नेमे* या *नेमेछा* (अर्थात अच्छी तरह करना या अच्छी तरह खाना)
2. *काय छिया तेपे तो छिया पाणि पाके* (अर्थात आदमी कुछ बोलकर मरते है, चिड़िया पेड़ के डाली में बैठकर मरते है।)

पहेलियाँ

राभा समाज में पहेलियों का प्रचलन बहुत प्राचीन है। ये पहेलियाँ मित्राक्षरी छंद में रचित एक प्रकार का प्रश्न है। इन पहेलियों में छिपा हुआ अर्थयुक्त लोककथा बुद्धि दीप्तता का परिचय है। जैसे–

हाछ मुंदा मुंदा
चारि भाइ लेता पेता
भाइ आनिङ खारा।
उत्तर : माछु अर्थात गाय। (दास 2005:136)

कहानी

राभा लोक जीवन के सहज–सरल विश्वास तथा अनुभूति का प्रकाश राभा लोक कहानियों में देखा जाता है। राभा जनजातिं की लोक कहानियों में उनके समाज की संस्कृति, रीति–नीति, विधि–विधान इत्यादि की अभिव्यक्ति मिलती है। इन कहानियों की विशेषता यह है कि हर कहानी के पात्रों का एक नाम रहता है और कहानियों की विषय–वस्तु का आधार जातीय संस्कृति है। उदाहरण के रूप से सती *हयुमकचि* शीर्षक कहानी में राभा जाति का प्राचीन लौकिक इतिहास का चित्रण है।

साहित्य की–दृष्टि से राभा जनजाति काफी समृद्ध है। राभाओं में मौखिक और लिखित दोनों प्रकार के साहित्य पाये जाते हैं। उनका पहला लिखित साहित्य 1909 में प्रकाशित हुआ था। उनके साहित्य सभा को *बेबाक राभा रञ्चुम* कहा जाता है। इसने सन् 1973 में से राभा साहित्य के क्षेत्र में महत्त्वपूर्ण योगदान दिया है। राभा साहित्य में कविता, गीत, कहानी, नाटक आदि मिलते हैं। राभा भाषा के समकालीन लेखकों की संख्या अधिक नहीं है। राभा काव्य में रिणिकी चुरचुङ पाम *का मुकचरी* (2001), नितई राभा *का रोचोक पर* (2002), मणि राभा *का चरपकग्नि खुरङ* (1999) आदि के काव्य विशेष रूप से उल्लेखनीय है। अर्जुन जुरो समकालीन प्रमुख राभा कवि हैं। उन्होंने चित्र के बीच में कविता लिखकर अपनी अलग पहचान बनायी है। उनकी *बुदा–मारि* (=पति–पत्नी) प्रेम सम्बन्धी कविता है। फुरपन राभा का *क्रिस्टी चिंगी* (1994), प्रवीण कुमार राभा का *चायनी थुपके* (1995) आदि गीति–साहित्य हैं। *रंगीर परसुराम* (1998) उपेन राभा हाकाचम का राभा नाटक है। झरना चिका चनी का *अंगीसे जोराय* (2000) मनोवैज्ञानिक रचना है। प्रमुख औपन्यासिक कृतियों में गंगाधर राभा हादू का *नङो चोकसा माना* (1998), लिस्ती राभा रङाख का *चरपकङी झोरछाप* (2005) प्रमुख हैं। राभा साहित्य में डॉ. उपेन राभा हकाचाम का नाम विशेष रूप से उल्लेखनीय हैं, जिन्होंने राभा जनजाति पर कई महत्त्वपूर्ण ग्रन्थ लिखे हैं। निबन्धों में हकाचाम की *राभा*

लोक–संस्कृति (2006), *असमर जनजातीय संस्कृति* नामक ग्रन्थ प्रमुख हैं। उन्हें 2003 में राष्ट्रीय लोकभाषा सम्मान भी मिला था। राभा जनजाति के साहित्य के विकास में डॉ० मालिना देवी ने भी अहम भूमिका निभायी है। उनके द्वारा प्रकाशित ग्रन्थों के नाम हैं–*असमीया आरु राभा समाज संस्कृति स्वरूप* (1999), *कका राजेन राभार जीवन आरु कृति जानि लओ आहा* (2000), *राभा साहित्यर बुरंजी* (2002), *राभा जनजीवन : चिन्ता–बिचित्रा* (2007), *राभा–असमीया–इंराजी शब्दकोष* (2008) आदि। इनके अलावा भी राभा साहित्य में व्यंग्य,समीक्षा और अनूदित साहित्य भी लिखे गये हैं।

राभा असम की एक प्रमुख जनजाति है। अपने विविध सांस्कृतिक योगदान से इस जनजाति ने असमीया समाज को एक अलग मात्रा प्रदान की है।

ग्रन्थ–सूची

असमीया

- शर्मा, शशी, असमर लोकसाहित्य, प्रथम कलकत्ताः नव गौरांग प्रेस, 1993
- दास, अंशुमन असमर उत्सव–पार्वण बुतलि द्वितीय नगांवः जागरण साहित्य प्रकाशन, 2012
- भट्टाचार्य, प्रमोदचन्द्र, असमर जनजाति, द्वितीय, गुवाहाटीः विचित्र नारायन प्रिंटिंग प्रेस, 1991
- राभा, राजेन राभा जनजाति तृतीय कोलकत्ताः अजंता प्रिंटर्स, 2008
- हाकाश्राम, उपेन राभा, राभा लोक–संस्कृति द्वितीय गुवाहाटीः असम प्रकाशन परिषद, 2016
- राभा, मलिना देवी (मुख्य संपा) असमर जनजाति आरु संस्कृति द्वितीय जोरहाटः असम साहित्य सभा, 2016

देउरी जनजाति : एक अध्ययन

अनमिका बड़ो

असम पूर्वोत्तर भारत का प्रवेशद्वार है। असम अन्य उत्तर पूर्वी भारतीय राज्यों द्वारा चारों ओर से घिरा हुआ है। यह भारत का एक सीमांत राज्य है, जो चतुर्दिक, सुरम्य पर्वतश्रेणियों से घिरा हुआ है। सम्पूर्ण राज्य का क्षेत्रफल 78,466 वर्ग कि.मी. है। भारत–भूटान तथा भारत–बांग्लादेश की सीमा के कुछ भाग असम से जुड़ा हुआ है। इस राज्य के उत्तर में अरुणाचल प्रदेश, पूर्व में नागालैंड तथा मणिपुर, दक्षिण में मिजोरम तथा मेघालय एवं पश्चिम में बांग्लादेश अवस्थित है।

प्राचीन काल में असम का नाम प्रागज्योतिषपुर या कामरूप था। परन्तु परवर्ती काल में इसका नाम असम रखा गया। सामान्य रूप से माना जाता है कि असम नाम संस्कृत से लिया गया है जिसका शाब्दिक अर्थ है वह भूमि जो समतल नहीं है। कुछ लोगों की मान्यता है कि असम संस्कृत के शब्द *अस्म* अथवा *असमा* से लिया गया है जिसका अर्थ है असमान। कुछ विद्वानों का यह भी कहना है कि असम शब्द संस्कृत के *असोमा* शब्द से बना है, जिसका अर्थ है अनुपम अथवा अद्वितीय। आस्ट्रिक, मंगोलियन, द्रविड़ और आर्य जैसी विभिन्न जातियाँ प्राचीन काल से इस प्रदेश की पहाड़ियों और घाटियों में समय–समय पर आकर बसती रहीं और यहाँ की मिश्रित संस्कृति में अपना महत्त्वपूर्ण योगदान दिया। उनलोगों ने इस राज्य की संस्कृति और सभ्यता को समृद्ध किया। असम की कुल जनसंख्या 3,12,05,576 हैं। यहाँ की राजधानी दिसपुर तथा राजभाषा असमीया है।

देउरी असम की मंगोलीय जातियों के अन्तर्गत आने वाली जनजाति बड़ो, मिछिङ, कार्बि, राभा, तिवा आदियों में से एक उल्लेखनीय जनजाति है।

अन्य जनजाति की तरह देउरी जनजाति का भी असमीया भाषा, साहित्य, संस्कृति तथा समाज के विकास में महत्त्वपूर्ण योगदान रहा है।

देउरी शब्द की व्युत्पत्ति

देउरी शब्द की व्युत्पति तथा अर्थ को लेकर विभिन्न विद्वानों में विभिन्न मत पाये जाते हैं। कुछ विद्वान देउरी शब्द का अर्थ देवालय के अधिकारी (an officer of a temple) बताते हैं। कुछ विद्वानों का कहना है कि देउरी शब्द की व्युत्पत्ति तीन अलग–अलग शब्दों के जुड़ने से हुई है। उनके अनुसार *देओ / देउ / देव–देवी* (देवता) आदि शब्द का आदि वर्ण दे, *उच्च / उन्नत / उज्ज्वल / उत्कृष्ट / उत्तम / उदगति / उद्देश्य* आदि का आदि वर्ण उ और रीति–नीति शब्द का आदि अक्षर *री*–इन तीन वर्णों के संयोग से *दे–उ–री (देउरी)* शब्द का सृजन हुआ है। जिसका भावार्थ है– उत्कृष्ट रीति--नीति से देव–देवी की पूजा करने वाले अर्थात् पूजारी श्रेणी या जाति। कुछ विद्वानों का यह कहना है कि देउरी शब्द तीन अलग–अलग वर्णों से बना है। साधारणतः देउरी भाषा में *दे* का अर्थ बड़ा, श्रेष्ठ, विद्वान, सम्मानीय आदि है। बाकी दो वर्ण *उ* और *री* से पुरुष–प्रकृति को समझे जाते हैं। अतः *दे, उ, री* इन वणों से देउरी शब्द बना है। डॉ. बाणीकान्त काकति का कहना है कि देउरी शब्द संस्कृत *शब्द देव गृहिका* से आया है (देउरी 2007:12)।

देउरी जनजाति से जुड़ी किंवदंतियाँ

यहाँ एक उल्लेखनीय बात यह भी है कि देउरी लोग ख़ुद को *देउरी* की अपेक्षा *जिमचाँया* नाम से परिचित कराकर गौरवान्वित महसूस करते हैं। अर्थात् देउरी नाम से ये लोग केवल अनादेउरी लोगों के सामने ही परिचय देते हैं। *जिमचाँया* शब्द का जिम+चाँ+या *झजिमचाँया* सृजन हुआ है। यहाँ मूलधातु *जि* जिसका अर्थ मधुर, बन्धन, उड़न, विचरण, पानी आदि है, जिसमें *म* का योग कर जिम शब्द का निरूपण हुआ। अतः *जिम* का भावगत अर्थ *शीतल, स्निग्ध* आदि है। *चाँ* का अर्थ है आर्यों के पुरुष देवता *सूर्य* और *या* का अर्थ है *पृथ्वी* या *प्रकृति* या चन्द्र। अतः *जिमचाँया* का अर्थ है–सूर्य और चन्द्र की सन्तान।

एक किंवदंती के आधार पर लिखी गई 'देउरी जातिर उत्पत्ति' शीर्षक पुस्तक में रुक्मिणी हरण की कहानी के साथ देउरी जाति की उत्पत्ति का सामंजस्य रहने का उल्लेख किया गया है। कहानी का मूल सारांश इस प्रकार है–

हरिवंश के विष्णु पर्व के 47–51वें अध्याय और 59–60वें अध्याय में *रुक्मिणी हरण* की कहानी के अनुसार भीष्मक और पत्नी शशिप्रभा अपनी पुत्री रुक्मिणी का विवाह श्रीकृष्ण के साथ कराना चाहते थे। परन्तु रुक्मिणी के भाई रुक्मवीर अपनी बहन का विवाह चेदिराज शिशुपाल के साथ कराने के लिए तय करता है। परन्तु रुक्मवीर अपनी बहन का विवाह चेदिराज शिशुपाल के साथ न करा पाने के कारण अपमानित होता है तथा युद्ध में श्रीकृष्ण के हाथों पराजित होकर लज्जित तथा अपमानित होकर देश छोड़कर चल जाता है। रुक्मिणी हरण की कहानी के बाद भीष्मक राज्य के बारे में कोई कहानी नहीं मिलती है। जनश्रुति के अनुसार रुक्मवीर के छः पुत्र थे और उन्हीं छः पुत्रों में से एक का नाम था देउरी। युद्ध के पश्चात् रुक्मवीर और उनके पाँच पुत्र जब वापस लौटकर नहीं आये तो भीष्मक सबसे छोटे पोते देउरी को राज्यभार अर्पण करता है। शासन् भार ग्रहण करते ही वह राज्य का नाम रखता है देउरी राज्य और उसमें रहने वाले राज्यवासी देउरी कहलाए। इस प्रकार देउरी राजायेँ प्रबल प्रताप के साथ वर्षों तक राजत्व करते रहे। अन्त में मान (=बर्मी) के तृतीय असम आक्रमण में मान लोगों ने देउरी राज्य पर आक्रमण किया। देउरी राज्य के अन्तिम राजा भदीया देउरी ने बहुत ही साहस के साथ मान के साथ युद्ध किया परन्तु वे उनके हाथों पराजित हुए। युद्ध में पराजित होकर भदीया राजा ने अपनी प्रजा को राज्य छोड़ भागने की अनुमति दी और उनकी प्रजा केले के पेड़ से नाँव बनाकर टेङापानी नदी से होकर ब्रह्मपुत्र नदी के किनारे विभिन्न अंचलों में निवास करने लगे।

उक्त कहानी के आधार पर देउरी लोगों को भीष्मक का वंशज माना जाता रहा। महापुरुष श्रीमंत शंकरदेव द्वारा रचित रुक्मिणी हरण नाटक में रुक्मिणी के चरित्र का वर्णन जिस प्रकार किया गया है, उसका सामंजस्य असमीया महिलाओं के सामाजिक जीवन से है। रुक्मिणी जब कृष्ण के बड़े भाई बलराम से मिलती है तो वह अपने सिर की ओढ़नी ठीक कर लेती है, जो बड़ों के प्रति सम्मान प्रदर्शन है, जो देउरी महिलाओं में भी

पाया जाता है। इन सब कहानियों की कोई वास्तवसम्मत आधार न होने के कारण काल्पनिक कहानी के रूप में ही आज भी लोगों में प्रचलित हैं।

इतिहास

सम्भवतः देउरी लोग सर्वप्रथम चीन–तिब्बतीय या मंगोलीय देश से पूर्वी–हिमालय के पाद प्रदेश में आये थे। तब हिमालय के उक्त स्थान की घाटियों के आस–पास कोई अन्य जनजातियों से उनका परिचय हुआ होगा। एक जनजाति के लिए अपरिचित जनजाति से परिचय प्राप्त करना हमेशा कौतूहलपूर्ण होता है। यह मानव समाज की सामाजिक प्रवृत्ति है। उस स्थिति में ये लोग कौन हैं, कहाँ से आये हैं आदि जैसे प्रश्नों का उठना स्वाभाविक है। चीन–तिब्बत के पूर्वी–हिमालय के पाददेश में *ल्हासा* (Lhassa) नाम से एक घाटी है। उल्लेखनीय बात यह है कि देउरी भाषा में *लाचा* का अर्थ है यह कौन है। इसके अलावा *ल्हासा* के पाद प्रदेश में ऐसे बहुत से भौगोलिक स्थान, नदियाँ आदि आज भी विद्यमान हैं, जिसके नाम का देउरी भाषा के शब्दों के साथ घनिष्ठ सम्बन्ध देखा जाता है या फिर यह कहा सकता है कि यह भाषा उन शब्दों के बहुत नज़दीक है। उदाहरण स्वरूप *जिबु (जलाणा)*, *बुइनि* (कहाँ का), *आनोने* (मैं पकड़ता हूँ/गाता हूँ), *केबां* (कुछ काम विशेष), *टाकुम* (एक खेल सामग्री), *डामरो* (कौन सा), *तेजु* (कठहल), *लेदाम* (दे के आना), *मेचिंढमेचि* (मृग), *मेबु* (एक जानवर), *तापुन* (आलू) इत्यादि।

कुछ इतिहासकारों के अनुसार देउरी लोग चुतीया जनजाति के पुरोहित श्रेणी के प्रतिनिधि थे। 13 वीं सदी के पहले भाग में आहोमों के असम प्रदेश से पहले चुतीया लोग सोवणशिरि नदी के किनारे तक विस्तृत और सुप्रतिष्ठित राज्य भोग कर रहे थे। सर एडवर्ड गेट साहब के अनुसार चुतीयाओं ने छानलोगों के निवासस्थान के अदूर्वर्ती एक जगह पर दखल कर लिया था। उन लोगों के साथ छान जाति के कुछ लोग भी शामिल हो गये। कहा जाता है कि चुतीया लोग सर्वप्रथम सोवणशिरि नदी के पास स्थित पर्वतों में निवास करते थे। सन् 1909 ई. में इंपेरियाल गेजेट में इस प्रकार उल्लेख किया गया है कि– लक्षीमपुर के सर्वप्रथम शासनकर्ता पाल वंश के हिन्दू राजा थे। उन लोगों की राजधानी शदिया के आस–पास थी। लगभग 11 वीं सदी में उन लोगों को चुतीया लोगों ने सिंहासनच्युत किया था।

चुतीया लोग तिब्बत–बर्मीय शाखा की एक जनजाति है। उन लोगों ने उत्तर–पूर्व की ओर से असम में प्रवेश किया था और ब्रह्मपुत्र के ऊपरी तट पर अपने को स्थापित कर लिया था। कई शताब्दी से हो रहे संघर्षों के परिणामस्वरूप चुतीया लोग आहोमों द्वारा सन् 1523 ई. में समाप्त प्रायः हो जाते हैं। और एक उल्लेखनीय बात यह है कि चुतीया लोग आहोम लोगों के असम आने के समय शदिया में स्थापित होकर पश्चिम में स्थित डिचाङ नदी तक विस्तृत राज्य के अधिकारी के रूप में परिचय दे चुके थे। 14वीं सदी के मध्य से ही आहोम और चुतीया के बीच संघर्ष आरम्भ हो जाता है। 16वीं सदी के आरम्भ में चुतीया राज्य आहोम राज्य में अन्तर्भुक्त हो जाता है। परवर्ती काल में आहोमों ने चुतीया को दमन करने के लिए अनेक प्रकार की नीतियाँ बनाईं। उन लोगों ने कुछ चुतीया लोगों को असम के विभिन्न स्थानों में भेज दिया। राजवंश के बहुतों की हत्या करवा दी गयी और किसी को देश से निर्वासित किया गया। कुछ लोगों ने आहोमों से वैवाहिक सम्बन्ध स्थापित कर लिया।

सन् 1901 की जन–गणना में उन लोगों के प्राचीन निवास स्थान शदिया के पूर्व में स्थित कुंडिल नदी के आस–पास के स्थानों को बताया गया है। सन् 1895 में ब्राउन साहब द्वारा रचित 'देउरी चुतीया व्याकरण' में कहा गया है कि शदिया के आस–पास देउरी लोगों का मूल निवास स्थान था। प्रायः 1 सदी के पहले ही वे लोग वहाँ से वर्तमान निवास स्थलों में आये थे और कुछ लोग अभी भी धर्म सम्बन्धी विषय में शदिया में आते–जाते रहते हैं। देउरी लोग ईश्वर की पूजा करने वाले प्राचीन पुरोहित जाति के लोग हैं। कुंडिल नदी के पास ही उन लोगों का प्राचीन निवास स्थान था। आज भी देउरी *बिचु* (=देउरी बिहु) के दौरान *हुँसरि* (=बिचु के दौरान सामूहिक रूप से किया जाने वाला नृत्य–गीत के आरम्भ करने से पहले गाये जाने वाले गीत) में अपने पूर्व निवास स्थान का उल्लेख मिलता है–

'कुंडिलर अगोरि गुदाकै हेमेलु ....
सदिया राजत ऐ चारि हाल गोखानि तालैके नमस्कार करो।
सोनरे जखला रूपर हातामारि आइ चारिहाल नामे।'

अर्थात्– शदिया में ही हमारी चारि हाल गासानी का मन्दिर है जिसे हम नमस्कार करते हैं

निताई और साधनी के राजत्वकाल में ही आहोम राजा चुहुङमुङ ने चुतीया राज्य पर विजय प्राप्त कर लिया। देउरी लोग उस समय भी गोसानी को पूजा–प्रार्थना कराते आ रहे थे। अतः आहोम राजा ने उन लोगों को पूजा–प्रार्थना के काम में नियोग करते हुए पुरोहित रूप में ही उन्हें राजप्रासाद में रखा।

गदाधर सिंह के राजत्व काल में भी स्वर्गदेउ देउरी लोगों पर विश्वास रखते थे। यहाँ तक कि उनकी जितनी भी पैतृक सम्पत्ति आदि थी, वे सब अन्य राजाओं के आक्रमण के डर से अपने ही राज भण्डार में रखते थे। इसी प्रकार बहुत ही मेलजुल से ही बहुत दिनों तक देउरी लोग राजा के साथ रहें।

अन्ततः गदाधर सिंह प्रेमामूलक दोष में पड़ गये। इस दोष को देउरी लोग राजा से मोचन न कर पाये, फलस्वरूप हमेशा के लिए राजा ने उन लोगों को छोड़ दिया। जिसने राजा के दोष का मोचन किया उसे राजा ने *न–गाँसाइ* उपाधि दी और साथ ही उसे सम्पत्ति तथा ज़मीन भी दान दिया। जब राजा ने *न–गाँसाई* को सम्पत्ति दी, तब देउरी लोगों की जितनी सम्पत्ति राज भण्डार में थी,वे सब भी दे दीं।

जिस दिन से राजा गदाधर सिंह ने देउरी लोगों को छोड़ दिया,उस दिन से ही देउरी लोग स्वतन्त्र तथा अलग से रहने लगे। *गोसानीशाल* (=देवी का मन्दिर) में पूजा प्रार्थना करने के उपरान्त वे लोग बारह महीने में तेरह खेतियाँ करके जीवन निर्वाह करने लगे। उन लोगों की जनसंख्या भी कुछ हद तक वृद्धि होने लगी। अतः खेति–बाड़ी के उपयोगी ज़मीन आदि ढूँढ़ते हुए शदिया अंचल के ही चार जगहों में वे लोग रहने लगे। नयी बस्ती स्थापन करने के साथ–साथ *गोसानीशाल* को भी चार भागों में विभाजित किया गया, ये चार भाग इस प्रकार हैं– *गिरा–गिराचि, बलिया बाबा* (=शिव–पार्वती का पुत्र) *केचाइखाती* (=शिव–पार्वती की पुत्री) और *पातरशाल* (=उपास्य देव देवियों के मन्दिर)।

इसी प्रकार जब देउरी लोग शदिया में रह रहे थे, तभी अचानक किसी अन्य पार्वत्य जाति के आक्रमण के कारण एक ही रात में उन्हें शदिया छोड़कर आना पड़ा। आते समय वे चार नाव बनाकर ब्रह्मपुत्र नदी से आने लगे। तभी दो नाव अचानक ब्रह्मपुत्र नदी में गुम हो गये और केवल दो नाव ही रह गये। उन लोगों का मानना है कि उस गुम हुए दो नावों का पता नहीं मिल पाया है।

देउरी लोग शदिया से ब्रह्मपुत्र नदी से आकार सर्वप्रथम लक्षीमपुर जिले और शिवसागर जिले के भीतरी अंचल में निवास करने लगे। विशेष उल्लेखनीय बात यह है *किबरगञा* और *टेङापनीया* लोगों की बाकी असमीया लोगों के संपर्क में आने की चेष्टा में उन्होंने देउरी मातृभाषा को प्रायः पूर्ण रूप से छोड़ दिया।

कहा जाता है प्रारम्भिक अवस्था में देउरी लोगों के सात वंश थे। वर्तमान कुछ ज़्यादा ही पाये जाते हैं। इसका कारण है असमीया के अन्य कुछ सम्प्रदाय के लोगों को भी देउरी लोगों ने अपनी जाति के अन्तर्गत कर लिया है। वर्तमान वे लोग भी उन लोगों के बीच एक वंश के रूप में गञा–जाति के रूप में मिल गये हैं।

भौगोलिक अवस्थिति

कहा जाता है कि बहुत पहले ही देउरी लोग उस समय के शदिया नगर में चारिशाल गाँसानी शाल (=चार देव–देवियों के मन्दिर) बनाकर पूजा–अर्चना करते थे। देउरी लोगों की उत्पत्ति तथा उन लोगों के अलग निवासस्थल के बारे में उन लोगों के परम्परागत गीत हुराइ राङुलि में मिलता है–

'हुराइ ल लाई देहिमोर ऐ
शदियात आमार नगर,
शदियार राज्यते चारिशाल गोसाँनी
तालैको नमस्कार करों।' ....(देउरी 2007:14)

अर्थात्–शादिया हमारा नगर है, शदिया राज्य में अवस्थित चारिशाल गोसाँनी को प्रणाम करते हैं।

शदिया में निवास करते समय देउरी लोगों को पुरोहित श्रेणी की जनजाति माना जा था। उन दिनों कछारी राजा के राजत्व काल के समय में देउरी लोग ही पुरोहित या पुजारी का काम किया करते थे। परवर्ती समय में अर्थात् चुतीया वंश के राजत्व काल में भी देउरी लोग ही राज–पुरोहित थे। साथ ही साथ इतिहास में यह भी उल्लेखित है कि उन लोगों के राज–पुरोहित की मर्यादा आहोम राजत्वकाल में भी अक्षुण्ण थी। किंवदंती यह भी है कि देउरी लोग कुंडिल नगर के भीष्मक राजा के राज्य में भी पुरोहित का कार्य किया करते थे। देउरी इतिहास प्रसिद्ध शदिया

अंचल की स्थायी जनजाति थी। परन्तु ये लोग कब, कैसे और कहाँ से आकर शदिया अंचल में स्थायी रूप से निवास करने लगे इसका स्पष्ट प्रमाण अभी तक ज्ञात नहीं हो पाया है। जनश्रुतियों से उपलब्ध तथ्यों के अनुसार सर्वप्रथम देउरी लोग मंगोलीया में निवास करते थे और कालक्रम में जयमल, जयदाम (दइदाम) आदि में निवास करने के पश्चात् अन्त में शदिया में पहुँचे और वहीं निवास करने लगे। और तो और कुछ लोगों का कहना है कि देउरी लोगों का आदि निवासस्थान दक्षिण चीन का युनान प्रदेश था। इसका कारण यह है कि चीन के युनान प्रदेश में निवास करने वाले बहुत से लोग मचान (नुमा) घर बनाकर रहते थे। देउरी लोग भी मचान घर बनाकर रहते हैं। इस–दृष्टि से दोनों में समानता पायी जाती है। परन्तु केवल इसी समानता के आधार पर यह प्रमाणित नहीं किया जा सकता। देउरी लोगों में प्रचलित पारम्परिक गीत *हुँसरि* और *आबरब* (=पारम्परिक लोक गीत) आदि से यह तथ्य मिलता है कि वे लोग शदिया के अलावा अन्य जगहों में भी निवास करते थे। देउरी लोगों के स्वर्ग से सोने की चीढ़ी से उतरकर आने की बात भी उन लोगों के पारंपरिक गीत में पायी जाती है। जैसे –

'आइ चारिशाली नामि ऐ आहिले
सोनार जखला काटि,
मिकिच्चि आनिले मेजाङि आनिले
आनिले कौपान बांधि।' (देउरी 2007:15)

अर्थात्–इसका वास्तविक अर्थ है कि ये लोग ऊँची जगह अर्थात् पहाड़ों से उतरकर नीचले भाग अर्थात् मैदान में आये हैं।

वर्तमान समय में देउरी लोग असम के शिवसागर और लक्षीमपुर जिले में प्रधान रूप से निवास करते हैं। दरङ जिले के गहपुर में भी देउरी लोग निवास करते हैं। *पातरगञा* भाग *डिबङीया* भाग के साथ मिल गया है। अतः मुख्य भाग तीन हैं।

देउरी लोग शदिया से आने के बाद *डिबङीया* लोग सर्वप्रथम लक्षीमपुर जिले के छिराम नामक स्थान में रहने लगे। *बरगञा* और *टेङापनीया* लोग शिवसागर जिले के पानीदिहिङ मौजे से गुजरे ब्रह्मपुत्र के पास निवास करने लगे। इसी प्रकार वे लोग कुछ समय रहने के पश्चात् उन लोगों में जनसंख्या वृद्धि होने लगी और फलस्वरूप नई ऊर्बर भूमि की तलाश

करने के लिए वे लोग बाध्य हो गये। जिसके चलते देउरी लोगों के वर्तमान कई गाँव बन गये हैं–

- **लक्षीमपुर जिले के अन्तर्गत**

(i) डिबङीया : छिराम देउरी गाँव,तेमेरा देउरी गाँव, बालिगाँव, डिक्रङ बरदेउरी गाँव, काछिकटा देउरी गाँव,किना पथार देउरी गाँव, पिचला–देउरी गाँव, टुनीडाल देउरी गाँव, बाँहगड़ा देउरी गाँव, चिचि कलघर गाँव, कँपघूलि देउरी गाँव, गाइ देउरी गाँव, चिरि पानी देउरी गाँव, बरबाम देउरी गाँव, छेनीया देउरी गाँव, मिङमाङ देउरी गाँव, फूलबारी देउरी गाँव इत्यादि।

(ii) बरगञा : कँपघूलि बरगञा देउरी गाँव आदि।

(iii) टेंङापनीया : कलौलोवा देउरी गाँव, रम्यपूर देउरी गाँव, उदयपुर देउरी गाँव, मधुपुर देउरी गाँव आदि।

- **शिवसागर के अन्तर्गत :**

(i) बरगञा : बरगञाँ देउरी गाँव, राङली देउरी गाँव आदि।

(ii) टेङापनीया : टेङापानी देउरी गाँव, घेल–घेली देउरी गाँव आदि।

(iii) डिबङीया : जोरहाट ऊपर देउरी गाँव, नाम देउरी गाँव आदि।

- **दरंङ जिले के अन्तर्गत :**

(i) डिबङीया : शान्तिपुर देउरी गाँव।

- **शदिया जिले के अन्तर्गत :**

(i) डिबङीया : बूढ़ा–बूढ़ी देउरी गाँव।

(ii) बरगञा : चूणपुर देउरी गाँव।

(iii) टेङापनीया : महादेवपुर देउरी गाँव।

इसके अलावा देउरी लोग मूलतः असम के धेमाजी, तिनिचुकीया, कामरूप जिले तथा पूरे असम में निवास करते हैं।

जनसंख्या

सन् 1991 के भारत की जनगणना के अनुसार, असम प्रदेश की जनसंख्या 2,24,14,322 हैं। यह राज्य मुख्य रूप से असमीया भाषी लोगों का निवास स्थान है। परन्तु इसके बावजूद यहाँ विभिन्न भाषाएँ प्रचलित हैं। सन् 1991 की जनगणना के अनुसार केवल 1,29,58,088 अर्थात् 57.81% असमीया भाषी लोगों के बीच ही असमीया भाषा का प्रचलन है।

असम में संविधान द्वारा स्वीकृति प्राप्त भाषाओं के अलावा बहुत से अस्वीकृत भाषाओं का भी प्रचलन देखा जाता है। अन्यान्य राज्यों के बीच असम ही एक ऐसा राज्य है, जहाँ तिब्बत–वर्मीय भाषाओं की संख्या अधिक पायी जाती है।

सन् 1951 के भारत की जनगणना के अनुसार देउरी लोगों की जनसंख्या 12,503 हैं। उसमें से देउरी भाषा बोलने वालों की संख्या 6,715 हैं अर्थात् 53.71%। 1961 की जनगणना के अनुसार देउरी लोगों की जनसंख्या हुई 13,875, जहाँ देउरी भाषी लोगों की संख्या 9092 हैं यानी 65.52%। इस तथ्य के अनुसार सन् 1951–1961 तक उन लोगों की जनसंख्या केवल 1,373 ही बढ़ी। उसी प्रकार सन् 1971 की जनगणना के अनुसार देउरी लोगों की जनसंख्या 23,080 हैं। उसमें से 12,190 लोग अर्थात् 52.82% देउरी भाषा बोलने वाले हैं। सन् 1961–1971 तक भी देउरी लोगों की जनसंख्या 9,204 तक बढ़ी। सन् 1981 में असम में सरकारी जनगणना हुई। सन् 1961–1971 तक की जनसंख्या बढ़ोत्तरी दर के अनुसार सन् 1981 में अनुमानित जनसंख्या होगा 33,000। परन्तु सन् 1991 में भारत की जनगणना ने देउरी लोगों की जनसंख्या केवल 35,849 ही गिनायी है जहाँ 15,955 लोग अर्थात् 88.51% देउरी भाषा बोलने वाले लोग हैं।

सन् 1991 की जनगणना के तथ्यानुसार असम में प्रचलित अनेक जनजातीय भाषाओं में बड़ो भाषा बोलने वाले लोगों की संख्या असमीया और बांग्ला के बाद सर्वाधिक 11,84,569 हैं। इसके बाद मिचिङ भाषी 3,81,562, कार्बि या मिकिर भाषी 3,55,032, गारो भाषी 1,14,779, राभा भाषी 1,12,842, डिमाचा भाषी 84,658, लालुङ या तिवा भाषी 32,633 और देउरी भाषी 15,955 हैं।

सन् 2001 में भारत की जनगणना हुई, परन्तु आज की तारिख़ तक जनजातीय जनसंख्या आदि के तथ्य सम्पूर्ण रूप से प्रकाशित नहीं हो पायी है। इसके अलावा शराइघाट प्रकाशन द्वारा प्रकाशित *असम इयर बुक 2003* नाम के ग्रन्थ में देउरी लोगों की जनसंख्या 3,70,240 दिखायी गयी है। सन् 2003 में असम सरकार ने एक विशेष सरकारी सिद्धान्त हेतु राजह चक्र के आधार पर एक देउरी जनसंख्यामूलक परिसंख्या संग्रह किया है, जहाँ असम के देउरी लोगों की जनसंख्या 2,17,063 बतायी गयी है।

भाषा एवं लिपि

भाषा वैज्ञानिकों के अनुसार देउरी भाषा तिब्बत–बर्मीय गोष्ठी की बड़ो शाखा के अन्तर्गत आने वाली भाषा है। बड़ो शाखा के भाषा–भाषी जनजातीय लोग हैं– राभा, त्रिपुरी, लालुङ, देउरी, डिमाचा, गारो और बड़ो और देउरी। देउरी भाषा देउरी नाम से परिचित भारतीय संविधान द्वारा स्वीकृत एक विशेष अनुसूचित जनजाति की मातृभाषा है। परन्तु देउरी भाषा देउरी लोगों के चार भाग *डिबङीया, बरगञा, टेङापनीया और पातरगञा* में से केवल *डिबङीया* भाग में ही प्रचलित है। वहाँ भी असमीया भाषा के बहुत से शब्द आ गये हैं, विशेष रूप से अमूर्त भाव प्रकाशक शब्दों की प्रचुरता मिलती है। जॉर्ज ग्रियर्सन ने इस भाषा के संपर्क में लिखते हैं कि बड़ो भाषाओं के भीतर सबसे पूर्वदेशीय भाषा है चुतीया भाषा। यह क्षीप्रगति से मृत्यु की ओर बढ़ती जा रही है। यह भाषा चुतीया लोगों के पुरोहित श्रेणी के लोग बोलते हैं।

बड़ो भाषा के अन्तर्गत सभी भाषाओं में से यही अर्थात् देउरी भाषा अत्यन्त प्राचीन वैशिष्ट्य को संरक्षित करती आयी है और यही मूल भाषा (जहाँ से अन्य सभी जनजातीय भाषाएँ उत्पन्न हुई) के अत्यन्त समीप की नजर आती है (भट्टाचार्य:1962:76)। बड़ो शाखा की भाषाओं के भीतर चुतीया और कछारी ये दो भाषाओं में से दो सीमाओं की ओर संकेत करती है–एक अत्यन्त कम विकसित और दूसरा अत्यन्त विकसित। देउरी भाषा बोलने वाले लोगों में ज़्यादातर लोग द्विभाषी हैं। सन् 1951 की जनगणना के अनुसार लक्षीमपुर जिले के देउरी भाषा बोलने वालों 6,028 जन लोगों में से 3,714 जन और शिवसागर जिला के 678 जन के भीतर 667 जन व्दितीय भाषा असमीया बोलते हैं। ध्वनितत्व की तरफ से देखा जाये तो देउरी भाषा में सात स्वरध्वनि, अठारह व्यंजन ध्वनि और दो अर्द्धस्वर ध्वनि के ध्वनिमूल पाये जाते हैं। महाप्राण ध्वनि की अनुपस्थिति इस भाषा की अन्यतम विशेषता है। इस भाषा में अनुनासिकता और सुर की विशेषता है। रूपतत्व के क्षेत्र में कुछ लक्षणों के भीतर वर्तमान काल के दो रूप, तत्कालिक वर्तमान और नित्य वर्तमान, सर्वनाम के भीतर तुच्छ और मान्यार्थ के अभेदत्व आदि देखा जाता है।

पहले असमीया लिपि से देउरी लेखक आदि अपना लेखन कार्य करते थे। परन्तु नब्बे के दशक में देउरी भाषा में रोमन लिपि की माँग उठने

लगी है। इस लिपि वितर्क के कारण ही देउरी भाषा–साहित्य के विकास में बाधा उत्पन्न हुई है। विभिन्न प्रकार की आलोचना तथा विचार–विमर्श के बाद सन् 1986 के 11 अक्टूबर को शिवसागर जिला के कटियरी गाँव में देउरी भाषा व लिपि से सम्बन्धित सभा में असमीया लिपि को देउरी भाषा के लिए ग्रहण किया गया। अतः तभी से ही देउरी भाषा के लिए असमीया लिपि प्रयोग में लाये जाने लगे।

धार्मिक स्थिति

देउरी या *जिमचाँया* लोग आदिम काल से ही परम्परागत स्वकीय रीति–रिवाज़ों से परिपुष्ट एक जनजाति है। वर्तमान युग में भी देउरी लोग अपनी रीति–रिवाज़ तथा परम्परा से *कुंदिमामा, ताम्रेश्वरी, बलियाबा* आदि की पूजा–अर्चना करते आ रहे हैं, जिसका प्रमाण है प्रत्येक देउरी गाँव में उनके उपास्य देव–देवियों की पूजा–अर्चना के लिए स्थित मन्दिर। देउरी लोग हिन्दू धर्मी हैं, अतः ये लोग भगवान पर अनन्य विश्वास रखते हैं और उनकी पूजा–आराधना करते हैं।

वैवाहिक सम्बन्ध स्थापन करने के परिणामस्वरूप चुतीया सम्प्रदाय हिन्दू चुतीया और आहोम चुतीया दो भागों में बट गये। बराही नामक एक छोटे से भाग का भी उल्लेख मिलता है, परन्तु वे लोग दूसरी जाति के साथ मिल जाते हैं। अतः चुतीया लोगों के प्रधान भाग चार हैं– हिन्दू, आहोम, बराही और देउरी। चुतीया लोगों का प्रधान भेद है देउरी लोग। वे लोग अब भी पहले की तरह ही हैं। ब्राउन साहब का कहना है कि देउरी लोग आहोमों के आक्रमण से पहले से ही उनके बीच चलती आ रही भाषा, धर्म और रीति–नीति के विशेष परिवर्तन के बिना रक्षा करते आ रहे हैं (भट्टाचार्य : 2008:59)।

देउरी लोग आज भी स्वयं को पुरोहित जाति के मानते हैं। उपर्युक्त चार गोसानीशाल के साथ–साथ देउरी लोग निवास स्थल के अनुसार भी चार भागों में विभाजित हैं–

- डिबङीया : डिबङ नदी के किनारे निवास करने वाला।
- टेङापनीया : टेङापानी नदी के किनारे निवास करने वाले।
- बरगञा : बर नदी के किनारे निवास करने वाले।
- पातरगञा : जो लोग पातरशाल की पूजा करते हैं (भट्टाचार्य 1962:79)

देउरी लोगों की आदि देव–देवी, *गिरा–गिराचि* (=हर–पार्वती) हैं। अर्थात् हिन्दू धर्मशास्त्र के अनुसार *हर–पार्वती* और *गिरा–गिराचि* एक ही है। *गिरा–गिराचि* के पुत्र हैं पिचादेमाया बलियाबाबा एक पुत्री पिचेची देमा या *केचाइखाती*। *डिबङीया* लोग *गिरा–गिराचि* की पूजा करते हैं, टेङापनीया लोग *बलियाबाबा* की पूजा करते हैं, *बरगञा* लोग *केचाइखाती* की पूजा करते हैं और *पातरगञा* लोग *पातरशाल* की पूजा करते हैं। जनश्रुति के अनुसार, जब पहली बार *गोसानी शाल* बनाने के लिए लकड़ी–पत्तें आदि को एकत्रित किया गया था, तब अचानक कुछ कारणवश उनके द्वारा एकत्रित लकड़ी–पत्तों को वहीं छोड़ आना पड़ा था और वे सब चीज़ें *गोसानी* के नाम पर छोड़ आने के कारण वह भी एक *शाल* हो गया।

आजीविका

देउरी लोग अत्यन्त परिश्रमी हैं। विशेष रूप से महिलाएँ तो और भी अधिक परिश्रम करती हैं। देउरी महिलाएँ सुबह से लेकर रात तक घर और बाहर का काम करती हैं। महिलाएँ सभी काम करती हैं, परन्तु वे पेड़ और जंगल नहीं काटती और हल नहीं चलाती। ये दो काम पुरूष करते हैं। देउरी जनजाति के सभी लोग परिश्रम करके अपना जीवन निर्वाह करते हैं अतः खेती ही उनके जीवन निर्वाह का महत्त्वपूर्ण साधन है। धान, उरद, सरसों और अन्य साग–सब्जियों की खेती ही देउरी लोगों की प्रधान खेती है। वे लोग मुर्गे, सूअर, बैल, गाय आदि जानवर पालते हैं। चोरी–डकैती उन लोगों के बीच नहीं होती हैं। वे लोग व्यवसाय नहीं करते हैं। दूसरों के यहाँ नौकरी करना भी उन लोगों को गवारा नहीं था। वर्तमान युग में देउरी लोग भी अनेक क्षेत्र में आगे बढ़ चुके हैं। अतः आज के युग में देउरी लोग भी आजीविका के हर क्षेत्र में आगे बढ़ते हुए चल रहे हैं।

लोक विश्वास

असम की अन्य जाति–जनजातियों की भाँति ही देउरी लोगों में भी कुछ लोक विश्वास प्रचलित हैं, जिसके अनुसार देउरी लोग अपने जीवन तथा समाज–शैली को ढालते हैं। इन लोक–विश्वासों पर इनका जीवन बहुत हद तक निर्भर करता है। अतः कभी–कभी वे लोग इन लोक–विश्वासों की भाँति ही चलते हैं और अपने जीवन को चलाते हैं। देउरी लोग आज

भी उन लोक–विश्वासों को मानते हुए उन पर–दृढ़ विश्वास रखते हैं और दैनंदिन जीवन में उसका प्रयोग करते हैं।

देउरी लोगों के लोक–जीवन में *मङलती* प्रथा एक महत्त्वपूर्ण और स्वकीय प्रथा है। भविष्य में होने वाली या दूर दराजों में घटने वाली घटना से हम अज्ञात होते हैं। भविष्य के बारे में पहले ही बोल देना, भविष्य में क्या क्या होगा उसके बारे में बताना, या उनका निराकरण देना आदि प्राचीन काल से वर्तमान युग तक देउरी समाज में प्रचलित है और ये सब वे लोग एक व्यापक अनुष्ठान के माध्यम से करते हैं। इन लोगों की यह *मंग़लती* प्रथा *देउध्वनि* प्रथा के साथ जुड़ा हुआ है और *देउध्वनि प्रथा* उन लोगों के *मिदिकु देउघर* (=मन्दिर) में किया जाता है। अर्थात् *मंग़लती* प्रथा देउरी समाज जीवन के लिए धर्मीय अनुष्ठान से जुड़ा हुआ एक प्रचलित प्रथा है। देउरी लोक–जीवन में *देउध्वनि* और *मंग़लती* प्रथा दोनों ही समान रूप से महत्त्व लाभ करती आयी हैं। वे इन दोनों प्रथाओं को एक ऐश्वरिक महत्त्व से परिपूर्ण व्यक्ति *देउध्वनि* के जरिये देख पाते हैं। उपर्युक्त प्रथा के अनुसार कोई भी मानव देउरी के अपाय–अमंगल, बीमारी, दुख–दुर्घटना आदि होने पर उनसे परित्राण कैसे पाया जा सकता है, ये सब *देउध्वनि* बता देती हैं और फिर भविष्य में उन सबसे बरतने वाली सावधानता, कार्यव्यवस्था आदि विविध प्रश्नों के हल बताते हैं। देउरी लोग इन पर बहुत विश्वास तथा श्रद्धा रखते हैं। *देउध्वनि* जो ऐश्वरिक गुणों तथा पुजारियों के आशीष के बल पर *मिदिगिरा–गिराचि* या *कुंदिमामा* की शक्ति कुछ समय के लिए प्राप्त करते हैं और एक उपास्य देव या देवी के नाम से उस भगवान के स्थान पर बैठ जाते हैं। *देवशाल चारिदेउरी* या पुजारी द्वारा स्वीकृत उस *देउध्वनि* का देउरी समाज में उच्च स्थान होता है। अतः *देउध्वनि* भगवान की शक्ति को पाकर देश के उपकार, लोगों में होने वाले आपद, दुर्घटना, बीमारी आदि से बचने के उपाय तथा भविष्य के बारे में पहले ही बता देती हैं। जिसे देउरी लोग *बातरि चलाबा* कहते हैं। साधारणतः *देउध्वनि* सब बातें सामाजिक रूप में आयोजित पूजा, उत्सव, विशेषतः *बिचु पूजा,* समाज द्वारा *मेतुवा* (=धार्मिक अनुष्ठान) आदि देने के दिन *देउघर* में बताती हैं। अपने गाँव के सभी अमंगल को दूर करने हेतु *बरदेउरी* (=देउरी गाँव का मुख्य पुजारी) तथा पुजारीवृंद एक साथ समन्वित होकर मन्त्र उच्चारण करते हुए *देउध्वनि*

को बुलाते हैं। जब *देउध्वनि* सन्देश देना आरम्भ करती है, तब *देउध्वनि* के नृत्य करने के लिए बजाने वाले वाद्य–यन्त्र सब स्तब्ध कर दिया जाता है और सभी *बरदेउरी* से लेकर साधारण लोग घूटने के बल आशीर्वाद लेते हैं। अचानक चारों ओर स्तब्धता छा जाती है और केवल *मिदिगिराचि* अर्थात् *देउध्वनि* के द्वारा बताए गये सन्देश तथा आदेश के साथ सभी लोग *हय हय कुन्दि* (=हाँ हाँ भगवान), वाक्य आदि बीच–बीच में उच्चारण करते हुए देउध्वनि के आदेशों तथा सन्देशों को मानते हैं।

देउरी जीवन में कौआ, गिद्ध, उल्लू, सिल आदि पक्षी अमंगल के प्रतीक माने जाते हैं। ये पक्षी उनके घर के ऊपर मंडराने पर उसे घर के लिए अमंगल माना जाता है। उसी प्रकार अमंगलीय प्राणी जैसे साँप आदि अगर घर के भीतर घुसते हैं या फिर घर के भीतर अपना मल विसर्जन करते हैं तो वे लोग अपने धार्मिक रीति–रिवाज़ के अनुसार शान्ति जल को छिड़क कर घर का शुद्धिकरण करते हैं। यहाँ तक कि अगर मक्खी उनके घर के भीतर खाने की चीज़ों के ऊपर अण्डे देती हैं तो घर को अशुद्ध माना जाता है और घर को फिर से शुद्ध करने के लिए पूरे घर में पोछा लगाकर, शान्ति जल छिटका कर घर का शुद्धिकरण किया जाता है। कुल मिलाकर घर में जानबूझकर या अनजाने में होने वाले इन अमंगलीय कार्य के कारण वे महीने में शुद्धिकरण कार्य करते हैं। परन्तु जो लोग पुजारी वर्ग के होते हैं, उन्हें प्रायः ही साधारण परिवार की तुलना में ज़्यादा शुद्धिकरण कार्य करना पड़ता है। अतः विशेष कारणवश या किसी पूजा–अर्चना या किसी उत्सव के पहले वे लोग सर्वप्रथम शुद्धिकरण कार्य कर लेते हैं।

देउरी लोगों के उपास्य देवी–देवता भी प्रधानतः तीन पाये जाते हैं। *डिबङीया* भाग के लोग *गिरा–गिराचि, टेङापनीया* भाग के लोग *पिचादेमा* और *बरगञा* भाग के लोग *पिचाचि* की पूजा–अर्चना करते हैं। इन देव–देवियों की पूजा हेतु देउरी लोगों ने प्रत्येक गाँव में एक एक *थान* की स्थापना की है। पूरे गाँव की तरफ से तथा गाँव के मंगल कामना करते हुए देउरी लोग उसमें पूजा–अर्चना करते हैं। उसके लिए देउरी लोग सुचिन्तित तथा गणतान्त्रिक व्यवस्था ग्रहण करते हैं। पूजा आदि के कार्य को शृंखलावद्ध ढंग से करने के लिए गाँव में से नौ व्यक्तियों को चुना जाता है। उनमें से चार व्यक्ति मुख्य होते हैं। वे हैं–*बरदेउरी, सरुदेउरी, बरभँराली* और *चरुभँराली*। इनमें से *बरदेउरी* को गाँव का सम्मानीय व्यक्ति माना जाता है।

परन्तु बरदेउरी बनने के लिए उस व्यक्ति की शारीरिक स्थिति तथा स्वभाव–चरित्र का उत्तम होना जरूरी है। उनका शरीर किसी भी प्राणी द्वारा आघातप्राप्त नहीं होना चाहिए। यहाँ तक कि उनके ऊपर किसी पक्षी द्वारा मल त्याग नहीं होना चाहिए। पूरे गाँव के लोग एकजूट होकर एक मत से बरदेउरी को चुनते हैं। अगर कोई बरदेउरी के सम्मान की लालसा में आकर झूठ बोलकर अर्थात् उनके शरीर में आघात के चिन्ह या उनके चरित्र की सच्चाई नहीं बताता है, तो देउध्वनि के माध्यम से ईश्वर कुछ ही दिनों में उसकी सच्चाई दिखा देते हैं। जो बरदेउरी के कार्य को करते हुए वृद्ध हो जाते हैं अर्थात् जब वे बूढ़ापे के कारण पूजा–अर्चना कर पाने में अक्षम हो जाते हैं तब पूरे गाँव के लोग मिलकर उस बरदेउरी के वंश से ही किसी एक व्यक्ति को जो उत्तम प्रकृति का होता है उसे बरदेउरी के लिए चुनते हैं। परन्तु इसका मतलब यह नहीं है कि केवल जो बरदेउरी के वंश से हो वही बरदेउरी बनने के लायक हैं, वरन ऐसा व्यक्ति जो उत्तम प्रकृति के हैं केवल वही बरदेउरी बन सकता हैं।

देउरी लोगों के एक भाग *टेङापनीया* लोगों में एक लोक विश्वास प्रचलित है जिसके चलते वे लोग बकरी के मांस नहीं खाते हैं। इन लोगों को *बुरुक* कहा जाता है। कहा जाता है कि अतीत में वे लोग अमर थे। बहुत दिनों तक उन लोगों में से किसी की मृत्यु न होने के कारण उन्हें भोज–भात आदि खाने का मौका नहीं मिलता था। अन्य भाग के लोगों की मृत्यु हो रही थी। अतः उन्हें भोज–भात खाने को मिलता था। उन्हें देखकर उन लोगों के मन में भोज–भात खाने की इच्छा हुई। इसी कारण उन लोगों ने एक दिन एक बकरी को अपने वंश का एक मुखियाल व्यक्ति मानकर उसे मार डाला और रोते हुए उसे स्मशान में ले जाकर उसका अन्तिम संस्कार किया। उसके बाद *दहा* (=किसी व्यक्ति के मृत्यु के पश्चात दसवें दिन किये जाने वाले नियन–नीति) आदि करके धूम–धाम से भोज–भात खाते हैं। तब से ही वे लोग बकरी को अपना दादा मानते हैं और इसी के चलते वे लोग आज भी बकरी के मांस नहीं खाते हैं।

खान–पान

देउरी लोगों का खानपान असमीया लोगों की तरह ही है। अतः उन लोगों का प्रधान आहार भात है। वे लोग भात के साथ साग–सब्जियों की

तरकारी आदि बनाकर खाते हैं। इसके साथ ही देउरी लोग घर में ही तैयार की गई *चुँजे* (=शराब) पीते हैं जिसे वे लोग घर में ही अनेक प्रकार के जड़ी–बुतियों को पिसे हुए चावल के साथ मिलाकर बनाते हैं। यह *चुँजे* देउरी लोगों में जवान से लेकर बूढ़े तथा मर्द से लेकर औरत तक सभी पीते हैं। देउरी लोग इसे "भुकर भात पियाहर पानी" अर्थात् भूख का भात है और प्यास का पानी है आदि आख्या देते हैं। परन्तु वे लोग इसे पीकर धूत होकर नहीं घूमते, बरन उनका मानना हैं कि यह एक प्रकार की दवाई का काम करता है, जो लोगों के जीवन को और अधिक बढ़ाता है और इसका प्रमाण है उन लोगों के बीच के बुजुर्ग लोग जो बूढ़े होने के बावजूद तंदरुस्ती तथा लम्बा जीवन–यापन करते हैं। वे लोग इसे उनके अनेक त्योहारों तथा उत्सवों में पीते हैं।

वेशभूषा तथा अलंकार

असम की हर जाति तथा जनजाति का अपना–अपना पारंपारिक पहनावा है। उनके पहनावे से ही कोई भी बता सकता है कि वह किस जाति या जनजाति के लोग है। कहा जाता है कि असम एक ऐसा राज्य है, जहाँ की औरतें अपने हाथों से कपड़ों में स्वप्न रच सकती हैं। इसका ज्वलंत प्रमाण देउरी औरतें हैं, जो अपने हाथों से कपड़ों में सुन्दर सुन्दर बेल–बूते बनाती हैं। देउरी औरतें अपने पारंपारिक कपड़े घर में ही तैयार करती हैं। पुरुष और महिलाओं के कपड़े अलग अलग होते हैं।

देउरी पुरुष *इकूँ* (=धोती) पहनते हैं। इसे वे लोग क़मीज़ के साथ पहनते हैं। पूजा या किसी विशेष त्योहार या फिर मन्दिर जाते वक्त देउरी पुरुष विशेष रंग के *इकूँ* (किसी गाँव में लाल और किसी गाँव में सफ़ेद रंग) और *कोठामणी* (=एक प्रकार के अलंकार जो पुरुष पहनते हैं) आदि पहनते हैं।

देउरी महिलाएँ *उंजादुबा इगुन* (=एक कपड़ा विशेष जिसे देउरी महिलाएँ सिने

से कमर तक पहनती हैं) के साथ *जोकाछिबा* (=जिसे वे लोग कमर में मेखला की तरह पहनती हैं) पहनती हैं। साथ ही वे लोग कभी *रिहा* (=कपड़ा विशेष) भी पहनती हैं जिसे *तेगिहरा* कहते हैं। देउरी महिलाएँ अपने सिर को ढकने के लिए *गातिगि* (गमछा) का व्यवहार करती है। इसके साथ ही देउरी महिलाएँ अनेक प्रकार के आ–अलंकार पहनती हैं। हाथों में *जाङपाइ उँचु* (चूड़ी), कानों में *कटूँ* और गले में *इगावा* नामक अलंकार पहनती हैं। साथ ही *ली, कोटु, मादोली, जोनबिरि, दुगदुगी* आदि अलंकार देउरी महिलाएँ बिहु नाचते वक्त पहनती है। देउरी युवतियों के कपड़े महिलाओं से थोड़े अलग होते हैं। वे *इगुन* (=कपड़ा विशेष जिसे कमर में पहनती है), और *बाइका मारिबि* (=सिने से कमर तक फैला कपड़ा) आदि पहनती हैं।

लोकनृत्य और गीत

असमीया समाज में प्रचलित बिहु नृत्य ही देउरी लोगों का लोक नृत्य है। वे लोग अपने प्रधान उत्सव या त्योहार *बिचु* में बिहु नृत्य करते हैं। वे लोग सभी युवक–युवती, पुरुष–महिला आदि एकजुट होकर वाद्य *हुँचरी* गाते हुए आनन्द–उल्लास के साथ बिहु नृत्य करते हैं। उनके द्वारा गाये गये बिहु गीत की कुछ पंक्ति निम्नलिखित हैं–

एले चेलेङ सरु सूतार चेलेङ
कोने वै दिब पारे लै आह
रूपरे शराइते चेलेङ नाइकीया कोने बै........। (देउरी 2007:100)

अर्थात्–चेलेङ यानि चादर बुनकर कौन लाकर दे सकता है लेकर आएँ।

लोकवाद्य

देउरी लोगों के अपने कुछ स्वकीय वाद्य यन्त्र हैं जिनको वे लोग अपने धार्मिक तथा सामाजिक उत्सवों में व्यवहार करते हैं। उन वाद्य यन्त्र के नाम हैं– बाँस का *टका, गगना, वाँही, पेंपा, ढोल, ताल* आदि।

त्योहार

वैसे तो देउरी लोग अनेक उत्सव–त्योहार मनाते हैं, परन्तु उन उत्सवों तथा त्योहारों में से *बिचु* (=बिहु) देउरी लोगों का सबसे महत्त्वपूर्ण त्योहार है। बिहु का अर्थ है खुशियाँ मनाना। *बिचु* को देउरी लोग सम्पूर्ण

नियम–नीति के साथ पालन करते हैं। वे लोग बैशाख, माघ, और कार्तिक महीने में होने वालें तीनों *बिचुओं* का पालन करते हैं। परन्तु बैशाख महीने में होने वाले रंगाली *बिहु* अर्थात् *इबाकु बिचु* ही देउरी जनजातियों का मूल बिचुउत्सव है। देउरी लोग वैशाख महीने में मनाए जाने वाले बिहु *इबाकु बिचु,* माघ महीने में होने वाले बिहु को *केमाचि बिचु* और कार्तिक महीने में होने वाले बिहु को *आचिच्चि बिचु* कहते हैं।

देउरी लोग *आचिच्चि बिचु* को बिहु की मर्यादा नहीं देते। सिर्फ इसको *मिनचि* (=लक्ष्मी) के स्वागत के दिन के रूप में पालन करते हैं।

देउरी लोग *केमाचि बिचु* (=माघ बिहु) माघ महीने के शुक्लपक्ष के प्रथम बुधवार को *मेजि* आदि बनाकर वही पूरे गाँव वाले मिलकर भोज–भात खाते हुए हँसी–मजाक करते हैं।

इबाकु बिचु (=रङाली बिहु जो वैशाख महीने में मनाया जाता है) देउरी जनजाति का सबसे महत्त्वपूर्ण त्योहार है। सम्भवतः *बिचु* से ही *बिहु* (*बिचु*> *बिसु*> *बिहु*) शब्द बना। देउरी भाषा में *बि* का अर्थ है भार उठा कर ले जाना, अतः उनके अन्य अनुष्ठानों में *बिचु* को *बिबा–बिचु* (*बिबा– बचु*> *बिबाचु*> *बिचु*) भी आख्या दी जाती है। देउरी लोग उनके निवास स्थान गाँव के कुछ दूरी पर ऊँचे स्थान अर्थात् पहाड़ों पर स्थापित *देउशाल* या *देउघर* तक *बिचु* पूजा में प्रयोजनीय सामग्री आदि उठाकर वहाँ ले जाकर *बिचु* पालन करते हैं।

देउरी जनजाति के लोग *इबाकु बिचु* के पालन की प्रस्तुति फाल्गुन महीने के अन्तिम दिन से ही शुरू कर देते हैं। अर्थात् फाल्गुन–चैत्र महीने से ही देउरी युवक–युवती एक जुट होकर या अलग–अलग दल बनाकर बिहु नृत्य का अभ्यास शुरू कर देते हैं जिसे *राति बिहु* कहते हैं। यह *राति बिहु* (=रात्रि बिहु) *इबाकु बिचु* का ही एक अंश तथा देउरी लोक–जीवन से जुड़े अनुष्ठानों का ही एक नियम है। वे सुविधा के अनुसार गाँव के मध्यस्थान में या विशेष रूप से *बरदेउरी* या *चरुदेउरी* के घर के आँगन में *राति बिहु* करते हैं। अतः जिस जगह को वे लोग लोग बिहु नृत्य के अभ्यास स्थान बनाते हैं, उसे *बिचुकुला* कहते हैं। यह *राति बिहु* आरम्भ होने के पहले दिन गाँव के युवक–युवती तथा गाँव के वरिष्ठ लोग *देउघर* जाकर पूजा–अर्चना करते हैं और उस गृहस्थी को जिसके घर के आँगन को *बिचुकुला* के रूप में वे लोग व्यवहार करते हैं, उन्हें भी तांबूल–पान

की तस्तरी से सम्मान देते हैं। इस दिन से लेकर *इबाकु बिचु* के *उरुका* के पहले दिन तक देउरी युवक–युवती *बिचुकुला* में बिहु नृत्य का अभ्यास करते हैं और उरुका के पहले दिन से *उरुका* की सुबह तक वे लोग अपने बिचुकुला से लेकर अन्य गाँव की *बिचुकुला* और घर–घर जाकर बिहु नृत्य करते हुए आनन्द–उत्साह के साथ बिचु का स्वागत करते हैं।

देउरी लोग *इबाकु बिचु* वैशाख महीने के प्रथम बुधवार और गुरुवार से आरम्भ करते हुए सात दिन तक मनाते हैं। हफ़्ते के बुधवार को देउरी लोग पवित्र तथा शुभदिन मानते हैं और उसी दिन से देउ घर में बिचु पूजा देकर *बिचु* का शुभारम्भ करते हैं। जैसा कि देउरी एक कृषि प्रधान जनजाति है, अतः वे लोग *बिचु* के पहले दिन कृषि कर्म के मुख्य सम्बल गाय–बैलों को देवता मानते हुए उनका पूजा अर्चना करते हैं। सबसे पहले वे लोग *बिचु* के पहले दिन सुबह उठकर गाय–बैलों के शरीर में पीसे हुए हल्दी–उरद लगाते हैं, उसके बाद दीघलति–माखिलति (=पत्ते विशेष आदि से मक्खी, मच्छर आदि को उनके शरीर से भगाते हुए उन्हें नदी तथा पोखरों तक ले जाकर नहलाते हैं। नहलाने के समय उन पर लौकी, बेंगन, हल्दी,थेकेरा (एक प्रकार का खट्टा फल) आदि फैंका जाता है। फिर उन्हें घास खाने के लिए छोड़ देते हैं। उसके बाद शाम को प्रत्येक घर में गाय तथा बैलों को नये पगहों से बाँधते हैं।

इसी दिन गाय–बैलों को नहलाने के पश्चात् देउरी लोगों में एक रोचक लोक अनुष्ठान है, जिसे *इँकु–गेनेमा* कहते हैं। यह धोती पहनाने की लोक–प्रथा। इस लोक प्रथा के अनुसार सद्य यौवन प्राप्त एक युवक को गाँव के ही कुछ युवा मिलकर उस युवक को धोती पहनाकर उसे सामाजिक रूप से नवजवान की स्वीकृति देते हैं।

उसके बाद *इबाँकु बिचु* के दूसरे दिन देउरी लोग सुबह ही नहा धोकर नये कपड़े आदि पहनकर घर के बड़ों के पैर छूकर आशीर्वाद लेते हैं और बड़े छोटों को आशीर्वाद देते हैं। उसी दिन घर का कोई एक वरिष्ठ व्यक्ति अपने घर के पीछे सात–पुरुखों के लिए एक विशेष अनुष्ठान *मरा–लेबा* या *मिम लेबा* (=श्राद्ध) करते हैं। फिर देउरी बहू–बेटियाँ घर या गाँव के वरिष्ठ व्यक्ति को सम्मानपूर्वक *चुजे तेकलि* (घर में तैयार की हुई शराब और उसके साथ कुछ खाद्य सामग्री) भेंट करती हैं। गाँव के छोटे–छोटे बच्चे घर–घर जाकर बिचु काजि (बिहु के लिए तैयार खाद्य सामग्री) खाते हैं।

देउरी लोगों में *इबाँकु बिचु* के दिन *बिचु पूजा* करने का नियम है, जिसे वे लोग व्यक्तिगत रूप में अपने घर में और सामाजिक रूप में *देउघर* में करते हैं। देउरी लोगों का एक भाग *टेङापनीया* भाग *सुवचनी* या *घरदेउ* की और डिबङीया भाग *याँ–तेमा* या *चुवा लाबिबा* अर्थात् अपने उपास्य भगवान की पूजा करते हैं। ठीक उसी प्रकार देउरी लोगों के टेङापनीया भाग अपने आराध्य भगवान को एक मुर्गा देकर बाद में अपने देउघर में *बिचु पूजा* करते हैं और डिबङीया भाग अपने देउघर में सामाजिक रूप में 12 मुर्गे और 8 मुर्गियाँ देकर पूजा का समापन करते हैं। इसके अलावा कोई अपनी मनोइच्छा या मनोकामना की पूर्ति हेतु *बिचु पूजा* में *मेटुवा* अर्थात् बकरी, मुर्गे, कबूतर आदि को फूल, केले, कच्चे चने, कच्चे चावल, धूप, दीया आदि देकर पूजा करते हैं। *देउघर* में *बिचु* पूजा का कार्य पुजारी परिषद करते हैं। इस पूजा में *देउध्वनि* भी *देउ घर* में नृत्य करती है।

इबाँकु बिचु के पहले दिन से ही देउरी युवक–युवती स्वतन्त्र रूप से बिहु मनाते हुए बिहु नृत्य–गान करते हैं। वे लोग गाँव के घर–घर जाकर बिहु नृत्य करते हैं और उसके लिए उन्हें गृहस्थ जो भी देते हैं–जैसे चावल, पैसे आदि उन सबको मिलाकर वे लोग बिहु के अन्तिम दिन भोज–भात खाकर आनन्द–उल्लास करते हैं। उनके द्वारा गाये गये बिहु गीत की कुछ पंक्तियाँ निम्नलिखित हैं–

'मालती ए मले मलाइ
केटेकी ऐ बाँहे बलाइ
सेउती मालती तगर दुवामाली केटेकी ऐ।' (देउरी 2007:100)

अर्थात्–मालती, केटेकी, सेउति, तगर, दुवामाली पूलों के सुगन्ध से सुगंधित है।

देउरी लोग जिस प्रकार *इबाकु बिचु* का प्रारम्भ *बिचु* पूजा से करते हैं, ठीक उसी प्रकार उसका समापन भी *देउशाल* में पूजा देकर करते हैं जिसे *बिचु उराबा* कहते हैं। उसे गाँव के नीचले भाग के किसी नदी में ले जाकर उसका समापन कार्य करते हैं। इस दिन गाँव के सभी जवान–बूढ़े, बहू–बेटियाँ *बिहु उराबा* में भाग लेते हैं और अन्तिम बार के लिए बिहु नृत्य करते हुए बिहु को उड़ाते हैं अर्थात् बिहु का अगले साल तक के लिए समापन करते हैं। यहाँ गाँव की *देउध्वनि* भी भाग लेती हैं।

विवाह

विवाह देउरी लोगों का एक सामाजिक उत्सव है, जिसको वे लोग सुसम्बद्ध तथा सुसंस्कृत ढंग से अनेक रीति–रिवाज़ के साथ सम्पन्न करते हैं। जैसा कि विवाह हर समाज के लिए तथा समाज को मर्यादित और सुव्यवस्थित करने का महत्त्वपूर्ण नियम है, ठीक उसी प्रकार देउरी समाज भी विवाह के द्वारा मर्यादित तथा सुव्यवस्थित होता हैं, जिसके जरिये एक स्त्री और पुरूष को पति–पत्नी की मर्यादा मिलती है। अर्थात् उन्हें समाज में सामाजिक मर्यादा प्राप्त होती है। अतः देउरी समाज में विवाह उत्सव कुछ रस्म–रिवाज़ के साथ सम्पन्न किया जाता है। सबसे पहले लड़के वालों से लड़के की माँ और पिता लड़की के घर लड़की को देखने आते हैं, अगर दोनों पक्ष को एक–दूसरे पसन्द आ जाये तो लड़के वालों से लड़की वालों को कुछ चीज़ें दी जाती हैं। उसके बाद दोनों तरफ से अपने–अपने कुटुंब आदि मिलकर विवाह के लिए एक पवित्र दिन तय करते हैं। विवाह के पहले दिन लड़के वालों की ओर से लड़की को अनेक गहनें, कपड़े, तथा अन्य सामान आदि देने की प्रथा है और इस प्रथा को देउरी लोग *छुबि–हुता–दुबा* कहते हैं। उसके बाद देउरी रीति–रिवाज़ के साथ विवाह कार्य सम्पन्न किया जाता है। उसके बाद लड़के वाले लड़की को लड़के के घर ले जाते हैं। देउरी लोगों के विवाह में गाये जाने वाले गीतों में से एक गीत की कुछ पंक्तियाँ यहाँ द्रष्टव्य है–

गा–चाइ गामोछा नानिला घुनुछा

खोपा चाइ नानिला फूल,

गल चाइ गलपता नानिला बाइदेउ

कँकाल चाइ नानिला रिहा। (देउरी 2011:157)

अर्थात्–शरीर को देखकर गमछा नहीं लायी, बालों को देखकर फूल नहीं लायी, गले को देखकर हार नहीं लायी दीदी कमर को देखकर रिहा नहीं लायी।

साहित्य

देउरी लोगों के द्वारा लिखित देउरी साहित्य अत्यन्त सीमित मात्रा में पाया जाता है। परन्तु विभिन्न समय में देउरी लेखक, कवि तथा कहानीकार आदि द्वारा लिखित रचनाएँ विभिन्न असमीया दैनिक, साप्ताहिक, अखबार, मासिक, वार्षिक पत्र–पत्रिकाओं में प्रकाशित होते आये हैं।

इसके बाद विभिन्न समय में विभिन्न प्रकार की देउरी पुस्तक प्रकाशित हुई हैं, जिन्होंने असमीया साहित्य के भण्डार को समृद्ध किया है। इनमें से उपलब्ध कुछ ग्रन्थों के नाम निम्नलिखित हैं–

1. देउरी संस्कृति, 1964, स्वर्गीय डंबरुधर देउरी।
2. देउरी साधु, 1977, स्वर्गीय डंबरुधर देउरी।
3. देउरी जातिर उत्पत्ति, 1979, यदुराम देउरी।
4. जिमछाँया चेच्छा–इच्छारेया, 1981, नृपेन देउरी।
5. देउरी आः चुतीया र संपर्क बिचारि, 1984, यतीन्द्र देउरी।
6. जिमच्छाँयाँय च्छुय मिबरू, 1986, गोलाप देउरी।
7. देउरी च्चु दागारेबा, 1989, नृपेन देउरी।
8. अ,आ,क निजिनेमा (पुस्तिका), 1989, नृपेन देउरी।
9. देउघर, 1989। माधवज्योति देउरी।
10. टेङापनीया .... नियमावली, 1990, वसन्तकुमार देउरी।
11. मुदुमा (द्वि–भाषिक), 1995, षड़ानन देउरी।
12. जननायक भीमबर देउरीर जीवनलेख्य, 1997, कुमार सौरभ कुमता।
13. देउरी गीत, 1998, प्रतापसिंह देउरी भराली।
14. विप्लवर पाण्डुलिपि, 1998, लक्ष्यपति देउरी।
15. जिमच्छाँया कच्छियाहामे, 2000, द्रोण च्छारिय।

16. कारिका (लिमारिक), 2000, माधवज्योति देउरी।
17. देउरी हुँचरि बिहुगीत, 2001, विचित्रकूमार देउरी।
18. जनगोष्ठीय समस्या : अतीत वर्तमान भविष्य, 2001, इंदिबर देउरी।
19. हृदयलिपि, 2001, लक्ष्यपति देउरी।
20. समयर कलाजत, 2003, पपी सांत्वना भराली।
21. देउरी ....चाजेबा, 2003, सोनेश्वर आरिय।
22. हाबाथुरि (1म खण्ड), 2003, चन्द्रकान्त बरदेउरी।
23. ऐ (2य खण्ड), 2004, ऐ।
24. ताम्रेश्वरी मन्दिरर वर्णना, 2004, रत्नेश्वर देउरी।
25. दया धर्म, 2004, यतीन्द्र कुमार देउरी।
26. रंदैर मनर रङ, 2004, षड़ानन देउरी।
27. मोक पाहरि नाजाबा, 2004, कुमार समीरण।
28. देउरी संस्कृतिर आभास, 2004, सुरें देउरी बरपूजारी।
29. देउरी समाज आः संस्कृति, 2005, शशीधर देउरी।
30. रङ तुलिकार घर, 2005,रानुप्रभा देउरी।
31. रामाकियेन, 2005, निर्मला ब्रह्मदेउरी।
32. शदियार चारिशाल ......किछुकथा, 2006, टंकेश्वर देउरी।

जिसका उल्लेख निम्नलिखित रूप से प्रस्तुत करने का प्रयास किया गया है–

1. देउरी कृष्टि आ : चमु इतिहास, 1950, शरतचन्द्र देउरी भराली।
2. देउरी पाठ, 1962, विश्वकान्त देउरी।
3. जिमछाँयाय विचु चाजेबा, 1970, नृपेन देउरी।
4. जारिया निजिछिया, 1986, देउरी साहित्य सभा।
5. जिमचयाँ जुगिबा, किशोरकुमार देउरी।
6. जिनच्छाँयाय च्छुय मिबरू, 1986, गोलाप देउरी।
7. देउरी चाजेबा, विद्याधर देउरी।
8. कारिकु जुगिबा (दिनपंजी), 1988, नृपेन देउरी
9. इजिरि इबाँय चाङिरा बचे, 1993, लक्ष्यपति देउरी।
10. मुदुमा (कविता संग्रह), 1995, षड़ानन देउरी।
11. लाहरि (कविता संग्रह), 2001, चेनिदत्त पाटिर देउरी।
12. य्येंजा (कविता संग्रह), 2003, लक्ष्यपति देउरी।

13. च्चु बिबँ देगारेबा, 2003, बगाराम देउरी।
14. जारिया रूपंकोवँर ज्योति प्रसाद आगरवाला (जीवनी), 2003, षड़ानन देउरी, प्रबीन कुमार देउरी।
15. आराउ (प्रार्थना), 2003, चन्द्रसिंह देउरी।
16. वायकिङ् दा चा (कविता), 2005, अशोक देउरी।
17. च्चिबाँ परिबा (नया पाठ), 2005, नृपेन देउरी।
18. जिमचाँयाँ च्चुविबँ (देउरी अभिधान– 1म खण्ड), 2005, ऐ।
19. नेगइबाय आच्चँ, 2005, लक्ष्यपति देउरी।
20. चाँदुय आमा, 2005, लक्ष्यपति देउरी, नवज्योति देउरी, देवकुमार देउरी।
21. गिरिच्चिया, 2005, षड़ानन देउरी।
22. देउरी च्चुबिबँ (देउरी अभिधान), 2005, राधाकान्त देउरी।
23. जारिया लि–च्चिति, 2006, विद्यासागर सुंदारिया (बरदेउरी)।
24. गुतुँदेमा आरके गन्दरा, 2006, षड़ानन देउरी।
25. कबे देउरी च्चु निजिमेना, 2006, सौरभ कुमार देउरी।

असम एक विचित्र राज्य है, जो अनेक जाति–जनजातियों से परिपूर्ण है। असम राज्य भाषा की ओर से जिस प्रकार विचित्रता से भरपूर है, ठीक उसी प्रकार संस्कृति की दृष्टि से भी विचित्रता से भरपूर है। अंग्रेजी शब्द कलचर (Culture) के पर्यायवाची शब्द संस्कृति का सम्भवतः सर्वप्रथम प्रयोग मराठी भाषा में हुआ था। परन्तु कविगुरु रवीन्द्रनाथ ठाकुर ने सर्वप्रथम कलचर के अर्थ में कृष्टि शब्द का ही व्यवहार किया था। बाद में संस्कृति शब्द में संस्कार साधन के भाव को देखते हुए और यह व्यापक रूप से एक जाति की कीर्ति, ध्यान–धारणा, आचार–शिष्टाचार आदि को समेटने लगा। अतः कविगुरु रवीन्द्रनाथ ठाकुर भी कृष्टि के स्थान पर संस्कृति शब्द व्यवहार करने लगे। संस्कृति एक जाति या जनजाति की पहचान है साथ ही यह एक जाति या जनजाति की अपरिहार्य जीवन पद्धति का विवरण है।

असम के अन्य जातियों या जनजातियों की भाँति ही देउरी लोगों की भी अपनी स्वकीय संस्कृति है, जो अपने में ही समृद्धिशाली है। साथ ही यही संस्कृति देउरी जाति को जीवंतता प्रदान करती है। देउरी लोगों की संस्कृति उनके रहन–सहन, खान–पान, वेशभूषा तथा उनके द्वारा मनाए

जाने वाले त्योहारों से प्रतिफलित होती है और यही उन्हें एक अलग पहचान देती है। देउरी लोग अपनी संस्कृति को प्राचीन काल से ही संरक्षित करते आये हैं और आज भी वे अपने संस्कृति को उनके जीवन के हर क्षेत्र में निभाते हैं।

अन्ततः हम यह कह सकते हैं कि देउरी असम की एक प्रमुख जनजाति है, जिसकी अपनी एक अलग पहचान है। देउरी लोग खुद को *जिमचाँया* नाम से परिचय देते हैं अर्थात् वे लोग अपने आप को सूर्य और चन्द्र की सन्तानें मानते हैं। इन्होंने अपनी भाषा, साहित्य तथा संस्कृति आदि से असमीया तथा अन्य जाति या जनजाति को प्रभावित किया है साथ ही असमीया समाज की भाषा, साहित्य, संस्कृति के भण्डार को समृद्ध करने में अपना महत्त्वपूर्ण योगदान दिया है। अतः देउरी जनजाति अपनी स्वकीय भाषा, साहित्य तथा संस्कृति से परिपुष्ट एक समृद्धशाली जनजाति है।

ग्रन्थ–सूची

असमीया

- दास, अंशुमन. असमर उत्सव–पार्वण बुतलि, द्वितीय. धिंग : जागरण साहित्य प्रकाशन, 2012
- देउरी, पदेधर. देउरी संस्कृति इतिहास, प्रथम. धेमाजी : किरण प्रकाशन, 2011
- देउरी, षड़ानन. देउरी भाषा साहित्य समाज, प्रथम. गुवाहाटीः बीणा लाइब्रेरी, 2007
- भट्टाचार्य, प्रमोदचन्द्र असमर जनजाति, तृतीय धेमाजी : अफसेट प्रिंटर्स, 2008
- राजबंशी, परमानन्द, संपा. असमर संस्कृति–कोष, द्वितीय. गुवाहाटीः ज्योति प्रकाशन, 2014
- शर्मा, शशी. असमर लोकसाहित्य, प्रथम. कलकत्ताः नव गौरांग प्रेस, 1993

डिमाचा जनजाति : एक परिचय

रुबीमणि दास

भारत का उत्तर–पूर्वीय भू–भाग विश्व के आकर्षक स्थलों में से अन्यतम है। उत्तर–पूर्वीय भू–भाग की बनावट आठ राज्यों को मिलाकर संपूर्ण हुई है–अरुणाचल प्रदेश, असम, मणिपुर, मिजोराम, मेघालय, नागालैंड, त्रिपुरा और सिक्किम।

डिमाचा कछारी असम के प्रमुख जनजाति समुदायों में से एक है। डिमाचा उत्तर–पूर्वी भारत के प्रमुख सजातीय समुहों में अन्यतम है। वर्तमान असम में बहुत–सी कछारी जनजातियाँ हैं। उनमें से कुछ बड़ो, कछारी, कामरूप, बरपेटा, धुबुरी, गोवालपारा, दरङ और शोणितपुर जिला में बसे हुए हैं। सोगोआल कछारी और थेङाल कछारी उपरी असम के जिलाओं में और वर्मन कछारी कछार जिला में बसे हुए हैं। मेछ–कछारी छोटे–छोटे समुहों में असम के समतल इलाकों में बिखरे हुए हैं और डिमाचा कछारी स्वायत्त पहाड़ी जिलों जैसे– उत्तर काछार के पहाड़ों एवं कार्बि–आंगलंग जिला में बटे हुए हैं।

डिमाचा–कछारी असम के स्वायत्तशासित पहाड़ों में रहने वाली अनुसूचित जनजाति है। वर्तमान उनलोगों का प्रमुख निवास–स्थल उत्तर–काछार पहाड़ी जिला है। इसके अलावा धनशिरि, मानजा, हवाइपुर और कार्बि–आङलङ के भीतरी इलाकों में भी डिमाचा लोग छोटे–छोटे समुहों में बसे हुए हैं। काछार जिला में डिमाचा लोग वर्मन नाम से भी जाने जाते हैं।

किंवदंती

काछार की बड़ो कछारियों में *डिलाउ* शब्द का अर्थ है– विशाल पवित्र नदी। लोकविश्वास है कि गंगा और यमुना नदी के संगमस्थल में जहाँ अक्षय वट वृक्ष एक बड़े अंचल को समेटा हुआ है, वहाँ हिडिंबा वंश के पूर्वजों का राज्य था। इस वंश के प्रारंभिक राजा का नाम बड्डु या जरापिंड था। वे एकासन में बैठकर ईश्वर की उपासना करते थे और जीवहिंसा न करने के कारण उनको धर्मराज भी कहा जाता था। उनकी माधवीलता नामक एक पुत्री थी। उस समय एक निकटवर्ती राज्य के राजा जुडंका (जजाती) थे। उन्होंने अपने पुत्र को किसी कारणवश राज्य से निष्कासित किया था। उनके पुत्र का नाम दुर्जे था। दुर्जे बाद में बड्डु के राज्य में आता है और उनकी पुत्री से विवाह करता है। अपने दामाद के उपर राजभार छोड़कर बड्डु योग साधना करने हेतु वन में चले जाते हैं।

माधवीलता और दुर्जे का एक पुत्र होता है, जिसका नाम डङरु है। इसी कारण डङरु के पिता का नाम डङुरुफा हो जाता है। इसी वंश के राजा खांगरुफा एकेश्वरवादी धर्म परित्यागी शक्ति मन्त्र में दीक्षित हो गये। उन्होंने भगवती देवी की मूर्ति स्थापना की। उनकी मृत्यु के पश्चात् उनके पुत्र खारूयङ हिडिंबा राज्य के राजा हुए। इनका हेरेमदाउ (=हिडिंब) और हेरेमदी (=हिडिंबा) नाम के पुत्र–पुत्री हुए। उनकी मृत्यु के बाद हेरेमदाउ राजा बनें। हेरेमदी भगवती की महाभक्त थी। एक दिन पूजा करते समय हेरेमदाउ नशे की हालत में आये। इसलिए देवी भगवती ने उन्हें हेरेमदी के पति के हाथों मरने तथा उनका राज्य मिट्टी में लीन हो जाने का शाप दिया। एक दिन हेरेमदाउ देवी भगवती के चरणों में वलि देने के लिए कुछ खोज रहे थे। तभी उसने पांडवों को देखा और उनमें से सबसे पहलवान भीम की वलि देनी चाही। इसलिए भीम ने उसकी हत्या की। उसके बाद भीम और हेरेमदी का गंधर्व प्रथा के अनुसार विवाह हुआ। उसके पुत्र घटोत्कच अपने अनुचरवर्ग सहित उत्तर पूर्व दिशा में आया और उसने दुम्युत्सेन नामक राजा को परास्त कर वही राज्य की स्थापना की। धीर–स्थिर नदी के तट में राज्य–स्थापना करने के कारण इस राज्य का नाम रखा गया डिमाङल (डिमलङ)। इस डिमलङ राज्य की सन्तान होने के कारण डिमाचा अर्थात् *डाइमानि–फिसा–डिमाचा* शब्द की व्युत्पत्ति हुई, ऐसा डिमाचा–बड़ो–कछारी लोगों का मानना है।

इतिहास

सम्भवतः शीतकाल में ब्रह्मपुत्र में जो रेत जमा होता है, उसी से डिमाचा लोग प्राचीन कामरूप में आये। वे लोग नदी के उत्तर किनारे की ओर छोटे–छोटे राज्य का निर्माण करके रहने लगे। उनके द्वारा स्थापित एक राज्य का नाम है हैमालीझहालाली। उसके बाद उनलोगों ने क्रमशः भालुकपुङ राज्य में, ज्योथिच और वर्तमान तेजपुर के पश्चिम की ओर निज–बरचला नामक गाँव में राजधानी स्थापित की। उसके बाद डिमाचा लोग डिरङ अर्थात् जहाँ पानी गहरा हो ऐसे स्थान पर रहने लगे। डिरङ नाम डिमाचा लोगों ने ही दिया है। कालक्रम में इसी डिरङ शब्द से दरङ बना। डिमाचा लोग किसी एक जगह पर लम्बे समय तक नहीं रह पाते, इसलिए वे लोग वर्तमान के उत्तर–गुवाहाटी में आ गये। उसके बाद वे लोग ब्रह्मपुत्र को पार कर ब्रह्मपुत्र के दक्षिण की ओर जाना चाहते थे। डिमाचा लोग तैरना नहीं जानते थे, इसलिए वे लोग ऐसे समय आने की प्रतीक्षा करने लगे, जब ब्रह्मपुत्र का पानी सुख कर चारों ओर रेत पड़ जाता है। उन लोगों ने जाने के लिए एक सेतु का निर्माण किया, लेकिन वह सेतु इतना हल्का था कि जब उस पर बहुत सारे लोगों का भार एक साथ पड़ा तो वह टूट गया। बहुत लोग नदी में बह गये। कुछ लोग जैसे–तैसे तैरतै हुए दक्षिण पार आ गये। दक्षिण पार वे लोग एक–दूसरे को गुहाटी–गुहाटी कहने लगे जिसका अर्थ था जोड़ से चिल्लाना। इस दुर्घटना में अधिकांश महिलाओं की मृत्यु हुईं। कुछ लोग डर के कारण उत्तर पार में ही रह गये। इसलिए उत्तर में रहने वालों को मेच–कछारी और दक्षिण में रहने वालों को डिमाचा–कछारी कहा जाता है। मेच लोगों को चार भागों में विभक्त किया जाता है। वे चार भाग इस प्रकार हैं अग्निता, थांफाइ, आसामी और कछारी।

ज्यौथिच नगर में वास करते समय डिमाचा जाति में महिलाओं की संख्या कम थी, इसलिए उन लोगों ने पास ही में रहने वाले खाचि लोगों के साथ वैवाहिक सम्बन्ध बनाया। लेकिन दोनों जातियों में सामाजिक व्यवस्था अलग–अलग होने के कारण डिमाचाओं में असंतोष की भावना उत्पन्न हुई। इसी कारण वे लोग पूर्व की ओर बढ़ने लगे। पूर्व में बराक और कपिली के इलाकों में वे फैल गये। यहाँ पर ही डवाक और कछारी राज्यों की स्थापना करके रहने लगे।

जनसंख्या

सन् 2011 की जनगणना के अनुसार डिमाचा लोगों की संख्या 1,11,161 हैं। इसमें से 1,08,133 असम में और 3,504 नागालैंड में हैं।

सामाजिक जीवन

अति प्राचीन काल से ही डिमाचा लोग असम में निवास करते आये हैं। डिमाचा या *डिमाफिचा* शब्द का अंर्थ इस प्रकार है– *डि*–पानी, *मा*–बृहत, *चा*–सन्तान अर्थात् नदी की सन्तान। वे लोग अपने को 'ब्रह्मपुत्र की सन्तान' कहते हैं। असम के आदिवासी लोगों में अन्यतम डिमाचा लोग तिब्बत–वर्मी भाषागोष्ठी की असम बर्मी शाखा के अन्तर्गत आते हैं। तिब्बत–बर्मी चीन देश की दक्षिण दिशा की ब्रह्मपुत्र, इरावती, चालुइन, मेंक आदि नदिओं से होता हुआ असम ब्रह्म–इंदोचीन में फैल जाता है। असम के काछार जिले का नाम कछारी लोगों ने दिया था। कछारी लोग बोड़ो गोष्ठी के हैं। वे लोग चीन देश के इयाङसिकियाङ और होवाङहो नदी से ऊपरी असम में आये थे।

भारतवर्ष में स्वाधीनता के बाद भी सन् 1961 तक डिमाचाओं को कछारी जनजाति के अन्तर्गत माना जाता था। सन् 1961 की जनगणना से डिमाचा एक पृथक जनजाति बनी।

भौगोलिक क्षेत्र की दृष्टि से डिमाचा समाज को चार भागों में विभक्त किया जा सकता हैं। नागालैंड में रहने वाले डिमाचाओं को *डिजोवाचा*, लंका में रहने वालों को *डेम्राचा*, काछार में रहने वालो को हावाराचा और उत्तर कछार पहाड़ में रहने वालों को *हाचाउचा* नाम से अभिहित किया जाता है।

असमीया संस्कृति की निरन्तर प्रवाहित धारा की एक मुख्य कड़ी है डिमाचाओं की ऐश्वर्यशील संस्कृति। उनकी संस्कृति में विभिन्न संस्कृतियों का संमिश्रण देखा जाता है।

डिमाचा कछारी परिवार में पिता या पुरुष ही घर के मुख्य व्यक्ति होते हैं। विवाह के बाद पुरुष अलग से घर बनाकर अपनी पत्नी के साथ रहने लगता है। डिमाचा लोग गाँव में वास करते हैं और उनकी जीविका कृषि है। डिमाचा जाति में गाँव गठन करने की प्रक्रिया को *नवलाई* कहा जाता है और गाँव वालों सहित गाँव को *राजि* कहते हैं।

पहले डिमाचा जाति में कोई संप्रदाय नहीं था। उन लोगों की राजधानी जब डिमापुर में थी, तब सोलह–संप्रदाय में रहने की बात का उल्लेख मिलता है। पुरुष के संप्रदाय को *चेमंक* और महिलाओं के संप्रदाय को *जुलुक* कहा जाता है। डिमाचा समाज में 40 *चेमंक* और 42 *जुलुक* है।

डिमाचाओं में सभा का आयोजन कर सभी की सहमति से मुख्य व्यक्ति को चुना जाता है। उनकी सहायता के लिए *दिलेक* नाम से एक और व्यक्ति भी रहता है। अन्य पहाड़ी जनजातियों की तरह उत्तर काछार में रहने वाले डिमाचाओं का भी प्रत्येक गाँव में युवावर्ग का एक संगठन होता है, जिसे *नडरुङ* कहते हैं। युवावर्ग गाँव के बीच में एक घर बना लेता है, जिसमें दीवारे नहीं होती। इस घर से *डेकाचाङ* या *नन्द्रा* कहा जाता है। गाँव में होने वाली सभी सभाओं का आयोजन इसी घर में होता है। युवाओं के मुख्य युवा को *नगाहोजा* कहा जाता है। युवतियों की प्रमुख युवती को *मालाहोजा* कहा जाता है। इस संगठन के माध्यम से गाँव के सभी कार्य में सहायता की जाती है।

धार्मिक स्थिति

डिमाचा लोग ज़्यादातर हिंदू, ईसाई धर्मावलम्बी हैं। प्रारम्भ में डिमाचा लोग शाक्त धर्मी थे। उस समय शाक्त धर्म का प्राधान्य था। कहा जाता है कि उस समय असम में कामाख्या धाम में पंडित द्वारा बलि चढ़ाई जाती थी। एकबार केंदुकलाई नामक एक पंडित मन्दिर में अकेला था। तभी देवी पूरे नग्न रूप में आकर नाचने लगी। पंडित द्वारा प्रार्थना करने पर देवी ने कहा कि जग--कल्याण हेतु देवी ने दर्शन दिया है। प्रत्येक पूर्णिमा में देवी नृत्य करेंगी। यह बात राजा को पता चली तो वे नृत्य देखने के लिए व्याकुल हो गये और पंडित को भी उसकी बात माननी पड़ी। राजा द्वारा नृत्य देखने की बात देवी जान गई और उन्होंने केंदुकलाई का शिरच्छेद कर दिया। देवी क्रोध में पूर्व की ओर जाने लगी। उनके भक्त भी उनके ही पीछे–पीछे आने लगे।

देवी एक रात वर्तमान नगाँव जिले के धरमतुल में रही, दूसरे दिन दिन कामरूप में चली गयी। यहाँ कुछ दिन रहने के बाद देवी मौदङा स्थान में उपस्थित हुई, लेकिन उनके भक्तगण कामरूप में ही रह गये। कामरूप में रहने वाले डिमाचाओं को उस समय के राजा ने विभिन्न देवी

के मन्दिरों में मुख्य बलि देने वालों के पद में नियुक्त किया। इसी तरह डिमाचाओं में शाक्त–धर्म का प्राधान्य बढ़ा।

खान पान

चावल डिमाचा जाति की मुख्य उपज है। चावल जो बरा–धान (=एक प्रकार धान जिससे गोंदयुक्त चावल निकलते हैं) से बनाया जाता है, वह डिमाचाओं का मुख्य पकवान है। बरा–चावल को डिमाचा लोग शराब बनाने में भी प्रयोग करते हैं। केले के पेड़ से वे लोग एक प्रकार का क्षार प्रस्तुत करते हैं। इस क्षार को वे लोग विभिन्न प्रकार के व्यंजनों में व्यवहार करते हैं। सूखी मछली को क्षार देकर बनाना भी उनलोगों का एक स्वादिष्ट व्यंजन है। वे लोग झूम खेती करते हैं और अपने ही घर में साग सब्जियाँ उगाते हैं।

डिमाचा लोग एक प्रकार की चाय पीते हैं, जिसमें दूध और चीनी नहीं दिये जाते। वे लोग दूध नहीं पीते और व्यवसाय करने के लिए गाय को भी नहीं पालते। डिमाचा लोग जंगली जानवरों का शिकार करके खाते हैं। उन्हें सूअर, चिड़िया, बत्तख, बकरी, शराब आदि बहुत प्रिय है। उनकी शराब को जु कहा जाता है। यह उनके हर पूजा, विवाह, सभा का मुख्य पेय है।

वेशभूषा

डिमाचा जाति में पुरुष और महिलाओं के अनेक वेश हैं, जो अपने आप में अनोखे हैं। डिमाचा जाति में महिलाओं की वेशभूषा निम्नलिखित हैं–

- *रिजामफेइन* : यह एक सफ़ेद कपड़ा है, जो छाती से घुटने तक फैलाकर पहना जाता है।
- *रिजामफेइन बेरेन* : इस कपड़े को छाती पर लपेटकर पहना जाता है, जिसमें विभिन्न रंग की पट्टियाँ होती हैं।
- *रिगु* : यह कपड़ा कमर से घुड़ी तक पहना जाता है।
- *रिखायुसा* : यह एक ओढ़नी है, जो पीली, हरी या सफ़ेद रंग की होती है।
- *रिगु–जोड़ा* : यह डिमाचा जाति का मेखला चादर का जोड़ा है।
- *बाथोरमाय* : यह एक प्रकार का रिगु है जो कमर से घुटनों तक पहना जाता है।

डिमाचा जाति में पुरुषों के वेश निम्नलिखित प्रकार के हैं–

- *चागाउफा (पगड़ी)* : यह वस्त्र पुरुष सिर पर पगड़ी के रूप में पहनते हैं, जो हरा और पीला होता है, लेकिन शादी व्याह के समय उसमें लाल पट्टियाँ लगा दी जाती है।
- *रिगोड* : यह विभिन्न रंगों की एक ओढ़नी है।
- *रिचा* : यह एक धोती है जो कमर से घुटनों तक फैलाकर पहना जाता है।
- *गेयनथाउ* : यह एक सफ़ेद धोती है, जो कमर से धुड़ी तक पहनी जाती है।
- *रिखासाउ* : यह एक ओढ़नी है, जो पुरुष और महिला दोनों शरीर पर ओढ़ते हैं।
- *रियनदी* : रियनदी को रिथाप कहते हैं। यह एक चादर है।
- *मागाङ* : यह एक प्रकार की चादर है।
- *रेमसाउ* : यह एक प्रकार का शाँल है, जो सफ़ेद या पीले रंग का होता है।

अलंकार

डिमाचा जाति के पुरुष दो प्रकार के अंलकार पहनते हैं, जिनके नाम हैं–या ओछार, खारिक। डिमाचा जाति द्वारा पहने जाने वाले महिलाओं के अलंकार हैं–

- *कआल* : यह एक गले का हार है। जो प्रवाल और चाँदी के मन के से बनाया जाता है।
- *जोङसामा* : यह एक हार है, जो छोटे–छोटे रंगीन प्रवाल और चाँदी के मनके से बनाया जाता है।
- *लिकजाउ* : यह भी एक हार है, जो लाल मनकों से बनाया जाता है।
- *लिकसिम* : यह हार काले मनकों से बनाया जाता है।
- *खामाउथाई* : यह सोने और चाँदी का झुमका है।
- *यासिदाय* : यह हाथ की अंगुलियों में पहना जाता है।
- *रङबरसा* : यह हार सिक्कों से बनाया जाता है।
- *चन्द्रावाल* : यह हार तीन चाँदी के सिक्कों से फूल के आकार में बनाया जाता है।

- *रामालिक* : यह हार भी छोटे–छोटे रंगीन मनके से बनाया जाता है।

लोक विश्वास

डिमाचा लोगों में जो जन्म–मृत्यु सम्बधी धारणाएँ प्रचलित हैं, वे हिंदू जन्म– मृत्यु की धारणा से अलग नहीं हैं। वे लोग मानते हैं कि शरीर का नाश होता है, लेकिन आत्मा अमर होती है। मृतक व्यक्ति बहुत जल्दी अपने परिवार या रिश्तेदारों के घर में फिर से जनम लेता है। उन लोगों का मानना है कि मृत्यु के उपरांत किये जाने वाले कर्म को अगर भली भाँति न किया जाए तो व्यक्ति की आत्मा अपने गाँव या घर के आस–पास भटकती रहती है।

पारम्परिक वेशभूषा में डिमाचा युवक–युवती

डिमाचा समाज में विवाह के पश्चात बेटा अपने माता–पिता के साथ एक ही घर में नहीं रहता। वह घर बनाकर पत्नी के साथ अलग से रहता है। इस कारण घर के वृद्ध जनों को देखने वाला घर में कोई नहीं होता। उनलोगों को खुद ही अपना काम करना पड़ता है। अगर कोई बहुत बीमार होता है या वृद्ध होने के कारण चल–फिर नहीं पाते तो गाँव के युवा वर्ग उनलोगों की सहायता करते हैं। बेटे–भाई, बहन, बेटी आदि सभी अपने प्रियजनों को देखने व मिलने आ सकते हैं, लेकिन कोई अगर नहीं आना चाहता, तो कोई भी उसे आने के लिए मजबूर नहीं करते। जब किसी की मृत्यु हो जाती है तो परिवार के पुरुष सदस्य के द्वारा एक मुर्गी को मृतक के सिर की तरफ रख दिया जाता है। ऐसा विश्वास है कि ऐसा करने से मृतक सीधे स्वर्ग जाता है।

मृतक के दहन कार्य सम्पन्न करने वाली जगह को माङफलेङ कहा जाता है। मृतक के शरीर को पहले नहलाया जाता है, फिर बाँस से निर्मित अर्थी के ऊपर रख दिया जाता है। जिस घर में मृत्यु होती है, उस घर को पवित्र करने के लिए स्वर्ण–चाँदी, ताम्बे का पानी छिड़का जाता है। दहनकार्य करनेवाले व्यक्तियों को भी पवित्र पानी से नहाना पड़ता है। यह पानी गाँव के ब्राह्मण देते हैं।

डिमाचाओं की पौराणिक कथा कहती है कि वे लोग बांग्ला राजा (भुचाल देव) और दिव्य चिड़िया अड़िखिडिमा के बच्चे हैं। बांग्ला राजा के छः पुत्र थे, जिनके नाम इस प्रकार है– शिवराय, डोराजा, नायखो राजा, वा राजा, गुयुङ ब्राय युङ। *हामाडाङ* और *अड़िखिडिमा* डिमाचाओं के कुल देवता हैं। वे लोग अपने कुल देवता पर बहुत विश्वास रखते हैं। डिमाचा लोग अपने भगवान को *मदाई* कहते हैं। उन लोगों का मानना है कि *अड़िखिडिमा* के सातवें अण्डे से शैतानी शक्तियों का जन्म होता है, जिसके कारण लोगों को बीमारी, विपत्ति, दुःख आदि से जुझना पड़ता है।

त्योहार

डिमाचा–कछारी जाति में मनाये जाने वाले उत्सव बहुत ही खास होते हैं। डिमाचा जाति के लोग कुछ विशेष अवसरों और उत्सवों का पालन करते हैं। डिमाचा–जाति के उत्सवों को दो भागों में विभक्त किया जाता है। वे दो भाग हैं–स्थानीय उत्सव और सांप्रदायिक उत्सव।

बुचु

बुचु एक बहुत ही महत्त्वपूर्ण उत्सव है, जो डिमाचा लोग बड़े ही ठाठ और धुमधाम से मनाते हैं। फसलों की कटाई करने के बाद यह उत्सव मनाया जाता है। *बुचु* शब्द का अर्थ है *ब्राय–शिवराय* जो डिमाचा समाज के परम भगवान हैं। सारा उपज पहले *ब्राय–शिवरायमोदाई* को दिया जाता है ताकि मानव स्वभाव में सुख शान्ति बनी रहे। इस उत्सव में गाँव के प्रमुख प्रवेश द्वार में बड़े ही कलात्मक ढंग से एक *फाङस्ला* नामक द्वार बनाया जाता है। *बुसु* उत्सव के तीन प्रकार हैं– *सुरेम बुचुजो* तीन या पाँच दिनों तक मनाया जाता है। *हाङसेउ मानाउबा* बुचु जो सात दिनों तक मनाया जाता है। *जिदाबबुचुजो* एक दिन ही मनाया जाता है। इस उत्सव में एक

प्रमुख व्यक्ति नियुक्त किया जाता है। जिसका दायित्व होता है पूरे उत्सव के कार्यक्रमों और नियमों को अच्छे से चलाना।

डिमाचा जाति के सभी उत्सवों में *बुचु* ही सबसे आनन्दपूर्ण और महत्त्वपूर्ण उत्सव है। यह उत्सव जनवरी महीने में मनाया जाता है, जब झूम खेती से जुड़े सभी कार्य समाप्त हो जाते हैं। पहले गाँव के सभी लोगों की सहमति से *बुचु* मनाया जाता था, लेकिन सन् 1994 से डिमा हाचाउ के साम्प्रदायिक संगठन ने सरकारी तौर पर 27 जनवरी को *बुचु* उत्सव मनाने का सिद्धांत ग्रहण किया।

नृत्य करते हुए डिमाचा महिलाएँ

जन्म उत्सव

डिमाचा जाति में किसी के घर में अगर कोई सन्तान का जन्म होता है तो वे लोग इस ख़ुशी के मौके को उत्सव जैसा मनाते हैं। वे लोग भूमि के साथ महिलाओं की तुलना करते हैं। जिस तरह धरती में पेड़–पौधे को जन्म देने की क्षमता होती है, उसी प्रकार महिलाओं में भी जीवन दान देने की शक्ति होती है। जिस दम्पति के पास अपनी सन्तान नहीं होती, वे ग्रह–नक्षत्र को ही दोष देते हैं, लेकिन एक–दूसरे को दोष नहीं देते। गर्भवती महिला को गाँव से बाहर और दाह संस्कार करने वाले मैदान में

नहीं जाने दिया जाता। क्योंकि उन लोगों का मानना है कि कोई बुरी शक्ति बच्चे को हानि पहुँचा सकती है। गर्भवती महिला के पति भी समाज में एक महत्त्वपूर्ण भूमिका निभाते हैं। बच्चे की सलामती के लिए पिता *नाइसोड–नुसुडी* देवी की पूजा करते हैं। बच्चे के जन्म होने के समय गाँव की ही दो महिलाएँ सहायता करती है–जिनको *होजायजुले* और *बारयाजु* कहा जाता है।

नवजात शिशु को केले के पत्ते में रखा जाता है। नाभि रज्जु पिता द्वारा काटा जाता है। इसे बाँस से निर्मित एक छूरे से काटा जाता है। जन्म के बाद बच्चे को गुनगुने पानी से नहलाया जाता है। बच्चे को जिस बिस्तर पर रखा जाता है, उसके नीचे एक छुरा रखा जाता है ताकि हर बीमारी से बच्चे की रक्षा हो।

होजायजुले और *बारयाजु* सभी कार्य को करने के बाद नदी में आती है, पहले नदी के किनारे एक अण्डा तोड़ती है और उसके बाद नहाती है। वे लोग शिवराय की पूजा करते हैं ताकि बच्चा सलामत रहें। नाभी रज्जु सूखने तक माँ और बच्चे को अलग रखा जाता है। उन्हें घर के किसी भी कार्य में भाग लेने नहीं दिया जाता। पिता के द्वारा बच्चे का सिर मुण्डन किया जाता है। यह *खानाइगुसुगरबा* है। यह नियम डिमाचा समाज के अन्य लोगों को बुलाकर किया जाता है। *होजायजुले* और अन्य महिलाएँ उस दिन बच्चे को घर के बाहर लाती है और समाज के लोगों को तथा सूर्य का दर्शन कराती है। समाज के सभी लोग बच्चे को आशीर्वाद देते हैं। एक चाचा के द्वारा बच्चे के मुँह में थोड़ा तिल चबाकर फेंका जाता है। आमन्त्रित सभी लोगों को खाना खिलाया जाता है। बच्चे के मुँह में भी थोड़ा भात और शराब की कुछ बूंदें दी जाती हैं। *होजायजुले* और *बारयाजु* को बच्चे के पिता द्वारा कुछ पैसा उपहार स्वरूप दिया जाता है।

विवाह उत्सव

डिमाचा समाज में विवाह से जुड़े नीति नियमों की एक अलग ही विशेषता है। एक समाज में सभी जाति–जनजाति को रीति–रिवाज़, विवाह पद्धति आदि अलग–अलग होते हैं।

डिमाचा समाज में लड़के वालों की तरफ से लड़की देखी जाती है और विवाह के सभी कार्य में लड़के वाले ही आगे रहते हैं। डिमाचा समाज

में बच्चे के जवान होने पर ही उनकी शादी करवा दी जाती है। पुरुष और महिला दोनों की उपाधियाँ अलग होती है। एक ही उपाधि की लड़के–लड़कियों में शादी नहीं होती। लड़का पिता की उपाधि लिखता है और लड़की अपनी माँ की। जो इन नियमों का पालन नहीं करता, उसे डिमाचा समाज से निकाल दिया जाता है। जिस घर में लड़के के माँ–बाप को लड़की पसन्द आती है, उनके घर खबर भिजवायी जाती है कि उनकी लड़की को अपने बेटे के लिए पसन्द किया है और अगर लड़की के माता–पिता की अनुमति मिले तभी लड़के वाले उनके घर जाते हैं। लड़की वालों के यहाँ लड़केवालों का बड़ा ही आदर सत्कार किया जाता है, लेकिन लड़की वालों का उत्तर उसी दिन नहीं दिया जाता। लड़की वाले अपने सभी सम्बन्धियों के साथ बात–चीत करके अगर किसी को कोई भी आपत्ति न हो तभी उत्तर देते हैं और रिश्ते को मंजूर करते हैं।

पहले लड़के वालों की तरफ से *छान्दिदा छेंवा* लड़की वालों को दिया जाता है। यह विवाह के प्रस्ताव की स्वीकृति स्वरूप दिया जाता है। नमक की एक थैली को सात रस्सियों से बाँधकर लड़की वालों को दिया जाता है। कछार में जो डिमाचा लोग वास करते हैं, वे लोग ताम्बूल–पान को केले के पत्ते में बाँधकर उसमें सात गाँठ लगाकर देते हैं। इसको मुख्य रूप से पुरुष–महिला दोनों ही लड़की वालों के यहाँ ले जा सकते हैं।

इसके बाद एक शुभ दिन देखकर *लाउथाई लांबा* लड़के वालों की तरफ से लड़की वालों को दिया जाता है। घर में बनाये जाने वाले शराब को सूखी लौकी में भरकर ले जाया जाता है। एक टोकरी में शराब से भरे हुए पात्र को रखकर केले के पत्तों से लपेटकर सात गाँठ लगाकर, पुरुष जो कपड़ा अपने शरीर में लेता है, उसी से ढककर टोकरी को ले जाया जाता है। इस टोकरी को लड़के के दो भाई ले जाते हैं। वे दोनों कन्धे पर गमछा लेकर लड़की वालों के घर सभी बड़ों के आशीर्वाद लेते हैं। सब लोग मिलकर खाना खाते हैं और शराब पीते हैं। इसके पश्चात् फिर कब *लाउथाई लाङाङिनि* लेकर आयेंगे वह दिन ठीक करके लौट आते हैं।

उस दिन पहले से ज़्यादा मात्रा में शराब ले जाया जाता है। उसी दिन विवाह के लिए शुभ दिन देखा जाता है। सभी सम्बन्धियों के साथ खाना खाकर, विवाह का शुभ दिन ठीक करके लड़के के भाई चले जाते हैं।

डिमाचा समाज में *कालित* प्रथा प्रचलित है। इस प्रथा के अनुसार लड़के वाले लड़की वालों को पैसा देते हैं। धनराशि दोनों परिवारों के आपसी बात–चीत से निर्धारित की जाती है।

लड़की वाले पैसा लेने से इनकार भी कर सकते हैं, लेकिन ज़्यादातर इस प्रथा का पालन ही किया जाता है। क्योंकि ऐसा न करने पर माना जाता है कि डिमाचा लोग अपने संप्रदाय के अन्तर्गत नहीं रहेंगे।

विवाह के एक दिन पूर्व लड़के वालों के घर से बड़े लोग आकर लड़की वालों की खबर लेते हैं कि कोई असुविधा तो नहीं है। विवाह के दिन दूल्हा–दुल्हन दोनों को नये कपड़े पहनाये जाते हैं। दूल्हे के माथे पर एक पगड़ी भी बाँध दी जाती है। दुल्हे के साथ *काउया* यानी एक और लड़का रहता है। दोनों एक–एक टोकड़ी में शराब और मांस सिर पर लेकर आते हैं। विवाह स्थल में लड़के वाले दायी तरफ और लड़की वाले बायी तरफ बैठते हैं। बुजुर्ग लोगों की देखरेख में अनेक नियमों का पालन करते हुए विवाह कार्य सम्पन्न होता है।

विवाह के पश्चात् लड़का और लड़की के मंगलार्थ एक पूजा का आयोजन किया जाता है। इस पूजा में बलि भी दी जाती है। बलि के मांस को शराब के साथ लोगों को खाने के लिए दिया जाता है।

उस दिन लड़के को लड़की के घर में रहना पड़ता है। दूल्हे को छोड़कर बाकी सब चले जाते हैं। तीन दिन के बाद वह अपनी पत्नी को लेकर घर आता है। इस प्रथा को *फिरातांबा* कहा जाता है। डिमाचा जाति में घर जमाई रहने की भी प्रथा है। इस कार्य को *मनुहावबा* कहा जाता है।

लोक–नृत्य

डिमाचा जाति के नृत्यों का ढाँचा अपने आप में थोड़ा जटिल है। डिमाचा लोग वाद्यों से उत्पन्न संगीत या ताल पर ही नृत्य करते हैं। किसी प्रकार का संगीत वे लोग व्यवहार नहीं करते। ढोल और बंसी से उत्पन्न ताल के संगीत में ही वे लोग नृत्य करते हैं। गाँव के युवक–युवती नडरड में ही नृत्य का अभ्यास करते हैं

सभी प्रकार के डिमाचा नृत्य को *बायडिमा* कहते हैं। *वाय* का अर्थ है नृत्य और *डिमा* का अर्थ है– डिमाचा। डिमाचा जाति में प्रचलित नृत्य निम्न प्रकार के है– *बायडिमा, बायडिजुया, बायडेमब्रा, बायमायजाय, बायजावाह, हाडाओबानी, जायोबानी, जायोफिनबानी, रेन–ग्नीबानी, बायचारगी, खुनलुबानी, हुमायुडाओबानी, हाकहरजाओबानी, रग्जाओबानी, डाओसिमाय, खाबानी, डाओयंगजांग, नआईजांग, डायनलायबानी, नहरीबानी, रोगीडाओ बिहिमायडाओ, मायजाओबानी, मायसुबानी, रिसिबानी, मिसियाई बनथाईजीबानी, मडाईखिलिमबानी* आदि।

लोकगीत

डिमाचा में कई तरह के लोकगीत पाये जाते हैं। उनमें से बुसु के गीत प्रमुख हैं। इन गीतों में युवक–युवतियों के प्रेम का सुन्दर चित्रण मिलता है–

आजाङ जाङ आङजाङदे आजाङ माजाङ दाउ।
काइडिङ काइडङ नाइखाब आजाङ माजाङ दाउ।
बुर्डिंग बुर्डिंग नाइखाब आजाङनीउ माजांग दाउ। (भट्टाचार्य2017:23)

अर्थात्–प्रिए, तुम मुझसे अधिक सुन्दर हो। मुड़–मुड़ कर देखती हूँ, प्रिय तुम अधिक सुन्दर हो। उड़–उड़कर देखता हूँ, प्रिय तुम अधिक सुन्दरी हो।

डिमाचा भाषा में सुन्दर लोरी भी उपलब्ध है–

येङ येङ बा बिरिङडो
मामा बाबा फाइ दिखा
मामा बाबा फाइ खादे
थाइचुम जदाङ लाबो नाङ
माँगलाइ जदाङ लाबो नाङ
बाबाइ हाचि बाबाइ नाङ
बाम बाइ हाचि बाम बाइ नाङ
हाफलाउ खङ हा खाम दादा
फप डाइङजि नाङ, लागोराउने खेलेबचि
नेने खेलेब गिन।

(बकलिया कार्बि आङलाङ की रमिता फङलछा से संगृहित)

अर्थात्–ये शब्द हो रहे हैं। माँ–बाबू जी के आने का समय हुआ है। उनके आने से खीरा, मकई लाएँगे। जी भरकर खेलेंगे। बाकी सबको एक टुकड़ा, पर तुम्हें दो टुकड़े देंगे।

भाषा एवं लिपि

भारत के उत्तर–पूर्वी भू–भाग में रहने वाली डिमाचा–कछारी जाति की भाषा चीन–तिब्बतीय शाखा की है। डिमाचा जाति की भाषा को *गाराउ–डिमा* कहा जाता है। चुतीया, बड़ो, गारो आदि भाषाओं से *गाराउ–डिमा* भाषा कुछ मिलती–जुलती है। यह भारत के सबसे प्राचीन भाषाओं में से एक है। पूर्वोत्तर के विभिन्न शहरों के नामकरण डिमाचा भाषा से ही किया गया है। इसके अलावा डिमाचा भाषा ही भारत के उत्तर–पूर्वी भू–भाग की अन्तिम भाषाओं में से एक है। इसने किसी भी विदेशी भाषा के साथ अपनी शब्दावली का समझौता नहीं किया। डिमाचा भाषा रोमन लिपि में लिखी जाती है। इसे डिमा–हासाउ जिले के शैक्षणिक माध्यमों में प्रयोग किया जाता है। काछार में बांग्ला लिपि का व्यवहार होता है।

डिमाचा भाषा में उच्चारण का काफी महत्त्व है। उच्चारण भिन्नता के कारण एक ही शब्द के अलग–अलग अर्थ निकलते हैं। वर्तमान समय में डिमाचा लोग अपनी भाषा के लिए कौन सी शैली का इस्तेमाल करेंगे,

यह एक बड़ी समस्या है, लेकिन एक बात ध्यान देने की है कि प्राचीन काल में डिमाचाओं की राजधानी मायवङ में जो शिलालिपि है, उसमें असमीया लिपि व्यवहृत हुई है।

ग्रन्थ–सूची

असमीया

- दास, शैलने. संपा. *हिंदी भाषा और संस्कृति.* प्रथम. गुवाहाटीः असमी प्रिंटर्स, 1993.
- पाटर, पदस. संपा. *जनजाति समाज संस्कृति.* तृतीय. गुवाहाटीः भवानी ऑफ सेट प्राइवेट लिमिटेड, 2013.
- बरदलै, बी.एन. संपा. *द डिमाचा कछास्चि ऑफ आसाम.* द्वितीय. गुवाहाटीः ट्राइबेल रिसर्च इंसटिटियु, 1984.
- भट्टाचार्य, कैलाश. *केतेकी फुलर घर.* प्रथम. गुवाहाटीः पांचजन्य प्रिंटिंग एंड पब्लिशिंग, 2017

कुकि जनजाति : एक अध्ययन

उत्पल डेका

भारतवर्ष का पूर्वोत्तर विभिन्न जाति–जनजातियों का समन्वय क्षेत्र है। इसी शस्य– श्यामला पूर्वोत्तर को महिमामंडित किया है पूर्वोत्तर की नद–नदियों ने। नद–नदियों की चारों तरफ पहाड़–पर्वत, जंघल आदि ने विभिन्न जनजातियों का मन आकर्षण किया है। कछारी, गारो, मिचिङ, देउरी, चुतिया, लालुङ, डिमाचा, कोछ, आहोम आदि नाना जाति–जनजातियों के समन्वय से असम में एक वृहद् समाज एवं सांस्कृतिक केन्द्र का जन्म हुआ। सभी जाति–जनजातियों की जीवन–शैली अलग–अलग है। रीति–रिवाज़, आचार–विचार, खाद्य–संभार, वेशभूषा, लोकाचार, पूजा–पाठ आदि करने की पद्धतियाँ भी अलग–अलग हैं।

इतिहास

प्राचीन भारतीय संस्कृत साहित्य में किरात नाम से इंदों– मंगोलीय की एक उल्लेखनीय शाखा रही– कुकि जनजाति, जो असम और अराकान के बीच लुचाई और काचार जिले में रहती है। इनको चीन, जोमी, मिजो भी कहा जाता है। कुकि जनजाति के लोग भारत के उत्तर–पूर्वी राज्यों, ब्रह्मदेश, बांग्लादेश के चित्तग्राम की पहाड़ियों पर निवास करते हैं। भारत में अरुणाचल प्रदेश को छोड़कर वे सभी उत्तर–पूर्वी राज्यों में व्याप्त हैं। अन्तरराष्ट्रीय सीमा पर उनका बिखरा होना मुख्यतः ब्रिटेन की औपनिवेशिक नीति का परिणाम है। इसके बोंजुङ कुकि, बायटे कुकि, खेलना कुकि आदि कई कुलवाची भेद हैं। ये बलिष्ठ एवं ठिंगने होते हैं और स्वभाव में नागा लोगों की अपेक्षा अधिक खूंखार समझे जाते हैं। आज से लगभग

डेढ़ सौ वर्ष पूर्व लुशाई और कुकि लोगों की हार हुई और वे अपना निवास छोड़कर काचार में आ बसे। उन्हें तत्कालीन ब्रिटिश सरकार ने प्रश्रय दिया और 200 कुकियों को सीमांत रक्षार्थ सैनिक की शिक्षा दी। सन् 1917–19 में पहली बार कुकि जनजाति के लोगों ने ब्रिटिश के खिलाफ विद्रोह किया। इस विद्रोह के परिणाम स्वरूप ब्रिटिश ने उनके देश को ब्रिटिश इंडिया और ब्रिटिश बार्मा के रूप में बाँटकर प्रशासन की व्यवस्था की और इस तरह से विद्रोह को दमन किया। द्वितीय महायुद्ध के समय कुकि जनजाति के लोगों ने फिर से जापान को सहयोग करके सुभाष चन्द्र बोस के नेतृत्व में इंडियन आर्मी में योगदान कर ब्रिटिश के खिलाफ युद्ध में हिस्सा लिया।

असम के लुचाई जनजाति के अवस्थान और उन लोगों के नाम के बारे में The north east frontier of India ग्रन्थ में लिखा है
From a very period the plEins of cacherwre subject to inroads from the southern hill tribes known as kookies or lushais. (page 287, year: reproduced in 2001)

लुचाइयों की तरह डारलङ भी कुकियों की एक उल्लेखनीय शाखा है। सन् 2001 की भारतीय जनगणना के अनुसार कुकि जनजाति के लोगों की संख्या 21112 है।

शारीरिक अवयव एवं वेशभूषा

कुकि जनजाति के लोग दूसरे मंगोलीय जनजातियों की तरह क़द में नाटे होते हैं। शारीरिक शक्तियों से समर्थ कुकि पुरुषों का मुखायव नारी सुलभ गुणों से परिपूर्ण है। उन लोगों के बाल काले और आँखें धूसर रंग की होती हैं। कुकि समाज में पुरुष बालों को लम्बा करके कन्धे के ऊपर जूडा बाँधते हैं जिसे वे लोग *टुइचा* कहते हैं। पुरुष *बयतोङ* चाङ्खल नामक जैकेट पहनते हैं। साथ ही छोटी लुंगी की तरह *पेयचियाम* भी पहनते हैं।

शासन–व्यवस्था

कुकिलोग अपने सरदार की आज्ञा का पालन करना अपना धर्म समझते हैं। सरदार उनका एक प्रकार से राजा होता है और समझा जाता है कि वह देवी का अंश है। इस कारण वे लोग उसका कभी अनादार करने का साहस नहीं करते वरन् वह जो आदेश देते हैं उसका आँख मूँदकर पालन

करते हैं। विशेष अवसर आने पर सरदार संकेत द्वारा आदेश जारी करते हैं। यदि कोई व्यक्ति सरदार का भाला सुसज्जित रूप में लेकर गाँव में घूमता है तो उसका अर्थ होता है कि सरदार ने सब लोगों को अविलंब बुलाया है। इस वर्ग का प्रत्येक व्यक्ति अपने सरदार को प्रति वर्ष कर स्वरूप एक टोकरी चावल, एक बकरी, एक कुक्कुट और अपने शिकार का एक चौथाई भाग प्रदान करता है और चार दिन की कमाई देता है। सरदार की सहायता के लिए एक मंत्रिमडण्ल होता है जिसकी सहायता से वे न्याय करते हैं।

कुकि लोगों में विश्वासघात की सजा मृत्यु है। खून के अपराध में खूनी और उसके परिवार को गुलामी करनी पड़ती है। स्त्रियों को किसी प्रकार की स्वतन्त्रता नहीं है, उन पर सरदार का आदेश लागू होता है।

त्योहार

कुकि जनजाति के लोग नृत्य और वाद्य में माहिर होते हैं। वे लोग तरह–तरह के त्योहार मनाते हैं। ऋतुकालीन कृषिकर्म के बाद कुकि जनजाति के पुरूष *लाम् चिल् नेह* (Lawn se I neh) उत्सव मनाते हैं। इस तरह ये लोग धान खेती करने के बाद *चाङ कुट* (changkut) उत्सव मनाते हैं। *चाङ कुट* उत्सव के साथ सांमजस्य रखने वाला एक उत्सव है *मिम कुट*। इस उत्सव का संपर्क बाजरा खेती के साथ है। धान खेती अच्छा होने पर वे लोग *चाङ आइ* नामक एक उत्सव मनाते हैं। खुंखार जीव–जंतुओं का शिकार करने में वे लोग बहुत ही निपुण हैं। उनके खान पान में ज़्यादातर जानवरों के गोस्त शामिल होते हैं और बड़े जनवरों का शिकार करने पर कुकि जनजाति के लोग ख़ुशी के बाह्य प्रकाश के लिए *सा आइ* (saai) उत्सव मनाते हैं। प्राचीन काल में कुकि जनजाति के *लोग हान* (Hun) नामक धर्मीय उत्सव पालन करते थे। इसके अलावा *चाउन–लि–हान* (Chswn-le-han), *केङकाप* (kangka p) आदि उत्सव मनाते हैं।

कुकि समाज में उत्सवों में तरह–तरह के वाद्ययन्त्रों का इस्तेमाल किया जाता है। जैसे–ढोल की तरह वाद्ययन्त्र–*खङ–पि* (khang-pi), *खङ–चा* (khang-cha), मुँह से बजाने वाले व्राद्य–*पेङकोल* (pengkul), *गोचेम* (gosem), *थेल* (theile) आदि। इसके अलावा मुँह से बजाने वाले विशेष प्रकार की वाद्य–यन्त्र रहा है–हेमेलहि (Lhemlhei)

धर्म

ईसाई मिशनेरियों के आगमन के पहले कुकि लोग पंरापरागत रूप से ईसाई धर्मी नहीं थे। प्राचीन युग से वे लोग भगवान शिव की पूजा आराधना के साथ विभिन्न देव–देवियों की उपासना करते थे, लेकिन अब ज़्यादा से ज़्यादा लोग ईसाई धर्माबलम्बी बन चुके हैं।

समाज जीवन एवं परम्परा

परम्परागत रूप से कुकि जंगलों में छोटी बस्तियों में रहते है, जिनमें प्रत्येक उसके अपने प्रमुख द्वारा शासित होती है। मुखिया का सबसे छोटा पुत्र अपने पिता की सम्पत्ति का उत्तराधिकारी होता है, जबकि अन्य पुत्रों को गाँव की लड़कियों से विवाह करवाकर उन्हें स्वयं अपने गाँव स्थापित करने हेतु भेज दिया जाता था। कुकि बाँस के जंगलों में एकाकी जीवन व्यतीत करते हैं, जो इन्हें निर्माण व हस्तकला सामग्रियाँ उपलब्ध कराते हैं। ये लोग जंगल को जलाकर भूमि साफ़ करके धान उगाते हैं, जंगली जानवरों का शिकार करते हैं और कुत्ते, सूअर, भैंस, बकरी व मुर्गियाँ पालते हैं।

ल'म कुकि जनजाति की परंपरागत विशेषताओं से गठित एक ऐसा *युवासंघ* है, जिसमें युवक–युवतियाँ तरह–तरह की शिक्षा प्राप्त करने के उपरान्त सामाजिक गठनमूलक कामों में भी जुड़े आते हैं। *ल'म* के ऐसे गठनमूलक कार्यों का फलदायक परिणाम सम्पूर्ण जनजाति को सामूहिक और व्यक्तिगत रूप में प्राप्त होता है। हर *ल'म* में एक वरिष्ट प्रतिनिधि रहते हैं जिसको *'ल'म अप'* कहते हैं। इस वरिष्ट प्रतिनिधि के साथ और एक सहकारी निरीक्षक रहते हैं, जिसको *टलाइ–पाअ* नाम से जाना जाता है। *ल'म* में कुकि युवक–युवतियाँ उनकी पंरपरागत शिक्षा प्राप्त करते हैं। *ल'म* से प्राप्त होने वाली व्यवहारिक शिक्षा उन लोगों के भविष्य–जीवन में कृषिकार्य, मछली पकड़ना, जंगली जानवरों को शिकार करना आदि कामों में मददगार होती है। इसके अलावा *ल'म* में वे लोग तरह–तरह खेल–कूद में हिस्सा लेते हैं। उनमें कुछ उल्लेखनीय खेल इस प्रकार हैं– *'कुंग–कल', 'कंग–कप', 'कंग–चय'–कप* आदि।

सम लड़कों के लिए एक सामुदायिक केन्द्र है। यह शिक्षण का एक केन्द्र है, जिसमें *सवम–अप* यानी बुजुर्ग पढ़ाते हैं और जबकि *सवम–नुम* लड़कों के बालों को कंगी करना, कपड़े धोना, बिस्तर बनाना आदि काम

करते हैं। सर्वश्रेष्ठ छात्रों को राजा या मुखिया की सेवा के लिए सिफारिश की जाती है और अन्ततः उनको राजदरबार में से मॉँग और *पचोङ* (मंत्रियों) के कार्यालय या फिर सेना में *गल–लमकै* (नेताओं, युद्धाओं) का पद प्राप्त होते हैं।

Kuki Tribal Cultural Amalgamation

कुकि इंदो–मंगोलियों की एक शाखा है। ब्रह्मदेश, मणिपुर, मिजो या लुचाइ पाहाड़, चत्तग्राम, और त्रिपुरा के कुछ हिस्सों में आज भी कुकि जनजाति के लोग दिखाई पड़ते हैं। बड़ो, नगा और कुकि जनजातियों में भाषिक समानताएँ भी नजर आती है। जैसे– पानी शब्द के लिए बड़ो भाषा में *दै* या *दोइ* का प्रयोग होता है और ठीक उसी प्रकार कुकि में *दोइ* शब्द का प्रयोग होता है। सन् 1912 में कुकि जनजाति के बारे में लेफ्टिनेंट कर्नल जे. शेक्सपियर ने एक महत्त्वपूर्ण ग्रन्थ लिखकर बहुत ही सराहनीय काम किया। सन् 1945 में कोलकाता विश्वविद्यालय के तारक चन्द्र दास ने 'मणिपुरर पुरम' नाम से एक लेख अंग्रेजी ग्रन्थ में प्रकाशित की। विभिन्न जाति–जनजातियों की मिलनभूमि यह पूर्वोत्तर अपनी कला, संस्कृ ति, साहित्य के कारण देश और दुनिया का ध्यान आकर्षित कर रही है

और इसे सशक्त एवं समृद्ध बनाती है यहाँ की कुकि जैसी छोटी–छोटी जनजातियाँ।

ग्रन्थ–सूची

असमीया

- भट्‌टाचार्य, प्रमोदचन्द, असमर जनजाति, तृतीय, धेमाजी : अफसेट प्रिंटर्स, 2008
- राजबंशी, परमानंद, संपा. असगर संस्कृति–कोष, द्वितीय, गुवाहाटी : ज्योति प्रकाशन, 2014
- शर्मा, शशि, असमर लोकसाहित्य, प्रथम, कलकत्ता : नव गौरांग प्रेस, 1993

तिवा जनजाति : एक सामान्य परिचय

पूजा बरुवा
उदिप्त तालुकदार

परिचय

तिवा असम की एक सजातीय जनजाति है। यह जनजाति मूलतः मंगोलीय है और इसे बड़ो जनजाति के अन्तर्गत माना जाता है। भाषिक दृष्टि से तिवा जनजाति चीनी–तिब्बतीय भाषा गोष्ठी के तिब्बत–बर्मी शाखा की बड़ो–नागा के अन्तर्गत है। तिवा लोग खुद को *तिफ्राछा* कहते थे। व्युत्पत्तिगत दृष्टि से *तिफ्राछा* शब्द तिवा भाषा के *तिफ्रा* और *छा* के मेल से बना है। *ति* का अर्थ है पानी, *फ्रा* का अर्थ है पिता और *छा* क अर्थ है सन्तान। अर्थात् *तिफ्रा*छा शब्द का अर्थ है– जलदेवता की सन्तान। परवर्ती समय में तिवा लोगों को *तिफ्रा* या *तिब्रा* कहा जाता था। तिवा साहित्यकार धर्मराम बरदलै के अनुसार *तिफ्रा* शब्द ही बाद में तिवा या तिब्रा बना। (बरदलै 2016:165)

तिवा लोगों को *लालुङ* भी कहा जाता है। तिवा जनश्रुति के अनुसार शिव जी के लाड़ से उत्पन्न होने के कारण उन्हें *लालुङ* कहा जाता है। कुछ अन्य लोगों का कहना है कि तिवा लोग ख़ुदको *तिवा लिबिङ* या *तिवा लिबुङ* कहते थे। इस *लिबिङ* और *लिबुङ शब्द* से ही बाद में *लालुङ* शब्द बना।

इतिहास

तिवा जनजाति का इतिहास काफी पुराना है। उनके असम आगमन के सन्दर्भ में कई मत प्रचलित हैं। एक वर्ग का कहना है कि तिवा

लोग मूलतः तिब्बत से ब्रह्मपुत्र के मार्ग से होकर असम आये थे। पहले वे मैदानी इलाकों में रहते थे, पर बाद में विविध आक्रमणों से बचने के लिए वे पहाड़ी इलाकों में भाग गये। एक अन्य वर्ग का कहना है कि ये लोग पूर्वी एसिया से तिब्बत मालभूमि और हिमालय पर्वत के पाददेश से होकर भारत के उत्तर–पूर्व दिशा में स्थित शदिया–धेमाजि अंचल में ही सबसे पहले बसने लगे थे। वहाँ डफला और आवरों के साथ हुए युद्ध में पराजित होकर वे सुवनसिरी और ब्रह्मपुत्र से होते हुए दरङ और नगाँव चले आयें और ब्रह्मपुत्र के किनारे *हिलाली* राज्य स्थापित कर वहाँ रहने लगे। बाद में बाह्य आक्रमणों से ग्रस्त होकर उनमें से कुछ ब्रह्मपुत्र के दक्षिण ओर भाग गयें और कुछ शदिया–धेमाजि में ही रह गये।

तिवा लोग मूलतः असम के कपिली और कलंग घाटी में रहते थे। इतिहासकार राजमोहन नाथ के अनुसार तिवा लोगों ने सन् 1900 में मध्य असम के कपिली घाटी में *त्रिबेग* नामक एक स्वतन्त्र राज्य की स्थापना की और कई वर्षों तक वे लोग वही रहें। (बरदलै 2016:163)

भौगोलिक अवस्थिति

तिवा जनजाति के लोग असम के विविध क्षेत्रों में फैले हुए हैं। असम के जिलों में से नगाँव, मरिगाँव, कार्बि आङलङ, कामरूप, धेमाजि के 18 गाँवों, दरङ, शिवसागर, जोरहाट के तिताबर आदि में तिवा जनजाति के लोग पाये जाते हैं। असम के अलावा मेघालय के उत्तर पूर्वी भाग में भी तिवा जनजाति के लोग फैले हुए हैं। भौगोलिक अवस्थिति के आधार पर तिवा जनजाति के लोगों को दो भागों में विभाजित किया जाता हैं। पहाड़ों में रहने वाले तिवा लोगों को *हाजोवालि* और समतल भूमि में रहने वाले तिवा लोगों को *दाँतियालि* या *थलुवालि* कहा जाता है।

जनसंख्या

सन् 2001 की जनगणना के अनुसार तिवा जनजाति के लोगों की संख्या 1,70,622 थी। सन् 2001 में ही तिवा को अनुसूचित जनजाति की मर्यादा प्राप्त हुई। 2011 की जनगणना के अनुसार तिवा लोगों की संख्या लगभग 3,71,000 हैं। (सेनापति 2016:464)

समाज–व्यवस्था

तिवा जनजाति के लोग तीन सामाजिक स्तर पर विभाजित है। पहला स्तर घर के उन सभी लोगों के समूह का होता है जो एक ही वंश के होते हैं। इस समूह का मुखिया घर का बूढ़ा होता है। दूसरा स्तर *खेल* है। कई वंश मिलकर एक *खेल* बनता है। खेल का संचालन खेल के अन्तर्गत जितने भी वंश हैं उन सभी वंशों के घर के बूढ़े करते हैं। तीसरा स्तर बार खेल होता है। इस बार *खेल* को कई खेलों के वंशों के घरों के बूढ़े मिलकर बनाते हैं। तिवा समाज में कई कुल हैं। उनमें से कुछ कूलों या गोत्रों के नाम इस प्रकार हैं–*मचरङ, माचेरेङ, मागर, लादुर, चाग्रा, मालै, आगाइ, फांचो, मनि, कारख, चमचङ, निफ्रि, नागर, मिमि, रादुर, लुपु* आदि।

पहाड़ में रहने वाले तिवाओं का समाज मातृप्रधान होता है वही समभूमि में रहने वाला तिवा समाज पितृप्रधान होता है। तिवा समाज में ऊँच–नीच का भेद–भाव कम है।

आजीविका

पूर्वोत्तर भारत की लगभग सभी जनजातियों की तरह तिवा जनजाति की आजीविका का प्रमुख आधार कृषि ही है। वे लोग बड़ी मात्रा में धान, सरसो, पटसन, आलू आदि की खेति करते हैं। पहाड़ी तिवा जनजाति के लोग अधिकतर झूम खेति ही करते हैं। वे लोग खेति–बारी के लिए मुख्यतः भैंसों का ही इस्तेमाल करते हैं। तिवा जनजाति के लोग हस्तशिल्प में भी माहिर होते हैं। कुछ ऐतिहासिक तथ्यों से यह भी ज्ञात होता है कि तिवा जनजाति के लोग एक समय में हथियारों के निर्माण में भी काफी कुशल और स्वावलम्बी थे। एक बात स्पष्ट है कि तिवा जनजाति के लोग काफी मेहनत करके रोजी–रोटी कमाने में विश्वास रखते हैं। पुरुषों के साथ–साथ तिवा जनजाति की महिलाएँ भी खेतों में काम करती हैं। इसके अलावा कई तरह के पशु–पक्षियों को पाल कर भी वे लोग पैसा कमाते हैं।

भाषा एवं लिपि

तिवा या लालङ, उत्तर पूर्व भारत में असम की तिब्बती–बर्मन भाषा है। तिवा जनजाति के लोग द्विभाषिक होते हैं। अर्थात् वे असमीया और तिवा दोनों भाषाओं का इस्तेमाल करते हैं। आज समभूमि में जो तिवा रहते हैं

वे अधिकतर असमीया भाषा बोलते हैं। तिवा लोग बोलचाल के लिए जिस असमीया भाषा का इस्तेमाल करते हैं उसने आज एक अलग ही रूप ले ली है और इस भाषा रूप में कई ऐसे ध्वन्यात्मक विशेषताएँ हैं, जो इसे मानक असमीया भाषा से अलग बनाती है। जैसे तिवा लोगों के बोलचाल में इस्तेमाल होने वाले असमीया भाषा में मानक असमीया भाषा का 'ओ'वर्ण लोप हो गया है और इसका स्थान 'उ'वर्ण ने ले लिया है। 2011 की जनगणना के अनुसार तिवा बोलने वाले लोगों की संख्या लगभग 33,921 हैं।

अगर लिपि की बात की जाये तो हम यह कह सकते हैं कि तिवा भाषा की खुद की कोई लिपि नहीं है। असम के समभूमि इलाकों में रहने वाले तिवा अपनी भाषा के लिए असमीया लिपि का प्रयोग करते हैं, लेकिन पहाड़ी इलाकों में रहने वाले तिवा लोग रोमन लिपि में ही लिखते हैं। रोमन लिपि में तिवा वर्णमाला का एक चित्र नीचे दिया गया है–

Mor (Alphabet) বৰ্ণমালা

I. Tóra Mor (Capital Letters) ডাঙৰ বৰ্ণ

A (আ) B (বি) CH (চি) D (ডি) E (এ)

G (গে) H (এইচ্) I (ই) J (জে) K (কে)

L (এল্) M (এম) N (এন্) O (অ) P (পি)

R (আৰ্) S (এছ্) T (টি) U (উ) W (ডাব্লিউ)

Y (ৱাই) ′ (থস্তি) ^ (থম্ক) ~ (কুণ্ডাই)

II. Chokhá Mor (Small Letters) সৰু বৰ্ণ

a b ch d e g h i j k l m

n o p r s t u w y ′ ^ ~

III. Khúrang Mor (Vowels) স্বৰ বৰ্ণ

A (আ) E (এ) I (ই) O (অ) U (উ)

IV. Chor Mor (Consonent) ব্যঞ্জন বৰ্ণ

B CH D G H J K L M

N P R S T W Y

त्योहार

त्योहार किसी भी जाति–जनजाति की संस्कृति की झाँकी होती है। अगर किसी जनजाति की लोक–संस्कृति के बारे में जानना हो तो उनके द्वारा

मनाए गये उत्सवों के बारे में जान लेना जरूरी है। दूसरी जनजाति की तरह तिवा जनजाति भी कई लोक उत्सव मनाते हैं। उनके उत्सव मूलतः कृषि, धर्म, जीवनवृत्त आदि से सम्बन्धित हैं। उन उत्सवों में पिचु, बानछ्युवा, छोग्रा, यांगलि, जोनबिल मेला, बरत, नखा छांगा, ग्वाल भोज, काली पूजा, भगवती पूजा, मनश्व आदि प्रमुख हैं। उनके द्वारा मनाये गये उत्सवों को तीन भागों में विभाजित किया जाता हैं–

- कृषि सम्बन्धित त्योहार
- धार्मिक त्योहार
- जीवनवृत्त से सम्बन्धित त्योहार
- कृषि सम्बन्धित त्योहार

कृषि से सम्बन्धित त्योहार

बिहु या पिचु

बिहु या पिचु तिवा लोगों का मुख्य कृषि उत्सव है। असमीया जाति की तरह तिवा लोग भी बिहु मनाते हैं। वे लोग बिहु को बिचु कहते हैं। पर तिवा लोगों के बिहु के नियम असमीया बिहु से भिन्न है। वे लोग वैशाख बिहु और माघ बिहु सिर्फ बुधवार को ही मनाते हैं। इन दोनों बिहुओं की संक्रांति अगर बुधवार को न हो तो वे उस दिन बिहु नहीं मनाते, बल्कि कुछ दिन बाद किसी बुधवार को ही मनाते हैं। वैशाख बिहु में ये लोग अपने खेतों, करघों, रसोईघरों एवं नामघरों में दीपक जलाते हैं।

माघ *पिचु* में तिवा लोग फसल काटते हैं और इस पर्व में सबलोग मिलकर *मेजि* बनाते हैं और भोज खाते हैं।

बानछ्युवा

यह एक कृषि सम्बन्धित त्योहार है। इस त्योहार को तिवा लोगों का चावल के चूरन बनाने का उत्सव कहा जाता है। *बानछ्युवा* उत्सव छः वर्ष के अन्तराल में मनाया जाता है। जेठ महीने से सावन महीने के अन्दर किसी सप्ताह के मंगलवार से गुरुवार तक यह उत्सव मनाया जाता है। इस उत्सव में चावल को ढोल और पीपही के ताल पर पीसा जाता है।

छोग्रा

यह तिवा लोगों का अन्यतम प्रधान उत्सव है। इसे फरवरी महीने से मार्च महीने के द्वितीय सप्ताह तक मनाया जाता है। इस उत्सव को वसंत में

मनाया जाता है। यह भी कृषि से सम्बन्धित उत्सव है। इसमें जीवों के प्रति अहिंसा का भाव देखने को मिलता है। इस उत्सव के दौरान जीव हत्या करना दण्डनीय अपराध है।

माय पथाला

यह एक सामूहिक कृषि उत्सव है। इसमें तिवा युवक–युवती मिलकर किसी विशेष दिन में गृहस्थ के आँगन में जाते हैं और वहाँ जाकर युवतियाँ हाथ से मार–मारकर फसल की मुट्ठियों को झाड़ते हैं। इसके बाद सभी युवक धानों के ऊपर आगे–पीछे होकर नृत्य करते हुए धानों को कुचलते हैं। ऐसा करते समय वे लक्ष्मी को प्रणाम करते हुए नाचते–गाते हैं। इसे *किलालङकाइ* मुइगुरि नावा कहते हैं। इस उत्सव में गृहस्थ युवक–युवतियों की खातिरदारी मांस और शराब से करते हैं।

यांगलि

तिवा लोगों में से *आमचाइ, मार्जङ, रङखाइ,* माग्रो आदि गोत्र के लोग याङलि उत्सव मनाते हैं। इस उत्सव में मूलतः देवी लक्ष्मी की पूजा की जाती है। पाँच–छः साल के अन्तराल में तिवा लोग इस पूजा का आयोजन करते हैं। इस पूजा में तिवा लोग अपने घरों में देवी लक्ष्मी का स्वागत करते हैं। वे लोग लक्ष्मी का स्वागत करते समय आनंदित होकर नाचते गाते हैं और नाचने गाने वालों के पीछे चावल के चूरन मिश्रित पानी छिड़का जाता है।

नखा छाङा

तिवा जनजाति का एक अन्य कृषि सम्बन्धित त्योहार है नखा छाङा। यह उत्सव सूखा पड़ने पर मनाया जाता है। इस उत्सव का आयोजन कर वे लोग वरुण देवता से बारिश देने के लिए प्रार्थना गीत गाते हैं। तिवा युवक दूसरों के घर–घर जाकर ऐसे गीत गाते हैं। इस उत्सव में वे एक उड़ल लेते हैं और उसके अन्दर एक जोड़ा मेंढक रखते हैं। उसके बाद उड़ल के ऊपर पानी छिड़का जाता है और घर के आँगन को खोदकर उसमें पानी डालकर पूरे आँगन को कीचड़ से भर दिया जाता है। फिर नाचते गाते वरुण देवता के स्तुति गीत प्रस्तुत कर अन्त में गृहस्थ के द्वारा जो भी दिया जाता है, उसे स्वीकार कर युवक का दल वापस आता है। तिवा लोगों में विश्वास है कि ऐसा करने से इन्द्र देवता संतुष्ट होते हैं और बारिश होती है।

ग्वाल भोज

ग्वाल भोज तिवा जनजाति के द्वारा मनाया गया एक अन्य कृषि सम्बन्धित त्योहार है। यह त्योहार चैत्र के महीने में मनाया जाता है। गाय–बैलों की मंगल कामना करते हुए ग्वालों को भोज खिलाकर यह त्योहार मनाया जाता है।

जोनबिल मेला

जोनबिल मेला तिवा जनजाति द्वारा माघ बिहु के दौरान मनाये जाने वाला एक प्रमुख लोक–उत्सव है। यह खासकर मरिगाँव जिले में रहने वाले तिवा जनजाति के लोगों द्वारा मनाया जाता है। मूलतः पहले यह उत्सव झील के नज़दीक मनाया जाता था। इस उत्सव की सबसे बड़ी खासियत है वस्तु बिनिमय प्रथा। इस मेले में पैसों से वस्तु नहीं ख़रीदी जाती, बल्कि वस्तु के बदले वस्तु ख़रीदी जाती है। अर्थात् यहाँ चीज़ों की अदला–बदली होती है। तिवा लोग आज भी परम्परागत रूप से इस मेले का आयोजन करते आये हैं, जो अपने आप में अनोखा है। यह मेला संप्रीति और समन्वय का प्रतीक है, जिसने पहाड़ एवं समभूमि में रहने वाले तिवा जनजाति को जोड़े रखा है। इस मेले का अन्य एक आकर्षण है मछ्ली पकड़ने वाला पर्व। गोभा राजा के मेले में आगमन होने के पश्चात सभी लोग मिलकर मछली पकड़ते हैं और उन मछलियों से भोज खाते हैं। इस मेले में गोभा राजा *फा–महादेव* यानि शिव की पूजा करते हैं।

जोनबिल मेला का एक दृश्य

धार्मिक त्योहार

काली पूजा

तिवा लोगों के उपास्य देव–देवियों में माँ काली अन्यतम हैं। तिवा लोगों में विश्वास है कि माँ काली की पूजा करने से सारे अमंगल दूर होते हैं। यह पूजा साल के आश्विन, कार्तिक महीने के एक निश्चित तिथि में सामूहिक रूप से की जाती है। किसी–किसी स्थान पर इस पूजा में कछुवे और सूअर की बलि भी दी जाती है।

भगवती पूजा

तिवा जनजाति के लोग भगवती को चेचक रोग की देवी मानते हैं। गाँव के लोगों को इस रोग के होने से बचाने के लिए यह पूजा की जाती है। हर साल जैठ महीने के पहले बुधवार को गाँव की महिलाएँ मिलकर या पूजा करती हैं। इस पूजा में एक केले के पत्ते में हंस के दो अण्डे और चाँदी के दो फूल देकर पूजा करते हुए शाम को इसे नदी में बहा दिया जाता है। इस काम के खत्म होने के बाद महिलाएँ पीछे मुड़कर नहीं देखती और एक–दूसरे से बात किये बिना घर लौटती हैं।

बरत पूजा

यह उत्सव कार्तिक महीने की संक्रांति को शुरू होता है और पुस महीने की पहली पूर्णिमा की रात को समाप्त होता है। इसे कुछ लोग कुमारी पूजा भी कहते हैं। मूल *बरत पूजा* के पहले दिन देवी काली की पूजा की जाती है और इसमें बकरी की बलि दी जाती है। इस उत्सव के दिन बरतस्थली को बान राजा के अग्निगढ़ के जैसे सजाया जाता है। इसमें अनेक नृत्य–गीत गाकर सभी आनंदित होते हैं। इस उत्सव में नृत्य करते समय वे लोग अनेक जीव–जन्तु और देव–देवियों के नकाब पहन लेते हैं।

लाङखुन पूजा

तिवा जनजाति के लोग *लाङखुन पूजा* करते हैं। लाङखुन का अर्थ है– फुलाकर बनायी गयी लम्बी लाठी। इस पूजा को करने के लिए जब लोग लाङ खून लाने जाते हैं, तब वे अपने साथ एक बॉटल *लाउपानी* (लौकी में प्रस्तुत शराब), एक तांबूल–पान की तस्तरी, तारा पत्ते, सातपट्टे और एक

लौटा पानी लेकर जाते हैं। जंगल में जाकर वे बिजुली बाँस के मालिक देउ चालजा से बाँस काटने की अनुमति माँगकर स्तुति गीत गाते हैं और 18 बाँस काटकर लाते हैं। इस उत्सव में विविध नियमों का पालन कर तिवा लोग रात को नृत्य–गीत प्रस्तुत करके भोज खाते हैं।

जीवनवृत्त से सम्बन्धित त्योहार

मनश्व

तिवा समाज में बच्चे के जन्म होने पर अशुद्धि दूर करने के लिए तिवा लोग *मनश्व* उत्सव मनाते हैं। इसे *आउचगारा* भी कहा जाता है। इस उत्सव के दो स्तर हैं। पहले स्तर में माँ और बच्चे को घर से बाहर लाया जाता है और उस दिन पूरे घर को गोबर के पानी से लिपा–पोता जाता है। माँ और बच्चे दोनों की मंगल–कामना करते हुए एक अण्डा और एक सफ़ेद चिड़िया ईश्वर के नाम पर अर्पित किया जाता है। बच्चे के पिता या किसी अन्य रिस्तेदार के हाथों बच्चे का मुंडन किया जाता है। अगर लड़का पैदा हुआ तो बाँस के पाँच वाण और धनुष लेकर देवताओं की स्तुति की जाती है और उसे वीर बनने को कहा जाता है। लड़की पैदा होने पर कपास, तुलधुना छड़ी बनाकर बच्चे के हाथ में लगाकर उसे अच्छी जुलाहिन बनने को कहा जाता है। दूसरे स्तर में गाँव के विविध वंश और *खेल* प्रधान को आमन्त्रित किया जाता है। इसमें एक साथ एक ही कुल के कई बच्चों के *मनश्व* अनुष्ठान किये जाते हैं। इसमें सभी लोग मिलकर शराब और मांस से भोज खाते हैं और *लालि–हिलाली* गीत गाकर बच्चों की मंगल कामना करते हैं।

विवाह

प्रत्येक समाज में विवाह से जुड़े रीति–रिवाज़ अलग–अलग होते हैं। तिवा समाज में छः प्रकार के विवाह का प्रचलन हैं। जैसे– धुम विवाह या अचानक किया जाने वाला विवाह, जोर–जबरदस्ती से की जाने वाली शादी, भगा करने वाली शादी, घर जमाई शादी, जोरण विवाह और बर विवाह। तिवा जनजाति की शादी से जुड़े रीति–रिवाज़ अन्य हिंदू समुदाय से काफी मिलते–जुलते हैं, लेकिन इसमें हवन करने की प्रथा नहीं है।

हवन की एक जगह एक बुजुर्ग पाँच मुर्गियों की बलि चढ़ाते हैं। तिवा लोग उस व्यक्ति को बरजोला कहते हैं। तिवा समाज में जमाई को पुत्र की मर्यादा दी जाती है। तिवा समाज में भागकर शादी करने की प्रथा का भी प्रचलन है, लेकिन उनके समाज में एक ही कूल या वंश में शादी करना मना है। ऐसा करने पर दोनों घरों को सजा सुनाई जाती है।

धर्म एवं लोकविश्वास

तिवा जनजाति के लोग हिंदू धर्मावलम्बी है। पहले उनलोगों के खुद के धार्मिक विश्वास और रीति–रिवाज़ थे, लेकिन आज उनलोगों ने हिंदू धर्म को ही अपना लिया है। महादेव और कँचाइखाती गोसानी उनके प्रमुख देव–देवी है।

तिवा समाज में कई तरह के लोकविश्वास और लोकाचारों का प्रचलन हैं। तिवा समाज में जिन रीति–रिवाज़ों का प्रचलन हैं वे बहुत ही सख्त हैं। एक ही कुल में शादी होने पर तिवा लोग उसे अपशगुन मानते हैं। तिवा समाज में गर्भवती महिला को पंचामृत खिलाने की परम्परा तो नहीं है मगर उन्हें यह उपदेश दिया जाता है कि अच्छा खाना खाये। उस समय महिलाओं को काम करने नहीं दिया जाता है। गर्भवती महिला का किसी भी तरह का अमंगल न हो इसके लिए ताबिज पहनाया जाता है। गर्भापात के समय किसी भी अपदेवता की कु–दृष्टि न पड़े इसके लिए आग जलाया जाता है और उसमें सरसो भी डाला जाता है। गर्भवती महिला के साथ सरसो के तेल, लहसुन और लोहे से निर्मित कटार आदि भी रखा जाता है।

तिवा समाज में बच्चे के जन्म के बाद उसकी शुद्धि करायी जाती है। तिवा समाज में यह भी विश्वास है कि बच्चे के जन्म के प्रारंभिक कुछ दिनों तक माँ को बच्चे की ओर पीठ देकर सोना नहीं चाहिए। ऐसा करने पर बच्चे के बीमार होने की सम्भावना रहती है। जब तक हाल ही में जन्मे बच्चे को एक अनुष्ठान के जरिये लोगों के सामने नहीं लाया जाता तब तक घरवालों को कई तरह के नियमों का पालन करना पड़ता है। तिवा समाज में बच्चे की मंगल कामना हेतु एक मुर्गे की बलि चढ़ायी जाती है।

तिवा समाज में अक्सर छोटी–मोटी बीमारियों के लिए घरेलू नुख्से अपनाये जाते हैं। कुछ बीमारियों से ठीक होने के लिए बलि भी दी जाती है। तिवा समाज में बाल झरने का सपना देखना अमंगल माना जाता है।

तिवा जनजाति का कोई इंसान अगर मरने वाला है तो उसके करीबी रिस्तेदारों द्वारा उसकी मनपसन्द चीज़ों को खिलाया जाता है। ऐसा करने के पीछे तिवा लोगों का यह विश्वास है कि अगर कोई व्यक्ति मन में अतृप्त वासनाएँ लेकर मरता है तो मरने के बाद वह भूत बनकर लोगों को परेशान करता है।

तिवा समाज में मरनेवाले का अन्तिम संस्कार करने के लिए हर गाँव में एक सामूहिक श्मशान रहता है, लेकिन वहाँ पर प्रत्येक कूल की अपनी निजी *हादामया* विशेष जगह होती है। बच्चों और आत्महत्या करने वाले लोगों के शवों को गढ्ढा खोदकर दफनाया जाता है और उस जगह पर पेड़ लगाया जाता है। तिवा समाज में मरनेवाले व्यक्ति के घर के लोग तीन दिनों तक उपवास रखते हैं। चौथे दिन खट्टा और क्षार के साथ अलग–अलग से मछली बनाकर पहला हिस्सा मरने वाले व्यक्ति के लिए रखकर उपवास तोड़ा जाता है। उल्लेखनीय बात यह कि तिवा समाज में एक ही कुल के मरनेवाले कई व्यक्तियों के श्राद्ध एक साथ भी किया जा सकता है।

वेशभूषा

किसी भी जनजाति की वेशभूषा उस जनजाति की पहचान होती है। तिवा जनजाति भी अपनी विशिष्ट वेशभूषा के कारण जनजातीय मंच पर एक अलग ही स्थान रखती है। उनकी विविध रंगी वेशभूषा सभी का ध्यान आकर्षित करने में सक्षम है।

तिवा जनजाति के लोग अपने कपड़े खुद बुनते हैं। तिवा जनजाति के पुरुष सिर पर पगरी पहनते हैं। वे लोग इसे *फागा* कहते हैं। वे लोग *टाग्ला* नामक एक क़मीज़ पहनते हैं। आमतौर पर यह क़मीज़ काले रंग का होता है। इसमें सामने और पीठ की तरफ फूलों की बनावट और गले तथा हाथों में झालर होती है। इस झालर को तिवा भाषा में तुरुम कहा जाता है। वे लोग गले में *फाली* नामक एक गमछा लेते हैं। कपड़ों का एक पतला टुकड़ा शरीर में पहनते हैं, जिसकी बनावट अंग्रेजी के अक्षर 'T' की तरह होती है, जिसे *ठेनाश* कहा जाता है। तिवा लोग परम्परागत रूप से धोती पहनते हैं। वे लोग तङली नामक एक कमरबन्द पहनते हैं।

पहाड़ी और समभूमि की तिवा महिलाओं की वेशभूषा में थोड़ा अन्तर है। पहाड़ में रहने वाली तिवा महिलाएँ शरीर के ऊपरी हिस्से को ढकने के लिए सफ़ेद या पीले रंग का कपड़ा लपेटती हैं, जिसे वे लोग फाचकाइ कहते हैं। महिलाएँ सीने से लेकर घुटनों तक एक कपड़ा लपेटती हैं, जिसे काछंग कहा जाता है। यह लाल, काला और पीले रंग का होता है। काछंग के नीचे एक मोटी झालर होती है और इसमें गाँठ बाँधने के लिए खास किस्म की रस्सियाँ भी होती है। वे *नारा* नामक एक रंगीन कपड़ा लपेटती है।

पारम्परिक पोशाक में तिवा युवती

समभूमि की तिवा महिलाएँ स्थानीय रूप से बनायी हुई रिहा नामक एक वस्त्र पहनती हैं, जिनका प्रयोग वे वक्ष को ढकने के लिए करती हैं। वे कमर से एड़ियों तक एक कपड़ा पहनती हैं, जिसे मेखेला कहा जाता है।

तिवा महिलाएँ अपनी सुन्दरता को निखारने के लिए कई तरह के अलंकार पहनती हैं। उनमें से पहाड़ में रहनेवाली महिलाएँ चाँदी से बनी हुई खाइदंग नामक कान की बाली, *सीकिनी–लो* नामक हार पहनती हैं और समभूमि की महिलाएं *बेना* नामक अर्धाकार लकेट, *ढोलबीरी* नामक ढोल के आकार का लकेट. और *गलपाता* नामक वर्गाकार इकाइयों से बनी हुई हार पहनती हैं।

खान–पान

तिवा लोग मूलतः चावल खाते हैं। मांस, मछली, अण्डा, साग–सब्जियाँ उनके व्यंजनों की सूची में आते हैं। सूअर का मांस उन्हें सबसे प्रिय है। वे लोग परम्परागत रूप से चावल से शराब प्रस्तुत करते हैं। तिवा समाज में प्रचलित कई धार्मिक अनुष्ठानों में इस स्थानीय शराब का इस्तेमाल किया जाता है और साथ ही इससे मेहमानों की खातिरदारी भी की जाती है।

लोकगीत

विभिन्न अनुष्ठानों से सम्बन्धित कई तरह के लोकगीतों का प्रचलन जनजातीय समाज में रहता है। तिवा जनजाति भी इसमें अपवाद नहीं है।

तिवा लोग ज़्यादातर कृषिकर्म से जुड़े हुए हैं। अतः पहाड़ हो या समभूमि तिवा जनजाति के लोग हर्षोल्लास के साथ कई तरह के प्रेमपरक लोकगीत गाते हुए एकजुट होकर कृषि कर्म में लगे रहते हैं, लेकिन आज समभूमि में रहने वाले तिवा जनजाति के लोगों के बीच खेति करने के दौरान बरसात से जुड़े हुए गीत, *लालि हिलाली गीत, गदाल बरीया गीत* लुप्त होने लगे हैं। तिवा समाज में प्रमुखतः दो प्रकार के लोकगीतों का प्रचलन हैं। वे दो प्रकार के गीत हैं– *लो–हो–लोहइ और लालि हिलाली लइ*। *लो–हो–लोहइ* नामकरण, विवाह और कटाई के समय गाये जाने वाले लोकगीत हैं। वही *लालि हिलाली लइ* विवाहानुष्ठान, करन और उस तरह के त्योहारों के साथ जुड़ा हुआ लोकगीत है। तिवा समाज में निचुकनि गीत, ओमलोवा गीत, बिहु गीत, *छग्रा नृत्य* का गीत, लांखुन पूजा का गीत, *वान चोवा मिचोवा गीत, भुआ गीत* आदि कई तरह के गीतों का प्रचलन है। इस प्रकार के गीतों के कुछ उदाहरण भावार्थ के साथ नीचे दिये गये हैं–

लोरी गीत :

'नङा पेरे लाम होगा
मठाल लेंजाइ टान मानगा।
मठान आरो इण्दा रिगा?
थुइ खरम कुठि चांग्रे लिगा।
थुइ खरम आरो इंदा लिगा?
वा टान डाले कुनथ्रिउ कगा?
वा टान डाल आरो इंदा रिगा?
फेमबर पागग आछे लिगा।
फेमबर आरो इंदा रिगा?
पादुलि छुङात ना ना लिगा।....'

(नगाँव की पल्लवी दलै से संगृहीत)

अर्थात् : *नङा* मतलब एक लड़का जंगल काँटकर रास्ता निकाल रहा था। रास्ता काँटते समय एक गिलहरी की पूँछ कँट गयी। डर कर भागते समय गिलहरी ने एक खिरा में टक्कर मारी। खिरा गिरकर सूअर के मुँह में लगा। सूअर जब डरकर भागने लगा तब उसका पैर चींटियों के घर

पर पड़ा। चींटियाँ भागकर चमगादड़ के घोसले में घुँस गई। चमगादड़ डरकर हिरण के कान में घुस गया। हिरण जब डरकर भागने लगा उस समय उसने जंगली मुर्गियों का घर तोड़ दिया। जंगली मुर्गी ने डरकर राजा के घर को तहस–नहस कर दिया। अन्त में राजा के घर में बैठक हुई। बैठक में नङा को दोषी पाया गया और उसे बन्दी बना ली गई।

'ओ चोनाइ, चोनाइ, ने फारे ने मागा?
ठा चुना लिगा, ठागा पाण्डवे? वा चाइ कारगा।
वागा पाओवे? चाबि काओ टनगा।
होर गा पाओवे? ति छम कारगा।
ति गा पाओवे? माशु नुंग टनगा।'

(नगाँव की पल्लवी दलै से संगृहीत)

अर्थात् : चंदा तेरे माता–पिता कहाँ गये? आलू खोदने गये हैं। आलू कहाँ है? सूअर ने खाया। सूअर किधर है? भाला घुस गया है। भाला किधर गया? आग ने जला डाला। आग किधर है? पानी ने भीगो डाला। पानी किधर है? गाय ने पी लिया। गाय किधर है? बाघ ने खाया। बाघ किधर है? गुफा के अन्दर है।

छग्रा नृत्य गीत

लामओ पालाने छिगा
खोइदा थुलिने पाण्ठाइरौ
हतशु लिगा
ए....होइ...हु....हु...औ। (नगाँव की पल्लवी दलै से संगृहीत)

अर्थात् : रास्ते में इधर–उधर घुमने वाले चूहे की तरह पंक्तियों में युवक *छग्रा* पूजा ने मैदानों में घुमते फिरते हैं।

बिहुगीत

पाठोना लिनागा हामाद ऐ नानाओ
ठुगुनिओब हिन्दुरे फुट :
लिवाने समयओब लागेयाम ना मात
मनओ आडे लागे गा तुग।

(नगाँव की पल्लवी दलै से संगृहीत)

अर्थात् : सिर पर सिंदुर का तिका लगाकर कहाँ जा रही हो? जाते समय आवाज़ भी नहीं लगायी। मुझे दुःख हुआ है।

लोकवाद्य

तिवा जनजाति के लगभग सभी सामाजिक अनुष्ठानों तथा त्योहारों में तरह–तरह के लोकगीत और लोकनृत्य किये जाते हैं। ऐसे में इन गीतों या नृत्य में पारम्परिक तौर पर कई तरह के लोकवाद्यों का इस्तेमाल किया जाता है। तिवा समाज में प्रचलित ऐसे कुछ लोकवाद्य इस प्रकार हैं –

खाम

खाम छोटे आकार का एक ढोल है। यह आकार में ढोल से थोड़ा बड़ा और ढोलक से थोड़ा छोटा होता है। लगभग सभी लोकनृत्यों और गीतों में इसका इस्तेमाल किया जाता है। छोटे *खाम* को जङखङ खाम भी कहा जाता है।

खामबार

बड़े आकार के ढोल को ही *खामबार* कहा जा सकता है। इसकी आवाज़ थोड़ी भारी होती है। *खामबार* की लम्बाई *खाम* से कम होती है मगर आकार में इससे बड़ी होती है। *छग्रा–मिछावा, व्यानछुवा* आदि विशेष त्योहारों में ही इसका इस्तेमाल किया जाता है।

दगारा या तुम्बाङ

दगारा या *तुम्बाङ* देखने में कद्दु की तरह है। इसका आकार धार्मिक अनुष्ठानों में इस्तेमाल होने वाले नगाड़े की तरह है। दो लकुटियों के साथ इसे बजाया जाता है।

पातिढोल

तिवा जनजाति का पातिढोल असम के बिहु या *ओझा* ढोल की तरह है। इस ढोल को कठहल के काठ से बनाया जाता है। इसकी आवाज़ मिठी होती है। विभिन्न धार्मिक अनुष्ठानों में पातिढोल का इस्तेमाल अपरिहार्य है।

इन सबके अलावा तिवा समाज के विभिन्न त्योहारों में *खाम लुदांग, खाम खुजुक, खाम पांठाइ* आदि कई तरह के ढोलों का इस्तेमाल किये जाते हैं। तिवा लोग खुद काठ, बाँस और छमड़ी से इन ढोलों को बनाते हैं। इन लोकवाद्यों को बनाते समय तिवा लोग कुछ रीति–रिवाज़ों का पालन करते हैं।

लोक–नृत्य

लोक–नृत्य लोक उत्सव का प्राण तत्व है। तिवा समाज के लोग विविध त्योहारों से संबद्ध रखकर समय समय पर कई तरह के लोक नृत्य करते हैं। इन लोक नृत्यों में *बिचु* यानी वैशाख बिहु के दौरान किया जानेवाला *बोका* नाच प्रमुख है। यह नृत्य खासकर समभूमि में रहनेवाली तिवा जनजाति के लोग ही करते हैं। उस दिन गाँव के युवक–युवती मिलकर गाँव के सरपंच, घर के मुखिया और सभी बुजुर्गों को एक साथ बिठाकर शराब परोसते हैं और घर–घर जाकर नाच–गाना करके चंदा इकट्ठा करने की अनुमति माँगते हैं। वे लोग *बिचु* के पूरे हफ़्ते गाँव के ओर से छोड़ तक नृत्य करते फिरते हैं। *बोका* का अर्थ है कीचड़। इस नृत्य में युवक–युवती कीचड़ में लथपथ होकर नृत्य करते हैं और इसी कारण इस नृत्य को बोका नाच कहा जाता है। बोकानाच के दौरान जो गीत गाये जाते हैं, उसकी भाषा पहाड़ी लालुङ दोवान की है और भाव प्रणयविषयक है। कुछ गीतों में इतिहास की झांकी भी देखने को मिलती है।

लोकनृत्य करती हुई तिवा युवतियाँ

साहित्य

प्रत्येक जनजाति के लोगों के बीच परम्परागत रूप से कुछ मौखिक साहित्य का प्रचलन रहता है। तिवा जनजातीय समाज में इस प्रकार के साहित्य की मात्र बहुत ही कम है। सन 1985 में तिवा *मथन्लाइ तख्रा*

(=तिवा साहित्य सभा) का गठन हुआ। आज यह संस्था तिवा साहित्य के विकास में काम कर रहा है। हाल फिलहाल में कुछ ऐसे तिवा साहित्यकार हुए हैं, जिन्होंने तिवा कहानियों की रचना की हैं। ऐसे साहित्यकारों में मनोज कुमार देउरजा का नाम उल्लेखनीय है। *लाहाम* और *मिर* उनकी बहुचर्चित कहानियाँ हैं। इनकी कहानियों में तिवा जनजीवन का यथार्थ चित्रण हुआ है।

पूर्वोत्तर की व्यापक जनजातीय समूह में असम की तिवा जनजाति जनजातियों की उस सूची में आती है, जो अपनी व्यापक लोकसंस्कृति के कारण काफी समृद्ध है।

ग्रन्थ–सूची

असमीया

- दास, अंशुमान, संपा. असमर जनगोष्ठीय उत्सव–पार्बण. प्रथम . गुवाहाटीः आंक–बांक प्रकाशन, 2013.
- बरदलै, ज्योतिर्मय. असमर जनजाति आरुसंस्कृति. संपा. परमानंद राजवंशी. द्वितीय . गुवाहाटी : असम साहित्यसभा, 2016.
- भट्टाचार्य, प्रमोदचन्दर, संपा. असमर जनजाति. तृतीय. धेमाजी : असम साहित्य सभा, 2008.
- राजवंशी, परमानंद, संपा. असमर संस्कृति कोष. द्वितीय. गुवाहाटी : ज्योति प्रकाशन, 2014.
- राभा, मलिना देवी, संपा. असमर जनजाति आरु संस्कृति. द्वितीय. गुवाहाटी : असम साहित्य सभा, 2016.

आलेख

वैश्य, रीतामणि. समकालीन साहित्यिक प्रवृत्तियाँः पूर्वोत्तरी भाषाओं के सन्दर्भ में. साहित्य अकादेमी के उत्तर–पूर्वी लेखक समारोह, दरभंगा (2017) में प्रस्तुत।

हाजङ जनजाति का सामान्य परिचय

हिरण वैश्य
प्रांजल कुमार नाथ

परिचय

असम विविधताओं का राज्य है। यहाँ अनेक धर्म, जाति, वर्ण और वर्ग के लोग रहते हैं। यहाँ स्थित ये भिन्न जाति–जनजातियाँ आपस में इतनी घुल मिल गयी हैं कि कहना मुश्किल है कि कौन–सी जाति मूल रूप से कहाँ उत्पन्न हुई थी। इनमें से हाजङ भी एक ऐसी ही जाति है। नृतत्वविदों के अनुसार ये लोग मंगोलीय प्रजाति से थे और भाषाविदों के अनुसार ये तिब्बत बर्मी जत्थे के।

नृतत्व की आधुनिक परिभाषा के आधार पर मंगोलीय गोष्ठी के शारीरिक गठन की विशेषताओं के अनुसार हाजङ इंडो–मंगोलीय जनजाति है। सिडनी एंडेले ने राभा, मेच, धीमाल, कोच और गारो की तरह हाजङ भी बड़ो जनगोष्ठी की शाखा है (कानुराम हाजङः 178)। कर्नेल इ.टि. डेल्टन के अनुसार हाजङ और राभा कछारी जाति की एक–एक शाखा है, जो गारो से सम्बन्ध रखती है (कानुराम हाजङरू 178)। वे हाजङ लोगों का सम्बन्ध उत्तर काछा की होजाइ कछारी से भी जोड़ते हैं (कानुराम हाजङः 178)। डॉ. सुनीति कुमार चटर्जी ने हजङ को मूलतः बड़ो गोष्ठी का ही माना है (कानुराम हाजङः 178)। कुल मिलाकर कहा जा सकता है कि किसी जमाने में भाषा, धर्म, संस्कृति के साथ निकट सम्बन्ध रखने वाली बड़ो–कछारी, राभा, मेच, हाजङ, गारो, तिवा आदि जनगोष्ठियाँ बड़ो की ही जनजातियाँ हैं।

सन् 1891 की जनगणना के प्रतिवेदन में हजङ को एक अलग जनजातीय नृगोष्ठी के रूप में स्वीकृति मिलती है।

हाजङ शब्द की व्युत्पत्ति

हाजङ लोग मूलतः कृषि पर निर्भरशील हैं। एक मत के अनुसार हाजङ नाम उनको गारो लोगों ने दिया है। पत्रकार प्रभात चन्द्र हाजङ से मिले तथ्य के अनुसार गारो भाषा में 'हा' का मतलब है मिट्टी और 'जङ' का मतलब कीड़ा है। अर्थात् हाजङ का मतलब है मिट्टी के कीड़े (चहरीया2000:274)।

दूसरे एक मत के अनुसार हाजङ लोग किसी जमाने में हाजङ नाम के भूखण्ड से प्रव्रजित होकर आने के कारण इस जनजाति का नाम हाजङ पड़ा। अन्य एक धारणा है कि उनके पूर्वज का नाम हाजो था। इस वंश के लोग हाजङ कहलाए। यह भी कहा जाता है कि गारो भाषा के आजङ,जिसका अर्थ आना गारो है, शब्द से हाजङ शब्द की व्युत्पत्ति हुयी है (कानुराम हाजङ 2016:181)।

जनश्रुति

हाजङ जनजाति से सम्बन्धित कई जनश्रुतियाँ मिलती हैं। असमीया जाति और संस्कृति ग्रन्थ में कहा गया है–

'अन्य एक जनश्रुतिर मते हाजङ सकल क्षत्रिय वंशोद्भूत। जमदग्निर पुतेक परशुरामे समस्त पृथिवी परिभ्रमन करी क्षत्रियक निधन करार फलत कार्तवीरज्जुनो निधन हय।

कार्तवीरज्जुनर मृत्युर पिछत तेउर पत्नी पलाइ आहि सेइ समयर कामरूपर ऋखि कामदत्तर आश्रमत थकिबलोइ लय। ऋखिर आश्रमत थाकोते पदङस्कू नामेरे एक पुत्र सन्तानर जन्म हय। कालक्रमत एउवेइ राजा हैयग्रीव माधव मन्दिर के धारि हाजोनगर निजर अधीनलै आने। एइ बंशर शेष रजा भारत बर्मनर दिनत हाजो राज्य पाटन हय य फलत बार हाजार लोके गारो पाहारर हाजरि अंचलत थितापी लय। परवर्ती कालत एइ लोकसकलेइ हाजङ नामेरे परिचित हय।' (राजबंशी 2003:276)

अर्थात्–कुछ लोगों के अनुसार हाजङ लोग मूलतः क्षत्रिय थे। जमदग्नि के पुत्र परशुराम ने जब पूरी दुनिया के क्षत्रियों को निधन करने का ठान

लिया तो उसमें कार्तवीरर्ज्जुन उनके हाथों मर गये। कार्तवीरर्ज्जुन के मरने के बाद उनकी पत्नी वहाँ से भागकर कामरूप के ऋषि कामदत्त के आश्रम में आकर रहने लगे। ऋषि के आश्रम में ही पदङस्कू नाम से एक पुत्र सन्तान का जन्म हुआ और बाद में उन्होंने ही राजा बनकर हयग्रीव माधव मन्दिर से लेकर हाजो तक अपना शासन भार संभाला। उन्हीं के वंश के अन्तिम राजा भारत वर्मन के दिनों राज्य का पतन होने लगा था, जिसके परिणामस्वरूप बारह हजार लोग वहाँ से भागकर गारो पहाड़ के हाजारी नामक जगह में रहने लगे। वहाँ रहने वाले उन लोगों को ही परवर्ती समय में लोगों ने हाजङ नाम से जाना।

इब्सात आली के अनुसार, आन एटि आख्यान मते हाजोत 'हज' नामेरे एजन मेच (कोच) रजाइ राजत्व करिछिल। तेउर नामर पराइ राजधानीर नाम 'हाजो' आरू परवर्ती कालत एइ हाजोर परा पलायन करा लोकसकलक हाजङ बुलि जना जाय। (आली 2012:12)

अर्थात्–एक जनश्रुति के अनुसार हाजो में 'हज' नाम से एक राजा थे और उन्हीं के नाम से राजधानी का नाम हाजो रखा गया। बाद में किसी कारण वश यहाँ से जो लोग भागने लगे उन सब को हाजङ कहा जाने लगा।

इतिहास

नृतात्विकों के अनुसार मंगोलीय प्रजाति के लोग लगभग ई. पू. 4000 साल पहले नवपाषाण के युग में विभिन्न समय में क्रमिक रूप से एक–एक जनजाति इस भूखण्ड तक आती है। मंगोलीय जाति की तिब्बत बर्मीय जनजाति की तरह हाजङ असम के उत्तर–पश्चिम कोने से ब्रह्मपुत्र घाटी तक आये थे। कहा जाता है कि हाजङ तिब्बत से प्रव्रजित होकर उत्तर बंगाल के कोच बिहार की उत्तरी भूटान के सरहद पर हजङ नाम की जगह पर सदियों तक बसे रहे। मनोरंजन राय हाजङ के अनुसार हाजो क्षेत्र में सदियों तक हाजङ का निवास था। बाद में वे ब्रह्मपुत्र के दक्षिण और गोवालपारा जिले के दक्षिण–पश्चिम की ओर आते हैं। इसी तरह हाजङ मेचपारा लक्षीमपुर के पास के सोवाकोणे से दक्षिण की ओर धुबुरी जिले के मानकाछार–शालमारा महकमा, मेघालय की पर्वतीय सपाट भूमि और बांग्लादेश के मैमनसिंह जिले में फैल जाते हैं। दूसरी ओर वे पूरब

की ओर पश्चिम खाचिया पहाड़ी के निचले अंचल के साथ–साथ श्रीहट्ट जिले तक विस्तारित होते हैं।

अवस्थिति

हाजङ लोग मेघालय, असम, अरुणाचल प्रदेश आदि में फैले हैं। पश्चिम बंगाल के कोचबिहार और जलपाइगुरि जिलों में भी हाजङ लोगों की अवस्थिति मिलती है। मूलतः वे असम के गोवालपारा और धुबुरी जिलों के मानकाछार–शालमारा महकमों में निवास करते हैं। इनके अलावा लक्षीमपुर, धेमाजी, मरिगाँव, कार्वि आङलङ, काछार आदि में भी इन लोगों की अवस्थिति है। मेघालय की पश्चिम और दक्षिण गारो पहाड़ियों और पश्चिम खाचिया पहाड़ी जिले की मैदानी क्षेत्रों में भी हाजङ लोग बसते हैं। अरुणाचल प्रदेश के चाङलाङ जिले में भी हाजङ लोग पाये जाते हैं। हाजङ लोगों की प्राचीन अवस्थिति के बारे में इब्बात आली कहते हैं–

'उत्तरे बर्तमान गोवालपारा जिलार लक्षीपुर चहरर उचरर शुवरकोणा (हावारकोणा), दक्षिण–पुवे बांग्लादेशर छिलेट जिलार अधीनस्थ जङकोणा बा जामकोणा आरू पश्चिमे गारो पाहार जिलार पश्चिम सीमांतत अबष्ठित मानिकाचरर उचरर मरकोणा–प्राचीन कालर परा 'हाजङ माथा' नामे जनाजात उक्त भूमिखण्डत हाजङसकलर आदि बासस्थान। इयार बाहिरेउ पश्चिमबंग, कोचबिहार, नदिया, शान्तिपुर, खरदह आदि अंचलत पुर्वे हाजङ जनबसति आछिल यदिउ कालक्रमत संमिश्रित है उक्त अंचलर हाजङ सकलर आत्मपरिचय बिलुप्त हय।' (आली 2012:7)

अर्थात् : उत्तर में वर्तमान गोवालपारा जिले के लक्षीपुर शहर के निकटवर्ती शुवरकोणा, दक्षिण–पूर्व के बांग्लादेश के सिलेट जिले के अन्तर्गत जङकोणा याजामकोणा और पश्चिम गारो–पहाड़ जिले के पश्चिम प्रांत में स्थित मानिकाछार के निकटवर्ती मरकोणा में प्राचीन काल में हाजङ लोगों निवास करते थे। इनके अलावा पश्चिम बंगाल, कोचबिहार, नदिया, शान्तिपुर, खरदह आदि क्षेत्रों में भी हाजङ लोग थे। मगर विभिन्न कारणों से वर्तमान उन क्षेत्रों से हाजङ लोग विलुप्त हो गये।

जनसंख्या

उत्तर–पूर्व भारत में रहनेवाले हाजङ लोगों के लिए अभी तक कोई अलग से जनगणना की आँकड़े की व्यवस्था नहीं की गयी है। सन् 1891 ई. में

अंग्रेजों के नेतृत्व में जो सर्वेक्षण हुआ था, उसमें हाजङ लोगों की संख्या कुल 1102 थी। सन् 1981 की जनगणना के अनुसार पश्चिम बंगाल में 1035 हाजङ लोगों के रहने का तथ्य मिलता है। असम हाजङ जातीय परिषद,जो कि हाजङ का एक सामाजिक संगठन है, के सन् 2000 के तथ्य के अनुसार असम में हाजन लोगों की संख्या 80,000 हैं (हाजङ 2016:180)। असम और मेघालय के हाजङ जातीय परिषद के निजी प्रतिवेदन में सन् 2008 तक असम, मेघालय और अरुणाचल प्रदेश में कुल मिलाकर 1,50,000 हजङ लोग हैं (हाजङ 2016:501)।

आजीविका

कृषि ही हाजङ लोगों की जीविका का मूल साधन है। ये धान, आलू, साग, तेल आदि सभी का उत्पादन करते हैं। कुछ लोग छोटे–मोटे व्यवसाय के अलावा पशु–पक्षी का भी पालन करते हैं। शिक्षा के क्षेत्र में इतना प्रभाव न होते हुए भी वर्तमान समय में शिक्षा के प्रसार के फलस्वरूप सरकारी और अर्ध सरकारी नौकरी में इन्होंने अपनी सेवा दी है।

समाज और पारिवारिक व्यवस्था

हाजङ लोगों का समाज पितृप्रधान है। कहा जाता है कि पहले उनके समाज में माँ की प्रधानता थी। कभी वे मातृप्रधान जनजाति हुआ करती थी। आर्य हिन्दू के संपर्क में आने के बाद जब वे वैदिक धर्म के रीति–रिवाज़ से सामाजिक क्रिया–कर्म करने लगे, तब से माह प्रधान समाज–व्यवस्था से बाहर आने लगे।

परिवार का मुखिया पिता है और उन्हीं के नाम पर ही सब कार्य होता है। मुखिया की सम्पत्ति को सन्तानों में बराबर बाँटा जाता है। अर्थात् पिता की मृत्यु के बाद पुत्र आपस में सभी स्थावर–अस्थावर सम्पत्ति को अपने बीच समान रूप से बाँट लेते हैं। लड़कियाँ पिता की सम्पत्ति का माँग नहीं कर सकती। हाँ, लेकिन अगर किसी पिता के पुत्र सन्तान नहीं हैं तो उनके मरने के बाद सम्पत्ति की मालकिन उनकी पुत्री हो सकती है।

इन लोगों के समाज में छः गोत्र हैं, क्रमश : हारङपारीया, भजालुपारीया, मानिकपारीया, टेपरपारीया, सातदलपारीया और मांजिपारीया। कोई कोई हाजङ लोगों के गोत्र की संख्या 26 तक ले जाते हैं। इन गोत्रों को *निकिनी* भी कहा जाता है। दरअसल *निकिनी* नाम उन संप्रदायों में ज़्यादा

प्रचलित है जिन समाजों में केवल मातृ ही प्रधान हो। इससे भी अनुमान लगाया जा सकता है कि उनके समाज में कभी माँ की भी प्रधानता रही होगी। या फिर प्रारम्भ में मातृ प्रधान गारो समाज के बीच रहने के प्रभाव के कारण भी ये नाम इस समाज में प्रचलित रहा होगा।

इनके समाज में दादी–भागी और दादी–गोष्ठी नाम से दो सवंशीय शाखाएँ थीं जो पिता की सम्पत्ति के हकदार थी, उन्हें *दादी–भागी* और जो अपना होते हुए भी सम्पत्ति के हकदार नहीं होते अर्थात् जो दूर के रिस्तेदार हैं उन्हें *दादी–गोष्ठी* में रखा जाता था। लेकिन वर्तमान समय में इन शाखाओं की धारणा स्पष्ट नहीं है।

हाजङ लोग खुले परिवेश के घर में रहते हैं। उनके घर में बड़ा घर, कोठार, रसोईघर, गोशाला आदि होते हैं।

धार्मिक स्थिति

धर्मीय दृष्टिकोण से अगर देखा जाए तो हाजङ लोगों की दो शाखाएँ हैं –एक है शाक्त पंथ और दूसरा है वैष्णव पंथ। प्रारम्भ में ये लोग शाक्त ही थे, लेकिन बाद में कुछ लोग चैतन्य महाप्रभु से दीक्षित होकर वैष्णव बन गये। वैष्णव पंथ के लोग गले में तुलसी की माला और कपोल पर चन्दन का टीका लगाते हैं। वैष्णवों के बीच जिन लोगों को पूजा करने का अधिकार प्राप्त होता है, उन लोगों को अधिकारी कहकर बुलाया जाता है। शाक्त पंथ के हाजङ लोग देवी पूजा के अतिरिक्त विभिन्न भूत–प्रेत, आत्मा आदि पर विश्वास रखते हैं और इनका पूजा–पाठ भी करते हैं। हाजङ समाज में दो तरह के पुजारी हैं– एक है *देउशि* (=देवर्षी) और दूसरा है नङटाङ। जो कामाख्या देवी की पूजा करते हैं, उनको *देउषी* और कामाख्या तथा अन्य सभी देव–देवता की पूजा करनेवाले व्यक्ति को नंगटांग कहा जाता है।

लोकाचार एवं रीति–नीति

हाजङ समाज में सन्तानसम्भवा नारी के लिए कुछ नियम होते हैं। गर्भधारण के सात महीने में एक अनुष्ठान का आयोजन किया जाता है। उसी महीने में ही किसी एक अच्छे दिन में गाँव की औरतें उनको एक कमरे में बिठाकर राधा–कृष्ण की मूर्ति को प्रणाम करके उनको प्रसाद

चढ़ाया जाता है। चढ़ाए गये प्रसाद और अन्न सभी मिलकर ग्रहण करते हैं और इसी अनुष्ठान को सातखावा कहा जाता है। प्रसव के लिए एक अलग कमरा प्रस्तुत किया जाता है, जिसको हाजङ भाषा में छुवा घर अर्थवा जातक घर कहते हैं। गाँव की अभिज्ञ महिला द्वारा यह कार्य समाधान किया जाता है, लेकिन वर्तमान समय में आधुनिकीकरण के प्रभाव के फलस्वरूप अस्पतालों में भी लोग प्रसव के लिए औरतों को ले जाते हैं। अगर लड़का पैदा हुआ तो सात दिनों में और अगर लड़की हुई तो पाँच दिनों में उस महिला को प्रसव गृह से बाहर लाया जाता है और उस दिन बच्चे का मुंडन कराके लड़के के हाथ में तलवार और लड़कियों के हाथ में कपड़े बुनने की कोई भी सामग्री दे दी जाती है। कहा जाता है कि इससे लड़का और लड़की बड़े होकर दोनों काम में निपुण हो जाते हैं। बच्चा जब एक महिने का हो जाता है, तो उसका नामकरण किया जाता है। कभी–कभी एक महीने के बाद भी यह अनुष्ठान किया जाता है। जब वह बच्चा छः से सात साल का होता है, तब पुरोहित द्वारा कान फुका मन्त्र से उस बच्चे को हाजङ समाज में अपना लेते हैं।

हाजङ लोगों को मरने के बाद जलाया जाता है। जलाने से पहले शरीर पर हलदी लगाकर सफ़ेद कपड़ा पहनाया जाता है और लाश को तुलसी के नीचे रखा जाता है। ये लोग विश्वास करते हैं कि मरने के बाद लाश की आत्मा घर के लोगों को हानी पहुँचा सकती है, इसीलिए ये लोग घर के आँगन में लोहे की एक चीज़ मिट्टी में दफनाते हैं। लाश को जब तक शमशान नहीं लेकर जाते तब तक परिवार, आत्मीय तथा पास–पड़ोस के लोग न खाना बनाते हैं और न खाते हैं। विशेषतः परिवार के लोग उस दिन कुछ नहीं खाते हैं। दूसरे दिन से फल और तीसरे दिन से हबिष्यान्न खाने का नियम इस समाज में प्रचलित हैं। साधारणतः छोटे उम्र वाले बच्चे की मृत्यु होने पर तीन दिन में ही श्राद्ध किया जाता है और बड़े लोगों की मृत्यु पर तेरह दिनों में हाजङ लोग श्राद्ध मनाते हैं। वे बाप के वंश के लोगों को *दाइदि भागी* कहते हैं। *दाइदि भागी* में से किसी की मौत होने से अशौच पालन करना पड़ता है। पुत्र ही बाप की सम्पत्ति का वारिस होता है। माँ की सम्पत्ति का वारिस बेटी होती है।

त्योहार

हाजङ लोगों के उत्सव को मूलतः चार भागों में बाँटकर देखा जा सकता है–

- सामाजिक त्योहार
- कृषि से सम्बन्धित त्योहार
- धर्म से सम्बन्धित त्योहार
- सांस्कृतिक त्योहार
- सामाजिक त्योहार

विवाह

विवाह हाजङ का प्रमुख सामाजिक त्योहार है। कहा जाता है कि हाजङ लोग पहले आडंबरता के साथ विवाह नहीं करते थे। पर समय के साथ–साथ आजकल ये लोग भी उत्साहपूर्ण रूप से विवाह का आयोजन करते हैं। हाजङ समाज में तीन प्रकार की शादियाँ होती हैं। वे इस प्रकार हैं–सामाजिक, *हाङा* और *दायपरा* विवाह। सामाजिक नीति–नियमों से घरवालों की मर्जी से जो विवाह होता है, उसे सामाजिक विवाह कहते हैं। विधवा के पुनर्विवाह को *हाङा* विवाह कहा जाता है और लड़का–लड़की जब अपनी मर्जी से प्रेम के कारण भाग कर शादी करते हैं तो उस प्रकार के विवाह को *दायपरा* विवाह कहते हैं। ऐसे विवाह में बाद में वर–वधू दोनों को सामाजिक नियमानुसार समाज को खाना खिलाना पड़ता है।

हाजङ समाज में सामाजिक विवाह *जाहु* अर्थात् घटक के द्वारा होता है। सामाजिक विवाह में दो दिन का कार्यक्रम होता है। दोनों दिनों के लिए अलग–अलग नियम बनाये गये हैं। इस संप्रदाय में धर्मीय माँ–बाप और सखा की भूमिका काफी महत्त्वपूर्ण है। शादी के दिन किसी आत्मीय को विवाह अनुष्ठान में अपना माँ–बाप बना लेना ही धर्मीय माँ–बाप है। इन माँ–बाप को *धनिमाउ* और *धनिबाप* भी कहा जाता है। शाक्त पंथ के हाजङ लोग शादी के आरंभ से अन्त तक *मारङगीत* गाते हैं। ये गीत *गीताल* लोग गाते हैं। दूल्हा या दुल्हन को नहलाने के लिए गाँव की औरतें जब नदी से पानी लाने जाती हैं, तब ये गीत गाये जाते हैं–

'रङा पाठिन नील भरा
          आयरक ढिलौ जाय योरायोरा
आहारे हाय
          कि रे ... आयरक जाय जय जख दिवारे

कतक आयस्क काला काला
कतक आयरक दिखिबौ भाला
आहारे हाय...।
किरे.... आयरक धिला जाय जय जखा दिरे।

(*हाजङ 2007:129*)

अर्थात्–महिलाएँ जोड़ियों में जाती हैं। वे मंगल ध्वनि देने के लिए जाती हैं। कई महिलाएं काली हैं, पर उनमें से कई सुन्दरी हैं।

दूसरी ओर वैष्णव पंथ के हाजङ लोग शादी में कीर्तन करते हैं। नव–दम्पति की शुभकामना करते हुए मन्दिर के सामने शादी का प्रारम्भिक कार्य समापन करने के लिए भी कीर्तन गाते हैं। इस संप्रदाय में दूल्हा–दुल्हन को सुहाग रात मनाने के लिए अलग घर की व्यवस्था की जाती है। उस गृह को जराघर या खोपरा घर कहा जाता है।

चरमागा

हाजङ लोगों के आनन्द और उत्साह के और एक प्रमुख अनुष्ठानों में से है *चरमागा* या *चरखेला*। यह उत्सव श्यामा पूजा या दीपावली के दो–तीन दिन पहले से ही शुरू होकर सात या फिर नौ दिनों तक चलती रहती है। इस उत्सव में हाजङ युवक गाँव के घर–घर में जाकर नृत्य–गीत आदि अनुष्ठान करके धान–चावल या फिर रुपया–पैसा आदि संग्रह करते हैं। बाद में सब मिलकर भोज–भात खाते हैं। इस उत्सव में विभिन्न प्रकार के नृत्य–गीतों का आयोजन किया जाता है। इसमें परम्परानुसार चलती आ रही *लेवाटना* नृत्य–गीत ही सबसे प्राचीन और जनप्रिय है। ये सब प्रणयसूचक गीत हैं। युवक–युवतियाँ उन्मुक्त रूप से नृत्य–गीत करके अपने हृदय के आनन्द को गीतों के माध्यम से अभिव्यक्त करते हैं। कहा जाता है कि पुराने जमाने में हाजङ समाज में शादी के लिए लड़कियों का मिलना बड़ी समस्या थी। इसके अलावा शादी से पहले लड़के को लड़कियाँ देखने का नियम भी नहीं था। इसी कारण लड़कियों को देखने के उद्देश्य से यह *चराखेला* नृत्य–गीतों का आयोजन होता था। इसके माध्यम से लोग घर–घर जाते थे और इसके बहाने चुप–चुपकर लड़कियों की तलाश करते थे। लड़कियों को देखने के बहाने के कारण इस उत्सव को *चरखेला* कहा गया है।

कृषि से सम्बन्धित अनुष्ठान

पहले ही उल्लेख किया गया है कि हाजङ लोग मूलतः कृषि पर निर्भरशील है। इसीलिए स्वाभाविक रूप से इस संप्रदाय में कृषि से सम्बन्धित कई अनुष्ठान मिल जाते हैं। कृषि से सम्बन्धित अनुष्ठान निम्नलिखित हैं–

- जालूभङा
- गुछि पुता पर्व
- कातिगाछा
- गरम पूजा
- पुषणौ पर्व
- बिषुवा
- मागन
- *यात्रा पूजा*

जालूभङा

खेतों में हल जोतने के तुरन्त बाद ही जालूभङा अनुष्ठान मनाया जाता है। इस अनुष्ठान में बारिश को बुलाने के लिए वे लोग कुछ गाना गाते हैं, जिसको 'रसिक गाना' बोला जाता है।

गुछि पुता पर्व

खेत में फसल रोपने के पहले दिन को कृषिजीवी हाजङ लोग *गुछि पुता* कहते हैं। उस दिन गृहस्थ खेतों के किसी एक कोने में लक्ष्मी माता के नाम पर पूजा–अर्चना करते हैं। गाँव की औरतों को रोपन के लिए आमन्त्रित किया जाता है। रोपन कार्य खत्म करने के बाद औरतें कीचड़ से खेलती हैं। पहले गृहस्थ को कीचड़ लगाती हैं और बाद में एक–दूसरे को लगाकर नृत्य–गीत करने लगती हैं। साथ ही साथ परम्परागत मदिरा, मांस, भोज–भात आदि एक साथ मिलकर खाते हैं। *गुछि पूता* पर्व के एक गीत निम्नलिखित है–

नया बछर पुइलो रुबा
गछि दिले मय गछि दिले मय
आय बुजनि हुबोई लकनउ
गछि दिले मय / गछि दिले मय

तारा तारि लगाउ रुवा

बेला बौशौले बेला / बौरौले (सैकीया 2013:22)

अर्थात्–नये साल में रोपानी करना। बिचड़ा गुच्छों में रोपना। सभी लड़कियाँ और औरतें रोपानी करना। सूरज ढलने को है। जल्दी करो।

कातिगाछा

कार्तिक महीने के प्रथम दिन को खेत में, तुलसी के नीचे और दरवाजे पर हाजङ लोग दीया जलाते हैं। फसल जल्द से जल्द उत्पन्न हो, किट–पतंग–चींटी द्वारा खेत नष्ट न हो उसके लिए अगरबत्ती–दीया आदि जलाकर लक्ष्मी देवी की पूजा की जाती है। मेघालय के गारो पहाड़ जिले के हाजङ लोग भोगाली बिहु की तरह यह *कातिगाछा* उत्सव पालन करते हैं।

गरम पूजा

खेतों में अनाज परिपक्क हो जाने पर सम्पत्ति और ऐश्वर्य की देवी लक्ष्मी की संतुष्टि के लिए रात को खेतों में एक पूजा का आयोजन किया जाता है। पूजा के अन्त में किसी कोने में आग लगाकर जलते हुए अंगारे एक–दूसरे के ऊपर फेंका करते हैं। ये लोग विश्वास करते हैं कि ये आग किसी को नुकसान होने नहीं देती।

पुषणौ पर्व

पौष महीने के अन्तिम दिन को हाजङ लोग *पुषणौ* उत्सव मनाते हैं। उस दिन वे लोग हर्षौउल्लास के साथ नृत्य–गीत करके पूरी रात *भेलाघर* में बिता देते हैं। सुबह सब लोग नहा–धोकर *भेलाघर* को सबकी मंगल कामना करते हुए जला देते हैं। जलते हुए *भेलाघर* के चारों ओर घूम–घूम कर *पुषणौ* गीत गाते हैं। उस दिन छोटे बड़ों को सम्मान करते हैं तथा बड़े भी छोटों को आशीर्वाद देते हैं। महिलाएँ उस दिन भिन्न प्रकार के पिठा तथा परम्परागत चीजें बनाती हैं। बनायी गयी पहला पिठा पक्षियों को भेंट करते हैं। उसके बाद गाय को खिलाती हैं। फिर पड़ोसियों तथा आत्मीयों के साथ मिलकर सब इसका स्वाद लेते हैं।

बिषुवा

असम के प्रधान उत्सव रङाली बिहु को हाजङ लोग *बिषुवा* बोलते हैं। दरअसल वैशाख महीने में मनाए जाने के कारण इसको *बिषुवा* बोला जाता है।

चैत्र महीने के संक्रांति के दिन से इस उत्सव का प्रारंभ होता है। उस दिन गोपूजा की जाती है, जिसको हाजङ में *राखल पूजा* नाम से जाना जाता है। गो को नहला–धुला कर फिर शाम को गो–लक्ष्मी के नाम पर पूजा दी जाती है। पाँच नीम के पत्ते और दाल खाना हाजङ लोगों का एक विशेष नियम है। विश्वास है कि ऐसा करने से अपना शरीर और गृह दोनों सुरक्षित रहते हैं। *बिषुवा* के दिन वैष्णव पंथ के हाजङ लोगों को छोड़ के बाकी लोग मदिरा और मांस का सेवन करते हैं।

मागन

खेत काटने के बाद जब नया नया चावल का व्यवहार होता है, उस दिन गृहस्थ घर में *मागन* अनुष्ठान का आयोजन किया जाता है। आस–पास के दो–एक लोग तथा अपने प्रियजनों को निमन्त्रण देकर उस दिन नये चावल से भोज भात तथा मांस,मदिरा आदि से उन लोगों का आतिथ्य करते हैं। इस अनुष्ठान को *हावाली* या *मागन* या फिर *नया खाउवा* कहा जाता है।

यात्रा पूजा

विजया दशमी के दिन हाजङ लोग यात्रा पूजा करते हैं। इस पूजा में कृषि कार्य समाप्त होने के बाद उसमें प्रयोग होने वाले सामग्रियों की साफ़–सफाई करते हैं साथ ही साथ गायों को भी नहलाते हैं। उसके बाद *बोईस* देवता से लेकर अन्य सभी देव–देवियों के नाम दीप जलाकर, प्रसाद और नैवेद्य चढ़ाकर कृषि सामग्री की पूजा करते हैं। फिर श्याम को आत्मीय स्वजन और दोस्तों को बुलाकर खाना खिलाते हैं। आनेवाले दिनों में नया घर बनाने के लिय खंभे की स्थापना करना, उपयुक्त वर–वधू खोजने के लिए घटक ठीक करना आदि जैसे शुभ कार्य की शुरुआत भी उसी दिन की जाती है। इसलिए इस पूजा को *यात्रा पूजा* कहते हैं।

धर्म से सम्बन्धित त्योहार

हाजङ लोग धर्म पर गहन विश्वास रखते हैं। मूलतः वे हिन्दू धर्मावलम्बी हैं। वे दुर्गा, काली, लक्ष्मी, कार्तिक, मनसा, सरस्वती और वसंती आदि देवी–देवताओं की पूजा करते हैं। पहले ही इनके बारे में उल्लेख किया गया है कि हाजङ के दो पंथ हैं– एक शाक्त पंथ और दूसरा है वैष्णव पंथ।

शाक्त पंथ के हाजङ काली पूजा, कामाख्या माँ की पूजा, दुर्गा पूजा, मनसा पूजा, त्रिनाथ आदि की पूजा करते हैं। इसके अलावा शाक्त और वैष्णव दोनों पंथ हाजङ की परम्परागत पूजाओं को बड़े ही उत्साह के साथ मानते हैं, जिनमें से कुछ इस प्रकार के हैं–

- *बाँस पूजा*
- *वास्तु पूजा*
- *पाबानी पूज़ा*
- *कानिदेउ पूजा*
- *काति पूजा*
- *मूलन देउ*
- *मयला देउ*
- *हयला देउ*
- *मेलाबारी*
- *डायन*
- *ठेंगाबारी*

बाँस पूजा

वैशाख महीने में आनन्द के साथ हाजङ लोग बाँस पूजा मनाते हैं। असम के दरङ जिले के देउल उत्सव और कामरूप के *भठेली* उत्सव के साथ इस बाँस पूजा की बहुत सारी समानताएँ देखने को मिलती हैं। इस पूजा में दो बाँस के टुकड़े को मिट्टी में गाढ़ा जाता है जिन्हें महादेव और पार्वती माना लिये जाते हैं। इसके साथ ही और एक बाँस के पेड़ में पुरानी कुछ परम्परागत चीज़ों को लटका दिये जाते हैं। गाँव के युवक और युवतियाँ घर–घर जाकर बाँस नचाकर भगवान की पूजा–अर्चना करते हैं। बाँस नचानेवाले को वशुवा और गानेवाले को *गीताल* या *गीदाल* बोलते हैं। *गीताल* अपने साथियों के साथ मिलकर देवी–देवताओं की बन्दना करते हैं। एक उदाहरण प्रस्तुत है–

'हत गुरु पाउ गुरु बन्दङ
दीक्षा गुरुर पाउ।
येइ गुरु शिखाइछे मोर
डाइने आरु बाओं
एतेके बन्दना गाइते
ये ताराबे घाउ।
आरु किछु किरा नादङ
धर्मर माथा बाओ।' (चहरीया 2000:279)

दरअसल उर्वरता शक्ति के लोकविश्वास के साथ यह उत्सव जुड़ा हुआ है। पूजा के उपलक्ष में एक बाँस के टुकड़े को हाथ की मुट्ठी से पकड़ कर आगे पीछे करने का एक नियम है। उस बाँस के टुकड़े को लिंग और हाथ की मुट्ठी को योनि का प्रतीक माना जाता है। बाँस के टुकड़े को आगे पीछे करने का कार्य रतिकार्य के साथ मेल खाता है। इसके गीत–पद भी आवेदनमयी हैं।

वास्तु पूजा

हाजङ लोगों के मूल आराध्य देवता *बोईस* नामक देवता, यानि *वास्तु* देवता हैं। साधारणतः गाँव के पास ही किसी एक पीपल अथवा बड़े वृक्ष के नीचे इस देवता का थान बनाया जाता है। इस थान में *वास्तु* देवता के साथ–साथ कामाख्या, लक्ष्मी, *बारदेउ, पाबानी, चारबुरी, आन्दा हौरा, थमथमी* आदि देवियों की भी पूजा की जाती हैं। माघ और वैशाख महीने में मनायी जाने वाली इस पूजा में दूध, केला, चावल, गुड़ आदि के साथ–साथ कछुआ, सुअर, बकरी आदि की पूजा करने का नियम हैं।

पाबानी पूजा

वास्तु पूजा के साथ यद्यपि *पाबानी* पूजा होती ही है फिर भी इसे अलग करके और एक पूजा का आयोजन किया जाता है। *पाबानी* देवता है मदन कामदेव। पाबानी पूजा के दिन सबके घर में बिना *नमकवाले पिठागुड़ी* (=चावल का चूर्ण) से पिठा बनाया जाता है। पिठा के साथ घर में बनाया हुआ मदिरा लेकर लोग पूजास्थल में जाते हैं। इस पूजा में कछुआ, बकरी, कबूतर आदि की बलि चढ़ाई जाती है। पूजा समाप्त होने पर सब मिलकर नृत्य–गीत तथा भोज भात खाते हैं। इस पूजा में *देउछी* (=पुजारी) के गले में पिठे की माला डाली जाती है। फिर सब एक साथ नृत्य करते हैं–

> 'देउछी आवा मातवा,
> फाणलेबक कानो
> धाइ माता लङमुङ
> बाय भब मानो।' (दास 2006:221)

अर्थात्–लक्ष्मी माता के आशीर्वाद से भण्डारे में धान, गोशाला में गौ और घर के लोगों का मंगल हों।

कानिदेउ पूजा

शाक्त पंथ के हाजङ लोगों द्वारा की गयी पद्मा या फिर मनसा पूजा को *कानिदेव* पूजा बोलते हैं। इस पूजा में पद्मा के अलावा चंडी की भी पूजा की जाती है। पूजा में *गीतलू* मन्त्र का उच्चारण किया जाता है और गृहस्थ अपने बाए हाथ से पद्मा की पूजा करते हैं। बकरी, कछुआ, मंगुर मछली आदि की बलि चढ़ाकर यह पूजा की जाती है। पूजा के समय गायक बेउला–लखिन्दर के कहनीमूलक गीत गाकर नाचते हैं, जो हाजङ लोगों के श्रेष्ठतम लोकगीत है। इन स्तुतिपरक गीतों में हाजङ लोगों के लोक विश्वास की प्रधानता प्रकाशमान हो उठती है। एक उदाहरण प्रस्तुत है–

'कि भाला नाचे सुन्दर कइना
भैइय बेउला अय, आहारे
नानान ठेक, ठमक देखाय बेउला
मन भुलिया जाय,
कुनबा ताकि महादेव आइया देखिबागे पाय।' (चहरीया 2000:281)

अर्थात्–दुल्हन कितनी अच्छी तरह से नाच रही है। दुल्हन का नृत्य देखकर बेउला (=एक असमीया मिथक कथा की नायिका) मोहित होती है। महादेव भी उस दृश्य को देखते हैं।

काति पूजा

काति पूजा के उपास्य देवता वैदिक न होकर लौकिक हैं। इस पूजा में हाजङ महिलाएँ काति देवता की चारों ओर घूम–घूमकर नृत्य–गीत करते हैं। लोक विश्वास है कि सन्तानहीन नारी को इस पूजा में बैठकर सन्तान की कामना करने से उनकी मनोकामना पूर्ण होती है। दिन भर उपवास रहकर सन्तान की कामना करती हुई महिलाएँ शाम को प्रसाद और एक धनुष लेकर पूजा में उपस्थित होती हैं। यह पूजा मूलतः नारी प्रधान है। इसके कुछ गीत स्तुति परक हैं और कुछ गीतों में यौनता की गंध मिलती हैं। एक उदाहरण प्रस्तुत है–

'तुला हेन बौर बौर
यौबन हेना नदी
सउक फूल फुटिछे

'आमुकी' परिछे बन्दीरे
'आमुकी' परिछे बन्दी।' (चहरीया 2000:280)

अर्थात्–यौवन का समय रुई की तरह फुला हुआ और नदी की तरह चंचल होता है। सउक फूल खिलने की तरह वह सुन्दरी हो गयी है। उसे सौन्दर्य ने घेर लिया है। उसके सौन्दर्य में कई बन्दी हो गये हैं।

सांस्कृतिक त्योहार

सांस्कृतिक क्षेत्र में भी हाजङ लोगों की अपनी अलग सी पहचान है। परम्परागत वेशभूषा, लोक नृत्य–गीत, रीति–रिवाज़ आदि ने हाजङ संस्कृति को समृद्ध करके रखा है।

नीचे कुछ सांस्कृतिक अनुष्ठानों पर चर्चा की गयी हैं। हाजङ लोग विश्वास करते हैं कि किसी भी बीमारी का मूल जड़ देवता की कुदृष्टि है। इसी कारण ये लोग चिकित्सा से पहले भूत–प्रेत या फिर देवता के नाम पर सबसे पहले पूजा–अर्चना की व्यवस्था करते हैं। इनके सांस्कृतिक त्योहार हैं–

- मूलन देउ पूज़ा
- मयला देउ पूजा
- हयला देउ पूजा
- मेलबारी पूजा
- डायन पूजा
- ठेङाबारी पूजा

मूलन देउ पूजा

हाजङ समाज के किसी भी व्यक्ति के शरीर पर अगर आत्मा घुस जाती है तो उसे *मयना* पेड़ के नीचे लाया जाता है, जहाँ पर चावल और केला से *मूलन* देउ या फिर *हुईलाबारी पूजा* का आयोजन होता है।

मयला देउ पूजा

मयला देउ साधारणतः छोटे बच्चे को पकड़ते हैं। मयला देउ अगर किसी बच्चे पर घुस जाय तो उस बच्चे का बचना मुश्किल हो जाता है। इसके उपचार के लिए एकांत स्थान पर जाकर बकरी का भोग देना पड़ता है। कहाँ जाता है यह भोग वही पर खत्म करना जरूरी है। अगर कोई ग़लती से भी इस भोग को लेकर आये तो *मयला* देउ उसमें भी घुस सकता है।

हयला देउ पूजा

हयला देउ भी *मयला* देउ की तरह ही है। *हयला* देउ किसी बच्चे के शरीर पर आने से बच्चे जोर–जोर से रोते हैं और अगर उपचार कि व्यवस्था नहीं किया गया तो बच्चे मर जाते हैं।

मेलबारी पूजा

गाँव के बच्चे अगर बीमार पर जाय तो गाँव के बाहर *मेलबारी पूजा* आयोजन होते हैं। इस पूजा में बकरी, हंस, कबूतर आदि की बलि दी जाती है।

डायन पूजा

किसी व्यक्ति पर अगर डायन का प्रभाव पड़ता है तो ओझा अपने मन्त्रों के द्वारा बाँस के चार कोणों वाली एक छालनी बनाती है और उसे घर के दीवारों में लटका दिया जाता है, जिसको *डाइनी चाटा* बोलते हैं।

ठेङाबारी पूजा

अगर किसी को पैरों में तकलीफ हो तो *ठेङाबारी* पूजा द्वारा पेड़ के सूखे हुए पत्ते से उस पेड़ में जिसमें दर्द हो धान के चूर्ण से कसके बाँध देते है।

इनके अलावा *चकखाउया, चकधाला, हुदुम* आदि भूत–प्रेतों की बहुत सारी पूजाएँ हाजङ समाज में प्रचलन हैं।

वेशभूषा

साज–सज्जा और अलंकारों के क्षेत्र में हाजङ लोगों की अपनी अलग पहचान है। साधारणतः पुरुष अपने कमर में गामोछा को घेर कर पहनते हैं। जिसको *लेङति* कहा जाता है। औरतें कमर में *पाथिन* नामक एक वस्त्र पहनती हैं। इसका रंग लाल होने के कारण इसको *लाल पाथिन* भी कहा गया है। अभी भी बहुत सारी औरतें ब्लाउज नहीं पहनती। इसके बदले अपनी छाती से कन्धे तक एक कपड़ा पहनती है जिसका नाम है *पाचरा* या *आगरुन*। अलंकारों के प्रति सभी औरतों का एक विशेष लगाव है। हाजङ औरतें भी इससे अलग नहीं हैं। ये लोग बाजू में बाजू, कान में कानफूल, नाक में नाकफूल, गले में काठमाला, हारमाला, *हासूली* आदि पहनती हैं। ये सब परम्परागत अलंकार हैं। इसके अलावा दूसरी जनजातीय लोगों की तरह पुरुष भी दो–एक अलंकारों का प्रयोग करते हैं।

पारम्परिक पोशाक में हाजङ युवक–युवतियाँ

खान–पान

हाजङ लोगों को खाना पसन्द हैं और वे मांसाहारी हैं। बांस के कोपले, अरबी, आलू, अरबी के पत्ते, सूखी मछली, साग आदि उनके प्रिय खाद्य हैं। चावल हाजङ लोगों का प्रधान आहार है। साथ ही साथ दूध, दहि और भिन्न प्रकार के परम्परागत *पिठा* और साग भी इन लोगों के बीच प्रचलित हैं। *काचा* और मांस इनकी प्रिय चीज़ें हैं। मदिरा को ये लोग 'काचा' बोलते हैं। इसके साथ–साथ हिरण, सूअर और कछुआ पकड़ने का इन्हें शौक हैं।

लोक नृत्य और नाट्यानुष्ठान

हाजङ लोगों के बीच बहुत सारे नृत्य और नाट्यनुष्ठान पाये जाते हैं। इनमें से *लेवाटना, रोवा लागा, जाकैमारा* आदि प्रमुख हैं।

लेवाटना

लेवा का मतलब लता और *तना* का मतलब है खींचना। इस नृत्य के लिए युवक और युवतियों के दो अलग–अलग दल होते हैं। युवक घुटनों

के ऊपर तक फैला हुआ गमछा और ऊपर बनियान पहनते हैं। लड़कियाँ स्तनों से लेकर घुटनो तक धकनेवाली रंगीन *मेथनी* (मेखला), कमर में परम्परागत *बुक आगुराण* और शरीर पर अपने–अपने परम्परागत अलंकार पहनती हैं। युवक और युवतियाँ हाथों में एक छोटे से कपड़े लेकर एक–दूसरे के आमने–सामने खड़े होकर नाचने–गाने लगते हैं। इसमें गाये जानेवाली गीत मूलतः प्रेममूलक ही हैं। एक उदाहरण प्रस्तुत है–

'लड़की : लिङ लिङा गा गाउरा मौ लागिछे
दादा मगे पारि देना खाङ।
लड़का : धारिबाको डाल नाइ उठिबाको लेवा नाइ
लेवा छारा पारिबा नपाय' (आली2012:132)

लड़की--ऊंचे पेड़ में शहद लगा है, सजना मुझे उतार दो। मुझे खाना है। लड़का–पकड़ने के लिए टहनी नहीं है, चढ़ने के लिए लता नहीं है। मैं उतार नहीं सकता।

इसमें लड़कियाँ लड़कों को शहद का रस पेड़ से लाकर पिलाने को अनुरोध करती हैं। लड़का भी इसके उत्तर में कहता है कि इतने ऊँचे पेड़ से वे कैसे शहद ला सकता है, जिस पेड़ में न ही कोई डाल है और पेड़ पर चढ़ने की न ही कोई सुविधा।

रोवा लागा और जाकैमारा

यह भी मूलतः कृषि से सम्बन्धित नृत्य है। रोवा लागा नृत्य में हाजङ युवक कुल्हारी लेकर नाचते हैं और *जाकैमारा* नृत्य में युवतियाँ *जाकै* लेकर नृत्य किया करती हैं।

हाजङ लोगों के लोकनाट्य कहने से *गीतलुगाहान* और *कालीदेमेना* गीतों का ही उल्लेख किया जा सकता है। गीतलुगाहान कानिदेव पूजा में गाने वाला अनुष्ठान है। ये लोग पद्मा और बेउला लखिन्दर की काहानी को गाकर सुनाते हैं। दूसरी ओर काली दमन की कहानी को लेकर कालीदेमेना अनुष्ठान आयोजित किया जाता है। इसके अलावा बकासुर बध नामक एक लोकनाट्यनुष्ठान भी हाजङ के बीच प्रचलित है।

लोकवाद्य

हाजङ लोगों के नृत्य–गीतों में परम्परागत *ढाकी* (ढोल), तुरही आदि बजाए जाते हैं, लेकिन आजकल करताल, ढोलक, खंजरी, ताल, दोतारा, हरमनियाम आदि के भी प्रयोग किये जा रहे हैं। हाजङ समाज में विशेष रूप से प्रचलित शिंगा एक प्रमुख वाद्यों में से एक है।

भाषा एवं साहित्य

हाजङ की अपनी निजी भाषा है। भाषाविदों ने हजङ भाषा को तिब्बत–बर्मी भाषा परिवार की बड़ो शाखा के अन्तर्गत माना है। कुछ साल पहले हाजंङ भाषा का कोई लिखित रूप नहीं था। 1981 ई. के जनवरी महीने में उत्तर–पूर्व भारत हाजङ उन्नयन समिति नाम से जिस संस्था का जन्म हुआ उन्हीं की पत्रिका में हाजङ उपभाषा ने प्रचार और प्रसार लाभ किया।

हाजङ भाषा में लिखित ग्रन्थों की संख्या भी नहीं के बराबर है। मेघालय, गरोडोबा के बिद्यामनी सेकेंडरी स्कूल में 4 मार्च 2006 ई. में हाजङ साहित्य सभा की साधारण सभा का आयोजन हुआ। वहाँ यह निर्णय लिया गया की असमीया लिपि को ही इस भाषा की लिपि घोषणा की जाय।

आय आगुइया कविता और *हाजङ साथर* असमीया लिपि में प्रकाशित पहला हाजङ लेख है, जिसका प्रकाशन 1965 ई. में *पोहर* नामक पत्रिका

में हुआ, जो गारो पहाड़ से निकाली गयी। इसके लेखक क्रमशः श्री परेश हाजङ और श्री सुधन चन्द्र हाजङ हैं।

हाजङ भाषा में साहित्य बहुत कम मिलते हैं। कुछेक साहित्यकार सामने आये हैं। उनमें से पुरंदर हाजङ और रंजीत हाजङ विशेष उल्लेखनीय हैं। पूरंदर हाजङ की *पङहा छावा* (=दत्तक पुत्र) में मनुष्य के एक–दूसरे से की जाने वाली वंचना है तो रंजीत हाजङ की कहानी धर्मगुरु में अति स्नेह से सन्तान के नष्ट होने की कहानी कही गयी है। इन कहानियों में भी हाजङ समाज का चित्रण नहीं मिलता।

अब तक निकलने वाली हाजङ पत्रिकाओं में से राउवे का नाम प्रमुख रूप से ली जा सकती है। इसमें प्रकाशित पवित्र हाजङ की व्यंग रचना *ठेंग–बिष*, शेमला हाजङ की *अन्तरला बेदना*, बासुदेव हाजङ की *एकजान साहसी शिकारी*, बलेन्द्र हाजङ की *सोना–माला* आदि प्रमुख हैं।

इसके अलावा श्रीमद्भगवत गीता को भी हाजङ भाषा में अनुवाद करना हाजङ के लिए एक बहुत बड़ी उपलब्धि है।

असम की विभिन्न लोक संस्कृति, परम्परागत त्योहार, लोकनृत्य आदि के बीच हाजङ संप्रदाय की अपनी कला–संस्कृति, रीति–रिवाज़, उत्सव–पर्व भी अपना विशिष्ट स्थान रखते हैं। सहज सरल जीवन निर्वाह करने वाले हाजङ लोगों में लोक–विस्वास, सामाजिक शिल्पकला, जीवन धारण प्रणाली आदि प्रकाशमान हो उठती हैं। इनके अपने–अपने स्वजातिगत सांस्कृतिक उपदानों से ही असम की समृद्ध संस्कृति को अधिक मजबूती मिली है।

ग्रन्थ–सूची

असमीया

- आली, इब्बात. हाजङ जनगोष्ठी. गुवाहाटीः भवानी प्रिंट एंड पब्लिककेशन प्रा. लि., 2012
- बरुवा, शान्तनु कौशिक, (सम्पा). संक्षिप्त असमीया विश्वकोष 2. तृतीय. गुवाहाटीः ज्योति प्रकाशन, 2009
- राजबंशी, परमानंद, सम्पा. असमीया जाति आरु संस्कृति. प्रथम. असमीया विभाग–असमीया बिभाग प्रागजोतिष महाबिद्यालय, 2003

- राजबंशी, नारायण दास और परमानंद, सम्पा. असमीया संस्कृतिर कणिका. तृतीय. गुवाहाटीः चन्द्र प्रकाश, 2006
- सकिया, अदिति. चिंतनः विविध आयाम. प्रथम. गाजियाबादः उद्योग नगर प्रकाशन, 2013
- हाकाचाम, उपेन राभा, संपा. असमर जनजातीय संस्कृति. प्रथम गुवाहाटीः वाणी मन्दिर, 2005

आलेख

असमीया

- हाजङ, कानुराम. "हाजङ जनजातिः समीक्षात्मक अध्ययन". संपा. मलिना देवी राभा. द्वितीय. जोरहाटः असम साहित्य सभा, 2016
- हाजङ, कानुराम. "हाजङ सकलर जन्म आरु मृत्यु समपरकीय आचार". पुतली कायस्थ. प्रथम. गुवाहाटीः भवानी प्रिंट एंड पब्लिकेशन, 2007
- हाजङ, परेश चन्द्र. "हाजङ जनजातिः समाज संस्कृति". संपा. मलिना देवी राभा. द्वितीय. जोरहाट+ असम साहित्य सभा, 2016
- हाजङ, रतन कुमार राय. "हाजङ सामाजिक बिबाह". सम्पा. पुतली कायस्थ. प्रथम. गुवाहाटीः भवानी प्रिंट एंड पब्लिकेशन, 2007

खण्ड-ख

असम की जनजातीय कहानियाँ

असम की जनजातीय भाषाएँ एवं कहानी साहित्य

डॉ. रीतामणि वैश्य

प्रकृति की अनुपम शोभा, विविध भाषा–उपभाषाओं एवं जनजातियों से समृद्ध एक अनुपम भूखण्ड है भारतवर्ष के उत्तर–पूर्व का क्षेत्र। अनेकता में एकता इस क्षेत्र की पहचान है। भाषाई विविधता भारतवर्ष की एक प्रमुख विशेषता है और पूर्वोत्तर में यह विविधता कुछ अधिक देखी जाती है। पूर्वोत्तर में असम, अरुणाचल प्रदेश, मेघालय, मणिपुर, नागालैंड, मिजोरम और त्रिपुरा–ये सात राज्य आते हैं। इन सात राज्यों को एक साथ सात बहनें कहा जाता है। 'सात बहनों का राज्य' के रूप में ख्यात पूर्वोत्तर भारत वास्तव में जनजाति प्रधान सात राज्यों का भूखण्ड है। यहाँ उल्लेख किया जा सकता है कि अब पूर्वोत्तर भारत में सिक्किम का नाम भी जोड़ा गया है।

अविभाजित असम एक व्यापक भूखण्ड हुआ करता था। स्वतन्त्रता से पूर्व वर्तमान के अरुणाचल (नेफा), नागालैंड, मेघालय और मिजोराम राज्य असम के अन्तर्गत आते थे। स्वतन्त्रता के बाद 1948 में अरुणाचल (नेफा), 1963 में नागालैंड, 1972 में मेघालय और 1987 में मिजोरम अलग राज्य के अस्तित्व में आते हैं। ब्रह्मपुत्र घाटी की समभूमि के 24 जिलों, बराक घाटी की समभूमि के 3 जिलों और 2 पहाड़ी राज्यों से वर्तमान का असम बना है। असम की प्रमुख भाषा असमीया है। इसके साथ यहाँ बांग्ला,बड़ो और हिन्दी भाषा का व्यापक प्रयोग होता है। मणिपुरी बोलनेवालों की एक अच्छी तादाद में लोग यहाँ मिल जाते हैं। असमीया बडो और मणिपुरी तीन भाषाओं को छोड़कर असम में प्रचलित भाषाएँ संविधान में स्वीकृत हैं। ये भाषाएँ हैं–अष्ट्रिक मूल की खाचि, चाओतालिय टाइ मूल की टाइ–फाके,

टाइ–तुरुङ, टाइ–आइतन, टाइ–खामयाङ, टाइ–खामतिय तिब्बत–वर्मी मूल की मिचिङ, तिवा, कार्बि, डिमाचा, राभा, गारो (मणिपुरी और बड़ो वर्तमान संविधान स्वीकृत प्रमुख तिब्बत–मूल की भाषाएँ हैं)। साथ ही नागा वर्ग (टेन्येदिया) और कुकि–चीन वर्ग की कई भाषाओं का उल्लेख किया जा सकता है। दूसरी ओर असम में तिब्बत–वर्मी उपदानों से प्रभावित हाजङ, विष्णुप्रिया मणिपुरी, राजवंशी आदि भाषा–उपभाषाओं का प्रचलन है। यहाँ क्रेओल की मर्यादा प्राप्त भाषाएँ हैं। नागामिज, चाद्रि या चादानि, राभामिज, तिवामिज, देओरिमिज। मिचिङमिज, सोणोवाल कछारी की मौखिक असमीया, आहोम की मौखिक असमीया आदि कई नृगोष्ठी और सामाजिक उपभाषाएँ निरन्तर चलती आ रही हैं।

इन भाषाओं और उपभाषाओं के अधिकांशों की अपनी लिपि न होने कारण अंग्रेजों के आने से पूर्व भाषा–साहित्य के प्रलेखन का काम बिलकुल भी नहीं हुआ था। मिशनरियों के प्रयास से बाइबेल का अनुवाद, व्याकरण की टीका, लोकगीत, लोककथा, प्रवचन आदि संकलित एवं प्रकाशित होने लगे। इस सन्दर्भ में ग्रियर्सन के नेतृत्व में चले भारतीय भाषाओं का सर्वेक्षण (*Linguistic Survey of India,1930*) विशेष रूप से उल्लेखनीय है।

ए. ग्रियर्सन का *Linguistic Survey of India* और सुनीति कुमार चटर्जी के *Language and Literature of Modern India* और *Kirata Janakriti* –इन तीनों ग्रन्थों के हवाले से नाहेंद्र पादुन ने असम की जनजातियों की भाषाओं को भाषातात्विक दृष्टि से विभाजित किया है। वे कहते हैं कि मंगोलीय जनजातियों की भाषाओं का मूल चीनी–तिब्बती है। इसकी दो मूल शाखाएँ हैं–

1 तिब्बतबर्मी और

2 चीन–श्यामी

तिब्बतबर्मी शाखा की चार उपशाखाएँ हैं–

1.1 तिब्बती शाखा

1.2 हिमालयी शाखा

1.3 असम–बर्मी शाखा और

1.4 उत्तर–असम शाखा

1.1 तिब्बती शाखा

1.1.1. *पश्चिमी तिब्बती* : मनगा, रिछ, गछम, बाल्टी, स्कोर, परिग छाम,लेह, लाडाक, स्पिति आदि।

1.1.2. *दक्षिणी तिब्बती* : दक्षिण हिमालय, छेरेपा (नेपाल), डेनजंके (सिक्किम भोटजा), लाहोक (भोटान, भोटजा) आदि।

1.1.3. *मध्य तिब्बती* : डबाछ और गटजाङ भाषी।

1.1.4. *दक्षिण पूर्व तिब्बती* : ताचियेन, लू, चिकु, नगान, चुनकायान, डेरेग, नांछे आदि।

1.1.5. *उत्तर पूर्व तिब्बती* : मथजो, चनगोनलो। ओपरिछ, रमाछु, गोलोग, चोने।

1.1.6. *उत्तर तिब्बती* : बयङ था भाषी।

1.2. हिमालयी शाखा

1.2.1. *पूर्व भाषी* : ने ओवार, मङर, गुरुङ, धामाँग (मुर्मी), चुनवार, बङ (लेपचा), ततो आदि।

1.2.2. मिश्रित भाषी

1.2.2.1. *पूर्वी भाषी* : बाय, लिम्बु, थामि, धिमाल।

1.2.2.2. *पश्चिमी भाषी* : कानावारी, कानाची, मानछटि, बुना, राङकोच, चाओडांगची, बयाङचि आदि।

1.3. असम–बर्मी शाखा

1.3.1. बड़ो नागा

1.3.1.1. *बड़ो भाषी* : कछारी, मेच, गारो, राभा, त्रिपुरा, कोच, चुतीया।

1.3.1.2. *नागा भाषी* : आओ, आंगामी, छेमा, लुथा, टांगखुल, छंगटेम, नक्ते, वाञ्चो, कन्याक आदि।

1.3.1.3. बड़ो और नागा–इन दोनों भाषाओं से कार्बि भाषा का उद्भव हुआ है।

1.3.2. *कुकी चीन* : मेइथेइ (या मणिपुरी), लुचाइ (या मिजो)।

1.3.3. *कोचिन–लोलो* : लोलो, कोचिन या चिङफौ।

1.3.4. *नयी बर्मी* : मायाष्मा, बयाष्मा, आराकान।

तीनों शाखाओं को मनखेमर नाम से भी जाना जाता है।

1.4 उत्तर–असम शाखा : ह्रू, चु (अँका), निचि (डफला), आदि (आबर), मिचिङ (मिरि), मिचिमि आदि।

चीन–श्यामी शाखा की उपशाखाओं की संख्या दो हैं–

2.1 चीनी भाषा की शाखाएँ और

2.2 डाइ, थाइ या श्यामी

2.2 डाइ, थाइ या श्यामी : (असम में रहने वाले लोगों की)–शान (Rhwam), टाइ या आहोम, खामटि, फाकियाल, नारा, आइतनीया आदि।

तिब्बतबर्मी लोगों की अपेक्षा असम में आष्ट्रिक भाषियों के लोगों की संख्या कम हैं। आष्ट्रिक भाषा को मूलतः दो भागों में विभाजित किया जा सकता है–

1. आष्ट्रो–एशियटिक या आष्ट्रो–एशिय और

2. आष्ट्रोनेशियान

1. आष्ट्रो–एशियटिक या आष्ट्रो–एशियः

1.1. कोल (मुंडा) : चाओताली, मुंडारी, हो, कोरकु, सवर, गदब आदि।

1.2. निकोबारी : निकोवार द्वीपों के निकोवरी भाषाएँ।

1.3. खाची (असम)–खाची, जयंतीया, चिनतेङ आदि।

1.4. बर्मीवा, पालौंग, मन (टाइलङ)

1.5. कंबोडियन : खेमर

1.6 चीन क्षेत्र की : ष्णाम, ष्टियेङ, बनार

1.7. मालयर : शाकइ, चेमाङ आदि।

2. आष्ट्रोनेसियान

2.1. *इंडोनेशीय* : मालय, जाबानीय, चाओदानीय, मादुरीय, बाली, सश्बांक, चेलिबच, टागालग, विसायन, फिलिपाइनी, मालागाचि (मादा गास्कार)।

2.2. *मालेनेशीय* : मालेनेशीया, चलमनी, कालेडनीया, विटि (फ़िजी)

2.3. *पलेनेशीय* : चामोवान, टोंगान (टोंगाओ), टाहिटीय, टाओमोटुवान, मार्कोचीय, मांडारी (न्यूजिलैंड), गहाइवाइ आदि। (पादुन 1998:33–36)

भाषा के आधार पर जनजातियों के दो वर्ग हैं– आष्ट्रिक और श्यामी–चीनी। खाचि, जयंतीया और चिनटेङ आष्ट्रिक भाषी जनजातियाँ हैं। श्याम–चीनी भाषा परिवार को चार भागों में बाँटा गया है। इनमें से तिब्बत–बर्मी एक है। तिब्बत–बर्मी की तीन शाखाएँ हैं–तिब्बत–हिमालयी, असम–बर्मी और उत्तर असम उपशाखा। असम की जनजातियों का

अधिकांश असम–बर्मी भाषाएँ बोलता है। बड़ो, कुकि, नागा आदि इस भाषा परिवार के अन्तर्गत आती हैं। बड़ो भाषी जातियाँ हैं–बड़ो, राभा, गारो, लालुंग, डिमाचा, कोच, हाजङ, मेच टिपरा, मराण आदि। नागा शाखा को पाँच भागों में बाँटा गया है–नागा बड़ो, पश्चिम–नागा, मध्य नागा, पूर्व–नागा, नागा–कुकि। कुकि–चीनी शाखा के अन्तर्गत मेइतेइ या मणिपुरी, कुकि और मिजो ओं की भाषाएँ आती हैं। उत्तर असम शाखा के अन्तर्गत अँका, डफला, मिरि, मिचिमि, आबर आदि भाषाएँ आती हैं। श्यामी–चीनी परिवार की भाषा श्याम भाषी लोग भी असम में पाये जाते हैं। उनमें खामति, खामयाङ, आइटन, फाकियाल और तुरुङ प्रमुख हैं (चेतिया2015:29)।

वर्तमान शिक्षित युवा वर्ग अपनी–अपनी जनजातियों के उत्तरण के लिए साहित्य सृजन करने और करवाने में लगा हुआ है। असम की मिचिङ, कार्बि, राभा, तिवा, देउरी आदि भाषाओं में समकालीन साहित्य की रचना हो रही है। पर प्रचार–प्रसार का अभाव, अनुवाद एवं दूसरी भाषाओं में समीक्षा न होने से ये रचनाएँ भाषिक बन्धन में क़ैद होकर रह गई हैं। हमारा विचार है कि जब ये रचनाएँ सर्वजन पठनीय हो पायेंगी, तभी उत्तर–पूर्वी भारत की भाषाओं के समकालीन साहित्य पर विमर्श का काम पूर्ण रूप से किया जा सकेगा।

तमाम चुनौतियों के बावजूद असम की जनजातीय भाषाओं में साहित्य लिखा जा रहा है। असम की जनजातीय भाषाओं की प्रमुख कहानियों को हम इन दृष्टियों से देख सकते हैं–

- बड़ो कहानी
- राभा कहानी
- कार्बि कहानी
- मिचिङ साहित्य
- देउरी कहानी
- तिवा कहानी
- डिमाचा कहानी
- हाजङ कहानी

बड़ो कहानी

बड़ो विद्यार्थी सम्मेलन की पत्रिका *बिबार* (1920–1924, सम्पाः सतीश चन्द्र बसुमतारी) ने बड़ो भाषा एवं साहित्य के विकास में महत्त्वपूर्ण भूमिका अदा की है। परवर्ती समय में *जेनथखा* (1926), *हाथर्खि–हाला* (1930, सम्पाः प्रमोद चन्द्र ब्रह्म), *बिथोराइ* (1932), *अलंगबार* (1938) आदि पत्रिकाओं के

जरिये बड़ो साहित्य की नींव बनती है। सन् 1952 में *बड़ो साहित्य* सभा का गठन होता है। यह भाषा सन् 1963 में प्राथमिक विद्यालय में, 1972 में उच्च माध्यमिक विद्यालय में, सन् 1976 में महाविद्यालय में 1996 में विश्वविद्यालय में शिक्षा के माध्यम के रूप में गृहीत होती है। सन् 2004 में बड़ो भारतीय संविधान की अष्टम सूची में स्वीकृत होती है। बड़ो साहित्यकारों को साहित्य अकादेमी का पुरस्कार भी मिलने लगा है।

बड़ो भाषा की पहली कहानी है ईश्वान मछाहारी की 'आबारी'। यह कहानी सन् 1930 में प्रमोद चन्द्र ब्रह्म सम्पादित *हाथर्खि हाला* में प्रकाशित हुई थी। चित्तरंजन मछाहारी का 'फैमाल मिजिंक' (1970) प्रथम बड़ो कहानी संकलन है।

बड़ो कहानियों में विषय वैविध्य मिलता है। यथार्थ, बड़ो समाज की कमजोरियाँ, द्वेष, अन्धविश्वास, बड़ो समाज का जातीय उत्थान आदि इन कहानियों में मिलते हैं। डायन जैसी समस्या पर लिखना बड़ो कहानी की महत्त्वपूर्ण उपलब्धि है। हरिभूषण ब्रह्म एक प्रखर प्रतिभासम्पन्न बड़ो कहानीकार हैं। *श्रीमती दुरलाइ* (1980) उनका कहानी–संकलन है। उनकी कहानियों में हल्का व्यंग्य और विडम्बना हैं। उनकी कहानियाँ युगांतकारी हैं। यथार्थ चित्रण के साथ नारी की कमजोरियाँ, समकालीन बड़ो समाज का द्वेष, बड़ो की सामाजिक प्रगति में बाधक तत्वों का चित्रण किया है। कतीन्द्र स्वर्गीयारी, नंदेश्वर दैमारी, नवीन मल्ल बड़ो की कहानियाँ बड़ो समाज की सामाजिक यथार्थ पर आधारित हैं। *राजा लामा* और *होंगला पंडित* कतीन्द्र स्वर्गीयारी की रचनाएँ हैं। *बॉक्सिङ* नंदेश्वर दैमारी का कहानी–संकलन है। गोबिन्द बसुमतारी, जुमाइडला बसुमतारी, लाओदुम, जरफग्ला, वीरेन्द्र कुमार बसुमतारी, भूपेंद्र नारायण बसुमतारी, ग्वग्वन ब्रह्म कचारी, गोपीनाथ बरगयारी, तेरेन बड़ो, तोरेन बड़ो, गहीन बसुमतारी, रीता बड़ो, सुनीति नार्जारी, धनसिरी स्वर्गीयारी, विंरुब ब्रह्म, उत्तरा बसुमतारी ने भी पाठकों के लिए कहानियाँ लिखीं। नीलकमल ब्रह्म ने बड़ो समाज के जातीय उत्थान पर कहानियाँ लिखीं। *ना बाथौन* (=मछली का भरता) उनकी लोकप्रिय कहानी है, जहाँ बड़ो समाज के लोकविश्वास का सुन्दर चित्रण किया गया है। नीलकमल ब्रह्म और मंगल सिंह हाजोवरी ने पर्यावरण विमर्श पर कहानियाँ लिखीं। जनिल कुमार ब्रह्म समकालीन बड़ो

साहित्यिकों में प्रमुख हैं। वे सामाजिक विषमता और अन्याय का विरोध करते हैं। उनकी कहानियों में विनोद और व्यंग भी मिलता है। उनकी कहानी *मानसि गिदिर* (=बड़े लोग) में तथाकथित बड़े लोगों के सामने छोटे लोगों की दयनीय दशा का प्रभावी चित्रण मिलता है। *दम फाओनी फिथा* (2006) उनका कहानी–संकलन है। चित्तरंजन मछाहारी की *फङनै नारेंगखल बिफाङ* (=दो नारियल के पेड़) कहानी में ठीक पते पर न पहुँच पाने से विवाह प्रार्थी की विडम्बना को दिखाया गया है। इन्द्रमालती नार्जारी की कहानी *गाओदाङ* में साधारण नारी की असाधारण सफलता का चित्रण किया गया है। महाश्वेता देवी का कहानी–संकलन रुदाली का बड़ो अनुवाद इन्द्रमालती नार्जरी ने *रुदाली* के रूप में किया।

बड़ो कहानीकार अन्य भाषा की कहानी की जानकारी रखते हैं और उनका अध्ययन करते हैं। उनकी कहानियों में अच्छी शैली मिलती है। वे कलात्मक अभिव्यक्ति और सामाजिक ज़िम्मेदारी को ध्यान में रखते हैं। बड़ो कहानी साहित्य अभी विकास की प्रक्रिया में निरन्तर गतिमान है।

राभा कहानी

राभा का पहला लिखित साहित्य 1909 में मिलता है। राभा साहित्य के विकास के लिए राभा संप्रदाय के सामाजिक कार्यकर्ता अपने संप्रदाय के लोगों में चेतना जगाने का प्रयास कर रहे हैं। बड़ो के अनुकरण में 1926 में असम रभा सम्मेलन का गठन होता है। रभा की पहली पत्रिका है *बाडुंगदुप्पा* (1961, सम्पाः समरसिंह राभा)। इस पत्रिका के साथ *उदयन* (1956, सम्पाः राजेन्द्र नाथ रभा), *जातिनि खुराङ* (1973, सम्पाः प्रकाश रभा), *चाम्पाय* (1978–82, समपाः लिष्टि राभा रंख) आदि पत्रिकाओं ने राभा भाषा साहित्य के विकास में अपना–अपना योगदान दिया। सन 1973 में गठित *बेबाक राभा रञ्चुम* (=राभा साहित्य सभा) ने राभा साहित्य के क्षेत्र में महत्त्वपूर्ण योगदान दिया है। कविता और गीति–साहित्य की एक समृद्ध परम्परा राभा साहित्य में मिलती है। राभा के प्रमुख साहित्यकारों ने कविता के क्षेत्र में महत्त्वपूर्ण काम किया है। राभा साहित्यिकों के लिए स्वच्छंदतावाद एक मूल प्रवृत्ति रही। राभा के समकालीन लेखकों की संख्या कम है। नाटक, कहानी, कविता, गीत आदि वर्तमान राभा साहित्य में मिल जाते हैं, पर गीतों की संख्या अधिक हैं।

राभा भाषा की पहली कहानी है लिष्टि राभा रंख की *फेछेक तिरांकाय* तो। यह कहानी 1973 में *जातिनि खुराङ* पत्रिका में प्रकाशित हुई थी। दुधनै राभा अध्ययन केंद्र द्वारा 1998 में प्रकाशित और शोभाराम राभा द्वारा सम्पादित *गपछानि गांगखय* राभा का प्रथम कहानी–संग्रह है। *चाम्पाय* पत्रिका (1978–82) के नाम के आधार पर पुकारे गये *चाम्पाय* युग में राभा कहानी को प्रौढ़ता मिलती है। *चाम्पाय* पूर्व युग में लिष्टि रभा रंख और परेश राभा विशिष्ट कहानीकार के रूप में सामने आते हैं। *चाम्पाय* युग में प्रकाश राभा, रमेश चन्द्र राभा, दुर्योधन राभा जुरो, नरेश राभा आदि और उत्तर *चाम्पाय* युग में महेश्वर राभा, इन्द्रेश्वर राभा, मिलन चन्द्र राभा राजमोहन राभा, झर्णा चिकाचाम, उकिल राभा, गंगाधर राभा हादु, धीरेन राभा, विश्वनाथ राभा तारा आदि सफल कहानीकार के रूप में स्वीकृत हुये।

राभा कहानियों में सामाजिक चेतना, नारी की मनोदशा का चित्रण, डायन समस्या आदि मिलते हैं। लिष्टि राभा रंख की *फेछेक तिरांकाय* तो (=बोल सीखने वाला मुर्गा) कहानी में कम उम्र में वैवाहिक बन्धन में बंधकर दुर्दशाग्रस्त हुए परिवार का चित्रण है। प्रकाश राभा की *नियाछानि बार खामा आङि खापाकि* (=सीने में निराशा की आग सुलगती है) में असफल प्रेम की स्मृति, नारी मन की व्यथा का वर्णन मिलता है। दुर्योधन राभा जुरो की *बूदि कुङज्रोंग* (=कुबजी बूढ़ी काकी) कहानी में कुबजी बूढ़ी काकी का अभिमान और उसके निराकरन का रोचक चित्र खींचा गया है। गंगाधर राभा हादु की कहानी *चाङि बादाङ चाङ* (=किसके लिए कौन दोषी) में डायन मानकर गृहहीन किये गये साधारण लोगों की मर्म व्यथा का मार्मिक चित्रण किया गया है। साथ ही कहानी में राभा समाज के विविध दृश्य–विवाह, 'अन्य त्योहार, तन्त्र–मन्त्र आदि का सजीव वर्णन है।

कार्बि कहानी

बड़ो की तरह कार्बियों ने भी 1945 में *कार्बि आदरबार*, जो कि कार्बि का एक साहित्यिक संगठन है, का गठन किया। ईसाई मिशरियों के प्रयास से 1937 में कार्बि की प्रथम पत्रिका *बिर्ता* का प्रकाशन होता है। उसके बाद *पिथे किमि* (1955, संपाः चन्द्रसिंह टेरन), *छमसफृ आतुर, अवे बिमि, कार्बि क्लिदार्प, नकवे, लामडे* आदि के प्रकाशन का सिलसिला शुरू होता है। बाइबेल के अनुवाद से कार्बि के आधुनिक साहित्य

का शुभारम्भ होता है। नब्बे दशक के प्रारम्भ कार्बि में विशेष उल्लेखनीय उपलब्धि नहीं मिलती है। सेमासन सिंह इङति, थेङकुर पंडित, कबोनमिली तिमुङपी, बसपी इङतिपी आदि इस समय के ऐसे साहित्यकार हैं, जिन्होंने आधुनिक शिक्षा का प्रचार, कानि (=एक प्रकार का नशा) से मुक्ति और अलग मातृभूमि की माँग से सम्बन्धित कुछ गीत और कविताएँ कार्बि भाषा में लिखे थे। *कार्बि, ओवेकीमी, संफ्री* आदि ऐसी कुछ रचनाएँ हैं। लङकम तेरण, सङ सिङ हान्से, रङबङ तेरङ, लुन्से तिमुङ, केहाइ बे आदि कार्बि साहित्यकार हैं। बङलङ तेरङ ने पर्याप्त मात्रा में मौखिक साहित्य का संकलन कर उनका प्रकाशन किया। *अदम असर, अरोन आतेङ, रुकासेन, रङलीन, सर अलून* आदि इस महान कर्म का हिस्सा है। रङबङ तेरण, लुंचे तिमुङ, विद्या सिंङ रङपी, विदुर सिङ क्रो, हङ मिजी हान्चे, वैन हान्चे, ऑन तेरण आदि समकालीन कहानीकार हैं। हङ मिजी हान्चे, जय सिङ तोकबी, काचे तेरङपी, कबीन तेरङपी, माग्गी इङतीपी, रूपल्यन तेरङपी आदि समकालीन कार्बि अनुवादक हैं, जिन्होंने अनेक भाषाओं के साहित्य के अनुवाद से कार्बि साहित्य को समृद्धि दी है। कार्बी में व्याकरण और कोश का भी निर्माण हुआ है। *कार्बि लम्मेत आम* (=कार्बि साहित्य सभा) की प्रतिष्ठा 1966 में होती है। तब से यह संस्था अनेक लेखकों की अनेक रचनाएँ प्रकाशित करती आई है। इसीलिए आधुनिक कार्बि साहित्य *कार्बि लम्मेत आमे* की उपज माना जाता है।

कार्बि भाषा की कहानी का प्रारम्भ बीसवीं सदी के अन्तिमार्ध में होता है। कार्बि कहानी का पूर्ण विकास अस्सी के दशक में होता है। कार्बि कहाई का पहला संग्रह 1979 में *लाममेत एछांग और छामफृ आपुनदिछर* के रूप में प्रकाशित होते हैं, *लाममेत एछांग* में कुल 14 कहानियाँ संकलित हैं। रङबङ तेरण की काथेराक (=लाज) कहानी में नये और पुराने के संघर्ष को कैसे एक नवजात शिशु क्षण में खत्म कर सकता है, उसे दर्शाया गया है। लुन्चे तिमुङ की *मंगबे आलोबान* (फाल्गुन का झड़ते पत्ते) में शिक्षा के प्रति अमीरों की उपेक्षा तथा ग़रीबों की चुनौती का चित्रण है। विद्या सिङ रङपी की *काचङहङ* (=इन्तजार) में दूसरों के अंधानुकरण में प्राचीन समृद्ध परम्परा के प्रति उदासीनता का वर्णन मिलता है। हङ मिजी हान्चे की *फे–ए आमे* (=तुष की आग) में सामाजिक समस्याओं को हँसते

हुए समाधान करने वाले व्यक्ति घरेलू समस्याओं में कैसे उलझता जाता है, उसका चित्रण मिलता है।

मिचिङ कहानी

मिचिङ का लिखित साहित्य का इतिहास प्राचीन है। सन 1968 से मिचिङ भाषा का आधुनिक युग शुरू होता है। सन 1972 में 'मिचिङ आगम केबाङ' (=मिचिङ साहित्य सभा) के गठन से मिचिङ साहित्य का विकास होने लगा है। कविता, कहानी और नाटक मिचिङ भाषा में मिलते हैं। मिचिङ साहित्य में विविध विषयों का समावेश हुआ है। भव दले का *ङक मौरूतंम,* (1991), दीन कान्त दले का *मिमाग* (1994), खगेन पेगु का *तौलाम* (2003), विद्वेश्वर दले का *आचिन आप्पुन* (2004), सुरेन दले का *कमबङ* (2007), कमल बरि का *मौःतम् दकचिरि* (2015), जीतेन पायेङ का *च आःनौक बिददुङाइ* (2016) मिचिङ के समकालीन काव्य हैं। सुरेन दले का बगुम *चृरूलुङ आराःदक युमौ ललाद* (1999), हिरण्य टाइड का *अवनरि रुःयिःदक नक् आयारूदौ* (2005), गाबर मौगाब का *ताःत नापचेर* (2009) प्रमुख उपन्यास हैं। भव दले का *दरूलुः चुम्ञ* (2001), किरण बरि का *चिलचिन कौमनौ यराःल* (2016) नाटक हैं।

कार्बि की तरह मिचिङ की कहानी का प्रारम्भ बीसवीं सदी के अन्तिमार्ध में होता है। कार्बि कहानी का पूर्ण विकास अस्सी के दशक में होता है। पहला मिचिङ कहानी संग्रह हैं—लक्ष्मीकांत पेगु का *मिननौ ताजृग* और 'डोरूब्यिङ पेरा (2002, संपाः दीपक कुमार दले)। इसके बाद मिचिङ आगम केबाङ द्वारा प्रकाशित और घनकांत दले द्वारा सम्पादित *डोःङेङ* (2007) का प्रकाशन होता है। मुक्तिनाथ पेगु, दीपक कुमार दले, खगेन पेगु, अनिल पेगु, गणेश पेगु, इन्द्रेश्वर पेगु, भव दले, मनोज कुमार मिलि, डिराम कुंबाङ, रूपनाथ पेगु आदि मिचिङ के प्रमुख कहानीकार हैं। खगेन पेगु की *रृगदुम औराङ* (=सीमा में स्थित परिवार) में पारिवारिक शोषण, दीपक कुमार दले की कहानियाँ रियाङकाइ (=मझले भैया) और *यामनृ आलिग* (=दुल्हन का स्त्री धन) में क्रमशः बहन के प्रति भाई का स्नेह और मूल्य देकर दुल्हन ग्रहण करने की परम्परा के प्रति अनास्था का सुन्दर चित्रण है। रूपनाथ पेगु की मेरू *डिर* (=दर्द) में पारम्परिक कृषि समाज का अवक्षय की कहानी है। इस तरह मिचिङ कहानियों में मिचिङ समाज की विविध छवि, उनकी आशा—

निराशा, हँसी–मजाक, सुख–दुख का यथार्थ वर्णन मिलता है। मुक्तिनाथ पेगु का *खेरकटा बिल्लाम* (2009), दीपक कुमार दले का *चौमपौइ इकाःन् तुर्नामचौ* (2009), भव दले का *मःरौ* (2016) प्रमुख मिचिङ कहानी–संकलन हैं।

देउरी कहानी

देउरी साहित्य का विकास धीरे–धीरे हो रहा है। इस साहित्य के विकास में *'जिमछाँया च्छय च्छागो'* और *एच्चुगु* (2000) शीर्षक वार्ता पत्रिकाओं की प्रमुख भूमिका रही। देवराज मिलि की *कुचिरि* (=दवा) कहानी में दवा से इलाज के बिना मरने से आसुरिक इलाज के प्रति आस्था की घटना वर्णन है। षड़ानन देउरी की *मितुर* (=मेहमान, 2006) कहानी में मूल्यबोध का क्षय दर्शाया गया है। *काच्चियाहामा* (=वापसी) में वर्तमान समय की स्खलित समाज–व्यवस्था को दर्शाया गया है। लक्ष्यपति देउरी की *नेगइबाइ आच्चँ* (=नेगाइबा का घर 2005) में शादी के बाद सास–ससुर के प्रति बहू की ज़िम्मेदारी की घटना का चित्रण है। देउरी कहानियों में देउरी समाज एवं संस्कृति की छवि मिलती है।

तिवा कहानी

साहित्य के क्षेत्र में तिवा भाषा का आशानुरूप विकास नहीं हो पाया है। सन 1985 में *तिवा मथन्लाइ तखा* (=तिवा साहित्य सभा) का गठन होता है। तब से यह अनुष्ठान आधुनिक तिवा साहित्य के विकास में काम कर रहा है। मनोज कुमार देउरजा समकालीन तिवा कहानीकार हैं। *लाहाम* (=एक जहरीला पेड़) और *मिर* (=फट जाना) उनकी बहुचर्चित कहानियाँ हैं। इन दोनों कहानियों में क्रमशः पुरानी परम्परा के प्रति अनास्था एवं नयी परम्परा के प्रति आस्था और अपने रीति–रिवाज़ का परित्यागकर नये रीति–रिवाज़ के ग्रहण से मिथ्या दंभ का प्रदर्शन दिखाया गया है। इनकी कहानियों में तिवा जनजीवन का यथार्थ चित्रण मिलता है।

डिमाचा कहानी

डिमाचा साहित्य के विकास में डिमाचा की पहली पत्रिका *गदाङगइ खुराङ* (1972–74, संपाः सोनारम थाओचेन) की महत्त्वपूर्ण देन रही। पर अब भी डिमाचा में पर्याप्त साहित्य उपलब्ध नहीं है। महेन्द्र केम्प्राय, सुजला

बडो आदि इस भाषा के साहित्यकार के रूप में सामने आये हैं। महेंद्र केम्प्राय की *जवाह* (=युद्ध) कहानी में पुराने लोकाचार के प्रति नयी पीढ़ी का वीतराग मिलता है। सुजला बड़ो की कहानी *छाइनक्लिन* (छाया) में नयी पीढ़ी के मन में जागे शिक्षा के आग्रह का वर्णन है। इन कहानियों में डिमाचा समाज का चित्रण नहीं मिलता। यहाँ समय के साथ–साथ समाज में आये बदलाव का ही चित्रण है।

1.8. *हाजङ कहानी* : हाजङ भाषा में भी साहित्य की मात्रा बहुत कम हैं। कुछेक साहित्यकार सामने आये हैं। उनमें से पुरन्दर हाजङ और रंजीत हाजङ विशेष उल्लेखनीय हैं। पुरन्दर हाजङ की *पङहा छावा* (=दत्तक पुत्र) में मनुष्य के एक–दूसरे से की जानेवाली वंचना है तो रंजीत हाजङ की कहानी *धर्म्मगुरु* (=धर्मगुरु) में अति स्नेह से सन्तान के नष्ट होने की कहानी कही गयी है। इन कहानियों में भी हाजङ समाज का चित्रण नहीं मिलता।

वर्तमान समय जनजातीय विमर्श का समय है। असम की इन जनजातियों में भी अपने संप्रदाय के प्रति चेतना बढ़ी है। इनके पढ़े–लिखे शिक्षित लोग अपने सम्प्रदाय को विविध पद्धतियों से आगे ले जाने में प्रयत्नशील हैं। इस समय को जनजातियों के जागरण का काल कहा जा सकता है। अब विविध भाषाओं और बोलियों में पत्र–पत्रिका निकलने लगी हैं। समय–समय पर यहाँ इनकी फुटकल रचनाएँ निकलती हैं। जनजातीय भाषाओं में समकालीन जो साहित्य रचा जा रहा है, उसका परिमाण बहुत कम है। ग्रन्थों का प्रणयन बहुत कम हुआ है। समय–समय पर दो–एक पत्रिकाओं में कुछ रचनाएँ प्रकाशित होती रहती हैं।

सन्दर्भ ग्रन्थ-सूची

असमीया

- चेतिया, चन्द्र कमल. असमर जनगोष्ठीय लोकसंस्कृति. प्रथम. गुवाहाटीः जागरण साहित्य प्रकाशन, 2015
- पादुन, नाहेंद्र. असमीया संस्कृतिलै जनजातीय बरंङणि. प्रथम. गुवाहाटीः नाहेंद्र पादुन, 1988
- बरगोहाञि होमेन, सम्पा. असमीया साहित्यर बुरञ्जी, तृतीय. गुवाहाटीः आनन्दराम बरुवा भाषा–कला–संस्कृति संस्था, असम, 2015

- हाकासाम उपेन राभा. असमीया आरु असमर तिब्बत–बर्मीय भाषा, चौथा. गुवाहाटीः भवानी प्रिंट एंड पब्लिकेशन्स, असम, 2011
- हाकासाम उपेन राभा. एहोरा जनजातीय चुटि गल्प, प्रथम. गुवाहाटीः असम प्रकाशन परिषद, असम, 2012

अंग्रेजी

Boro Anil Kumar.A History of Bodo Literature. First. Delhi: Sahitya Academy, 2010

पत्रिकाः

हिन्दीः

देवी एल. डिम्पल. "पूर्वोत्तर भारत में हिन्दी". समन्वय पूर्वोत्तर (अंक 13, वर्ष 2011)

शोध–पत्र

अंग्रेजीः (पी.एच.डी.)

फुकन निभा रानी. Rabha Literateurs And Their Literary Contribution: A Critical Study. असमीया विभाग. गौहाटी विश्वविद्यालय. 2008

असमीयाः (लघु शोध परियोजना)

हाजरिका ज्योतिरेखा. असमर कार्बि, तिवा आरु देउरी जनगोष्ठीर लिखित साहित्यः एक विश्लेषणात्मक अध्ययन. विश्वविद्यालय अनुदान आयोग. 2016

साक्षात्कार

प्रो. उपेन राभा हाकाचाम, असमीया विभाग, गौहाटी विश्वविद्यालय

हङ मिजी हान्चे, विशिष्ट कार्बि साहित्यकार

बड़ो

मछली का भरता

मूल (बड़ो) : **नीलकमल ब्रह्म**
अनुवाद : **डॉ. रीतामणि वैश्य**

रीढ़ की हड्डी को सीधा करने के लिए खड़ा होने ही वाली थी कि हुंगा की भाभी ने आँखों के सामने एक अद्‌भुत दृश्य देखा। वह कल्पना में भी नहीं सोच सकती थी कि उन दोनों के बीच वैसी अनहोनी हो सकती है। वह दृश्य उसे कुछ अजीब–सा लगा। खेत में मेंड़ बना रहे देवर हुंगा को घटना को दिखाने के लिए भाभी ने आवाज़ लगाई–

'अरे ओ हुंगा, इधर आ,जल्दी।'

'क्या बात है भाभी?'–पास आकर हुंगा ने पूछा।

'देख तो, वे दोनों बदकिस्मत मछलियाँ कैसे एक–दूसरे से चिपकी हुई हैं!'

'छिः बेशरम कहीं की! रुक, अभी मजा चखाता हूँ तुम्हें।' हुंगा जापि टाँगने की छड़ी को उखाड़कर मछलियों की ओर लपका और पलक झपकते ही उसने दोनों मछलियों की ज़िन्दगियाँ खत्म कर दीं। हुंगा ने कीचड़ से दोनों मछलियों को उठाकर भाभी के सामने रख दिया।

'अहो! यह तूने क्या किया? दोनों मजे से खेल रही थीं! हुंगा, तुझे महापाप लगेगा!' भाभी की बातों का कोई जवाब न देकर हुंगा ने कहा, 'दोपहर के खाने में मछली के भरते का बन्दोबस्त हो गया।'

जल्दी–जल्दी मछलियों को जापि से ढककर हुंगा फिर मेंड़ बनाने गया। इधर भाभी और देवर की बातें पास ही हल जोत रहे हुंगा के बड़े भाई को भी सुनाई दीं।

कुछ समय बाद मछलियों को लेकर हुंगा तेजी से घर पहुँचा।

हुंगा के बड़े भाई की साली अम्बा दोपहर का खाना पकाकर गाँव के कुँए से पानी भरने गयी थी। बरसाती मैसम में खेती–बाड़ी के काम में

अकेले तकलीफ होने के कारण दीदी अम्बा को दो महीने के लिए बुला लायी है। एक हफ़्ता गुजर गया। अम्बा के हुंगा के घर आने का।

कमर में पानी का घड़ा लेकर आँगन में पैर रखकर ही अम्बा को रसोई में खरल की आवाज़ सुनाई दी। अम्बा ने सोचा कौन हो सकता है। उत्सुकता से वह रसोई घर की ओर बढ़ी। बरामदे से दरवाजे के झरोखे से उसने देखा कि वह तो छोटा जीजा है। ध्यान से खरल में कुछ कूट रहा है। अम्बा ने धीरे से दरवाजे को ठेलकर कहा–

'छोटा जीजा, क्या कर रहा है?'

अम्बा की ओर देखे बिना ही उसने कहा, 'मछली का भरता।'

'मुझे भी देना होगा। मैं भी खाऊँगी।'

'धत्, पगली, यह तेरे लिए नहीं है। मना है।' हुंगा ने शरमाते हुए कहा।

'क्यों मना है? मछली का भरता भी खाना मना है? अम्बा ने आपत्ति करते हुए कहा।

'ऐसी मछली तेरे लिए नहीं है। कहा न मना है।' खरल से भरता निकालकर हुंगा ने एक कटोरी में रखा और वह नहाने के लिए निकल गया।

आज हुंगा ने बड़े भाई के साथ खाना न खाकर भाभी के साथ रसोई में ही खाया। लहसुन से बनाये हुए मछली के भरते की ख़ुशबू से अम्बा की जीभ से पानी टपकने लगा। इधर अम्बा के लिए भरते की बात फिर से करना भी मुश्किल हो गया। साफ़–साफ़ कह दिया है कि मना है। शायद मना ही है। फिर भी छोटे जीजा की थाली की ओर देखकर दीदी से पूछा–'सच्ची में यह भरता खाना मना है क्या?'

'मैं क्या जानूँ, उसे ही पूछ ले।' –हुंगा की ओर देखकर दीदी ने जवाब दिया।

'इतना सारा भरता, छोटा जीजा अकेले खायेगा? इतना लालच?' अम्बा की बात खत्म हो ही नहीं पायी कि दीदी ने अम्बा को डांट दिया–'खाने के समय कोई ऐसी बातें करता है क्या?'

इस बार हुंगा को भाभी का साथ मिलता देख उसने अम्बा की ओर देखकर कहा, 'यह लड़की सचमुच बुद्धू है। मना है, मतलब मना है। ऐसी मछली तेरे लिए नहीं है।'

'कौन–सी मछली है वह?' अम्बा जानने को बेताब होती है। पर अम्बा की बातों पर ध्यान न देकर हुंगा हाथ–मुँह धोकर बाहर निकल गया। अम्बा भी बरतन धोने कुँए तक जाती हुई जीजा के मिलने से पूछ बैठी–

'जीजा, छोटे जीजा ने कौन–सी मछली खायी?'

'तुझे उन लोगों ने नहीं बताया क्या?'–जीजा ने भी उसके सवाल का सीधा जवाब नहीं दिया।

'कहाँ बताया! सिर्फ इतना बताया कि खाना मना है। मछली का भरता भी खाना मना हो सकता है क्या?'

'लोगों का तो यही कहना है कि ऐसी मछली तुम लोगों के लिए नहीं है।'

'वही तो जीजा, आख़िर वह कौन–सी मछली थी?' खिंझती हुई अम्बा पूछती है।

'गेदगेदी[1] के साथ चेंगा की कुछ अनहोनी होने वाली मछली हैं।' इस बार जीजा ने लाज छोड़कर सीधा जवाब दिया।

'अरे, बेशरम!' अम्बा ने शरम से जीजा को पीटने की मुद्रा में यों ही हाथ उठाया।

जीजा ने फिर से कहा–'एक ही बात क्यों बार–बार पूछती रहती है? सच ही तो बता रहा हूँ!'

देर से ही सही असली बात जानकार अम्बा को बड़ी शरम आयी। शरम के मारे जीजा को बनावटी गुस्सा दिखाकर दो–चार बातें भी सुना दीं।

शाम को हुंगा बहंगी लेकर बिचड़ा उठाने के लिए खेत पहुँचा। उस समय अम्बा भी खेत में बिचड़ा उठा रही थी। मौका देखकर अम्बा ने फिर से हुंगा के सामने भरते की बात छेड़ी।

'ओ जीजा, आज तूने मुझे मछली का भरता क्यों नहीं दिया?'

'धत्!'–हुंगा खिंझता हुआ फिर बोला–' कह तो दिया था मना है।'

'खाने से क्या होता छोटा जीजा?' हुंगा को चिढ़ाने के लिए अम्बा ने फिर पूछा।

'भैया से पता नहीं चला क्या? कहाँ कैसे क्या करने वाली मछली थीं वे! मैंने भी बरामदे से सुना है। असली बात यह है कि गेदगेदी मछली बड़ी भोली होती है, बुद्धू भी। इससे चेंगा, गरई, टेंगरा आदि दूसरी

चालाक मछलियों के चंगुल में फँसकर उसे अपनी पवित्रता खोनी पड़ती है। इसीलिए वैसी मछलियों के खाने से तुमलोग भी किसी के जाल में फंस सकती हो।'

अम्बा कुछ और न पूछ ले, यह सोचकर जल्दी बात खत्म कर हुंगा बीचड़े का बोझ कन्धे पर उठाकर खेत के लिए चला।

ख़ुशी और शर्म की निगाहों से अम्बा हुंगा की ओर देखती रह गयी।

शब्दार्थ :

1. गेदगेदी–एक प्रकार की मछली

(लेखक के 1984 में प्रकाशित 'चिलिंखार' शीर्षक कहानी–संकलन से संगृहीत)।

दो नारियल के पेड़

मूल (बड़ो) : **चित्तरंजन मुछाहारी**
अनुवाद : **डॉ. रीतामणि वैश्य**

"सावधान भाँजे, लड़की देखने के लिए जाते समय कभी अपने से सुन्दर लड़के को अपने साथ लेकर मत जाना।" मामी के ऐसा कहने का मतलब यह है कि मुझसे सुन्दर लड़के को साथ ले जाने से उसे ही लड़की पसन्द कर लेगी। "और सुनो भाँजे, रास्ते में अगर चावल धोते हुए किसी को देख लिया, तो बहुत अच्छा है और रास्ते में अगर किसी को ज़मीन खोदते हुए देखा, तो लड़की गुस्सैल होगी। अगर गाय को बच्चा जनते हुए देखा, तब तो सोने पे सुहागा, और हाँ, चाय परोसने आते हुए लड़की के हाथ की गद्दी के खरल का डण्डा पकड़ने का हिस्सा अच्छी तरह से देख लेना। उस हिस्से में छाले के निशान रहने से समझ लेना कि लड़की धान कूटने में माहिर है, काम करने में उस्ताद है।"

मामी की ये बातें मैंने मान लीं। क्योंकि मैंने पहले हमारे गाँव के एल.पी. स्कूल के पंडित गयराम के हाथों की उंगुलियों में कलम पकड़ने के हिस्से में वैसे छाले के निशान देखा था। अभी वह दाग मौजूद है। "बाल भी देख लेना; अगर बाल खूंघराले हैं, तो खराब है। अच्छी लड़की के बाल तेल लगाने से चमकते रहते हैं। ड्योढ़ी पर पैर रखते भी नजर रखना कि कौन–सा पैर पहले रखा–दायाँ कि बायाँ? दायें पैर से पहला क़दम रखना बुरा होता है; बायें पैर से पहला क़दम रखना अच्छा होता है। लड़की की आवाज़ मोटी न होकर सुरीली होनी चाहिए। चेहरा थोड़ा लम्बा, लम्बी नाक और आँखें कबूतर की आँखों–सी होनी चाहिए। हो सके तो हँसी–ठठोली कर उसे हंसा देना। दबाकर हँसना बुरा है;

धीरे–से मुस्कुराने वाली अच्छी होती है। मुँह न खोलकर सिर्फ होठों को हिलाकर हँसने वाली लड़की पेट में बात रखने वाली होती है। पैरों की उंगुलियों को भी देखना; अच्छी लड़की के पैरों की उंगलियाँ ज़मीन छूती रहती हैं। चलते समय भी ध्यान देना; यदि घोड़े की तरह चलती है और धड़ाम–धड़ाम आवाज़ से ज़मीन हिलाकर चलती है, तो लड़की खराब है। अच्छी लड़की शंकु की गति से या हाथी की चाल चलती है। तुम भी कोई छोटे बच्चे नहीं हो कि और कुछ सीखाना पड़े। मैं चलती हूँ; घर में धान धूप में बिखेरकर आयी हूँ। अभी देर हो गयी तो मुर्गियाँ सारा धान खाकर खत्म कर डालेंगी। मैंने जो कुछ भी कहा, उसे अच्छी तरह याद रखना।" मामी चली गयी। सोचा मैं बच गया। किन्तु मामी के जाने के बाद भाभी आ धमकी।

"रूपाराम, तब मैं कहना भूल गयी थी। पहुँचते ही लड़की के माँ–बाप के पाव लगना; जब तक "उठ जाओ बेटा" न कहे, तब तक मत उठना। ऊलजलूल बातें न करना। ससुर जो भी कहे, "हाँ", "होगा", "वह तो सही है" आदि कहकर उनका साथ देना। ज़मीन–जायदाद की बात करे तो कुछ बढ़ा–चढ़कर कहना। बुद्धू की तरह आठ बीघा न बताना, अस्सी बीघा बता देना। और सुनो, खाना ज़्यादा मत खाना, आधा पेट ही खाना। तला हुआ मांस देने से चार टुकड़े खाकर छोड़ देना। उरद की दाल देने से घर की तरह पीने न लग जाना। खाना खाते समय सब्जी क़मीज़ में लग जायेगी। मिर्ची का छिलका दाँतों में फंस सकता है; खाने के बाद अच्छी तरह से मुँह धो लेना। बुद्धू की तरह खाने के बाद दाँत मांझने के लिए दातुन मत माँगना। हाथों को अच्छी तरह धो लेना। घर में उरद और चावल के चूर्ण से बनाई हुई घनी सब्जी उंगलियों में लगी रहती है न! भात अच्छी तरह से खाना, बिलकुल साफ़–सुथरा, सारंग की तरह न खाना, ज़मीन पर न गिराना। मांस परोसते या खाते समय ज़मीन पर अगर गिर भी गया, तो घर की तरह उठाकर मत खाना। हड्डियों को चबाते समय आवाज़ मत निकलने देना। तुम्हारा क्या कहे! सुअर की त्वचा पर पड़ी परत की तरह परत लगे दाँतों को मांझकर ही जाना। डींग मारकर हाथों से बिना पकड़े साइकिल मत चलाना। भात खाने के समय बिल्ली के पास रहने से घर की तरह भगा मत देना; थाली का खाना खाने से भी न भगाना। हाँ, और सुनो! भात खाया कि नहीं पूछने से, भले ही

तुमने न खाया हो कहना कि खाकर आया हूँ। नहीं खाया, पकाया भी नहीं–ऐसा मत बताना। अगर वे पकाये तो ठीक है, नहीं तो कोई बात नहीं। चाय–वाय ही पीकर आ जाना। चाय अगर न भी मिले,तो कुँए का पानी ही पेट भरकर पीना और फिर...।"

"ठीक है, भाभी ठीक है।" मेरे कान पक गये थे। मेरी मनाही से वह हँसती हुई चली गयी। माँ और बाबू जी के बहुत पहले से बार–बार कहते रहने के कारण लड़की देखने के लिए मैं जा रहा हूँ। उस पर और कान पकाने वाली उबाऊ सीख! मैं लड़की देखने के लिए निकला हूँ–ऐसा कहना थोड़ा ग़लत होगा। लड़की ने मुझे देखने के लिए बुलाया है, ऐसा कहना ही सही होगा। मेरी लड़की देखने जाने की बात पर लड़की के माँ–बाप ने मेरे माँ–बाप से कहला भेजा था–"आपके लड़के को भेज दीजिएगा, शादी हो न हो, वह बाद की बात है।" मतलब अगर मैं बेढंगा निकला, तो शादी नहीं होगी और अगर मैं चिकना निकला, तो हो जायेगी। जो भी हो, कपड़े धोने का एक साबुन नेनुवा की झाड़न में सनकर मैंने अच्छी तरह शरीर की गन्दगी साफ़ कर ली। जब सरसों का तेल लगाने लगा, तो भाभी जवा–कुसुम तेल रख गयी, गमछे में कुछ ख़ुशबू सन गयी। बनावटी गुस्सा दिखाकर भाभी कहती है–"अनाड़ी की तरह सरसों का तेल लगाकर भला कोई लड़की देखने जाता है?"

घर में सबने अनाड़ी कहकर मुझ पर गुस्सा किया है। मैंने कुछ भी जवाब नहीं दिया। तेल लगाने के बाद फिर सोचने लगा। कैसी शर्ट पहनूँ? कल धोने वाली साफ़ चिकनी शर्ट को पहनकर जाने से वे सोचेंगे–"दामाद, अपनी धुन में रहने वाला छैल–छबीला है।" गन्दी शर्ट पहनने से सोचेंगे–"दामाद बिलकुल अनाड़ी है, भद्दी आदत है उसकी।" कुछ भी कहने का मौका न देकर थोड़ी साफ़, थोड़ी गन्दी शर्ट पहनना ही ठीक होगा। शर्ट पहनकर मामी की बातों का ध्यान कर रामौंदा को साथ जाने के लिए कहा। क्योंकि यद्यपि रामौंदा को दो–तीन बड़ी उम्र की लड़कियों का प्यार मिला है, फिर भी वह मुझसे किसी भी कीमत पर सुन्दर नहीं है। चेहरे पर मुँहासे भरे हैं। दाँत कुदाल की तरह बाहर की ओर निकले हैं, सर के बाल सुअर के लोम की तरह हैं। सुनने को आया है कि लड़कियाँ उसके सर के बाल से सोना माँजकर चमकाती हैं। दूध में पानी मिला कर बेचने की तरह व्यापारी उसके बाल सुअर के लोम के साथ मिलाकर बेचते हैं।

रामौंदा नरकट की तरह अपनी घनी दाढ़ी बना रहा था। मेरे साथ लड़की देखने जाने का प्रस्ताव मिलते ही वह मेंढक की तरह कूदता हुआ बोला—"चल, कहाँ? किस गाँव में?" "मुकुलडाङा गाँव में; सेमफाख की बेटी,लाइश्री नाम है।" दाढ़ी बनाने के बाद रामौंदा ने जल्दी–जल्दी ख़ुशबूदार तेल लगाया। उसके बाद कंघी करने लगा। वह कंघी करता रहा, पर कुछ फायदा नहीं हुआ। मुस्कुराकर मैंने कहा—"इतने बड़े–बड़े मोटे–मोटे बाल कैसे झुकेंगे? चल, जल्दी चल।" गुस्से से रामौंदा ने कंघी फेंक दी और साइकिल निकाल लिया। मेरी साइकिल केवल नाम से ही "रबीनहुद" है, बिलकुल पुरानी। दादा जी की साइकिल थी यह। दादा जी के दूसरी कक्षा में पढ़ते समय ख़रीदी गयी थी। दादा जी के बाद बाबू जी, बाबू जी के बाद भैया, उसके बाद ही यह मुझे मिली। साइकिल का चेइन लम्बा होता गया, निशान भी घिसते गये। केरेरेट, कुरुरुत आवाज़ निकलती रहती है। घंटी भी आपने आप बजती है। रास्ते के लोग यों ही राह छोड़ देते हैं। सीट पर बैठने से भींचती है। हेंडल टेढ़ा है। मेरी मर्जी से नहीं चलती, बड़ी खराब है।

रामौंदा की साइकिल नई है। कालराज साँप की तरह तेजी से दौड़ती है। मैंने साइकिल बदलना चाही। पर रामौंदा नहीं माना। रास्ते में रामौंदा ने पूछा—"हमें देखने से शायद लड़की काम करने के लिए भागदौड़ करेगी।"

"थोड़े ही वह ऐसा करेगी!"

"जरूर करेगी, सौ बार करेगी। जब भी लड़का लड़की देखने आता है, लड़की ख़ुद को गुणी जताने के लिए दौड़ धूप मचाती हुई काम करती है। हो सकता है कि माँ कुछ भी न छुए। केवल कहेगी, घर का सारा काम वही करती है।"

"रामौंदा, हमारे लिए वे क्या–क्या सब्जी पकायेंगी और खाने में क्या–क्या खाने परोसेंगी?"

"मेरा अनुमान है कि पहुँचते ही तेरी सास केतली में दो महीने पुरानी पीले रंग की गुनगुनी शराब हमारे सामने रखकर कहेगी—शराब बिलकुल नई है, दो ही महीने हुए थे, उसे ही पियो दामाद जी। फिर लाइश्री शरम से लाल होकर धीरे–धीरे मुर्गे के तले हुए मांस के दो प्लेट लाकर शराब के साथ खाने देगी। भात खाने के समय सब्जियों के कटोरों से थाली

को चारों ओर से घेर रखेगी। पपीता के साथ चार साल पुराना बकरे का मांस रहेगा। आलू के साथ तले सुअर के मांस की एक तरकारी; बड़े–से मुर्गे के मांस के साथ पुराने कुम्हड़ा की एक सब्जी। पोठी और और चीनी पोठी मछली के साथ तले कोमल बांस और एक प्लेट तले मुर्गी का मांस। उस पर प्रेसर कुकर में पकाया हुआ चने की दाल और परवल या बेंगन की भाजी। साथ में धनिया का पत्ता और लहसुन से बनाई हुई मछली का भरता। शायद लाइश्री दरवाजे की आँड़ में छिपकर कहेगी–"शायद सब्जियाँ अच्छी नहीं बनीं। मुझे अच्छी तरह से पकाना नहीं आता।"

"धत् पगले, मैं इतना किस्मतवाला नहीं हूँ।"

"तू है न! हमारे गाँव के गेलाराम की बात नहीं सुनी क्या? लड़की देखने जाते समय क्या–क्या खाने को मिला था।"

"नहीं, मैं नहीं जानता।"

"उसके साथ मैं भी था। क्या–क्या खिलाया था, उसे कहकर मैं तेरी जीभ का पानी टपकने नहीं देना चाहता। पर मैं दो सब्जियों की बात कभी भूल न पायूँगा। पहली–हमारे लिए मांगुर मछली के सर से पन्नमुखी अरबी की सब्जी पहले से ही बना रखी थी। सर्दी का मौसम था। सब्जी जमकर चाय दुकान की सूजी की तरह हो गयी थी। निकालकर खा और मांगुर मछली का सर चबाकर खा। बड़ा मजा आया था। दूसरी–मुर्गी के कलेजे और आलू से बनी सब्जी।

"मुर्गे का कलेजा और आलू!" सुनकर मैं चौंक पड़ा।

"अरे हाँ, पूरा एक बाड़ा मुर्गा मारा था। नहीं तो कैसे मुर्गे के कलेजे से सब्जी बनती? सुना है, सूखे मुर्गे का मांस अभी बचा है। गेलारम को अभी सूखे मुर्गी का मांस खाने को मिलता है। तुझे भी मुर्गे का सूखा कलेजा खाने को मिलेगा।" रामौंदा जल्दी–जल्दी पेडल मारता है। हम कब एलेङमारी गाँव पहुँचे पता ही नहीं चला।

दोपहर होने का समय है। एलेङमारी गाँव की लड़कियाँ गडीया नदी में एलेङा[1] मछली की तरह कोई नहा रही है, तो कोई तैर रही है और किसी ने बाल खोल रखे हैं। कोई मर्दों की विपरीत दिशा में कपड़े बदल रही है और कोई कपड़े धो रही है।

"बहन, नदी किधर से पार किया जाता है?"

"इधर से पार होना है भैया। हम जिधर नहा रहे हैं, उधर से। एक नाव थी, पर माझी भात खाने गया है, लौटने में बहुत देर हो जायेगी। नदी गहरी नहीं है।" एक छोटी उम्र की लड़की ने रामौंदा की ओर देखकर जवाब दिया।

"मुकुलडाङा गाँव का सेमफाख का घर तुमलोग पहचानती हो?"

"क्यों नहीं, सेमफाख के घर के सामने दो नारियल के पेड़ हैं।" बड़ी उम्र की एक लड़की ने कहा।

"अरे रामौंदा, नाव के लिए क्या रुकना, चल ख़ुद पार होते हैं। मुझे तो बड़ी भूख लगी है।"

"वही तो।"

पाजामे को अच्छी तरह उठाकर कन्धे पर साइकिल डाले मैंने नदी पार की। पुरानी साइकिल है, पानी लगने से चलना बन्द हो सकता है।

गडीया नदी पार होकर हम सीधे मुकुलडाङा गाँव की ओर साइकिल से रवाना हुए। ज्यों ही हम मुकुलडाङा पहुँचे मेरे दिल की धड़कन बढ़ने लगी मानो मैं बाघ से भिड़ने आया हूँ। लाइश्री को हमारे घर के केवल माँ और बाबू जी ने ही देखा है। सुना है लाइश्री के गाल बहुत सुन्दर हैं, चींटी की तरह कमर है, आँखें भी सुन्दर हैं, ज़्यादा लम्बी भी नहीं, नाती भी नहीं है–सुगढ़ी। सुना है कि अच्छी तरह से काम करना आता है। आँगन के सामने दो नारियल के पेड़ देखकर रामौंदा साइकिल से लगभग कूद गया,मैं भी उतरा।

मेरा दिल जोरों–से धड़कने लगा। साइकिलों को नारियल के पेड़ों में टिकाकर हम अन्दर चले। एक लड़की धान सुखाने के लिए उसे बिखेरने में लगी थी। अनुमान हुआ शायद यही लाइश्री है। हमें देखते ही हमारे लिए पीढ़ा आगे बढ़ा दी। हम भी बैठे। फूल बुने गमछे से चेहरे का पसीना पोंछकर रामौंदा ने पूछा–

"तुम्हारे बाबू जी कहाँ गए हैं?"

"लाओसङ गाँव में गाय बदलने गए हैं।"

"कब लौटेंगे?"

"शाम गोहाली में गाय घुसने के समय पहुँचेगे।"

"तुम्हारी माँ कहाँ है?"

"खाखलिङबारी गाँव में मौसी की बीमारी की खबर करने गयी है।"

"कब तक लौटेंगी?"

"कल।"

मैं भौचक्का रह गया। खबर देने के बाद भी अगर घर में कोई न रहे तो क्या कहा जाय! धान बिखेरने का काम खत्म कर लाईश्री ने हमें चाय पिलायी। इतनी गर्मी, ऊपर से चाय। गुस्से में रामौंदा क्या करे क्या न करे तय नहीं कर पा रहा था।

"क्यों आये थे?"

क्यों आये थे, किस तरह की लड़की है यह! जवाब में मुझे क्या कहना है मैं तय नहीं कर पा रहा था। उसी समय रामौंदा ने मुझे बचा लिया।

"तुम्हारे बाबू जी ने इसे बुलाया था, मैं भी साथ चला आया।"

"खाना खाकर तो नहीं आए?"

मैंने तत्क्षण उत्तर दिया–"खाकर आये हैं।"

"अगर खाकर नहीं आये हैं, तो मैं पकाती हूँ। बकरे का थोड़ा सूखा मांस भी है।"

मेरे खाकर आने की बात कहने के कारण रामौंदा गुस्से से होंठ काटता हुआ मेरी ओर घूरने लगा। किसी तरह ही उसने अपने गुस्से पर काबू किया। बहुत समय तक दोनों चुपचाप बैते रहे, निस्तब्ध।

"आराम करना चाहते हैं तो बैठक में आराम कर लीजिये।"

कड़ी धूप है। भूख और प्यास के मारे हम दोनों आराम करने गये। शायद यह बैठक नहीं है; भाइयों के सोने का कमरा है। स्कूल जाते हैं। कई किताब देखने को मिलीं। बिस्तर पर लेटते ही रामौंदा की नाक से घरघर आवाज़ निकलने लगी। सोने की कोशिश करने पर भी मैं सो न सका। रास्ते पर की गयी सब्जी की बात मन में आयी तो मुझे हँसी आने लगी।

लाइश्री आँगन में बिखराए धान इधर–उधर कर रही है। इतने में किसी की आवाज़ सुनाई पड़ी–"धान बिखेर रही है क्या गसाती?"

"हाँ, क्या सब्जी खायी आज तूने लाइश्री?"

"लाइश्री!"

दीवार के झरोखे से झाँका तो दिखाई पड़ा कि एक सुन्दरी लड़की आँगन में खड़ी है, जिसे एकबार देखने से आँखें नहीं हटती। देखते रहने की इच्छा होती है–अपूर्व!

"कहाँ खाने को मिलेगा, आज तो मुझे देखने के लिए आने वाले हैं। उनके लिए सब्जी पका–पकाकर अभी राहत मिली है। मांस तलते समय थोड़ा ज़मीन पर गिरा था, यों ही उठाकर रख दिया। दाल छौंक मारते समय तेल गरम ही नहीं हुआ अच्छी तरह से। मिर्ची का भरता भी खुदी मिर्ची से बनायी है। कैसे खाये, खाये। मैं चलती हूँ। खाने की तैयारी करनी है। थोड़ी देर में जाने कौन महाराज आ पहुँचे।" आँगन में खड़ी लड़की फटाक से चली गयी। जाते–जाते मेरी साइकिल की घंटी भी बजा गयी। यह मैंने क्या सुना; यह तो लाइश्री का घर नहीं है! जिसे मैं लाइश्री समझ रहा हूँ, वह गसाती है। मैंने गसाती को अन्दर बुलाया।

"तुम्हारा नाम क्या है?"

"गसाती।"

"पिता जी का नाम क्या है?"

"बेरग।"

"हे भगवान! सेमफाख का घर किधर है?"

"पास ही है। अभी बेटी आयी थी।" हाँ, मेरा अंदाजा सही निकला।

"सेमफाख के घर के सामने नारियल के पेड़ हैं क्या?"

"हाँ हैं न, हमारी तरह ही दो हैं।"

शायद गसाती को बात की भनक लग गयी। मुस्कराकर उसने कहा–"भात का पूरा बंदोबस्त हो चुका है। जाइये और खाइये। किसी को पूछ भी नहीं सकते थे!"

मैं कुछ न बोल पाया। संक्षेप में सिर्फ इतना कहा–" नहीं खायूँगा।"

"रामौंदा! अरे रामौंदा!"

"क्या हुआ रे?"

"चल चलते हैं।"

"धत्, मैं नहीं जाता।"

"अरे, सूरज ढलने को आया।"

रामौंदा को मुँह धोने के लिए गसाती ने पानी दिया। भूख के मारे रामौंदा ने लोटे का सारा पानी पी लिया। ऐसी सब्जी शायद पता चलने से सुअर भी न खाये। इसीलिए थके शरीर और दिल लेकर लाइश्री के घर घुसे बिना रामौंदा को लेकर घर पहुँचा। मन ही मन सोचा, मैं लाइश्री से शादी नहीं करूँगा। ऐसी लापरवाह अनाड़ी लड़की से शादी करने की

क्या पड़ी है? चाहे कितनी ही सुन्दरी क्यों न हो। लाइश्री बाहर से ही सुन्दर है। अन्दर से खोखली है। काम–काज कुछ भी नहीं आता। अच्छे चरित्र की लड़की क्या ज़मीन पर गिरे मांस धोये बिना पकाती है? गाँव पहुँचने तक रामौंदा ने मुझसे कुछ भी बात नहीं की। गाँव पहुँचने पर उसने कहा–"रूपाराम, आज जिस तरह से तूने मुझे मांस खिलाया, वह मुझे ज़िन्दगी भर याद रहेगा।" मैंने उसे असली बात नहीं समझायी। मेरे घर में क़दम रखते ही भाभी ने पूछा–"कैसी लगी लड़की? बहुत कुछ तो खिलाया होगा? आते समय लड़की के माँ–बाप के पैर छुए कि नहीं?"

"लाइश्री मुझे प्यार नहीं करती" कहकर मैं कपोल की शिराओं की ओर इशारा कर रसोई घर में ठण्डे पानी में खीरा डुबाकर खाने लगा। माँ ने गुस्से से कहा–"भाभी और मामी ने इतनी अच्छी तरह समझा–बुझाकर भेजा था; किसी की नहीं सुनता, केवल अपनी मनमानी करता रहता है। कुछ दिनों के बाद इसे कुत्ता भी रास्ता नहीं छोड़ेगा। प्यार करती है या नहीं, उसे आज अचानक कैसे पता चला। पता चलने पर भी कल या परसो तक ही चलता।"

भाभी ने पिता जी की आवाज़ सुनकर कहा–"शायद इस अनाड़ी ने ताम्बूल–पान देने आते समय अचानक हाथ पकड़कर मुझे प्यार करती हो क्या–यही पूछा। भात खाने के समय घर में खाने की तरह ज़मीन पर पालथी मारकर बैठ गया होगा और चाट–चाटकर खाया होगा।"

"ऐसा बर्ताव किसे पसन्द आयेगा?" मैं क्या कहूँ? असली बात बताने से तो अभी मधुमक्खी के छत्ते पर हाथ डालने जैसी बात होगी। इसीलिए मुँह बन्द रखना ही अच्छा है। क्योंकि न बोलने वाले (गूंगे) का कोई दुश्मन नहीं होता।

शब्दार्थ :

1. एलेङा–एक प्रकार की छोटी मछली। एलेङा मछली से भरे होने के कारण गाँव का नाम एलेंगमारी पड़ा।

(लेखक के 1976 में प्रकाशित 'फयमाल मिङिङ' शीर्षक बड़ो कहानी संकलन से उद्धृत)

कौन किसके लिए ज़िम्मेदार

मूल (राभा) : **गंगाधर राबा हादु**
अनुवादक : **पूजा बरुवा**

गाँव से थोड़ी ही दूरी पर स्थित एक चोटी पर जिकु का घर है। चोटी के आस–पास और किसी का घर नहीं है। परिवार में सिर्फ तीन ही लोग हैं– पति, पत्नी जिकु और उनका बच्चा। काफी दिन हो गये, बाप, बेटे दोनों बीमार पड़े हुए हैं। घर की सारी जिम्मेदारी अब जिकु पर आ गयी है। सुबह का सारा काम करना, खाना–बनाना और बाप–बेटे की देखभाल करना जैसे उसकी रोज की जिम्मेदारी बन गयी। ऐसे मुश्किल वक्त में जिकु बार–बार चिंतित हो उठती है–खाने के लिए एक निबाले की चिंता, काम जुगार न कर पाने की चिंता उसे सताती रहती है। बीमार पति और बेटे की हालत दिन–ब–दिन खराब होती जा रही है–हाथ में एक फूटी कौड़ी भी न रहने वाली जिकु को सैकड़ों समस्याओं ने झकझोड़ दिया है। कोई भी रास्ता न देखकर वह परेशान होती है। उनके बुखार का प्रकोप बढ़ने पर वह पूरी रात माथे पर जल पट्टी लगाती है, पंखा झेलकर देखभाल करते हुए जिकु एक पल के लिए भी झपकी नहीं ले पाती। इस तरह उसने कई निद्राहीन रातें पार की हैं।

सुबह जिकु को किसी से सुनने को मिला कि हस्तपाल में मरीजों को मुफ़्त में दवा दी जाती है। बिना किसी देर के सीधा हस्पताल जाकर वह बाप–बेटे दोनों के लिए अलग–अलग दवाइयाँ ले आयी। हस्पताल दूर है, पर फिर भी दिनभर में ही हस्पताल से होकर आया जा सकता है। लेकिन पति रहन ने जिकु को बोताक वैद्य से ही दवा लाने को कहा था। पर किस बीमारी की क्या दवा होगी, बीमारी और दवा में मेल होगा या नहीं

ये सब सोचकर जिकु हस्पताल से ही दवा ले आयी। जिकु ने डॉक्टर की सलाह के अनुसार तरल दवा अपने पति को खिलायी। बेटे को भी थोड़ी दवा देकर उसने पति को एक केपसूल खाने को दिया। बीमार पति के लिए जिकु को बड़ा दुःख होता है। कठोर मेहनत से उसका शरीर टूट चुका है। दस्त के कारण अब पटसन की छड़ी जैसे दुबले–पतले इंसान के पेट और पीठ एकाकार हो गये हैं। सही दवा लेने के कारण शायद पति का बुख़ार कम होने लगा। पसीने से तर होकर वह बहुत स्वस्थ हो उठा।

गर्मी का मौसम है। थक–हार वापस आकर जिकु नहाने गयी तो मन को शान्त करके ही घर के अन्दर घुसी। अन्दर जाकर वह चावल रखने वाले रोन्ताक[1] की ओर आगे बढ़ी। रोन्ताक को आँखें फाड़कर देखते हुए उसने आहें भरी। वह जानती है कि रोन्ताक में चावल नहीं है। आदत के मारे ही उसने हाथ से टटोला। नहीं, नहीं रोन्ताक में एक दाना भी नहीं है। दो दिनों से जिकु ने कुछ भी नहीं खाया है, खाये भी तो क्या? भूख से तड़पते हुए पेट की आग को बर्दाश्त न कर पाने के कारण उसने एक घड़ा पानी पीकर पेट को थोड़ा शान्त किया। दोनों बाप–बेटे पाटी पर सो गये हैं। बिना पलके झपकाये जिकु ने दोनों को देखा। पति की बात और है, अगर बेटा जाग गया, तो वह उसे क्या खिलायेगी? सोच–सोचकर जिकु को अपने पर ही धिक्कार हुआ। आह, अपने बेट को भी कुछ न खिला पाने की दैन्यता ने जिकु को पागल बना दिया। बहुत सोचने के बाद वह गाँव के ही एक परिवार से एक बार का खाना माँगने के लिए रूपाइ के घर गयी।

इधर रूपाइ के घर में लोगों की बहुत भीड़ लगी हुई है, क्योंकि उनकी बेटी मेलक को बुखार हुआ है। गाँव में किसी परिवार में मुसीबत आने से या बीमार होने पर सब सिर्फ ख़बर ही नहीं लेते, बल्कि सामर्थ्य के अनुसार मदद भी करते हैं। मेलक के बीमार पड़ने की बात का पता जिकु को नहीं था, वरना वह नहीं आती। लोगों के बीच घुसकर देखभाल करने के बहाने से वह भी बैठ गयी। कब से क्या बीमारी है, ये सब ख़बर लेकर उसने बातों–बातों में अपने घर की बीमारी के बारे में बताया। अपने घर की स्थिति को अनदेखा कर दूसरों की ख़बर लेने आने के कारण रूपाई की जिकु के प्रति सहृदयता उमड़ पड़ी और वह बोली–"हाँ, हम तो हमारे घर के ही मुसीबतों के कारण तुम्हारी ओर देख ही नहीं पाये।

वैसे घर के मरीजों की देखभाल कौन करेगा?" रूपाई की बात सुनकर जिकु ने झट से कहा–"आइ[2]! क्यों हमारी चिन्ता कर रही हो? गरीबों की काहे की लाज–शर्म। आपसे थोड़े चावल की दया की आस लेकर आयी थी।" रूपाइ से दिलासा पाकर जिकु ने अपने दिल की बात खोलकर कह दी। कोमल हृदय की रूपाइ ने लोगों की भीड़ के बीच भी जिकु को एक चावल की पोटली दी। परम संतुष्टि से जिकु पोटली को लेकर अपने घर लौटी।

जिकु ने घर लौटते ही जल्दी–जल्दी नहा धो लिया और मांग कर लाये हुए चावल में से कुछ रखकर सबके लिए माड़ भात बनाया। पश्चिम में सूरज के डूबने तक उसका खाना बन गया। पति और बेटे को उसने गरमागरम खाना परोस दिया। यद्यपि अरुचि के कारण पति ने खाने को मना किया था, पर जिकु के दबाव से खाने को विवश हुआ। पति ने जैसे–तैसे अपना हिस्सा खाया। जिकु बेटे को खिलाकर खुद भी थोड़ा खाने बैठी।

रात का अंधेरा है। विरामहीन प्रत्येक रात की नींद, दिन की थकान आदि को जिकु ढो रही है। बाप–बेटे दोनों को पंखा झेलते–झेलते उसकी आँख लगी ही थी कि उतने में अचानक पति के झटके से पाटी पर बैठ जाने से वह चौंक गयी। नींद के आवेश में जड़ होकर कुछ न कह पाने वाले पति को थुथु थाथा[3] करते हुए जार–फूँक कर चहरे पर हाथ फिराते हुए वह बोली–"हरि हरि! हे भगवान। क्या हुआ, क्या चढ़ा?" थोड़ा पानी पिला देने से पति को थोड़ा होश आया। कुछ समय चुप रहने के बाद उसने कहा–"कितना अजीब सपना था...। न जाने कहाँ से एक कुत्ता मुझे काँटने के लिए भगा रहा है–मैं भागता ही रहा हूँ–मिन्नते करता रहा पर वह पीछे लगा रहा है। डर के मारे काफी तेजी से भागा था।" "कुछ नहीं होगा सपना ही तो था। कुछ भी दिख जाता है। उनका कुछ मतलब नहीं होता। डरने की कोई ज़रूरत नहीं है, काफी रात हो गयी है, सो जाइये।" ऐसा कहकर जिकु ने अपने पति के बालों में हाथ फेरकर उसे सोने के लिए कहा।

कुछ देर सोयी ही थी कि घर के कुत्ते के भौंकने की आवाज से जिकु चकित होकर जाग गयी। उसने कान लगाकर सुना कि बाहर से कोई बुला रहा है। वह उठी और कुछ अनहोनी की आशंका से पति भी सो

नहीं पाया। वह भी उठकर आते हुए देखता है कि गाँव का कठियाल[4] आया है। "हे भगवान! इतनी रात को कहाँ से आये।" जिकु ने आश्चर्य से पूछा। "क्या बोलूँ बेटी, गाँव के उस मेलक पर डायन का छाया पड़ा है। बार–बार तुम्हारा ही नाम ले रही है। गाँववाले जमा हुए हैं। चलो बेटी।" कठियाल की बात सुनकर जिकु थर–थर काँपने लगी। डेगची में जिंदा रखी कवई मछली की तरह वह चटपटाने लगी। अद्भुत घटना है। रोते–रोते वह कहने लगी–"हे ईश्वर! यह कैसी लीला है प्रभु!" पति रहन भी हैरान हुआ। कठियाल उनको देखता ही रह गया। नियति से होड़ लेना संभव नहीं है, यह जानते हुए भी रहन बोलता गया–"हमारे जैसे कमजोरों के ऊपर ही तुम हिम्मत दिखाते हो। हमारी तरफ देखकर बत्तीसी निकालकर हँस रहे हो... दूसरों पर तो तुम्हारी एक नहीं चलती।" गाँव का हाव–भाव कुछ ठीक नहीं है। किसी पर डायन–चुड़ैल–भूतनी की छाया पड़ी है, यह संदेह हुआ तो सर्वनाश। गाँव से भगाकर समाज से निर्वाचित करते हैं, सभी सम्पत्ति घर–बार छोड़कर जाना पड़ता है। कोई उपाय नहीं है। राजा–प्रजा के साथ मत के न मिलने से भी नहीं चलता। सोच–समझकर रहन ने अपनी पत्नी से कहा–"जाओ! क्या हुआ है कुछ पता लगाकर आओ।" कठियाल के साथ जिकु को भेजकर रहन ने दरवाजे पर कुंडी लगा दी।

मेलक के बुखार का प्रकोप कम न होने पर पहले भूत–चुड़ैल की कुदृष्टि पड़ने की आशंका कर देओ[5] पूजा की गयी थी। फिर भी कोई लाभ न होने पर रास्ते में किसी भूत के लगने की आशंका से मुर्गे से भी देओ पूजा की गयी थी। लेकिन सब कुछ बेकार होने पर गाँव के बोताक वैद्य को बुलाया गया। बोताक वैद्य उस अंचल के गाँवों में झारुवा[6] दवाई देता फिरता है। उनके अनुसार लोगों का नज़र लगना, डायन–भूत आदि भगाने के लिए डॉक्टर की ज़रूरत नहीं है। बोताक की दवाइयों से कोई ठीक होता है और कोई नहीं। मुश्किल घड़ी में किसी को न पाकर गाँववालों ने बोताक को ही बुलाकर झार–फूँक करवाया।

बोताक वैद्य ने आमतौर पर करने की तरह मेलक के बालों को पकड़कर यह डायन का अपकर्म है कहते हुए जाल फैंका और मरीज को घेर डाला। मेलक, जिसपर डायन की छाया पड़ी है उसने अपने शरीर से जाल हटाने के लिए मिन्नतें कीं। बोताक मानता ही नहीं, उसके जाल में

जब्द होकर बीमार मेलक ने उसे छोड़ देने के लिए विनती की। बोताक ने मेलक को अपनी बातों से डायन साबित करना चाहा, "सच सच बताओ कौन हो तुम? क्या चाहिये तुम्हें?" मजबूर होकर मेलक ने बार–बार जिकु का ही नाम लिया। अंत में गाँववालों ने एकत्र होकर पंचायत बिठायी और पंचायत में जिकु को बुलवाना ही तय हुआ।

घोर अंधेरा था। धड़ाम से गिरकर जिकु मेलक के पैरों के पास ही बैठ गयी। रोनी सूरत से जिकु ने कहा–"हे माइ! तुम ने कैसी विघ्न खड़ी कर दी है–बाप–दादाओं के दिनों से न जानने वाली विद्या है। मुझे मारिये या काट डालिये, जो नहीं आता वह नहीं आता, मैं यह कैसे मान लूँ कि मुझे यह सब आता है।"

जिकु की बात खत्म हुई ही नहीं थी कि बोताक वैद्य के धमकी देने पर डर के मारे जिकु काँपने लगी। अगर डायन पकड़ी जाती है, तो डायन की छाया जिस पर पड़ती है, वह दिन के उजाले में मूर्छित होती है, बेहाल होती है। वे सभी लक्षण जिकु में देखकर गाँववालों को यकीन हुआ। इसके अलावा लोगों के सामने ही बोताक वैद्य ने एक चामत्रंग[7] से मेलक से पूछा–"सच सच बताओ कौन हो तुम?" मेलक की आवाज ही नहीं निकली। वह पड़ी रही। जिन्दा लाश जैसी मेलक को देखकर एकत्रित औरतें रोने लगी। बोताक ने एक लौटा पानी झार–फूँक कर मेलक के शरीर पर छिड़ककर मंत्र जाप करते हुए उसकी आवाज़ निकाली। बुखार के प्रकोप से मेलक भ्रम बकने लगी थी। काफी देर तक लगातार सर पर पानी डालने से उसे होश आया और औरतों का शोर–शराबा कम हुआ।

ये सब जिकु के कारण हुआ है मानकर गाँववालों ने आखिरकार जिकु को ही दोषी करार दिया। उसने "नहीं नहीं" कहकर कसम खायी। नहीं कुछ काम नहीं आया। सबके सामने कुत्ते–बिल्ली की तरह उसे अपमानित कर उसका मुंडन कर दिया। घसीट–घसीटकर लाठ मारते हुए गाँववाले उसे उसके घर छोड़ गये। पर भगवान के दरबार में जिकु का कोई दोष नहीं था।

पति रहन पत्नी जिकु के चिल्ला–चिल्ला कर रोने से ही सबकुछ समझ गया। बीमार शरीर से ही उसने उसे समझाया–"क्यों रोती हो? हमारी आवाज कौन सुनेगा? किस्मत का दोष किस्मत में ही रह गया।" रहन का सीना भी फट गया... वह भी रोने लगा। माँ–बाप को रोते देख

बेटा भी चिल्ला–चिल्लाकर रोने लगा। तीनों एक–दूसरे को गले लगाकर रोते ही रहे। जिकु काफी देर तक पति के कंधे पर सर रखकर रोती रही। रात का सन्नाटा है। सब सो गये हैं। जबकि जागे हुए है सिर्फ तीन बेबश जीव–जिकु, रहन और देवशिशु। लोगों की दुनिया में निष्ठुरता को देखकर उन लोगों ने प्रकृति के सामने हाथ फैला दिये हैं। इंसान बनकर इंसानों के बीच रहने के लिए, प्रकृति की गोद में आश्रय खोजते हुए वे व्याकुल हो उठे हैं। हृदय को चीर कर अचानक रहन के मुँह से एक प्रार्थना श्लोक के रूप में निकलती है–"हे आकाश!... हे हवा!... हे धरती माता। तुम्हारे विशाल हृदय में आश्रय लेने के लिए क्या थोड़ी जगह नहीं मिलेगी?" तब भोर के समय में एक नियती चिड़िया ने आवाज लगायी–"पा–पाकपुर ओ, पा–पाकपुर ओ, पा–पाकपुर ओ।"

शब्दार्थ :

1. रोंताक–चावल रखने वाला मिट्टी का बर्तन, राभा लोग इसे गृहलक्ष्मी का प्रतीक मानते हैं।
2. आइ–माँ, महिला को किया गया सम्मानसूचक सम्बोधन।
3. थुथु थाथा–रोगी या चौंकने वाले व्यक्ति को दिलासा देने के लिए हाथ में हल्के से थूकने के बाद उससे हवा देना या पोंछना।
4. कठियाल–गाँव का डाकिया। सरपंच के विचार में लोगों को बुलाने वाला वेतनधारी व्यक्ति।
5. देओ–देवता
6. झारुवा–वनौषधि
7. चामत्रंग–मरनी

नौसिखिया

मूल (राभा) : **लिष्टि राभा रंख**
अनुवाद : **पूजा बरुवा**

1

खिताक की माँ थोड़ी सी हैरान होने के साथ–साथ अन्दर ही अन्दर से ईर्ष्या से जलने लगी। क्यों न जलेगी? जो बात उसने सुनी–वैसी बात लोगों के मुँह से गुजरती हुई ही कभी कानों में पड़ती है या फिर घटना घटित होने की बात का पता चलता है। आज खिताक की माँ को कभी न सुनने वाली बात सुननी पड़ी और कभी न घटनेवाली घटना देखनी पड़ी। वह घटना उतनी महत्त्वपूर्ण नहीं है, फिर भी हैरान होने वाली बात है।

"नहीं *आइ*[1], आज एक साल बीत गया, पर फिर भी नये चावल की *बामचि*[2] खाने का मन होते हुए भी नहीं खा पायी। इसीलिए तुम लोगों से कुछ चावल बदलने के लिए आयी हूँ। रोज–रोज पुराने चावल से बने सूखे भात खा–खाकर ऊब जाने से इस बार नये चावल की *बामचि* खाने का मन लेकर ही यहाँ आयी हूँ।"

हमारे घर में पुराने धान जब तक खत्म नहीं हो जाते, तब तक नये धान को हाथ तक लगाने नहीं देते। इसका बाप भी (चलना सीखनेवाले अपने बच्चे को दिखाकर) बड़ा खडूस है। नये धान छूने तक नहीं देता। सासु माँ तो और भी दो कदम आगे हैं। जो भी हो, तुम लोगों से ही मिलने की आशा लिए आयी हूँ।

यह बात खिताक की माँ को आज पहली बार अपने भतीजे की बहू तेरेन से सुनने को मिली। जो बात खिताक की माँ ने किसी और से भी कभी नहीं सुनी थी। यही बात हैरान होने का कारण बन चुकी है।

2

यद्यपि यह बात उतनी बताने लायक नहीं है, फिर भी कह देने से बाद में किसी के काम आयेगी या ऐसी बात सुन लेने से सबका भला होगा यही सोचकर ही कह रहा हूँ।

उस दिन 1958 ई. की किसी तारीख को दिन ढलने के समय की बात है। यूँ तो वह खिताक की बहू ही है, पर एकदम सगी नहीं। देवर के बेटे तिनाय की पत्नी है तेरेन। वह मानों दूर–दराज से पहाड़ चढ़के या नदी पार होकर आयी थी। अभी–अभी चलना सीखने वाले लड़के का हाथ पकड़कर उसे आगे बढ़ाते हुए *काम्बुङ*[3] में एक पोटली बाँधकर मेहमान के घर आने की तरह वह आ ढमकी। खिताक की माँ कुछ हैरान हुई। वह धूप में सूखाने के लिए फैलायें धानों को समेटने ही वाली थी। खिताक की पत्नी भी अपने मायके गयी हुई थी। उसी समय मुस्कुराते हुए तेरेन आ पहुँची। "घर की ही बेटी होकर फिर क्यों पोटली लेकर आना पड़ा बेटी" कहकर खिताक की माँ लपककर बोली– "तिनाय की बहू, कैसे आना हुआ? बैठ। मैं धान समेटती हूँ। अपना ही घर समझ, बरामदे में ही बैठ जा।"

"आइ, कुछ सोचकर आयी हूँ और कुछ काम भी था। बैठने के लिए इतना मत बोल आइ! क्या बैठू? तू धान समेट ले" कहकर तेरेन बरामदे में बैठी।

जल्दी–जल्दी धान समेटकर खिताक की माँ ने ताम्बूल–पान की तस्तरी को आगे बढ़ाते हुए पूछा–"क्या काम था बेटी? और वह *काम्बुङ* में *रम्पे*[4] के जैसी किसकी पोटली है?"

"नहीं आइ, आज एक साल बीत गया, पर फिर भी नये चावल की *बामचि* खाने का मन होते हुए भी नहीं खा पायी। इसीलिए तुम लोगों से कुछ चावल बदलने के लिए आयी हूँ। रोज पुराने चावल से भात खा भी ले, तो *बामचि* कैसे खाये, यही सोचकर बदलने आ गयी।"

हमारे घर में धान जब तक पुराने नहीं होते, तब तक हाथ लगाने नहीं देते। इसका बाप भी (लड़के को दिखाकर) बड़ा खड़ूस है। सास तो सास ही है। जो भी हो, बड़ी उम्मीद से तुम लोगों के पास आयी हूँ।

यह बात सुनकर खिताक की माँ थोड़ी हैरान हुए बिना नहीं रह सकी। हालाँकि, खिताक का परिवार भी उतना ग़रीब नहीं है। फिर भी नये–पुराने

धान को लेकर ज़्यादा मनाही नहीं है। समय के अनुसार व्यवस्था होती है। आज तिनाय की पत्नी से जो बात सुनने को मिली, उसमें घमण्ड स्पष्ट झलक रहा था। इसीलिए वह गम्भीरता से सोचने लगी। क्योंकि एक ही आँगन से कटकर दो परिवार बनने से पहले खिताक और तिनाय दोनों के पिता के बीच क्या कम झगड़ा हुआ था? आज उसी का बदला लेने के लिए ही आयी है, यह सोचकर खिताक की माँ हैरान रह गयी।

3

खिताक के पिता बाङखङ और तिनाय के पिता तुरुङ दोनों भाई हैं। पिता के दिनों में यद्यपि उतना मेल नहीं था, पर झगड़ा भी नहीं था। आर्थिक स्थिति भी अच्छी ही थी। दोनों भाइयों की शादी भी कम उम्र में हो गयी थी। शुरू में देवरानी–जेठानी दोनों के बीच काफी मेल–जोल था, लेकिन पहले सहद की तरह मीठा बनते–बनते बाद में उनका प्यार मधुमक्खी के काँटे की तरह चुभने लगा। यही औरतों की महिमा है। पहले मीठा, फिर कड़वा। परिवारों में अगर झगड़ा हो, तो समझना चाहिए कि वह औरतों की कूटनीति से ही हुआ है। वैसे पुरुषों का कभी दोष होता ही नहीं, वैसी बात भी नहीं है।..... वह बात बाद में हमारा तिनाय भी कहेगा।......

बाङखङ और तुरुङ दोनों भाइयों में अपनी पत्नियों की कूटनीति में पड़कर, घर–ज़मीन–जायदाद के बटवारे को लेकर जितने भी झगड़े हुए, उसके कारण दोनों को अलग–अलग घर बनवाने पडें। तब खिताक और तिनाय बहुत छोटे थे। शायद अब वे लोग वे सब भूल चुके हैं, लेकिन खिताक और तिनाय दोनों की माँ उन झगड़ों को बिल्कुल भी नहीं भूली, मतलब भूला ही नहीं पायी। दरअसल परिवार में बँटवारा होने का कारण ये दोनों ही हैं। किसी की मुर्गी की एकं तांग टूट गयी, तो दोष दिया दूसरी को। किसी तरह अण्डा खो गया–शायद कुत्ते के खाने से या फिर कौवे के ले जाने से, पर चोरी का दोष मढ़ दिया गया दूसरी पर या फिर उसके बच्चों पर। उसी तरह अलग से व्यंजन पकाके खाना, मछली खाना, अलग से रखी हुई अपनी लकड़ियाँ जलाना, गोशाला का गोबर फेंकने की बारी आदि को लेकर हाहाकार मचाते फिरना ही उनका काम है। जब बच्चे झगड़ते हैं, तो एक कहेगी– "डायन के बच्चों के साथ क्यों खेलने जाता है रे।" यह कहकर रोते हुए अपने बच्चे को बेदर्दी से पीटती है–

"तुझे क्या पता? वे कौन से अच्छे खानदान से हैं? रोज मना करने पर भी बदमाशों के साथ खेलने लगता है। अब मर।"

उस तरफ दूसरी वाली कान लगाकर सुनती है और फटाक से जवाब देती है– "अच्छे लोगों के बच्चों के साथ खेल। आओ, मैं तुम लोगों की पीठ पर तेल लगा देती हूँ। कुलक्षणी औरतों का तुम लोगों को कभी श्राप देकर मारना ही बाकी रह गया है। तुम लोग क्या खेलते हो– आओ अपनी माँ के पास। फिर चिल्लाकर कहेगी अण्डे चोरनी के बच्चों के साथ खेलने के लिए तुम लोगों को किसने कहा था?"

उसके बाद काम करते समय बहाने से या फिर शराब पीकर धुत होते वक्त अपने–अपने पतियों से चुगली करती है। ऐसी स्थिति में उनके पति भी और कहा सहन कर पायेंगे। दो अलग–अलग चूल्हे बनाने ही पड़े। अलग होने के दिन भी ज़मीन, घर, धन आदि को लेकर झगड़े का आदि अन्त नहीं था। यही है राभा समाज। जिनमें कोई समझ नहीं है, अपनी–अपनी पत्नियों की बात सुनकर अपने बीच ही शत्रुता बढ़ा लेते हैं। मानो सुमति उनलोगों में है ही नहीं।

अलग होने के एक साल बाद ही खिताक के पिता का देहांत हो गया। बड़े भाई की मौत के एक साल बाद तिनाय का बाप भी कालाजार में मर गया, लेकिन इस तरह दोनों देवरानी–जेठानी अभी पहले के झगड़ों को पूरी तरह से भूला नहीं पायी। दोनों ही कम नहीं हैं, लेकिन अलग होने के बाद भी दोनों घरों की हालत नहीं बिगड़ी। साल अच्छी तरह ही गुजरा। घर–बार भी बराबर बाट दिये गये थे। हालाँकि दो बिघे *दहला*[5] ज़मीन खुद निकाल लेने के कारण बड़े भाई ने ज़मीन कुछ ज़्यादा ली थी। उस नाते छोटे भाई ने भी *बाकध्रब*[6] नाम का एक गड्ढा भरकर लगभग चार बिघे ज़मीन निकाल लिए। जिससे उसके हिस्से में बड़े भाई से कुछ ज़्यादा ही आ गया। उस भूतिया ज़मीन को निकालने के बाद ही तिनाय का बाप कालाजार में मर गया। चाहे जो भी हो, घर की हालत तिनाय के परिवार की ही ज़्यादा अच्छी रही।

उसे लेकर तिनाय की माँ बिना मुँह खोले नहीं रहती–"पेट भरकर खानेवाले भी हमारे जैसे ही हैं। भगवान की कृपा से हम भी पूरा साल सुख–शान्ति से पार करने में सक्षम हैं। दूसरों को उधार–ऋण नहीं दे सकते, वही न!"

कहने के लिए यह तो एक कहानी की तरह ही है– देवरानी बिल्कुल झूठ को भी सच बना–बनाकर पति के कान भरती है, उससे शिकायत करती है। इसीलिए जेठानी ने अपने बेटे का नाम रखा *खिताक*[7] और जेठानी इधर की बात उधर कहती फिरती है। इसी वजह से देवरानी ने अपने बेटे का नाम रखा *तिनाय*[8]।

सौभाग्यवशः दोनों के ही एक–एक बेटे हैं। खिताक और तिनाय दोनों की शादी एक ही साल में हो गयी। इसीलिए आज खिताक की माँ ने तेरेन की बात सुनकर उसका अहंकार भाँप लिया था। पर उसे मुर्ख समझकर बोली– "क्यों बेटी! इतने से चावल के लिए क्यों ऐसा करना पड़ा। ऐसे ही मिल जाता। एक ही घर में रहने वाले–एक ही चूल्हे में खाने वालों में उधार–ऋण का सवाल ही नहीं उठता। थोड़े से चावल की ही तो बात है। नहीं होता तो भी अलग बात होती। जमा करने के लिए भले ही न हो, लेकिन भगवान की कृपा से आज तक न अकाल है न भण्डार है।" कहकर वह अपना सम्मान बचाना भी नहीं भूली।

जो भी हो, उस दिन चावल बदलकर ही ले जाया गया। सिर्फ उनके घर से ही नहीं, गाँव के कई घरों से अपनी सम्पन्न आर्थिक स्थिति को जाहिर करने के लिए तिनाय की पत्नी तेरेन चावल बदलती फिरी। ज़्यादा दिनों तक इन्तजार करना ही नहीं पड़ा, अहंकार का अंजाम शीघ्र ही मिला। उसी दिन से तेरेन का अहंकार चकनाचूर हो गया।

4

अहंकार के चकनाचूर होने का मतलब क्या है? स्पष्ट शब्दों में कहे तो आजकल तेरेन के परिवार का भण्डार खाली है। दूसरों के चावल के बिना चूल्हा ही नहीं जलता। एक सेर दूसरों को उधार देने के बजाय, दूसरों से थोड़े चावल उधार में न लाये, तो प्राण रक्षा न होने की हालत हो गयी है। इसके अलावा उसके चोर स्वभाव के बारे में सारे गाँव में, घर के अन्दर–बाहर न जाने कितनी चर्चा होती ही रही।

सही मायने में कहे तो ऐसे चावल बदल–बदलकर जात–विजात के ठग व्यापारियों से धान के बदले चीज़ें बदलकर रखते–रखते उनका भण्डार खाली हो गया। उसके अलावा पिछली बार सूखे के कारण धान की अच्छी फसल न मिल पाने से तिनाय पूरी तरह से ग़रीबी में डूब गया। कहते हैं–माता लक्ष्मी सहन करेगी भी तो कितना।

इस तरह मतिभ्रष्ट होकर वह कैसे अपने पूर्व गौरव की मर्यादा को अक्षुण्ण रख सकेगी? उसने अपने पति को समझा–बुझाकर मजदूरी करने के लिए भेजा। इधर बूढ़ी सास ही घर के गाय–सूअरों का ध्यान रखती हैं और वह खुद घर की महारानी बनती फिरती है। ऊपर से तिनाय अपने पिता की तरह शारीरिक बल प्रयोग करके काम भी नहीं कर सकता। कम उम्र का पुरुष है। बात अगर शराब की हो तो फिर प्रौढ़ पुरुषों की तरह ही शराब के अड्डे पर मदहोश रहता है। उसकी ज्ञान–बुद्धि कम होने के भी कारण हैं। अत्यन्त ही कम उम्र में शादी करना इसका अन्यतम कारण है। कम उम्र में ही शारीरिक बोझ उठाना पड़ा। हालाँकि इनके बारे में भी कहना है, पर बाद में कहा जायेगा। अब तेरेन की बात ही खत्म करता हूँ।

दूसरी ओर तेरेन मौके का फायदा उठाकर दुष्ट प्रवृत्ति से चीज़ें इधर–उधर करती है। वह रात को चोरी विद्या का अच्छा प्रयोग करती है। मौका मिलते ही खिताक के भण्डारे से एक–दो टोकरी करके धान चोरी करते–करते भण्डार खाली होने को आया। कोई भी कारण न मिलने से खिताक घर के लोगों पर ही गुस्से से अन्दर ही अन्दर जलता रहता है, लेकिन पाप करने से एक न एक दिन जाल में फँसना निश्चित है। एक दिन खिताक ने जासूसी करके उसे रंगे हाथों पकड़ा और गाँव में पंचायत बिठाकर सौ रुपये का जुर्माना भरवाया। तिनाय के परिवार की, खासकर तेरेन की इस बार पूरी तरह से नाक कट गयी। अब लगभग सभी तेरेन के चाल–चलन पर नजर रखते हैं और सामुहिक कामों में उसकी बात किये बिना काम शुरू ही नहीं होता। सब कहते हैं– "कितनी ताज्जुब की बात है, तेरेन कम नहीं है। कुलक्षणी ही है वह। जवानी के दिनों में थोड़ा ही सही, पर उसके स्वभाव के बारे में पता चला था। माँ–बाप, भाई–बहन तो वैसे नहीं थे। यह तो अलग मिट्टी से बनी है। देखने में भी तो सुन्दर थी न! पर सिर्फ रूप से ही क्या करेगी? कमर लचकाकर घूमने वाली औरतें वैसी ही होती हैं।" लोग और भी बहुत कुछ कहते हैं। यही उनकी किस्मत है।

5

तिनाय की ज्ञान–बुद्धि बहुत ही कम है। उसके भी कारण हैं। कारण के बारे में कहे तो कम उम्र में ही शादी करके बाप बनना, बाप को भी कम

उम्र में ही खोना। कम उम्र में ही कमजोड़ शरीर के बल से घर–संसार का बोझ उठाना–इतना ही!

तिनाय जंपारा नामक गाँव से है। वह पानदोवा गाँव के प्राइमरी स्कूल में पढ़ता था, मतलब सिर्फ नाम के लिए जैसे–तैसे पढ़ता था। लोगों के बार–बार कहने से ही माँ–बाप ने उसे स्कूल भैजा था। क्योंकि वह था सम्पन्न घर का बेटा। ऐसे ही कंजूस है, ऊपर से अगर जुर्माना भरना पड़े, तो ज़्यादा पैसे खर्च होंगे। ऐसे ही स्कूल जाता रहे, जुर्माना न भरना पड़े। उसके बाद और क्या होगा?

तिनाय अमीर घर का लड़का था, इसीलिए स्कूल में पानदोवा गाँव की पिटाक–चिताक, चिचामकालि गाँव की काकङ–मिनि, वाइदा राभापारा के लति और एक ही गाँव की (एक ही मुहल्ले के) स्कूल में पढ़ने और न पढ़ने वाली सभी लड़कियों की नजर उस पर थी।

न जाने कितनी लड़कियाँ उसके साथ प्यार से बातें करती हैं, उसका मन टटोलती हैं, लेकिन हामाउ की लड़की तेरेन के सामने कोई भी टिक नहीं सकी। यद्यपि तेरेन स्कूल नहीं गयी थी, फिर भी उसकी प्यार भरी आवाज़ और प्रेम–चातुर्य के सामने लगभग सभी हार मान गये थे। फाछाक (तिनाय का अपना जीजा) के परिवार के शादी के पर्व में तिनाय ने भी चको *नोक*[9] के विशेष दायित्व में भाग लिया था। जबकि तेरेन भी जवान थी, इसीलिए उसे माय *नोक*[10] के पानी देने की ज़िम्मेदारी मिली थी। तभी तिनाय और तेरेन की पहली बार नजरें मिलीं। शादी के भोजनालय में दोनों साथ में *चको*[11] पीते हैं और फिर क्या सीमा पार नहीं होंगे? पहले से ही तेरेन की नजर तिनाय पर थी। तिनाय देखने में भी बूरा नहीं था और ऊपर से था अमीर घर का लड़का। घर का एकलौता वारिस। इसीलिए तिनाय को लेकर तेरेन के मन में कभी न खत्म होने वाली आशा–आकांक्षायें थीं।

मौका देखकर तेरेन ने तिनाय को शादीवाले घर में मागामाइनि चको *राङचि*[12] से प्यार जताया। वैसे अभी वह जवानी में कदम रखने वाला नौसिखिया है। इसीलिए प्रेमातुर है। हालाँकि तिनाय ने ज़्यादा नशा चढ़ने जितनी शराब नहीं पी थी, नशा चढ़ा भी हो तो भी जवान लड़का, ऊपर से एक छात्र भी है। तेरेन चालाक थी। उसने तिनाय को पहले बाहर बुलाया और फिर मौका देखकर अपने कमरे में। उसके बाद और क्या कहना?

बात–बात पर तिनाय तेरेन को बुलाने लगा– "भाभी.... भाभी....भाभी।" "धत् पागल मैं क्या तुम्हारी भाभी हूँ?" –हाथ में ताम्बूल–पान थमाकर तेरेन कहती है। "क्या मैं तुम्हारे भाई की प्रेमिका हूँ?"– तिरछी नजरों से देखकर वह आँख मारती है।

"ओह। सच में मैं भी न, बिना सोचे कुछ भी बक रहा हूँ; कुछ भूल–चूक हो जाये तो माफ़ करना मेरी जान।"– "बोलो तो मुझे" –हाथ से अपना दिल दिखाते हुए "प्यार करती हो या नहीं? मेरा तो तुम्हारे प्यार में डूबकर तुम्हें बाहों में लेने का मन कर रहा है।" तेरेन चालाक है। कैसे क्या करने से पुरुषों का मन चुरा सके और उन्हें जला सके, उस तरकीब को वह जानती है। इसीलिए– "तुम भी न" कहते हुए दीवार के कोने में खड़ी होकर" हम से भी क्या कोई प्यार करेगा? काली–कलूटी कुरूप लड़की से। काम न जानने वाली–आलसी, लड़की को–हम कहाँ तुम्हारे जैसे बाबू और पढ़े–लखे लड़के के योग्य हैं?" अरे। तुम्हारे लिए तो मिनि ही आने वाली है। अब तो मेरे सामने तुम झूठ ही बोलोगे। –शरीर के आव–भाव से जवाब देती है। उसकी बात सुनकर तिनाय सोचता है–मिनि से तो तेरेन ही देखने में सुन्दर है। हालाँकि कहे तो मिनि गोरी–चिट्टी है, पर फिर भी उसका चेहरा थोड़ा चपटा है, इसके अलावा उसकी नाक चपटी और आवाज़ भी फँटी हुई है। इसीलिए तेरेन का अभिमान देखकर सीना जलता है– "ओहो, दूर मत जाओ न, मेरे झूठ को ही क्यों सच मान रही हो?"–कहते हुए दूर जाने का बहाना करके झट से तेरेन का हाथ पकड़कर अपने सीने पर रखकर बोला– "तेरेन क्यों वैसा बोल रही हो।" "चाहे वह मेरे पास आये भी तो भी मैं उसे स्वीकार करूँ तब न?" कहकर उसका हाथ छोड़ देता है।

"रुको, बैठो" कहकर तेरेन अपना संजोया हुआ ताम्बूल–पान और एक फूलदार रुमाल आगे बढ़ाती हुई कहती है– "यही हमारा पहला प्यार है, याद रखना, हमारा पहला *बिछुवा*[13] में ही" –कहकर अपने *रिफान*[14] के आँचल से तिनाय के शरीर में हवा का झोंका देती हुई खिलखिलाकर हँसी और "आओ, बाहर आओ" कहकर बुलाती है।

पीछे–पीछे जाकर तिनाय तेरेन का हाथ पकड़कर चूमते हुए एक अंगूठी और झोले से फूलदार रुमाल निकालकर उसके हाथ में देकर कहता है– "लो। यही हमारे प्यार की निशानी है।"

उसके बाद दोनों शादी के कामों में लग जाते हैं। शादी में तिनाय ने कितनों को बम, फूलझरी, बीड़ी आदि बाँटने के नाम पर कितने पैसे खर्च किये उसका कोई हिसाब ही नहीं रहा।

ऐसे ही तिनाय के जीवन में भी पहले प्यार का उन्मेष हुआ और नौसिखिया की तरह यौवन के प्रबल बाढ़ में बहकर शादी के लिए उतावला हो गया कि कब तेरेन उसकी ज़िन्दगी में आयेगी।

तिनाय आजकल अक्सर स्कूल नहीं जाता, जाता भी है तो सिर्फ हाज़िरी के लिए। वह शिक्षक के किसी प्रश्न का उत्तर नहीं दे सकता, क्योंकि वह पढ़ाई बिल्कुल नहीं करता। काम–काज के मामले में भी वही। बाप के पीछे–पीछे खेत में हल चलाता है, उतना ही। माँ–बाप भी सोचते हैं कि वह बहुत ही छोटा है कि उसके सीखने की उम्र नहीं है। क्योंकि तब वह सिर्फ चौदह–पन्द्रह साल का था। उसी उम्र में बाप भी कालाज्वर में अचानक मर गया।

माँ को बहुत चिन्ता हुई। बेटा युवा भी नहीं है बालक भी नहीं हैं। अब इस लड़के का क्या करें? इधर राभा–लोगों में अन्धविश्वास है कि पढ़ने–लिखने से इंसान आलसी बनता है। उसके परिवार वालों को पिता की मौत का अच्छा बहाना मिल गया। उन्होंने हल चलाने के बहाने से उसका स्कूल छुड़वाया, उसे घर के कामों में लगा दिया और समाज को पचास रुपये का जुर्माना भी दिया। लेकिन अपरिपक्क मस्तिष्क वाला व्यक्ति काम का आव–भाव कुछ समझ नहीं पाता। पहले से ही बुद्धिहीन था, ऊपर से हल से खेत जोतकर बुद्धि और भ्रष्ट हो गयी। उस बढ़ते उम्र में जो प्यार का स्वाद मिला, उस स्वाद ने उसे जला–जलाकर केवल एक पत्नी प्राणा इंसान तक परिवर्तित कर दिया। हालाँकि शादी के लिए ज़्यादा इन्तजार नहीं करना पड़ा। प्रतिश्रुतिबद्ध *बिछुवा* आया। तेरेन तिनाय के पास भागकर आ गयी और मानव *बिहु*[15] के दिन ही उनका विवाह सम्पन्न हो गया।

शादी की पहली रात को ही वे दोनों अनेक रंगीन सपनों में विचरने लगे। जीवन युद्ध में सिर्फ पत्नी की ही नहीं, पत्नी के साथ–साथ बच्चों की भी बात आती है। उसके लिए चाहिए घर–बार, ज़मीन–जायदाद। घर–बार ही नहीं, उसके लिए चाहिए शारीरिक बल। जितना शरीर का बल होगा, उतनी ही धन–सम्पत्ति होगी, उतना ही घर का यश बढ़ेगा।

हमारे गाँव के सामान्य किसानों के लिए तो यही मूल बात है, लेकिन तिनाय तो उतना परिपक्क पुरुष नहीं है। जो भी हो, वह पूरी तरह से पत्नी की मुट्ठी में क़ैद हो गया। पत्नी के चोरनी स्वभाव के कारण उन लोगों के घर की हालत दिन–व–दिन खराब होती गयी। पहले पेट भर कर खाया, बाद में उसी पेट को पकड़–पकड़ कर रोना पड़ा।

पत्नी के स्वभाव के कारण एक बार नहीं, बल्कि कई बार नाक कटने की नौबत आ गयी। फिर भी जोरू का गुलाम होने के कारण एक बार के लिए भी पत्नी को डाँट न सका। हालाँकि ऐसा बहुतों के साथ होता है। पत्नी के छोड़े जाने के डर से हो या पत्नी के दबाव के कारण हो पत्नी जो कहती है, वही करते हैं। हमारा तिनाय भी उनमें से एक है। सोलह साल की उम्र में ही उसकी शादी हो गयी थी। अब बीस साल का हो गया है। ईश्वर की कृपा से उसके दो बच्चे हैं। सर पर भारी बोझ है, लेकिन आज उसका घर एकदम खाली है।

तिनाय ने लगभग चार बीघे ज़मीन उधार में लिए धान और पैसे चुकाने के लिए गिरवी रख दी थी। वह आजकल *लाउपानी*[16] पीकर पूरा दिन नशे में पड़ा रहता है, क्योंकि काम करने के लिए उसके शरीर में शक्ति तो है, पर फिर भी वह काम में मन नहीं लगा सकता। दूसरी ओर पत्नी पहली अवस्था में ठण्डे पानी में रंगरलिया करने के बाद गर्म पानी में चटपटाने वाली मछली की तरह चटपटाने लगी। घर की बूढ़ी सास को लेकर भी कितना झगड़ा हुआ। मछली आदि छुपाकर खाना भी वह नहीं भूली। फिर भी बहू की तुलना में घर का काम–काज सास ही ज़्यादा करती थी। यही भाग्य की विडम्बना है।

अब तिनाय का जीवन संसार में राहू का प्रकोप पड़ा है। अच्छी तरह सोचने से समझ आता है कि बुजुर्गों की बातें बेकार नहीं जाती। तेरेन कुलक्षणी थी और तिनाय था केवल यौवन का नौसिखिया। सच है या झूठ नहीं जानता पर लोगों का कहना है–"कमर लचकाती चलने वाली लगभग सभी लड़कियों की हालत ऐसी ही होती है।"

अब उन लोगों की बात कौन कितना याद रखेगा। हाँ, देखने वाले शायद बिना याद किये नहीं रह सकेंगे।

शब्दार्थ :

1. आइ : माँ, महिला को किया गया सम्मानसूचक सम्बोधन।
2. बामचि : पिठा, चावल के चूरन से बना हुआ एक व्यंजन।
3. काम्बुङ : राभा औरतों का एक वस्त्र।
4. रम्पे : चावल को सूखा तोलने के बाद प्रस्तुत करने वाला एक चूरन।
5. दहला : गहरी ज़मीन।
6. बाकध्रब : जंगली सुअर के खोदने से बना हुआ पानी और घाँस की दलदल।
7. खिताक : अभिनय करने वाला (नामविशेष)।
8. तिनाय : चुगली करना, कान भरना (नामविशेष)।
9. चको नोक : शराब की आपूर्ति करने वाली जगह।
10. माय नोक : भोजनालय, भोजनालय में पानी देने वाली लड़कियों को 'पानीयाल' कहते हैं।
11. चको : शराब।
12. मागामायनि चको राङचि : बड़ा चावल से प्रस्तुत शराब।
13. बिछुवा : राभा लोगों का बैशाख बिहु।
14. रिफान : राभा औरतों का एक वस्त्र।
15. मानव बिहु : वैशाख महीने के पहली तारीख।
16. लाउपानी : आधे कच्चे चावल को सड़ा कर प्रस्तुत करने वाली देशी शराब।

लाज

मूल (कार्बि) : **रङबङ तेराङ**
अनुवाद : **डॉ. प्रीति बैश्य**

जब तक जीवित रहेगी तब तक अपनी भाभी की शक्ल दुबारा न देखने की शपथ खाने वाली काजिर आज खबर मिलते ही अपने मन को रोक न पायी। उनके भैया द्वारा भेजी गयी गाड़ी में अपनी बूढ़ी माँ के साथ भाभी की खबर लेने के लिए उसे डिफु के लिए रवाना होना पड़ा।

उसके प्रति भाभी ने मन में चाहे जैसी भी भावनाएँ पाल रखीं हो, लेकिन वह उन बातों को उस तरीके से नहीं मान सकती। काजिर मन ही मन सोचती है "वह भाभी की जैसी आधुनिक शिक्षा से शिक्षिता न होने पर भी उसका भी तो एक दिल है। यह कौन बता सकता है कि प्रेम, दया जैसे भाव उसके दिल में नहीं पनप सकते? इसलिए वह दुबारा सोचती है कि भाभी चाहे उसे जितनी भी नफरत क्यों न करें, लेकिन वह वैसा नहीं करेगी, नहीं कर सकती। चाहे जैसा भी हो भाभी तो अपने घर की ही है"। काजिर यह नहीं सोच सकती कि वह कोई पराई है।

पहाड़ी रास्ता, चिकना होने पर भी टेढ़ा–मेढ़ा। तेज रफ्तार से चलनेवाली गाड़ी की खिड़की से वह केवल विपरीत दिशा की ओर तेज भागते हुए दोनों तरफ के जंगल, पेड़–पौधों को देखती रही। मुक्त भाव से खिलकर आकाश में आग लगाने की व्यर्थ कोशिश करने वाले सेमल के पेड़ और मंदार के फूलों को देखकर वह फिर से भाव के सागर में डुबकी लगाने लगी।

मुझे अच्छी तरह से याद है। उन दिनों मैं जवान थी। मौसी ने अत्यन्त मीठे स्वर में समझा–बुझाकर मेरे कपोल और नाक के बीचों–बीच होंठ और ठोड़ी तक बेंत के कांटे से गहरा घाव किया था। उस कच्चे घाव

पर बारीकी से पीसे कच्चे *चिबु*[1] के पत्ते का लेप लगाकर मेरे जीवनभर के लिए *दुक*[2] अंकित करने की बात मुझे याद है।

ज़िन्दा औरत के मस्तक, नाक, होठ और ठोड़ी के ऊपर बेंत के काँटे से चुभ कर *दुक* नामक नीले रंग की रेखा आँकना कितना दर्द भरा होता है वह मैं ही समझती हूँ। दर्दनाक होने पर भी मौसी के समझाने पर मैंने चुपचाप सह तो लिया था, लेकिन गाल भीगोकर बहने वाले आँसू की धारा को मैं रोक न पायी। उस समय मुझे काछाङ बहुत याद आ रही थी। मेरे जैसे मस्तक पर *दुक* आँकने का दिन उनके लिए भी बड़ा दर्दनाक रहा होगा। उन लोगों ने मुझे कहा था हर कार्बि नारी के मस्तक पर *दुक* आँकना पारम्परिक सामाजिक प्रथा है और उस प्रथा का उल्लंघन करना सब कार्बि नारियों के वश की बात नहीं है। इसलिए मैं सब कष्ट सह गयी थी। मेरी दोनों आँखों से आँसू बहता देखकर मौसी ने मुझे दिलासा दिया था "कुछ नहीं होगा बिटिया, लड़की होकर जन्म लिया है तो तुझे यह सहन करना ही होगा। कौन बता सकता है इससे भी और ज़्यादा दुख–कष्ट का सामना करना पड़े। चिन्ता मत करो। तेरे मस्तक का यह *दुक* ही तेरे जीवन में शान्ति लाएगा"। मौसी के प्यार और आशीर्वाद भरी दिलासा ने मेरे अन्तर्मन को छू लिया था और वे ममतामयी शब्द जैसे मेरे कानों में आज भी गूँज रहे हैं। जहाँ दुख–कष्ट हैं, वहाँ सुख भी है। इसलिए नारी जीवन की सार्थकता और असार्थकता की बातें सोचकर अच्छा भी लगता है बुरा भी लगता है। मस्तक का घाव जब तक नहीं सूखेगा तब तक खट्टा व्यंजन न खाने के लिए मौसी ने मुझे बार–बार आगाह किया था।

कुछ दिनों के बाद मेरे मस्तक के घाव भरने के बाद सिर्फ नीला दाग रह गया था। आइने में नीली रेखा से सुन्दर बना अपना चेहरा देखकर मेरी ख़ुशी का ठिकाना नहीं रहा। सोचा था *चामांकान*[3] के नाच में हिस्सा ले सकूँगी। जब तक मस्तक में *दुक* अंकित नहीं होगा तब तक किसी भी कार्बि लड़की को शादी के लायक नहीं समझा जाता। मेरे माथे पर अंकित *दुक* इस बात का गवाह है कि मैं जवान हो गयी हूँ। ये बातें सोच–सोच कर ख़ुशी के मारे अपने आप को भुला बैठी और गोद के पिल्ले को जोर से बाहों में भरकर अनजाने में ही नाच उठी थी।

दुक को मस्तक पर अंकित किये हुए आज कई वर्ष बीत गए, लेकिन इस *दुक* की वजह से कहीं लज्जित होने की नौबत आई, ऐसी कोई

घटना मुझे याद नहीं, लेकिन यह सवाल मुझे बार–बार सताता रहा है कि मेरे मस्तक पर अंकित नीले रंग की रेखा की वजह से मैं भाभी की ननद होने से कैसे अनुपयुक्त हो गयी? मेरी माँ, मौसी, चाची और नानी सब के मस्तक पर यह *दुक* अंकित हैं, वैसी स्थिति में मेरे मस्तक पर *दुक* अंकित होने से ऐसे क्या अक्षमनीय अपराध हो गया? इसके लिए भाभी मुझ से इतनी घृणा करने के पीछे क्या कारण छिपा हुआ है? किसके मस्तक पर यह *दुक* नहीं है? कुछ हद तक वह भाभी द्वारा किये हुए कटु व्यवहार को भूल भी चुकी थी। आज अचानक डिफु में आना न होता तो ये बातें पुरानी बीमारी की तरह फिर से न उभर आती।

भैया का दोष ही क्या है? शादी से पहले भैया कभी–कभार आकर घर की खोज खबर लेते थे। शादी के बाद भी भैया ने घर की ओर मुँह नहीं मोड़ा। गाँव के कोने में घूसे रहने से शहर में रहना ही अच्छा है। गाँव के घर में हमेशा बुनाई–कटाई का काम करने वाले पुराने करघे से डिफु में सरकार से मिले मशीनी करघे से उन्नत ढंग की आधुनिक बुनाई–कटाई क्वार्टर के पास के वेभिंग ट्रेनिंग सेंटर में सीखें। भाभी के घर में दो–एक काम में हाथ भी बताएँ, यही सोचकर एक दिन भैया ने मुझे घर से डिफु पहुँचाया था। प्रशिक्षण के दौरान प्रशिक्षार्थिओं को छात्रवृत्ति के रूप में थोड़ा–बहुत रुपये–पैसे भी देते थे। वह तो अच्छी बात है, हम जैसे ग़रीब लोगों के लिए वह भी बहुत है–ऐसा भैया ने कहा था और यह मेरे लिए बहुत सुख की बात थी।

घर में कई साल पुरानी तरीके से हमेशा बुनाई–कटाई करते रहने से शहर में मशीनी करघे से उन्नत ढंग से कपड़े बुनाई सीख सकना सच में ख़ुशी की बात न होकर और क्या होगी? इसलिए बिना कुछ कहे मैं घर से निकलकर डिफु शहर में भाभी के साथ रहने लगी थी।

पहले पहल भाभी और भैया के साथ दिन अच्छे ही बीते थे। भाभी भी मुझे बहुत प्यार करती थी। भैया का घर पक्का है। हमारे गाँव के घर के जैसे तिनके और बाँस से नहीं बना है। घर के सामने के बगीचे में परिचित–अपरिचित विविध फूलों का समाहार है। सुबह के समय जब मैं ट्रेनिंग सेंटर में जाती हूँ, तब स्कूल–कॉलेज जाते लड़के–लड़कियों से घर के आगे की पक्की सड़क भरी रहती है, तब मैं बहुत ख़ुश होती हूँ। मैं ख़ुद को भूल जाती हूँ, कभी–कभार मैं ख़ुद को उन लोगों में से एक

समझ लेती हूँ। सच बात है, रेल, बस, ऑटो रिक्शा आदि से भरे दिफु शहर में रहना मुझे अच्छा लगता था।

लेकिन दिन वैसे ही नहीं बीते। दिनों दिन बदलती भाभी के मेरे प्रति बर्ताव से उनके मुझे न चाहने की बात साफ़ हो चुकी थी। मैंने अनुभव किया था। मैं उन लोगों के लिए बोझ–सा बन गयी हूँ, सिर्फ इतना ही नहीं, उनके लिए मैं मान मर्यादा का एक बड़ा प्रश्न चिह्न बन चुकी थी। भाभी भैया से प्रायः काना–फूसी करने लगी थी। मेरी बनायी हुई चाय अच्छी नहीं बनती, सब्जी में नमक की गड़बड़ी, उस पहाड़ के मचान घर को झाड़ू न लगाने की तरह पक्काघर में भी झारु नहीं लगाती, ऐसा कहकर मेहमान के सामने भी मेरे हाथ से झारु छीन लेना जैसी अनबन आये दिन होती रहती थी। इतना ही नहीं भाभी अपनी सहेलियों के सामने "यह मेरी ननद है" कहकर मेरी जन–पहचान कराने में भी हिचकिचाती थी।

यह सच बात है कि भाभी के बुरे बर्ताव से मैं बहुत आहत हुई थी, लेकिन भैया के घर में अशान्ति होगी, यह सोचकर मैंने किसी भी बात पर आवाज़ नहीं उठायी थी। घृणा, उपेक्षा मिश्रित भाभी के बुरे बर्ताव चुप–चाप सहन करके मैंने दिन बिताए थे। एक ही बात की बार–बार ख्याल आ रहा था कि मुझे जितना भी अत्याचार क्यों न करें, वह मेरे प्यारे भैया की पत्नी है, यानी मेरी भाभी, प्यारी भाभी। ये सब बातें भैया को बताने का मेरा बहुत मन हुआ था, लेकिन आज तक न कह सकी और न ही किसी दूसरे लोगों के सामने आज तक बोल पायी। मैंने बहुत धीरज के साथ दुख–कष्ट सहन कर भैया के घर में दिन बिताए थे।

धीरज की भी एक सीमा होती है। कुछ भी उपाइ न सूझ कर एक दिन भैया के डिफु के घर का मोह त्याग कर मैं गाँव की लड़की गाँव में वापस आने के लिए मजबूर हो गयी। भाभी इस तरह मुझे घृणा करेगी यह मैंने सपने में भी नहीं सोचा था।

शाम का वक्त है। सुबह से भैया घर में नहीं है। किसी काम से डिमापुर गये थे। ट्रेनिंग सेंटर से घर पहुँचकर घर के सभी कमरों को गन्दा पाया। मैंने कपड़े बदलकर हाथ में झारु लिया और एक ओर से साफ़ करने लग गयी। किसी समय ड्रेचिंग आइने के सामने जा पहुँची थी और आइने में एक बाल लगा हुआ देखकर उसे हटाने लगी थी। वहीं पर अनहोनी हुई। शायद भाभी गुसलखाने में थी। मैंने घर में उसकी मौजूदगी

का अनुभव नहीं किया था। भैया और भाभी थककर बाहर से जब आये, तब घर गन्दा न दिखें इसको लेकर मैं तत्पर थी। अचानक घटी घटना ने मुझे स्तम्भित कर दिया। गुस्से में आग बबूला होकर सद्यःस्नाता भाभी मुझसे झगरने और मेरी बुराई करने लग गयी "बहुत सुन्दरी है न, पूरा दिन ड्रेचिंग आइने के सामने खड़ी रहती है, अप्सरा बनना चाहती है तो ट्रेनिंग में मिले पैसों से ख़ुद एक ड्रेचिंग आइना क्यों नहीं ख़रीद लेती? कह देती हूँ इस *दुक* से दो टुकड़ों में बटे चेहरे को बार–बार देखकर मेरी आइने को अस्पृस्य मत बना"। उसके बाद भी वह न जाने और क्या बड़बड़ाती रही और सिनेमा देखने के लिए चली गयी।

भाभी का नफरत भरा बर्ताव मेरे लिए नयी बात नहीं है, लेकिन आज का अनुभव बिल्कुल अलग था। मैंने कभी नहीं सोचा था कि वह इतनी नीच हो सकती है। लाज और अपमान से मैं टूट चुकी थी और उस समय मेरे सामने के बड़े काँच के टुकड़े में अपने प्रतिबिम्ब की ओर सर उठाकर देखने की हिम्मत जैसे मैं कहीं खो चुकी थी। भाभी की वे बातें जैसे मेरे लिए एक–एक जहरीला तीर था, जो मेरे दिल को बेधकर लहूलुहान करते हुए कहीं गायब हो गये थे। रह गया सिर्फ मेरा लहू–लुहान दिल। मेरे पैरों तले की ज़मीन जैसे कहीं खिसक गयी। घर पर झाड़ू लगाने का काम वही खत्म हुआ। अपने कमरे के बिस्तर पर कितने समय तक छाती पीट कर रोती रही, मुझे ख़ुद ही मालूम नहीं। मेरे उस कमजोर मानसिक स्थिति में पिताजी की मौत की वजह से आये विविध संघर्षों में प्राप्त वेदना की याद आने से मेरी दोनों आँखों से अविरत रूप में आँसूधारा बहती रही। उस रात मैंने खाना नहीं खाया और अपमान का भार बर्दास्त न कर पाने के कारण घर लौटने का निर्णय ले लिया।

अगले दिन मैं सुबह की बस से घर लौट आयी। कहाँ से किस घटना की वजह से मैं ट्रेनिंग छोड़कर घर लौट आयी शायद भैया समझ नहीं पाये थे। एक दिन वे घर आकर मेरी खबर कर गए थे। भैया के सामने मैं सिर्फ रोयी थी और डिफु जाकर फिर से ट्रेनिंग लेना या उन लोगों के घर में रहना इन में से मैं कुछ भी दुबारा नहीं करूँगी, बल्कि घर में बूढ़ी माँ के पास ही रहकर उनकी सेवा करूँगी ऐसा कह दिया था और उस दिन से आज तक डिफु नामक उस दुनिया की ओर कदम नहीं बढ़ाया।

यद्यपि ये सब आज से दो साल पहले की घटना हैं, फिर भी मेरे मन में पूर्ण रूप से सजीव है। शायद कभी नहीं भूलूँगी...। गाड़ी आकर बिरला फैक्ट्री पहुँची तभी काजिर को होश आयी। *पेकक*[4] के आँचल से मुँह पोंछकर खिड़की से बाहर देखते हुए काजिर ने फिर से सोचा, "वाह दो साल में इतना बदलाव, डिफु शहर का तो नक्सा ही बदल गया।"

"काजिर, बेटी; देख तो डिफु पहुँच गयी, इतनी गहरी नींद?" गाड़ी आकर काजिर के भैया के घर के सामने रुकी। गाड़ी से उतरकर काजिर ने इधर–उधर देखा। नहीं, खास बदलाव उसे नजर नहीं आया। सिर्फ घर के सामने के फूलों का बगीचा ही कुछ फीका–सा दिखने लगा था। शायद उसके रहने से उन दिनों जैसा अब फूलों का देखभाल करने वाला कोई नहीं है। आँगन में गाड़ी की आवाज़ सुनकर काजिर के भैया अन्दर से बाहर निकले, तो काजिर ने उसे सर से लेकर पाँव तक और पाँव से लेकर सर तक कई बार देखा और दुश्चिंता या कोई खतरे की बात उसे नजर नहीं आयी; तो क्या भाभी की कठिन बीमार वाली बात झूठ थी? डिफु के घर तक मुझे लाने के लिए भैया ने किसी झूठी बात का सहारा तो नहीं लिया? इन्हीं बातों को मन में सोचते हुए गाड़ी से उतरने के लिए जैसे काजिर को काफी वक्त लगा। इधर बूढ़ी माँ को हाथ पकड़कर उसके भैया घर के अन्दर ले गये।

माँ के पीछे–पीछे काजिर घर के अन्दर चली गयी और माँ की उत्साहपूर्ण आवाज़ सुनने को मिली। "काजिर बेटी, देख तो, बिल्कुल तेरे जैसी है। कितनी सुन्दर है।"

–तो फिर भाभी? ओह, असली बात क्या है वह अच्छी तरह समझ गयी। काजिर ने ऐसा महसूस किया कि मानो किसी अंजान पहेली के बीच अनजाने में ही वह ख़ुद–व–ख़ुद उलझ गयी और उस क्षण में वह असमंजस में पड़ गयी। दो साल पहले इसी घर में भाभी ने ज़िन्दगीभर के लिए कभी न भूलने वाला बर्ताव किया था। भाभी द्वारा अपमानित होकर कभी भी उसका चेहरा न देखने की प्रतिज्ञा, इस समय नवजात शिशु और उसके बीच बाधा बनकर खड़ी हो गयी। काजिर ने देखा कि पहले की उस झगड़ालू चहरे की जगह फीकी पड़ी भाभी के चेहरे से एक जोड़ी आँखें कम रोशनी वाले कमरे के कोने से उसे देख रही थी। शायद इसीलिए बच्ची को गोद लेने के लिए बढ़ाये गये काजिर के हाथ रुक गये थे।

पत्नी और बहन काजिर के मन में उस समय क्या चल रहा था, भैया लांटुक उसका अनुमान नहीं कर पा रहे थे। वे काफी देर तक दोनों की ओर एकटक होकर देख रहे थे।

"काजिर बच्ची को गोदी में उठा लो ना।"

भाभी की आवाज़ ने जैसे काजिर को नींद से जगा दी। क्योंकि उसकी भाभी से ऐसी प्यार भरी लफ्ज सुनेगी काजिर ने यह सोचा ही नहीं था। काजिर की आँखों में आँसू आ गये थे और काँपते हुए हाथों से यन्त्रवत बूढ़ी माँ के गोद से बच्ची को प्यार से लेकर टप–टप करके चूमने लगी। काजिर की आँखों से निकले ख़ुशी के आँसू से उसके दोनों गाल और बच्ची का चेहरा भीग जाना भाभी चुपचाप देख रही थी। काँपती आवाज़ से काजिर ने भाभी से कहा "अरे वाह, इतनी सुन्दर है! भाभी, इसका नाम *मानाइ*[5] रखेंगे हाँ, *मानाइ* रखेंगे, कितना अच्छा लगेगा!"

काजिर के पवित्र हृदय की अभिव्यक्ति को अपनी आँखों से देखकर पत्थर की मूर्ति की तरह खड़ी रहने वाली काजिर की भाभी के गालों से पवित्र गंगाजल की धाराएँ बहने लगीं।

भाभी और ननद के मिलन के आँसू को देख लांटुक की आँखें भी भीग गयीं।

शब्दार्थ :

1. चिबु : एक प्रकार का पेड़ और इसके रस से मस्तक पर 'दुक' अंकित किया जाता है।
2. दुक : वह नीली सी रेखा जिसे कार्बि लड़कियाँ एक खास तरीके से मस्तक पर स्थायी रूप से खींचती है। यह प्रथा आजकल लुप्त होती जा रही है।
3. चामांकान : कार्बिओं का मृतक–कर्म उत्सव जो बहुत ही आडम्बरपूर्ण रूप से मनाया जाता है। इसमें एक विशेष रात में युवक–युवतियाँ अश्लील गाना गाकर नाचते हैं।
4. पेकक : कार्बि नारी का वह वस्त्र जिसे कन्धे से छाती के बीच तक फैलाकर पहना जाता है। यह चादर की तरह का वस्त्र है।
5. मानाइ : चाँद

पतझड़

मूल (कार्बि) : **लुंचे टिमुङ**
अनुवाद : **डॉ. प्रीति बैश्य**

बस का नाम स्वर्गारोहन है। सुबह सात बजे दिफु से उसी से यात्रा शुरू कर तकरीबन दस बजे सेंटर बाजार पहुँचा। बस से उतरते ही एक आदमी से पता पूछकर गन्तव्य गाँव तक पैदल से शुरू की एक नयी यात्रा। पश्चिम दिशा की ओर जाते–जाते एक गाँव मिला। किसी एक घर के दरवाजे से ही आवाज़ लगायी–घर में कोई है क्या? यह किसका घर है? लेकिन कोई जवाब नहीं आया। कई बार आवाज़ लगाने के बाद अपनी भाषा ज्ञान का प्रदर्शन करते हुए एक बार असमीया में और एक बार हिन्दी में भी आवाज़ लगाकर देखा। नहीं कोई आवाज़ नहीं आयी। घर के खिड़की–दरवाजे सब खुले हुए हैं, लेकिन कोई भी नहीं है। असमंजस में पड़कर क्या करू क्या न करू सोच ही रहा था कि उतने में छूट–छूट–छूट करके सिसकने की जैसी आवाज़ सुनायी दी। एक कदम आगे बढ़ता हूँ, एक कदम पीछे खिसकता हूँ ऐसे ही थोड़ा आगे बढ़कर कान लगाकर सुनने से पता चला, हाँ, ये सिसकियाँ ही हैं।

उसका स्रोत और कारण पता लगाने की सहजात प्रवृत्ति मुझे उकसाने लगी, लेकिन पुरुष या स्त्री किसकी सिसक है पता भी नहीं चला। ऐसे में झट से आवाज़ देना भी सामाजिक मर्यादा का उल्लंघन करना है। आवाज़ देने के लिए मुँह खोलता हूँ, लेकिन अपने आप बन्ध हो जाता है। जगह अपरिचित होने के कारण तकलीफें और ज़्यादा बड़ गयी। थोड़ी देर बिना आवाज़ किये घर के दीवार के पास खड़ा होकर कान खड़े किए। एक औरत ...."हाय, मेरी किस्मत, सुहागन होते हुए भी अब विधवा का जीवन

जी रही हूँ, पति ने भी एक बार के लिए खबर तक नहीं की, हाय मेरी..." कहते हुए धीमे स्वर में रो रही है। मैं धीरे से वहाँ से खिसक गया।

मय तिछॉ का बेटा छारमेन है, मिलिटरी में नौकरी करते हुए तकरीबन दस साल हो गये हैं। सेंटर बाजार से थोड़ी ही दूर पश्चिम दिशा के एक अनजान छोटे गाँव में उसका घर है। छारमेन लगभग एक बार साल में घर आता है। घर आते वक्त वह चित–कबरी क़मीज़–पेंट पहनकर छाती की बाई ओर कुछ लाल–काले रंग की चीज़ें लगाकर आता है। देखने से ही अजीब सा डर या सम्मान की भावना जगती है। छारमेन के घर आने से अपने चुब्बे की बात तो अलग ही है, आस–पास से भी लोग आकर तिछॉ का घर भर जाते हैं। घर में चहल–पहल मच जाती हैं। लोगों के जमा होने पर कश्मीर की कहानियाँ, पंजाब, सिक्किम आदि की कितनी ही कहानियाँ शुरू होती हैं। काल्पनिक युद्ध की कहानियाँ। ख़ुद अपने हाथों से कितने शत्रु को मार गिराया उसका हिसाब। छारमेन सभी का विवरण बड़े रोचक ढंग से, सजीव रूप में आँखों देखा हाल बता सकता है। बाप मय तिछॉ भी बेटे की बातों में हाँ में हाँ मिलाने के साथ साथ बेटे की कहानियों की कमी को बख़ूबी पूरा करता है, मानो वह उस समय ख़ुद वहाँ मौजूद था।

डिमापुर के पास बंथरलांछॉ में छारमेन की बुआ की शादी तेराङ गोत्र में हुई है। उन लोगों की एक ही औलाद है, उस लड़की नाम दमफुइ है, जो अब जवान हो चुकी है। माँ के कुछ हरकतों की वजह से आज तक वह अविवाहित है। उसकी कुछ सहेलियाँ तो दो–तीन बच्चों की माँ भी बन चुकी है। माँ की हरकतें कुछ ज़्यादा अजीब होने के कारण ही दमफुइ के रूप–यौवन की उपेक्षा नहीं की जा सकती। संतरे जैसे गाल, सुन्दर लम्बे बाल, मंजले क़द का, थोड़ी सावली होने पर भी सुन्दर बदन, बड़े कान की पालि। पहले की बात होती तो नथेंपि बहुत सजती, अब छोटा कानफूल लटकते रहते हैं। आँखें मानों हर वक्त हँसती ही रहती हैं। कुल मिलाकर सजाने–सँवारने से समाज में अपनी पत्नी कहकर गर्व भले ही न कर पाये पर शर्मिंदा भी नहीं होना पड़ेगा। सिर्फ कमर ही थोड़ी जरूरत से ज़्यादा बड़ी लगती है, बिल्कुल अपनी माँ जैसी ही।

माँ छोटे *मामा*[1] (छारमेन) को खबर भेजकर बुलवाने के लिए हर रोज दमफुइ से कहती रहती है। बहुत याद आ रही है। मिलिटरी की नौकरी

करता है, इसलिए 'घर में नहीं है' जैसी बातों से इतने दिनों तक दमफुइ बात को टाल रही थी। बाप भी साले का "बेटा बाजार करने के लिए कहीं भी जा सकता है, बस बुआ के घर नहीं आ सकता" जैसी कई बातें बोलता है। "ग़रीबों के घर को तो अपने भी भूल जाते हैं, नहीं आने से भी चलेगा, उसी के घर में मैं वापस जन्म लूँगी, तब बहुत परेशान करूँगी" आदि कहकर भी माँ भी रुठ सी जाती है।

एक दिन हँसते हुए आँखों से दमफुइ ने माँ से कहा– "माँ अगले महीने शायद छारमेन मामा आयेंगे।"

"आने से भी हमारे यहाँ थोड़े न आयेगा" माँ को नाराजगी ने फिर से घेर लिया।

"शायद हमारे यहाँ भी आयेंगे।" उसने बड़े उत्साह से कहा।

"नहीं आयेगा क्या? तुझे किसने कहा?" माँ को अभी भी विश्वास नहीं हुआ। बाप ने भी कह दिया कि इसबार नहीं आयेगा तो मैं भी कभी उसके घर नहीं जाऊँगा। ऐसे घरेलू बातचीत के बाद, बाप दाउ लेकर मचान के आँगन से उतर गया। थोड़ी देर बाद माँ ने भी "तू मुर्गी–सुअरों का ध्यान रखना" कहकर शहतूत तोड़ने के लिए *खाँ*[2] लेकर आँगन पहुँची।

छारमेन दो महीने की छुट्टी लेकर घर आया है और कहा है जरूरत पड़ने पर और एक महीने की छुट्टी यही से ले लेगा। छारमेन के आते समय कन्धे पर कपड़ों का एक भारी बोझ और एक रेडिओ भी ले आया है। आते ही भाई–बहनों को कपड़े बाँट दिए। भाई–बहन भी उन कपड़ों को पहनकर गाँव के घर–घर में जाकर– "भैया के लाये हुए कपड़े हैं, अच्छे लग रहे हैं न?" जैसी बातें कहकर सबको दिखाते गये। छारमेन इस बार कई सालों के बाद घर आया है। इसलिए हाथ में कुछ रुपए–पैसे भी है। सुनने में आया है कि वह लगभग 1500 रुपये लाया है। किसी–किसी के मुताबिक वह सही हिसाब नहीं है, हाथी के दाँत जितने दिखते हैं, उससे ज़्यादा ढके रहते हैं। अन्य एक गुट के अनुसार पैसे है ही नहीं, छारमेन जैसे खर्चीले लड़के के हाथों में पैसे हो ही नहीं सकते। कुल मिलाकर कह सकते हैं कि अपनी आदत के अनुसार वह दूसरों को दिखाने के लिए वह ये सब कर रहा है।

सत्य जो भी हो छारमेन के आते ही मय तिछॉ के घर में पहले की तरह ही लोगों के मेले लग गये। कोई आया है रेडिओ सुनने, कोई ताम्बुल

माँगने, तो कोई तम्बाकू की खोज में आया है। चाहे उपलक्ष्य और उद्देश्य जो भी हो मय तिछॉ के घर में लोगों की भीड़ जाम गयी। ऐसे ही लगभग दो हफ़्ते बीत गये।

एक दिन वह बुआ की नाराजगी दूर करने के लिए बंथर गाँव पहुँचा। यद्यपि फूफा का परिवार कई गुटों कई में विभाजित है, एक ही भू-खण्ड में रहने के कारण एक ही गाँव जैसा लगता है। गाँव बहुत छोटा है–बड़ा नहीं है। वह गाँव डिमापुर के एकदम पास है। बाजार भी डिमापुर में ही करते हैं, इसलिए डिमापुर में सिनेमा देखकर आना बिल्कुल ही सामान्य बात थी। इसीलिए कुछ युवक–युवतियों के अलावा नवविवाहित स्त्री–पुरुष भी सिनेमा का अनुकरण करते हुए दिखाई देते हैं। जैसे–मेखला को ऊँचा उठाके पहनना, जांघों तक स्कर्ट उठाकर चलने में असुविधा होने पर भी ऐसे ही स्कर्ट पहननेवाली युवतियों की कमी नहीं हैं। चलने से चूतड़ मानो अपनी जगह से हट जाता है। जो भी हो ये सब आधुनिकता का असर है। पहले की बाहोंवाली, पीठ ढकी हुई क़मीज़ सिर्फ बुजुर्ग महिलाओं को पहनते हुए ही देखी जाती हैं, शेष सभी जैसे–तैसे एक टुकड़ा फीता ही ऊपर से लाते हैं, नीचे नाभि के साथ पेट निकलता रहता है। गोरे–गोरे पेट। *वामकक* [3] पहनने की तो सवाल ही नहीं है। कुल मिलाकर यहाँ साज–सज्जे के मामले में ही आधुनिकता का रंग चढ़ा है। लोगों की आम जिन्दगी पर कोई विशेष प्रभाव नहीं डाल सका है।

छारमेन के फूफा मचान घर में तांबुल चबा रहा है। बुआ घर में नहीं है। दमफुइ घर के अन्दर ही कुछ छोटा–मोटा काम कर रही है। दहलीज से ही छारमेन ने "घर में कोई है?" कहकर आवाज़ लगायी। बड़ी उम्र होने के कारण फूफा थोड़ा कम सुनता है, जल्द ही दमफुइ बाहर निकली। छारमेन को देखकर 'अरे माम' कहकर वह मुस्कुरायी, ख़ूबसूरत मुस्कुराहट। फूफा ने भी सर घुमाकर कहा–"कौन है? चटाई लाकर दे" कहा। घर के अन्दर से चटाई लाकर दमफुइ ने–"बाबा तू भी न, सेंटर के हिदिपि के मामा छारमेन को नहीं पहचाना क्या?" कहते हुए पिता की ओर तेज नजर से देखा। उसने आँखें संकुचित कर फिर एकबार देखा और थोड़ी हैरानी से कहा– "मय तिछॉ का बेटा हो क्या?"। उनके कहते ही–"जी फूफा" कहकर छारमेन ने जवाब दिया।

मचान घर में एक साथ बैठकर कुशल समाचार पूछने के साथ–साथ दमफुइ अन्दर चाय का बंदोबस्त करती रही। अन्दर से ही उसने कहना शुरू किया– "इतने दिनों से माँ–बाबा मामा छारमेन के न आने से दुखी थे। अब आ गये हैं, अब क्या खिलाओगे?" बाप ने भी कहा– "बात तो सही है, खिलाने के लिए तो कुछ भी नहीं है।" "खाऊँगा भी क्या फूफा, खाने के लिए नहीं आया हूँ। मैं भी कुछ नहीं ला सका।"

"लाने की क्या जरूरत है। साल भर में विदेश में रहनेवाले चेहरे को देख लेना ही हमारे लिए सब कुछ है। चिन्ता करने की जरूरत नहीं है।" –फूफा ने दिलासा देकर कहा।

–"बुआ नहीं है क्या?"

"है न, कहा जायेगी? ...... लाने गयी है।"

–"रास्ते में ही मिलना चाहिए था आप लोगों को। खेत के रास्ते से नहीं आये हैं क्या?" –दमफुइ ने अन्दर से ही आवाज़ दी।

–"तो फिर रास्ते में खाँ लेनेवाली वह बूढ़ी ही होगी, काफी बूढ़ी हो गयी है।" छारमेन ने बस कहने के लिए ही कहा। असल में बूढ़ी पर उसका ध्यान ही नहीं गया था। सही कहा, दुख–थकान, अभाव आदि ने एकदम से दबोच लिया है। फूफा ने थोड़ा दुख जताया।

बातों बातों में दमफुइ ने काँसा की कटोरी में नास्ता परोसा। *पेकक*[4] से पेट के न ढकनेवाले हिस्से को ढकने की कोशिश करती हुई उसने कहा– "खाइये मामा।" "कुछ भी नहीं है, बाबा तुम भी खायोगे क्या, कटोरी थोड़ी आगे बढ़ा दे।" चाय पीने तक श्याम की फीकी रोशनी ने पूरे गाँव को मायामय कर डाला।

छुट्टी में आते वक्त साथ लानेवाले पन्द्रह सौ रुपये में से पाँच सौ रुपये सिर्फ घूमने फिरने के लिए ही रखे हैं। क़मीज़–पेंट के पॉकेट हमेशा ही भरे रहते हैं। शीघ्र ही बदबू तक मक्खियों के झुण्ड उड़ जाने की तरह एक ही हफ़्ते में सभी छारमेन के अपने बन गये। अब उसके आगे पीछे कई लोग घूमा करते हैं। छारमेन के साथ दमफुइ का घूमना फिरना कोई आपत्ति करने लायक बात नहीं थी। संसार नाम की भी कोई चीज़ है। बुआ की बेटी है, मन में ग़लत खयाल लाना ही पाप है। इसलिए बिना किसी रोक–टोक के दोनों के मिलने का रास्ता खुला गया। ऊपर से दोनों हमउम्र के हैं और काफी दिनों के बाद वे मिले हैं। इसलिए कहने

के लिए कोई बात ही नहीं है। अगर इसमें कोई और इरादा है भी, तो वह बाकी लोगों के लिए बिल्कुल अंजान है।

दमफुइ एक अलग ही ढंग लड़की है। ऊपर से माँ–बाप की एकलौती औलाद है। बड़े प्यार से बड़ी हुई है। कुछ करने की थान लेती है तो करके ही छोड़ती है। छारमेन के पास पर्याप्त पैसा देखकर जी भरकर सिनेमा देखने लगी। पहले दोस्तों के साथ। फिर धीरे–धीरे आर्थिक कारणों से दोस्त घटते गये। "किसी और के सिनेमा दिखाने पर भी हाथ खर्च के लिए दो पैसे न होने पर नहीं जा सकते" जैसी बातों से उनके दोस्त कम होते गये। रह गये सिर्फ छारमेन और दमफुइ। दमफुइ के सिनेमा देखने की चाह तब भी खत्म नहीं हुई। कुल मिलाकर लोगों की परवाह किये बिना समय असमय दोनों सिनेमा देखने के लिए प्रायः डिमापुर जाने लगे।

ऐसे ही कुछ दिन बीत गये। कभी बारिश हुई तो डिमापुर में रुक गये। रास्ते में जंगली हाथी निकलता है, तो मणिपुरी होटल में ठहर गये। रात को घर न आने पर माँ–बाप दमफुइ से कुछ सवाल–जवाव नहीं करते, ऐसी बात नहीं है। पर माँ–बाप उसकी मीठी बातों में आ ही जाते हैं। पहले पहल बात वैसी ही थी। यहाँ तक कि मणिपुरी होटल के एकलौते बाँस की खटिया पर सोते समय दोनों एक–दूसरे से पीठ करके जितना हो सके दूरी बनाकर सोते थे। पर नींद में करवट बदलते वक्त दोनों आमने–सामने होकर टकराते थे। पहले वे चौक उठते थे, पर धीरे–धीरे सब कुछ स्वाभाविक होने लगा।

दो महीने की छुट्टी के ज़्यादातर समय छारमेन बंथर गाँव में ही रहा। बाप मय तिछों ने भी सोचा कि अकेला लड़का है, कहीं भी रहे बात तो एक ही है। ऊपर से बुआ ने ही बचपन से ही गोद में उठा–उठाकर बड़ा किया है। दोनों जी भर कर बात करें, लेकिन अनुभवी फूफा की बात अलग थी। उसकी अनुभवी आँखों ने सब कुछ देखा और वह एक निश्चित निर्णय पर पहुँचा। उसने छारमेन या दमफुइ को नहीं डाँटा, सहजात कमज़ोर मानसिकता के कारण सब कुछ बर्दाश्त करते रहे। इधर धीरे–धीरे बात फैलने लगी। वह क्या करेगा कुछ निश्चित नहीं कर पाया। ऐसे में ही वह दुर्घटना घट गयी।

लगातार तीन दिनों तक घर न आने के बाद एक दिन आधी रात को दमफुइ और छारमेन घर आये और घर पहुँच कर छारमेन दमफुइ के बिस्तर पर एक साथ सो गये। सुबह दोनों के काफी देर तक सोते रहने से समाज में सब कुछ साफ़ हो गया। उसके बाद परम्परागत सामाजिक बधाएँ आ पहुँची। शीघ्र ही गाँव के सरपंच मनछिं इंति के दरबार में हाज़िर होने का आदेश मिला। मय तिछॉ को भी समन भेजा गया। निर्धारित समय पर मुकदमा शुरू हुआ। दमफुइ और छारमेन ने एक–दूसरे को न छोड़ने की प्रतिज्ञा ली है। इसीलिए विधि के मुताबिक सामाजिक मिटाने के लिए जुर्माना लेकर उन्हें पति–पत्नी की स्वीकृति दी गयी। दमफुइ के पिता छारथे तेरां पर औलाद के परवरिश में सामाजिक ज़िम्मेदारी न निभा पाने के दोष में बिना किसी कहे–सुने उसपर 100 रुपये का जुर्माना लगाया गया।

सुनवाई के अन्त में लाज–अपमान, गुस्से और नाराजगी से मय तिछॉ और जीजा छारथे तेरां आमने–सामने बैठे रहें। घर के अन्दर ननंद सिसकने लगी। एक नारकीय परिस्थिति का उद्‌भव हुआ। सुबह ही मय तिछॉ अपने बेटे–बहू को लेकर सेंटर लौट आया। उसके बाद छारथे तेरां के घर में सन्नाटा छा गया। एकलौती औलाद थी, वह भी दस लोगों के सामने मुँह में कालिख पोतकर चली गयी। अब बूढ़ा–बूढ़ी के जीने का कोई सहारा ही नहीं रहा। बिना सोये कई रातें कट गायीं। परोसे खाना बासी होते रहे। इधर मय तिछॉ की हालत बिगड़ने लगी। पहले का रुतबा, प्रभाव सब कुछ खाक में मिल गया। मूलतः इस दुर्घटना के बाद दोनों घर पूरी तरह से बदल गये। पहले के रुतबे की जगह उपेक्षा ने ले ली और सम्मान की जगह नफरत ने ले ली।

उसके बीच एक दिन छारमेन अपनी नौकरी पर लौट गया। पिछले चार–पाँच सालों से घर की ओर देखा तक नहीं। यहाँ तक कि धीरे–धीरे चिट्ठी तक आना भी बन्ध हो गयी। इस घटना ने दमफुइ को पहले नाराजगी, फिर गुस्से और अन्त में बिछुड़ने की आशंका से झकझोड़ डाला। फिर भी वह कभी–कभी अपने मायके और कभी–कभी ससुराल में रहने लगी। अब दोनों ही घर एक प्रकार से उसका हिसाब नहीं रखते। उपेक्षा ने उसे क्रमशः कठोर से कठोर बना दिया। उसे अब लगने लगा

कि अब छारमेन और वापस नहीं आयेगा। इसलिए वह ख़ुद ही अपना रास्ता चुन लेगी। अपने यौवन के सहारे वह काम शुरु करेगी। सुहागन होकर विधवा का जीवन बिताने का कोई अर्थ नहीं है। इसलिए वह पहले की तरह घर में बनाई हुई शराब का व्यापार करने लगी। फिर से डिमापुर तक आने–जाने लगी, पहले की तरह ही ऊँची मेखला, छोटी बाहोंवाली क़मीज़, ऊँचे जूते से खुद को सजाने लगी। इससे क्या होगा उसकी उम्र होने लगी थी। एक बार झुण्ड छोड़ा हुआ हाथी जिस तरह वापस झुण्ड में नहीं घुस सकता, उसी तरह वह भी फिर पुराने दल में नहीं घुस सकी। उसकी संगति छोड़ने के लिए कोई कोई –"तेरा पति आयेगा तो मुझे भी सिनेमा दिखाने ले जाना" कहकर उसकी मजाक उड़ाने लगी।

एक दिन ससुराल जाकर, देवर–ननद के घर में न होने के मौके का फायदा उठाकर उसने खाना बनाते समय एक फैसला ले लिया। उसने घर के बरामदे में एक रस्सी लटका ली। गाँठ बाँधने के बाद, ऊखल पर चढ़कर गले में फण्डा डाल लिया। ऊखल को लाठ मारने ही वाली थी इतने में देखा कि दीवार से टंगे हुए छारमेन का फटो मानो हँस रहा है।

वह फण्डा निकालकर धीरे से ऊखल से उतर आयी। उसके बाद जब करने के लिए कुछ नहीं बचा तो निराश होकर पिछले दहलीज पर बैठकर सिसकने लगी। "छूट छूट छूट .....।"[1]

शब्दार्थ :

1. मामा : कार्बि समाज में फूफा की लड़की मामा के बेटे को 'मामा' कहकर पुकारते हैं और दोनों में बिवाह होना सामाजिक रूप से निसिद्ध है।
2. खाँ : बाँस से बनी बड़ी और लम्बी टोकरी, जिसे पीठ पर लादकर सामान ढोया जाता है।
3. वामकक : एक वस्त्र विशेष जिसे कार्बि नारी कमर में पहनती है।
4. पेकक : कार्बि नारी का वह वस्त्र जिसे कन्धे से छाती के बीच तक फैला. कर पहना जाता है। यह चादर की तरह का वस्त्र है।

मँझले भैया

मूल (मिचिङ) : **दीपक कुमार दले**
अनुवाद : **डॉ. शान्ति थापा**

अइमलि के भाग जाने के बाद उम्बर दले के *चाङ घर*[1] में सन्नाटा छा गया है। स्वाभाविक जीवन–प्रक्रिया रुक सी गई है। दुख के समय गाँव के जितने लोगों को उम्बर के यहाँ आकर ख़ैरियत पूछना था, उतनी तादात में लोग नहीं आए। गाँव वालों के ख़ैरियत नहीं पूछने के पीछे कारण था। मौका मिलते ही *आपङ*[2] की तलाश में रहने वाले कुछ बुजुर्ग लोगों को इसी मौके में उम्बर के यहाँ आकर ख़ैरियत पूछने के बहाने दो–तीन कटोरी *आपङ* पीने को मिल गया। उन लोगों ने कि जन्म, मृत्यु और विवाह इसी प्रकार होते हैं। अइमलि की माँ पार्चलि की स्थिति बड़ी ही दयनीय हो गई है। तीनों बेटियों में सबसे बड़ी बेटी अइमलि ने प्रेम में पड़कर दूर गाँव के युवक कार्दुग पेगु के साथ बहुत ही कम समय में भागकर शादी कर ली। अइमलि जैसी शान्त, भोली–भाली और अल्पभाषी स्वभाव की, कम उम्र की जवान युवती भी इस तरह भाग सकती है य यह बात कार्मङ को अद्‌भुत लगी। घर के अन्य लोगों की तो बोलती ही बन्द हो गई। तिस पर कार्दुग पेगु के यहाँ उम्बर दले के घर का कोई भी सदस्य कभी नहीं गया था। किसी–किसी के मुँह से पेगु परिवार की प्रसिद्धि के बारे में उम्बर ने सुन रखा था। पर उम्बर के गाँव वालों के लिए धनी सम्भ्रान्त परिवार से बढ़कर रीति–नीति का महत्त्व है। सगे सम्बन्धी के प्रति सम्मान ही वास्तव में ग़रीब–धनी का असली परिचय है। तीन दिन तक अइमलि की ओर से *दुकताग*[3] आगमन की कोई खबर ही नहीं है।

कार्दुग पेगु ने अइमलि को भगाकर अपने सम्बन्धी चाचा बाबाइ पेगु के यहाँ तीन दिन तक रखा। चाचा ने भी अपना ही लड़का जानकर

तहे दिल से नई दुल्हन का स्वागत किया। तीन दिन बीतने के बाद भी कार्दुग के घरवालों ने जब कोई खोज खबर नहीं ली, तो बाबाइ का माथा ठनका। जब माथा ठनका तो कार्दुग की गैरहाज़िरी में अइमलि से "बात क्या है?" जानना चाहा। अइमलि बहुत डरी हुई थी। तिस पर कार्दुग के घर से *दुकताग* न जाने की बात से वह और डर गई। अपने मायके की इज्जत की बात सोच अइमलि छुप–छुप कर रोने लगी। कार्दुग की मीठी बातों में उसे इतनी आसानी से क्यो फँसना चाहिए था भला? अभी न उसने कार्दुग का घर देखा है और न ही उसके घरवालों को। कार्दुग ने जब दिल से मितिर4 के नियमों के बारे में जिक्र नहीं किया तो सोते समय अइमलि ने पूछा– हमें अब और कितने दिनों तक ऐसे ही रहना पड़ेगा? *दुकताग* का क्या हुआ? दिनों दिन मेरा डर बढ़ता जा रहा है। बाहर कुछ हो तो नहीं रहा है? उस दिन शायद कार्दुग का मुड ठीक नहीं था। इसीलिए वह जरूरत से ज़्यादा *आपङ* पीकर आया था। उसने उस रात कहा– "कल मैं खुद ही घरवालों से बात करूँगा।" कार्दुग की बातों में शंका का बीज था। अइमलि *रिहा*[5] के आँचल से आँसू पोंछ चुपचाप कार्दुग के पास सोने को विवश हो गई। उसके मन में मायके वालों की यादें निरन्तर आ रही थी।

उम्बर के मँझले बेटे कार्मङ को सँभालना मुश्किल हो रहा था। वह बार–बार अइमलि को ढूँढ़ वापस घर ले आने की बात कर रहा था। अमीर घराने का बेटा होने के कारण ही क्या इतने दिनों तक चुप बैठा रहेगा? जिस तिस की जुबाँ पर अब यहीं बात है? सारा समाज हमें थू–थू कर रहा है। हमारे दुख के समय किसी ने भी ख़ैरियत नहीं पूछी, इसकी भी यही एक वजह है, अइमलि ने हमारी नाक कटवा दी। मैंने उसे धूप और बारिश से सँभालकर रखा था। पर यह सब वह समझ नहीं पाई।

माँ ने बक्सा–पिटारी सब खोलकर देख लिया। अइमलि उसके कपड़े लत्ते ले गई। बड़े बेटे कार्ताङ ने अपनी ओर से *पाट*[6] का नया कपड़ा ख़रीद कर देने की हामी भरी। ऐसी परिस्थिति में बड़े भाई के मुँह से ऐसी बात सुनकर कार्मङ आश्चर्यचकित रह गया। छोटा बेटा आंबाङ चुप ही रहा। दोनों बहनें मिकचिरि और अइचिरि डर के मारे काँप रहीं थी। क्योंकि मँझला बेटा कार्मङ आसानी से समझौता करने वालों में से नहीं था। गुस्से में हाथ में जो आता, उसी से दूसरों को मारते हुए उन लोगों

ने देखा था। अभी तो उसका गुस्सा और भी बढ़ गया है। पिता उम्बर ने बेटों से कहा– "अब हम और एक दिन का इन्तजार करेंगे। फिर भी अगर समधियाने से सुध नहीं ली गई, तो फिर अइमलि को ढूँढ़कर वापस घर लाना पड़ेगा।" पिता की बातें सुनकर कार्मङ थोड़ा सा शान्त हुआ। पिता ने अइमलि की माँ को दोषी ठहराया। बेटी अगर बुराई की राह पर चले तो माँ को बात सुननी ही पड़ती है। अइमलि की माँ सहन कर गई। कितने यत्न से नौ महीने गर्भ में रखा और फिर आँखों के सामने प्यार से पालने–पोषने के बावजूद उसने ऐसी हरकत क्यों की, दुख के मारे माँ का कलेजा फटने को होता है। उधर बिरकण पेगु के यहाँ भी कार्दुग की शादी को लेकर कोहराम मचा हुआ है।

बिरकण पेगु के परिवार को चेलेक–चापरि गाँव का सम्मानित परिवार माना जाता है। उसकी चार बेटियाँ और चार बेटे हैं। अब तक दो बड़ी बेटियों की शादी हो चुकी है। बड़ा दामाद डॉक्टर और छोटा इन्जीनियर है। बड़े बेटे विनोद की भी शादी हो चुकी है। वह भी नौकरी करता है। शहर में रहता है। कभी–कभार गाँव आता है। बिरकण स्वयं को इस गाँव का पुराना आदमी कहता फिरता है, सो गाँव के सभी लोग उसे समान रूप से पसन्द नहीं करते। स्वयं को लोकप्रिय बनाने के लिए वह राह चलते नई पीढ़ी के लोगों को बकता फिरता है, पर दिनों–दिन वह उन लोगों की आँखों में खटकने लगा है। अपने परिवार की बहुत प्रशंसा और दूसरों की परिवार को सम्मान न देने के कारण बहुतेरे लोग उसे पसन्द नहीं करते।

बिरकण के यहाँ यदि कोई लायक युवक आता है, तो उसे बहुत सम्मान मिलता है। तिस पर ब्याहने लायक बेटियाँ हैं उसकी, फिर क्या? *आपङ*, मुर्गी, बत्तख आदि से अतिथि सत्कार करने में बूढ़ा बड़ा उस्ताद है। इस तरह वह अच्छे दामाद–प्राप्ति की यात्रा में सफलता से अग्रसर हो रहा है। एक उक्ति बिरकण पेगु बार–बार दोहराता रहता था–पिछली पीढ़ी जैसी होती है अगली पीढ़ी भी वैसी ही होती है। पर क्या होता है? कार्दुग लड़की भगाकर ले आया! वह भी अपरिचित परिवार से। बिरकण ने घोषणा कर दी– "मुझे कुछ भी नहीं कहना है। मेरे दामाद और बेटियाँ ही कहेंगे। इन सबके लिए चिन्तित होने के लिए मेरे पास वक्त नहीं है।" हाँ भाई हाँ। समय गुजर जाता है। ससुराल जा चुकी बेटियों ने अद्‌भुत

काण्ड किया। नई दुल्हन का स्वागत करने के बाद घर में रोज नये काण्ड हो रहे हैं, जिसका वर्णन ही नहीं किया जा सकता। कार्दुग को सुनाया गया– "क्या खिलाओगे क्या पहनाओगे? खेती बाड़ी करो। पिताजी तुम्हारा पालन–पोषण कर सकते हैं। पर तुम्हारे साथ–साथ और बहुतेरे का नहीं। समझ लो।"

यह सुन अइमलि का दिल डर से थर–थर काँप उठा। उसने सोचा क्या बड़े घर की बेटियाँ ऐसी बातें कह सकती है? उन लोगों ने यह भी कहा कि *मितिर* की रीति–रिवाज़ और स्त्री–धन की व्यवस्था कार्दुग को ख़ुद ही वहन करना होगा, पिताजी को हम समधियाने जाने नहीं देंगे। ससुराल के खर्चे से पढ़ लिखकर बड़े आदमी बने दोनों दामादों का तो कहना ही क्या, बड़े आश्चर्यजनक प्राणी है वे दोनों। हमारी बिबियाँ जो कहेंगी वही हमारा भी कहना है। अइमलि का आँसू भरा जीवन शुरू हो गया।

उम्बर जैसा चाहता था वैसा नहीं हो पाया। *पातिरि*[7] बड़बोला था। सम्बन्धियों का आचरण और व्यवहार भी देखने लायक था। *मितिर* के नियम में भी गाँववासियों ने पहली बार देखा कि चेलेक चापरि के लोग ही मानों सब जानते हैं; जेलम गाँव के लोग संस्कृति का 'स' भी नहीं जानते। जेलम के गाँव वालों ने पहली बार अद्‌भुत विवेकहीन लोगों को देखा। कार्मङ कुछ कहना चाहता था पर कार्ताङ की गम्भीर मुद्रा को देख चुप रहा। माँ ने अइमलि के गा–धन के रूप में सवा रुपैया लिया। जेलम गाँव के युवाओं ने गा–धन के रूप में मोटी रकम की माँग करने के लिए कहा था। वह भी नहीं हुआ। अइमलि की कीमत सवा रुपैया ही हुई। उस दिन से अइमलि दले पेगु गोत्र की हो गई।

समय पर *शराइ पर्व*[8] समेट कर पातिरि अपने लोगों के साथ चला गया। कार्मङ ने चुपचाप आँसू पोंछे। क्योंकि आज से अइमलि पराए घर की हो गई। जिस तूफान को उम्बर के घरवाले सुखकर समझ रहे थे वह तो विपरीत ही हुआ। दुख का तूफान गुजर जाने के चार महीने बाद कार्मङ ने जेलम गाँव की लुटिन पेगु की अपरिचित बेटी कार्चलि के साथ शादी करके यह दिखा दिया कि *मितिर* कैसा होना चाहिए। कार्मङ की शादी की सूचना पलभर के लिए अइमलि अंजान ख़ुशी दे गई पर वह ख़ुशी बिजली की चमक जैसी थी। कार्मङ मेट्रिक पास था सो

सरकारी नौकरी मिलने के कारण गाँव से चला गया। आवश्यक सामग्रियों के साथ वह घर का एक ग्रुप फोटो भी ले गया जिसमें अइमलि उसके पास खड़ी थी।

शहर के नये किराये के मकान में कार्चलि के साथ कार्मङ ने नये जीवन की शुरुआत की। कभी–कभार कार्मङ कार्चलि से अइमलि की बातें छेड़कर बच्चे की तरह रो पड़ता था। कार्मङ का जीवन आज सुखमय है। पर अइमलि का वैसा नहीं है। दिन, महीने, साल गुजरते गये। बहुत दिनों से कार्मङ को घर की सुध नहीं थी। अगर वह घर पर होता तो वह कुछ कर बैठा होता। पर ऐसा न हो सका। दो हफ़्ते भर के लिए अइमलि मायके में रुकी थी कि कार्दुग शादीशुदा बहनों के उकसाने पर दूसरी लड़की को व्याहकर ले आया। समाचार मिलने से अब क्या होता। कार्दुग की बहनों ने अइमलि के बाल भी नोंचे। ख़ुद कार्दुग ने भी उसे मारा। चार महीने का गर्भ नष्ट कर दिया। शारीरिक स्वास्थ्य बुरी होने की वजह से अइमलि मायके आ गई। उम्बर का बड़ा बेटा कार्ताङ चुप रहा। बाकी लोग कार्मङ के डर से काँपते थे। कार्मङ घर पर न होने से वे लोग थोड़ा आश्वस्त अवश्य थे। पर कब तक?

कार्मङ बचपन से ही थोड़ा तेज और स्वनिर्भरशील स्वभाव का था। उसी पर घर केन्द्रित था ऐसा कहे तो अतिशयोक्ति न होगी। घर हो या खेती बाड़ी, वह सभी काम ढंग से करता था। घर के किसी को भी कोई कुछ न कह सके या फिर घर का कोई भी किसी को कुछ न कहे, इस बात को लेकर बहुत ध्यान रखता था। कार्मङ के अनुशासन की वजह से घर में शान्ति और अनुशासन व्यवस्थित थे। अइमलि तो डर के मारे कार्मङ के सामने बोलती तक नहीं थी। कुछ कहना हो तो वह माँ से कहा करती थी। एक बार मिकचिरि ने छोटी सी बात न मानने के चलते पाँव से खून निकलने तक बेंत की मार झेली थी। उस दिन से अन्य लोगों की स्थिति कार्मङ के आगे फट जा धरती तो मैं छिप जाऊ जैसी होती थी। माँ बाप को भी कार्मङ के काम का विरोध करने का कोई अवसर ही नहीं मिलता था। कार्मङ शहर में नौकरी करता है। दो बच्चों का बाप था।

शायद अइमलि के भाग्य में ही सुख नहीं लिखा था! मायके में जो सुख मिला था शादी के बाद वह न मिल सका। शादी के बाद से ही उसकी कल्पना का महासागर रेगिस्तान में बदल गया। शादी के बाद वह

सभी लोगों को दिखलाने की सोच रही थी। पर कुछ भी नहीं हो पाया। कार्दुग की बहनों ने सब कुछ गड़बड़ कर दिया। कार्दुग भी पेंदी में छेद हुई नाव जैसा हो गया। बहनों ने समझा बुझाकर अइमलि का गर्भपात करवा दिया और फिर वही लोग छिरू छिरू थु थु करने लगे। अइमलि की ओर से मनबर कुछ बोला था। सभा भी बुलाई गई। बेकार की बात में दोनों पक्ष उलझ गये। गाँव वाले दो दलों में बँट गये। समाचार मिलते ही कार्मङ पागल बना गाँव लौट आया। उम्बर दले का *चाङ* घर काँप उठा। वह मित *दा*[9] लेकर कार्दुग के टुकड़े–टुकड़े करने चला। घर के लोगों में कोहराम मचा। इसी बीच अइमलि चीख उठी– "मँझले भैया!"

"कल डॉक्टर की फैमिली चली जाएगी। सुना है आज विदाई सभा हो गई। अन्त में उसने यहाँ से अवकाश ले लिया।" कहते हुए कार्चलि दुखी हो उठी। कुछ भी हो अपना ही था। एक बार हो आना चाहिए। कर्माङ ने भी हामी भरी। क्या कर्माङ अइमलि को भुला पाया है? कितनी धूप और बरसात में वे एक साथ बड़े हुए थे। *बिहु*[10] या फिर अन्य त्योहारों में कितने ख़ुश होकर एक साथ मौज किया करते थे। आज वे सब कतरा–कतरा यादें बन कर रह गईं। क्या होगा!! आज के युग के लोगों का। इन लोगों के लिए अइमलि की ज़िन्दगी खराब हो गई। पर क्या इन लोगों को सुख मिला? इनके बच्चों को भी आज इस पाप का हिस्सा मिल गया है। बैठे–बैठे माथे पर हाथ टिकाए कार्मङ ने थोड़ी देर के लिए आँखें मूँद लीं। दूर कहीं से अइमलि की हल्की सी आवाज़ कार्मङ के कानों में गूँज उठी– "मँझले भैया.......।"

अपने पति से कब क्या कहना या करना है, कार्चलि जानती है। उसके भाग्य में लिखा था, इसलिए उसे गुणवान और ज्ञानी पति मिला। कभी ख़ुशी तो कभी गम तो मिलता है। कार्चलि के जीवन में भी ऐसा ही घटित हुआ। अइमलि के साथ भी ऐसा ही हुआ। अइमलि के दुख में समभागी कार्मङ ही बना। अइमलि का मँझला भैया। मँझले भैया का गुस्सा और प्यार कुछ अलग ही किस्म का है, काम और बातें भी कुछ अलग किस्म की है, चेहरा और मुँह भी अलग किस्म के हैं। बड़े और छोटे तो बस सम्मान और प्यार पाने के लिए हैं, पर मँझले भैया सभी कर्तव्य पालन करने के लिए हैं।

एक लम्बी नौकरी की ज़िम्मेदारी निभाकर सुबह ही डॉक्टर का परिवार जाने के लिए तैयार हुआ। लिखने–पढ़ने के फलस्वरूप मिली नौकरी उम्र होने पर इसी तरह समाप्त होती है। सेवा–निवृत्त होने के बाद प्रमाण पत्र सब सिर्फ कागज के टुकड़े बन जाते हैं। पहले की तरह ये ख़ुद को और प्रकाशित नहीं कर पाते। सोचकर कार्मङ दुखी बन जाता है। उसके साथ भी एक दिन ऐसा ही होगा। पर कार्मङ इसके लिए दुखी नहीं होगा। इसके लिए वह बड़ी बेसब्री से इन्तजार कर रहा है। नौकरी पेशा जीवन आजतक उसके लिए सुखद नहीं बन पाया। उसके खुले आकाश तले खुले मैदान के बीच, झील के किनारे मधुर जीवन को नौकरी पेशा जीवन ने छीन लिया। इसीलिए वह बेसब्री से इन्तजार कर रहा है। "मैं जाना नहीं चाहता। हो सके तो तुम ही चली जाओ।" कार्मङ की बातों का जवाब कार्चलि ने बस इतना ही दिया– "यह क्षण दुबारा नहीं मिलेगा, एकबार जाकर हो आते हैं।" कार्मङ ने भी मानो कहीं से अइमलि को कहते हुए सुना– "मँझले भैया, एकबार हो आइए।" कार्मङ उठ खड़ा हुआ।

शब्दार्थ :

1. चाङ घर : मचान नुमा घर।
2. आपङ : घर पर तैयार की गई मिचिङ शराब।
3. दुकताग : विवाह का प्रस्ताव लेकर आने वाला दूत।
4. मितिर : ससुराल, ससुराल सम्बन्धी।
5. रिहा : मिचिङ ओढ़नी विशेष।
6. पाट : असम का रेशम विशेष।
7. पातिरि : घटक।
8. शराइ पर्व : एक प्रकार का वर्तन जिस पर सामग्रियाँ रख कर ससम्मान रिश्ते को स्वीकारा जाता है।
9. मित दा : बड़ा दाओ।
10. बिहु : असम का जातीय उत्सव।

दुल्हन का स्त्री-धन

मूल (मिचिङ) : **दीपक कुमार दले**
अनुवाद : **डॉ. शान्ति थापा**

"चियाङका के बिना हम कुछ भी नहीं कह सकते। चियाङका की उपस्थिति आवश्यक है।" कह लड़की का बाप निबाराम दले सम्धी की ओर बिन देखे खिड़की से बाहर झाँकते हुए बैठा रह गया। सम्धियाने से आये रिश्तेदार फिर समस्या से घिर गये। सुबह से ही निबाराम कभी कार्ताङ और कभी बड़े दामाद का जिक्र कर आनाकानी कर रहा है। अन्त में उसने चियाङका का नाम लिया। निबाराम जिन लोगों की उपस्थिति को लेकर अड़ा हुआ है, उनमें से अब कोई भी इस घर में नहीं रहता। गाँव में ही रहने वाले चियाङका से भी जब तब नहीं मिल सकते। व्यापार के नाम पर आये दिन कभी सिलापथार तो कभी गुवाहाटी आता–जाता रहता है। कभी–कभी तो एक महीने तक घर नहीं आता। माँ–बाप से अलग होने के बाद उसके अपने घर की ज़िम्मेदारी पत्नी पर है। चियाङका निबाराम का मंझला बेटा है। बड़ा बेटा कारमांग भी पिता के साथ नहीं रहता। छोटा कार्ताङ शहर में रहता है। शादी के बाद तीनों बेटे माँ–बाप से न निभ पाने के कारण अलग रहने लगे हैं।

आपिलि की शादी हुए अभी एक महीना होने को है। दरअसल तामङ ने आपिलि को भगाकर शादी की है। यूँ तो तामङ के घर की ओर से एक वर्ष पहले ही चम्पाचन और मीनाराम ने तामङ के लिए आपिलि का हाथ माँगा था। कारण लड़का–लड़की एक–दूसरे को पसन्द करते है। प्यार हो गया है। प्यार की शुरुआत तो ठीक ही थी। बीच में गड़बड़ी हो गई। आपिलि को तामङ के अलावा किसी और से भी प्यार हो गया। उसके व्यवहार और आचरण में बदलाव आने लगा। प्रथम नायक तामङ

दिन में ही पराजय का सपना देखने लगा। हॉस्टल छोड़छाड़ कर आया लगा रोने धोने। घर में कोहराम मच गया। वजह जानने के बाद परिस्थिति को सँभालने के लिए आपिलि का हाथ माँगने का निश्चय किया गया।

चम्पाचन और मीनाराम गाँव के नामीगिरामी व्यक्ति हैं। अनेक कठिनाइयों को झेल पसीना बहाकर तारि गाँव में साठ वसंत देखने के बाद उन्हें यह प्रतिष्ठा मिली है। गाँव वालों की विपत्ति में वे भगवान के स्वरूप होते हैं। पूजा–त्योहार, झगड़े–टंटे आदि सभी बातों में वे अहम भूमिका निभाते आये हैं। इसी कारण तामंग के पिता ने आपिलि का हाथ माँगने के लिए चम्पाचन और मीनाराम को चुना, क्योंकि लड़की के पिता के आमने–सामने बैठकर बात करने का साहस इन दोनों के अलावा अन्य किसी में नहीं है। इस प्रकार एक दिन दोनों तारि गाँव से निबाराम के घर जा पहुँचे। प्रायः ग्यारह माइल की दूरी तय करके वे वहाँ पहुँचे थे। पहले धान के बीज की तलाश में आने का कारण बताया। फिर रिश्तेदारी के नियम के अनुसार *शराइ*[1] सामने रखते हुए आने का असली उद्देश्य बताया। वह रस्म ठीक–ठाक से सम्पन्न हो गया। निबाराम ने सीधे ही जवाब दिया– "हाँ भई हमने बेटी क्यों जना है? रिश्ते के लिए ही न। बेटी का असली घर मायका नहीं बल्कि ससुराल होता है। अगर लड़के ने लड़की और लड़की ने लड़के को पसन्द कर लिया है तो हमें कोई आपत्ति नहीं है। हम लड़के के खानदान और परिवारवालों को अच्छी तरह से जानते हैं। और फिर यह भी सच है कि हम बेटी को ज़्यादा दिनों तक घर पर बिठाकर नहीं रख सकते। लड़के वाले जैसे चाहे वैसे ही लड़की को ले जा सकते हैं। हमें कोई शिकायत नहीं होगी।" रस्म अदायगी के बाद सभी लोगों ने मिलकर ख़ुशी–ख़ुशी *आपड*[2] पी। कुछ देर तक हँसी–मजाक होता रहा। लड़की वालों के घर से सहमति पाकर चम्पाचन और मीनाराम ख़ुशी–ख़ुशी लौट आये।

निबाराम दले भी एक नामी–गिरामी व्यक्ति है। बहुत दिनों से लोग उसके खानदान का नाम जानते हैं। वह धनी, ऐश्वर्यशाली और ज़मीन जायदाद का मालिक है। तीन प्रतापी बेटे और आठ सुन्दरी बेटियों का बाप है। प्रसिद्ध परिवार होने के कारण पके अमरूद जैसी बेटियों के साथ शादी करने के लिए साधारण परिवार के लड़के देखने तक का साहस नहीं जुटा पाते थे। यदि कोई योग्य शिक्षित लड़का लड़की को देखने

आ गया तो पड़ोसी उसे वापस लौटते नहीं देखते। इसी तरह से एक दो नहीं बल्कि चार बेटियों की शादी जाल में फँसे दामादों के साथ हो गई। बेटी की शादी तक कोई रीति–रिवाज़ नहीं पर उसके बाद रस्म अदायगी के समय बवाल मच जाता। अब तक जो दामाद बन चुके हैं उन्हें यह बात पता चल चुकी है कि सास–ससुर के तेवर कैसे हैं। रिशतेदारों की पूरे वंशावली की कमियाँ निकाल फब्तियाँ कसने में निबाराम कोई कसर नहीं छोड़ता। समय के गुजरने के साथ–साथ निबाराम इतना रूखा बन चुका था कि स्वयं पर काबु ही नहीं रख पाता। पर जब अपने बेटों की शादी हुई तो रिश्तेदारी की रस्म अदायगी से वह परे ही रहा। एकदम अनदेखा कर गया।

एक दिन हॉस्टल से आकर तामङ आपिलि को लेकर भाग गया। खबर मिलते ही तामंग के माँ–बाप ख़ुशी से फुले न समाए। सन्देशवाहक के रूप में तुरन्त मीनाराम को वहाँ भेजा गया। पहले व्यवहार को याद कर मीनाराम निबाराम के यहाँ जा पहुँचा। उसके आने का उद्देश्य बताते हुए कहा– "तामङ आपिलि को भगाकर ले गया है। उन लोगों की शादी हो चुकी है। आप लोगों को परेशान होने की जरूरत नहीं है।" इतना सुनते ही कौन सन्देशवाहक, कौन रिश्तेदार, सब कुछ भूलाकर निबाराम उसके चौदह पुरखों को गाली बकने लगा। बेचारे मीनाराम ने मानों साक्षात यम को ही देख लिया। निबाराम ने मीनाराम पर निशाना साधा– "आप वही मीनाराम हैं न, जो तीस साल पहले हमारे खेत पर बँटाई करते थे? आजकल किसके खेत में कर रहे हो? गुजरबसर हो जाती है? आज कैसे मेरी बेटी की ओर से सन्देशवाहक बनकर आने की हिम्मत की?" आदि आदि। आपिलि की माँ की हालत भी कुछ ठीक नहीं है "छिः छिः! मेरी आपिलि हलवाहे के साथ शादी कर बैठी! हाय दैया! गा धन नगद दस हजार देना पड़ेगा।" मानों ज़मीन का मालिक बँटाई पर काम करने वाले नौकर चाकर को धमका रहा हो। बहुत गाली गलौज बकने के बाद, रिश्तेदारों की बहुत मिन्नतों के बाद निबाराम कुछ शान्त हुआ, कारण सन्देशवाहक को गालीगलौज बकना सामाजिक रीति–नीति के विपरीत है। *दञि–पल*[3] बुरा मान जाएँगे। सन्देशवाहक का सम्मान करना हमारा धर्म है। यह किसी को भी नहीं भूलना चाहिए। फिर बातचीत की प्रक्रिया चली। सन्देशवाहक की ओर से तामंग–आपिलि विवाह–संवाद मिलते वहाँ उपस्थित समाज ने मिनाराम से अपनी बात रखने को कहा।

अन्त में निबाराम ने इतना कहा– दुल्हन की *शराइ* और गा धन इस महीने के अन्तिम बुधवार को देना होगा। शुक्रवार को नहीं हो सकता क्योंकि इस बार को लेने से कुत्ते को गोद में लेने जैसा होता है। शनिवार को शनि लगता है। इतवार को भी नहीं ले सकते, कहा जाता है कि सब शून्य हो जाता है। सोम और मंगल मेरे माता–पिता की मृत्यु का दिन है, अतः इन दो दिनों में भी लिया नहीं जा सकता। कुल मिलाकर बुधवार को शराइ और बृहस्पति को आठ *मङला*[4] का आयोजन करना होगा। आवश्यक सामग्रियों की सूची मैंने बना दी है।" मिनाराम बाज की तरह उड़ता आया था और उल्लू की तरह लौट रहा है। बेचारा!

तारि गाँव में रौनक लगी है। सुबह से ही लाउडस्पीकर बज रहा है। आज तामङ नई दुल्हन के साथ गृह प्रवेश करने वाला है। नई दुल्हन के गृह प्रवेश के अवसर पर सारे घर को सजाया गया है। तामङ के पिता ने घर के नौकर से एक बड़े सुअर को मरवाया। मुर्गी, मछली, *आपङ* साथ में नई दुल्हन को देखने आने वालों के लिए भात भी बनवाया गया है। पहली बार घर में बहू आई है। यह कितने गर्व की बात है। तामङ के पिता ने अपने सभी रिश्तेदारों को न्योता दिया है। रात के ठीक आठ बजे लगन है। पिता ने स्वयं पंचांग देखकर समय तय किया है। सुबह से ही बहुत लोग आ रहे हैं, कुशल मंगल पूछ रहे हैं। दोपहर को जवान लड़कियों को वीडियो दिखाया जाएगा या नहीं, पूछा। हाँ शाम को वीडियो या सिनेमा दिखाया जाएगा। तामङ की माँ ने बताया। लड़कियों की इच्छा सिनेमा देखने की थी। योजना के अनुसार सब समय पर हुआ। घर में नई दुल्हन ने प्रवेश किया। दरवाजे पर रखे पानी भरे घड़े पर हाथ रखा। बाहर कुछ युवाओं (लड़के–लड़कियों) ने *ऐनितम*[5] गाया। फिर तामङ और आपिलि ने शादी में उपस्थित बड़ों से आशीर्वाद लिया। खानपान में भाग लिया। वहाँ उपस्थित लोगों ने *आपङ* और भात खाया। रस्म आदायगी के बाद खा–पी आशीर्वाद देकर लोग चले गये।

देखते–देखते महीने का अन्तिम सप्ताह आ गया। निबाराम के निर्देशानुसार दुल्हन का *आपङ* देने का दिन बुधवार को तय किया गया था। तामङ के पिता ने दस *पोन*[6] ताम्बूल, अठारह *गुछि*[7] पान एक घड़ा आपङ, एक मुर्गी, एक किलो सफ़ेद मछली, एक घड़ा गुड़, चाय, बिड़ी–माचिस आदि जुगाड़ करके लड़की के यहाँ जाने के लिए सात लोगों का एक समूह तैयार किया। साथ में स्वयं भी गा धन देने

के लिए बैंक से दस हजार के नये नोट लिए। अबके चम्पाचन *पातिरि*[8] बना। घर से निकलते वक्त पातिरि ने चूल्हे पर हाथ रख पूर्वजों के प्रति श्रद्धा निवेदन करते हुए आशीर्वाद मांगा, ताकि यात्रा मंगलमय बने। दुल्हा–दुल्हन से पूछा गया– "सचमुच प्यार होने के कारण विवाह किया या किसी ने कह सुन कर करवाया।"

चढ़ावा जैसा माँगा गया था, वैसा नहीं लाया गया। निबाराम ने अनेक खोट निकाले। अबके *पातिरि* बनकर आये चम्पाचन फिर से अपदस्थ हुआ। निबाराम के बड़े दामाद और गाँव के दो चार लोगों ने भी तर्क तथा हँसी मजाक में भाग लिए। निबाराम ने चम्पाचन के खानदान को भी नहीं बख्सा। *आपङ* देने आये लोग मुसीबत में पड़ गये। तामङ के पिता भी सम्धी के ऐसे व्यवहार से मन ही मन दुखी हो गये। सुबह ही *आपङ* लेकर पहुँचें लोगों को शाम तक निबाराम एक बूँद पानी भी पूछे बिना उपेक्षा करता रहा। लाचार होकर लोग बैठे रह गये। कभी कहता है कार्ताङ को उपस्थित रहना होगा। कभी कहता है बड़े दामाद को रहना होगा। अन्त में बोला बगैर चियाङका के कोई बात नहीं होगी। नई नवेली दुल्हन के गुणों को याद कर तामङ के पिता चुपचाप सहते रहे।

ऐसे में चियाङका शाम को *आपङ* के रस्म में आ पहुँचा। आते ही चियाङका माँ–बाप की ओर उंगली दिखाकर बकने लगा– यहाँ क्या हो रहा है? सुना है यहाँ रिश्तेदारों का अपमान हो रहा है? तुम लोगों को याद है कि नहीं, किस बहू को तुम लोगों ने रस्म अदायगी कर रिश्तेदारों से सम्बन्ध जोड़ा था? आज तक किसको *आपङ*, स्त्री–धन दिया है? छिः छिः। और तिस पर माँ तुमने! दुल्हन के लिए स्त्रीधन के रूप में दस हजार की माँग की! तुमने तो कह ही दिया था– कि मेरी पढ़ाई कर रही आपिलि की शादी हलवाहे के साथ हो गई? हाय! हाय! उन लोगों के पास खेत है, गाड़ी, घोड़ा है, समय पर क्या कुछ नहीं होता जी? दुल्हन के स्त्री–धन के नाम पर एक चवन्नी ले लो। साथ में तामोल–पान। इतना ही काफी है। छोड़ दो दस हजार। अब जल्दी से रिश्तेदारों के *आपङ* रस्म पूरा करो। कार्ताङ, कार्माङ किसी की जरूरत नहीं। मैं हूँ। यह बड़ा गाँव है। सभी के घर तामोल–पान देते–देते रात हो जाएगी। यूँ ही रिश्तेदारों का इम्तेहान लिया जा रहा है।"

चियाङ्का के स्पष्ट व्यक्तव्य ने वहाँ उपस्थित समाज को भौंचक्का कर दिया। माँ–बाप कुछ भी नहीं बोल पाए। फिर माँ की ओर देखकर बोल पड़ा–हमारे समाज में स्त्री–धन दुल्हन का लेने की प्रथा है। यह माँ का दुग्ध ऋण है। गोद में लेने का ऋण। इसे नियमपूर्वक पालन नहीं करने से बेटी और दामाद के भविष्य की श्रीवृद्धि नहीं होती। ऐसा माना जाता है कि श्राद्ध–*ददगाङ*[9] का पिंड देने पर भी स्वर्गवासी आत्मा उसे स्वीकार नहीं करती। पर रिश्तेदार से पाँच–दस हजार माँग करने का कारण भी होना चाहिए। अगर ऐसा है तो मैं खुद रिश्तेदारों से माँगूँगा। पर हमारे आपिलिङ के रिश्तेदारों के साथ ऐसा करने के बजाय उनको सौ बार प्रणाम करके भेजना ठीक रहेगा। कहा जाता यमराज ले जाएँ तो भी ले जाना होता है, दामाद ले जाए तो भी ले जाना होता है। आज हम सभी का आपिलिङ के लिए *आपङ*, स्त्री–धन देने के दिन जो खुशी हुई उसमें प्यारी आपिलिङ को याद कर आँसू पोंछना चाहिए।" उसके बाद चियाङ्का आगे नहीं बोल पाया। वह फफक कर रो पड़ा। अचानक माँ की आँखों में भी आँसू छलक पड़े। उदास होकर बैठे तामङ के पिता के भी आँसू छलक पड़े। उसने तुरन्त जेब से रुमाल निकाल कर पोंछा। आनन्द की शीतल हवा सभी को छू गई।

शब्दार्थ :

1. शराइ : ताम्बोल–पान से भरा एक पात्र विशेष
2. आपङ : घर में तैयार की जाने वाली मिचिङ शराब विशेष
3. दञि–पल : मिचिङ लोगों के इष्ट देव–देवी, क्रमशः सूर्य और चन्द्र
4. आठ मङला : विवाह के बाद मायके में होने वाली एक रस्म विशेष
5. ऐनितम : मिचिङ लोकगीत विशेष
6. पोन : एक पोन में 20 कच्ची सुपारी होती है
7. गुछि : एक गुछि में 20 पान होते हैं
8. पातिरि : विवाह घटक
9. ददगाङ : मिचिङ लोगों का मृतक का कर्म (=श्राद्ध) विशेष

दवा

मूल (देउरी): **चेरीम देउरी**
अनुवाद : **डॉ. शरिफुज जामान**

घर की धरन, शतीर सब कुछ दीमक ने छाँट लिया है। छः साल पहले फूस से बनाये गए छप्पर, मचान के *आँच*[1], *गरगरि*[2] को बदले हुए भी काफी दिन हो गये। सभी कुछ सड़ कर इधर–उधर से टूटने लगे हैं। टूटेगा क्यों नहीं...। गुगुला बूढ़ा सब कुछ देखते हुए भी अनदेखा करता रहा। बेचारा अनदेखा न करके कर ही क्या सकता है? अकेला आदमी क्या–क्या देखता फिरेगा? आज उनमें उतनी शक्ति नहीं कि दूसरे के घर में जाकर लकड़ी चीरकर या खेत में मजदूरी कर कुछ कमा सके। चौराहे पर दारू बेचकर जो रकम मिलती है, वह सिर्फ घर का चावल ख़रीदने में खत्म हो जाती है। इससे तीनों प्राणियों की भूख जैसे–तैसे काबू होती है! चौराहे पर जिस दिन आबकारी विभाग का छापा पड़ता है, उस दिन घर का चूल्हा तक नहीं जलता।

"ओ जी सुनिए। किस सोच में डूबे हुए हैं? उस *मिदिगिराचि*[3] के पास जाइए और थोड़ा सा पानी झाड़–फूँक ले आइए।" गुनति की आवाज़ सुनते ही गुगुला का होश आया। वह खुद से कहने लगा .... इतने समय से मैं क्या सोच रहा था। गुनति की ओर देखकर वह धीरे से खड़ा हुआ। *चुरिया*[4] को मजबूती से कसकर उसने पत्नी गुनति से कहा–

"तो मैं चलता हूँ। तुम चेराप *बाउन*[5] को उठाना।"

"जाइये... जल्दी आइएगा। वहाँ जाकर गप्प मारने न बैठ जाइएगा।"

"ठीक है, मगर तुम चेराप बाउन को देखना मत भूलना।" यह कहकर गुगुला चाङघर से उतरकर चल पड़ा।

मिदिगिराचि का घर नदी के उस पार है। गुगुला के घर से ज़्यादा दूर भी नहीं है। रास्ते में एक छोटा–सा पुल पड़ता है। वैसे तो इस पार भी मिदि[6] है। पिछले साल से यहाँ–वहाँ मानों हर जगह अनेक मिदियाँ हुई हैं। एक पल के लिए गुगुला के मन में ख्याल आया कि घर–घर में इतनी सारी मिदियाँ कहाँ से पैदा हुईं! बहू–बेटी, छोटे–बड़े सभी के सिर पर मिदि का भूत सँवार है। फिर भी ज़्यादातर लोग उस पार की बूढ़ी मिदि के पास ही जाते हैं। क्योंकि यह नई मिदि है, अभी तक मूल मिदि नहीं बनी है। वे पूराणी मिदि हैं और सुनने में आया है कि वे सभी मिदियों की भी दादी हैं।

खेत में काम करने वाले लोगों के लिए एक–दो करके आदमी कलेवा ले जा रहे हैं। आषाढ़ का महीना है। शालि खेत के लिए हल जोतने का यह सही समय है, लेकिन अभी भी शालि की रोपनी का सही समय नहीं हुआ है। कुछ दिनों बाद ही शाली की रोपनी की जायेगी। गाँव से खेत ज़्यादा दूर नहीं है। एक बड़े जंगल के पास से गुजरने वाले रास्ते से होकर खेत तक जाना पड़ता है। उस जंगल में गाँव के लड़के अक्सर गाय चराने जाते थे। गुगुला को अभी भी एक घटना याद है। एक बार उस जंगल में उसे और चबिलाल के पीछे बाघ पड़ गया था। उन दिनों गाँव की लड़कियाँ वहाँ लकड़ी तोड़ने जाती थीं। लकड़ी तोड़ने के बहाने से अपनों से दिल की बातें भी कर लेती थीं। घर में लौटकर आते वक्त जंगल से *मिच्चिमि*[7], *तेबेजौ*[8], *तरागाज*[9], चलता फल आदि लाया करती थीं। रास्ते में *मजाया*[10] गीत गाकर आती थी। नमक और मिर्ची लेकर युवक–युवतियाँ वहीं पर गप्पे मारकर आम–जामून आदि का मजा लेते थे। आज भी उन बातों को याद करने पर नस–नस सिहर उठता है। उन दिनों गुगुला की उम्र ज़्यादा नहीं थी। यौवन के दहलीज पर कदम ही रखा था। बस किसी तरह चुरिया पहनने को सीखा ही था। बजाने न आने पर भी कमर पर एक छोटी–सी पिपही लटकाकर फिरता था। उसका चाल–ढाल बिल्कुल बड़ी उम्र के लड़कों का जैसा था। पूर्ण रूप से जवान न होने पर भी पुम्पुला, मालदर, हताचिंग जैसे लड़कों के साथ भैंस चढ़ाने के लिए जाता था।

उन दिनों स्कूल था ही नहीं। रेडियो, साइकिल, स्कूटर तो दूर की बात थी। गाँव का एकमात्र रेडियो देविदर बूढ़ा के पास था, जिसमें दो

घूमाने वाले यन्त्र थे। दो–चार लोग वहाँ समाचार सुनने के लिए जाते थे। बीच–बीच रेडियो घेर–घेर, पू–पू जैसी अजीब आवाज़ों के साथ एक–दो बार बज उठता था। उन लोगों को ही पता होगा कि वे समझते क्या थे। देविदर बूढ़ा देखने में जैसे बड़े लम्बे क़द के थे, वैसे लाल–गोरे रंग की लम्बी नाक वाले थे। उनके पास एक लम्बी नली वाली बन्दूक और एक लोहे की टोपी भी थी। उनकी पाँच लड़कियाँ थीं। जो देखने में इतनी ख़ूबसूरत थी मानों लड़की नहीं स्वर्ग की अप्सराएँ हो। शायद किसी देवता ने अपने हाथों से इन लड़कियों को गढ़ा होगा। गुगुला की दृष्टि में उनकी पाँचों लड़कियों में से सबसे छोटी वाली सबसे ज़्यादा ख़ूबसूरत थी। केले के पौधे की तरह कोमल था उसका तन–बदन, काली घनी जुल्फें, आखों में आकर्षण, उसकी नाक–गाल बार–बार देखने को दिल करता है। मुलायम जिस्म, लचीली कमर। बिहु के मैदान में अगर वह नहीं होती, तो गाँव के युवाओं की पिपही भी बेसूरा हो जाती थी। वह नाचती है तो पिपही से मिठी आवाज़ निकलती थी।

........ओ मैं बताना भूल ही गया था। मृदुमाचि जैसे देखने में सुन्दर है, वैसे ही कामों में निपुण भी है। आधी रात को वह मड़ाई मारकर अनाजों को भण्डार में रखकर सुबह शाली की रोपनी के लिए चली जाती है। वही मृदुमाचि एक समय पर गुगुला को प्यार करती थी। गुगुला के कोमल ह्रदय के उपवन में मृदुमाचि की मुस्कुराहट और उसकी होंठ से निकलने वाली बातें फूल बनकर खिलती थीं। उसकी मिठी–मिठी बातें सुनकर न जाने उसने कितने ही ख्वाब देखे थे! उसको देखते ही मृदुमाचि शर्मीली नजरों से मुस्कुराती है। कितनी सुन्दर है उसकी हँसी। गुगुला का ह्रदय खिल उठता है। वह रात के अँधेरे में मृदुमाचि से छुप–छुपकर मिलने जाता है और अपने मन की बातें खोलकर उसके सामने रख देता है। जब वे मिलते हैं, मानों बातें खत्म होने का नाम नहीं लेती और दोनों के बीच की दूरियाँ खत्म हो जाती है। घोर अँधेरे में एक–दूसरे में विलीन हो जाते हैं......

"देखो मृदुमा, तुम अमीर घर की लड़की हो और मैं तुम लोगों के घर का एक साधारण चरवाहा हूँ। क्या तुम मुझे सचमुच अपना पाओगी?"

"आप मुझ पर पूरा भरोसा कीजिए। मैं हमेशा आपके साथ रहूँगी।" विजन जंगल के बीच गुगुला और मदुमाचि। मृदुमा के साथ लकड़ी तोड़ने आयी लड़कियाँ काफी पीछे रह गयी।

"मैं आप से बेहद प्यार करती हूँ। आपके बिना मैं नहीं रह पाऊँगी। ...... अगर मेरे माता–पिता हमारे रिश्ते को नहीं मानेंगे, तो भी मैं आपके साथ भाग जाऊँगी।"

मृदुमा की आँखों से आसूँ बहने लगी। गुगुला उसे पोंछता है। क्यों मृदुमा गुगुला को इतना प्यार करती है? है तो वह एक साधारण चरवाहा. ..भैंस चराने वाला।

"मृदुमा, खाने को कुछ मिले या न मिले फिर भी मैं तुमको अपनाऊँगा। हमारा एक छोटा सा घर होगा। सपनों का घर......" कहते कहते अचानक गुगुला ने उसे अपने सीने से लगा लिया। एक छोटी लड़की की भाँति गुगुला के सीने से वह छिकुड़कर सिमट गई। मृदुमा के कोमल शरीर में गर्माहट है, होंठो में शहद की मिठास भरी हुई है। .... गुगुला के पिपही बजाने वाले दोनों हाथ मृदुमा के *बाइगा*[10] के नीचे कुछ ढूँढने लगे। धीरे–धीरे दोनों भूल गये वे कहाँ हैं। उसके बाद दोनों हरी घास की चादर पर सो गये। अब वे दोनों मानो आदिम युग के हिरण का पीछा करने वाले इंसान हो ....।

लेकिन जिस मृदुमा को गुगुला अपने जान से भी ज़्यादा प्यार करता था,वह एक दिन एक–दूसरे लड़के के साथ भाग गयी। उस पार के गलाइचिङ के बेटे रमल के साथ। सुनने को आया है कि रमल अरुणाचल में बड़ी नौकरी करता है। गुगुला चौंक गया, कैसे मान ले कि मृदुमा किसी दूसरे की पत्नी हो सकती है। जो होगा देखा जायेगा, यही सोचकर जब वह मृदुमा को वापस लाने के लिए उसके पास चला गया। मृदुमा ने उसकी भर्त्सना की और रमल ने भी उसका कान पकड़कर अपमान किया। मृदुमाचि की भर्त्सना और रमल के द्वारा किये गए अपमान के कारण वह ख़ुदकुशी करना चाहता था। शायद उस दिन मालदर नहीं होता, तो वह मर भी जाता। उस दिन मालदर से उसने उसकी बहुत सारी अनसुनी कहानियाँ सुनीं। रमल के साथ भी मृदुमा का बहुत दिनों से प्यार था। यहाँ तक कि शादी से पहले ही मृदुमा ने रमल के दो बच्चे भी गिरवाये थे।

उस दिन गुगुला को समझ में आया कि दरअसल मृदुमा उसका प्यार नहीं चाहती थी। शायद उस दिन *गुम'च्चु*[12] में जाते समय थोड़ा–सा सुख चाहती थी। छिः बाहर से सुन्दर दिखने वाले लोगों का दिल इतना काला

क्यों होता है। ....मृदुमा इतनी बेवकूफ भी नहीं है कि ज़मीन–जायदाद न रहने वाले एक चरवाहे के साथ वह भाग जाएगी। गुगुला ने उसकी किस्मत को ही दोषी माना। भगवान भी शायद ग़रीबों को सपने ही दिखा सकते हैं.......

छोटु को बुख़ार हुए आज नौ दिन हो गये। गुनति गाँव की कई बूढ़ी औरतें को बुलाकर बुख़ार उतारवाने के लिए कुछ घरेलू नुस्के अपनाती है। कल *जि इवा*[13] भी देकर आयी, लेकिन बुख़ार उतरने का नाम भी नहीं ले रहा है। गुगुला जब *मिदि*[14] के पास गया था, तो *'मिदि'* ने चार हालि देने के लिए कहा था। दूसरी ओर पिछले दो दिनों से लोगों ने भी दारू ख़रीदना बन्द कर दिया है। एक हफ़्ते के बाद एम.एल.ए. आयेंगे। इसलिए चौराहे में पुलिस चक्कर मारता फिरता रहता है। अब गुगुला क्या करेगा, अभी से ही दारू की बिक्री बन्द कर दी गयी है। एक हफ़्ते तक अगर वह दारू बिक नहीं पायेगा, तो फिर क्या होगा? घर का इकलौता लड़का है, उसको भी इतने दिनों से बुख़ार है, पता नहीं किया हुआ है। गुनति सुबह–शाम दूसरे के घर में जाकर और कितनी और मड़ाई मारेगी, धान कुटेगी! सुबह से शाम तक गुमति का काम खत्म ही नहीं होता है। वही बातें सोच–सोच कर गुगुला की आँखों से नींद उड़ गयी।

"माँ, माँ, मुझे भूख लगी है, उठो"............झपकी लगी ही थी। उसी समय छोटु की खाँस–खाँसकर बोलने वाली बातें गुगुला के कानों को छू गयीं।

"ओ माँ, मैं भात.... खाऊँगा। माँ"....

गुगुला सुनता है। पर नींद के बहाने पड़ा रहता है। उसे पता है कि घर में भात नहीं है। जो थोड़ा बहुत चावल था, उसे दिन में पकाया गया था। भात की डेगची में एक भी दाना बचा नहीं होगा। इतनी रात कहाँ से चावल लाकर उसे पकाकर खिलायेगा!

तीन–चार बार बुलाने पर ही गुनति की नींद खुली। "रुको मैं भात लाने जाती हूँ" कहकर ढिबरी जलाये बिना ही सीढ़ी से उतर गई। देर रात को नजाने कहाँ गई। किसके घर भात माँगने के लिए गई। इतनी रात .... एक औरत...।

छोटु बहुत ज़्यादा खाँस रहा है। काफी दिनों से मुँह में भात का एक दाना तक नहीं गया है। लगता है आज छोटु का बुख़ार थोड़ा–सा उतरा है।

जिसके कारण उसका खाने को मन कर रहा है। गुगुला को ठीक से मालूम भी नहीं है कि बुख़ार उतरा है या नहीं, लेकिन उसे पता भी है कि अगर छोटु खाना नहीं खायेगा, तो उसकी तबीयत और भी बिगड़ जायेगी। गुगुला सोच रहा है कि एक बार जाकर देख आये, लेकिन उसे डर है कि कहीं छोटु को पता न चल जाये कि वह जगा हुआ है। इसलिए उसे लगा कि नींद का बहाना करके सोते रहना ही अच्छा होगा। बुख़ार के चलते छोटु की आँखे केंकड़े की गड्ढे की तरह धँस गयीं, शरीर सूखी लकड़ी की पतली डाली की तरह पतला हो गया, बदन बुझे हुए अंगारे की तरह काला पड़ गया। वह अपने एकलौते बेटे की यह हालत देखना नहीं चाहता है। उठकर उसको देखने के बदले नींद का बहाना बनाकर सोते रहना ही उसने बेहतर समझा। बिस्तार में पड़ा सोचता रहा कि जिसके माँ–बाप अपने बच्चों को भात नहीं खिला सकते, वे दवा ख़रीदकर कैसे खिलायेंगे!

शब्दार्थ :

1. आँच : सबुत बाँस को फाड़कर बनाया गया अंश विशेष।
2. गरगरि : सबुत बाँस जो मचान के सतह पर बिछाया जाता है।
3. मिदिगिराचि : देउधनी करने वाला व्यक्ति विशेष
4. चुरिया : धोती जैसा वस्त्र जो देउरी समाज के पुरूष पहनते हैं।
5. बाउन : बोझ
6. मिदि : देव–देवी
7. मिच्चिमि : एक कड़वा साग।
8. तेबेजौ : एक खट्टा स्वादिष्ट साग।
9. तरागाज : हल्दी के जैसे लम्बे पत्ते वाले एक तृण, जिसका कोमल पौधा खाया जाता है।
10. मजाया : एक प्रकार का सुरीला गीत।
11. बाइगा : सीने के ऊपर पहनने वाली देउरी महिलाओं का वस्त्र विशेष।
12. गुमँच्चु : रात के वक्त युवक खासकर मचान के नीचे युवती से गोपन मिलने जाने का कार्य।
13. जि इवा : एक विशेष प्रकार की पूजा जो पानी में की जाती है।

मित्र

मूल (देउरी) : **षड़ानन देउरी**
अनुवाद : **गोलोक चन्द्र वैश्य**

पुरुचिङ देउरी अपने गाँव के एक प्रतिष्ठित व्यक्ति हैं। गाँव के लोग उन्हें *पुरुगिरा*[1] यानी सफ़ेद बूढ़ा कहते हैं। सफ़ेद पीले रंग का यह आदमी ऊँचे क़द का है और हाथी की टांगों की तरह मोटा–ताजा हैं। उनकी ठ्योरी में कुछ डाढ़ियाँ हैं। वे खून पसीना एक कर भण्डार को अनाज से भर देते हैं। गाँव में सफ़ेद बूढ़ा एक अमीर आदमी के रूप में जाने जाते हैं। इसी तरह गाँव वाले भी उन्हें मुखिया की तरह मानते हैं। गाँव के मन्दिर के पुजारियों से लेकर युवक–युवतिओं तक सभी उन्हें श्रद्धा की दृष्टि से देखते हैं। मेहमाननवाजी से लेकर अपने घर–द्वार की साफ़–सफ़ाई, वाकपटुता आदि गुणों के कारण सब उन्हें पसन्द करते हैं। कामों में भी उनके समान निपुण कोई नहीं है। घरेलू काम, खेत–खलिहान और गाँव के विभिन्न कामों में लगे रहने के कारण सबेरे से शाम तक उन्हें आराम करने का समय नहीं मिलता। गाँव में सफ़ेद बूढ़े के घर का नाम लेते ही एक बड़े से आँगन के साथ कई शान्त एवं शुद्ध हृदय के लोगों के परिवार की एक छवि आँखों के सामने छा जाती है। *कुंदि मामा*[2] के आशीर्वाद से सफ़ेद बूढ़े को जितना कुछ भी मिला है, वे सब लोगों के साथ मिल बाँटकर खाना उनका गुण है। लोगों की प्रशंसा और निंदा की परवाह किये बिना अपना काम करते जाना वे अपना कर्तव्य मानते हैं। इन्हीं कारणों से वे गाँव में एक सम्मानित व्यक्ति बने हुए हैं।

दिन भर काम करने के बाद शाम को *मिच्चँ*[3] में बैठ कर हुक्का पीते समय उन्होंने एक आदमी को आते देखा। देखने में वह देउरी आदमी सा

नहीं लगा। वह आदमी चेहरे से लेकर कपड़े तक दूसरी जाति का जैसा लगा। हाथ में एक फटी छतरी है, बदन में क़मीज़ और धोती है। पर धोती देउरी महिला की बुनी हुई सी नहीं लगी। आँगन में खड़ा होकर इधर–उधर नजर दौड़ाते हुए आदमी को देख सफ़ेद बूढ़ा ने पूछा कि वह किससे मिलना आया है। बातचीत के बाद ही सफ़ेद बूढ़े को मालूम हुआ कि उसका नाम मुहिराम है। उसका घर नारयणपुर के आगे शिमलुगुरि की ओर एक गाँव में है। वह पहले अनेक देउरी गाँवों तक गया है, पर इस गाँव में वह कभी नहीं आया। साथ ही उसने बताया है कि अनेक देउरी लोग के साथ उसकी मित्रता है।

गाँव में नये मेहमान के सबसे पहले अपने आँगन पर पैर रखने के कारण सफ़ेद बूढ़ा बहुत ख़ुश हुए। जल्दी–जल्दी उन्होंने मेहमान को आँगन से *मचाङ घर* ले जाकर बैठाया और बात–चीत के साथ–साथ उन्होंने अच्छी तरह मेहमाननवाजी की। मेहमाननवाजी में सफ़ेद बूढ़े की पत्नी मलाइबा भी उस्ताद है। उसने मेहमान को खिला–पिलाकर रात को अपने घर में ही रखा। रात को ही सफ़ेद बूढ़े ने बेटा रकम और बेटी कनदै का मेहमान के साथ परिचय करा दिया। सफ़ेद बूढ़े ने दोनों को उसे *तावै*[4] पुकारने के लिए कहा। नया *तावै* पाकर उन दोनों को भी बड़ी ख़ुशी हुई। उसी रात को यह मित्र सफ़ेद बूढ़े के घर में रहकर सबेरे ही गाँव से निकल गया। जाते समय मलाइबा ने घर के एक कद्दू, एक पोटली उरद की दाल और एक जोड़ी बत्तख उसको भेंट किए। एक दिन के लिए रहने आये इस मेहमान से उनका इतना लगाव बढ़ा कि मानो कई दिनों से वह उनके घर में रह रहे हो। अचानक आकर एक दिन के लिए ठहरकर चले जाने के कारण उन्हें अपना घर सूना सा लगने लगा। फिर भी आने वाले को जाना ही पड़ता है, ऐसा सोचकर फिर उसके आने की आशा से मेहमान की विदाई की गई। मेहमान भी फिर आने का वचन देकर चला गया।

समय बीतता रहा और साल होने को आया। काम के बोझ से सफ़ेद बूढ़ा और मलाइबा अपने मित्र को और रकम और कनदै *तावै* को मानो भूल से गये। इसी बीच एकदिन शाम को रकम–कनदै का *तावै* वहाँ पहुँचा। उसके हाथ में वह फटी छतरी है और चेहरे में हँसी। बहुत दिनों के बाद सफ़ेद बूढ़े को मित्र पाकर ऐसा लगा कि कोई कीमती खोई हुई

चीज़ मानो फिर मिली हो। *तावै* को आता देखकर रकम–कनदै को भी बहुत ख़ुशी मिली। इतने दिनों के बाद मित्र को पाकर मलाइबा भी क्या देगी, क्या खिलाएगी– इस भाव से महमान नवाजी में लग गयी। पहली बार आते समय मलाइबा को मालूम हुआ था कि मित्र माँस से लेकर *चुजे*[5] तक सब कुछ खाता है। उस समय मलाइबा मुर्गी का माँस और चुजें को छोड़कर दूसरी कोई भी चीज़ खिला नहीं सकी थी। वह केवल एक रात को ही ठहरा था। इस बार मलाइबा ने मित्र को जी भरकर खिलाने का मन बनाया। इस बार मित्र के दो–चार दिन रहने की बात जानकर सफ़ेद बूढ़े ने रकम के साथ मिलकर खुले *मचाङ घर* के खुले मचान के सिरहाने की ओर घेरकर एक कमरा बनाया, जिससे मित्र वहाँ चैन से खा–पीकर रह सके। इसके अलावा मलाइबा ने मेहमान के लिए ऊँचे बड़े दो तंकिये, दो *एड़ी*[6] चादर और एक बड़ा सा कपड़ा पेटी से निकाल कर दिये। *मक–चुजे*[7] खाने–पीने के लिए एक बड़ी सी थाली और दो बड़ी कटोरियाँ, एक लोटा, एक घट पेटी से निकाल लिए। ऐसे तो घर के दैनिक व्यवहार के लिए ये सब बर्तन और कपड़े नहीं निकालती। जिगरी दोस्त के आने पर ही उन सबके निकालने का नियम है। उस पर ये वर्तन और कपड़े आज के समय के नहीं हैं। वे उनके दादा–परदादा के समय के हैं। आजकल ऐसे कपड़े और थाली, कटोरी, लोटा, घट आदि पैसे देकर भी ख़रीदने को नहीं मिलते। इसीलिए मलाइबा ये सम्पत्तियाँ पेटी में सँभालकर रखती है। फिर भी पिछले साल मृतक–कर्म में सँजोकर रखी एक कटोरी के खो जाने से मलाइबा के गले से दो–चार दिनों तक *मकँ–चुजे* उतरी ही नहीं थी। इस घटना से मलाइबा को इतना दुःख पहुँचा कि मानो एक आत्मीय ने उन्हें छोड़कर बैकुण्ठ गमन किया।

सफ़ेद बूढ़े के घर में मेहमान हँसी–ख़ुशी से खा–पीकर दो चार दिन रहा। एक दिन सफ़ेद बूढ़े को सबेरे उठकर बाहर निकलते ही मालूम हुआ कि उनका मित्र विस्तर पर नहीं है। उन्होंने सोच विचार कर कुछ समय तक इधर–उधर देखा। मित्र बाहर गया होगा, यही सोचकर उन्होंने कुछ समय तक वहीं इन्तजार किया। कुछ देर बाद सफ़ेद बूढ़े ने *मचाङ घर* के छोटे कमरे की ओर ध्यान से देखा। दीवार पर उसकी पुरानी छतरी तंगी हुई है। उन्होंने मित्र से 'अरे मित्र, अरे मित्र' कहकर तीन–चार बार पुकारा। फिर भी उसकी आवाज़ न पाकर सफ़ेद बूढ़े ने कमरे में घुसकर देखा

कि वास्तव में उनका मित्र कमरे में नहीं है। कमरे की छान–बीन करते हुए सफ़ेद बूढ़े ने देखा कि मित्र को दिये गये सारे कपड़े और वर्तन गायब हैं। सफ़ेद बूढ़े ने पत्नी को जोरों से आवाज़ लगाई–"अरे *नरबाजा*[8] उठो। हमारा मित्र हमें ठगकर चला गया। वह हमारे सारे कपड़े, थाली–वर्तन आदि सारी चीज़ें लेकर भाग गया। हाय! हाय! आजकल के आदमियों पर बिलकुल भरोसा नहीं किया जा सकता। अरे *नरबाजा*।" सबेरे ही बूढ़ी मलाइबा ने जो बातें सुनीं, उससे बूढ़ी के चेहरा का रंग उड़ गया। उस समय बूढ़ी ने मित्र की छोड़ी हुई फटी पुरानी छतरी को देखकर यही सोचा–अभी उनके घर में एक शान्त, उदार, सुन्दर ह्रदय के स्थान पर एक टूटा ह्रदय छोड़ा गया है। उस जगह कभी अच्छे शान्त ह्रदय के लिए थोड़ी भी जगह कभी नहीं मिलेगी।

शब्दार्थ :

1. पुरुगिरा : सफ़ेद बूढ़ा
2. कुन्दि मामा : देउरियों के भगवान
3. मिच्चँ : चाङघर का खुला कमरा
4. तावै : पिता का सखी
5. चुजे : परम्परागत जनजातीय शराब
6. मकँ–चुजे : भात की तरह काने काअ शराब विशेष, अंडी
7. नरबाजा : पति के पत्नी को बुलाने का नाम विशेष

तिवा

लाहाम[1]

मूल (तिवा) : **मनोज कुमार देउरजा**
अनुवाद : **डॉ. अंकुमणि बरदलोई**

'छोटे बाबू' थोड़ा धीरे–धीरे हिलाओ खोल को, नहीं तो कहीं लग के फट जायेगा। छोटे बेटे लाथिम को *जुमा–जुठा*[2] के खोल को बहुत जोर से हिलाता देखकर लेदेर को यानी *बरजेला* के प्रधान पुजारी झेंप गये। देखने में यह लौकी छोटी होने पर भी लेदेर के लिए यह बहुत ही मूल्यवान है। यह एक धरोहर जैसी वस्तु है, ऐसा कहना भी ग़लत नहीं होगा। इसके साथ उसकी कई आवेग–यादें जुड़ी हुई हैं।

परिपक्व इस कड़वी लौकी को उसके डंठल से ही तोड़ लिया जाता है। इसके बाद डंठल वाली जगह पर छोटा–सा छेद किया जाता है और उसे सावधानी से रखा जाता है। इस प्रकार कई दिन रखने से लौकी सड़ने लगती है, लेकिन उसका बाहरी खोल ज्यों का त्यों सख्त रहता है। फिर एक दिन भीतर का सड़ा–गला अंश पहले से किये गये छेद से निकाल लिया जाता है। अन्दर का पूरा अंश निकालने के बाद उसे धूप में सुखाया जाता है। पूरी तरह सूखने के बाद ये फिर व्यवहार के लिए तैयार हो जाता है।

नॉबार[4] की विभिन्न पूजा–अर्चना में इस खोल के अन्दर भरी जाने वाली *जुमाग्रा*[5] ही देवताओं को अर्पन करने का नियम है। मृतक के श्राद्ध में इस लौकी में रखे जाने वाली जुमाग्रा समाज के लोगों को पीने को मिलना ही होगा, भले ही वह एक बूँद ही क्यों न हो। इस एक बूँद *जुमाग्रा* में असीम श्रद्धा, सम्मान और उस क्रिया–कर्म की पवित्रता और पाने वाले के प्रति आशीर्वाद निहित होता है।

सेनापति लेदेर अपने आत्म–सम्मान के प्रति सदा सचेत है। उनके पिता लारूणि *बरजेला* की देखरेख की ज़िम्मेदारी में थे। *बरजेला* के रूप में वह काबिल व्यक्ति थे। उनकी साहस, बुद्धि के कारण हर तरफ से वे प्रशंसनीय व्यक्तित्व के अधिकारी थे। उनके सदगुणों में से कुछ अंश लेदेर में भी पाया जाता है। इसी कारण शायद वह समाज के कार्य–भार में एक सेनापति की तरह कर्तव्य पालन करता था। पिता की मुत्यु के बाद नियमानुसार *बरजेला* का सामाजिक कार्यभार उसके ऊपर आया और वह बढ़ता गया।

सामाजिक कर्मों में सदा सक्रिय होने पर भी लेदेर अपने घर के प्रति ध्यान न देता था, ऐसा भी नहीं था। उसकी दोनों बेटियों को समाज के रीति–रिवाज़ के अनुसार दो अच्छे घरों में विवाह सम्पन्न करवाया। तीन लड़के थे–छागर, लेबा और लाठिम। छागर और लेबा को नौकरी मिल गयी थी। कम्पनी में नौकरी अच्छी होने के कारण उनकी आमदनी अच्छी थी। तीसरा बेटा लाठिम वह उच्च शिक्षित है। उसे कम्पनी की नौकरी नहीं चाहिए थी, उसे तो सरकारी नौकरी ही करनी थी। छागर और लेबा दोनों की शादी हो गयी थी। उन्होंने सन्तान का मुख भी देख लिया है। लाठिम इस बात पर अड़ा हुआ है कि जब तक उसे सरकारी नौकरी नहीं मिलेगी तब तक वह शादी नहीं करेगा। बड़ा बेटा छागर अपने बीबी–बच्चों के साथ शहर में रहता है। बीच–बीच में एक–दो बार घर आता रहता है। रुपये–पैसे भी भेजता रहता है। लेबा भी बाहर ही रहता है, लेकिन अभी तक वह अपने पत्नी को बहुत दिनों तक घर के बाहर लेके नहीं गया है, क्योंकि उसके जाने पर बूढ़े माँ–बाप की देखभाल में अड़चन आयेगी।

लाठिम का कोई ठिकाना नहीं था, कुँआरा होने के कारण ही वह प्रायः घर मे नहीं रहता था, इधर–उधर भटकता रहता था। जो भी हो, लेकिन तीनों बेटे माँ–बाप के स्वास्थ्य, सुख–दुख के प्रति सजग थे। थोड़ी सी बिमारी पर ही डॉक्टर को बुलाना, जो खाने का मन करे उसका जुगाड़ करना आदि विषय के प्रति वे बहुत ध्यान रखते थे। दूर रहने पर भी छागर दिन में दो–तीन बार घर के लोगों को फोन करता रहता है। घर की समस्याओं में लेदेर को सभी साथ देते थे। जो भी हो सन्तान–सुख की प्राप्ति लेदेर को हुई थी।

कभी–कभी बीच–बीच में किसी छोटी–मोटी बातों पर बच्चों से लेदेर की कहा–सुनी होती रहती है। यह स्वाभाविक है, हाथ के कंगन भी आपस में टकराते रहते हैं। छागर की शादी के समय ऐसा ही हुआ था। लेदेर की इच्छा थी कि वह बड़े–बेटे छागर के लिए अपनी ही जीति के रीति–रिवाज़ से मेल खाती लड़की से शादी करवायें। ऐसा होने से उसके घर के साथ वह लड़की घुलमिल जाएगी। दूसरी जाति के संस्कार में पली–बढ़ी कोई लड़की को 'तिवा' सम्प्रदाय के नीति–नियम को अपनाना शायद असुविधा होगी। परन्तु छागर ने पिता की बात इनकार कर दी। इधर छागर अब तक लड़की वालों को सहमति दे चुका था। छाङरेला ने लेदेर को समझाया–'दूसरी जात की होने से भी लड़की पढ़ी–लिखी है, हमारे साथ वह अवश्य ही घुलमिल जाएगी। शादी–ब्याह से ही तो समाज में एकता बढ़ती है।'

यद्यपि छाङरेला की बात से लेदेर शान्त हुआ लेकिन उसने शर्त रखी कि विवाह कार्य सिर्फ उसके मतानुसार ही सम्पन्न होगा। इधर छागर की इच्छा लड़की की जाति के रीति–रिवाज़ से शादी करने की थी, लेकिन लेदेर ऐसा कभी नहीं होने दे सकता। शादी होगी तो उसकी मर्जी के अनुसार ही होगी। न चाहते हुए भी छागर ने पिता की बात मान ली, बधु को घर लाने के बाद ही छागर की शादी सम्पन्न हुई। खानदान के प्रधान ज्येष्ठ व्यक्तियों और बिरादरी के लोगों ने लौकी के खोल से दी गयी *जुमाग्रा* के प्यालों में उंगली डूबोकर फिर थाली में उंगली फेर के 'एक पत्नी एक स्वामी हो' कहकर समध्वनि से बर–बधु को आशीर्वाद दिया। पहले छागर ने इस प्रकार की शादी से आपत्ति जताई। परन्तु बाद में ऐसा करके वह रोमांचित हो उठा और नवबधु भी आवेगिक हो उठी। उसने परम्परागत *काछयुङ–फाचकाइ'*[6] पहना था। आइने के सामने जाकर उसने बार–बार अपने चेहरे को देखा। इस समय वह खुद को विश्व सुन्दरी के रूप में पा रही थी।

इस तरफ अपनी इच्छा के बिपरीत बहू पाने पर भी नयी बहू के पाने के गौरव से लेदेर का सीना चौड़ा हो गया था। नयी–नवेली बहू के व्यवहार ने भी उसे चकित किया था। बहू ने उसके समाज के हर प्रकार के व्यंजन को बड़े संतोष से ग्रहण किया था। जुमाग्रा को छोड़ के सुअर का मांस, *खाजि*[7], *शुकति*[8] केले के पत्ते में बनायी गयी मछली, *खार*[9]

के साथ बनाया गया परिपक्व कद्दू, *पलु*[10] की *लेटा*[11], केंकड़ा की भाजी आदि सभी प्रकार के जनजातीय व्यंजन नई बहू ने बड़े प्यार से संतुष्टि पूर्वक खाए थे। छाङरेला के सहयोग से उसने खाना–पकाना भी सीख लिया। इससे भी आश्चर्य की बात है कि उसने *जुमाग्रा* तक तैयार करना सीख लिया। कपड़े बुनना भी सीख गई थी। इस तरह बहू के आचरण ने लेदेर को सचमुच ही आश्चर्य–चकित कर दिया था। इस प्रकार एक गैर–जनजातीय लड़की के अपने जनजातीय रीति–रिवाज़, साज–सज्जा, खाद्य के प्रति रुचि देखकर लेदेर के मन में उसके प्रति स्नेह–प्रेम बढ़ गया था। उसकी सोच में बदलाव आने लगी थी। बहू के समाज और परिवार के प्रति भी मन ही मन श्रद्धा–ज्ञापित किया। लेदेर ने सोचा–वृहद् असमीया जाति के गठन में इस प्रकार गैर–जनजातीय लोगों का ऐसा व्यवहार अति सराहनीय है।

दिन हमेशा एक जैसा से नहीं कटता है। समय के साथ–साथ बड़ी बहू के स्वभाव में भी बदलाव होने लगा था। इसलिए छागर बीच–बीच में पत्नी को साथ ले जाने लगा था। जब भी वह छागर के साथ जाती थी, तभी वह साड़ी पहना करती थी। छागर ही ख़ुद उसे साड़ी लाकर देता था और ऐसे ही एक समय उसने *काछयुङ–फासकाई* पहनना छोड़ दिया था।

इस बात ने लेदेर को दुखी किया। कभी–कभी छागर को उसे गाली देने का मन करता है, लेकिन फिर सोचता है अगर अपने बेटे ही अपनी जनजातीय पोशाक पहनने से शर्माता है, तो बहू को कहने से क्या लाभ! धीरे–धीरे छागर और उसकी पत्नी का घर से बाहर रहने का समय बढ़ने लगा और एक दिन वे शहर में ही ख़ुद का घर बनाकर रहने लगे। मँझली बहू अपनी जात के होने के कारण से ही शायद लेदेर को उसे लेकर ज़्यादा समस्या नहीं थी और न ही सोचना पड़ता था।

बुढ़ापे से परेशान लेदेर को समाज के काम–काज करने में कष्ट महसूस होने लगा था। इसलिए उसने *बरजेला* की ज़िम्मेदारी लाठिम को ही देने को सोचा था। अब तक नौकरी के बहाने छागर और लेबा ने यह ज़िम्मेदारी को लेने से इनकार कर दिया था। पर अब लाथिम ने भी बड़े भाइयों का ही रास्ता चुना। उसने कहा – '*देउता*[12]– ये सब उच्च शिक्षित वर्ग के लिए नहीं है।' इस बात ने लेदेर के दिल को बड़ी चोट पहुँचायी।

लेदेर ने कभी नहीं सोचा था कि लाठिम इस तरह से जवाब दे सकता है। उसकी बात से लेदेर को बड़ी निराशा हुई। सीने में कहीं दर्द सा महसूस हुआ। लाठिम और क्या कह सकता था? तो समाज की लोक–संस्कृति का दायित्व क्या निम्न शिक्षित या निरक्षर लोगों के ऊपर है? लेदेर को बहुत गुस्सा आया, ज़्यादा गुस्सा होने पर वह कई दिनों तक मौन रहता है। खाने–पीने का ध्यान नहीं रहता है, जिससे स्वास्थ्य भी बिगड़ता है। अब भी ऐसा ही हुआ।

समाज के लोगों से उसने इस मुद्दे पर बात की। परन्तु उसे निराशा ही मिली। *बरजेला* की ज़िम्मेदारी लेने कोई आगे नहीं आया। लेदेर के लिए अब समस्या यह है कि *बरजेला* की ज़िम्मेदारी कौन सम्भालेगा? उसने सोचा– 'फिर से बातचीत करके निर्णय लेना होगा, बाद में जो होगा, देखा जायेगा'।

यही सोचकर ही लेदेर ने और दो साल *बरजेला* और *नॉबार* की ज़िम्मेदारी सँभाली, लेकिन अब उसकी तबीयत इतनी बिगड़ने लगी कि उससे और ज़िम्मेदारी सँभालना मुश्किल हो गयी। अन्ततः छाङरेला ने पूछा– 'क्या किया जाए?' तब उसने ही कहा कि अब तो एक ही उपाय है– 'रीत–रिवाज़ के साथ *नॉबार* की सारी सम्पदा नदी में बहा देना ही उचित होगा। छाङरेला की बातों से लेदेर को और दुख पहुँचा। उसकी आँखें नम हो उठीं। छाङरेला को भी यह कहने में कष्ट हुआ था, लेकिन इसके आगे और कोई उपाय नहीं बचा था।'

छाङरेला के उपदेशानुसार लेदेर ने दिल में पत्थर रखकर *नॉबार* के *मिन्दाइने थूना*[13], *जेला*[14], *लाङखुइ*[15] आदि नदी में बहा दिये। यहाँ तक कि नींव की मिट्टी भी खोद कर बहा दी गयी, लेकिन लौकी के खोल को पता नहीं क्यों बहा न सका। सिर्फ नदी के पानी में धोकर फिर, कोठार के बरामदे में सँभाल कर रख दिया। इस प्रकार रखने से लौकी के खोल में एक चूहा घूस गया था। ये देख कर लाठिम लौकी के खोले के मुँह वाले हिस्से को हाथ से बन्द करके जोर से हिलाने लगा। लेदेर धीरे–धीरे लाठिम की ओर बढ़ने लगा। अब तक वह चूहे को खोल से निकालने लगा था। लेदेर उस काले खोले में हाथ फेरने लगा और उसका सारा शरीर काँप गया।

शब्दार्थ :

1. लाहाम : एक प्रकार का विषयुक्त पेड़ और उसका फूल। मान्यता है कि किसी से प्रतिशोध लेने के लिए इसे किसी खाद्य–वस्तु के साथ मिलाकर खिलाने से पेट में विषक्रिया होती है।
2. जुमा : जुठालाउ एक प्रकार की लौकी जो कड़वी होती है। सब्जी आदि शराब (जुमा–जुठा) के बांटने में व्यवहार किया जाता है।
3. बरजेला : वंश का प्रधान व्यक्ति, नॉबार के मुख्य पुजारी।
4. नॉबार : कुल देवता का उपासना गृह।
5. जुमाग्रा : एक प्रकार की जनजातीय शैली में तैयार किया जाने वाली कच्ची शराब।
6. काछयुङ : फासकाइ–तिवा जनजातीय दुल्हन की पोशाक।
7. खाजी : सूअर के खून, कलेजा, नाड़ी आदि को चावल के सुखे के साथ तेल और खार के साथ बनाये जाने वाला व्यंजन।
8. शुकति : सूखे मछली से बनाया गया व्यंजन।
9. खार : केले के छिलके और पेड़ को काटकर जलाके राख बनायी है, फिर उसमें पानी मिलाकर उसका रस निकाल के रखा जाता है, जो किसी–किसी व्यंजन में अच्छे से पकने के लिए व्यवहार किया जाता है।
10. पलु : रेशम कीट।
11. लेटा : लार्वा
12. देउता : पिता के सम्बोधित शब्द।
13. मिन्दाइने थूना : शिवलिंग
14. जेला : पूजा की सामग्री।
15. लाङखुइ : उपासना गृह की मुख्य मन्दिर में व्यवहृत खम्भें, तरवाल, भाला इत्यादि।

दरार

मूल (तिवा) : **मनोज कुमार देउरजा**
अनुवाद : **डॉ. अंकुमणि बरदलोई**

जितने ही गाँव के नज़दीक पहुँच रहा है, उतना ही भावुक हो उठा है रिङछाङ। आज कितने वर्षों बाद अपने दोस्त जुछिल से मुलाक़ात होगी। निश्चय ही उसके चेहरे में बहुत बदलाव आ गया होगा। और होगा भी क्यों नहीं, वह ख़ुद भी तो पहले जैसा नहीं है। हाँ, बचपन के दिन से अब कहाँ होंगे। बेटी की जिद से ही आज उसने लंगोटी के बदले धोती और कुर्ते के ऊपर *टागला*[1] पहना है। शायद, बेटी की बात ही सही थी, समभूमि के तिवा लोगों के रीति–रिवाज़ों में बदलाव आया है। लेकिन उसको विश्वास है–उसका जुछिल अब भी वैसा ही है, जैसा पहले था।

शैशव और बचपन की बातें रिङछाङ को याद आ गयीं। रिङछाङ अपने मित्र जुछिल, खाविङा के साथ पहाड़ों में लकड़ी काटने के लिए जाकर वहाँ पहाड़ों के लम्बे–लम्बे पेड़ों पर चढ़कर चिडियों के घोंसले उतारना, ऊँचे–ऊँचे लम्बे पेड़ों पर मधुमक्खियों के छत्ते में से शहद निकालकर पीना और इसके अलावा हिरणों का शिकार करना आदि कई सारी घटनाएँ याद आ गयीं। पहाड़ों के झरनों में नहाती सरला और उसकी सहेलियों का रूप–यौवन दूर से गुल्म–लताओं में छीपकर चुपके से देखना–कितना अच्छा लगता था उन्हें। उसे अब भी सब ठीक–ठीक याद आती हैं। इन कामों के लिए बड़े–बुजुर्गों से उन्हें कितनी गालियाँ सुननी पड़ती थीं। *याङलि, माग्र, वानच्युवा, छग्रा मिछावा, लांखन* आदि पूजा और उत्सवों में वे सम्पूर्ण रूप से योगदान करते थे। उन उत्सवों में वे नाचते थे, गाते थे, और *खाम्र*[2], *पाङचि*[3], आदि वाद्य भी बजाते थे। कितने अच्छे थे वे दिन। एक मुस्कुराहट खिल गयी रिङछाङ के होठों पर।

इन मस्तियों के बीच ही कब संसार का बोझ सर पर आ पड़ा, उन्हें पता ही नहीं चला। रिङछाङ *घर* का बड़ा बेटा था, छोटे भाई की पढ़ाई में कोई रूकावट न आये, इसी कारण उसे खेत का काम, पहाड़ों में लकड़ी काटना आदि कामों का दायित्व निभाना पड़ा। पिता के रहते उसे ये सब काम नहीं करना पड़ता था, तब माँ भी बहुत काम कर लेती थी, पर अब माँ भी बूढ़ी हो गयी है, इसलिए अब उसे ही ज़िम्मेदारी निभानी है, लेकिन घर की ज़िम्मेदारी वह ज़्यादा दिन निभा नहीं पाया। पता नहीं उस साल के *वानच्युवा*[4] में उसे क्या हो गया था कि वह खुमजिल नाम की एक लड़की के प्रति आकर्षित हो गया और यह बात उसने जुछिल के आगे व्यक्त भी की। जुछिल ने भी अपने दोस्त की मदद की खातिर सबको बता दिया और अपने रिश्तेदारों ने उसे खुमजिल के घर ले जाकर शादी करवा दी। तब से रिङछाङ घर जमाई बनकर रहने लगा। एक ओर खुमजिल को जीवन साथी के रूप में पाने की ख़ुशी, दूसरी ओर माँ को छोड़कर आने के दुःख ने रिङछाङ को अजीब मनःस्थिति में घेर लिया। घर की सम्पूर्ण ज़िम्मेदारी उसके ऊपर ही थी। उसके चले आने पर माँ बहुत रोयी थी, यह बात याद आने से ही रिङछाङ बेचैन हो उठता है। आँखें नम हो जाती हैं। इस दुख के अलावा बाकी सब सुख उसे नसीब है, ऐसा कहना ग़लत नहीं होगा। खुमजिल अमीर घराने से है। खुमजिल की माँ फुतिका और पिता फुजुक *लर*[5] भी उसकी तरह ही बहुत सहज प्रकृति के हैं। *लर* के दायित्व में रहने के कारण ही फुजुक को समाज में ऊँचा स्थान प्राप्त है। खुमजिल की एक बहन और दो भाई हैं। उसके दोनों भाई ही घर जमाई बनके रह रहे हैं। इस पर रिङछाङ ने आपत्ति जतायी भी थी, पर फुजुक का कहना था कि– वह सामाजिक कामों में रहने वाला व्यक्ति है, वह ख़ुद अपने घर में समाज के रीति–रिवाज़ को तोड़ नहीं सकता। रीति–रिवाज़ के मामले में फुजुक बहुत ही अडिग था। फुजुक की मृत्यु के बाद रिङछाङ ने उसकी ज़िम्मेदारी सँभाली थी। तभी से उसे कुछ अभाव अनुभव होने लगा था।

लेकिन, जुछिल इस मामले में अलग था। वह यह है कि–उसे पहाड़ में निवास करना पसन्द नहीं था। उसे तो समभूमि में ही रहने का मन था। शहर में न सही, गाँव में ही रहने की इच्छा थी। अगर घर जमाई बनके रहना ही रिवाज़ है, तो उसे पहाड़ की लड़की से नहीं, समभूमि की

लड़की से ही शादी करनी है। और अगर उसे पहाड़ की किसी लड़की से शादी करनी है, तो वह कतई घर जमाई बनके नहीं रहेगा, ये जुछिल की शर्त थी। वह बहुत अच्छा *खाम्र* बजाता था। सरला और उसकी सहेलियाँ इसकी धुन में बहुत नाचती थी। इसके चक्कर में कई लड़कियों ने उसके सामने विवाह का प्रस्ताव भी रखा था, लेकिन उसने किसी को भी वचन नहीं दिया। इसी कारण अच्छे होने पर भी वह कई लोगों के अप्रिय बन गया था। कइयों की आलोचना का विषय भी बन गया था। इसी कारण ससुर फुजुक को रिङछाङ का जुछिल के साथ मिलना–जुलना पसन्द नहीं था और रिङछाङ को जुछिल के साथ मिलने से मना करता था। अन्तिमबार मिलने पर जुछिल ने उससे कहा था–

'तू घर जमाई बनके पूरी तरह से अपना स्वाधीनता खो बैठा है।'

जुछिल की ये बातें उसे काँटे की तरह चुभ गयी, लेकिन उसे बुरा नहीं लगा था। वह ऐसा ही था, हर बात को सीधा–सच्चा बोलता था। उस दिन उसने और एक बात कही थी,

'जो लड़का एक दिन भी माँ को अकेले नहीं छोड़ता था, इस तरह माँ को हमेशा के लिए छोडके आयेगा, ये मैंने सपने में भी नहीं सोचा था। तू तो बहुत ही स्वार्थी निकला।'

उस दिन जुछिल ने और बहुत कुछ कहा था। फिर भी रिङछाङ को बुरा नहीं लगा था। उल्टा उसके सामने रोने से ख़ुद को नहीं रोक पाया था। उसदिन उसे एक सुकुन मिला था। जुछिल ये कहके गया था कि–तुझसे बिछड़ने पर दुख हो रहा है, अगर कभी मेरी याद आये तो मेरा ठिकाना खोजना। उसके बाद और कभी जुछिल से मुलाक़ात नहीं हुई। और कभी उसे खोजने का समय भी नहीं मिला था, सांसारिकता में व्यस्त रिङछाङ अपनी माँ, भाइयों से दूर रहने का गम भूला बैठा था। कभी–कभी यादें बनकर आते थे और सपनों की भान्ति खो जाते थे।

पिछले कई दिनों से उसकी तबीयत खराब है। कई वैद्य से इलाज करवाया गया, यहाँ तक कि पाउला ओझा से भी झाड़–फूँक करवाया था, लेकिन आराम नहीं मिल रहा था। बड़ी बेटी डॉक्टर के पास ले जाने की जिद कर रही थी, लेकिन रिङछाङ को जाने का मन नहीं था और आस–पास कोई अस्पताल भी नहीं था। इसलिए वह कहता है कि–'ऐसे ही ठीक हो जायेगा। ज़्यादा मिर्ची देके *शुकति*[6] बना देना, *ज्युर*[7] के साथ

पिऊँगा, फिर जल्दी ही आराम मिलेगा।' खुमजिल ने बहुत दिन ऐसा करके दिया, पर उसे आराम नहीं मिला। मन अशान्त रहने लगा। अकेले रहने पर पुरानी बातें उसे सताती रहती थीं। उसे माँ की बहुत याद आयीं। आज माँ पास होती तो उसकी इस अवस्था में उसके लिए क्या-क्या नहीं करती। माँ, सच्ची में अतुलनीय होती है, लेकिन अब सोचने से क्या फायदा। अब तो माँ उसके पास नहीं आ सकती। बार-बार मन माँ के पास जाने को बेताब हो रहा है। उसकी इस इच्छा की बात पत्नी को बताया तो पत्नी डर गयी, क्योंकि उसको लगता है कि मरे हुए व्यक्ति के पास जाने की इच्छा शुभ नहीं होती है। जब उसने बताया कि उसने माँ को सपने में देखा था, तो खुमजिल रो ही पड़ी।

खुमजिल ने *नॉबार*[8] में पूजा की व्यवस्था की। *देउशाल*[9] में भी पूजा की मन्नत रखी। कई मिन्नतें कीं। उसका गला, कमर, बाँहे आदि शरीर के कई हिस्सों को ताबिजों से भर दिये। उसके प्रति खुमजिल की स्नेह-ममता बढ़ने लगी। जितना हो सके उसके पास ही रहने लगी और जितना कर सके उतनी उसकी सेवा करने लगी। खुमजिल के स्नेह से वह अभिभूत हो उठा। अब उसे खुमजिल को जीवन साथी के रूप में चुनकर गौरव का अनुभव हो रहा है, लेकिन, उसकी बीमारी ठीक नहीं हुई। पत्नी की भी चिन्ता बढ़ती गयी।

चिन्ता में डूबी खुमजिल को एकदिन रिङछाङ ने कहा-

"जिल, तुम मुझे माँ के पास तो जाने नहीं देती, दोस्त जुछिल के पास तो जाने दोगी न?"-कहकर वह मुस्कुराया। खुमजिल ने उसकी बात मान ली। पिता द्वारा दी गयी सौगंध को भी आज उसने नहीं मानी। इस हालत में उसके लिए पिता के वचन के वजाय पति की इच्छा का पालन करना ज़्यादा उचित लगा। उसने सोचा, शायद जुछिल से मिलके उसका पति ठीक हो जायेगा।

उसने अकेले आने को ही सोचा था, लेकिन उसकी कमज़ोरी के कारण खुमजिल भी साथ आयी है। उसने धीरे से मजाक करके कहा-

"मैं कमज़ोर हूँ, इस कारण से या जुछिल की तरह मैं भी वहाँ रुक जाऊँगा, इस डर से?"- खुमजिल हँस पड़ी। उसे भी अच्छा लगा, थोड़ी ही सही लेकिन बहुत दिनों के बाद आज रिङछाङ ने उसे हँसते देखा।

अन्तिम बार रिङछाङ से मिलने के बाद ही जुछिल ने गाँव छोड़ा था। ऐसा सुनने को मिला था। गाँव से कई मिल दूर के सापिधरा गाँव में उसने खेती करना शुरू किया था। उसी गाँव की एक लड़की से शादी कर उसने घर बसाया। उसके दो बेटे और दो बेटियाँ भी हुईं। सुना है दोनों बेटों को अच्छी शिक्षा भी दी है। ये सब खबर रिङछाङ ने बहुत कष्ट करके इकट्ठा की है। इसके बाद की खबर से वह अनजान है। अब मिलने पर ही सब पूछ लेगा। क्या, दोनों एक–दूसरे को पहचान पायेंगे। शायद! नहीं, जवानी के चेहरे के साथ बुढ़ापा का चेहरा अब एक सा नहीं रहा। और इसमें उसकी अब कमज़ोर काया। फिर से वह सोचने लगा– "अरे, क्यों नहीं, जरूर पहचानेगा, चेहरे में न सही पर उसकी आखों को, उसकी दृष्टि को तो पहचान ही जायेगा। आदमी का चेहरा बदल सकता है, लेकिन उसकी दृष्टि कभी बदल नहीं सकती। और जुछिल को तो वह पहचान ही लेगा।"

बस से उतर के ही दो मूल सड़कों को छोड़ के एक छोटी सड़क से वे आगे बढ़ने लगे। धीरे–धीरे संध्या भी होने लगी। एक–दो लोगों से पूछकर वे अचरज में पड़ गये, क्योंकि उनका कहना था कि वहाँ जुछिल नहीं, सुशील नाम का एक व्यक्ति है, लेकिन वह कहाँ से आया है उन्हें नहीं पता था। जो भी हो, अब सुशील का ही घर ढूँढ़ा ज़ाये, रात भी हो रही है,किसी तरह रात बिताना है, यही सोचकर वे आगे बढ़ने लगे। आगे जाकर दो– तीन सड़कों की मोड़ पार करने के बाद एक घर की तरफ एक लम्बी गली मिली। वही सुशील नामक आदमी का घर था। वे घर के आंगन तक पहुँचे। अगरबत्ती की सुगंध उन तक पहुँच रही थी। इतने में *बरताल*[10] की कुहुर–कुहुर आवाज गूंज उठी, साथ ही एक पुरुष का स्वर जो कीर्तन कर रहा था, उनको सुनाई दिया। दोनों पति–पत्नी एक–दूसरे की तरफ देखने लगे। आंगन के सामने वाला घर *नॉबार* से लगने पर भी वहाँ से ताल की गूंज क्यों सुनाई देगी। सोचकर वे अचरज में पड़ गये। बिजली की बल्ब की रोशनी घर के आंगन के कुछ अंश को रोशन कर रही थी। दोनों वही जाकर रुके, और टूटी–फूटी असमीया भाषा में आवाज़ लगायी–

"घर में कोई है। थोड़ा इधर आइयेगा।"

कुछ देर बाद एक छोटी लड़की आयी और दरवाजे का आधा खोलकर देखा और अपरिचित लोगों को देख फिर अन्दर की तरफ चली गयी। इसके बाद एक जवान–सा लड़का आया और किसे चाहिए, पूछा। रिङछाङ ने कहा–

"यह जुछिल का घर है न?"

"जुछिल नहीं, सुशील का घर है।"– आइये, बैठिये कहकर लड़का भीतर चला गया। रिङछाङ को और शंका होने लगी। अब तक घर के बाकी लोग उनके पास आकर इकट्ठा हो गये थे। लड़कियाँ *फासकाई*[11] पहनी खुमजिल की ओर देखने लगीं और चुप–चुपके हँसती रहीं। बरामदे में ही उनके बैठने के लिए कुर्सी दी गयी। खुमजिल को फिर भी खड़ी देखकर लड़के ने अन्दर की तरफ आवाज़ लगायी–

"माइना, एक पीढ़ा लाओ।"

पीढ़ा लाकर दिया तो वह उस पर बैठ गयी। लड़के के चेहरे में रिङछाङ ने जुसील को खोजने लगा। कुछ–कुछ मेल सा पाकर उसे तसल्ली हुयी। तब तक बरताल की आवाज़ बन्द हो गयी थी। रिङछाङ कीर्तन करने वाले का कण्ठ ध्यान से सुनने लगा। आवाज़ कुछ जुछिल सी लगी, पर इस तरह जुछिल ईश्वर का कीर्तन करेगा.... "नहीं, नहीं ...ऐसा हो ही नहीं सकता।" मन ही मन वह सोचने लगा, लोगों के बीच आवाज़ों में मेल, बोली में मेल होना कोई बड़ी बात नहीं है। रिङछाङ को लगा शायद वे ग़लत घर में आये हैं क्योंकि, जुछिल ऐसे परिवेश में रह ही नहीं पायेगा। अब तो किसी प्रकार सिर्फ रात गुजारनी है।

'कृष्ण'...'कृष्ण'...कहकर उनकी ओर आने वाले स्वर से भावविभोर रिङछाङ की तन्मयता टूटी। त्रि–वस्त्र पहनकर उसके पास आने वाले व्यक्ति की उम्र लगभग पचास या साठ वर्ष की होगी। बालों में भी सफ़ेदी आने लगी है। थोड़ी ही देर बाद एक औरत भी आयी और प्रणाम करके फिर कहने लगी–"मेहमान आये हैं, आपकी प्रतिक्षा कर रहे हैं, पहाड़ों से आये हैं, लेकिन मैं पहचान नहीं पायी। किसी जुछिल को खोजने आये हैं।"

"जुछिल",–आगन्तुक ने फिर से नाम को दोहराया और उनकी तरफ देखने लगा, लेकिन किसी को पहचान नहीं पाया।

"क्षमा कीजिएगा, मैं आपको पहचान नहीं पा रहा हूँ।"

"जी, हम जुछिल नाम के एक आदमी से मिलने आये थे"।

"जुछिल...?", –"आप?"

"मैं रिङछाङ",

रिङछाङ, रिङछाङ, तू ,... आगन्तुक के मुँह पर रिङछाङ का नाम सुनकर रिङछाङ उत्साहित हो उठा। इतनी देर उत्सुकता में रहे। रिङछाङ का शरीर अब उल्लास में काँपने लगा। साँसें तीव्र होने लगीं।

जुछिलकृतू, रिङछाङ अपनी भाषा में ही चिल्ला पड़ा।

वह जुछिल के पास गया। उसे गले मिलने को चाहा लेकिन जुछिल का पोशाक–पहनावा देखकर वह रुक गया। वह उसकी आँखों में जड़ की तरह देखने लगे। मन ही मन सोचा–जुछिल उससे गले लगता है तो उसे बहुत ख़ुशी होगी, लेकिन जुछिल ने ऐसा कुछ नहीं किया। केवल उसका और उसके घरवालों का हाल–चाल पूछा और बताया कि उससे मिलकर उसे ख़ुशी हुई। इस प्रकार का बर्ताव पाकर रिङछाङ थोड़ा भावुक हो उठा। उसकी मनःस्थिति को जानकर खुमजिल की भी आँखें नम हो उठीं। गाँव में कहीं भागवत पात के लिए जाना होगा कहकर जुछिल चला गया। रिङछाङ ने सोचा था दोनों बेठकर बातें करेंगे, लेकिन उसने कुछ नहीं कहा। उसे लगा जुछिल को यह ख़ुद समझना चाहिए था।

देर रात तक रिङछाङ इंतजार करता रहा कि जुछिल आयेगा, तो साथ में खाना खायेगा, ख़ूब बातें करेंगे, दिल का दर्द हल्का होगा, लेकिन ऐसा कोई अवसर जुछिल ने उसे नहीं दिया। भागवत पाठ से वह बहुत देर से लौटा था और चुप–चाप खाना खाके, सो गया था। रिङछाङ के लिए परोसा गया खाना वैसे ही पड़ा रहा। उससे कुछ भी खाया नहीं गया।

जुछिल के इस तरह की व्यवहार ने उसे बहुत आघात दिया। सारी रात रिङछाङ को नींद नहीं आयी। चुपचाप उसकी आँखें भीगती रहीं। खुमजिल रिङछाङ के दर्द को महसूस कर रही थी। बाप का वचन न निभाने के कारण ख़ुद को ही दोषी ठहराया। जुछिल के घर के इस एकतरफे कमरे में पूरी रात बिताने में उन्हें बहुत असहाय सा लग रहा था।

सुबह होते ही प्रातःकृत्य सम्पन्न करके वे अपने घर लौटने को तैयार हो गये। यहाँ जुछिल के पास रहने का उत्साह उनमें नहीं बचा। शरीर भी अब पहले से कमज़ोर सा लगने लगा। जितनी जल्दी हो सके वहाँ से

चले जाने को वे तत्पर हो उठे। उन्हें जाने को तैयार देखकर भी जुछिल ने उनको रोकने का कोई आग्रह नहीं दिखाया। सिर्फ दोपहर का भोजन करके जाने को कहा था। समय की कमी दिखाकर उन्होंने बात ठुकरा दी और वे जल्दी–जल्दी निकलने लगे, जाते–जाते उसने जुछिल से कहा–

"हो सके तो एकबार हमारे गाँव आना।"

– इस पर जुछिल का कहना था–"जाने के लिए इच्छा तो है लेकिन मैं वहाँ जाकर खाऊँगा क्या?"

"क्यों, हम जो खाकर ज़िन्दा हैं, तू भी वही खायेगा।"

–जुछिल हँसने लगा, उसकी हँसी देखकर रिङछाङ फिर हैरान हो गया। पास में थी जुछिल की पत्नी ने कहा –

"वे तो आपके रसोई में बना खाना नहीं खायेगा।"– ये बात सुनके रिङछाङ चुप हो गया। आश्चर्य से वह जुछिल की तरफ देखने लगी। रिङछाङ को अब समझने में देर नहीं लगी। जुछिल अब जुछिल नहीं रहा। वह अपने पूर्वजों की भाषा–लोक संस्कृति सब भूल चुका है। अब उसने ख़ुद को जुछिल नहीं, सुशील बना लिया है। उनकी दोस्ती में अब बड़ी–सी दरार आ गयी है। सच में वह अब जुछिल की बराबरी नहीं कर पायेगा। धराधर रिङछाङ की आँखों से आँसू टपकने लगे। उसका सर चकराने लगा, शरीर भी काँप उठा। उसे यह डर सताने लगा कि कहीं वह जुछिल के आंगन में न गिर पड़े। इसी डर से उसने रोनी आवाज़ में ही पत्नी से कहा–

"जिल, मुझे सहारा दो। मैं नहीं चाहता कि मैं जुछिल के आंगन में गिर पड़ूँ।" असहाय खुमजिल ने पति के हाथों को जोड़ से पकड़ लिया। आखें भीगने लगीं, दो गरम बूँदों ने उसका चेहरा भीगो दिया, उसने मना नहीं किया।

शब्दार्थ :

1. टागला : कुर्ते की ऊपर पहनने वाली एक प्रकार का वस्त्र
2. खाम्र : ढोल
3. पाङचि : वंशी
4. वानच्युवा : एक प्रकार का उत्सव, जिसमें सामूहिक रूप से चावल का आटा पिसे जाते हैं।

5. लर : पुजारी श्रेणी के लोग।
6. शुकति : सूखे मछली से बनाया गया व्यंजन।
7. ज्युर : शराब
8. नॉवार : कुल देवता का उपासना गृह।
9. देउशाल : असम के जागीरोड में स्थित प्राचीन शिव मन्दिर।
10. बरताल : एक प्रकार का वाद्य जो कीर्तन में बजाया जाता हैं।
11. फासकाइ : महिलाओं के वस्त्र, जो चादर की तरह छाती पर बाँधते हैं।

द्वन्द्व

मूल (डिमाचा) : **महेन्द्र केंप्राइ**
अनुवाद : **हिरण वैश्य**

मुरिबार[1] बनाने के लिए जरूरी औज़ारों को लेकर गदादेउ चूल्हे के पास बैठे ही थे कि उनके बारह वर्ष की पोती नानागंदि आ पहुँची।

"यह क्या है दादाजी?"

"यह *मुरिबार* है बेटा। मैं इसे इसलिए बना रहा हूँ कि इसे बजाना होगा। तुझे नाचना है न।"

"इसे बजायेंगे क्या?"

"रुक जरा, अभी बनने ही वाला है।" थोड़ी देर बाद गदादेउ ने मुरि में किसी पुराने सुर की धुन लगायी–

खेरणित दुयो कथा दिछिल
है है डेकाइ काम करि खुवाबलै
है है गाभरुवे कापोर बै पिंधाबलै....।

किसी गाँव में *हाङछेउ बुछु*[2] मनाया जा रहा था। गदादेउ के मुरि की तान और ताल में युवक–युवतियाँ बड़े ही उमंग से नाचने लगे थे। उनके मुरि के सुर में मोहित होकर गाँव वालों ने त्यौहफे के रूप में उन्हें एक *रिचा*[3] प्रदान किया था। उस दिन वे बहुत खुश थे। अपनी निपुणता की निशानी उस *रिचा* को उन्होंने आज तक बड़े ही लगन से सँभालकर रखा है।

उस दिन उनके ख़ुश रहने का और एक कारण था। उसी दिन बुबलिदि से उनकी पहली मुलाक़ात हुई थी। नृत्य प्रतियोगिता में वह प्रथम आयी थी। दूसरे दिन सुबह किस तरह मौका देखकर वे अकेले उससे मिलने गये थे, उन्हें वह दिन आज भी याद है।

दादेउ की बातों का इशारा बुबलिदि को समझ में आ गया था कि वह शर्मिन्दा हो गयी। काफी समय गुमसुम बीत चला। तत्पश्चात धीरे से बातें आगे बढ़ीं, दोनों ने बहुत सारी बातें की। कितने अच्छे थे वे दिन। गदादेउ और बुबलिदि दोनों को आज भी उन दिनों की स्मृति याद करते बहुत मजा आता है।

अपने दिए हुए वचन का पालन करते हुए गदादेउ ने बुबलिदि को जीवन–संगिनी के रूप में अपना लिया था। उनका वैवाहिक जीवन सुख से ही बीतने लगा था।

''दादाजी, दादाजी, आपको क्या हो गया है दादाजी, आप रुक क्यों गये?'' पोती की आवाज़ ने उन्हें यथार्थ की भूमि पर खड़ा कर दिया। बीती बातों की याद में वे बजाने को भूल गये थे। कितनी देर तक ऐसे रहे, उन्हें पता ही नहीं चला। यह सोचकर उन्हें थोड़ी शर्म सी महसूस हुई। फिर से बजाने के तत्पर हुए ही थे कि *नहद्राङ*[4] से आयी हल्की–हल्की बाँसुरी की तान सुनायी पड़ी, जिसे सुनते ही वे क्रोधित हो गये।

''क्या हुआ दादाजी? आप नहीं बजाएँगे क्या?''

''जरा रुक तो सही। बाँसुरी की धुन सुनने दे।'' दोनों ध्यानपूर्वक बाँसूरी की धुन सुनने लगे। गदादेउ को मन ही मन हँसी आ गयी थी। भला यह किस तरह की बात हुई। मुरि को छोड़कर *मुरिथाइ*[5] बजाता है। एक तरफ तो नीति–नियमों के पालन की बात करता है और दूसरी तरफ उसे अपने ही हाथों तोड़–मरोड़ दिया जाता है।

इतने में बेटे दुहादेउ के आ जाने से गदादेउ कहता है, ''यह देख, मुरिदिङ तैयार हो गया।''

''इस मुरि से हमें क्या मिलेगा? यह किसी काम का नहीं रहा।''

अपने बेटे की बात सुनते ही गदादेउ को गुस्सा आ गया। पास ही पड़ी लाठी से उसे बुरी तरह से पीटने का मन हुआ।

''तुम लोगों ने डिमाचा जाति के नीति–नियमों को ज़िन्दा न रहने दिया। तुम लोगों ने उसका सत्यानाश किया है, समझे।''

''वे पुराने हो चुके हैं। हमें नये चाहिए, बिलकुल नये। परिवर्तित समय के साथ नीति–नियमों का भी परिवर्तन होते रहना चाहिए।''

''परिवर्तन के नाम पर तुम लोगों ने नीति–नियमों को जड़ से उखाड़ फेंका है। तुम लोग जो नया रास्ता निकालना चाहते हो, वह हमारी जाति के हित में नहीं हो सकता।''

"जाड़े के दिनों में पुराने पत्ते झड़ जाते हैं और नये पत्ते आते हैं, वर्षा होती है। हम वे वर्षा हैं, नये–नये पत्तों से हरापन लिये बढ़ने वाले पेड़।"

"उसके लिए भी पेड़ के तने का होना जरूरी होता है। मगर जाड़े के मौसम में वे पत्ते फिर से झड़ जाते हैं।"

"हम वर्तमान की सोचते हैं।"

"अल्पविद्या भलाई के लिए नहीं होती। अतीत को छोड़कर वर्तमान का कोई मूल्य नहीं होता। आज के युवक कल अवश्य ही बूढ़े हो जायेंगे। तुमलोग ही ऐसा करोगे तो, छोटों पर क्या भरोसा किया जा सकता है?"

"ये सब बकवास है।"

"समय पर देखा जायेगा।"

बरमेले[6] का दिन आया। मेले में *बाइग्राह*[7] नाचने के लिए बूढ़ादेउ के साथ बाँसुरी में *मूरिथाइ* की धुन बजाने का रियाज किया जा रहा था।

बाइग्राह नृत्य प्रतियोगिता में जीतने वाले को समूचित इनाम दिया जाता है। *बाइखो*[8] के पास निर्णायक मडण्ली बैठी हुई थी।

सही समय पर *बाइखो* का उद्घाटन किया गया। बूढ़ादेउ और उनके सहयोगियों को नृत्य प्रदर्शन के लिए आमन्त्रित किया गया।

बूढ़ादेउ ने बाँसुरी में *मुरिथाइ* की धुन बजायी। उनके सहयोगी ताल–ताल पर नाचने लगे।

प्रतियोगिता खत्म होने के बाद निर्णायक मडण्ली द्वारा बूढ़ादेउ के दल को श्रेष्ठ घोषित किया गया। घोषणा सुनते ही गदादेउ आग बबूला हो उठे। कैसा अद्भुत विचार है। प्रतियोगिता है तो *बाइग्राह* नृत्य की, पर बाँसुरी बजानेवाले दल को श्रेष्ठ दल का सम्मान।

गदादेउ तुरन्त उठकर खड़े हो गये। बोले, "उपस्थित सज्जनो, मुझे यह बिलकुल पसन्द नहीं। *बाइग्राह* नृत्य में भला बाँसुरी का इस्तेमाल क्यों किया जायेगा? आज–कल के आधुनिक नृत्य की बात मैं नहीं कह रहा हूँ। कहाँ मुरि रहा और कहाँ रही बाँसुरी। मुरि की धुन बाँसुरी की धुन में बजाना पर्वत पर कछुए का अण्डा ढूँढना जैसा है। रुक–रुक कर बजायी जानेवाली बाँसुरी में मुरि की धुन सही आ ही नहीं सकती, नृत्य में भी ताल का मेल नहीं खाता। मुरि को दिन–रात अविराम बजाया जा सकता है, सुर रुकता नहीं और न ही नृत्य का ताल भंग होता है। इसलिए नाचने में ग़लती नहीं होती।"

"अरे ओ बुड्ढे! तुझे मरना तो नहीं है न! अब से लेकर रातभर बजा पाओगे क्या?" लोगों के बीच में से बेटे दुहादेउ बोल पड़ा।

"कौन है वह? ओ दुहादेउ, तुमने शायद सही सवाल किया बेटे।"

"शायद आज बुड्ढे का चावल उठने ही वाला है।" लोगों के झुण्ड में से किसी युवक की आवाज़ आयी।

"तो ठीक है। रात भर बजाकर दिखा, तभी मानूँगा कि प्रतियोगिता में मुरि की जीत हुई है।" किसी और युवक की आवाज़ थी।

"हारने–जीतने का सवाल ही नहीं आता। पुराने जमाने से डिमाचा लोग नृत्य करते समय मुरि का इस्तेमाल करते आये हैं। समय के परिवर्तन के नाम पर भला इसे कैसे छोड़ा जा सकता है? परिवर्तन मैं भी चाहता हूँ। पर परिवर्तन के वास्ते अपने नीति–नियमों के उलंघन करने का मतलब होगा अपनी जाति को मृत्यु के मुँह में धकेल देना।"

"बातों को दोहरातें रहने से क्या फायदा? भला बजा के दिखा तो।"

"यही सही। मैंने जो कहा उसका पालन करके ही दिखाऊँगा।"

"ऐसे मत ललकारना बुड्ढे। खामखा दुःख मिलेगा। ऐसे भी साँस भरने में तकलीफ होती है तुझे।" कहीं कुछ अनहोनी न हो जाय, इस विचार से गदादेउ की पत्नी बुबलिदि जवाब दिये बिना नहीं रह सकी।

"बुबलिदि, मैं जैसा भी क्यों न हूँ, पीछे हटने वाला नहीं हूँ। आज मैं छोडने वाला नहीं हूँ। यह कोई हँसी–मजाक का द्वन्द्व नहीं है, यह द्वन्द्व है सच्चाई और झूठ का। मैं अवश्य ही मुरि बजाऊँगा और बजा–बजाकर उन्हें दिखा ही दूँगा।" गदादेउ के कण्ठ में उत्तेजना का स्वर था, उन्हें खाँसी आ गयी थी।

इतने में कोई और युवक टपक पड़ा, "अरे ओ बुड्ढे, अभी ही तेरी हाल यह हुई तो मुरि बजाओगे कैसे?"

अनेक लोगों द्वारा गदादेउ का मजाक उड़ाया जाने लगा तो किसी–किसी ने कड़े शब्दों में उनके जवाब भी दिये।

"दोस्तों, आपलोग शान्तिपूर्वक बैठ जाइये। मैंने दावा किया है तो मैं ही बजाऊँगा।" कहते हुए गदादेउ बाइखो की तरफ आगे बढ़े। फिर कहा, "दोस्तों, अगर आप लोगों को नाचना है, तो कृपया बाइखो पर आ जाइये।"

गदादेउ ने अपने मुँह में *मिमु*[9] लिया और बजाना शुरू कर दिया। ढोल बजाने वालों ने बड़े ही उमंग से उनका साथ दिया। नाचने वालों की संख्या बढ़ने लगी। मानो कोई उनके मुरि की धुन पर नाचे बिना नहीं रह पाया।

गदादेउ के मुरि की धुन, ढोल की आवाज़, महिलाओं के कंगन की झनझनाहट तथा लोगों की तालियों के सिवा उत्सवस्थली में मानो और कोई आवाज़ थी ही नहीं। उसे देखकर दुहादेउ और उसके दोस्त गदादेउ के मुरि की धुन में बाधा डालने का उपाय ढूँढने लगे। उनमें से कोई माइक पर बोलने लगा, "दोस्तों, हम भी उत्सवस्थली की दूसरी तरफ बाँसुरी बजाकर नाचेंगे। आप लोगों से निवेदन है कि आप लोग हमारा साथ दें।"

किसी ने भी उनकी बातों की परवाह नहीं की तो दुहादेउ और उनके दल बाँसुरी बजाकर नाचने लगी। पर किसी ने भी उनका साथ नहीं दिया। कुछ देर बाद वे भी ठीक तरह से नाच न सके। मुरि की धुन के सामने बाँसुरी की धुन फीकी पड़ जाने से वे नृत्य का ताल संतुलित न कर सके। बल्कि मुरि की धुन पर ही उनके हाथ हिलने लगे, उनके पैर ताल से ताल मिलाने लगे।

रातभर गदादेउ लगातार मुरि बजाते रहे। पौ फटने पर किसी ने माइक पर घोषणा की, "आज की इस प्रतियोगिता की विजेता है मुरि की धुन।" लोग एक साथ बोल पड़े, "गदादेउ जी दीर्घजीवी हो।" सभी ने तालियाँ बजायीं। पर गदादेउ का ध्यान उस पर नहीं था। वे अविराम बजाते रहे। बुबलिदि से रहा नहीं गया। उसने उनके पास जाकर धीमे स्वर में कहा, "अब छोड़ो भी, सब ने तेरी बात मान ली है कि मुरि से बाँसुरी श्रेष्ठ नहीं हो सकती।" यह सुनकर गदादेउ की ख़ुशी का ठिकाना नहीं रहा। बजाना छोड़कर वे ज़मीन पर बैठ गये। रात भर बजाते रहने से उनके मुँह पर सूजन आ गयी थी। वे बात तक नहीं कर सके। उन्हें खड़ा करने के लिए सिर्फ बुबलिदि ही नहीं, बल्कि अनगिनत लोग वहाँ उपस्थित थे। नहीं थे तो सिर्फ मुहादेउ और उनके साथी ही। इसी उहापोह में वे कहीं भाग निकले थे।

शब्दार्थ :

1. मुरिबार : मुरि नामक मुँह से फूंककर बजाने वाले वाद्य के मुँह में लेने वाला हिस्सा
2. हाङछेउ : डिमाचा लोगों के सात–दिन सात–रात तक मनाये जाने वाले असम के बिहु जैसा एक लोक उत्सव
3. रिचा : गले में पहने जाने वाले पुरुष के वश
4. नहद्राङ : डेकाचाङ
5. मूरिथाइ : मुरली का खास सुर
6. बरमेले : बड़े मेले
7. बाइग्राह : एक प्रकार का नृत्य
8. बाइखो : नृत्य करने का मंच
9. मिमु : मुरि के ऊपर का हिस्सा

परछाईं

मूल (डिमाचा) : **सुजला बड़ो**
अनुवाद : **हिरण वैश्य**

स्कूल से आकर मैंने कपड़े बदल लिए। हाथ–मुँह धोया। तभी मुझे कॉलिंग बेल की घंटी सुनायी पड़ी।

"रूपा देखो जरा, कौन आया है ?"

"कोई आया है, हाथ में ढेर–सारे कार्ड भी हैं।"

"मैडम घर में है क्या?"

"जी हाँ हैं, भात खा रही हैं।"

"यह कार्ड मैडम को दे देना।" ऐसा कहते हुए वे चल पड़े।

(रूपा मेरे घर में रहती है। वह पढ़ती भी है और घर के काम भी करती है।)

बायें हाथ से मैंने कार्ड को खोला, तो पता चला कि नाइचो की बहन की शादी है। मुझे ख़ुशी हुई। पर उसके तुरन्त बाद मेरा मन भारी हो गया। अब तक वह अपने मन की बात मुझसे व्यक्त नहीं कर पाया। आख़िर कब वह बता पायेगा। मुझसे भात और खाया नहीं गया। शरीर कमज़ोर–सा महसूस होने लगा। किसी तरह बिस्तर में जाकर लेट गयी। और धीरे–धीरे मैं यथार्थ से दूर होती गयी। दरअसल मेरा मनपंछी बीते दिनों की खोज में कहीं खो गया था।

नाइचो दा मुझसे एक श्रेणी पहले का था। एल.पी. और एम.ई. स्कूल एक साथ रहने के कारण हम अक्सर एक साथ घर आया करते थे। रास्ते में कभी कभी पेड़ की छाया में बैठकर बातें करते वक्त नाइचो अपने बोटल से पानी पिलाया करता था।

"रिङमि तुझे बड़ी गर्मी लगी है न।" ऐसा कहकर अपने झोले से किताब निकालकर पंखे की तरह हिला–हिलाकर मुझे हवा दिया करता था। आम के मौसम में सुबह जल्दी ही उठकर अमराई से आम उठाकर लाता था और खुद न खाकर मुझे खिलाता था। वह मुझसे बहुत प्यार करता था। पर उस प्यार के बारे में तब मुझे कुछ भी पता न था।

उस समय में छठी श्रेणी में थी। एक दिन अपनी सहलियों के साथ नदी में नहाने जाते समय मुझे पता चला कि गाड़ी से गिरकर नाइचो के पिता चल बसे। उस दिन नाइचो फूट–फूटकर रो पड़ा था। मेरी आँखों में भी आँसू भर आया था।

सातवीं श्रेणी उत्तीर्ण होने के बाद नाइचो अपने चाचा के घर चले गये थे। आगे की पढ़ाई के लिए उसे वहाँ रहना पड़ा था। ये सब सोचते–सोचते कब रात हो गयी मुझे पता ही नहीं चला।

रूपा के आने से ही मुझे होश आया। "आज मैं भात नहीं खाऊँगी रूपा। तबीयत ठीक नहीं हैं। तुम खाकर सो जाना। कल सुबह जल्दी उठना है। और सुनो, रसोई से जरा रेडियो ले आओ तो। मुझे रागाचार सुनना है।"

मैंने रेडिओ को ऑन किया, समाचार चल रहा था, "आज उन्नीस सौ निन्नानब्बे का बाईस सितम्बर है। इस बीसवीं सदी में आज की रात चन्द्र सूर्य के सबसे निकट आने वाला है।"

खिड़की खोलकर बाहर झाँका तो चन्द्र बड़ा ही चमकीला दिखाई दिया। काफी देर तक मैं एकटक देखती रही।

नाइचो के जाने के बाद उसकी माँ, दो बहनें, बहनोई और भाई सभी चाचा के घर में चले गये थे।

हायर सैकेंडरी परीक्षा देने के बाद मैं कुछ दिन रहने के लिए घर आयी थी। एक दिन की बात है। मैं कोई उपन्यास पढ़ रही थी। माँ भात खाने के लिए बार–बार मुझे बुला रही थी। इतने में दरवाजे पर किसी के खटखटाने की आहट सुनायी पड़ी। मैंने खिड़की खोलकर झाँका तो देखा कि बाहर नाइचो खड़ा है। उस दिन भात खाने के बाद हमने आंगन की चाँदनी में बैठकर काफी समय तक बातचीत किया। मौका देखकर नाइचो ने मुझसे पूछा– "रिङमि, कितने दिनों के बाद आज हम मिले हैं, हैं न। तुम अपने कॉलेज के दोस्तों के बारे में नहीं बताओगी क्या?"

"ऐसे तो मेरे दोस्त बहुत हैं। पर अम्लान, रीता, ज्योति और विश्व को मैं खास मानती हूँ। ज्योति डिमाचा लड़की है। पढ़ने में काफी तेज है वह। मैट्रिक की परीक्षा में लैटर के साथ फर्स्ट डिवीजन आयी थी वह।"

मेरी बातें नाइचो को सुनाई पड़ी थीं या नहीं मुझे मालूम न था। वह आकाश के तारों की तरफ एकटक देख रहा था, बोला, "देखो न यह चाँद कितना सुन्दर है! उसे पकड़कर रखने का बड़ा मन होता है।"

अगले दिन सुबह चाय–नास्ता करने के बाद वह जाने निकला। मैंने फिर से आने को कहा तो उसने सहमति प्रकट की। पर मुझे लगा कि उसे कुछ कहना था।

उसके बाद मेरे जीवन में तूफान आया। मेरे पिताजी किसी उग्रवादी की गोली के शिकार हो गये थे।

बी.ए. उत्तीर्ण होने से पहले ही मुझे पिताजी के स्कूल में नौकरी करनी पड़ी। फिर जीवन के साथ ऐसे जुट गयी कि नाइचो के लिए चिट्ठी लिखने को भी समय नहीं मिलता था।

ऐसे ही छः साल बीत गये। मैंने मन ही मन प्राइवेट होकर बी.ए. करने का विचार किया। एक दिन इसके बारे में सोच रही थी कि मैंने देखा नाइचो बरामदे में खड़ा है। उसका चेहरा रूखा–सा दिखाई पड़ा था।

"तुम ठीक तो हो न नाइचो! क्या सोच रहे हो?"

"मैं कैसे हूँ, खुद को नहीं पता रिश्मि। बी.ए. का प्रमाणपत्र लेने आया था। फिफ्टी परसेंट ही मिला। बीच में तीन साल ऐसे ही बीत गये। घर चलाने के लिए व्यवसाय करना पड़ा, पर उसमें भी घाटा लगा। भले ही छोटी ही क्यों न हो, पहले से कोई नौकरी कर ली होती तो अच्छा था, कम से कम तुम्हें कुछ बता सकता। पाकर खोने की अपेक्षा न पाकर खोना शायद बेहतर होता है।

"ऐसे मत कहना नाइचो, नौकरी करने के कारण मैं अब भी बी.ए. न कर सकी। जो जैसा सोचता हो, वैसा तो नहीं होता। मैंने कब सोचा था कि मुझे एम.ई. का शिक्षक बनना है। पर हाँ, इस बार मेरी छात्रा लैटर के साथ फार्स्ट डिविजन में आयी है। मेरी खुशी उसी में है। अब मुझे विद्यार्थियों, भाई–बहनों और तुम पर ही भरोसा है, तुम लोगों को आगे की पढ़ाई करनी है। तुम लोगों की खुशी में ही मेरी खुशी है। यह पृथ्वी ही

बहुत सुन्दर है, जहाँ सुमेरु शृंग है और हैं हिमालय जैसे पर्वत। चढ़ना चाहकर भी हम वहाँ चढ़ नहीं सकते नाइचो।''

''तुमने सही कहा रिङमि। तुम्हें नौकरी है, शायद इसलिए मेरी तरह कोई ङ्क्षचता या समस्या तुम्हें नहीं है। और एक बात, तुम्हें मदद करने के लिए तुम्हारे मौसा और मौसी भी तुम्हारे साथ है न।''

उसे भला मेरे बारे में कितना पता। फिर ताकि उसे अच्छा लगे मैंने कहा, ''हाँ, करते हैं।'' काश, दूर में रहनेवाले इस बेचारे को मेरी समस्याओं का पता चलता! एक बहन और एक भाई को पढ़ाना है। साईंस और टैक्निकल लाईन में पढ़ाई का खर्च ज़्यादा ही होता है। घर में क्या है और क्या नहीं वह भी तो देखना पड़ता है। ऐसा भी नहीं कहा जा हमारे सगे–सम्बन्धी मदद नहीं करते। पर उनके भी तो अपने अपने संसार हैं और फिर नौकरी भी तो कौन–सी बड़ी है। आख़िर कितनी मदद करेंगे वे? यह सोचकर मुझे आँसू आ जाता है। नाइचो के ''तो अब मैं चलता हूँ।'' कहने से मुझे होश आया कि मैं नाइचो के पास ही बैठी हुई हूँ।

''थोड़े ही दिनों में आ जाना।''

''रविवार को आने की कोशिश करूँगा। तुम तैयार रहना।''

घर में जाते ही माँ को नाइचो से मिलने की बात बतानी होगी, इस विचार से जल्दा–जल्द घर पहुँची कि देखा माँ मेहमान के साथ बैठी हुई हैं। माँ ने मुझे उनके साथ परिचय करवाया, ''रिङमि, ये जोदि के माता–पिता हैं, जिभाङ से आये हैं।'' उन्हें नमस्कार करते हुए मैं अन्दर आयी और उन्हें खिलाने–पिलाने की व्यवस्था की। शाम को उनके वापस जाने के बाद उनके आने के कारण का पता चला। उस दिन मैंने माँ से कुछ नहीं कहा। पर दूसरे दिन मैंने उन्हें बता दिया कि मुझे आगे पढ़ना है। एम. ए. करने के बाद ही मुझे शादी करनी है। नाइचो के बारे में जानते हुए भी जोदी ने क्यों माता–पिता को भेजा उसका कारण मैं नहीं जान सकी।

रविवार का दिन आया। नाइचो आयेगा या नहीं, इस बारे में मैं विचार कर रही थी कि नाइचो आ पहुँचा। पता नहीं क्यों, पर मैं नाइचो से कुछ भी छिपा नहीं सकती थी। जोदि के माता–पिता के आने के बारे में मैंने उसे सब बता ही दिया। हालाँकि बाद में मुझे लगा कि न बताया होता, तो शायद यही अच्छा था। मेरी बातें सुनते ही नाइचो जाने के लिए तत्पर हुआ, पर मेरे अनुरोध पर उसे रुकना पड़ा।

"बैठो न, कितने दिनों के बाद तुमसे भेंट हुई है। यह तो बताओ, तुम एम.ए. कहाँ करना चाहते हो?"

"छोड़ो भी, पहले नौकरी हो जाने दो, फिर देखा जायेगा।"

"तुम्हें मुझे कुछ कहना था न नहीं कहोगे क्या?"

वह नहीं बता सका। सिर्फ उस दिन ही नहीं, जब भी वह हमारे घर आता था, कभी भी उसे जो कहना था कह नहीं पाता था। एक दिन वह ख़ुशी–ख़ुशी हमारे घर पहुँचा।

'रिङमि मुझे जे.एन.यू. में सीट मिली है। पढने के लिए जा तो नहीं सकता, लेकिन मैं ख़ुश हूँ, क्योंकि मुझे सीट मिली हैं। नामभर्ती की अन्तिम तिथि सोलह जुलाई तक है।"

मुझे लगा की उसकी ख़ुशी की ओट में अवश्य ही कोई व्यथा छिपी हुई है।

"देखो, तुम्हें एम.ए. अवश्य करना होगा। किसी के चाहने से भी सीट नहीं मिलती और तुम हो कि सीट मिली है पर जाते नहीं। भला यह किस तरह की बात हुई? तुम्हारे न जाने से मुझे बहुत बुरा लगेगा। मुझे तुमसे कितनी उम्मीद है शायद तुम्हें नहीं मालूम। मैंने तुम्हें कोई चिट्ठी नहीं भेजी इसका मतलब यह नहीं कि तुम पर मेरा भरोसा उठ गया है। नाइचो प्यार ऐसा नहीं होता कि एक को छोड़कर दूसरे को दिया जा सके। यह न तो कोई दौलत है और न ही कोई धन की खान। प्यार किसी मशाल–सा होता है, जो सबसे चमकीला होता है। मैं तुम्हें कितना चाहती हूँ काश तुम्हें पता होता। तुम यकीन मानोगे या नहीं कि दस साल पहले तुमने जो ज्यामिती बॉक्स मुझे दिया था, उसे मैंने अब तक बहुत ही लगन से सँभालकर रखा है। तुम्हारी याद आने से मैं उसे निकालकर देखती हूँ। अगर तुम आगे नहीं पढ़ोगे, तो मैं तुमसे इतनी दूर चली जाऊंगी ताकि तुम कभी भी मिल न सको।"

वार्तालाप करते–करते मैं रो पड़ी। मुझे रोते देख नाइचो को चोट पहुँची। उसे यकीन हो गया था कि वह पढ़ाई समाप्त कर पायेगा। काफी समय तक गुमसुम रहने के बाद वह बोला, "रिङमि, मैं जरूर पढूंगा। तो ठीक है मैं अब चलता हूँ।" वह चला गया। उसकी बातों से मैं ख़ुश थी।

दो दिन बाद सुबह सात बजे नाइचो आ पहुँचा। उसका चेहरा फीका–सा दिख पड़ा था। ङक्षचता की रेखा उसके चेहरे से दौड़ गयी थी। उस दिन

उसने मुझे बिना किसी संकोच के अपने साथ रीता के घर जाने का प्रस्ताव रखा था। माँ नाइचो को बहुत चाहती थी। उसके व्यवहार, चाल–चलन, बात करने का ढंग हमारे घरवाले को बहुत पसन्द था। अगर मैं कभी नाइचो के साथ कहीं जाना चाहती तो माँ कभी मना नहीं करती थी।

तुरन्त ही मैंने उस मूंगे के रंग के कपड़े पहन लिए, जो उसे पसन्द था। रास्ते में उसने कुछ नहीं कहा तो मैं भी चुपचाप चलने लगी। रीता के घर पहुँचने ही वाले थे कि वह बोला, ''रिङमि दरअसल मैं तुमसे कुछ कहना चाहता हूँ। तुम बुरा तो नहीं मानोगे न?''

''नहीं तो। बुरा क्यों मानूँगी। बताओ तुम्हें क्या बताना है।''

''बात यह है कि मैं तुम्हें रीता के घर ले जाने के लिए नहीं लाया हूँ। तुम्हें मैं पार्क में ले जाना चाहता हूँ। बात करने के लिए वहीं ठीक रहेगा।''

कुछ जवाब दिये बगैर मैं उसके साथ पार्क तक जाने लगी। भला वह आज क्या बतायेगा, इस विचार में मैं डुबकी लगा रही थी कि पार्क पहुँच गयी। पार्क में मेरे हाथ को अपने हाथ पर रखकर उसने कहा, ''आज मैं तुम्हें जो बताने जा रहा हूँ भविष्य में तुम कभी भी किसी के सामने उसका खुलासा नहीं करना।''

मैंने उसे वचन दिया कि वैसा ही होगा।

''रिङमि, इस दुनिया में पैसे से आत्मसम्मान का महत्त्व हमेशा ज़्यादा होता है। ऐसा मैं मानता हूँ। तुम्हें मैं नहीं भी बता सकता था। पर इस दुनिया में मेरा है ही कौन। तुम्हें सुख–दुःख का साथी समझता हूँ। तुम पर सबसे ज़्यादा भरोसा करता हूँ। रिङमि, तुम्हें नौकरी करते काफी दिन हो गया। दिल्ली में जाने के लिए तथा वहाँ रहने के लिए मेरे पास पैसे नहीं है। तुम्हें पता होगा कि वहाँ दो साल रहने के लिए कम से कम पचास हजार रुपये की जरूरत होगी। मौसी दस हजार देंगी। पर उससे तो आने–जाने का खर्च और नामभर्त्ती ही हो पायेगा। बाकी पैसे कहाँ से आयेंगे। क्या तुम मुझे कुछ पैसे उधार में दे सकती हो रिङमि? नौकरी मिलते मैं वह पैसा वापस कर दूँगा।''

''देखो नाइचो, परेशान होने की कोई बात नहीं है। फिलहाल मैं तुम्हें तीस हजार रुपये दे सकती हूँ। पर यह तो बताओ कि तुम कब जाने वाले हो?''

"आज गुरुवार है, जुलाई महीने की सात तारीख। सोचा है कि अगले दस तारीख रविवार को जाऊँगा।"

"तो ठीक है, कल बैंक में मुलाक़ात होगी।"

पार्क से दोनों अपने–अपने घर चल पड़े। ख़याल आया कि अगले दिन उससे मिलने पर बताऊँगी, "मुझे पैसे वापस नहीं करने हैं, सिर्फ़ तुम मेरे बने रहो।" परन्तु नहीं, ऐसा नहीं हो सकता। उसने मुझे स्वार्थी समझ लिया तो। वह भी तो ऐसा बता सकता है। चूँकि उसने कुछ नहीं कहा तो मैं भी नहीं कहूँगी। शादी करने के बारे में सोचूँगी तक नहीं। रविवार के दिन नाइचो दिल्ली चला गया। जाने से पहले एक बार घर भी आया था वह।

दिमाग़ में ये सब बातें चक्कर काट रही थीं। किस तरह रात बीत गयी, पता तक नहीं चला। सुबह होने पर घर में काम करने वाली रूपाली ने पूछा– "दीदी, कल जो कार्ड दिया गया था, किसकी शादी का कार्ड था वह?"

"पिछले साल दुर्गा पूजा में जिसने कपड़े ख़रीदकर दिये थे और जो हमारे घर आता रहता है, उसकी बहन की शादी है। तुम जाना चाहती हो?"

"हाँ, मैं जाना चाहती हूँ दीदी। वह आदमी इतना अच्छा है। हमारे घर वालों को वह बहुत पसन्द है।"

मैंने मन–ही–मन सोचा, रूपाली ने सही कहा है। सच्चे अर्थ में वह भला आदमी है। दिल्ली से वापस आकर उसने कॉलेज में अध्यापन का काम करना शुरू किया था। मेरे पैसे वापस करते हुए उसने सिर्फ़ यही कहा था– "तुम्हारा अहसान मैं कभी नहीं भूल सकता।" उस पैसे से मुझे क्या करना है? अब मेरे पास घर–द्वार सब कुछ है। भाई और बहनें नौकरी में कार्यरत हैं। वह आज तक मुझसे कुछ नहीं कह सका तो मैंने निश्चय कर लिया कि मुझे खिमबिलि की शादी में नहीं जाना है।

इतने में बाहर गाड़ी की आवाज़ सुनाई पड़ी। बाहर आकर देखा कि नाइचो की माँ आयी हैं। बहुत दिनों के बाद उनसे मेरी मुलाक़ात हुई। सर के बाल सफ़ेद होने लगे थे। मैंने आदरपूर्वक उन्हें अन्दर बुलाया और बैठने दिया।

"रिङमि तुम तो ईद के चाँद हो गयी हो। बात यह है कि आना चाहकर भी मैं नहीं आ पायी थी। नाइचो अक्सर तुम्हारे बारे में बताता है। उस दिन नाइचो के खुद तुम्हें खिमबिलि की शादी का कार्ड देने पर भी उसने मुझे फिर से यहाँ भेजा ताकि विवाह के दिन सुबह आकर तुम शादी के कामों में हाथ बँटा सको। असुविधा न होगी तो ज़रूर आना। आओगी तो अच्छा होगा और सुनो, माँ को भी साथ लेकर आना।"

"माँ बहन के घर गयी हुई हैं। शादी के पहले आ जायेंगी तो उन्हें जरूर लेकर आऊंगी। रूपा, ओ रूपा, ज़रा चाय का बन्दोवस्त करो तो।"

"मैं चाय नहीं पीऊँगी रिङमि। अभी मुझे बड़ी बेटी के पास जाना है। वहाँ से आज ही वापस आना होगा। तुम्हें पता है न ऐसे समय में काम कितने बढ़ जाते हैं।"

"हाँ, वह तो सही है। पर आप चाय पीये बगैर जायेंगी क्या?"

"बाद में फिर से आना होगा न। तुम्हारी माँ के रहते आऊँगी। उनसे कुछ बातें करनी हैं और वे चली गयीं।

"रूपा, उस दिन कार्ड देने कौन आया था? देखने में कैसा था वह?"

"ऊँचे क़द के थे वे। सर्ट हल्के–से नीले रंग का था।"

दत्तक पुत्र

मूल (हाजङ) : **पुरंदर हाजङ**
अनुवाद : **डॉ. मालविका शर्मा**

भादों का महीना है। सुबह से ही चिलचिलाती धूप है। सुबह सबेरे गरमी इतनी नहीं थी पर दोपहर की धूप चिलचिला रही है। छतरी के बिना जाना ही मुश्किल है। सड़क के किनारे के एक–दो पेड़ की छाया मिलते ही सुस्ताने का मन करता है। फिर भी कच्ची सड़क तो थोड़ी–बहुत ठीक रहती है। कोलतार की सड़क होने से पैर रखते ही चिपक जाता है मानो आग में पैर रख दिया हो। सो दोपहर को कोई घूमता–फिरता नहीं। किन्तु जिसको जरूरत होती है वह तो यह सोचकर बैठा नहीं रह सकता। उसको तो जाना ही पड़ता है।

ऐसी ही एक दोपहर के समय रोणा सड़क के किनारे से आ रहा है। एक कन्धे पर एक छोटा–सा बेग और हाथ में एक रूमाल। कुछ समय के अन्तराल में वह चेहरे पर छलका पसीना पोंछ रहा है। दोपहर की चिलचिलाती धूप में वह अकेला ही सड़क पर चल रहा है। क्योंकि कोई चारा नहीं हैं। बिना पैदल चले उपाय भी नहीं है। घर से टेलीग्राम आया है कि माँ की हालत गम्भीर है। आधे रास्ते में गाड़ी खराब हो गई। दो–ढाई किलोमीटर चलाने के बाद ही दोराहा मिलेगा, वहाँ से दूसरी गाड़ी मिलने की आशा है। प्यास लगी है। गरमी भी ऐसी कि हवा बिलकुल भी नहीं चल रही है। इसी तरह चलते–चलते वह भालूपारा पहुँच गया। रोणा ने इस गाँव का नाम सुना है। पर कभी आया नहीं। सड़क के किनारे तीन–चार आम के पेड़ के तले छोटी सी झोपड़ी है। घर के बरामदे के एक कोने में एक वृद्धा विधवा उदास बैठी है। रोणा ने सोचा कि इस

बुढ़िया के यहाँ पानी पिया जा सकता है। रोणा को देखकर चुपचाप बैठी बुढ़िया हतप्रभ–सी सकुचाते हुए बोली–

"बेटा, क्या किसी को ढूँढ़ रहे हो?"

"नहीं, नहीं मौसी। मैं यहाँ पानी पीने के लिए आया हूँ।"

"क्या एक ग्लास पानी दोगी?"

"अच्छा, पानी पियोगे? ठहरो। यहाँ बैठो। मैं पानी लेकर आती हूँ। यही कहकर बुढ़िया ने बैठने के लिए रोणा को पीढ़ा दिया और अन्दर जाकर एक ग्लास पानी लेके आयी। रोणा ने जी भर के पानी पीकर खुद को तरोताजा महसूस किया। उसने वृदधा से पूछा–मौसी आप यहाँ अकेली रहती है या फिर और कोई रहता है? बुढ़िया ने जवाब दिया–"बेटा, किसी के रहने से क्या होता? हम ग़रीब हैं। दूसरे के यहाँ मजदूरी नहीं करने से कहाँ होता है? किसी तरह दो बेटे ज़िन्दा हैं। वे लोग मालिक के घर नौकर हैं। यहाँ मैं अकेली रहती हूँ। मेरा दुर्भाग्य देखो। मेरा आदमी भी बहुत दिन पहले ठोकर मारकर चला गया। पता नहीं भाग्य में और क्या–क्या लिखा है। बेटों के रहने पर भी मेरी ऐसी हाल है। क्या कहूँ। मैं ही दुखियारिन, पापिन हूँ। यह कहते–कहते बुढ़िया की आवाज़ धीमी पड़ गई और वह रोने को हो गई। ऐसी दुःख भरी स्थिति देखकर और उनकी बातें सुनकर रोणा का मन भी दुःखी हो गया। मन ही मन सोचने लगा कि बुढ़िया से ये सब बातें पूछकर ग़लती की। झूठमूठ उसका दिल दुखा दिया। इसके बाद वह धीरे से बोला–

"क्या बताए मौसी, भगवान जिसका भाग्य जैसा लिखते हैं, वैसा ही तो होता है। भाग्य का लिखा कोई भी मिटा नहीं सकता। जीवन–मृत्यु, सुख–दुख सभी उसी के हाथ में है। जिसकी मृत्यु जैसी होनी चाहिए वैसी ही होगी। ऐसी बातों को लेकर रोने–धोने से कुछ भी नहीं होगा। मानव–जीवन सुख और दुख से भरा हुआ है। भगवान जिसको जैसे नचाता है, रुलाता है, उसे उसी तरह नाचना है, रोना है।

रोणा की बातें सुनकर बुढ़िया का मन शान्त हुआ। उसने कहा–"हाँ भाई, मैं भी उसी तरह सोचती हूँ। मेरे भाग्य में जैसा लिखा है, वैसा ही होगा। इसके लिए कोई दोषी नहीं हैं।" इसके बाद अपनी बात छोड़कर रोणा से पूछा– "तुम कहाँ रहते हो बेटा, किसके बेटे हो?"

रोणा ने मुसकुराते हुए कहा–"मैं शालबारी नामक गाँव में रहता हूँ। आज तुरा से आया हूँ। मैं तुरा कॉलेज में पढ़ता हूँ। मेरी केवल माँ है, पिता नहीं है। अभी घर जा रहा हूँ। भाई, बहन कोई नहीं है। पिता का नाम धनराम और माँ का नाम साचिदा है। मेरा नाम रोणा है।"

शालबारी गाँव! धनीराम–साचिदा!.......यह मैं क्या सुन रही हूँ! बीस–बाइस साल पहले जिनको मैंने एक औलाद छा *वापंहा*[1] के रूप में सौंप दिया था। वह धनीराम और साचिदा? मेरी सहेली साचिदा? यही वह बालक है, जिसको मैंने दूसरों के हाथों सौंप दिया था, विसर्जन दिया था.....। जिसको मैंने जन्म के कुछ सप्ताह बाद ही दूसरों के हाथ.......।

गाँव का और माता–पिता का नाम सुनकर बुढ़िया का हृदय काँप उठा। ऐसा लगा मानो उसके अन्दर प्राण ही नहीं रहे। वह मुक दृष्टि से रोणा का मुँह का ताकती रही। पुराने दिनों की बातें हृदय में प्रतिबिम्बित होती रहीं। साचिदा की बात, अपनी बात.......।

साचिदा और चन्द्रा दोनों सहेलियाँ थीं। बहुत गहरी दोस्ती थी उनकी। जहां भी जाये, जो भी खाये, जो भी करे, एक साथ करती थीं। उनकी उम्र भी लगभग एक थी। साचिदा का परिवार समृद्ध था। चन्द्रा के माँ–बाप मजदूरी करके दो वक्त का खाना किसी तरह जुगार करते थे। धीरे–धीरे दोनों सहेलियाँ सयानी होने लगीं। दोनों की अलग–अलग गाँव में शादी हो गयी। साचिदा का भाग्य अच्छा था वह एक धनी घर की बहू बनी। किन्तु चन्द्रा का भाग्य पहले से भी खराब था। वह ग़रीब के घर ब्याही गई। शादी के बाद भी उसको शान्ति नहीं मिली। मजदूरी नहीं करने से खाने कॉ नहीं मिलता। इसी तरह धीरे–धीरे दिन गुजर रहे थे। चन्द्रा तीन बच्चों की माँ बन गई। दुःख झेलते हुए सुबह होते ही चन्द्रा और उसका पति मजदूरी करने के लिए निकलते.........।

इधर सभी सुख में रहने के बावजूद साचिदा के मन में शान्ति नहीं थी। क्योंकि शादी हुए बहुत साल हो गये। पर वह निःसन्तान ही रही। इसके लिए हृदय में हमेशा निराशा छायी रहती। बीच–बीच में वह सहेली चन्द्रा के घर आती और अपने मन का दुःख व्यक्त करती हुई कहती–

"सखी, तुमने तो कई सन्तानों का सुख देखा, लेकिन मैं तो अभागिन रही हूँ। सन्तानहीना। .... अगर तुम मुझे एक बेटा गोद लेने देती तो मैं

कितना सुखी होती! आजीवन तुम्हारे प्रति कृतज्ञ बनी रहती। तुम्हारा बेटा तो तुम्हारा ही रहेगा। मैं केवल उसको अपने बेटे की तरह बड़ा करना चाहती हूँ। सन्तान का अभाव भी पूरा होता। पढ़ा–लिखाकर एक दिन वह बड़ा आदमी बना तो तुम्हें भी शान्ति मिलेगी ......।"

चन्द्रा मौन रही है। जिसकी गोद में सन्तान नहीं होती है उसे कितना दुःख होता है, कितनी वेदना होती है! सन्तान के लिए कितना हाय–हाय करते हैं! सहेली की बातें सुनकर उसे ऐसा अनुभव होता है कि सन्तानहीन नारी का हृदय कितना वेदना दायक होती है। जीवन ही बेमतलब–सा लगता है। पर क्या उत्तर दे चन्द्रा? जितनी ही ग़रीब क्यों न हो अपनी गर्भस्थ सन्तान को दूसरों के हाथ सौंपने के लिए किसका मन करता है? चाहे कितने ही ग़रीब हो या कंगाल अपने खून से पैदा की गयी सन्तान माँ के लिए हमेशा कलेजे का टुकड़ा होती है।

पर हाय! विधाता का लिखा हुआ कभी मिटता नहीं। एकदिन चन्द्रा का पति पहाड़ में लकड़ी के लिए *उकछौ*[1] पेड़ की एक सूखी डाल पर चढ़ता है। अचानक फिचलता हुआ नीचे गिरकर अपनी जीवन लीला वही समाप्त करता है। उसी समय चन्द्रा की गोद में डेढ़–दो महीने का एक लड़का था। ऐसे ही वह निरुपाय थी, तिसपर पति की मृत्यु की बात सुनकर चन्द्रा होश खो बैठी है। बिना बादल के वज्रपात गिड़ने जैसा हुआ। कोई उपाय नहीं है। चारों ओर अन्धेरा है। चन्द्रा को आज अच्छी तरह मालूम हुआ कि मानव–जीवन कितना कड़वा हो सकता है, कितना विषाक्त हो सकता है।

इस घटना के कुछ दिन बाद साचिदा चन्द्रा से मिलने आती है। उसकी दुर्दशा देखकर चन्दा का हृदय भर उठा। क्या कहे, कैसे सांत्वना दें। रास्ता किस ओर है। उसका हृदय टूट–फूट कर चूर्ण–विचूर्ण होने के लिए तत्पर है। चन्द्रा रोती हुई बोली–

"देखो सखी मेरा जीवन! यही मेरा जीवन है। मेरे जीवन की परिधि यही तक है। दुख की सीमाहीन समुन्दर में मैं डूब रही हूँ। मैं जनम भर दुखिनी ही रही, महापापिन भी। मेरी इन नावालक सन्तानों का क्या होगा? माँ होकर मैं इनकी भलाई की क्या चिन्ता करूँ?" रोते हुए चन्द्रा व्याकुल हो गयी।

साचिदा चन्द्रा को अच्छी तरह समझा–बुझाकर चन्द्रा की गोद के बच्चे को ले जाती। चन्द्रा ने भी अपने मन को मनाकर और सन्तान की मंगल कामना करते हुए साचिदा के हाथ में अपनी सन्तान सौंप दी। बीच–बीच में वह बच्चे को देखने जाती और वापस आते समय साचिदा चावल, दाल के साथ कुछ रूपये–पैसे भी चन्द्रा को देकर घर भेज देती। इसी तरह दिन गुजरते रहे, महीना, साल .....।

पर फिर द्वन्द आया। एकदिन यही सहेली उसके साथ विश्वासघात कर सकती है यह भोली–भाली चन्द्रा ने कल्पना नहीं की थी। अचानक एकदिन साचिदा ने चन्द्रा से कहा–

"सखी, तुम यहाँ मत आया करो। तुमने अपने बेटे को दत्तक पुत्र के रूप में मुझे दे दिया है। बदले में मैंने तुम्हें रुपये–पैसे दिये। अभी तुम्हारा अपने बच्चे पर कोई अधिकार नहीं है। इसीलिए तुम यहाँ आना बन्द करो। वह बच्चा धीरे–धीरे बड़ा हो रहा है। यदि उसे पता चल गया कि तुम ही उसकी असली माँ हो तो उसे बचपन से बड़ा करने का मेरा क्या लाभ होगा? इसीलिए मैं तुमसे कह रही हूँ कि आज के बाद यहाँ कभी–भी ग़लती से भी मत आना।"

हे भगवान! सखी के मुँह से ऐसी बात सुनकर चन्द्रा गूंगी–सी हो गई। क्या सुना उसने? क्योंकि जिस सहेली पर यह विश्वास किया था कि अपना लाड़ला सखी की गोद में पलेगा, बड़ा होगा। जब मन करेगा उसको देख आऊँगी। पर सहेली ने तो उसकी सारी आशाओं को चकनाचूर कर दिया। उसको ऐसा अनुभव हुआ कि किसी ने सीने में छुरी चला दिया। हमेशा के लिए अपने बच्चे को भूल जाने के लिए कहा। हे भगवान, यही मानवता है! हे अदृष्ट...!

उस दिन से चन्द्रा ने शालबारी गाँव जाना छोड़ दिया। बच्चे की याद आने से घर के एक कोने में जाकर फूट–फूट कर रो पड़ती। रो–रो कर तसल्ली लेती थी।

आज अचानक ये सब बातें याद आयी और बच्चे को आँखों के सामने देखकर चन्द्रा आश्चर्य चकित हो गई। दूध–मुहे बच्चे को अन्तिम बार देखा था। आज इतने दिनों बाद ढूँढ़ते हुए आया –"मौसी, मुझे पानी पिलाओगी?" मैंने उसे जन्म दिया है, पर आज में उसकी माँ नहीं–मौसी बन गयी हूँ। ठीक ही तो है कैसे मैं माँ कहलाउँगी? कहा है मुझे माँ

होने की योग्यता? बच्चे को जन्म देने से ही क्या माँ कहलायी जा सकती है? पर इस बच्चे का कोई दोष नहीं है। बच्चे के लिए माँ तो माँ ही है। इतने दिन तक जिसकी गोद में है, बचपन से जिसने पाल–पोष कर बड़ा किया, दुलारा, उसे ममता दी वहीं माँ है। वह जन्म देनेवाली माँ है, वही लालन–पालन करने वाली माँ है। माँ एक ही होती है। इस संसार में रहने वाले मनुष्य की चतुराई कितनी भयानक होती है, कितनी विषाक्त होती है, वह निष्पाप, निर्दोष, सहज–सरल बच्चा कैसे समझेगा? ओह! मातृरूपी, विश्वासघातिनी, दुराचारिणी मैं हूँ! क्या यही मेरे मातृत्व का परिचय है। इतना बड़ा अन्याय किया है मैंने? इतने बड़े नरक कुण्ड में पतित हूँ मैं! आज मैं अपने खून को ही अपना नहीं कह सकती! किस साहस से अपना परिचय दूँ? परिचय देने के लिए मेरे पास अधिकार भी नहीं है! ऊह, नीच, पापी मैं क्यों जी रही हूँ? एक के बाद एक यन्त्रणा और कैसे झेलूँ?

पृथ्वी के नीचले भाग के पदार्थ के पिघलने की तरह चन्द्रा का हृदय भी गल रहा है। उसके मुँह से एक भी शब्द निकल नहीं रहा। हृदय की पीड़ा वह शब्दों में वयान करने में अक्षम हो गयी। पीड़ा केवल आंसुओं से बह रही है। जिस प्रकार ज्वालामुखी पिघल-पिघलकर लावा की तरह बाहर निकल रही है।

बुढ़िया की आँखों में आँसू देख कर रोणा ने अचानक पूछा–

"अरे मौसी, आप क्यों रो रही हैं?"

इतने समय तक हृदय की ज्वाला में डूबी चन्द्रा चौंक उठती है। रोणा की आवाज़ सुनकर होश में आती है और अपने आपको सँभालती है।

"हाय राम! तुम्हारे मन में भी इतना दुःख है। पिताजी नहीं है–अनाथ हो......" और बोलती भी प्रायः बन्द हो गयी।

बुढ़िया को इस अवस्था में देखकर रोणा ने मन–ही–मन सोचा कि प्रश्न पूछने से उस के मन का दुःख बढ़ता जाएगा। इसीलिए जाना ही ठीक होगा।

"मौसी मैं चलता हूँ। देर हो चुकी है। गाड़ी भी पकड़नी होगी।"

"ठीक है जाओ बेटा, तुम्हारे इस अभागिन मौसी से मिलने बीच–बीच में आते रहना।"

बुढ़िया से विदा लेकर रोणा घर की ओर चल पड़ा। घर पहुँचते ही रोणा ने गाँव के कुछ लोगों को माँ के पास बैठा देखा। रोणा को आते देखकर माँ ने काँपती आवाज़ से कहा–

"रोणा तुम आ गए? आ गए मेरे बच्चे। बेटा, तुम मेरा एक काम करना–भालुपारा में चन्द्रा नाम की एक बुढ़िया रहती है। उसे यहाँ ले आओ। जाओ मेरे बच्चे। मेरे पास बहुत कम वक्त बचा है।"

माँ के मुँह से निकली अस्पष्ट–सी बातें सुन और आँसू को देखकर रोणा मर्माहत हो गया। माँ के दुर्बल शरीर और हिलने–डुलने में अक्षमता को देख रोणा समझ गया कि अब माँ जाने वाली है।

समाचार मिलते ही अगले दिन सुबह ही चन्द्रा सखी साचिदा के पास पहुँच गयी। मृत्यु के लिए अपेक्षारत सहेली को देखकर चन्द्रा काँप उठी। आँसू–भारी आँखों से साचिदा ने कहा–

"सखी, तुम मुझे माफ़ कर देना। मैंने तुम्हें बहुत चोट पहुँचाई है। मुझे माफ़ कर देना। यह तुम्हारा लड़का। आज तुम्हें सौंप रही हूँ। इसे अपना लो।" –लड़के की ओर देखकर वह फिर से कहने लगी–

"रोणा, मेरे बच्चे, यही तुम्हारी असली माँ है। तुम्हें जन्म देने वाली माँ। मैं तुम्हारी पालन–पोषण करने वाली माँ हूँ। तुम मेरे दत्तक पुत्र हो।"......

धीरे–धीरे साचिदा की आवाज़ बन्द होने लगी। आँखें मूँदने लगी और कुछ समय बाद श्वास भी रुक गयी।

शब्दार्थ :

1. उकछो : एक कंजोड़ पेड़

धर्मगुरु

मूल (हाजङ) : **रणजित हाजङ (ज्येष्ठ)**
अनुवाद : **डॉ. मालविका शर्मा**

किसी तरह आज की रात गुजारी। पर कल के लिए क्या व्यवस्था की जाय? सभी लोग सो गये। सिर्फ अमर की आँखों में ही नींद नहीं। अमर ने फिर से चारों ओर देखा, सभी ओर निस्तब्धता छायी है। सिर्फ बिजली की बत्तियाँ चुपचाप जल रही हैं और असमान में तारें झिलमिला रहे हैं। जहाँ सन्तान नहीं होती, वहाँ विशाल धन–सम्पत्ति या रुपये पैसे रहने से ही संसार सुखी नहीं है। शादी के सात साल गुजर गये; लेकिन बाल–बच्चे नहीं हुए। इसका गम उन लोगों को सालता रहा। सन्तान की उम्मीद लगाई, उन लोगों ने ढेर सारे देव–देवियों की पूजा की, बाबा के पास से *धारु–दर्पण*[1] खाई। पर फिर भी उनके जीवन में सन्तान नहीं आयी। इसलिए गाँव के लोग उन्हें बाँझ कहकर चिढ़ाते है। लोग उन्हें जो काम करने देते वही वे विश्वासपूर्वक करते हैं। और अन्त में लोगों के कहने पर *कौतकौ ठाकुर*[2] के यहाँ जाकर एकांत मन से वेदना को व्यक्त कर वरदान माँग लिया।

सचमुच इसके एक साल बाद उन लोगों के जीवन में एक सुन्दर, स्वस्थ–सबल कार्तिक जैसा बेटा पैदा हुआ। लड़के का नाम अमर रखा गया; जिसकी मृत्यु नहीं होती है। और तब से वृद्ध दम्पत्ति देव–देवियों पर बहुत विश्वास रखते हैं।

बच्चे को बहुत लाड़–प्यार से बड़ा किया गया। वह जो चाहता वही देते और कहते– "एक ही तो लड़का है। इसे प्यार न करे तो किसे करे।" पर कहा जाता है कि अधिक लाड़–प्यार से बच्चा बिगड़ जाता है।

अमर बड़ा हुआ। मैट्रिक परीक्षा पास करने के बाद कॉलेज पहुँचा। अमर प्रायः अपने माँ–बाप से कुछ न कुछ माँगता रहता है। आज रुपये चाहिए, तो कल जींस पैंट; यह चाहिए, वह चाहिए। सिर्फ चाहिए–चाहिए–चाहिए। चीज़ें तो हैं, पर नई चाहिए, अच्छी चाहिए। पिता खलिहान से धान बेचकर उसे पैसे देता रहा। एक दिन अमर ने ऐसी चीज़ माँगी जिसे सुनकर पिता संकट में पड़ गया। उसे दरअसल एक बाइक चाहिए। साइकिल लेकर वह कॉलेज जा सकता है? उसके सभी दोस्त बाइक लेकर कॉलेज आते हैं, उसे शरम आती है। यदि उसे बाइक नहीं दी गयी, तो वह अब और कॉलेज नहीं जाएगा। बेटे की माँग सुनकर बाप कहता है–

"मैं इतने सारे पैसे कहाँ से लाऊ बेटा?" माँ झट से बोलती है–

"तो फिर दस बिघा ज़मीन गिरवी रख दीजिए। हूँः, उस गिरवी के पैसे से क्या होगा? उसे तो बेहतर है बेच दीजिये। इसके अलावा और क्या चारा है? जैसे भी हो उसे एक बाइक ख़रीद दीजिए। एक ही लड़का है। उसे प्यार न करे तो किससे करे।"

पिता ने अमर को यामाहा दिलवा दिया। फिर क्या जब भी पेट्रोल ख़रीदने के लिए पैसे चाहिए तब भी खलिहान से धान बेचने का सिलसिला चलता रहा। इस तरह कुछ दिन गुजर गये। एक दिन फिर से उसने बाप से कहा–

"पिताजी, मुझे शिलॉग जाना है। इसीलिए आज दो हजार रुपये मुझे जैसे–तैसे चाहिए।" पिता ने अचरज से कहा–"दो हजार रुपये! कहाँ से लाऊँ?"

पर माँ ने झट से कहा–

"तो लाल बैल की जोड़ी ही बेच दीजिये। इसके अलावा और क्या चारा है। उसके लिए जाना शायद बहुत जरुरी है।"

कहे अनुसार काम किया गया। अन्त में लाल बैलों की जोड़ी बेचकर शिलॉग जाने के लिए पैसे का जुगाड़ कर दिया गया।

तीन दिन के बाद अमर शिलॉग से वापस आया। घर आते ही पिता से धमकी भरी आवाज़ में बोला–

"बाबूजी मुझे दो मोन धान दीजिए। मेरे पास पेट्रोल ख़रीदने के लिए पैसे नहीं हैं।"

पर बाप ने बेटे के भविष्य की चिन्ता करके कठोर होकर कहा–"तुम यह सब क्या कर रहे हो? आज बाइक, कल पैसा चाहिए, यह चाहिए, वह चाहिए। ऐसे करते हुए तूने घर को बर्बाद कर दिया है। खलिहान में दस मोन धान ही नहीं हैं, उसी से तुम्हें अगर दो मन धान देता तो अगली आहु3 की खेती तक खाना ही नही जुटेगा। तो खायेंगे कहाँ से? ऐसा ही चलता रहा तो भिक माँगकर खाना पड़ेगा।"

बाप की बातें सुनकर अमर गुस्से से पागल–सा होते हुए घर से बाहर चला जाता है और शाम को शराब के नशे से चूर होकर घर आता है। और माँ–बाप से अनाब–शनाब बकता है। उन्हें मारना भी चाहता है। लड़के की ऐसी कुमति देखकर बूढ़े माँ–बाप अपने को छोटा समझकर चुपचाप रह जाते हैं।

अगले दिन सुबह ही अमर ख़ुद खलिहान से धान निकालता है और बेचता है। उन रुपयों से पेट्रोल ख़रीदता और बचे पैसे से शराब पीता है। उस दिन से वह हमेशा शराब पीकर घर आने लगा। भोजन करते समय सब्जी ठीक नहीं बनी कहता हुआ कभी–कभी गुस्से में आकर सब्जी की कटोरी और थाली फैंक देता है। माँ को मारने–पीटने को उतारू हो जाता है। पर माँ–बाप झुककर उसकी हरकतें मानते रहें। उसने अपनी इच्छा से घर की सारी धन सम्पत्ति, बैल–बकरी, ज़मीन–जायदाद एक–एक करके बेचना शुरू कर दिया। जेब में करकते नोट लेकर बेहिसाब दोस्तों के साथ घूमता रहता। इसी तरह उसने घर की सारी चीज़ें बर्बाद कर दीं।

चार–पाँच दिन हो गए, उसकी मोटर साइकल घर में पड़ी है। कारण पैट्रोल ख़रीदने के लिए पैसा नहीं है, और इस तरह उसने मोटर साइकिल भी बेच दी। उन पैसों से शराब पीता रहा और दोस्तों के साथ शोर मचाते हुए घूमता रहा।

अन्त में निरुपाय होकर बाप ग़रीबों की तरह दाऊ और फरसा लेकर जंगल जाता और जंगल से लकड़ी इकट्ठा कर बाजार में बेचकर चावल ख़रीद कर लाता। माँ भी लोगों के घर में मजदूरी करती रही। इसी तरह वह दोनों दो जून का खाना जुगाड़ करते रहे।

अमर को बाहर गए आज तीन दिन हो गये। खाना खाने के लिए घर नहीं आ रहा है। इधर पिता का भी दो दिन से ख़ूब बुख़ार चल रहा है। माँ भी काम में नहीं जा रही है। बुख़ार सर पर चढ़ने से बूढ़े बाप की मौत

हो गयी। अमर को ढूँढ़ने के लिए माँ ने आदमी भेजा। लोगों ने आकर माँ को बताया कि उसने एक गारो *माया*[4] के साथ शादी कर ली। समाचार सुनकर माँ विलाप करने लगी। धीरे–धीरे माँ भी बूढ़ी होती गयी। मजदूरी करने जाए तो मालिक कहता है कि वह काम के लायक नहीं रही, बूढ़ी हो गई है। काम नहीं कर पाती। काम करने की इच्छा होने पर भी शरीर भी इजाज़त नहीं देता। आजकल वह सीधी होकर चल नहीं पाती। हाथ में लकुटी के सहारे झुक कर चलती है। अन्त में उपाय विहीन होकर वह भीख माँगने लगी। पर वार्ध्याक्य पीड़ा से पीड़ित उसका शरीर भीख के लिए बहुत दूर तक जा नहीं सकता। गाँव के लोग भी उसे भीख दे देकर उकता गये। धीरे–धीरे भीख मिलना बन्द हो गया और खाना न पाकर वह रुग्ण हो गयी। इस तरह दुःखकष्ट झेलकर वह मर जाती है। माँ की बीमारी के बारे में जानते हुए भी वह जान–बूझकर माँ को देखने नहीं आया। क्योंकि अमर को पता था कि माँ को देखने जाए तो दवा के साथ एक–दो सेर चावल भी लेकर जाना पड़ेगा। ये सब लेने के लिए उसके पास पैसा नहीं है। किसी तरह वह शराब बेचकर अपना गुजारा कर रहा है। उसकी गृहस्थी में सदस्य की संख्या बढ़ गयी है। बच्चे पैदा हुए। शराब बेचकर भी जब गृहस्थी नहीं चला पाया तो अमर ने पिता का पेशा अपना लिया। धीरे–धीरे अमर भी बुढ़ा हो चला। उसकी बीबी उससे उम्र में बहुत छोटी थी। षोडशी की तरह वह सरे बाजार में शराब बेचती फिरती है। इस तरह उसकी बीबी शराब बेचकर गृहस्थी को चलाने लगी। अमर केवल घर में खाना बनाता, कपड़े धोता रहा। बीबी के लिए पानी भरकर रखता रहा। क्योंकि वह देर रात को घर आती है। बच्चे के खाने के बाद बीबी भी सो जाती। तो वर्तन माँझता, बीबी की देख–भाल करता। यही है उसकी दैनिकी।

इतनी देख–भाल करने के बाद भी पत्नी का व्यवहार ठीक नहीं होता। छोटी–छोटी बातों पर वह क्रोधित होती हुई कहती–

"आज ही घर से निकल जाओ। तेरे जैसा पति मुझे नहीं चाहिए।"

इसका कारण क्या हो सकता है? अमर के मन में ढेर सारे सवाल उठते हैं। पर उसका जवाब नहीं मिलता है। पर हाँ, बहुत दिनों से वह देख रहा है कि शराब बेचकर वापस लौटते समय हर दिन कोई उसकी बीबी को घर तक छोड़ देता है। पूछने पर अपना रिश्तेदार बताती है।

अमर को उन आदमियों पर सन्देह होता है। पर बोल कुछ नहीं पाता है। अगर बोले तो उसे घर से बाहर निकाल दिया जाएगा। क्योंकि छोटी–छोटी बातों पर वह उसे घर से बाहर निकालना चाहती है। गारो जाति के नियमानुसार नारी ही सारी सम्पत्ति की अधिकारिणी होती है। वह कहाँ जाये। कुछ कर भी नहीं सकता। क्या खाये! अमर सोचता रहता है।

एक दिन की बात है। उस दिन खाना खाने के बाद बच्चे जब सो गये तब अमर एक दीया जलाकर बर्तन घिस रहा था। आकाश में चाँद अस्त होने को था। घर के आस–पास बड़े–बड़े पेड़–पौधों के कारण आँगन छायादार हो गया था। इसी समय किसी को फुसफुसाकर बातें करते उसने सुना। पेड़ की ओट में थोड़ी सी चाँदनी में ध्यान से जो देखा उसे किसी प्रकार सह नहीं पाया। गुस्से से पूछा–

"अभी पेड़ के नीचे अँधेरे में किससे बातें कर रही थी?"

"मेरी मर्जी। में जिससे बात करना चाहूँ, तुझे पूछने का अधिकार है? मेरी ही कमाई खाकर मुझ पर रोब झाड़ते हो?"

अपने प्रश्नों का सही जवाब न पाकर अमर का गुस्सा और बढ़ गया है। उसने पीटने के लिए बेंत उठा लिया। किन्तु पत्नी ने अमर के हाथ से बेंत छीनकर उसी को दो–चार जमा दिये। बीबी की मार सह न पाने के कारण ज़मीन पर गिर गया। उसे उसके दोनों पैरों से पकड़कर बीबी ने समूचे आँगन में घसीटा। धक्के मार–मार कर वह उसे गेट तक ले आयी और लाट मारकर बाहर निकाल दिया।

अमर किसी तरह उठकर बैठा। ठण्ड भी बहुत थी। शरीर में केवल कपड़े के नाम पर अँगोछा और सर्ट के अलावा कुछ भी नहीं था। किसी प्रकार अँधेरे में चलकर वह पेड़ के नीचे गया। वह पेड़ अमर और इसके प्यार का साक्षी था। पेड़ के नीचे पहुँचते–पहुँचते आकाश गड़गड़ाने लगा और मूसलाधार बारिश होने लगी। बारिश में अमर का सारा शरीर भीग गया। पीड़ा से उसका शरीर अवश हो उठा। उसे पीड़ा से रात गुजारने के बाद सुबह ही धूप में उसने अपने शरीर को मजबूत कर लिया। पर शरीर में असहनीय पीड़ा हो रही थी। वह ठीक से चल नहीं पा रहा था। कोई काम भी नहीं कर पाया। उपायविहीन होकर भीख माँगने का ही तय किया। पर गाँव–गाँव भीख मांगते फिरते फिरना उसके वश की बात नहीं है।

वह रास्ते के किनारे यू ही पड़ा हुआ फटे कपड़े जमा करता है। वह बोरी के टुकड़े भी साथ लिए घूमता है। वही सब उसकी रजाई बिछोना और टकिया भी है। लोगों के फेंके गए जूठे पत्तलों को लेकर कुत्तों के साथ छीना झपती करता है। उसे घृणा नहीं होती है। क्योंकि सभी जीव मूलतः एक ही है।

अमर का बीमार शरीर और सूखकर काँटा हो गया। उसे भर पेट खाना नहीं मिलता। धीरे–धीरे वह चलने फिरने में भी असमर्थ होने लगा। वह एक ही जगह बैठा रहता है। परिस्थितिवश किसके साथ किस तरह से पेश आना चाहिए वह भी अमर ने सीख लिया। उसने अपने साथ एक टूटी थाली रख दी। यदि उसे कोई हिन्दू जैसा दिखता तो कहता–'भगवान आपका भला करे।' यदि उसे कोई गारो जैसा दिखाता तब कहता– "यिशुना राशङ[5]।" मुसलमान जैसे दिखने पर कहता– "अल्लाह के लिए दो–चार पैसे दान करे।" जैसे मानो वह एक ही जीवन में तीन गुरुओं से दीक्षित हुआ हो। मानो वह हिन्दू, ईसाई और मुसलमान–तीनों है।

शब्दार्थ :

1. धारु–दर्पण : औषधिया (वैद्य व्दारा प्रस्तुत)
2. कौतकौ ठाकुर : कार्तिक देवता य हाजङ समाज में यह विश्वास है कि निसन्तान दम्पति ने इस देवता को पूजा करने से सन्तान लाभ होता है। महिलाओं को बुलाकर पूजा करके वर माँगा जाता है।
3. आहु : एक प्रकार का धान
4. माया : औरत
5. यिशुना राशङ : गारो भाषा का वाक्य 'यिशु के लिए शुक्रिया' (God bless you ईशु तुम्हारा भला करें)।

परिशिष्ट

मछली का भरता

'मछली का भरता 'नीलकमल ब्रह्म की बड़ो कहानी 'ना बाथौन' का हिन्दी अनुवाद है। फुकन बसुमतारी ने मूल बड़ो कहानी का असमीया अनुवाद किया है। यह कहानी लेखक के सन् 1984 में प्रकाशित 'चिलिङखा' शीर्षक बड़ो कहानी संकलन में संकलित की गयी थी। कहानी में बड़ो जनजाति के सहज–सरल जीवन को प्रामाणिक रूप में उकेरा गया है। बड़ो समाज में प्रचलित लोक विश्वास को कथावस्तु का आधार बनाकर कहानी लिखी गयी है।

हुंगा एक युवक है, जो भैया और भाभी के साथ गाँव में रहता है। खेती–बाड़ी से ही उसके परिवार का गुजारा होता है। खेती का समय है। इन दिनों दोनों भाई जी तोड़ मेहनत करते हैं। भाभी का काम भी बहुत बढ़ जाता है। इसीलिए भाभी दो महीने के लिए बहन अम्बा को अपनी मदद के लिए बुला लायी है।

एकदिन अचानक भाभी की आँखों के सामने एक घटना घट जाती है, जो उसके लिए अद्‌भुत थी। वह खेत में मेंड़ बना रहे देवर हुंगा को तुरन्त बुलाती है। हुंगा भागा चला आता है। वह देखता है कि दो मछलियाँ वापस में छिपकी हुई हैं। हुंगा जापि टाँगने की छड़ी को उखाड़कर मछलियों की ओर लपकता और पलक झपकते ही वह दोनों मछलियों की ज़िन्दगियाँ खत्म कर देता है। हुंगा ने कीचड़ से दोनों मछलियाँ उठाकर भाभी के सामने रख दीं। भाभी को हुंगा से ऐसा कुछ करने का अन्देशा न था। उसने हुंगा से कहा कि उसे पाप का भागी बनना पड़ेगा। हुंगा भाभी की बातों पर ध्यान नहीं देता है। वह सिर्फ इतना कहता है कि दोपहर के खाने में मछली के भरता का बन्दोबस्त हो गया। जल्दी–जल्दी मछलियों

को जापि से ढककर हुंगा फिर मेंड़ बनाने गया। इधर भाभी और देवर की बातें पास ही हल जोत रहे हुंगा के बड़े भाई को भी सुनाई दीं।

कुछ समय बाद मछलियों को लेकर हुंगा तेजी से घर पहुँचा। हुंगा के बड़े भाई की साली अम्बा दोपहर का खाना पकाकर गाँव के कुँए से पानी भरने गयी थी। घर पहुँचकर वह देखती है कि छोटा जीजा हुंगा रसोई में ध्यान से खरल में कुछ कूट रहा है। अम्बा के पूछने पर उसने बताया कि वह मछली का भरता बना रहा है। अम्बा हुंगा से कहती है कि उसे भी मछली का भरता देना पड़ेगा, वह भी खायेगी। पर हुंगा ने शर्माते हुए कहा कि ऐसी मछलियों का भरता वह नहीं खा सकती। खरल से लोई निकालकर हुंगा ने एक कटोरी में रखा और वह नहाने के लिए निकल गया।

खाने के समय लहसुन से बनाये हुए मछली के भरते की ख़ुशबू से अम्बा की जीभ से पानी टपकने लगा। उसने फिर बात छेड़ी तो इस बार दीदी से डांट खानी पड़ी। हुंगा ने अम्बा को सचमुच का बुद्धू कहा। अम्बा की जिज्ञासा बढ़ती गयी। आख़िर यह कौन–सी मछली है, जिसे खाना उसके लिए मना है। वह जीजा से पूछती है। जीजा बताता है कि गेदगेदी के साथ चेंगा की कुछ अनहोनी होने वाली मछली खाना मना है। असली बात जानकार अम्बा को बड़ी शरम आयी। शरम के मारे उसने जीजा को बनावटी गुस्सा दिखाकर दो–चार बातें भी सुना दीं।

शाम को हुंगा बहंगी लेकर बिचड़ा उठाने के लिए खेत पहुँचा। उस समय अम्बा भी खेत में बिचड़ा उठा रही थी। अम्बा ने हुंगा को छिड़ाने के लिए उसके सामने फिर बात छेड़ी। मजबूरन हुंगा को बताना पड़ा कि गेदगेदी मछली बड़ी भोली होती है, बुद्धू भी। इससे चेंगा, गरई, टेंगरा आदि दूसरी चालाक मछलियों के चंगुल में फँसकर उसे अपनी पवित्रता खोनी पड़ती है। इसीलिए वैसी मछलियाँ खाने से औरतें किसी के ज़ाल में फँस सकती हैं। अम्बा कुछ और न पूछ ले, यह सोचकर जल्दी बात खत्म कर हुंगा बिचड़े का बोझ कन्धे पर चढ़ाकर खेत की ओर चला।

ख़ुशी और शरम की निगाहों से अम्बा हुंगा की ओर देखती रह गयी।

दो नारियल के पेड़

'दो नारियल के पेड़' चित्तरंजन मुसाहारी की बड़ो कहानी 'फाङनै नारेङखल बिफाङ' का हिन्दी अनुवाद है। भूपेन नार्जारी ने मूल बड़ो

कहानी का असमीया अनुवाद किया है। यह कहानी लेखक के सन् 1976 में प्रकाशित 'फयमाल मिजिङ' शीर्षक बड़ो कहानी संकलन में संकलित की गयी थी। कहानी में पते की गड़बड़ी से विवाह प्रार्थी की विडम्बना का रोचक वर्णन किया गया है। साथ ही यहाँ बड़ो समाज की रीति–नीति, आचार–व्यवहार, लोक विश्वास आदि का प्रामाणिक चित्रण मिलता है।

कहानी का नायक रूपारम नाम का एक युवक है, जो शादी के लिए लड़की देखने के लिए जा रहा है। रूपारम को लड़की नापसन्द न कर दे, इसीलिए उसकी मामी, भाभी सब बारी–बारी से उसे नसीहत देती हैं। उसे किन बातों पर ध्यान देना है, लड़की वालों के घर में कैसा आचरण करना है, लड़की के लक्षण सम्बन्धी अनेक सुझाव देती हैं। रूपाराम को वर्षों से उसकी माँ–बाप शादी के लिए कह रहे हैं। माँ–बाप के आग्रह की उपेक्षा न कर सकने पर वह लड़की देखने के लिए जाने को राजी होता है। मुकुलदाङा गाँव के सेमफाख की बेटी लाइश्री को उसके माँ–बाप ने पहले ही देख लिया है और उन्हें वह पसन्द भी आयी। अब लड़के की बारी थी, लड़की देखने और पसन्द करने की। मामी ने सुझाव दिया कि लड़की देखने जाते समय कभी अपने से सुन्दर लड़के को साथ में नहीं ले जाना चाहिए। इससे लड़की उसे ही पसन्द कर सकती हैं। फिर रास्ते में जो भी दिखाई देगा, उससे किस तरह लड़की के स्वभाव सम्बन्धी बातें सूचित होती है, उसे भी विस्तार से बताया। साथ में लड़के के हाव–भाव, शारीरिक गठन आदि से किस तरह लड़की के लक्षण समझे जा सकते हैं, उसके बारे में भी सुझाया। मामी के चले जाने के बाद भाभी का लम्बा भाषण शुरू हो गया। उसने लड़की के घर में व्यवहार योग्य आचरण का पाठ पढ़ाया। जाते ही वह ससुर का पाव लगे, भात खाने के बारे में पूछने पर वह कह दे कि घर में खाकर आया है, भले ही वह भूखा हो। ससुर जी के साथ हाँ में हाँ मिलता चले।

ये सब बातें सुनकर वह अच्छी तरह से नहा–धोकर जाने के लिए निकला। मामी के उपदेश से अपने मित्र रामौंदा को साथ जाना ही उचित समझा। क्योंकि वह रूपारम से किसी भी कीमत पर सुन्दर नहीं है। चेहरे पर मुँहासे भरे हैं। दाँत कुदाल की तरह बाहर की ओर निकले हैं, सर के बाल सुअर के लोम की तरह हैं। लड़कियाँ उसके सर के बाल से सोना

माँजकर चमकाती हैं। दूध में पानी मिलानें की तरह व्यापारी उसके बाल सुअर के लोम के साथ मिलाकर बेचते हैं।

रूपारम और रामौंदा साइकिल पर चढ़ लड़की के घर के लिए रवाना हो रहे हैं। रास्ते में दोनों में ढेर सारी बातें होती हैं। रामौंदा को लड़की देखने जाने का पहले भी अनुभव है। अतः वह व्यावहारिक ज्ञान से कहता है कि लड़की चाहे कुछ जानती हो या न हो, घरवाले उसमें अच्छे–से अच्छे गुणों के होने की बात करेंगे। दूसरी बात यह है कि लड़की वाले प्यार से कई व्यंजनों से भात खिलाएँगे। रूपाराम को इस खाने के सौभाग्य पर सन्देह था, पर रामौंदा ने उसे निश्चित होकर मांस से अच्छी तरह खाने की सम्भावना में मुहर लगा दी। कुछ दूर जाने के बाद वे गडीया नदी के तट पर पहुँचे। नदी में कई लड़कियाँ नहा रही थीं, तो कई कपड़े धो रही थीं, तो कई मछली पकड़ रहे थे। दोपहर हो चुका था, नदी पार करने वाला माझी खाने के लिए गया था। उसके आने में देर होगी। दोनों को भूख लगी थी। दोनों ने पाजामा ऊपर तक उठाते हुए कंधे पर साइकिल चढ़ाकर नदी पार किया। नदी पार होने पर वे मुकुलदाङा गाँव का सेमफाख के घर का पता पूछते हैं। एक बड़ी–सी उम्र की लड़की पता बताते हुए कहती है कि उसके घर के सामने दो नारियल के पेड़ हैं। कुछ दूर जाने के बाद उन्हें एक घर के सामने दो नारियल के पेड़ दिखाई दिये। दोनों साइकिल से उतरे और साइकिलों को नारियल के पेड़ों से सटाकर आँगन में पहुँचे। आँगन में एक लड़की धान बिखेर रही थी। उसने बताया कि माँ–बाप घर में कोई नहीं हैं। बाप शाम तक घर पहुँचेंगे और माँ कल ही आएगी। लड़की ने उनके आने का कारण पूछा। रूपाराम हक्का–बक्का रह गया। रामौंदा ने स्थिति को सँभालते हुए कहा कि उन्हें उसके बाप ने बुला भेजा है। दोनों को आश्चर्य हुआ। आखिर यह कैसा परिवार है। खबर देकर लड़की देखने आने पर भी माँ–बाप दोनों घर से गायब है। लड़की ने दोनों को चाय पिलाई। भात खाने के बारे में पूछा तो भाभी के सलाह का अनुपालन करते हुए रूपाराम ने तुरन्त मना कर दिया। लड़की ने दोनों को बैठक खाने में आराम करने के लिए कहा। रामौंदा के पेट में चूहा दौड़ रहे थे। वह थक चुका था। बिस्तर में जाते ही उसकी नाक बजने लगी। रूपारम को रास्ते में की गयी खाने की कल्पना पर हंसी आई। इतने में बाहर से किसी लड़की की आवाज सुनाई पड़ी, जो गसाती पुकारती हुई आँगन में पहुँची। रामौंदा ने

दरवाजे के झरोखे से झाँका तो पाया कि एक अति सुन्दर लड़की, जिसे थोड़े समय पहले बात करने वाली लड़की लाइश्री पुकारकर बातें कर रही थी। अभी आने वाली लड़की ने अपनी विडम्बना बताते हुए कहा कि कोई लड़का उसे देखने आ रहा है। उसके लिए खाना पकाते–पकाते वह बेहाल हो गयी है। अभी तक उसे खाना खाने का मौका ही नहीं मिला। मांस जमीन पर गिर गए थे, बिन धोये फिर से पकाया। दाल भी ठीक तरह से नहीं बनी। ये सब बातें कहकर वह चली गयी। रूपाराम का भ्रम टूटा। उसने लड़की को बुलाया और उससे पता चला कि वे जिसे देखने आये थे, वह यह नहीं है। वह लाइश्री नहीं, गसाती है। अभी जो लड़की आई थी वह लाइश्री है। उसके घर के सामने भी नारियल के पेड़ हैं। गसाती सब कुछ समझ गयी। उसने उन्हें लाइश्री के घर जाकर खाना खाने को कहा। पर रूपाराम ने मना कर दिया। रामौंदा इन सबसे अंजान सो रहा था। रूपाराम ने रामौंदा को नींद से जगाया और भूखे पेट दोनों घर के लिए वापस चले। घर जाते–जाते रामौंदा ने माँस न खा पाने का दर्द जाहिर किया। घर में सब बड़ी उत्सुकता से रूपारम का इन्तजार कर रहे थे। सबको निराश करते हुए उसने सिर्फ इतना बताया कि लाइश्री उसे प्यार नहीं करती। उसकी इस बात पर सब उस पर भड़क गये। कैसे उसे पहले ही दिन में पता चला कि लाइश्री उसे प्यार नहीं करती। फिर सबने तरह–तरह की सम्भावनाएँ जाहिर की। रूपाराम चुपचाप खीरे से भूख का सामना कर रहा था। उसने पते विभ्रांत की बात न कहना ही अच्छा समझा। अभी यह हाल है, अगर असली बात का पता चले तो स्थिति और भयंकर हो सकती है। गूंगे का दुश्मन नहीं होता। इसीलिए वह गूंगे की तरह चुप रहा।

कौन किसके लिए ज़िम्मेदार

कौन किसके लिए ज़िम्मेदार' गंगाधर राभा हादु की राभा कहानी 'चाडिः बादाङ चाङ' का हिन्दी अनुवाद है। उन्होंने प्रस्तुत कहानी का अनुवाद राभा से असमीया में किया है। यह एक ऐसी कहानी है, जिसमें सामाजिक सन्देश दिया गया है। प्रस्तुत कहानी में समाज में प्रचलित अंधविश्वास, कु–रीति, वैद्य की मौकापरस्ती, लोगों की निर्दयता, शोषितों की मजबूरी आदि का यथार्थ चित्रण हुआ है। ग्रामीण समाज में लोगों के बीच डायन को लेकर जो अंधविश्वास फैला हुई है, प्रस्तुत कहानी उसी पर आधारित है।

प्रस्तुत कहानी में जिकु नाम की एक अभावग्रस्त महिला के जीवन संघर्ष को दिखाया गया है, जो अपने बीमार पति और बेटे की देखभाल के लिए हर सम्भव प्रयास करती है। पति के बीमार होने पर घर की सारी ज़िम्मेदारी जिकु पर आ जाती है। घर और बाहर की सारी ज़िम्मेदारी निभाने के साथ–साथ जिकु दोनों बाप–बेटे का पूरे मन से खयाल रखती है। मेहनत करना, हस्पताल से दवा लाना, समय समय पर दोनों को खिलाना, भूख दूर करने के लिए आस–पड़ोस से चावल माँगकर लाना फिर पकाकर खिलाना आदि काम करते करते जिकु का शरीर टूट चुका है। हालात से लड़कर कई बार वह चिन्तित हो उठती है, पर फिर भी उसने कभी हार नहीं मानी। अपनों का ख़याल रखते हुए उसने कई रातें जागकर बितायी है।

गाँव के लोगों में डॉक्टर का स्थान वैद्य के बाद है। गाँव की ही एक मेलक नाम की लड़की को बुखार आने पर गाँव वालों ने उस पर भूत–डायन का छाया पड़ा है सोचकर अनेक पूजा करवायी और उससे कुछ फायदा न होने पर बोताक नाम के वैद्य को बुलाया गया। वैद्य ने आते ही मेलक पर अनेक अत्याचार किये और उससे सवाल पूछ–पूछकर परेशान कर दिया। मेलक ने भी न जाने क्यों बार–बार जिकु का ही नाम लिया। बीमार मेलक के मुह से बार–बार जिकु का नाम सुनकर सभी गाँव वालों ने उसे बुला भेजा और बोताक के षड्यन्त्र में पड़ कर अंधविश्वासी गाँव वालों ने जिकु को ही डायन करार दिया। निर्दोष जिकु का पूरे गाँव के सामने मुण्डन किया गया, उसे थप्पड़–लाते मारी गयी, उसपर अनगिनत अत्याचार कर अन्त में गाँव वाले उसे अपने घर छोड़ गए और जिकु अपने बचाव में कुछ भी नहीं कर पायी। अपमानित होकर भी सरल जिकु और उसका पति इसके खिलाफ आवाज नहीं उठा पाये। नियति का खेल मानकर दोनों सिर्फ रोते रहें। मजबूर होकर दोनों ने मानव–समाज की इस निर्दयता को देखकर प्रकृति के सामने अपने हाथ फैलाये और वहाँ उन्हें थोड़ी जगह देने के लिए प्रार्थना की।

नौसिखिया

'नौसिखिया' लिष्टि राभा रङ्ख की राभा कहानी 'फेछेक तिरिङकाय तो' का हिन्दी अनुवाद है। रूपक राभा ने मूल राभा कहानी का असमीया भाषा में अनुवाद किया है। यह कहानी प्रकाश राभा सम्पादित 'जातिनि

खुराङ' (1973) पत्रिका में प्रकाशित पहली राभा कहानी का हिन्दी अनुवाद है। यह राभा समाज के तिनाय नाम के एक प्रेमोन्मत्त लड़के और तेरेन नाम की लड़की की कहानी है। प्रेम के आवेश में कम उम्र में ही शादी करके तिनाय को कितना बोझ ढोना पड़ा उसका चित्रण प्रस्तुत कहानी में किया गया है।

तिनाय और खिताक के पिता दोनों भाई थे। दोनों की कम उम्र में ही शादी हो गयी थी। शादी के पहले तक दोनों भाइयों में मेल था, लेकिन शादी के बाद धीरे–धीरे देवरानी–जेठानी के बीच झगड़े बढ़ने लगे, जिसके चलते दोनों भाइयों को घर–सम्पत्ति का बटवारा करना पड़ा। देवरानी–जेठानी दोनों के एक–एक बेटे थे। जैठानी के बेटे का नाम था खिताक और देवरानी के बेटे का नाम था तिनाय। अलग होने के एक साल बाद बड़े भाई की मौत हो गयी और उसके एक साल बाद छोटे भाई की। पर फिर भी दोनों परिवारों की आर्थिक स्थिति अच्छी ही रही।

तिनाय की ज्ञान–बुद्धि बहुत ही कम है। परिवार वालों ने उसका स्कूल में दाखिला तो करवा दिया था, पर पढ़ाई में उसका मन नहीं लगता था। तिनाय देखने में अच्छा था और ऊपर से अमीर भी था। इसीलिए उसके और दूसरे गाँव की लड़कियाँ भी उसके पीछे पड़ी हुई थी, लेकिन इनमें से सबसे चालाक थी तेरेन। उसके सामने सभी लड़कियाँ ढेर हो गयी। तिनाय के जीजा के परिवार की एक शादी में दोनों ने पहली बार एक–दूसरे को देखा था। तेरेन बहुत तेज थी। कैसे लड़कों का मन जीता जाता है, यह वह खूब जानती थी। उसने बड़े ही चालाकी से तियान को फाँस लिया। शादी में उसने तो तिनाय को अपने कमरे तक बुला लिया। फिर क्या था। तिनाय तो उस पर लट्टू हो गया। वह तेरेन के प्यार के लिए इतना बेसबर हो गया की जल्द ही दोनों की शादी करवा दी गयी। शादी के बख़्त उसकी उम्र सौलह साल थी और बीस साल की उम्र में ही वह दो बच्चों का बाप बन गया। एक तो कम उम्र ऊपर से शारीरिक मेहनत करने में असमर्थता। इससे परिवार का बोझ उठाना उसके लिए मुश्किल हो गया। उसको शराब की लट लग गयी और दिनभर वह नशे में डूबा रहने लगा।

इधर तेरेन की आकांक्षाएँ कभी न समाप्त होने वाली थीं। साथ ही उसमें प्रदर्शन की प्रवृत्ति भी थी। अपने घर की अच्छी आर्थिक स्थिति को

दिखाने के लिए वह खिताक की माँ के साथ–साथ गाँव के कई परिवारों से नये चावल बदलकर पुराने चावल लायी, लेकिन धीरे–धीरे उनकी आर्थिक स्थिति खराब होने लगी और दूसरों से माँगकर खाने की नौबत आ गयी। चोरी–चकारी करने में भी वह उस्ताद थी। कई बार खिताक के गोदाम से उसने धान चुराये और एक बार पकड़े जाने पर जुर्माना भी भरना पड़ा था। पूरे गाँव में उसकी बदनामी हो गयी। उनकी आदतों की वजह से तिनाय और तेरेन के संसार में जैसे राहु का छाया पड़ गया। क्योंकि तेरेन थी कुलक्षणी और तिनाय था यौवन का नौसिखिया। ऐसे में उनकी यह हालत होना स्वाभाविक ही है।

लाज

'लाज' रङबङ तेराङ की कार्बि कहानी 'काथेराक' का हिन्दी अनुवाद है। छिकारी तिछॉ ने मूल कार्बि कहानी का असमीया भाषा में अनुवाद किया है। प्रस्तुत कहानी कहानीकार के सन 2004 में प्रकाशित 'त' मछ आहिरिङ' नामक कार्बि कहानी संकलन में संकलित है। कार्बि समाज में प्रचलित नारी सम्बन्धी सामाजिक प्रथा को मूल विषय–वस्तु के रूप में ग्रहण करते हुए प्रस्तुत कहानी लिखी गयी है। कहानी में एक ओर कार्बि जनजातीय लोगों की सहज–सरल जीवन शैली को अपनाते हुए उन लोगों की पारम्परिक सामाजिक प्रथा को दिखाया गया है तो दूसरी ओर किस प्रकार आधुनिकता ने उन लोगों के सहज–सरल जीवन को आधुनिक बना दिया है जिसके चलते वे इन प्रथाओं का उल्लंघन करने में भी नहीं हिचकिचाते हैं उनका भी चित्रण मिलता है। इस नये–पुराने के आपसी अन–बन को किस तरह एक नन्ही सी बच्ची पल भर में ही खत्म कर देती है यहाँ दर्शाया गया है।

काजिर एक सहज–सरल कार्बि युवती है जो अपनी बूढ़ी माँ के साथ गाँव में दिन गुजारा करती है। वह कार्बि समाज में प्रचलित पारम्परिक सामाजिक प्रथा के अनुसार अपनी नानी, मौसी, माँ, चाची आदि की तरह अपने मस्तक पर स्थायी रूप से एक विशेष पद्धति से नीले रंग की रेखा 'दुक' अंकित कर लेती है, जो विवाहोपयुक्त नारी का सूचक है।

दूसरी ओर काजिर के भैया–भाभी डिफु शहर में रहते हैं। उसकी भाभी आधुनिक शिक्षिता नारी है। गाँव में पुराने तरीके से हमेशा बुनाई–कटाई करते रहने की अपेक्षा शहर में मशिनी करघे में उन्नत ढंग से कपड़ा बुनाई सीखें,

भाभी को दो–एक काम में हाथ भी बताएँ, ये सोचकर एक दिन भैया ने उसे गाँव के घर से डिफु शहर ले आये थे। पहले पहल भाभी और भैया के साथ उसके दिन अच्छे ही बीते थे। भाभी भी उसे बहुत प्यार करती थी, लेकिन बाद में दिन वैसे ही नहीं बीते। भाभी के उसके प्रति दिन–व–दिन परिवर्तित होती बर्ताव से उसे यह एहसास होने लगा था कि वह उन लोगों के लिए बोझ–सा बन गयी है और क्रमशः मान–सन्मान का एक बड़ा प्रश्न बन चुकी है। सिर्फ इतना ही नहीं, उसकी भाभी को तो दूसरे लोगों के साथ उसकी जान–पहचान कराने में भी शर्म आती थी। भाभी भैया से प्रायः काना–फूसी करने लगी थी। भाभी का नफरत भरा बर्ताव उसके लिए नयी बात नहीं थी, लेकिन उस दिन अचानक जो घटना घटी उससे वह दंग रह गयी। शाम का वक्त था। सुबह से उसके भैया घर में नहीं था। वह ट्रेनिंग सेंटर से घर पहुँचकर घर को गन्दा देखकर साफ़–सफ़ाई करने में लग गयी थी। सफ़ाई करते करते किसी समय वह ड्रेचिंग आइने के सामने जा पहुँची और आइने में लगा हुआ बाल देखकर उसे हटाने लगी थी। उसी वक्त अनहोनी हुई। उसी समय सद्यरूस्नाता भाभी उसके सामने आयी और उसे देखकर गुस्से में आग बबूला हो गयी। भाभी उससे झगड़ा करने लगी और उसके दुख से द्विखण्डित चेहरे को देखकर उसे अपमानित करने लगी। उसके बाद वह बड़बड़ाती हुई सिनेमा देखने के लिए चली गयी। इस घटना से अत्यन्त अपमानित महसूस कर काजिर अपनी ज़िन्दगी में दुबारा भाभी की शक्ल न देखने की प्रतिज्ञा करती है। वह ट्रेनिंग अधूरा छोड़ कर अगले दिन गाँव के लिए रवाना होती है। इसके दो साल बाद अचानक एक दिन उसे खबर मिलती है कि उसकी भाभी की तबीयत बहुत खराब है। इस बात को सुनकर काजिर से रहा नहीं गया और अपनी माँ के साथ भैया के घर पहुँच जाती हैं, लेकिन वहाँ पहुँचने पर उसे पता चलता है कि उसके भैया–भाभी की ज़िन्दगी को खुशिओं से भरने के लिए एक नन्हीं–सी, प्यारी–सी मेहमान आई है। उस समय वह बहुत असमंजस में पड़ जाती है। उस नन्हीं–सी बच्ची और उसके बीच उसकी की हुई प्रतिज्ञा आड़े आती है। भाभी भी अब वे पुरानी बातें भूला चुकी थीं। काजिर भी बच्ची को देखकर सारी पुराने गिला–शिकवा भूलाकर उसे गोद में लेकर प्यार

से चूमने लगती है। भाभी और ननद के मिलनाश्रु को देखकर उसके भैया लांटुक की आँखें भी भीग जाती हैं।

पतझड़

'पतझड़' लुंचे टिमुङ की कार्बि कहानी 'मंबे आलबान का हिन्दी अनुवाद है। हांमिजि हांचे ने मूल कार्बि कहानी का असमीया अनुवाद किया है। यह कहानी कहानीकार के 'छेर कहिन लाङजाङ' शीर्षक कार्बि कहानी संकलन में संकलित की गयी थी। इस कहानी में कार्बि लोगों के सहज–सरल जीवन को अत्यन्त ही सजीव ढंग से प्रस्तुत किया गया है। साथ ही दूसरों के अंधानुकरण के कारण लोग किस प्रकार समाज में सदियों से चली आ रही परम्परा के विरुद्ध जाकर खड़े होते हैं और अन्त में दुखभरा जीवन जीना पड़ता है उसको 'पतझड़' कहानी के जरिए दिखाया गया है।

छारमेन मिलिटरी में है। साल में एक ही बार घर आता है। इस बार वह दो महीने की छुट्टी लेकर घर आया है। उसके आते ही उसके पिता मय तिछो के घर में लोगों का मेला लग जाता है। गाँव में उसका एक रुतबा है और सब उसके आगे पीछे घूमते है। इसबार जब वह घर आया तो आते बख़्त घूमने फिरने के लिए काफी पैसा लाया है। दमफुइ छारमेन की बुआ की एकलौती बेटी है। देखने में वह सुन्दर–सुशील है। कई सालों तक बुआ से न मिलने के कारण बुआ और फूफा दोनों छारमेन से बहुत नाराज थे, इसीलिए उनकी नाराजगी दूर करने के लिए छारमेन इसबार उनके गाँव बंगथर गया। छारमेन के जाते ही दमफुइ ने उसकी अच्छी तरह से खातिरदारी की। छारमेन कुछ दिन उनके घर पर रुका। वह दमफुइ और उसके दोस्तों को डिमापुर ले जाकर सिनेमा दिखाने लगा। आर्थिक कारणों से धीरे–धीरे सभी दोस्त कम होते गये और आख़िर में रह गये सिर्फ छारमेन और दमफुइ। फिर लोक–लाज की परवाह किये बिना दोनों अकेले–अकेले सिनेमा देखने लगे। दोनों एक ही उम्र के थे, पर रिश्तेदार होने के कारण लोग उनपर शक नहीं करते थे। पहले सब कुछ ठीक ही था, पर धीरे–धीरे दोनों का एक–दूसरे के प्रति आकर्षण बढ़ने लगा। कभी सिनेमा देखकर लौटते बख़्त बारिश हुई तो कहीं रुक गये, जंगली हाथी निकला तो हॉटल में एक ही कमरे में ही दोनों रुकने लगे।

माँ–बाप के सवाल करने पर अपनी मीठी बातों से दमफुइ उन्हें मना लेती थी। दमफुइ का अनुभवी बाप सबकुछ जानकर भी कुछ नहीं कह पाया।

कुछ दिन ऐसे ही बीत गये। दो महीने की छुट्टी के ज़्यादातर बख़्त छारमेन दमफुइ के घर पर ही रुका। ठीक ऐसे में ही वह दुर्घटना घटी। तीन दिनों तक घर न आने के बाद एक दिन आधी रात को दोनों घर लौटे और एक साथ सो गये। ऐसी बातें कहाँ किसी से छिप सकती है। सुबह तक बात चारों ओर फैल गयी। पंचायत बिठाकर उनका फैसला किया गया। जब दोनों ने एक–दूसरे को न छोड़ने का प्रण ले लिया तो सबने उन दोनों को पति–पत्नी की स्वीकृति दी और दमफुइ के बाप को सौ रुपये का जुर्माना भी भरना पड़ा। गाँव में दोनों परिवारों की काफी बदनामी हुई। छारमेन का बाप जाकर अपने बहू–बेटे को अपने घर ले आया। इस घटना से समाज में उनका रुतबा खत्म हो गया। इसी बीच छारमेन अपनी नौकरी पर लौट गया। पिछले पाँच सालों से उसकी कोई खबर नहीं आयी। उसने चिट्ठी भी भेजनी बन्द कर दी। ऐसे में दमफुइ के मायके और ससुराल में उसे कोई पूछने वाला नहीं रहा। सुहागन होकर भी उसे विधवाओं की ज़िन्दगी जीनी पड़ी। दूसरों से मिली उपेक्षा ने उसे कठोर बना दिया और उसने खुद ही अपना रास्ता चुन लिया। पहले की तरह वह घर में निर्मित शराब बैचने लगी। पहनावे में भी काफी फर्क आ गया। अब वह छोटी मेखला, बिना बाहों वाली कमीज और ऊँचे जूते पहनती है। पर इससे भी कोई फर्क नहीं पड़ा। लोग उसका मजाक उड़ाने लगे। एक दिन मजबूर होकर उसने आत्महत्या करने का फैसला ले लिया और फाँसी के फंदे पर चढ़ी ही थी कि दीवार पर लटकी छारमेन की फोटो को देखकर वह रुक गयी और नीचे उतरकर हताशा से रोने लगी।

मँझले भैया

'मँझले भैया' शीर्षक कहानी दीपक कुमार दले की मिचिङ कहानी 'रियाङ काइ' का हिन्दी अनुवाद है। कहानीकार ने स्वयं मूल मिचिङ कहानी का असमीया अनुवाद किया है। यह कहानी डॉ. उपेन राभा हाकाचाम द्वारा सन 2012 में सम्पादित 'एहोरा जनजातीय चुटि गल्प' से लिया गया है, जो असम प्रकाशन परिषद से प्रकाशित है।

आलोच्य कहानी में मिचिङ जनजाति का सहज सरल जीवन अंकित है। कार्मङ नामक मँझले भैया को केन्द्र में रखकर कथावस्तु का ताना बाना बुन गया है। कार्मङ के रूप में एक स्वनिर्भरशील, कर्तव्यपरायण और अपनी बहन से अपार स्नेह रखनेवाले व्यक्ति का चित्रण करते हुए मिचिङ समाज के विवाह–सम्बन्धी रीति–रिवाज और उसकी रस्म अदायगी को अंकित करना प्रस्तुत कहानी का उद्देश्य है।

कार्मङ की छोटी बहन अइमलि कम उम्र में ही दूसरे गाँव के लड़के कार्दुंग के प्रेम में पड़कर भाग जाती है। अइमलि के घर में कोहराम मच जाता है। मिचिङ प्रथा के अनुसार लड़के के यहाँ से दुकताग (शादी का प्रस्ताव लेकर आने वाला) तीन दिन तक भी नहीं भेजा जाता है तो लड़की वाले क्रोधित हो जाते हैं। जब दुकताग आता है तो रस्म अदायगी के समय घटक के बड़बोलेपन के कारण दोनों परिवार के बीच अनबन हो जाती है। कार्मङ भी विवाह कर शहर आकर नौकरी पेशा जीवन की शुरुआत करता है। पर रह–रहकर उसे अपनी बहन अइमलि की याद सताती रहती है। इधर अइमलि का जीवन दुखभरा बन जाता है। कार्दुंग उसके गर्भ में पल रहे चार महीने के भ्रूण का गर्भपात करवा देता है। अइमलि कुछ दिनों के लिए मायके चली आती है। इसी दौरान बड़ी बहनों के उकसाने पर कार्दुग दूसरा विवाह रचा लेता है। जैसे ही कार्मङ को इसकी सूचना मिलती है, बड़ा सा दाओ लेकर कार्दुग के टुकड़े–टुकड़े करने पर उतारू हो जाता है।

फिर एक लम्बे अन्तराल के बाद कहानीकार ने कार्मङ के शहरी जीवन पर प्रकाश डालते हुए कहानी को समाप्त किया है। अइमलि के नंदोई डॉक्टर की नौकरी पेशा जीवन से अवकाश की सूचना मिलते ही कार्चलि अपने पति कार्मङ से उन लोगों से मिलने जाने की बात छेड़ती है, पर कार्मङ जाना नहीं चाहता। पत्नी के समझाने पर वह अनमना सा जाने को तैयार होता है। उसके कानों में अइमलि की हल्की सी आवाज गूंज उठती है–मँझले भैया!"

दुल्हन का स्त्री–धन

'दुल्हन का स्त्री धन' शीर्षक कहानी दीपक कुमार दले की मिचिङ कहानी 'यमनू आलिग' का हिन्दी अनुवाद है। कहानीकार ने स्वयं मूल मिचिङ

कहानी का असमीया अनुवाद किया है। प्रस्तुत कहानी को डॉ. उपेन राभा हाकाचाम द्वारा सम्पादित जनजातीय कहानी संग्रह 'एहोरा जनजातीय चुटि गल्प' से लिया गया है। यह कहानी संग्रह सन 2012 में असम प्रकाशन परिषद के द्वारा प्रकाशित किया गया है।

आलोच्य कहानी में मिचिङ जनजातीय समाज के सहज–सरल जीवन की कहानी कही गई है। कहानी की केन्द्र–बिन्दु आपिलि नामक विवाह योग्य युवती है, पर वह कहानी में प्रत्यक्ष रूप से कहीं नजर नहीं आती। परोक्ष रूप में वह कहानी की नायिका बनी हुई है। प्रस्तुत कहानी का उद्देश्य मिचिङ समाज में प्रचलित विवाह संस्कार से सम्बन्धित रस्म अदायगी के बारे में बताना है। साथ ही इस रस्म अदायगी में वधू को स्त्री धन देने की प्रथा का उल्लेख करना भी है।

आपिलि और तामङ दोनों एक–दूसरे को पसन्द करते हैं। तामङ के घर से विवाह का प्रस्ताव भी बाकायदा आ चुका है। इसी बीच आपिलि का एक अन्य युवक से भी प्रेम हो जाता है। तामङ हॉस्टल से घर आकर रोने धोने लगता है और फिर तामङ आपिलि को भगाकर ले जाता है इसके बाद रस्म अदायगी की बात आती है, स्त्री धन की बात आती है और लड़की का पिता अकड़ कर बैठ जाता है। सगे सम्बन्धी और गाँव वाले मिन्नते करते रह जाते हैं। पर वह टस से मस नहीं होता। सुबह से शाम होने को होती है। सभी भूखे–प्यासे रह जाते हैं। अन्त में मँझला बेटा चियांगका आकर माँ बाप को झाड़ पिलाता है। तब जाकर रस्म अदायगी सम्पन्न होती है और लोग अपने–अपने घर को चले जाते हैं।

दवा

'दवा' चेरिम देउरी की देउरी कहानी 'कूचिरि' का हिन्दी अनुवाद है। षड़ानन देउरी ने मूल देउरी कहानी का असमीया अनुवाद 'दरब' नाम से किया है। कहानीकार की यह कहानी फरवरी 2008 में 'किमारु' पत्रिका के प्रथम वर्ष की प्रथम संख्या में प्रकाशित हुई थी। प्रस्तुत कहानी के माध्यम से कहानीकार देउरी जनज़ाति की आर्थसामाजिक दिशा को उजागर किया है।

देउरी जनजाति का युवक गुगुला कहानी का नायक है, जो एक साधारण–सा भैंस चरवाहा है। मृदुमाचि, जिसे मृदुमा नाम से भी पुकारा

जाता है, इसी जनजाति की सुन्दरी है। वह अपनी खुबसूरती से युवकों को सहज ही अपनी ओर आकर्षित कर लेती है। युवावस्था में गुगुला मृदुमा से बेहद प्यार करता था, लेकिन मृदुमा गुगुला के अलवा गलाइचिङ का लड़का रमल से भी प्यार करती थी। रमल की सरकारी नौकरी है दूसरी ओर गुगुला एक चरवाहा है। उसके पास एक कोठी बनाने के लिए जमीन तक नहीं है। एक दिन मृदुमा रमल के साथ भाग गयी। इस घटना से मृदुमाचि को लेकर गुगुला जो सपने संजोये थे, वे सब टूट गये। इस घटना के लिए वह अपनी किस्मत को ही दोषी मान बैठता है।

गुगुला की शादी गुनति से होती है। छोटु उसका एकलौटा लड़का है। अपने परिवार को चलाने के लिए वह चौराहे पर दारू बेचता है, उससे जो रकम मिलती है उससे किसी तरह तीनों प्राणियों की भूख मिटती है। जब कभी आबकारी विभाग का छापा पड़ता है अथवा पुलिस की निगरानी रहती है उस दिन घर का चूल्हा तक नहीं जलता।

पिछले नौ दिन से छोटु को बुखार है। गुनति ने घरेलू नुस्के भी अपनाये, जि इवा (देउरी लोगों द्वारा पानी में की जानेवाली पूजा) भी देकर आयी फिर भी बुखार नहीं उतरा। घर की एकमात्र आय का जरिया वह भी दो दिन से बन्द है। पत्नी गुनती सुबह–शाम दूसरे के घर में जाकर मजदूरी करती है। वह आय घर के लिए काफी नहीं है। बीमार बच्चे को कई दिनों से भात खाने को नहीं मिला है। उसकी तबीयत दिनों–दिन बिगड़ती गयी। एक रात छोटु भात के लिए बिलखता है। घर में एक भी दाना नहीं था। तभी अपने बीमार बच्चे की भूख मिटाने के लिए गुनति अँधेरी रात में ढिबरी जलाये बिना घर से निकल जाती है। दूसरी ओर गुगुला सबकुछ जानते हुए भी नींद के बहाने बिस्तर पर पड़ा रहता है। उसे पता है कि घर में भात नहीं है, पत्नी बाहर चली गयी पर इसका अनजाम क्या होगा उसे भी पता नहीं।

गुगुला के जैसे परिवारों के लिए दो वक्त का खाना नसीब नहीं होता है तो दवा कहाँ से मिले ......।

मित्र

मित्र कहानी में देउरी संप्रदाय के नीति–नियम, सामाजिक वातावरण और विशेषताएँ परिलक्षित होती हैं।

इस कहानी की मूल कथा इस प्रकार है– पुरुचिङ देउरी देउरी संप्रदाय के सीधा–सादा और सहज–सरल आदमी हैं। उनका घर देउरी गाँव में है। वे देखने में मोटा–ताजा, ऊँचा, सफेद आदमी है। अधिक सफेद होने के कारण गाँव वाले उन्हें 'सफेद बूढ़ा' ही कहते हैं। धान की खेति में अधिक परिश्रम करते हुए वे अधिक धान उत्पादन करते हैं। इसके परिणामस्वरूप थोड़े ही दिनों में अमीर बन गये। वे घर के आवश्यक सभी कामों में निपुण हैं। उनकी गाँव के सभी लोग श्रद्धा करते हैं। इनके घर का वातावरण अत्यन्त साफ़ है। वे घरेलू काम में निपुण होने के साथ–साथ गाँव के सामाजिक कामों के भी मुखिया हैं। वे लोग देउरी जाति के आराध्य 'कुंदिमामा' को भगवान मानते हैं। 'कुंदिनामा' के आशीर्वाद से उन्हें जितने सन्पद मिले हैं, उतने सन्पद वे गरीबों में बँटवारा करते हैं। इन गुणों के कारण वे गाँव के मुख्य और पूज्य व्यक्ति बने हैं।

एक दिन उनके घर में एक अपरिचित आदमी आया। उसे देखकर सफेद बूढ़े ने उसका परिचय पूछा। सफेद बूढ़े को बातचीत के दौरान पता चला है कि वह 'मुहिराम' नाम से परिचित है। उसे आसन पर बिठाया। नये मेहमान से बात–चीत करते हुए सफेद बूढ़ा हर्षित हुए। उन्होंने उसके साथ पत्नी मलाइबाइ और पुत्र–पुत्री को परिचय करा दिया। सामाजिक रीति–नीति के अनुसार उसे शराब पिलाया और रात की अभ्यर्थना की। एक दिन में ही सफेद बूढ़े ने उसे 'मित्र' मान लिया। दूसरे दिन सबेरे ही मेहमान जाने निकाला। सफेद बूढ़े ने फिर आने का आह्वान करते हुए उसे निंदा किया।

बहुत दिनों के बाद मित्र फिर एक दिन सफेद बूढ़ा के घर पहुँचा। सफेद बूढ़ा, उनकी पत्नी, पुत्र रकम और पुत्री कनदै हर्षित हुए। उन्होंने मुहिराम को अच्छी तरह खिला–पिलाकर कुछ दिन रखा। उसे खाने के लिए संचित वर्तन और सोने के लिए नये कपड़े निकाल दिये। कुछ दिन बाद एक दिन सबेरे सफेद बूढ़े को मालूम हुआ कि मित्र गायब है। उन्होंने चिल्ला–चिल्लाकर पत्नी को मित्र के गायब होने की खबर दी। मित्र को दिये गये सारे सामान भी नहीं है। सफेद बूढ़ा और मलाइबाइ को बहुत पश्चाताप हुआ। उन्होंने भविष्य में किसी अपरिचित व्यक्ति से मित्रता न करने का प्रण किया। डग मुहिराम के कारण सफेद बूढ़े के घर में अपरिचित मेहमान आ आगमन बन्द हो गया।

लाहाम

इस कहानी को मनोज कुमार देउरजा ने लाहाम शीर्षक से तिवा भाषा में लिखा है और उन्होंने इसका असमीया भाषा में अनुवाद भी किया है। लाहाम शब्द तिवा भाषा का शब्द है। इसका सम्बन्ध जादू–तोना, अन्धविश्वास से है। कहानी में तिवा जनजाति के रीति–रिवाज, त्योहार और खान–पान का उल्लेख मिलता है, जिससे पाठक उस समाज, संस्कृति को जान पाता है। कहानी का मूल नायक लेदेर अपने समाज का सामाजिक कार्यकर्ता है। वह अपने पूर्वजों द्वारा पालन किया गया सभी नियमों का सहृदयता से पालन करता है। अपनी लोक–संस्कृति से सम्बन्धित सामग्रियों को सँभाल कर रखता है।

लेदेर चाहता है उसके बेटे भी अपनी रीति–नीति का पालन करें, लेकिन घर से दूर शहर में रहने के कारण वे पिता की तरह नहीं रह पाते। उनके पहनावे भी बदल जाते हैं। उच्च शिक्षित छोटे बेटे लाथिम घर में रहने पर भी सामाजिक नियमों का पालन नहीं करता, जिससे लेदेर मन ही मन दुखी रहता है। अन्त में जब वह शारीरिक रूप से दुर्बल और बीमार पड़ जाता है, तो वह बेटों को उसकी सामाजिक ज़िम्मेदारी सँभालने की अपेक्षा रखता है, लेकिन इसे निभाने कोई भी बेटा आगे नहीं आया और न ही समाज से कोई अन्य व्यक्ति आए। अन्त में वह नॉबार की सारी सामग्रियों को नदी में बहा देने का निर्णय करता है, जो आज हमारे आधुनिक समाज में परम्परागत संस्कृति की नियति है। इस कहानी में हमारी नई पीढ़ी के अपने समाज, संस्कृति के प्रति उदासीनता की भावना को दर्शाया है। पाश्चात्य सभ्यता के प्रभाव से आज की पीढ़ी में एक अजीब मानसिकता का उद्‌भव होने लगा है, जो पूर्वजों की परम्परा से दूर होता चला जा रहा है, जो लाहाम यानी विष की तरह व्याप्त है। ऐसे में लेदेर जैसे बुजुर्गों को पुरानी–सभ्यता संस्कृति की सामग्रियों को नदी में बहा देने के अलावा और कोई उपाय नहीं मिलेगा।

दरार

यह कहानी मूल तिवा भाषा की है। कहानीकार मनोज कुमार देउरजा हैं। मूल कहानी का नाम है मिर। इस कहानी का असमीया अनुवाद स्वयं कहानीकार ने ही किया है। कहानी को तिवा साहित्य सभा द्वारा

अनुष्ठित लेखक समारोह में पाठ किया गया था। इस कहानी में असम की एक प्रमुख जनजाति तिवा के निजी लोक–संस्कृति के बारे में उल्लेख किया गया है। तिवा लोक–संस्कृति का असम की संस्कृति में अवदान उल्लेखनीय है। साथ ही तिवा लोगों का अपने रीति–रिवाज पर गर्व है, वे अपने संस्कृति को प्रमुखता देते आये हैं और पूर्वजों से चलती आयी प्रथा का भी अभी तक सम्मानपूर्वक पालन करते आयें हैं, लेकिन असम में शंकरदेव द्वारा वैष्णव भक्ति के प्रचार के बाद यहाँ की समभूमि के लोगों ने वैष्णव धर्म को ही अपनाया और वे ईश्वर उपासना के लिए भागवत गीता का श्रवण–कीर्तन करने लगे। पहाड़ों में रहने वाले तिवा लोग अपने पूर्वजों द्वारा पालन की गयी प्रथा का ही अनुसरण करते हैं और जो लोग पहाड़ों से समभूमि में आकर घर बचाए हैं, वे वैष्णव धर्म में दिक्षित हो गये। प्रस्तुत कहानी में स्थान, रहन–सहन और परिवेश के कारण दो मित्रों की मित्रता में आई दरार को दिखाया गया हैं।

द्वन्द्व

'द्वन्द्व' डिमाचा लेखक महेन्द्र केम्प्राई की एक सामाजिक कहानी है। मूल डिमाचा कहानी का शीर्षक था 'जवाह', जिसंका प्रकाशन 'जेंगखलंग मांदेर' पत्रिका में हुआ था।

आज हर क्षेत्र में परिवर्तन की होड़ शुरू हो गयी है। पर समाज में ऐसे व्यक्ति भी हैं, जो सिर्फ परिवर्तन के नाम पर सबकुछ बर्दास्त करने को तैयार नहीं हैं। खासकर उन नीति–नियमों के पालन करते रहने में वे हमेशा तत्पर रहते हैं, जिनके पालन करने से समाज को कोई नुकसान नहीं होता। कुछ परम्पराएँ ऐसी होती हैं, जो किसी के हित में नहीं होतीं। ऐसी परम्पराओं की बात अलग है। पर परिवर्तन या आधुनिकता के नाम पर अगर ऐसे नीति–नियमों (जो नुकसानदायक नहीं होते) को तोड़–मरोड़ कर फेंक दिया जाये तो समाज के सांस्कृतिक पक्ष का क्या होगा? ऐसे में हर जाति अपनी पहचान खो बैठेगी।

कहानी का मूल चरित्र गदादेउ डिमाचा जाति के भक्ति हैं। वे अपनी जाति की संस्कृति से भली–भाँति परिचित हैं। बाईग्राह नृत्य प्रतियोगिता में जहाँ मुरि में मुरिथाई धुन बजानी चाहिए थी, वहाँ बासुरी में मुरिथाई की धुन बजाने वाले दल को जब विजेता का सम्मान दिया गया, तो गदादेउ

से रहा नहीं गया। बरमेले में ही उन्होंने सबके सामने इसका विरोध किया। कुछ लोगों ने उनका साथ दिया परंतु अपने बेटे दुहादेउ सहित कुछ लोग परिवर्तन के नाम पर बाँसुरी में मुरिथाई बजाने के पक्ष में थे। इसी को लेकर समूचे लोग मानो दो पक्ष में बँट गये थे। यद्यपि उम्र की दृष्टि से गदादेउ के लिए पूरी रात मुरि बजाना आसान न था, पर अपनी जाति की गरिमा को बरकरार रखने के लिए उन्होंने उत्सवस्थली में रात–भर मुरि में मुरिथाई की धुन बजायी। सुबह होने तक गदादेउ के मुँह में सूजन आ गया था। वे बुरी तरह से थक चुके थे। खड़े रहने में असमर्थ गदादेउ को नीचे बैठ जाना पड़ा था। वे जीत गये थे। वहाँ मौजूद सभी लोग गदादेउ के साथ थे। बस उपस्थित नहीं थे सिर्फ दुहादेउ और उनके साथी। उन्हें कहीं गुम हो जाना पड़ा था, क्योंकि वे हार चुके थे।

परछाँई

डिमाचा लेखक सुजला बड़ो की 'परछाँई' एक आदर्शवादी प्रेम कथा है। मूल डिमाचा कहानी का शीर्षक था 'छाईनक्लिन', जिसका प्रकाशन सन 1998 में 'जेगांखलंग गाब्वेर' पत्रिका में हुआ था।

यथार्थ की पृष्ठभूमि पर आदर्श प्रस्तुत करने वाली इस कहानी के नायक और नायिका हैं क्रमशः नाइचो और रिङमि। नाइचो की माँ तथा रिङमि के घर में काम करने वाली रूपाली सहित कुल चार चरित्रों के इर्द–गिर्द कहानी का ताना–बाना बुना गया है। एक ही गाँव में कुछ वर्षों तक पले–बढ़े नाइचो और रिङमि एक साथ स्कूल आते जाते थे। उन दोनों में आपस में एक आकर्षण किशोरावस्था से था, बड़े होने पर जो प्रेम में परिवर्तन हो जाता था। किसी उग्रवादी की गोली में रिङमि के पिता का देहांत हो जाने के बाद घर की ज़िम्मेदारी रिङमि पर आ गयी थी। उसे अपने पिता के स्कूल में नौकरी करनी पड़ी थी। जिससे वह बी.ए. पढ़ न सकी। दूसरी ओर नाइचो को बी.ए. पास करने के बाद एम.ए. करना था। घर की आर्थिक कमजोरी के कारण जे.एन.यू. में सीट मिलने पर भी वह नामभर्त्ती नहीं कर पा रहा था। वह अपनी प्रेयसी से अपनी समस्याओं के बारे में खुलकर बताता है। चूँकि रिङमि को नौकरी करते काफी दिन हो गया था, नाइचो दिल्ली में पढ़ने के लिए कुछ रुपये उधार में माँगता है और रिङमि देने को राजी हो जाती है। बाद में नाइचो कॉलेज का

प्राध्यापक बनता है, वह रिङमि के पैसे वापस कर देता है। ऐसे ही दोनों के प्रेम विवाह बँधन में बँधने के लिए अग्रसरित होते दिखाई देते हैं।

कहानी में प्रेम के योगात्मक पक्ष को दर्शाया गया है। वर्तमान की युवा विश्रृंखलता का एक प्रमुख कारण है प्रेम। किशोरावस्था में या यौवन की पहली चीढ़ी चढ़ते ही प्रेम की सरिता में डूबकी लगाने से उसकी स्थिति पटवारहीन नैया की तरह हो जाती है। अपने जीवन के उद्देश्य से उसे भटक जाना पड़ता है। कहानीकार ने इस कहानी के जरिए यही सन्देश दिया है कि प्रेम करना कोई बुरी बात नहीं है, पर अपनी अपनी परिस्थिति के मुताबिक उसके योगात्मक पक्ष को साथ लेकर चलना है। दूसरी ओर इस कहानी में दूसरों के घर में काम करने वाले नौकरों के प्रति भी एक सुधारात्मक दृष्टिकोण अपनाया गया है। रूपा रिंगमि के घर में काम करती थी, जिसे रिंगमि पढ़ाती भी थी।

दत्तक पुत्र

'दत्तक पुत्र' शीर्षक कहानी पुरन्दर हाजङ की हाजङ कहानी 'पङहा छावा का हिन्दी अनुवाद है। प्रस्तुत कहानी का असमीया अनुवाद रंजित हाजङ ने 'पोष्य पुत्र' शीर्षक से किया है। प्रस्तुत कहानी अर्णव हाजङ द्वारा सन 1999 में सम्पादित 'डेउना' शीर्षक कहानी संग्रह से लिया गया है।

आलोच्य क़हानी में हाजङ जनजाति का सहज–सरल जीवन अंकित है। साचिदा और चन्द्रा के माध्यम से कहानीकार ने अकृत्रिम बंधुत्व का चित्रण अंकित किया है। साचिदा और चन्द्रा दोनों सहेली थी। सखी के दर्द को कम करने के लिए चन्द्रा अपना बेटा उसे दे देती है। पर सखी रोणा को गोद लेने के बाद चन्द्रा को घर आने के लिए मना कर देती है। चन्द्रा अपने भाग्य का दोष मानकर सखी साचिदा के घर से चली जाती है। अचानक चन्द्रा रोणा से मिलती है। रोणा के मुँह से माता–पिता के बारे में जानकर चन्द्रा चौंक उठती है। उन दिनों साचिदा मृत्युन्मुखी हो रही थी। सो अपने पास चन्द्रा को बुला भेजा। साचिदा गाँव के लोगों के सामने रोणा को अपना दत्तक पुत्र मानते हुए उसे चन्द्रा के हाथों सौंप देती है।

धर्मगुरु

'धर्मगुरु' शीर्षक कहानी रणजित हाजङ (ज्येष्ठ) की हाजङ कहानी 'धर्मगुरु' का हिन्दी अनुवाद है। प्रस्तुत कहानी का असमीया अनुवाद

रंजित हाजङ (कनिष्ठ) ने किया है। आलोच्य कहानी अर्णव हाजङ द्वारा सन 1999 में सम्पादित 'डेउना' शीर्षक कहानी संग्रह से लिया गया है।

आलोच्य कहानी में हाजङ जनजाति का सहज–सरल जीवन अंकित है। सन्तान के प्रति माता–पिता का स्नेह चिरन्तन होता है। इस चिरन्तन स्नेह को कहानीकार ने अमर के सहज–सरल माता–पिता के माध्यम से व्यक्त किया है। पर माता–पिता के अपार स्नेह से किस तरह लड़का बिगड़ जाता है, उसका चित्रण कहानीकार ने अमर के माध्यम से किया है।

अमर ने माता–पिता के स्नेह का गलत फायदा उठाया। वह हमेशा अपने माता–पिता से कुछ न कुछ माँगता रहा। एकदिन उसने पिता से एक मोटर साइकिल माँगा। पुत्र स्नेह के कारण पिता ने दस बिघा जमीन बेचकर उसे मोटर साइकिल दे दिया। उससे भी संतुष्ट न होकर अमर पिता से पेट्रोल के लिए पैसा माँगता रहा। अन्त में पिता ने सब कुछ बेच दिया और लकड़ी बेचने लगा। पिता की मृत्यु के समय भी अमर उसके पास नहीं आता है। माँ भी भिक्षा माँगने लगती है और एकदिन दुःख कष्ट झेलकर माँ भी चल बसी।

अमर शराब बेचकर अपना गुजारा करता रहा। धीरे–धीरे वह भी बूढ़ा हो चला। उसकी पत्नी शराब बेचकर गृहस्थी चलाने लगी। उसके प्रति पत्नी का व्यवहार ठीक नहीं था। एकदिन उसने अमर को घर से बाहर निकाल दिया। अमर ने भी भिक्षा माँगने का तय कर लिया। धीरे–धीरे वह भिक्षा भी माँगने में असमर्थ होने लगा। परिस्थितिवश वह हिन्दू–ईसाई तथा मुसलमान बनकर लोगों से भिक्षा माँगता रहता। इसी तरह कहानीकार ने आलोच्य कहानी के माध्यम से वर्तमान पीढ़ी की पतनोन्मुखी स्थिति का चित्रण करते हुए यह दर्शाने का प्रयास किया है कि माँ–बाप का अत्यधिक लाड़–प्यार सन्तान को पतन की ओर ले जाता है।

❑❑❑